江戸吉原の経営学

日比谷孟俊
Hibiya Taketoshi

笠間書院

1 章図 7　尾張屋清十郎寄進弥陀来迎図。光明寺蔵。

1 章図 24　契情道中双娍見立よしはら五十三対　川崎。玉屋内白菊。渓斎英泉筆。日本浮世絵博物館蔵。

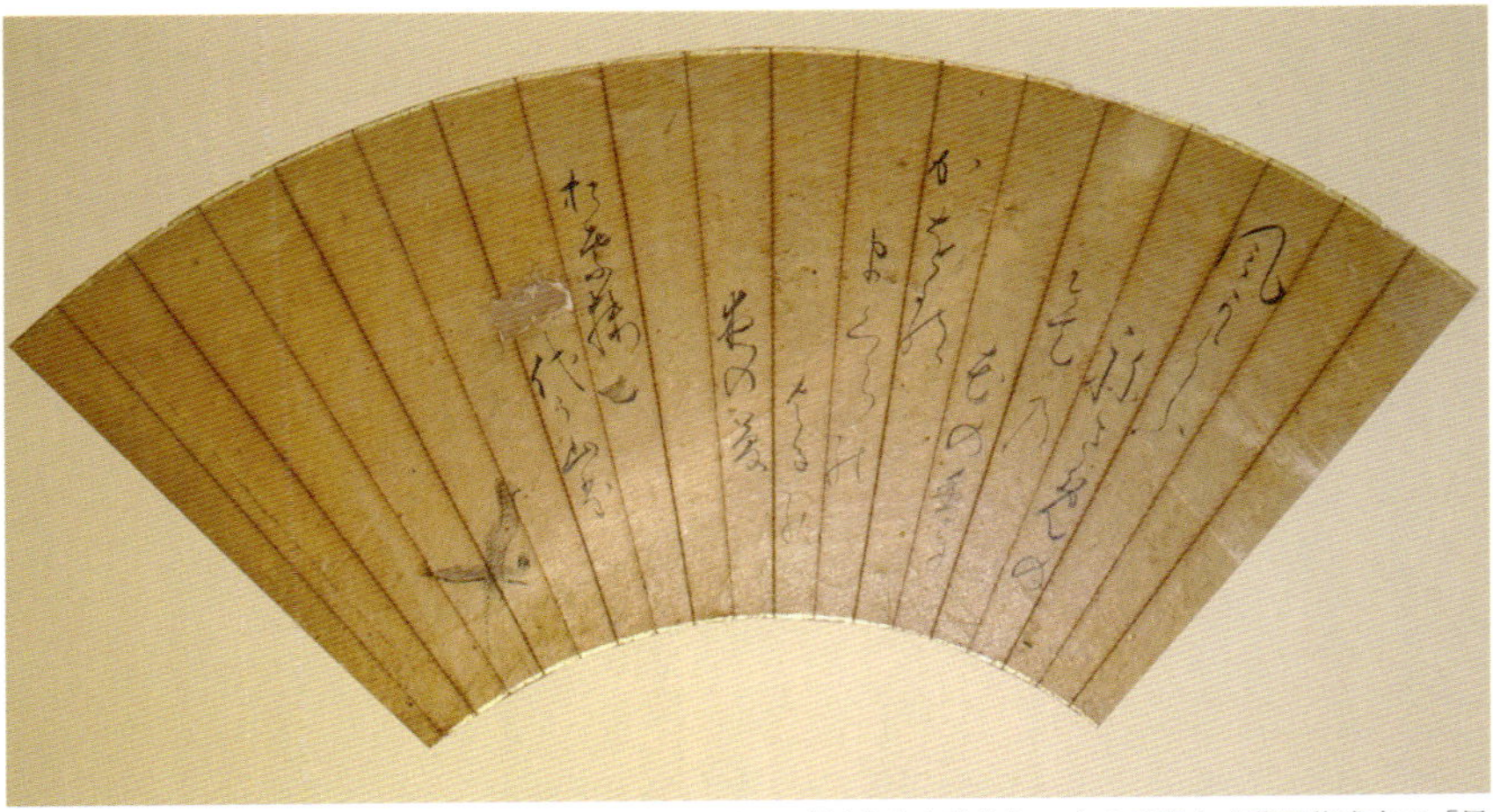

1 章図 39　知多に残る吉原の文化。松葉屋の「代々山」が『新古今和歌集』にある皇宮太夫藤原俊成女の「風かよふ 寝覚めの袖の花の香に かほる枕の 春の夜の夢」を記した扇面。愛知県南知多町教育委員会蔵。

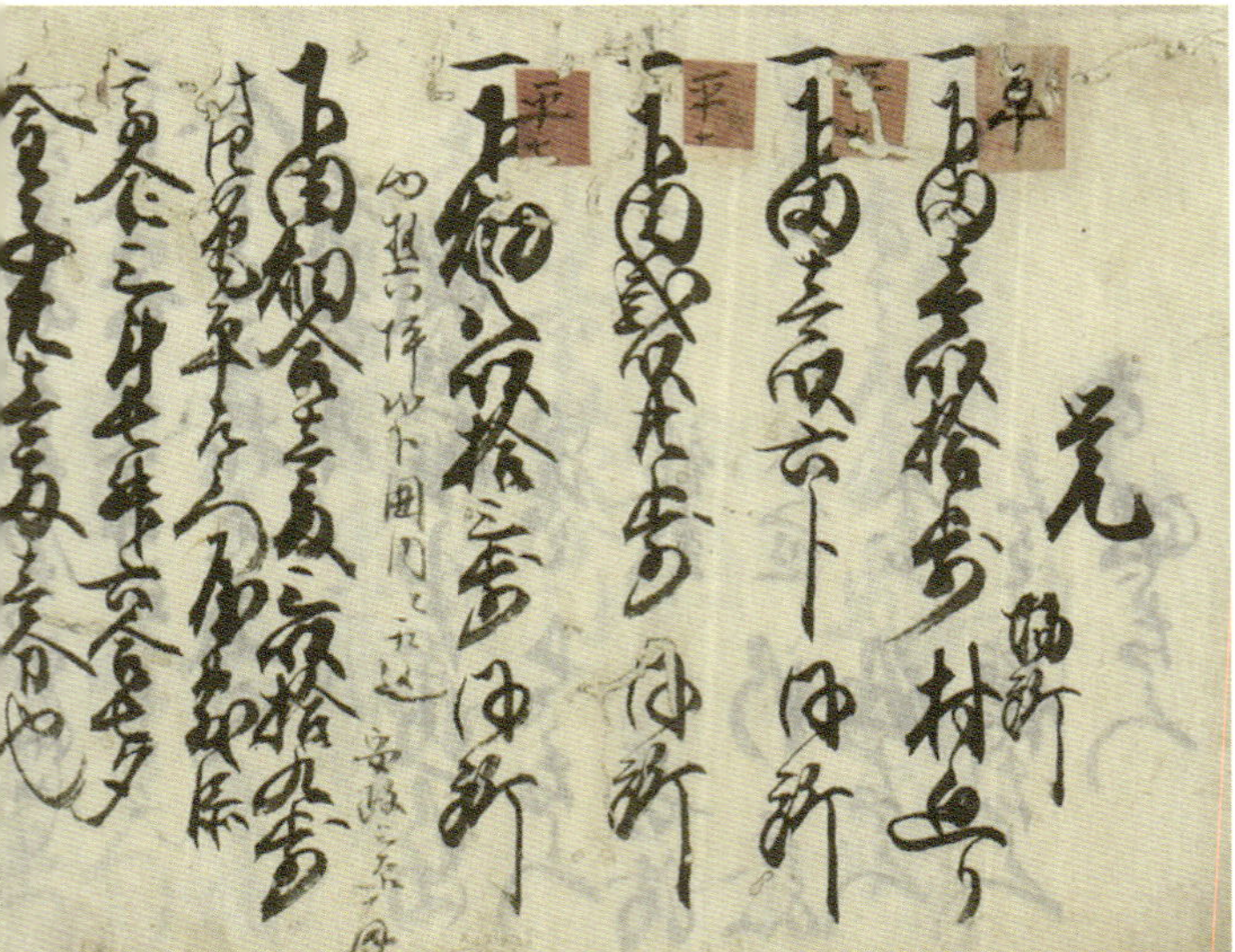

1 章図 37　青楼二階の図　五 ばん続。文化 8-11 年（1811-1814）、歌川国貞筆。日本浮世絵博物館蔵。

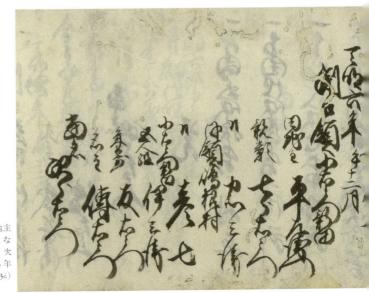

2 章図 2　新発見の古文書。田地主である平左衛門が課税の対象となる田畑を有することを認める、次郎右衛 門による記録。天明 6 年（1786）12 月の写し。天保 5 年（1834）11 月。個人蔵。

2章図9　渓斎英泉筆「新吉原八景三谷堀の帰帆　和泉屋内泉壽」。蔦屋重三郎（二世）板。極印。文政5年（1822）。日本浮世絵博物館蔵。

2章図5　和泉屋平左衛門で最初の呼び出し格の遊女。「平井和泉屋泉壽」柳川重信筆。文化14年（1817）伊勢屋利兵衛板。極印。個人蔵。

2 章図 4　新吉原江戸町壱丁目和泉屋平左衛門花川戸仮宅図。文政 8 年（1825）春。歌川国芳筆、東屋大助板。日本浮世絵博物館所蔵（右 4 枚）・個人蔵（左端）。

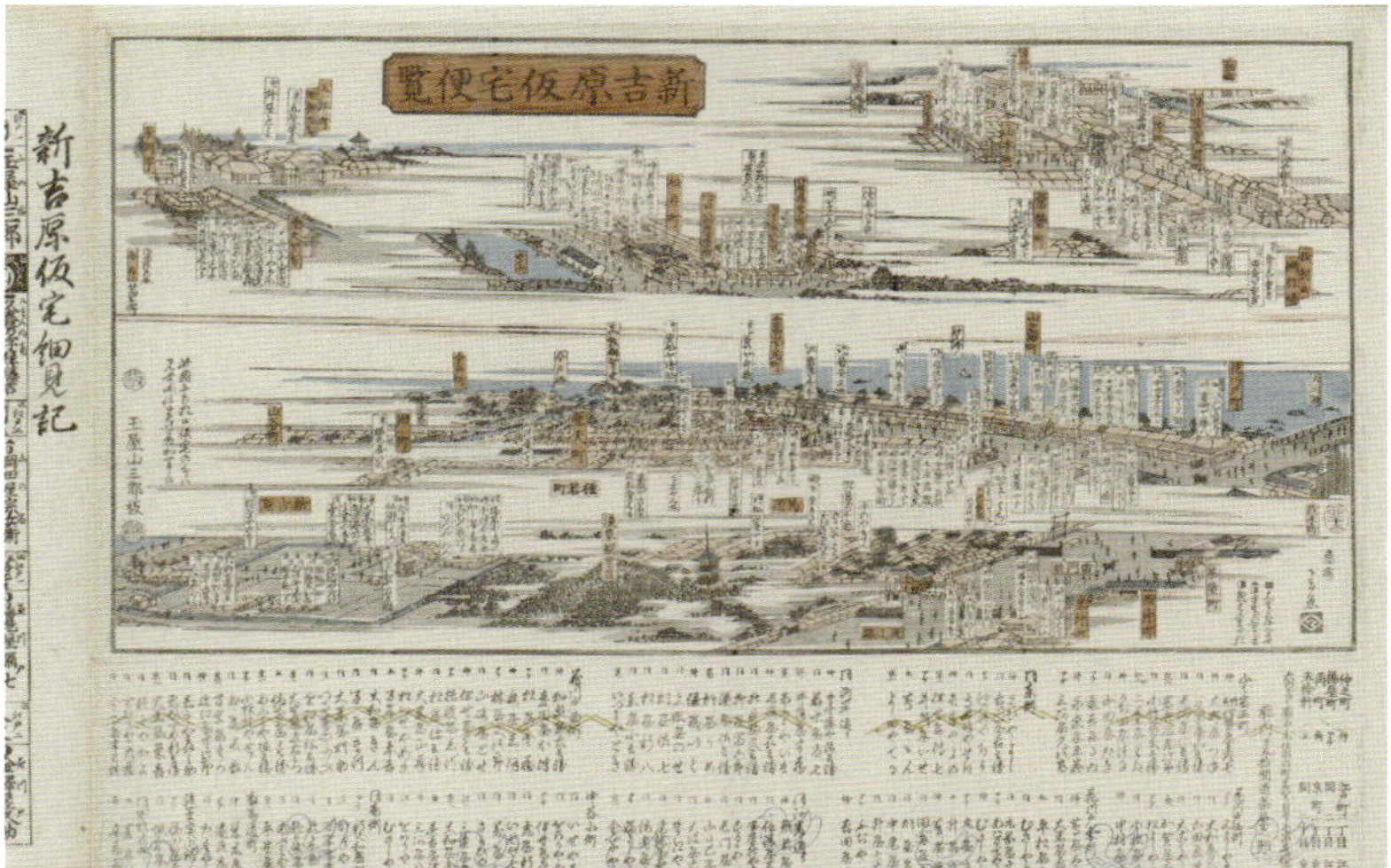

3 章図 7 「新吉原仮宅便覧」梅素玄魚筆。玉屋山三郎板。上段は深川の仮宅。中段は花川戸の通りを西側から見ている。東京都立中央図書館加賀文庫蔵。

5 章図 27A　京町壱丁目姿海老屋内　七人。歌川国芳筆。天保 7 年（1836）。山口屋藤兵衛板。日本浮世絵博物館蔵。

5 章図 31 「吉原要事廓の四季志　五月端午軒のあやめ」。松葉屋内代々山。渓斎英泉筆。蔦屋重三郎板。文政 6 年（1823）。日本浮世絵博物館蔵。

従兄　故日比谷平太郎に捧ぐ

江戸吉原の経営学　日比谷孟俊

6 章図 17　文政 2 年（1819）3 月の絵本番付「助六所縁江戸櫻」。東京大学国文学研究室蔵。

6 章図 12　勝川春朗筆「正月 禿万歳」蔦屋重三郎板。河東　十寸見子明、十寸見蘭示、十寸見東支、三弦　山彦文次郎、山彦文四郎、るせ、さよ、むめ、くめ。寛政 3 年（1791）の俄の出し物である。勝川春朗は後の葛飾北斎。© Royal Museums of Art and History, Brussels

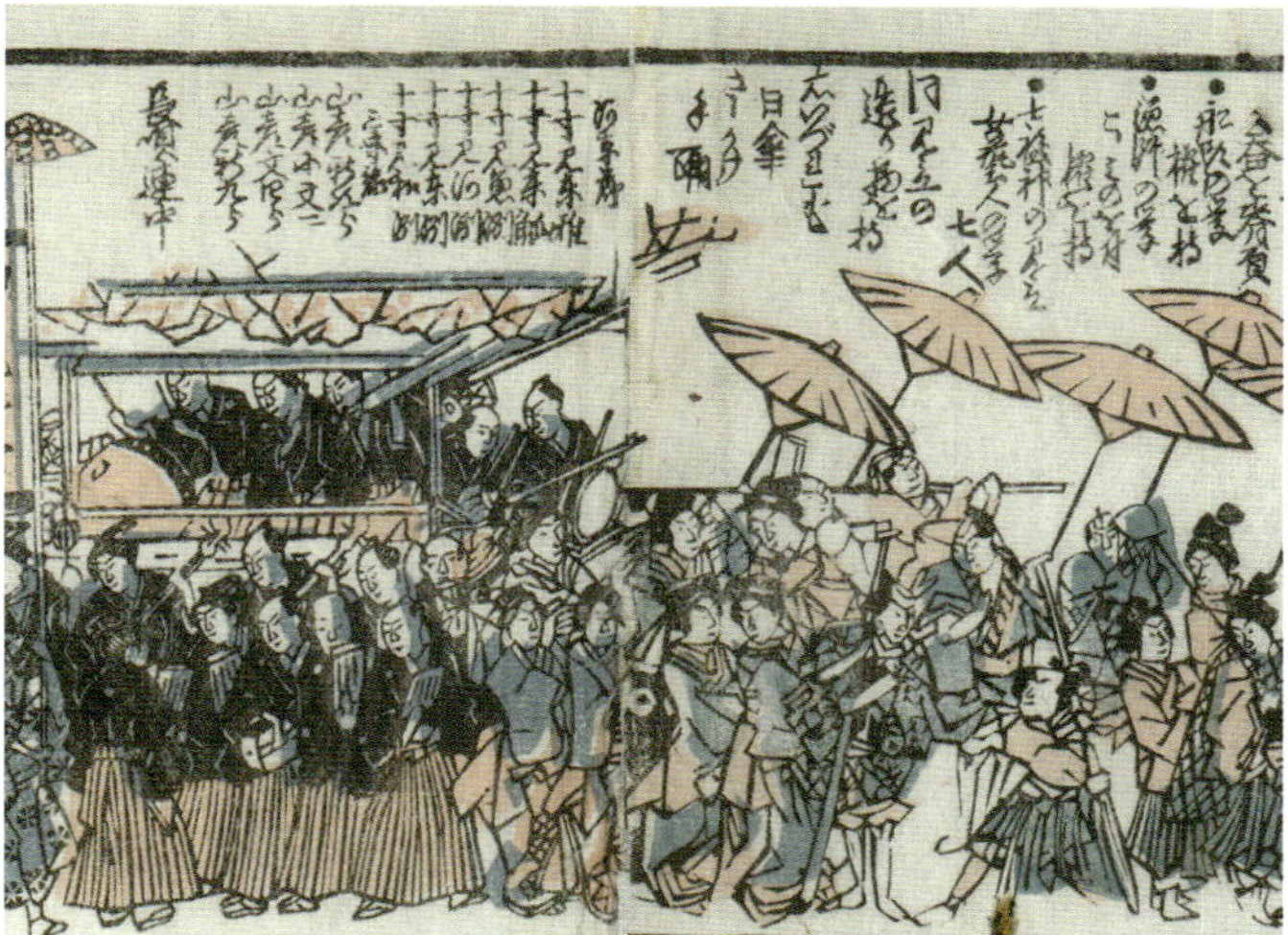

6 章図 23A　嘉永 3 年（1850）6 月「山王御祭礼附祭番付」部分。歌川直政筆。森屋治兵衛板。河東節が参加。個人蔵。

5 章図 22A　姿海老屋楼上之図。文政 11 年（1828）秋。渓斎英泉筆。蔦屋吉蔵板。千葉市美術館蔵。

5 章図 18A 「新造出しの図 姿海老屋内七橋、七舟、姿海老屋内七演七政、姿海老屋内りきこと七人、つるじ、かめの、姿海老屋内七里、さとの、さとじ」渓斎英泉筆。蔦屋吉蔵板。文政七年（1824）春。日本浮世絵博物館蔵。

目次

はじめに――吉原の経営と文化をみると何がわかるのか　7

第一部　新しいビジネス・チャンスを求めて

第一章　吉原を席捲する尾張の経営者たち

一　吉原のはじまり　25
二　尾張出身者に関する沢田の先駆的研究　27
三　光明寺資料の調査　34
四　元禄『絵入大画図』との比較　39
五　尾張出身の妓楼経営者たち　48
六　岩屋寺香炉の寄進者の検証　52
七　常滑の東光寺で新たに発見された見番大黒屋の記録　60
八　尾張出身者が吉原に進出した理由　62
九　浮世絵にみる吉原の尾張コミュニティ　68
十　おわりに　71

コラム❶『嫦娥農色児』　76

第二章　妓楼の経営実態と営業戦略――和泉屋平左衛門を例として

一　妓楼和泉屋平左衛門のはじまり……78
二　妓楼和泉屋平左衛門の資本はどこから……84
三　浮世絵にみる妓楼和泉屋平左衛門の発展……87
四　和泉屋における遊女の心中事件……94
五　天保の改革と経営危機……97
六　妓楼における客寄せ——大黒屋文四郎の場合……110
七　和泉屋平左衛門と八代目市川団十郎……115
八　妓楼「鶴和泉屋清蔵」……118
九　和泉屋清蔵と遊女の文芸活動……129
十　おわりに……134

コラム❷「吉原夜景」　144

第三章　妓楼の危機管理——安政大地震、幕末の混乱

一　安政大地震の被害状況……148
二　和泉屋における仮宅営業……155
三　仮宅場所と期間決定の経緯……160
四　仮宅場所「花川戸」の既得権……162
五　幕末から維新の混乱……165
六　芸娼妓解放令と和泉屋の転身……170
七　おわりに……176

コラム❸吉原での遊び　180

第二部　浮世絵から探る妓楼の経営戦略と文化ネットワーク

第四章　妓楼の営業政策
――「契情道中双娽見立よしはら五十三対」の初板と後板の開板年を手がかりに
一　はじめに……185
二　開板年を解き明かす研究手法の提案……186
三　「道中双娽」の開板時期とその目的……193
四　「道中双娽」の異板について……202
五　おわりに……225
コラム❹津藤と山彦文次郎　228
第五章　妓楼の人事政策――紋から読み解く
一　はじめに……232
二　「和泉屋平左衛門仮宅之図」における紋の扱い……233

三　海老屋内「鴨緑」における紋の扱い……239
四　竹村伊勢の積み物が描かれた他の例……251
五　後板藍摺における紋の扱い……253
六　グループとしての同一紋の使用例……257
七　贔屓客の紋を描く絵……278
八　文政期遊女絵の特徴……281
九　おわりに……282

コラム❺吉原は明るい所か暗い所か　285

第六章　江戸の音曲ネットワーク・システムを回した男――山彦新次郎

一　祭礼、歌舞伎、吉原俄――相互のかかわりと先行研究……288
二　吉原俄について……292
三　歌舞伎と吉原俄との関わり……295
四　山彦新次郎、文次郎父子と歌舞伎ならびに吉原俄……300
五　山彦父子と神田明神および山王権現祭礼……313
六　菅野序遊父子（山彦父子）と一中節……322
七　おわりに……331

あとがき　337

索引（書名・人名・事項・地名）　左開

はじめに――吉原の経営と文化をみると何がわかるのか

一　「吉原」が誤解される理由――システムとしての多様性と時間軸――

（一）システムとしての多様性

吉原という言葉は我々に何を思い出させるであろうか。返ってくる答えが江戸の吉原なのか、それとも、現代の吉原かで全く異なる。ここでは江戸の吉原に限定しよう。吉原と言っても、江戸初期の元和三年（一六一七）に許可がおり翌年から四十年間、今の日本橋堀留付近にあった元吉原と、明暦三年（一六五七）以降は浅草に移った新吉原とがある。この本では特に断らない限り、新吉原を吉原と呼ぶことにする。花街という意味も持ちあわせている。

その吉原は、以下のような空間と定義できる。すなわち、娼家、複雑な遊びのルールを伴う恋愛文化の場、ホスピタリティの場、イベント性に富むテーマパーク、ファッションの発信地、歌舞伎の地方《じかた》（音楽）を担当した高級ミュージシャンとしての男芸者の活動の本拠地。そして、遊女絵や三味線音楽のテキストである正本《しょうほん》などの出版文化と関わった場所であり、ジェンダーの立場からは性的搾取の場という答えなどが返ってこよう。そして、経営史的には農村金融の投資先、という見方もできる。

ここに挙げたキーワードは、いずれも吉原を捉えるための要素の一つであり、どれ一つ抜けていても吉原を必要十分に捉えられない。すなわち、吉原とは大規模複雑なシステムとしての性格を有し、システム・オブ・システムズ（複数のサブシステムで構成され、これらが機能することにより、全体で初めて機能するシステム）として理解されるべき存在なのである。

吉原に関しては江戸の頃から、これらのキーワードの一つ、あるいは、いくつかを跨ぐ形で語られ、研究されてきた。しかし、前述の通り吉原という存在自体が多様性を有することから、限定された切り口だけで論ずることは、実態を的確に把握することには必ずしも繋がらない。むしろ、視点が固定されている分だけ、誤解を生む原因となろう。特に、これまでの研究では、好事家を中心とする「恋愛文化」の側面からのみアプローチしていた。吉原に関連する「文化的側面」のキーワードをまとめると、【図1】の右下の「吉原文化」のようになる。吉原を含め、歌舞伎、声曲、俳諧、狂歌、書、浮世絵、出版、祭礼、香、茶、ファッションなどは、互いに強く結びついており、江戸文化としても大きなシステム・オブ・システムズを構成していた。

キーワードに挙げられる類縁文化と吉原との繋がりは、当時の江戸のしかるべきレベルの市民であれば、暗黙知的に脈絡をもって理解されていた。江戸の文化の本質が、暗黙知を楽しむ「見立て」の文化だからである。二十世紀に入っても、明治維新から六十年後の昭和初期の頃までは、例えば、三田村鳶魚《えんぎょ》のような江戸趣味研究者は、吉原とこれらの類縁文化との関わりを暗黙知として認識し、さらにネットワークを構成して存在するも

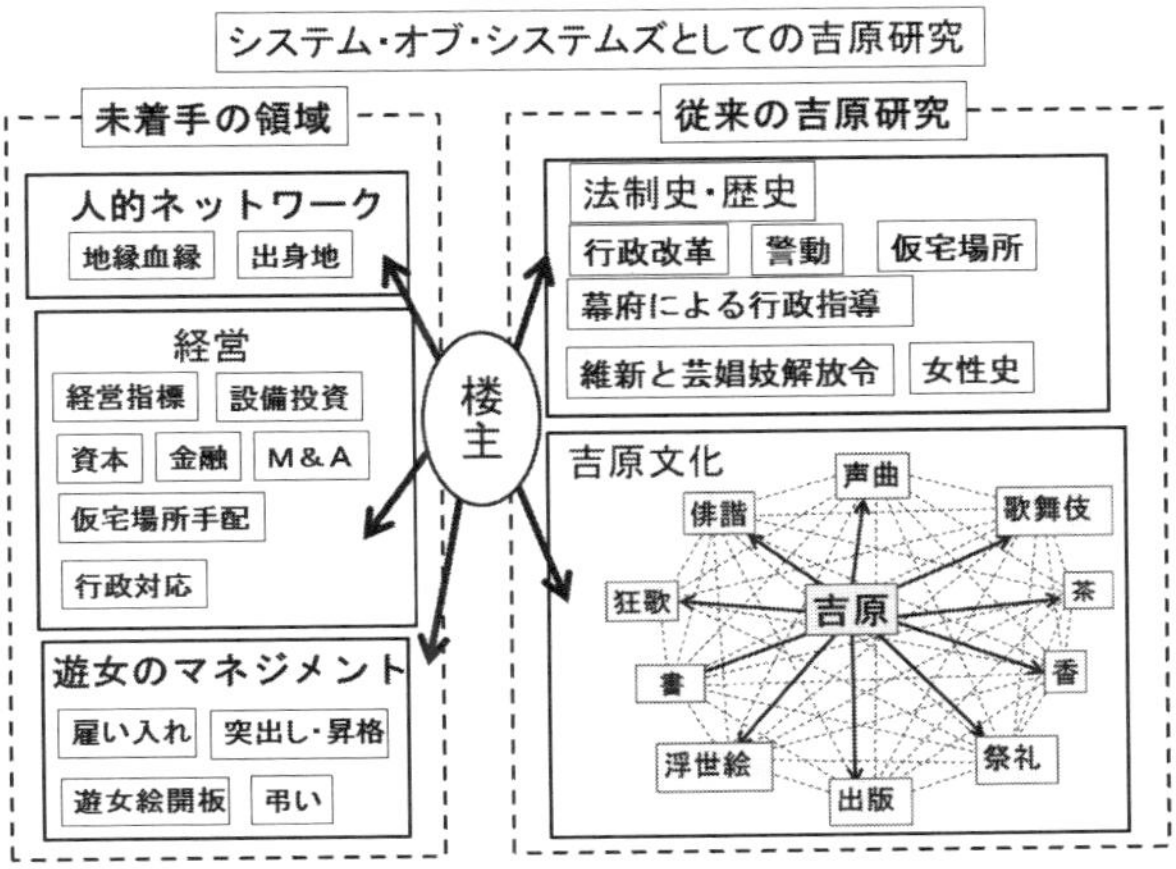

図1　システム・オブ・システムズ

のと理解していた。しかしながら、明治維新から百五十年経過した二十一世紀初頭においては、江戸文化に関する研究は縦割りに行われ、これら相互の関係は極めて理解し辛いものとなってきている。

近年では「文化的側面」以外の吉原研究も見受けられる。【図1】の右上に示すように、石井による法制史面からの研究[1]、塚田、吉田および横山による歴史学の視点からの研究[2]、さらには、人見による女性史からの研究[3]がある。

しかしながら【図1】の左側に示したように、吉原の「経営的側面」は、研究として未着手の領域と呼んでよいであろう。これには「人的ネットワーク」、「経営」および「遊女のマネジメント」の三つが挙げられる。ここで、一番大きな要素（システムとしてのステークホルダー）は経営者としての楼主である。「人的ネットワーク」という語に代表されるように、吉原を経営した人々が社会的にどういう階層に属しており、どのような道筋で吉原の経営に関わっていったのかを解明する研究や、「経営」における資本の役割に注目した研究、さらに遊女を扱う「マネジメント」に関する研究はまったくなされていない。そして、これらは、【図1】右の「行政」や「文化」とも大きく関わっている。

また、「文化的側面」を論じた従来の研究領域においても、個々の類縁文化の研究は深耕されているが、システムとしの概念を持ち込むことなく領域ごとに縦割りに行われ、分野間の共同作業による俯瞰的な解明は不十分であったといえる。吉原を巡る類縁文化の人的ネットワークについては、いまだ解明されていない点が多い。

本書では、吉原の「経営的側面」という未着手の領域を明らかにすると同時に、これまで縦割りでなされていた吉原研究の方法を見直すため、「文化的側面」もあわせ俯瞰的に捉えることで、吉原というシステム・オブ・システムズの在り方を解明してゆく。

(二) 時間軸という考え方

吉原を扱う難しさは、その多様性に加え、吉原自体が開基から今日まで、四百年もの歴史を持つことにも起因する。多くの場合、この四百年もの歴史が「吉原」の一語で片づけられ、皮相的に認識されてしまうのだ。

卑近な例でいえば、秋葉原が理解しやすいであろう。一九五〇年の朝鮮戦争の頃から出まわった米軍放出品の真空管を使って、自分でラジオ受信機や無線機を組み立てるという楽しみを与えた秋葉原、テレビや洗濯機が売れた高度成長時代の秋葉原、パソコンが主流の時代もあった。今やアキバといえば、マンガや、メイド喫茶などのコスプレの街である。したがって、年齢層によって秋葉原のイメージは著しく異なる。誰にとっても、自分の人生の長さが時間に対する尺度の一つである。通常の人は、三十年以上前のことを、歴史として直観的に認識することに困難を伴うだろう。四百年続いた吉原にも同様のことがいえる。

時間軸の問題を【図2】に図解した。元和四年(一六一八)に、江戸市中に散在していた妓楼を日本橋近くの葦の生えた湿地近くに集めて元吉原が始まった。大坂夏の陣の翌々年、いまだ戦国時代の武張った雰囲気が横

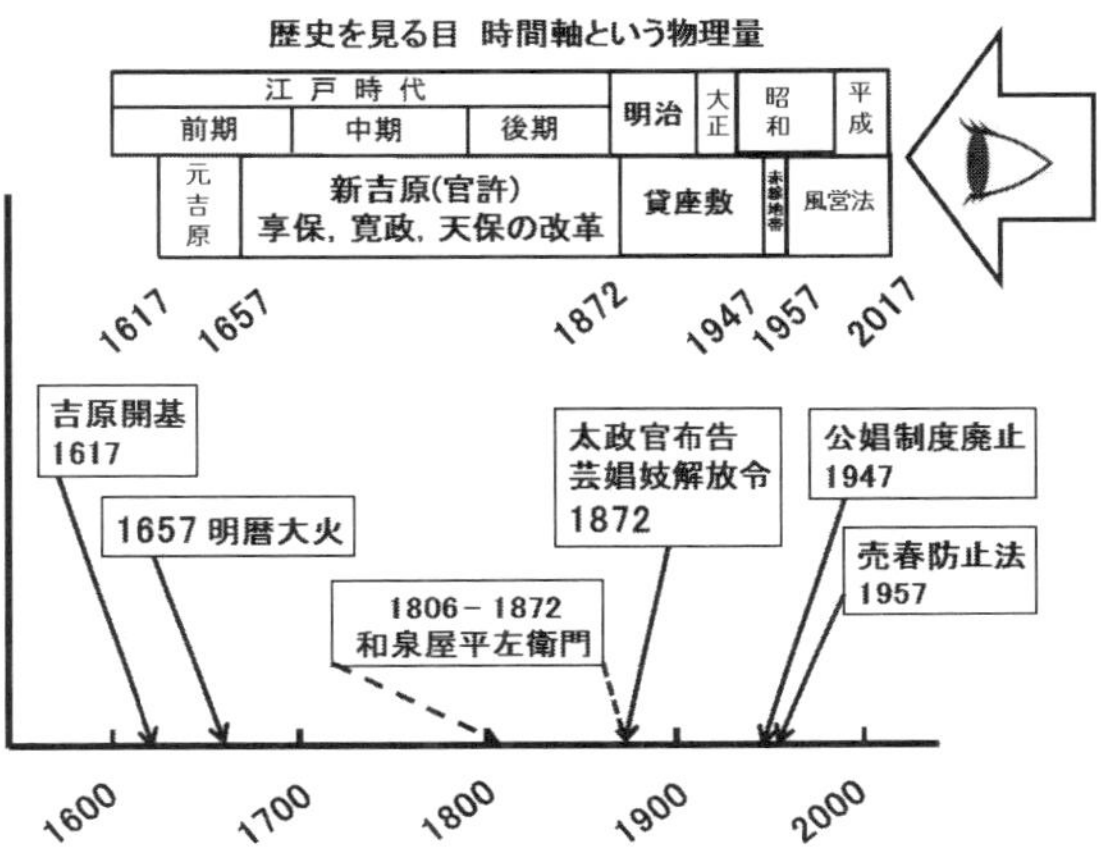

図２　時間軸

溢していた時代である。明暦三年（一六五七）には浅草田圃に移転、規模も一・五倍になって新吉原と呼ばれる。享保の改革（一七一〇〜一七三〇年代）では、風紀取締の一環として岡場所や私娼の取り締まりが行われ、捕まった女たちは罰として吉原で働かされる。[▼4]心中死（相対死）が禁止され、そして、学問が奨励された。漢文や和歌の素養のもと、インテリたちが知的な遊びの世界を楽しんだのが、大田南畝や山東京伝、酒井抱一に代表されるような安永〜天明期（一七七〇〜一七九〇年頃）の吉原であった。吉原だけが官許であった。天保の改革では、深川や根津など江戸市中の岡場所が徹底的に取り潰された。岡場所の経営を廃業をするか、吉原へ移って営業するかを選択させられた。この結果、旧くからあった妓楼には撤退するものもあり、吉原の文化は大きく変容した。江戸時代と言っても二百七十年間続いており、江戸初期の吉原と、幕末の吉原では、様相がまったく異なるのだ。

やがて明治維新をむかえ、明治五年（一八七二）、ペルー船「マリア・ルーズ号」事件をきっかけに芸娼妓解放令が発令され、たてまえとして妓楼は自由意志で働く遊女を抱えた貸座敷業となる。昭和三十二年（一九五七）には売春防止法が施行され、吉原はまったく異質なものとなる。そして現在、売春防止法の施行からですら、すでに六十年が経過している。現代人にとって、明治、大正はもちろん、江戸の吉原を思い描くことは不可能に近いだろう。

時代と共に吉原に生ずる変化は、さまざまな外的要因によってもたらされている。元禄の地震に続く宝永の富士山噴火、江戸小氷期と呼ばれる寒冷な時代におきた天明や天保の飢饉、浅間山の噴火、そして、嘉永から安政にかけての全国規模での大規模地震の発生など、気候変動や自然災害が外的要因としてまず挙げられよう。これらの自然的要因は、当然のことながら経済活動に大きな影響を与えることになる。当初は農業生産に立脚する江戸幕府の経済基盤が、時代と共に徐々に貨幣経済へと移行するという社会の変化は、幕府の財政状態の悪化を招いた。そして、幕末から明治における開国と、これに伴う外国との人の交流による感染症の流行は、人々に不安を与えることとなった。特に、安政二年（一八五五）の江戸直下型地震による、江戸城の石垣の崩壊や大名屋敷の倒壊出火は、幕府の権威失墜を見せつけるものであった。さらに、大政奉還へと続き、明治新政府の発足は、吉原の経営に決定的な変化をもたらした。

二 「吉原」を探るための方法——一次資料、地方資料、経営指標の活用——

（一）一次資料

多様性と時間軸の問題を乗り越えて、吉原の在り方を解明するために、本書では経営を中心に据え、同時に「文化的側面」も俯瞰的に考えると前述した。そのために、どのような方法を用いればよいのだろうか。

吉原の研究は江戸時代から多くが、二次・三次資料、あるいは、断片的で、出典が明確でない文芸資料に基づいて行われていることから、その根拠に疑義が呈せられることになる。歴史的に見ると、吉原を開いたとする庄司甚右衛門の六代の孫庄司勝富が、享保五年（一七二〇）に記した『異本洞房語園《いほんどうぼうごえん》』のような一次資料もない訳ではない。

本書では一次資料、ときには、ゼロ次資料ともいうべきものを検証に用いた。ここでいうゼロ次資料とは、文書化されてはおらず、それ自身ではメッセージ性は乏しいが、残された文字や図像から、研究者がメッセージを読み解くことによって資料としての価値が生まれるものを指す。保管されている場所を訪問しないと利用できないという性格を有する、吉原に関わった家や寺に残されている過去帳、墓石、神社仏閣に残された金石文は、ゼロ次資料として特に重要である。他方、一次資料は意図をもって作られたメッセージ性のある文書を指す。これらの資料を駆使した仮説検証型の研究手法を用いる。

最近では、図書館や大学での複写設備の充実およびＩＣＴ（情報通信技術）の発展により、一次資料にアクセスすることへの障壁が低くなってきている。具体的には、遊里の案内書である『吉原細見』や、遊女を描いた浮世絵などの出版物へのアクセスである。さらには、吉原の名主であった竹島家が、天保から嘉永の頃に、吉原について書き留めた実務的な記録『竹島記録』や、震災などで吉原で営業できない際の仮宅営業の記録である『旧幕引継史料』など、筆写された一次資料を利用することにおいても、障壁が低くなってきている。

また、江戸後期の町人である須藤由蔵が書き記し、吉原に関する記述が興味深い『藤岡屋日記』や、町名主・斉藤月岑が江戸市中の出来事を編年体で記録した『武江年表』などの文献が活字化出版され、利用が容易となっている。

これらのゼロ次資料や一次資料は、日本ばかりでなく、海外の図書館や博物館に収蔵されているものもある。

ICT（情報通信技術）の発展により、現在はこれらにも目を通すことが可能であり、かつて二次および三次資料だけで論じられていたときとは異なる研究の進展が期待できる。

この他に、「文化的側面」を俯瞰的に研究するために、洒落本などの文芸資料や、歌舞伎の番付、声曲の正本類も有用である。これらには、恋愛文化という吉原の本質的な部分が埋め込まれているからである。声曲の場合には昨今ではCDとして録音されたものがあり、その実態に触れることも可能である。

（二）地方資料

昭和十二年（一九三七）、愛知県半田の郷土史研究家である沢田が、[5]南知多の光明寺に江戸吉原関係者の過去帳および寺に寄進された仏画を発見している。また、同じく岩屋寺には奉納された香炉が残されていることを発見し、尾張出身者が吉原で揚屋経営の中心になっていたことを報告している。この報告はガリ版刷の私家版であったために、ほとんど世に知られることがなかった。しかしながら、これまでの吉原関係の研究書には全く触れられていない内容が報告されており、現地調査をさらに進め、調査方法を工夫することによって、さらなる発見があるものと期待された。当時は、参照することが難しかった『吉原細見』の内容と、現地の寺に残されたゼロ次資料記載事項とを比較検証することにより、尾張出身者の吉原進出に関して一層明らかになるものと期待された。

さらに、半田在住の郷土史研究家の西氏から、常滑の東光寺においても吉原関係者の過去帳が発見されたとの報せを頂戴した。[6]

これまでの江戸吉原の研究は、都市江戸にのみ着目されており、地方が吉原とどのように関わったかという研究は、まったくと言ってよいほどなされていない。しかし、近年、信州須坂の豪農が幕末期に仏光寺名目金融として江戸吉原に融資を行っていたことが明らかにされ、[7]また、文政期に江戸吉原を訪問した酒田の豪商の女房、三井清野《みついきよの》の旅日記の存在も報告されるなど、[8]江戸以外に残る吉原の記録が注目されている。

地方という視野を研究に取り入れることによって、江戸吉原の理解が一層深くなることを確信するに至った。

（三）経営指標

研究に着手して気がついたことは、吉原における三つの業態の存在である。すなわち、遊女を抱える「妓楼」。上客が妓楼から高級な遊女を呼んで遊ぶ場所であり、かつ、外食の習慣のなかった時代にレストランの機能も有していた「揚屋」。そして、もっぱら案内機能を担った「茶屋」である。この三つの業態の違いは、経営指標にはどのように記述されるのであろうか。残念ながら、吉原における大福帳（帳簿）は、管見の限りでは残っていない。一番の大きな違いは遊女を抱えているか否かということに気がつく。では、遊女に関わる費用は、経営指標にどう取り込まれるのか。

遊女の給金は前渡しであり、これを返済するために年季奉公をする。現代では大きな問題となろうが、会計上は、大きな出費と引き換えに入手する生産設備と同じに扱いになる。奴隷の場合と似ているが、奴隷のように終身ではなく、あくまで有期である。[9]したがって、妓楼の経営を貸借対照表で考えると、遊女に関わる費用は負債として計上される人件費ではなく、生産設備としての固定資産として扱われる。減価償却も考えないといけない。固定資産としての額は、大きな見世であれば千両（ざっと一億円程度）と見積もられる。貸借対照表の上でに、この高額な固定資産に見合う分だけ、資本金あるいは借入金が大きくならねばならない。

このことから、吉原でビジネスを行うに当たっては、資本の調達が経営的には最も大きな課題であると気付く。

尾張出身者の吉原進出に関して、また、後述するが、武蔵足立出身の和泉屋の吉原参入に関して、なぜ、どのようにして、彼らが吉原のビジネスに参入していったかという背景を理解する上で、資本の概念を導入することにより、普遍性のある視点を持つことが可能となる。さらに、幕末には信州の豪農からの資金が、仏光寺名目金融の形で吉原に導入される。これは、妓楼経営における資本調達の重要性を示すものにほかならない。さらに、そのときには、担保物件として遊女が当てられており、遊女が固定資産として扱われていることが明白である。[10] 貸借対照表という経営指標を持ち込むことにより、これまでとは全く異なる視点からの、吉原研究の道を開くことになる。

三　本書の構成

本書ではこれまでに述べたように、吉原の「経営的側面」および「文化的側面」を通奏低音的に扱いながら、論を進めてゆく。文化的側面に関しては、「文化的ネットワークの解明」という言葉で置き換える。本書の構成は二部からなる。すなわち、「第一部　新しいビジネス・チャンスを求めて」および「第二部　浮世絵から探る妓楼の経営戦略と文化ネットワーク」である。

第一部は「新しいビジネス・チャンスを求めて」である。

第一章「吉原を席捲する尾張の経営者たち」では、吉原のビジネスにおける尾張出身者の寄与について、最新のゼロ次資料をもとに議論を展開する。かつて昭和十二年に半田在住の沢田次夫が、元禄期の吉原揚屋町における十八軒の揚屋の内、七軒が尾張出身者であることを指摘している。沢田が調査を実施した愛知県南知多町の光明寺および岩屋寺のみならず、常滑市の東光寺などでも、江戸前期から後期における、吉原関係者の過去帳の存在を確認できる。江戸吉原では尾張知多出身者が、揚屋のみならず、妓楼や茶屋経営においても中心的な役割を果たしていたことを紹介する。

遊女を抱える妓楼についてその経営を貸借対照表の概念で眺めると、年季奉公の遊女は会計的には固定資産として扱えることが理解できる。同時に、大きな固定資産に対応して、資本あるいは借入金が大きくならねばならない。多くの尾張出身者が江戸吉原でビジネスを行うことを可能ならしめた、金融システムが背後にあることになる。知多半島の半田を中心にした豪農の存在と、これによる農村金融の存在が示唆される。

さらに、古くは平安時代からあった伊勢湾を中心とする海上ロジスティクスは、江戸時代には知多廻船として発展し人や物の輸送に貢献している。

知多において、金融およびロジスティクスの二つのシステムが確立していたであろうことが、尾張知多衆が吉原へ進出するための条件であったと考えられる。さらに、吉原が同職集住の町であることから、地縁血縁に基づく強固なネットワークが存在していたことは想像に難くない。

第二章「妓楼の経営実態と営業戦略——和泉屋平左衛門を例として」では、尾張出身者と対比して、江戸後期における武州出身の妓楼経営者の「和泉屋平左衛門」を取り上げ紹介する。和泉屋平左衛門は、文化三年（一八〇六）に、経営不振に陥っていたと想像される京町二丁目「和泉屋壽美」と、同じく江戸町一丁目「太田屋善右衛門」を経営統合し、妓楼「和泉屋平左衛門」を始めた。

これは、吉原のビジネスが農村金融の投資先であったことを物語っている。すなわち、遊女を抱えると固定資産として計上され、貸借対照表において資産の部が増える分、これとバランスするためには、自己資本あるいは借入金を増やす必要があるからである。

妓楼の楼主自身が文芸や芸能に関わっていたことを、「和泉屋平左衛門」三代目の女房の実家である「和泉屋清蔵」（鶴和泉屋）を例に紹介する。和泉屋清蔵が、江戸市内ではほとんど行われなくなった「のろま人形」の家元として、これを伝えていたことを述べる。楼主は抱えの遊女たちと一緒になって『俳諧人名録』に投稿し、文芸活動を楽しんでいた

第三章「妓楼の危機管理――安政大地震、幕末の混乱」では、江戸直下型の安政大地震の吉原での犠牲者に関し、「平野屋亀五郎」の場合について考察する。地震前の『吉原細見』、犠牲になった遊女たちの名前を書きあげた『冥途細見』、さらに、箕輪の浄閑寺過去帳の記述を比較検討してみると、被害状況が正しく記録されていることがわかる。和泉屋平左衛門の場合には、幕末の混乱期の元地（吉原）を除けば、臨時営業の仮宅《かりたく》は浅草の近くの山《やま》の宿《しゅく》あるいは、花川戸に限られていた。火災が発生することを見越して、仮宅用の土地や家屋などをあらかじめ準備し、想定される非常時に前もって対処していたことが考えられる。

明治五年（一八七二）のペルーの奴隷船「マリア・ルーズ号事件」に端を発して、太政官令「芸娼妓解放令」が発令された。江戸の文化を残す二十軒におよぶ、規模の大きな妓楼が一斉に廃業、あるいは一部合併した。この大きな断層的な変化の原因の一つは、遊女を解放した際に、年季奉公としての遊女の前払い給与に関する債権が保証されなかったことにあろう。

自己資本によってこの苦境を脱したと想像される和泉屋は、吉原で蓄えた資本を、国策である近代資本主義産業としての紡績に向かわせ、業容を一変させる。

第二部は「浮世絵から探る妓楼の経営戦略と文化ネットワーク」である。

第四章「妓楼の営業政策――『契情道中双娽見立てよしはら五十三対』の初板と後板の開板年を手がかりに」では、この揃い物の開板年が『吉原細見』における記載事項、描かれた遊女の紋およびオランダ・ライデン民族学博物館におけるシーボルトコレクションの成立時期から、特定可能であることを述べる。この揃い物が、文政八年（一八二五）に火災による仮宅から吉原へ戻ったことを宣伝するために開板されたことを述べ、異板について考察する。絵の構図は同一ではあるが、妓楼名および遊女名を入れ替えた初板と後板との関係を、吉原細見での記載事項と紋とから論ずる。

第五章「妓楼の人事政策――紋から読み解く」では、妓楼における遊女の紋の扱いを、遊女絵から分析し人事政策を読み解くことを試みる。海老屋において八十年の長い間つかわれた重い名跡である鴨緑《あいなれ》を例に、遊女絵に描かれた紋に着目すると、遊女絵の開板時期の特定が可能となるだけではなく、襲名によって紋が変わることを明らかにする。また姿海老屋の七人や七里の場合には、同じ名前が長期にわたって襲名される場合でも、共通の紋が使い続けられることを述べる。同じ「七」の文字を共通にする源氏名を持つ、姿海老屋の姉女郎・妹女郎集団では、紋も共通である。これは妓楼間における遊女のマネジメントの違いである。特に後者では「七里グループ」とでもいうべき、姉女郎「七里」を頂点とする、妓楼のサブシステムとしての存在が認められる。

第六章「江戸の音曲システムを回した男――山彦新次郎」では、江戸の都市文化、すなわち、祭礼（神田明神、山王権現）、歌舞伎、吉原、声曲、俳諧、狂歌、浮世絵、出版、信仰は、お互いが深く関わりあっていることを述べる。祭礼、歌舞伎、吉原俄を比べてみると、その声曲をしきっていたのが、吉原を本拠地とする、プロの高級ミュージシャンとしての男芸者であることがわかる。

河東節の山彦新次郎および文次郎父子は、酒井抱一とも親しく、神田明神と山王権現祭礼の附祭では、抱一が代作した河東節手踊「七草」および「汐汲里の小車」の手付（作曲）を行い、歌舞伎の「助六」では三味線を担当している。酒井抱一を囲む文化ネットワークについて紹介する。

山彦新次郎、文次郎父子は、都一中五世と共に、江戸において一中節を興隆させ、一中節の稽古本『都羽二重拍子扇』を再板した。文政期における一中節に関わる浮世絵を紹介する。注目すべきは、江戸という都市における文化活動のネットワークであり、その要としての吉原男芸者の存在である。

弘化四年（一八四七）の「新吉原秋葉権現縁日後俄番附」を紹介する。安永・明和の吉原俄と比べると華やかさはないものの、吉原俄全体の雰囲気をビジュアルに伝える貴重な資料である。

▼注

1　石井良助編集『江戸町方の制度』、新人物往来社、（昭和四十三年）。
2　塚田孝「吉原遊女をめぐる人びと」、『日本都市史入門』Ⅲ人、東京大学出版会、九一〜一一六頁（平成二年）。
吉田伸之「遊廓社会」、『身分的周縁と近世社会四都市の周縁に生きる』、吉川弘文館、一三〜五二頁（平成十八年）。

横山百合子「遊女を買う――遊女屋・寺社名目金・豪農――」、『シリーズ遊廓社会 1 三都と地方都市』、吉川弘文館、四七〜六五頁（平成二十五年）。

横山百合子「芸娼妓解放令と遊女――新吉原「かしく一件」史料の紹介をかねて」、『東京大学日本史学研究室紀要別冊「近世社会史論叢」』、一五九〜一七一頁（平成二十五年四月）。

3　人見佐知子「セクシュアリティの変容と明治維新――芸娼妓解放令の歴史的意義――」、『講座明治維新九　明治維新と女性』、有志会、一七八～二〇四頁（平成二十七年）。
4　佐藤悟「大岡越前守忠相と吉原。集娼政策への転換」『東京人』二七九号、七二～七七頁（平成二十二年三月）。
5　沢田次夫『揚屋清十郎と尾州須佐村』沢田次夫刊（昭和十二年）。
6　西まさる「吉原遊郭を支配した南知多衆」、『知多半島郷土史往来』第四号、六～三五頁（平成二十六年九月）。
7　横山百合子、「新吉原における「遊廓社会」と遊女の歴史的性格――寺社名目金貸付と北信豪農の関わりに著目して――」、『部落問題研究』二〇九、一六～五四頁（平成二十六年七月）。
8　金森敦子『きよのさんと歩く大江戸道中記』ちくま文庫（平成十四年）。
9　Robert W. Fogel and Stanley L. Engerman, Time on the Cross: The economics of American Negro Slavery（Boston: Little, Brown, 1974）/ R.W. フォーゲル, S.L. エンガマン、『苦難のとき：アメリカ・ニグロ奴隷制の経済学』田口芳弘、榊原胖夫、渋谷昭彦訳（創文社、昭和五十六年）。
10　注7に同じ。

第一部

新しいビジネス・チャンスを求めて

第一章　吉原を席捲する尾張の経営者たち

一　吉原のはじまり

遊女屋というのは、人類において最も旧いビジネスとされている。天正十八年（一五九〇）の小田原の戦いに豊臣秀吉が勝利して、徳川家康が江戸に入った。慶長五年（一六〇〇）九月の関ヶ原の戦いに勝利し、慶長八年（一六〇三）二月には征夷大将軍に任ぜられる。家康が江戸入府に伴い行った施策がいくつかある。（一）関東での軍事的権力基盤を固めるための江戸城の整備、（二）経済基盤を安定させるための河川改修や銚子港整備などの流通路の充実、（三）日比谷入り江の埋め立てなど三河から連れてきた家臣団の住宅地の確保や、上水道の整備、（四）増えた人口に対処するための食料増産、そして、（五）慰安所の設置である。（一）から（三）までは、大名の経済力を削ぐための手伝い普請として実施された。（四）は戦乱で主家を失った牢人と呼ばれる武士たちによる新田開発として行われた。（五）は民間活力の利用である。
吉原における「経営的側面」からは、どの地方からの出身者がビジネスに関わっていたのか、これまで未解明であった。本章では、吉原の始まりを紹介すると共に、これまで知られていなかった、江戸吉原における尾張出身者に関する先行研究と、筆者の実地調査から新たにわかった、尾張出身者の活発なビジネス参入について紹介する。

江戸の吉原の始まりについては、すでに江戸中期からさまざまに記録されている。吉原を開いたとする庄司甚右衛門の六代の孫庄司勝富が、享保五年（一七二〇）に書いた『異本洞房語園《いほんどうぼうごえん》』から様子を知ることができる。[1]
庄司甚右衛門（甚内とも）は相州小田原の北条家（後北条氏）の旧家臣であった。慶長十七年（一六一二）に庄司甚右衛門は、江戸市中に分散していた妓楼を一ヶ所に集めることを幕府に進言した。慶長十九年（一六一四）の大坂冬の陣と、これに続く同二十年の夏の陣において家康は豊臣氏を滅ぼし天下を掌握した。年号は慶長から元和に改まる。元和偃武《げんなえんぶ》である。元和三年（一六一七）に庄司の願いが認められ、日本橋近くの葭の生えた場所に二丁四方の土地が与えられ、ここに妓楼を集めて「葭原《よしわら》」が成立する。いわゆる、「元吉原」である。庄司甚右衛門は、この傾城町の惣名主《そうなぬし》となった。妓楼が商売を始めたのは同年十一月のことである。江戸町一丁目、同二丁目、京町《きょうまち》一丁目、同二丁目（旧《ふる》くは新町《しんまち》とも言う）、角町《すみちょう》の五つの町からなった。五つの町にはそれぞれ名主がいて町を取りまとめているが、惣名主はその上にあって吉原全体を見る立場にあった。
江戸町一丁目には、もとは大橋の内側の柳町にいたものが引っ越してきた。江戸町二丁目には、鎌倉河岸にいた者が移った。元は伏見（京都）の夷町《えびすちょう》、駿河（静岡）の弥勒町《みろくちょう》から移ってきた者という。京町一丁目には麹町《こうじまち》の傾城屋が移った。その多くが京都六条から来たので京町と称した。京町二丁目には大坂瓢箪町《ひょうたんまち》、奈良の木辻《きつじ》などから引っ越した者が多かった。角町には京都の角町《すみちょう》の傾城屋が移ったのでこの名前がついた。

元吉原では約四十年間商売をしていた。明暦二年(一六五六)十月に吉原の年寄らは奉行所へ呼ばれ、元吉原から新しい場所に移転するよう申し渡された。その条件として、従来は二丁四方であったのが、東西三丁、南北二丁と五割増しの広さになること、従来は昼間だけの営業が昼夜の営業を認めること、江戸市内に二百軒あった風呂屋を潰すこと、神田明神と山王権現の火消などの免除、そして移転一時金一万五百両が支払われた。明暦三年(一六五七)正月十八日に、いわゆる、明暦の大火があり、八月十四日には浅草田圃の「新吉原」で商売が始まった。元吉原では、各町に分散していた揚屋を「揚屋町」一ヶ所に集めることも、同時に行われた。なお、吉原の名主ならびに年寄制度については、塚田の論文が詳しい[2]。

元吉原は、江戸の各町に分散していた妓楼を一ヶ所に集めることで始まったが、前述のように、経営者の出身地は京都、奈良、大坂、駿河など、さまざまであった。では、明暦の大火の後の新吉原(以下、吉原と呼ぶ)では、一体、どのような人たちがビジネスに携わっていたのであろうか。

二　尾張出身者に関する沢田の先駆的研究

天明七年(一七八七)に成立した『北女閭起原《ほくじょりょきげん》』に、以下の文章がある【図1】。

此書を見れば吉原開闢《かいびゃく》の頃の遊女屋、揚屋ともに尾州の産といへるは見へず、いつの頃よりか吉原過半尾州人と成り、当時は町人迄も皆本国尾州也、依之尾張知多郡に江戸よし原より建立ける念仏堂あり

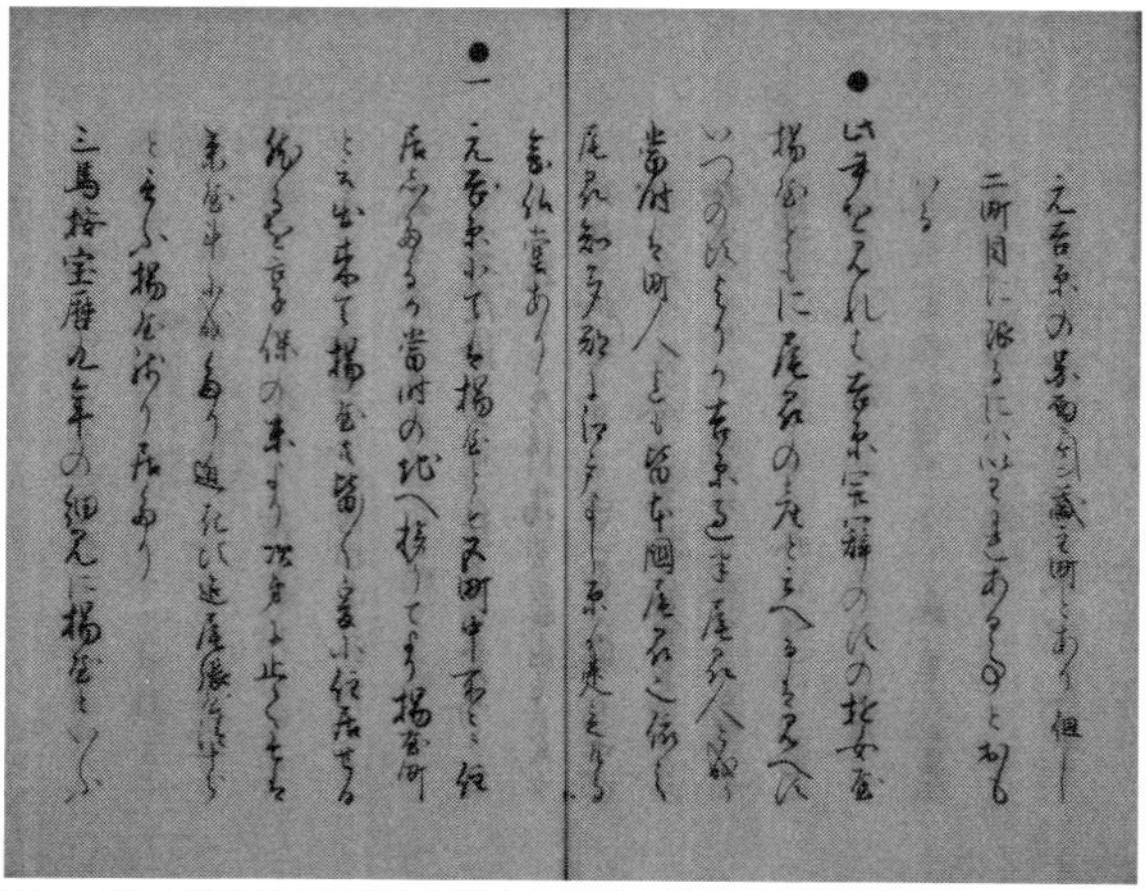

図１　『北女閭起原』尾州人に関する記述。早稲田大学図書館蔵。

ここで、「此書」とは『異本洞房語園』のことである。注釈をつけて現代文風にすると、以下のとおりである。「享保五年（一七二〇）年に出された此の書をみると、吉原が始まった元和三年（一六一七）の頃には、遊女屋、揚屋ともに尾張出身者がいるということは書かれていない。しかし、いつのまにか吉原の過半数が尾張出身者になってしまった。天明七年（一七八七）の今では、吉原にいる町人までも本国は尾張である。この結果、尾張知多郡には、江戸吉原からの寄進で建てられた念仏堂がある」。すなわち、江戸中期以降には、吉原にはすでに尾張をルーツにする者が過半数であったという。ここに書かれている念仏堂とは、知多の須佐《すさ》村《むら》（現在は南知多町）にあった東方寺の薬師堂と比定される。明治初年の廃仏毀釈によって廃寺となり、現在は光明寺の境内に移築されている[3]。この薬師堂の格《ごう》天井はこの地を支配した千賀氏の寄進になる豪華なものである。他にも数々の絵馬や算額などが奉納されている。

昭和十二年（一九三七）、愛知の郷土史研究家・沢田次夫がこの記述に着目し、揚屋を経営する尾張屋清十郎に焦点を当てて実地調査を行った。沢田は調査結果を『揚屋清十郎と尾州須佐村』[4]において報告している。しかし、この研究報告がガリ版刷の私家版であったため、広く頒布されなかったと考えられ、その内容について知る人は稀である。本節では、沢田の研究について検討を加える。まずは、沢田の研究について紹介したい。

沢田が調査した尾張屋清十郎の経営する揚屋は、天和二年（一六八二）、井原西鶴によって書かれた『好色一代男』[5]に、主人公世之介が遊んだ場所としても登場する。また、沢田は、庄司甚右衛門（初名は西田甚内）、山本助右衛門（芳順）、永田勘右衛門、山田山三郎（宗順）、斎藤喜石衛門、西村庄助、北川甚右衛門、元吉原で最も格式の高かった三浦屋の三浦四郎佐衛門など、初期から吉原と関わった人たちを知多の出身としているが、残念ながら出典が明示されていない。[6]

一方、吉原開基のときから尾張出身者が関与していたという説は、江戸前期の寛文（一六六一〜一六七二）頃からある。尾張藩士刑部《おさかべ》正勝による『尾陽寛文記』[7]によれば、以下のとおりである。

> 江戸の吉原始る時、三浦屋といふ頭有り。知多郡の者のよし、其の縁にや知多郡の百姓毎年麦をまき仕廻ふて春かる時分まで、吉原へ奉公に行事何ン百人も有よし、家を持茶屋などするもの多しといへり

この資料の確かさについても疑いが残る。すなわち、刑部正勝は寛文中の生まれであり、五歳のときより見聞したことを記したとあるが、仮に寛文元年（一六六一）生まれとしても、元吉原から新吉原に移転したのは、その四年も前の明暦三年（一六五七）のことであり、かなり幼いときの記憶となることから、記述の信憑性が問われる。尾張出身者がいつから吉原に関わったのか、資料が新たに見つかることを期待したい。【図2】に元禄二

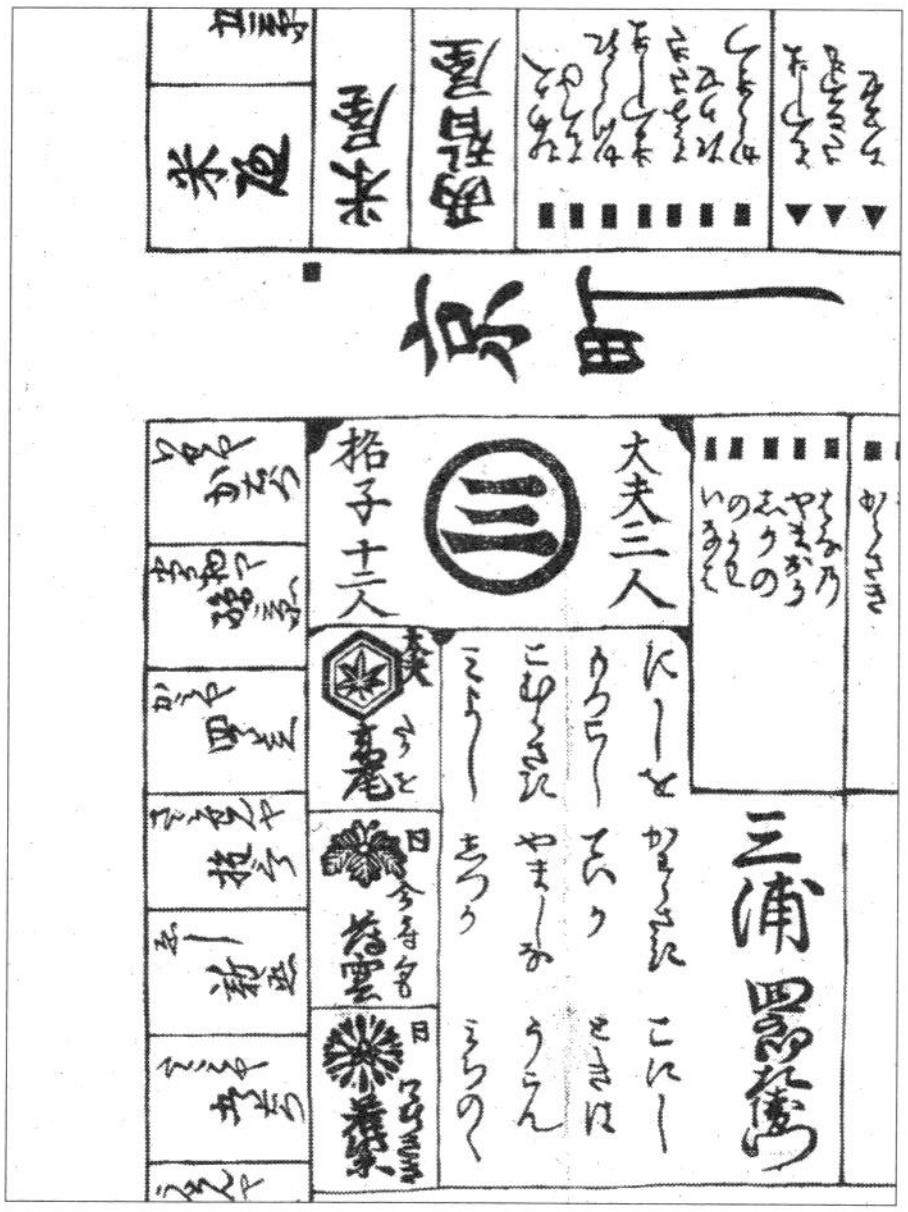

図２　元禄２年（1619）の『絵入大画図』にある三浦屋四郎左衛門。図の左は中之町の通り。京町に入って右側一軒目。太夫として高尾、薄雲、若紫がいる（『新板細見増補吉原大絵図』復刻版、1931 年より）。

年（一六八九）の『絵入大画図』（以下、本章『絵入大画図』はすべて同版を指す）において、京町の右側一軒目にある三浦屋四郎左衛門を示す。吉原の中の妓楼や揚屋の配置を示した資料は、これ以前のものもあるが、『絵入大画図』はレイアウトがしっかりしているだけでなく、揚屋、妓楼、さらには太夫クラスの遊女の紋も描き込まれており資料性が高い。

沢田は、知多半島南端の須佐村（現在は南知多町）にある光明寺、岩屋寺および正衆寺を実地に調査している。これらの寺の場所は、【図３】に示すとおりである。

光明寺および正衆寺では、残された過去帳、祠堂《しどう》金《きん》寄進記録、位牌、仏画などに記録されている吉原関係者の名前と、元禄二年（一六八九）板行の『吉原大絵図』にある揚屋の名前とを照合し、比較検討している。この結果、『吉原大絵図』の揚（挙）屋町【図４】にある十八軒の揚屋の内、七軒が尾張出身であるとしている。具体的には、【図４】にあるように、

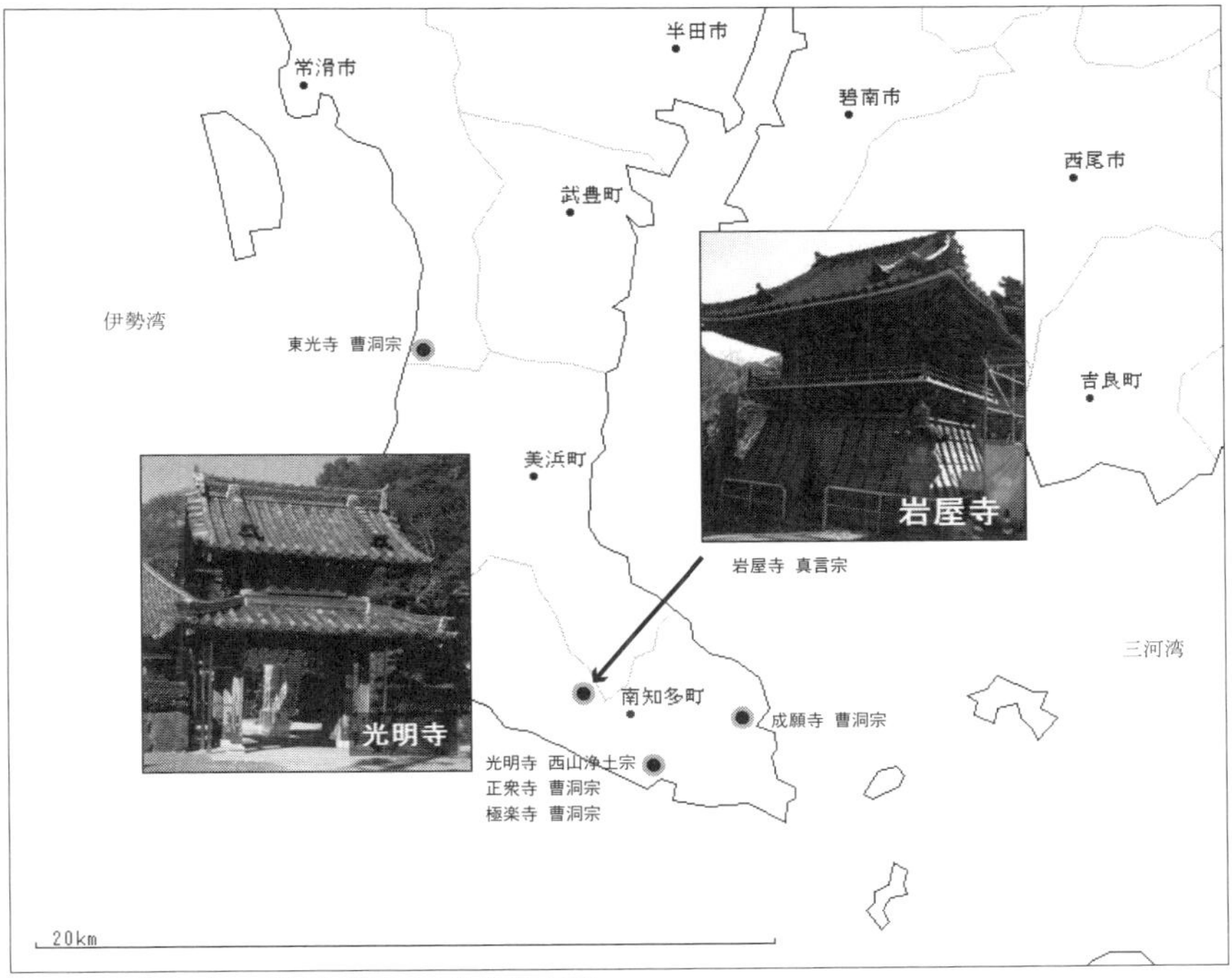

図３　知多半島において吉原に関する史料が残る寺院。

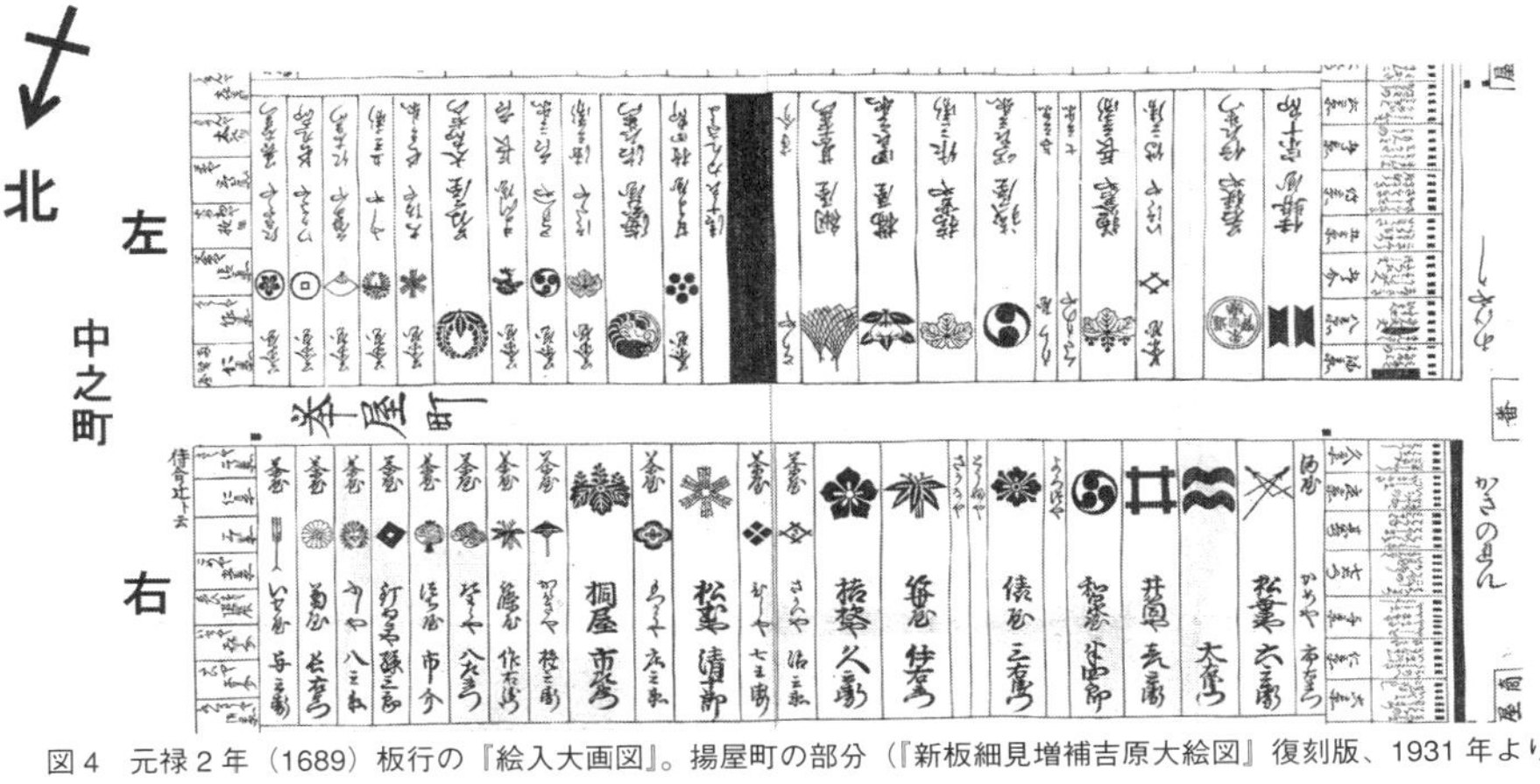

図４　元禄２年（1689）板行の『絵入大画図』。揚屋町の部分（『新板細見増補吉原大絵図』復刻版、1931 年より）。

図５　岩屋寺銅製香炉

中之町の通りから入って、左側では①「海老屋治右衛門」、②「橋本屋佐兵衛」、③「伊勢屋宗十郎」、右側では④「松本屋清十郎」、⑤「桔梗屋久兵衛」、⑥「井筒屋喜兵衛」ならびに⑦「松葉屋六兵衛」である。

また、岩屋寺には、明和二年（一七六五）に江戸吉原の関係者五十六名が奉納した銅製の立派な香炉があることを報告している【図５】。

沢田が報告したように、尾張出身者が関わる揚屋の数は七軒だけだったのだろうか、揚屋以外の業態である妓楼や茶屋には、尾張出身者はいなかったのだろうか。また、光明寺過去帳や祠堂金寄進の記録以外に、沢田が見落としている妓楼関係者はいないのだろうか。というのは、沢田が吉原の資料として参照したのは元禄の『絵入大画図』や、さまざまな評判記などに限られているからである。

筆者は、当時の吉原の案内書である『吉原細見』を用いて検証を試みる。

ここで、『吉原細見』について、少し触れておく。『吉原細見』は吉原遊女の名寄せであり、人名録（directory）である。現存するもので最も古いものは、貞亨年間（一六八四〜一六八七）に板行された一枚物の『芳原細見図』である。それより古いものでは、寛永十九年（一六四二）の評判記『あづま物語』が人名録としての機能を果たしている。享保の頃（一七二〇年代）から冊子体として春秋の年二回『吉原細見』が板行されるようになる。『吉原細見』はいわば一般名詞であり、刊年によっては固有の書名を有することがある。吉原を研究する上での基本的なデータベースであり、ビッグ・データである。

遊女評判記という形まで含めると、寛永十九年（一六四二）から大正五年（一九一六）までの二百七十年に亘って刊行されている。国内外の図書館や博物館にあるものを網羅すると、享保以降であれば例外はあるものの、ほぼ、毎年の吉原情報にアクセス可能といえる。『吉原細見』を用いることにより、妓楼の場所、楼主の名前、妓楼の格、遣《や》り手《て》の名前、そして遊女の格と名前、人数、揚代さらには吉原が火災の際の仮宅先までも知ることができる。明和期頃（一七七〇頃）までの『吉原細見』では、妓楼や揚屋のみならず、茶屋、名主、商人、芸人などの業種や身分、住居の場所までがわかるように書き込まれている。江戸後期になると、巻末には、芸者、船宿、網笠茶屋などのリストもついている。『吉原細見』は、その内容が客観的であることから、実証的吉原研究には必須の資料である。

例えば、沢田の研究では尾張出身者とされていない「俵屋三右衛門」を例に挙げると、『絵入大画図』に記載された三右衛門自身、あるいは三右衛門との続柄が明示された戒名は、光明寺過去帳に確認できない。しかし、毎年刊行される『吉原細見』上で追ってゆくと、揚屋「俵屋三右衛門」が廃業すると同時に、妓楼「俵屋四郎兵衛」が開業し、時間の経緯に伴いその楼主は「三四郎」に変わり、再び「四郎兵衛」変わることがわかる。そして、この人たちの戒名や、祠堂記録を光明寺に見ることができるからである。

このような事態が生ずるのは沢田が研究を行っていた時代には、『吉原細見』の利用は今ほど容易ではなかったからである。また、岩屋寺の香炉に名前のある人たちが、吉原でどのような商売に携わっていたのかも、必ずしも明らかになっていない。果たして、妓楼なのか、茶屋なのか、あるいは商人なのだろうか。

本章では、筆者が光明寺ならびに岩屋寺を訪問し、調査した結果を述べる。調査結果を先に述べると、光明寺の調査からは、沢田が報告するよりも多くの尾張出身者が、吉原でビジネスを営んでいた様子が確認できた。また、岩屋寺の香炉にある奉納者の名前を『吉原細見』の記載内容と比較し、奉納者の身分職業を明らかにすることも試みた。さらに、香炉に名前のある妓楼の遊女絵（浮世絵）を見つけることができた。

また、愛知県半田市在住の郷土史家・西氏の協力により、常滑《とこなめ》市の東光寺において、安永期に吉原に見番制度（色を売る遊女と芸を売る芸者との職分を区別し芸者を管理する制度）を確立した、大黒屋庄正六（以下、庄六）の過去帳を発見できた。すなわち、大黒屋が尾張出身であることの証拠である。

最後にこれらの調査をふまえ、なぜ多くの尾張出身者が吉原で経営者となったのかを、資本と物流（ロジスティクス）の面から考察する。加えて、文化・文政期の遊女絵を分析し、吉原における尾張出身者のコミュニティの存在を指摘する。

三　光明寺資料の調査

二〇一四年三月に、知多半島南端の南知多町豊浜町《とよはまちょう》の浄土宗西山派光明寺を訪問し、過去帳、祠堂金寄進記録、位牌、仏画、絵馬などを調査し、当時の客観的データである『絵入大画図』や『吉原細見』における記載事項と比較検討した。以下に、光明寺に残されている吉原関係者の資料を紹介する。

（一）尾張屋

【図6】は揚屋尾張屋清十郎夫妻の過去帳記載事項である。【図6A】は尾張屋清十郎、【図6B】は内儀の部分である。戒名（法号）は、それぞれ「詠誉光山浄月信士」ならびに「満誉高詠秋月信女」であり、命日は、元禄五年（一六九二）三月十二日ならびに元禄十年（一六九七）正月十六日である。「江戸尾張屋」ならび「松本清十郎事」とあり、尾張屋が松本姓であったことがわかる。【図7】は尾張屋清十郎が奉納した「阿弥陀来迎図」である。紺地に金泥が用いられた二メートル以上もある立派な仏画である【図7A】。その裏面には清十郎の先祖や親族の戒名がびっしりと書き込まれている【図7B】。

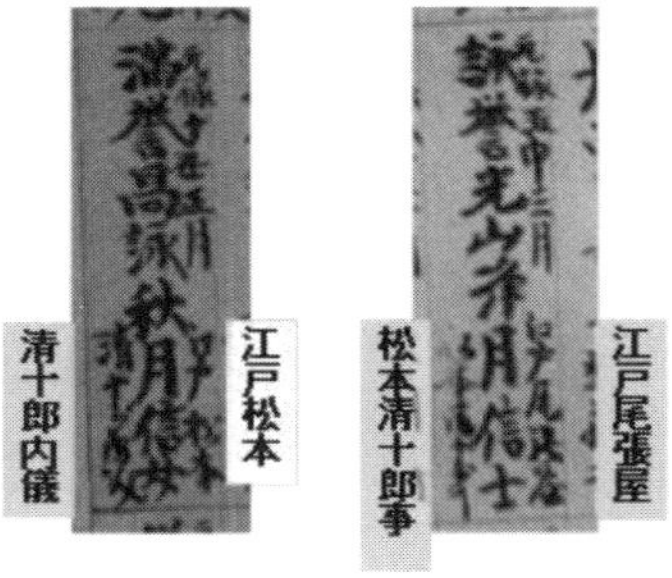

図6　光明寺過去帳にある、揚屋尾張屋清十郎（A）とその内儀（B）の記録。光明寺蔵。

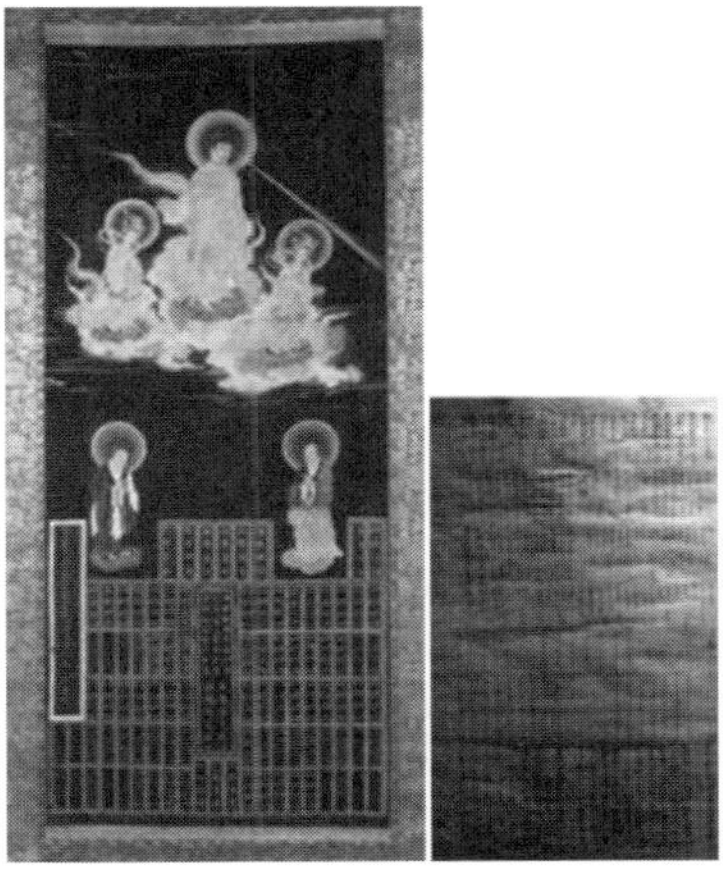

A（表）　B（裏）

図7　尾張屋清十郎寄進弥陀来迎図。光明寺蔵。【口絵掲載】

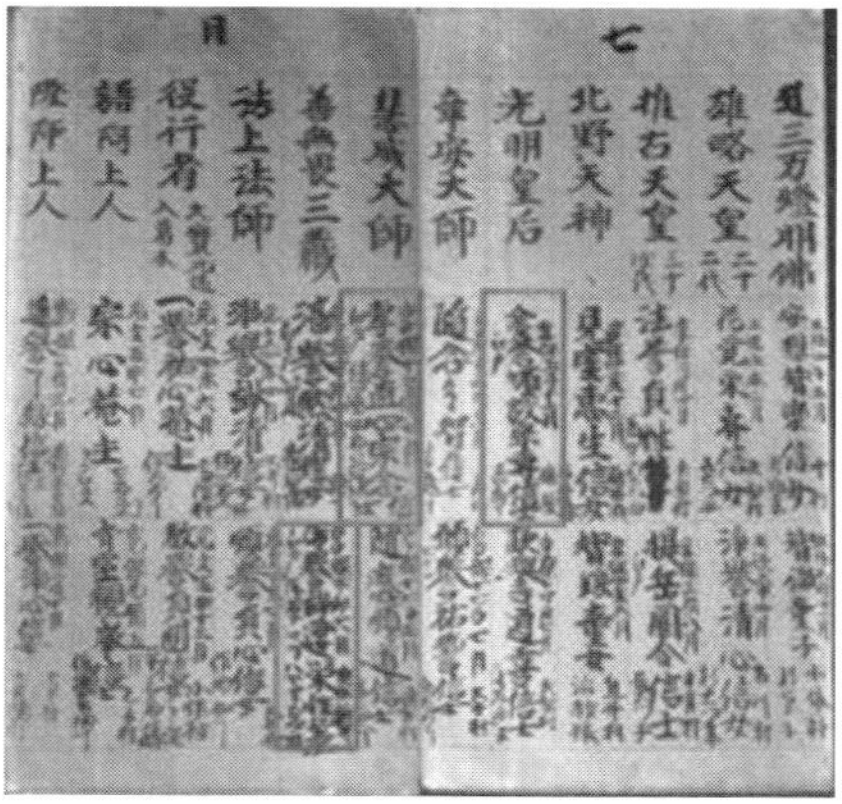

図8　光明寺過去帳。光明寺蔵。
享保5年（1720）11月7日　俵屋三四郎
享保19年（1734）7月7日　松葉屋四郎兵衛
享保8年（1723）6月7日　松葉屋の妻たづ

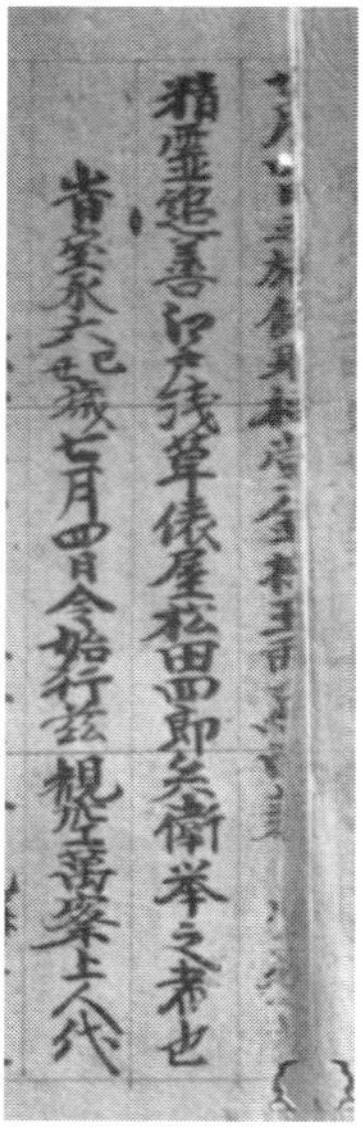

図9　俵屋松田四郎兵衛による祠金十五両の記録。宝永6年（1709）7月4日。光明寺蔵。

図10　松葉屋善兵衛が正徳元年（1711）9月16日に奉納の来迎図。光明寺蔵。

（二）俵屋

【図8】に、光明寺過去帳における享保五年（一七二〇）十一月七日の「俵屋三四郎」、享保十九年（一七三四）七月七日の「俵屋四郎兵衛」を示す【図8】。また、宝永六年（一七〇九）七月四日に、「俵屋松田四郎兵衛」の名前で祠堂金の十五両が寄進されている【図9】。俵屋については、沢田の報告書では知多出身の揚屋としては扱われていないが、その動向については後述する。

（三）松葉屋

同じく、【図8】に、享保八年（一七二三）六月七日の松葉屋の妻「たづ」の記録が見られる。松葉屋は、過去帳に多くの記録が残されている。【図10】は、松葉屋善兵衛が正徳元年（一七一一）九月十六日に奉納した来迎図である。享保五年（一七二〇）七月十九日に松葉屋善兵衛が行った

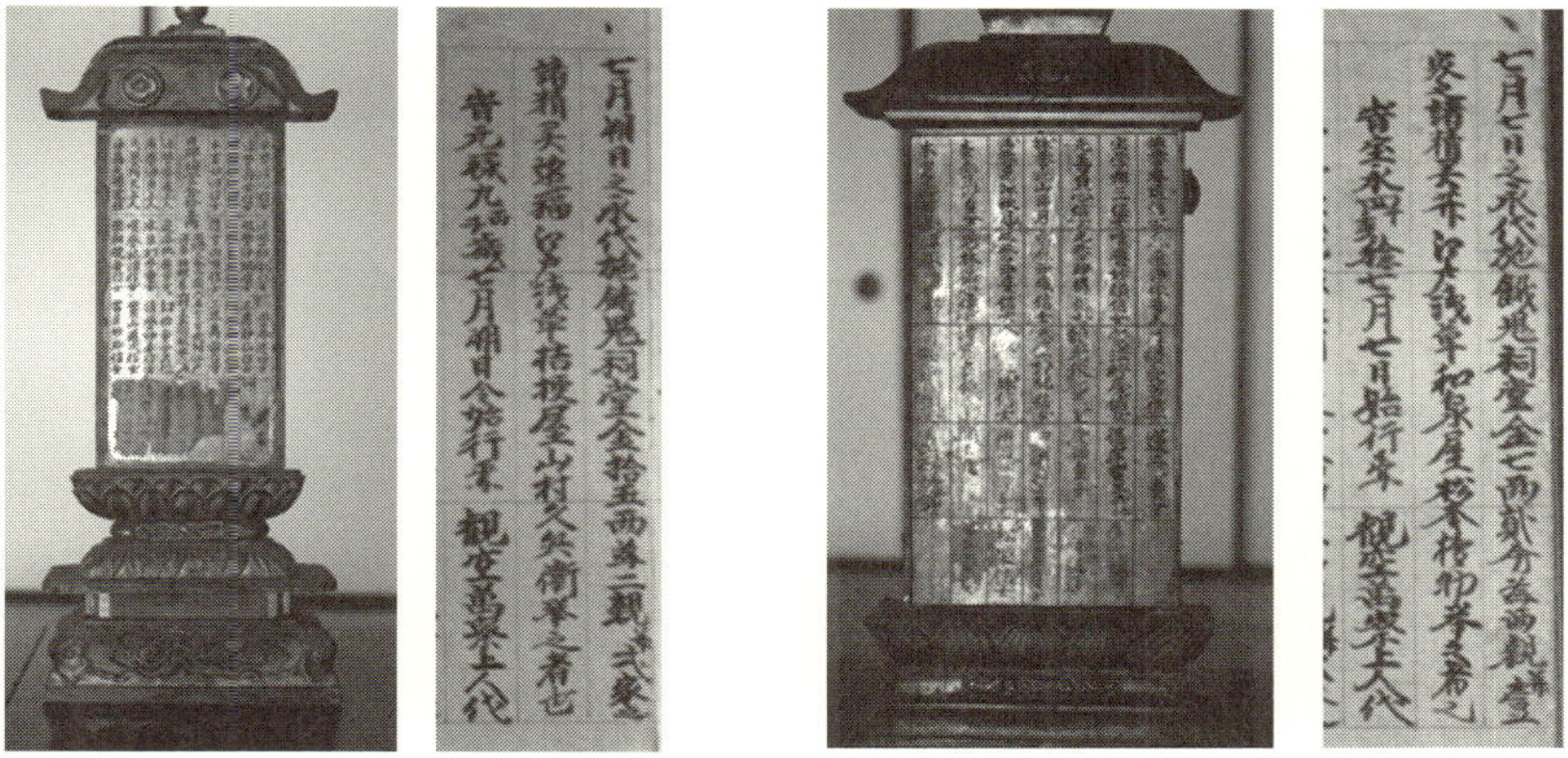

A　B

図11　（A）桔梗屋山村久兵衛一族および（B）和泉屋権助一族の位牌と祠堂金記録。光明寺蔵。

祠堂金寄進の記録も残されている。

（四）桔梗屋

【図11A】は「桔梗屋山村久兵衛」一族の位牌と祠堂金寄進記録である。位牌には正徳三年（一七一三）六月十三日とある。一方、祠堂金の記録には、それより以前の元禄九年（一六九一）七月一日とある。これらから、『絵入大画図』【図4】にある桔梗屋山村久兵衛は尾張の出身であることが証明できる。沢田は、桔梗屋の位牌にある戒名（法号）「恵山春庭童女」が、過去帳では、宝永六年（一七〇九）に亡くなった松葉屋善兵衛の娘として載っていることから、桔梗屋と松葉屋とは親類であると推定している。

（五）和泉屋

【図11B】は「和泉屋権助」の一族の位牌と祠堂金寄進記録である。この位牌には日付が入っていないが、祠堂金寄進記録には、宝永四年（一七〇七）七月七日とある。一方、元禄二年（一六八九）板行の『絵入大画図』には揚屋「和泉屋半四郎」とあり、位牌および祠堂金寄進記録にある「和泉屋権助」とは一致しない。詳しくは後述する。

（六）伊勢屋

【図12A】は宝永六年（一七〇九）九月二十八日とある、伊勢屋惣三郎娘の戒名「澄月暁雲信女」名である。【図4】に示す元禄二年（一六八九）の『絵入大画図』の記載では、「宗十郎」とある。沢田は、『花街漫録《かがいまんろく》』（文政八年［一八二五］刊）に記録される天和・貞享期（一六八一～一六八七）の揚屋「伊勢屋惣三郎」と、娘の戒名の添え書きにある「伊勢屋惣三郎」とが一致することから、伊勢屋は尾張の出身と結論している。元禄中期刊・天理大学附属天理図書館蔵『［新吉原細見図］』にある「伊勢屋惣三郎」を示しておく【図15C】。

（七）海老屋

【図13】は過去帳における揚屋「海老屋治右衛門」の元禄十一年（一六九八）六月二十二日の記録である。

沢田は光明寺以外に正衆寺過去帳も調べている。橋本屋については元禄十五年（一七〇二）、井筒屋においては宝永七年（一七一〇）の記録を確認している。

図12　光明寺過去帳。宝永6年（1709）9月28日 江戸伊勢屋惣三郎娘。光明寺蔵。

図13　光明寺過去帳。揚屋海老屋治右衛門の戒名。元禄11年（1698）6月22日。江戸エビヤ治右衛門。光明寺蔵。

以上のことを、元禄二年（一六八九）板行の『絵入大画図』を参照して【表1】にまとめた。

四　元禄『絵入大画図』との比較

『絵入大画図』【図4】には十八軒の揚屋が掲載されている。本節では、『絵入大画図』および、その他の『吉原細見』を用いて、沢田報告の検証を試みる。すなわち、『絵入大画図』などに掲載されている揚屋経営者の下の名前と、光明寺過去帳にある名前とが一致しない場合があるからである。このような場合には、その揚屋が尾張の出身であるとは必ずしもいえず、「尾張出身ではない」と、沢田が結論づけている可能性があるからである。

また、揚屋という業務形態は宝暦期（一七五一〜一七六三）には消滅する。これは、大名や武家を中心とした客が時代と共に減少することに対応している。沢田は揚屋の数の減少を、吉原からの撤退としているが、果たしてそうであろうか。また、沢田が調べた尾張屋清十郎の時代に、尾張出身者はすべて揚屋を経営しているとしているが、妓楼や茶屋を経営する者はいなかったのだろうか。

そこで、『絵入大画図』にある揚屋十八軒について、特に、沢田が尾張出身者とする揚屋に注目し、その後の時間の推移による変化を、『吉原細見』を用いて追跡した。これにより、揚屋の屋号は同じだが代替わりなどによって下の名前が変わる例、揚屋以外に妓楼を併営している例、さらには揚屋から妓楼にビジネスの態様を変化させている例を紹介して、何がおきていたのかを解明する。

まず、『絵入大画図』に掲載されている揚屋十八軒を、沢田論文の結果に照らして【表1】にまとめ、五分類した。

表1　元禄2年（1619）『絵入大画図』にある揚屋の動向

揚屋名	光明寺・正衆寺 過去帳	光明寺 祠堂金記録	光明寺 家族位牌　仏画	揚屋最終存続時期＊ および当主名	備考
左側（南）					
藤屋太郎右衛門 E	なし			元禄14年（1701）『吾妻里』　太郎右衛門	
海老屋治右衛門 A	光明寺　元禄11年（1698）6月22日　海老屋治右エ門			寛保4年（1744）正月『細見新玉鏡』治右エ門	
網屋甚右衛門 E	なし			元禄中期・天理本　甚右衛門	
橘屋四郎兵衛 D	光明寺　宝永7年（1710）8月27日　江戸立花屋　佐次兵衛			寛延元年（1748）秋『吉原細見吉原連男』　五郎左衛門	
橋本屋左兵衛 B	正衆寺　元禄15年（1702）　橋本屋佐兵衛			享保16年（1731）吉原さいけんの絵図　作兵衛	
銭屋次郎兵衛 C	光明寺　貞享3年（1686）12月4日　銭屋久四郎妻			元禄中期・天理本　次良郎兵衛	享保元年（1716）『新吉原細見花車』京一右妓楼久四郎
鎌倉屋長兵衛 E	なし			元禄14年（1701）『吾妻里』　長兵衛	
若狭や伊左衛門 E	なし			寛延元年（1748）秋『吉原細見吉原連男』　庄三郎	
伊勢屋宗十郎 A	光明寺　宝永6年（1709）9月28日　伊勢屋惣三郎娘			享保12年（1727）秋細見（天理108-1）　宗三郎	『花街漫録』天和・貞享の揚屋 伊勢屋惣三郎。元禄中期・天理本　宗三郎
右側（北）					
桐屋市左衛門 E	なし			享保元年（1716）『新吉原細見花車』市左衛門	
松本屋清十郎 A	光明寺　元禄5年（1692）3月12日　江戸尾張屋松本清十郎	延宝2年（1674）7月7日　20両	【仏画】祠堂金に言及　元禄5年（1692）3月12日以前	宝暦10年（1760）秋『細見里慈童』清十郎	尾張屋　万治3年（1660）『吉原鑑』に清十郎
桔梗屋久兵衛 A	光明寺　元禄5年（1692）7月25日　江戸桔梗屋久兵衛妻	元禄9年（1696）7月朔日　15両	【位牌】正徳3年（1713）6月13日	元禄14年（1701）『吾妻里』　権兵衛	山村姓　松葉屋と親戚
笹屋伊右衛門 E	なし			元禄中期・天理本　伊右衛門	宝永4年（1707）以降茶屋か
俵屋三右衛門 C	光明寺　正徳5年（1715）5月9日　江戸俵屋四郎兵衛内儀	宝永6年（1709）7月4日　15両　江戸浅草 俵屋松田四郎兵衛		元禄3年（1690）『新改さいけん名寄評判』　三右衛門	元禄14年（1701）『吾妻里』京町妓楼「俵屋四郎兵衛」文化2（1805）まで確認
和泉屋半四郎 D	光明寺　正徳6年（1716）1月10日　和泉屋権助事　宝暦2年（1752）2月29日　半四郎父	宝永4年（1707）7月7日　7両2分　江戸浅草和泉屋松本権助	【位牌】時期不明、制作者　和泉屋権助	寛延3年（1750）秋細見『婦美来留間』　半四郎→久右衛門→清六	寛保2年（1742）角町に妓楼「いつみ屋半四郎」
井筒屋彦兵衛 B	正衆寺　宝永7年（1710）			享保元年（1716）『新吉原細見花車』太兵衛	宝永4年（1707）より太兵衛
布施田屋太右衛門 E	なし			享保12年（1727）太右衛門	
松葉屋六兵衛 A	光明寺　宝永6年（1709）1月16日　松葉屋善兵衛娘	享保5年（1720）7月19日　松葉屋善兵衛	【仏画】正徳元年（1711）9月16日　松葉屋善兵衛	享保19年（1734）『吉原細見 常磐の松』	六兵衛　元禄3年（1690）京町で妓楼桔梗屋と親戚

＊：記録が残る『吉原細見』等の資料を挙げた

A：沢田が光明寺史料から尾張出身としたもので、確証のあるもの

B：沢田が正衆寺史料から尾張出身としたもの

C：沢田論文では明言していないが尾張出身者であるもの

D：尾張との関連がありそうに見えるもの

E：尾張出身かどうか不明

元禄中期・天理本＝【図15】『[新吉原細見図]』

（A）沢田が過去帳、祠堂金寄進記録、位牌、仏画などの光明寺史料に基づいて、尾張出身と判定したもの（五軒）。
（B）沢田が正衆寺資料（過去帳）から尾張出身としたもの（二軒）。
（C）沢田論文では尾張出身者と結論づけられてはいないが、今回の検討から尾張出身者といえるもの（二軒）。
（D）尾張との関連がありそうに見えるもの（二軒）。
（E）尾張出身かどうか不明なもの（七軒）。

（A）光明寺資料から尾張出身者と判定されるもの（五軒）

（A）に分類されるものは、『絵入大画図』にある名前に従えば、海老屋治右衛門、伊勢屋宗十郎、尾張屋（松本屋）清十郎、桔梗屋久兵衛、松葉屋六兵衛の五軒である。【表1】にあるように、海老屋は管見の限りでは寛保四年（一七七四）正月の『細見新玉鏡《さいけんあらたまかがみ》』が、揚屋としての営業を認められる最後の記録である。伊勢屋宗十郎は宗三郎に名前が変わるが、享保十二年（一七二七）を最後に揚屋を閉めている。尾張屋は多くの揚屋が享保から寛延にかけて撤退する中で、最後まで残った見世であり、宝暦十年（一七六〇）秋の『吉原細見』をもって見世を閉めている。桔梗屋は元禄十四年（一七〇一）の一枚物細見『吾妻里』が管見の限り最後であり、光明寺には正徳三年（一七一三）の日付のある位牌がのこされている。揚屋ビジネスからの比較的早い時期の撤退である。前節で述べたように、桔梗屋と松葉屋とは親戚なので、松葉屋が桔梗屋の経営を引き取ったのかもしれない。松葉屋は管見の限りでは宝永四年（一七〇七）に当主が善兵衛に交代している。享保十九年（一七三四）の『吉原細見』まで名前を確認できる。一方で松葉屋六兵衛の名前は『絵入大画図』において妓楼としても認められる。後に妓楼、茶屋においても松葉屋を名乗る見世が多く現れる。松葉屋の一族や暖簾分けによるものであろう。岩屋寺の香炉にも松葉屋の名前が見られる。

（B）正衆寺資料から尾張出身者と判定されるもの（二軒）

（B）に分類されるものは、正衆寺を檀那寺《だんなでら》とする橋本屋佐兵衛および井筒屋喜兵衛の二軒である。橋本屋は享保十六年（一七三一）の『吉原細見』が最後である。井筒屋は宝永四年（一七〇七）に当主が太兵衛に交代している。管見の限りでは享保元年（一七一六）の一枚物細見『花車《はなぐるま》』が最後である。

（C）新たに尾張出身者と判定されたもの（二軒）

（C）には銭屋と俵屋の二軒が該当する。

揚屋銭屋次郎兵衛は『絵入大画図』では、中之町（元禄の頃は「中」の文字を利用。以降は「仲」）木戸から入って左側にあり、揚屋としては五軒目であった【図4】。一方、光明寺過去帳にあっては、【図14】に示すように貞享三年（一六八六）十二月四日の記録として、銭屋久四郎妻「順誉妙誓信女」を見つけることができる。過去帳には「丑」とあるので、貞享二年（一六八五）の誤りかもしれない。しかし、これだけでは、『絵入大画図』にある銭屋次郎兵衛との関わりが明らかにならない。そのために、沢田も銭屋を尾張出身と明示的に述べていないのであろう。

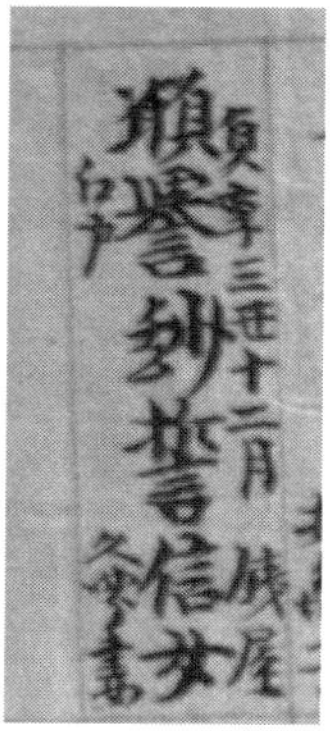

図14　光明寺過去帳。銭屋久四郎の妻の戒名。貞享3年（1686）12月4日。光明寺蔵。

そこで、揚屋「銭屋次郎兵衛」を『吉原細見』上で、年代を追って注意深く追跡してみよう。元禄中期刊・天理大学附属天理図書館蔵『［新吉原細見図］』の一枚物細見では、まず、揚屋町に銭屋次郎兵衛は確認できる【図15B】。同時に、京町一丁目の右角に

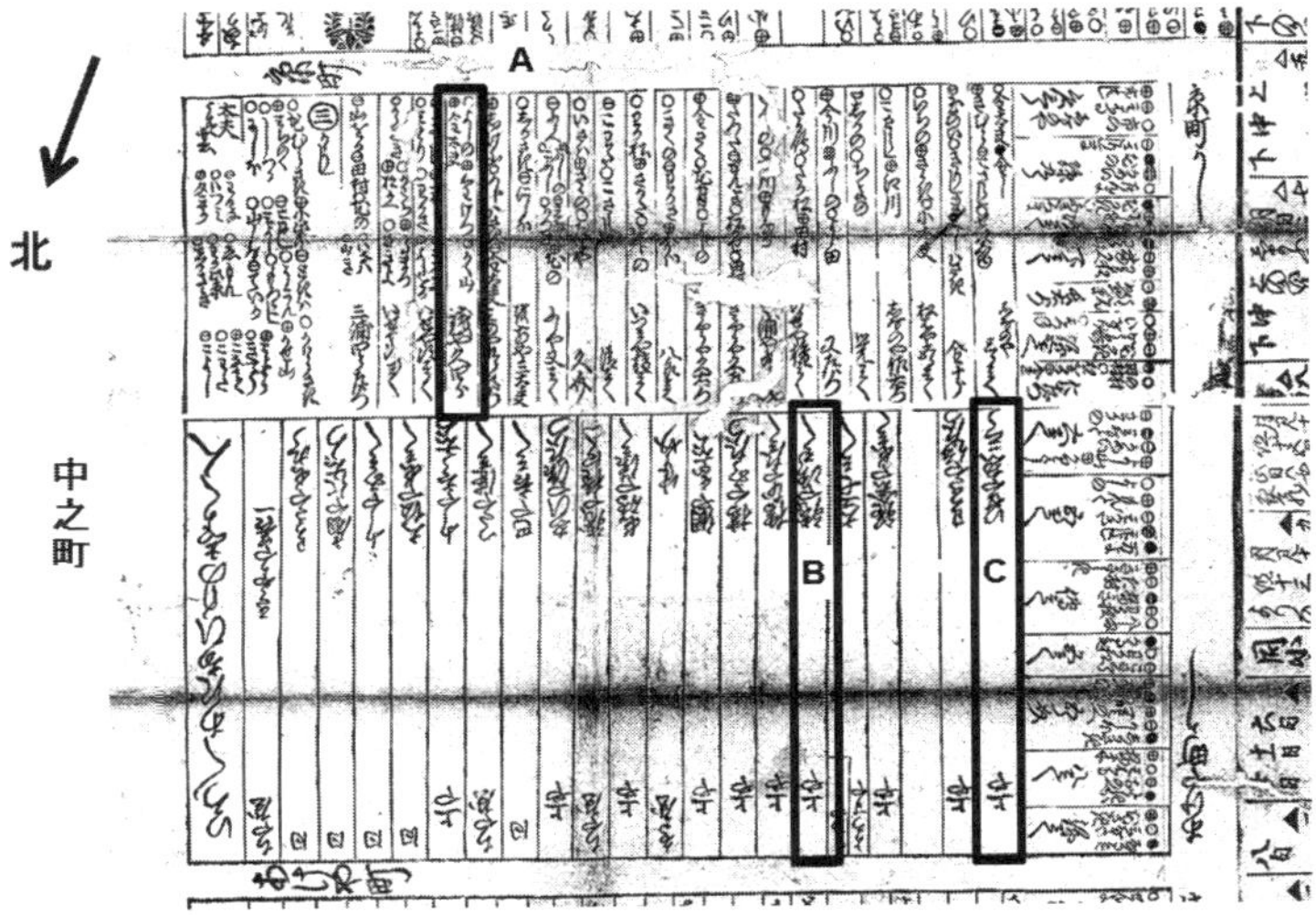

図15 『[新吉原細見図]』。元禄中期刊。天理大学附属天理図書館蔵（請求番号387-イ41）の一枚物細見。A）京町 銭屋久四郎、B）揚屋町 銭屋次郎兵衛、C）伊勢屋惣三郎。

ある三浦屋四郎左衛門の三軒先に、妓楼銭屋久四郎を見つけることができる【図15A】。その後の元禄十四年（一七〇一）の一枚物細見『吾妻里』においては、銭屋宗八郎に名前が変わる。場所は、三浦屋四郎左衛門の四軒先である。宝永六年（一七〇九）の評判記『吉原大黒《だいこく》舞《まい》』ならびに正徳二年（一七一二）の『吉原七福神《しちふくじん》』には、同所において銭屋庄八郎の名前を見つけられる。享保元年（一七一六）の一枚物細見『花車』では、名前は銭屋久四郎に戻っている。さらにその後、甚左衛門、甚右衛門と名前を変え、宝暦十年（一七六〇）秋の吉原細見『里慈童《さとのじどう》』を最後に、吉原から名前が消える。

これからわかることは、この過去帳【図14】にある銭屋久四郎の妻とは、元禄中期刊・天理大学附属天理図書館蔵『[新吉原細見図]』にある京町一丁目右側の妓楼銭屋久四郎の女房と理解できる。しかしながら、吉原において銭屋を名乗る揚屋が元禄中期に消滅し、これに代わって妓楼としての銭屋が約七十年間続くことを考えると、妓楼銭屋久四郎が尾張知多の出身であることはもちろんであるが、それ以前に存在していた揚屋としての銭屋次郎兵衛と妓楼銭屋久四郎とは、いずれも尾張知多出身の親戚同士であったと考えるのが妥当であろう。

次に、同じ（C）の例として、俵屋について考察してみよう。俵屋は元禄二年（一六八九）の『絵入大画図』においても俵屋三右衛門を名乗っている。木戸から入って右側、揚屋としては五軒目である【図4】。一方、前述したように、光明寺過去帳の享保五年（一七二〇）十一月七日には「俵屋三四郎」、享保十九年（一七三四）七月七日には、「俵屋四郎兵衛」とある。また、宝永六年（一七〇九）七月四日には、俵屋松田四郎兵衛の名前で祠堂金十五両が寄進されている。いずれの記録の場合にも、名前は『絵入大画図』の「三右衛門」と異なっている。このことから沢田は、俵屋三右衛門を尾張知多の出身者としては扱わなかったようである。

俵屋の状況を『吉原細見』の上で追跡する。『絵入大画図』の翌年の元禄三年（一六九〇）『新改さいけん名寄《なよせ》評判』では、揚屋として俵屋三右衛門が見られるが、その後の元禄中期刊・天理大学附属天理図書館蔵『［新吉原細見図］』では名前が消え、同時に京町の木戸を入って左側二軒目に妓楼俵屋四郎兵衛が登場する。さらに、宝永六年（一七〇九）の評判記『吉原大黒舞』では、同じ年の祠堂金寄進記録にあるのと同じ俵屋四郎兵衛が楼主である。正徳二年（一七一二）の評判記『吉原七福神』において俵屋三四郎に代わる。この三四郎は光明寺過去帳によれば、享保五年（一七二〇）十一月七日に歿している。享保十二年（一七二七）の『吉原細見』からは楼主名が俵屋四郎兵衛に代わったことがわかる。【図16】に享保十三年（一七二八）三月の『新吉原細見之図』（冊子体）における妓楼俵屋四郎兵衛を示す。この四郎兵衛も光明寺過去帳によれば享保十九年（一七三四）に亡くなったことが記録されている。その後、長く天明期まで四郎兵衛が襲名される。寛政期（一七八九〜一八〇〇）には俵屋忠右衛門が楼主となり、文化期（一八〇四〜一八一七）には俵屋いちが女楼主となるが、文化十年（一八一三）の火災による仮

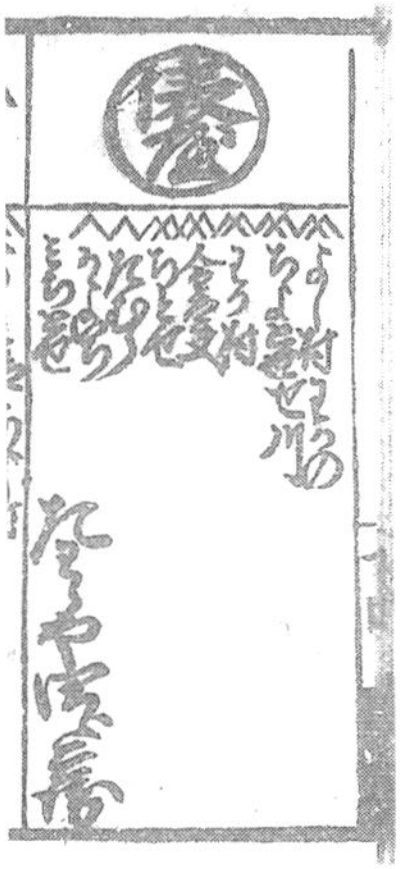

図16 『新吉原細見之図』。享保13年（1728）3月。京町一丁目における俵屋四郎兵衛。岩瀬文庫蔵。

図17 鳥居清長筆芝居絵「二代源氏押強弓」。寛政3年（1791）11月中村座顔見世（『南知多町誌』本文編より）。

宅を最後に、百年以上続いた俵屋は吉原から消える。

『南知多町誌』本文編には、【図17】に示すように、南知多町指定有形文化財の鳥居清長筆「歌舞伎図」が紹介されている。[8] 絵は、『歌舞伎年表』[9]によれば、寛政三年（一七九一）十一月中村座顔見世興行の櫻田治助作「二代源氏《にだいげんじ》押強弓《おしのつよゆみ》」を描いたものである。この芝居は源頼光と四天王の土蜘蛛退治の説話に取材したものである。土蜘蛛の精を守田勘彌、頼光とあや歌を佐野川市松、渡辺綱を市川八百蔵が演じた。絵は南知多町豊浜町の松田宗一氏が所蔵している。松田家の屋号は今でも俵屋である。このことは、【図9】に示す祠堂金寄進記録において「俵屋松田四郎兵衛」とあることと一致している。楼主が「俵屋忠右衛門」の時代に、江戸からもたらされた絵である。

（D）尾張と関係がありそうなもの（二軒）

（D）として、尾張との関連がありそうに見えるものに、橘屋四郎兵衛と和泉屋半四郎の二軒がある。

光明寺過去帳の宝永七年（一七一〇）八月二七日に、江戸立花屋佐次兵衛の戒名がある。この立花屋と揚屋の橘屋と関係があるかど

図18　寛保２年（1742）『吉原細見』。角町に登場する和泉屋半四郎。実践女子大学図書館蔵。

うかは不明である。『吉原細見』で追ってゆくと、橘屋は享保二十一年（一七三六）までは四郎兵衛を名乗っているが、元文三年（一七三八）春からは五郎左衛門を称する。代替わりしたのであろう。しかし、佐次兵衛の名前はない。

　和泉屋半四郎は、寛延三年（一七五〇）三月の『吉原細見』を最後に揚屋から撤退する。元禄から享保元年（一七一六）の一枚物細見『花車』までは、半四郎が当主であった。享保四年（一七一九）の一枚物細見（天理三八七イ―三二）から享保十二年（一七二七）までは、当主は和泉屋久右衛門である。享保十三年（一七二八）三月からは和泉屋清六であり、寛延三年（一七五〇）秋の吉原細見『婦美来留間《ふみぐるま》』を最後に姿を消す。

　一方、寛保二年（一七四八）の『吉原細見』には、揚屋町の揚屋和泉屋清六に加えて角町に妓楼和泉屋半四郎が登場する【図18】。半四郎と言う名前は、元禄期の揚屋の名前であるが、同じ半四郎という名前が再び用いられたということは、揚屋和泉屋清六と妓楼和泉屋半四郎とが親戚である可能性を示している。清六という名前は享保十三年（一七二八）に揚屋和泉屋半四郎の当主として登場するが、それ以前の元禄十四年（一七〇一）から享保十二年（一七二七）までは、揚屋松本清十郎の当主の名前である。

　光明寺には、【図11B】に示すように、作られた日付が不明の和泉屋権助一族の位牌と、宝永四年（一七〇七）七月七日の祠堂金寄進記録がある。この和泉屋は祠堂金寄進記録に書かれたとおり松本氏であり、尾張屋と親戚であることが理解できる。そのように考えると、清六の名前が揚屋松本清十郎揚屋和泉屋半四郎の双方に見られることに違和感はない。とするならば、揚屋和泉屋半四郎も尾張知多の出身と考えてよいであろう。

しかしながら、元禄から寛延までの『吉原細見』を調べても、肝心の和泉屋権助の名前は確認できなかった。祠堂金寄進記録には揚屋桔梗屋と同じように江戸浅草とあるので、吉原に関わりのある者と理解できる。

（E）不明者（七軒）

（E）は現状では南知多の寺院において、過去帳などの記録が確認できない揚屋が七軒ある。尾張との関係が明確でない見世である。中之町の木戸を入って左側では、藤屋太郎右衛門、網屋甚右衛門、鎌倉屋長兵衛および若狭屋伊左衛門である。これらの揚屋を『吉原細見』において最終的に確認できる時期は、藤屋においては元禄十四年（一七〇一）の一枚物細見『吾妻里』である。網屋甚右衛門の場合にも、早い時期の元禄中期刊・天理大学附属天理図書館蔵『[新吉原細見図]』を最後に消えている。鎌倉屋長兵衛も元禄十四年（一七〇一）の『吾妻里』が最後である。若狭屋伊左衛門は、寛延元年（一七四八）秋の吉原細見『吉原連男《つれおとこ》』が、確認できる最後の細見である。比較的遅い時期まで揚屋として残った。

揚屋町の通りの右側では、享保元年（一七一六）の一枚物細見『花車』が最後となる桐屋市左衛門、笹屋伊右衛門および（布施田屋）太右衛門が（E）に分類される。笹屋が吉原細見に最後に登場するのは、元禄中期刊・天理大学附属天理図書館蔵『[新吉原細見図]』である。（布施田屋）太右衛門は享保十二年（一七二七）の『吉原細見』が最後である。なお、綱屋はその後の調査で知多の出身であることが判明した。

図19　楼海老屋利（理）左衛門寄進が正徳３年（1713）７月16日に寄進した仏画。当初軸装であったものが、修繕の際に額装に改められたとのこと。光明寺蔵。

図20「雛形若菜初模様」。磯田湖龍斎筆。安永６年（1777）頃（ギメ東洋美術館蔵。「国際浮世絵学会創立50周年記念大浮世絵展」カタログより）。

五　尾張出身の妓楼経営者たち

尾張出身者は沢田が指摘するように、揚屋の経営のみに関わったのであろうか。沢田は妓楼に関して、何も触れていない。しかし、筆者の調査によると、妓楼の経営にも関わっていることがわかった。これを以下に紹介する。実は、吉原の経営において意味が大きいのは妓楼である。

（一）海老屋

光明寺の資料において沢田が触れていないものに、妓楼海老屋理左衛門が正徳三年（一七一三）七月十六日に寄進した仏画がある【図19】。同じ日付で両親の月供領として二十両を寄進した記録もある。沢田が参照した『絵入大画図』、および元禄三年（一六九〇）の評判記『新改さいけん名寄評判』では、京町の左側三軒目に妓楼海老屋長左衛門を見つけられるが、海老屋理左衛門は存在していない。元禄十四年（一七〇一）の一枚物細見『吾妻里』には海老屋市左衛門として角町《すみちょう》の右側九軒目に認められる。宝永六年（一七〇九）の

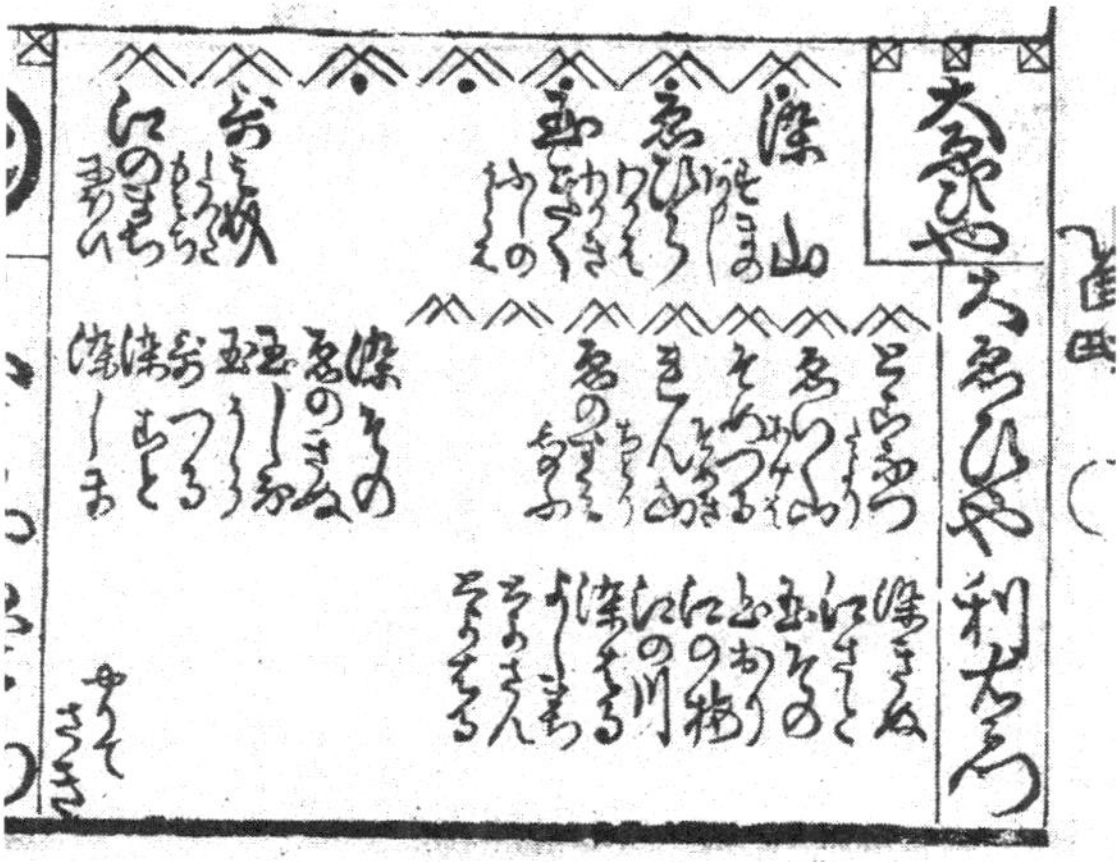
図21　吉原細見『三津の根色』安永6年（1777）。大ゑびや利右衛門（近世風俗研究会復刻版、1982年より）。

評判記『吉原大黒舞』では、角町の右側十一軒目で楼主名が孫兵衛に変わる。そして、正徳二年（一七一二）の評判記『吉原七福神』に、角町の右側十三軒目に大海老屋理左衛門として見つけられる。すなわち、妓楼の海老屋は尾張知多出身である。時代の推移と共に、楼主は伝四郎、利右衛門、利十郎と継承されてゆく。正徳という早い時期に大海老屋と記されていることは、時代と共に暖簾分けをした「海老屋」が複数存在する可能性を示している。丸海老屋や姿海老屋などは、ここから分かれたものと推測される。一方、揚屋としての海老屋治右衛門については、前節で述べたとおりである。

【図20】に、時代はかなり下がるが、磯田湖龍斎《こりゅうさい》筆「雛形若菜《ひながたわかな》の初模様《はつもよう》大えびや内染山」を示す。【図21】は描かれた「染山」の名前が掲載された、安永六年（一七七七）の吉原細見『三津《みつ》の根《ね》色《いろ》』における「大ゑびや利右衛門」である。

（二）堺屋

光明寺過去帳などに記録のある者で、吉原関係者は他にはいないだろうか。【図22A】に示すように、正徳元年（一七一一）七月

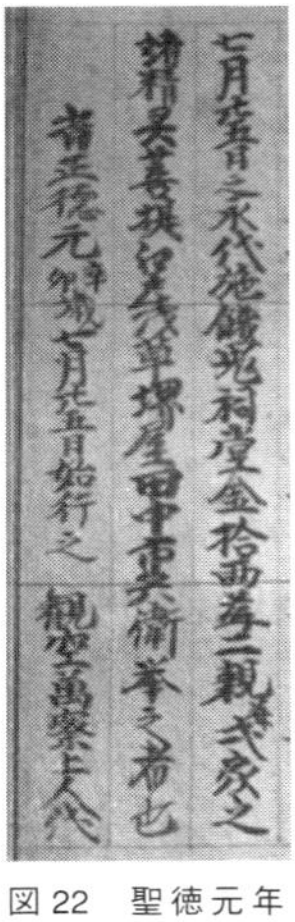

図22　聖徳元年（1711）7月25日の堺屋田中市兵衛による祠堂金寄進記録。光明寺蔵。

二十五日に祠堂金十両を二親の供養のために寄進した、江戸浅草の堺屋田中市兵衛も妓楼の経営者である。この堺屋（市兵衛）は元禄中期刊・天理大学附属天理図書館蔵『［新吉原細見図］』において、角町の木戸を入って右側十四軒目の梅茶格（中クラス）見世として見出せる。正徳二年（一七一二）の評判記『吉原七福神』では、江戸町二丁目の梅茶格の妓楼としている。

（三）加賀屋徳右衛門・加賀屋助十・加賀屋重左衛門・伊勢屋甚助・亀甲屋八兵衛（正衆寺過去帳にある妓楼）

【図23】は光明寺薬師堂にある、元禄十三年（一七〇〇）正月に吉原新町の加賀屋家田《いえだ》徳右衛門が奉納した虎を描く絵馬である。元禄二年（一六八九）の『絵入大画図』では、加賀屋重左衛門を角町の右側に認める。元禄中期刊・天理大学附属天理図書館蔵『［新吉原細見図］』では、同じ場所で楼主は加賀屋市左衛門となっている。その後の宝永四年（一七〇四）には新町（京町二丁目）に移動し、楼主は加賀屋徳右衛門となる。管見の限りでは、寛保四年（一七四四）までは、京町二丁目に加賀屋を確認できる。ちなみに、家田姓は南知多に多く、吉原関係者には家田を名乗る人が多い。また、家田を屋号にする妓楼もある。『南知多町誌』本文編は、正衆寺過去帳に加賀屋徳左衛門があると報告している。[10] しかしながら、正しくは光明寺の絵馬に書かれた名前や『吉原細見』にあるとおり徳右衛門である。

正衆寺過去帳には、他に加賀屋助十、加賀屋重左衛門、伊勢屋甚助ならびに亀甲屋八兵衛の記録がある。加賀屋助十の名前は、宝永四年（一七〇七）の一枚物細見『武江《ぶこう》新吉原町図』によれば、角町の木戸をくぐって右側五

図23　元禄13年（1700）に加賀屋家田徳右衛門が寄進した絵馬。光明寺蔵。

軒目に加賀屋助十郎として見出せる。さらに、宝永六年（一七〇九）の角町にも認められる。紋は加賀屋徳右衛門と同様に桐であることから、これらの二軒は親戚であろう。

加賀屋重左衛門は十左衛門として、宝暦二年（一七五二）秋の吉原細見『吉原《さと》燕《つばめ》』までは存在を確認できた。宝暦四年（一七五四）秋の『細見多《た》知《ち》姿《すがた》』では消えている。沢田によれば、須佐の家田姓の人たちは加賀の白山を信仰の対象としているので、加賀屋を屋号にしているという。[11]

伊勢屋甚助は甚介として宝永四年（一七〇七）に、京町の右から二軒目、三浦屋の隣に確認できている。管見の限りでは、享保年間に次兵衛を、宝暦年間では甚助および甚介を名乗り、明和六年（一七六九）秋の四郎三郎を最後に『吉原細見』から見えなくなる。亀甲屋八兵衛も、沢田によれば伊勢屋甚助同様に正衆寺に過去帳がある。角町に見世があったとしており、宝暦三年（一七五三）の『吉原細見』の角町にきっこう屋庄吉が認められる。

（四）伊勢屋治兵衛

同じく沢田によれば、極楽寺には伊勢屋治兵衛の延宝年間から

図24　契情道中双娼見立よしはら五十三対　川崎。玉屋内白菊。溪斎英泉筆。日本浮世絵博物館蔵。

の位牌があり、[12]京町に見世があったとしている。この妓楼は、管見の限りでは寛保二年（一七四二）春の『吉原細見』で確認することができる。

（五）玉屋

南知多町片名《かたな》の成願寺において玉屋弥八の過去帳が存在することを沢田が報告している。[13]すなわち、「清浄院蓮誉物外乗慶菴主　弥八事　江戸吉原新町　弥右衛門　寛政十二申（一八〇〇）四月八日、光含院心誉照月英寿大姉　弥八妻　寛政九巳（一七九七）五月十一日」および「浄誉快楽玉翁居士　江戸吉原　玉屋弥八　天保八酉（一八三七）十二月八日」とある、二代にわたる玉屋弥八である。【図24】に文政八年（一八二五）に溪斎英泉《けいさいえいせん》が描き、蔦屋吉蔵から板行された遊女絵「契情道中双娼見立よしはら五十三対　川崎　玉屋内白菊」を示す。過去帳の記録から、天保八年（一八三七）に歿した「浄誉快楽玉翁居士」が楼主の時代の出版と理解できる。次節で紹介するように、成田山に提灯を奉納した遊女白玉も、玉屋弥八の抱えであった。

六　岩屋寺香炉の寄進者の検証

沢田は南知多町山海《やまみ》の岩屋寺に、明和二年（一七六五）江戸吉原の関係者が奉納した銅製の立派な香炉があること報告している【図5】。この香炉の寄進者の名前をクローズアップしたものが【図25】である。

図25　岩屋寺銅製香炉にある寄進者の名前。

香炉には、「奉納　尾州知多郡岩屋観世音御宝前　願主武州江戸浅草田町西誉善了　御鋳物師　西村和泉守作　時明和二乙酉年七月吉日」とあり、香炉を寄進した五十六名の名前が鋳込《いこ》まれている。これを【表2】にまとめる。冒頭の十二名は世話人である。その内の一人である鈴木藤兵衛に「当邑（村）」とあるのは、地元知多の人であることを示している。それ以外は江戸吉原の関係者と、基本的には理解できる。寄進者の業種別（分類）の内訳を試みると、【表3】のようになる。ちなみに、「願主武州江戸浅草田町西誉善了」とは、岩屋寺中之坊智善上人の弟子である。この香炉の作者・西村和泉守による他の作品としては、台東区元浅草の妙経寺の銅鑼《どら》が知られている。[14]

【表3】に、香炉が寄進された翌年の明和三年（一七六六）春の吉原細見『唄安ウ来門《うのじごもん》』【図26】と、寄進者たちの名前を比較した結果の一部を示す。図中の番号は【表3】における番号と一致させてある。この細見に情報がない場合にも、数年後の細見で確認できる場合があった。これらは表の欄外に示したとおりである。明和および宝暦期の『吉原細見』には、幸いなことに後の時代とは異なり、茶屋や商人というように業種や身分が丁寧に書き込まれている。かつ、吉原内部で営業している商人の場合、店の種類まで書かれているので、本香炉の寄進者を同定するこ

表２　香炉寄進者名の明和３年（1764）『吉原細見』との照合

		寄進者名	分類	所在
世話人	1	松屋与兵衛		吉原
	2	同　まつ		吉原
	3	中田屋半三郎	妓	江戸西かし
	4	扇屋仁兵衛	妓	江戸二 A
	5	松葉屋加兵衛	茶	中之町左
	6	当邑鈴木藤兵衛		知多
	7	岩田屋平助		
	8	米屋善兵衛		
	9	堺屋長助		
	10	太田屋宇兵衛	商	江戸一
	11	兵庫屋九兵衛	商	角町
	12	若松屋仁助		
	13	桐菱屋権兵衛	妓	京二
	14	一文字屋伊兵衛	茶	中之町右
	15	秩父屋重蔵	茶	江戸二
	16	丸屋藤助		
	17	鹿嶋屋喜兵衛		
	18	下駄屋平八	商	京二
	19	松葉屋半三郎		
	20	近江屋喜兵衛	茶	中之町右
	21	万字屋佐助	妓・茶	江戸一 C
	22	大菱屋久右衛門	妓	京二
	23	若木屋与八	妓	江戸西かし
	24	八幡屋次郎兵衛	茶	京二 B
	25	中万字屋長助		
	26	岡崎屋伊兵衛		
	27	玉屋七兵衛		
	28	奥田亦左衛門		
	29	松葉屋半左衛門	妓	江戸一
	30	松屋内藤八	芸者	
	31	中万字屋隠居		
	32	佐野屋小八		
	33	金屋次衛門	妓	京二
	34	岡本屋長兵衛	妓	京一
	35	舛屋七衛門	茶	大門近く
	36	湊屋権兵衛	茶	中之町左
	37	伊勢屋浄林		
	38	平野屋長衛門	茶	水戸尻近く
	39	八幡屋喜衛門	妓	京町かし D
	40	山口巴半介 G	茶	中之町左
	41	松屋庄兵衛	茶	大門近く
	42	湊屋佐兵衛	茶	中之町左
	43	伊勢屋善四郎		
	44	中村屋平助		
	45	八幡屋五郎兵衛	茶	中之町右
	46	尾張屋七兵衛	茶	中之町右
	47	河内屋善八		
	48	尾張屋権六	商	江一 F
	49	俵屋四郎兵衛	妓	京一
	50	金屋内重里	遊女	京二
	51	兵庫屋喜六	商	角町 E
	52	若松屋権兵衛	茶	中之町右
	53	塩屋久次郎		
	54	丁子屋喜助		
	55	山本忠兵衛		
	56	久村屋喜兵衛		

中之町右左は大門を背にした定義。
A：明和初期の細見では確認できないが、安永７年（1778）春の細見『可来宵』にある。B：明和６年（1769）細見。
C：茶屋としては中之町左。D：明和６年（1769）細見。E：明和６年（1769）細見。G：本文参照。

表３　寄進者の業種別の分類

分類	人数
妓楼主	11
遊女	1
芸者	1
茶屋	14
商人	5
当邨	1
不明	21
総計	56

注：万字屋佐助は妓楼と茶屋の双方を営んでいる。ここでは妓楼主としてカウントした。

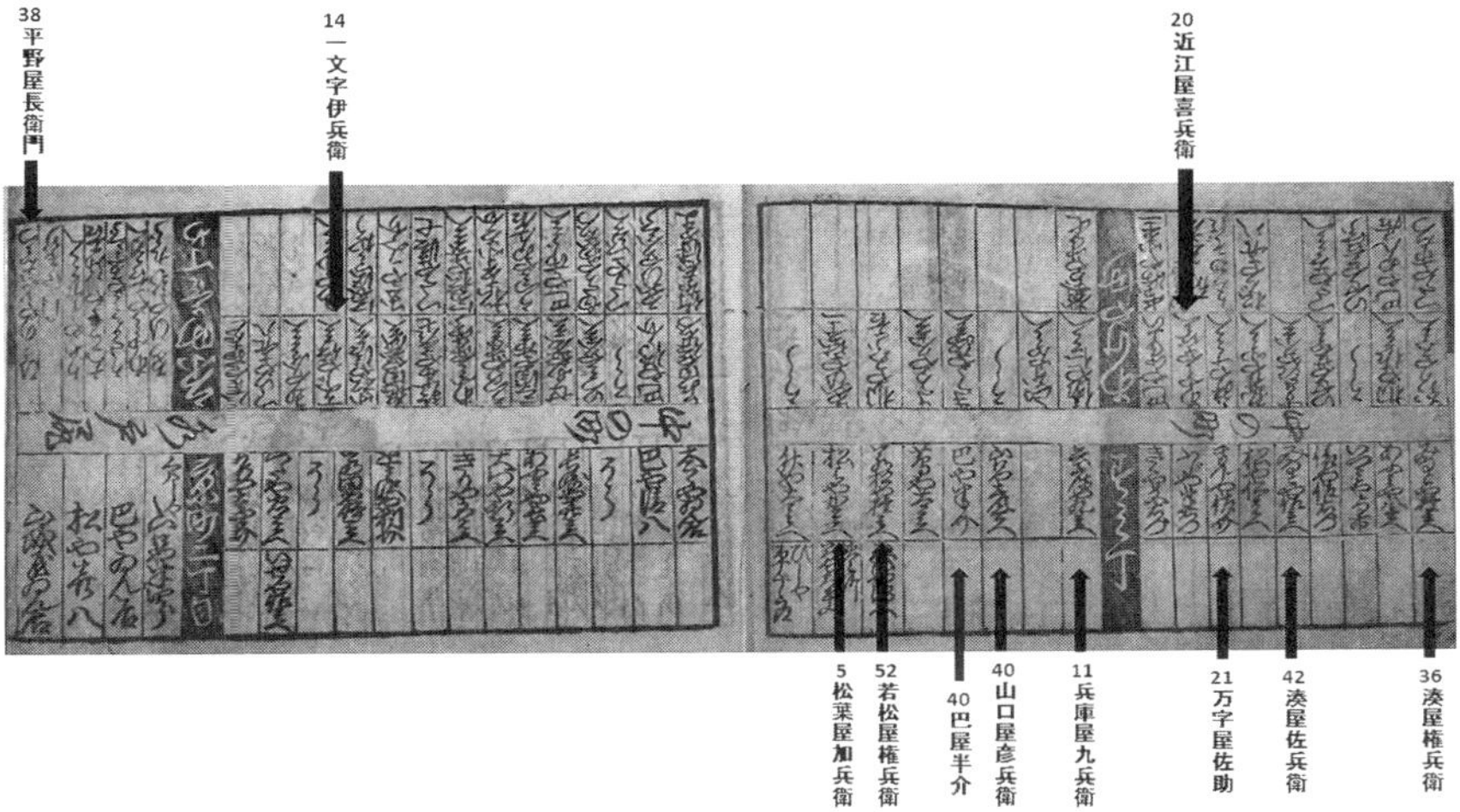

図26　明和３年（1766）吉原細見『唄安ウ来門（うのじごもん）』。３ウ４オ。中之町の茶屋の部分。矢印で示す茶屋が岩屋寺香炉の寄進者。大阪大学図書館忍頂寺文庫蔵。

とに極めて有効であった。細見に名前のある妓楼や茶屋の当主以外に、隠居した者などが寄進した場合には、必ずしも細見上では特定できない。二十一名が検証不能なのは、そのような理由による。しかし、不明とされる寄進者も、屋号から吉原関係者と理解してよいであろう。あるいは、吉原以外の江戸市中で商売をしていたかもしれない。

寄進者筆頭の松屋与兵衛ならびに同まつについては『吉原細見』には名前がなく確認できなかった。しかしながら、香炉が寄進される二十年ほど前の延享三年（一七四六）に岩屋寺に納められた松屋与兵衛家の過去帳が、同寺において発見されたとご住職より連絡を頂戴した。過去帳には「江戸浅草吉原松屋与兵衛」とあり、この人物が吉原の関係者であることが証明できた。

（一）妓楼

検証の結果、妓楼主は十一名である。13桐菱屋権兵衛、21万治屋佐助、22大菱屋久右衛門、29松葉屋半左衛門、33金屋次衛門、34岡本屋長兵衛ならびに49俵屋四郎兵衛の七軒は比較的大きな見世である。21万治屋佐助は妓楼であると同時に中之町の茶屋である。49俵屋は前節に述べたように、光明寺過去帳にも記録されている。揚屋から妓楼にビジネス・モデルを変化させている。一方、3中田屋半三郎、23若木屋与八ならびに39八幡屋善衛門は、「河《か》岸《し》見《み》世《せ》」であった。その名前の由来は、矩形をした吉原遊郭の東側と西側には堀があり、これに沿った見世であることによる。格の低い小さな見世であり、揚代も安かった。4扇屋仁兵衛は、明和三年（一七六六）春の『吉原細見』には名前がないが、十二年後の安永六年（一七七七）春の吉原細見『三津の根色』で江戸町一丁目の河岸見世として見つけることができた。4扇屋仁兵衛は明和二年（一七六五）当時は別の商売をしており、安永六年（一七七八）に妓楼を始めたのかもしれない。

香炉寄進者の中で興味深いのは、50金屋内重里および30松屋内藤八である。「重里」は【図27】に示すように、京町二丁目の金屋平重郎抱えの遊女で、上から三番目の揚代が三分の散茶女郎という格であった。このことは、「しげさと」という名前の上にある、「入山形に星一つ」という合印《あいじるし》から知ることができる、そして、「はうら」と「てこと」という二人の禿《かむろ》がついていた。禿は姉女郎としての「重里」をお世話する役であり、遊女の見習いでもある。この「重里」は尾張知多の出身だったのであろう。安政時の妓楼大黒屋文四郎には大坂出身の遊女がいたことが知られており、遊女は各地から集まっている。「重里」は信心深い女性だったようだ。遊女が個人で神社仏閣に寄進する例は、成田山の江戸開帳に見られる。『成田山新勝寺資料集』には、文化十一年（一八一四）三月の江戸での開帳に際し、松葉屋の「粧《よそお》ひ」、および玉屋の「白玉」が、金子や提灯などを奉納したと記録に残されている。▼15 遊女絵に奉納手拭や提灯が描き込まれている例があり、遊女の信心深さを理解できる。第五章【図9】に示す「愛染」の絵にこれが見られる。30松屋内藤八は、その名前からして男芸者と思われるが、『吉原細見』では発見できなかった。『吉原細見』では、「引っ込み」の場合もそうであるが、抱えの遊女や芸者の全員を掲載しているとは限らないからである。大きな妓楼ではこれはと見込まれる子を小さいときから実の娘のように育てるこ

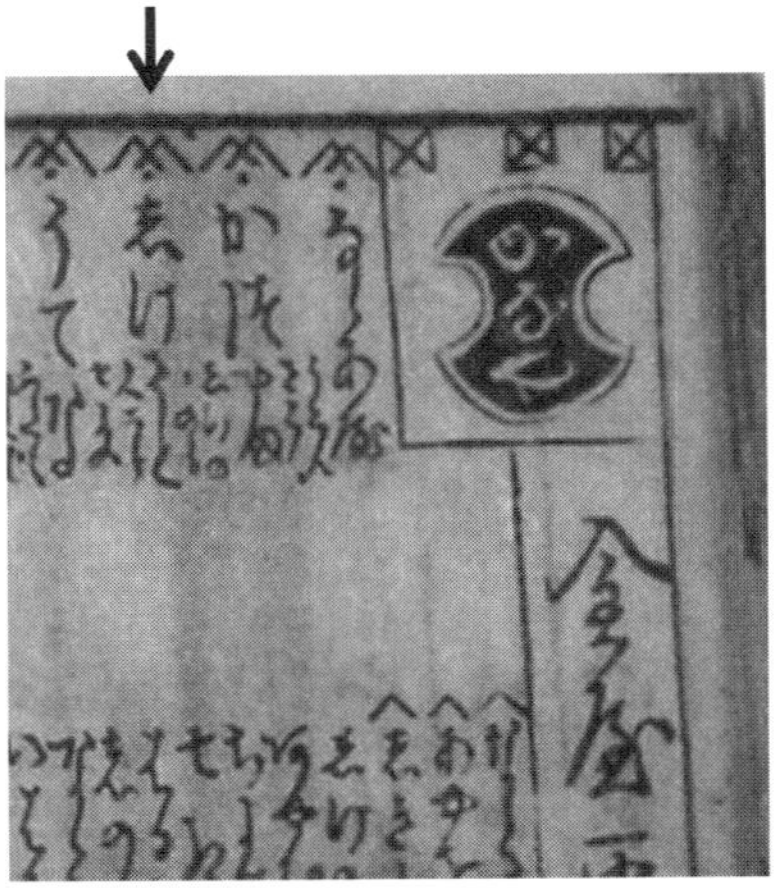

図27　明和３年（1766）吉原細見『唄安ウ来門（うのじごもん）』。京町二丁目金屋平重郎。三枚目に香炉を寄進した「しげさと」がいる。大阪大学図書館忍頂寺文庫蔵。

図28　寛延３年（1750）秋の吉原細見『婦美来留間』にある茶屋松葉屋（部分）。大阪大学図書館忍頂寺文庫蔵。

とが行われていた。『吉原細見』に名前を出さずに客を取ることが行われていたので「引っ込み」と呼ばれていた（「引っ込み」については第五章二節「「和泉屋平左衛門仮宅之図」における紋の扱い」において詳しく述べる）。

（二）茶屋

茶屋は十四名いる。大門《おおもん》近く、あるいは水戸尻《みとじり》とある仲之町の通りの奥まで含め、十二軒が仲之町の通りにある。40山《やま》口巴半介《ぐちともえはんすけ》は表においては一名のように見えるが、実は【図26】にあるように、山口屋彦兵衛と巴屋半介の二名である。しかし、時代が下がった安永五年（一七七六）春の吉原細見『婦多見賀多《ふたみがた》』には、吉原大門を入ってすぐ右に山口巴半助を見出せる。以後、この茶屋は後世、山口巴となっている。この時代には一人が株を持ち、後に企業統合されたものと推測される。

【図28】は、明和よりも時代は遡るが、寛延三年（一七五〇）秋の吉原細見『婦美来留間《ふみぐるま》』の挿絵である。茶屋松葉屋が描かれている。松葉屋加兵衛の見世かどうかは判断できないが、知多出身の松葉屋の一族が経営しているものと理解してよいであろう。15秩父屋重蔵と24八幡屋次郎兵衛の場合には中之町ではなく、それぞれ、江戸町二丁目と京町二丁目に確認できた。

（三）商人

『吉原細見』で商人とされている者は五名いる。10大田屋宇兵衛（江戸町一丁目）、11兵庫屋九兵衛（角町）、18下駄屋平八（京町二丁目）、48尾張屋権六（江戸町一丁目）および51兵庫屋喜六（角町）である。いずれの場合にも商人と書かれているだけであり、具体的な生業は不明である。18下駄屋平八の場合には名前からわかる。『吉原細見』では、他にも米屋や酒屋などと書かれている場合もある。

ちなみに、岩屋寺の香炉が奉納された明和二年（一七六五）は、鈴木春信が多色刷の浮世絵を始めた時期である。香炉を寄進した京町二丁目「桐菱屋権兵衛」を継承した「桐菱屋又右衛門」と、同じく京町二丁目「大菱屋久右衛門」の遊女絵を、香炉寄進五年後の明和七年（一七七〇）六月に鈴木春信が『青楼美人合』に残している。【図29】は、春信が描く「大菱屋」の「ひとへ」と、その『吉原細見』における記録である。【図30】は、「桐菱屋」の「ひめ菊」である。後世の絵のように色は多用されていないが、春信的な浪漫さが感じられる。【図31】に、安永五年（一七七六）春の吉原細見『婦多見賀多』における松葉屋半左衛門【図31A】と、北尾重政が描く『青楼美人合姿鏡』における松葉屋半左衛門の部を示す【図31B】。細見に名前のある遊女・松島、初風、染の介、瀬川が描かれている。

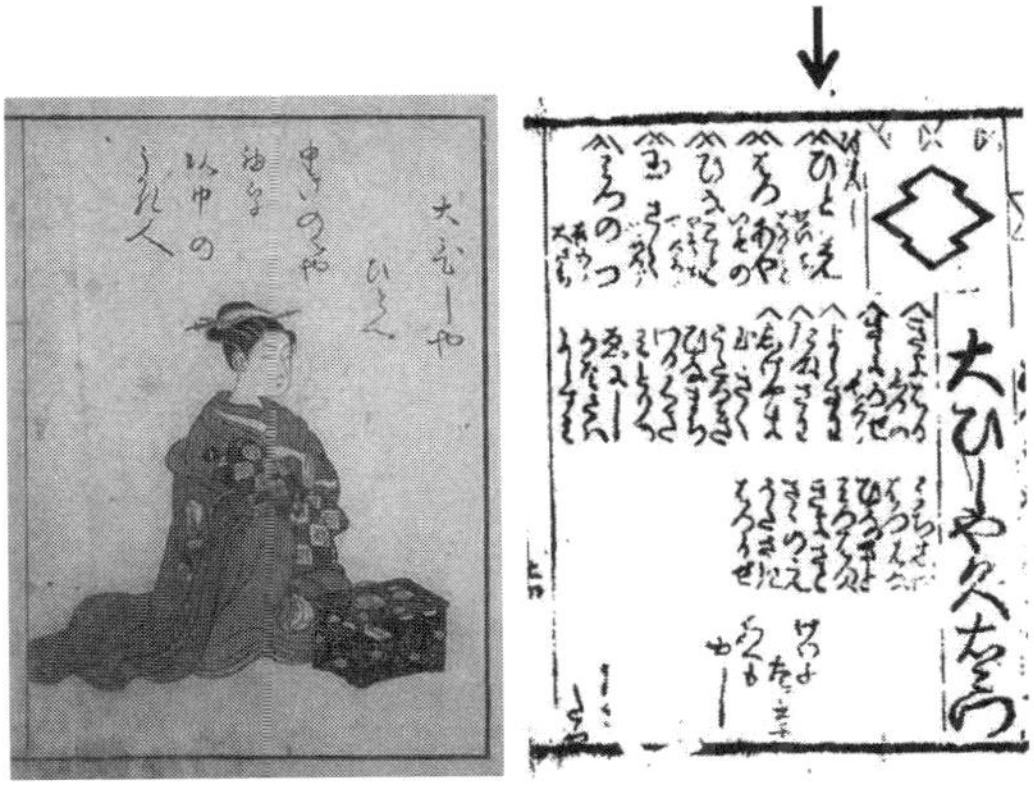

図29　鈴木春信筆『青楼美人合』「大ひしや　ひとへ」国立国会図書館蔵。および明和7年（1770）吉原細見『金生粋』（部分）。東京都立中央図書館加賀文庫蔵。

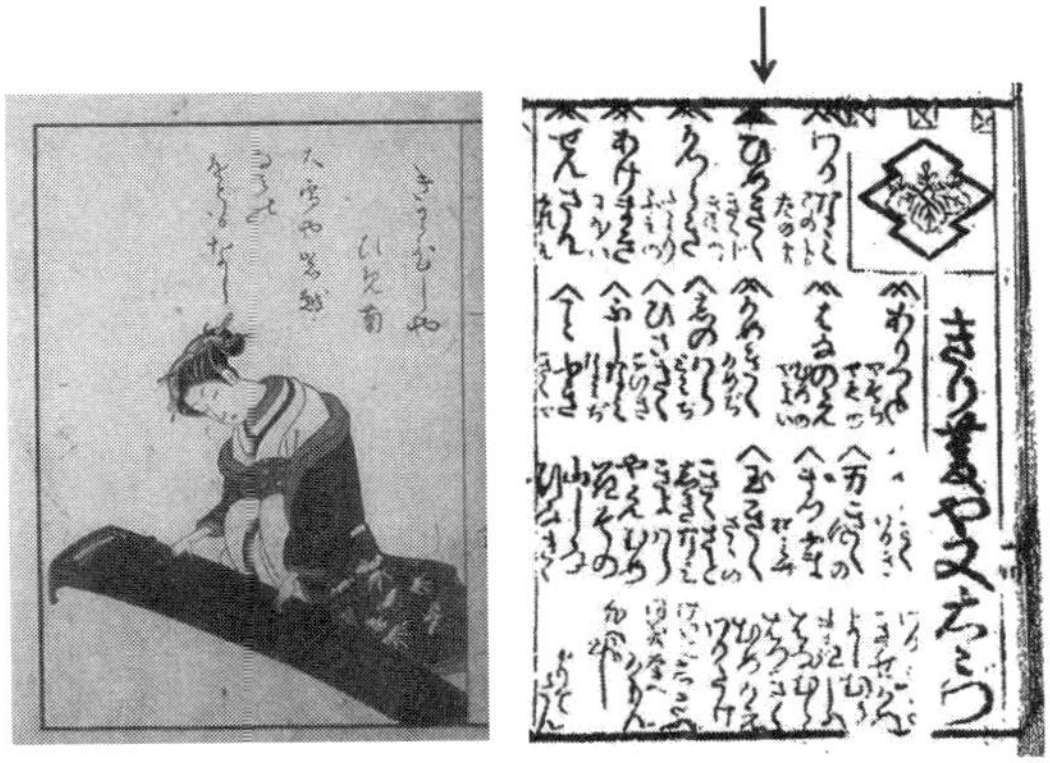

図30　木春信筆『青楼美人合』「桐菱屋ひめぎく」国立国会図書館蔵。および明和7年（1770）吉原細見『金生粋』（部分）。東京都立中央図書館加賀文庫蔵。

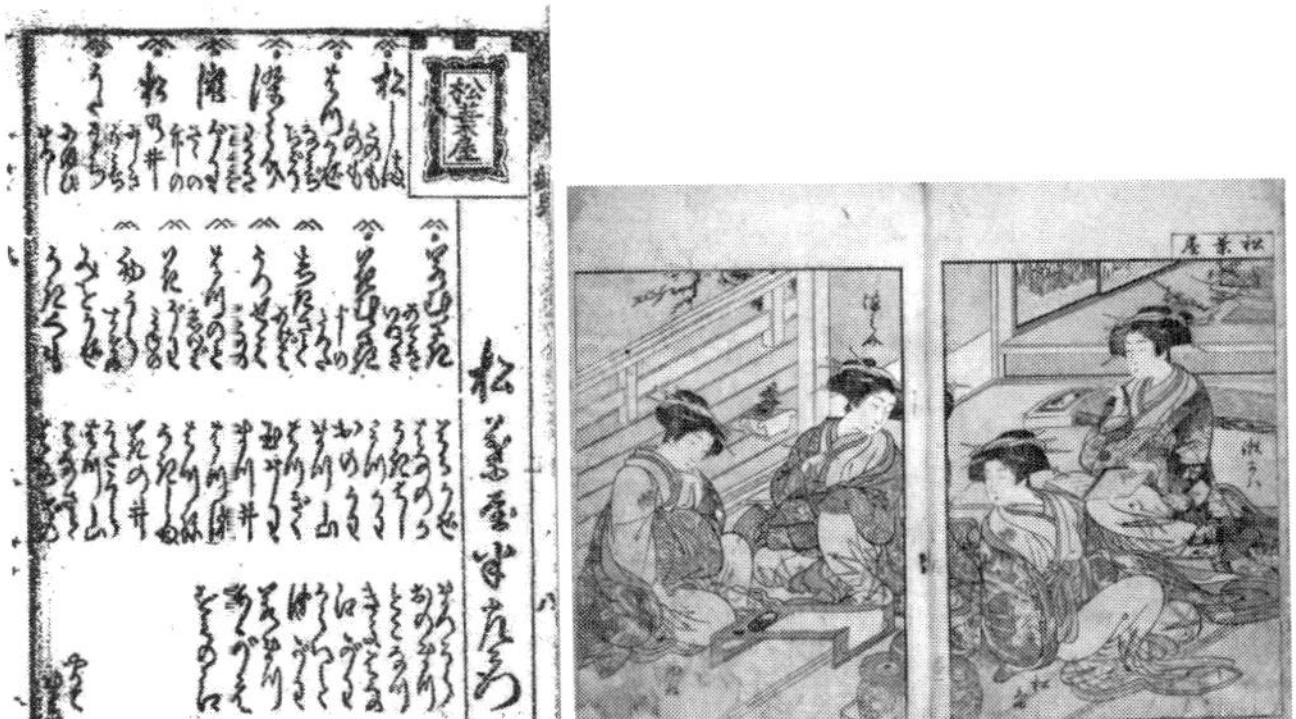

A　B

図31　（A）安永5年（1776）春の吉原細見『婦多見賀多』における松葉屋半左衛門（8ウ）。岩瀬文庫蔵。（B）北尾、北尾重政筆『青楼美人合姿鏡』安永5年（1776）春。国立国会図書館蔵。

七　常滑の東光寺で新たに発見された見番大黒屋の記録

安永期に見番制度を導入したのは大黒屋庄六である。色を売る遊女と、芸を売る芸者との職務を分離すべく、芸者を見番に登録したのである。常滑《とこなめ》市の東光寺において、大黒屋庄六ならびにその一族と思われる人たちによる、宝物寄進帳と過去帳が発見された。【図32】は、宝暦六年（一七五六）および七年（一七五七）における宝物寄進の記録である。宝暦六年四月に江戸吉原の大黒屋安兵衛によって曲彔《きょくろく》一脚が、また、翌年七月には、同じく江戸吉原の大黒屋甚左衛門によって鉄灯篭が寄進されている。明和四年（一七六七）五月には、大黒屋安兵衛を施主として親族のために五両が奉納されている。『吉原細見』を調べる限りでは、大黒屋安兵衛を確認できなかったが、大黒屋甚左衛門については宝暦六年（一七五六）から明和三年（一七六六）の『吉原細見』において、揚屋町に名前を確認できた【図33】。ただし、その商売については確認できていない。過去帳には宝暦八年（一七五八）七月に亡くなった、江戸吉原の大黒屋甚兵衛の記録もあるが、この場合も『吉原細見』では確認できなかった。吉原で何からの商売に関わっていたのであろう。

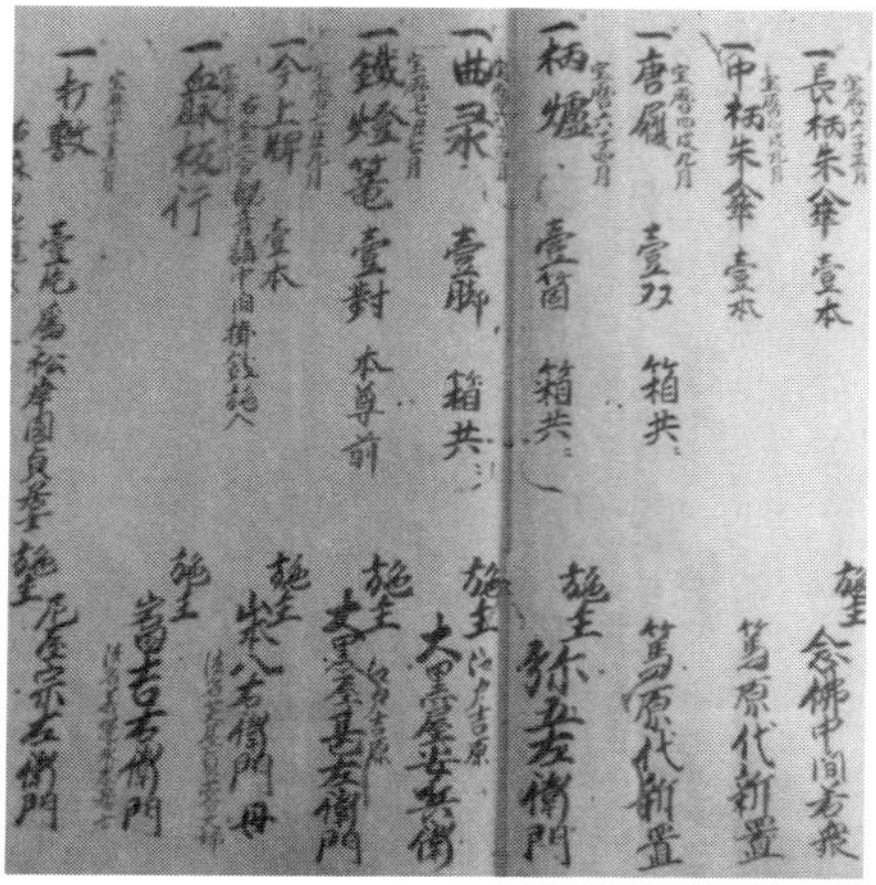

図32　宝暦６年（1756）４月における江戸吉原大黒屋安兵衛による曲彔一脚と、宝暦７年（1757）７月における大黒屋甚左衛門による鉄灯篭の寄進記録。常滑市東光寺。西氏撮影。

常滑市の東光寺における重要な発見は、吉原に見番制度を確立した大黒屋庄六が尾張出身であると、明らかになったことである。東光寺にある大黒屋庄六の過去帳を【図34】

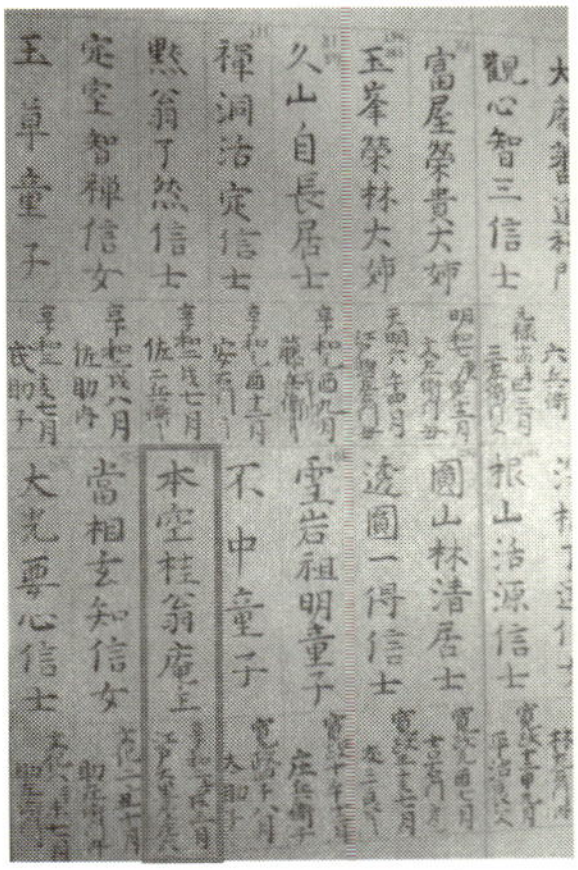

図34　大黒屋庄六過去帳。享和２年（1802）３月。東光寺蔵。西氏撮影。

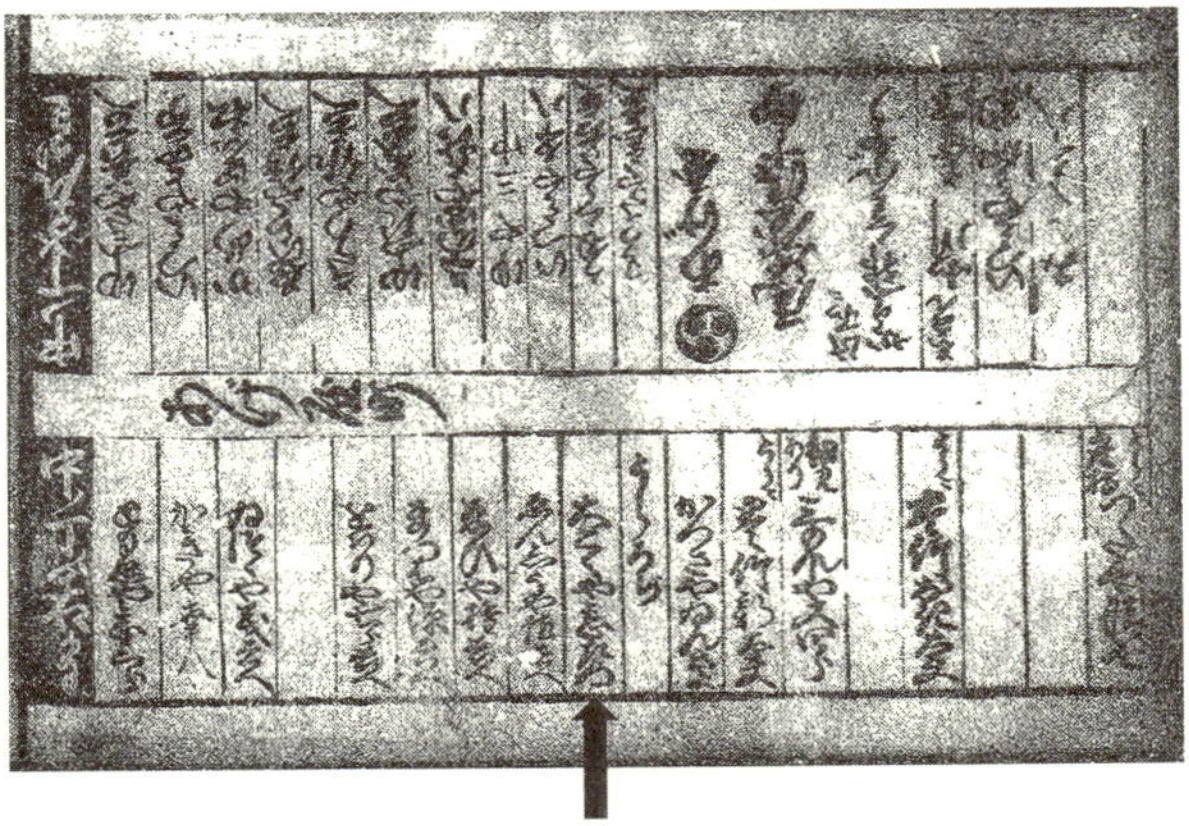

図33　宝暦６年（1756）春。吉原細見『委栄女居所（いえめいしょ）』。あげや町の部分。岩瀬文庫蔵。

に示す。享和二年（一八〇二）三月に亡くなっている。戒名は「本空桂翁庵主」である。

『吉原細見』によれば、大黒屋庄六は明和六年（一七六九）秋に角町右側一軒目に商人として進出し【図35】、安永五年（一七七六）秋から妓楼の営業を始めている【図36】。見番制度を導入し、芸者の統括を始めたのは、安永八年（一七七九）である。

興味深いことに東光寺過去帳には、宝暦十二年（一七六二）に亡くなった尼屋宗右衛門を記録している。また、宝暦十三年（一七六三）には、尼屋宗左衛門が打敷《うちしき》を寄進している【図32】。村瀬によれば、尼屋一族は知多廻船《かいせん》とも呼ばれる尾州廻船を利用した酒問屋を江戸鉄砲洲《てっぽうず》で営んでおり、その安永時代の記録が残っている。[16] 常滑は知多半島の東側の半田・亀崎などの東浦と並んで、尾張と江戸を結ぶ物流（ロジスティクス）、特に江戸へ向けて出荷される「江戸積酒」の積出し拠点であった。

東光寺過去帳と宝物寄進帳を見ると、吉原の大黒屋と、ロジスティクスに関わる尼屋とが共に記録されていることに気

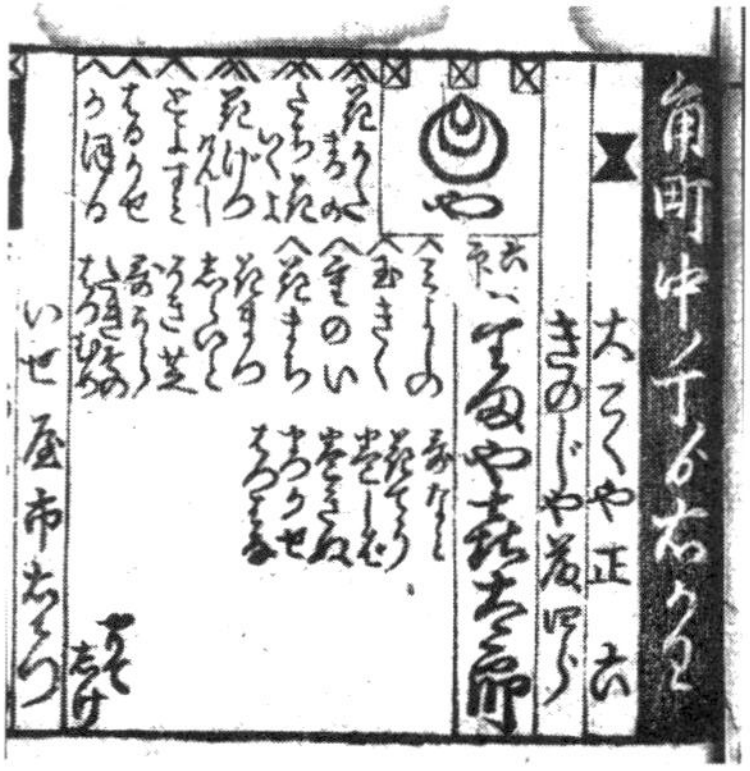

図35　明和６年（1769）、吉原細見『とまりぶね』14オ（部分）。⧗の印から大黒屋が商人であるとわかる。の東京都立中央図書館東京誌料蔵。

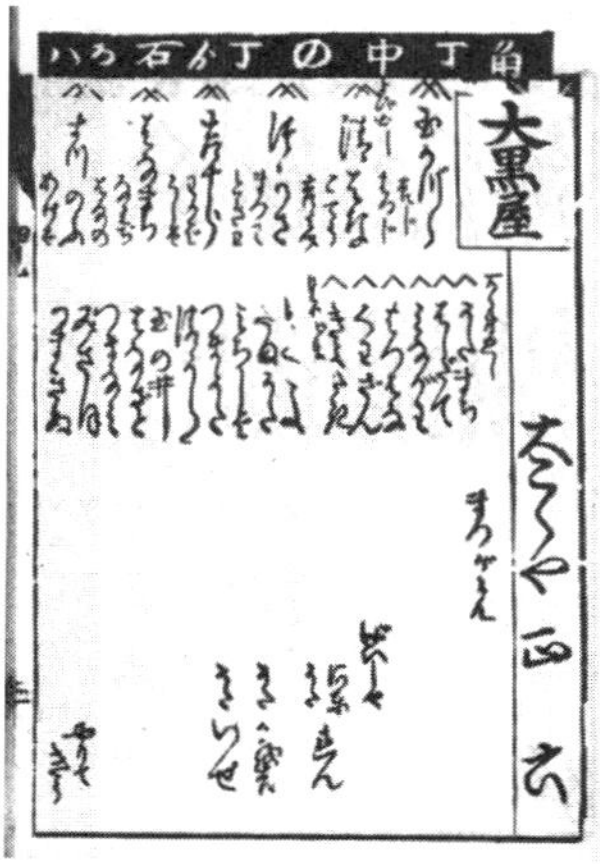

図36　安永５年（1776）秋の吉原細見『嫦娥農色兒』（20オ）（近世風俗研究会復刻版、1982年より）。

付くのである。尼屋の名前は、文政年間に板行された『江戸買物独案内《ひとりあんない》』にも、鰹節問屋や下り酒問屋として見られる。

八　尾張出身者が吉原に進出した理由

なぜ、明暦の大火以降の新吉原に、大勢の尾張出身者が進出したのであろうか。資本およびロジスティクスを明らかにすることによって、進出の動機を探ってみよう。常滑市の東光寺過去帳に、大黒屋と尼屋とが一緒にいることがヒントになりそうである。

（一）妓楼における資本

まず、資本について考えてみよう。新しい商売を始めるには、必ず資本が要る。吉原における三つのビジネス形態、すなわち、妓楼、揚屋および茶屋（引手茶屋）を比べると、最も大きな資本が要求されるのは妓楼、そして、揚屋、茶屋の順番である。

妓楼は、格の高い見世であれば大きな建物を所有し、かつ、大勢の遊女を抱えている【図37】。揚屋では、客は遊女を妓楼

図37　青楼二階の図　五ばん続。文化8-11年（1811-1814）、歌川国貞筆。日本浮世絵博物館蔵。【口絵掲載】

から呼び寄せて揚げて遊ぶ。かつ、レストラン機能もあった。八百善《やおぜん》などの料理屋が出現する前は、屋台を除けば揚屋は外食ができる唯一の場所であった。したがって、遊女に関わる費用は発生しないが、厨房など、それなりの設備が必要である【図38】。大きな妓楼や揚屋の場合には、揚代は茶屋を通じて支払われる。茶屋の機能は、いわば、旅行代理店のようなものである。したがって、小規模な建物さえあれば営業可能であった【図28】。

吉原における資本と、三つのビジネスの違いを、どのように明らかにしてゆくのか。貸借対照表の視点で捉えるとよく理解できるのではないかと考えた。十三世紀末にイタリアで採用されていた複式簿記は[17]、江戸の豪商・三井家でも、宝永七年（一七一〇）には取り入れられていることがわかっている[18]。吉原において複式簿記が行われていたという証拠はないが、吉原のビジネスの形態を、貸借対照表に照らして考察することは、吉原を理解する上で極めて有効な手段といえる。

実際に、妓楼というビジネスの財務を、貸借対照表を用いて考察してみよう【表4】。資産の部においては、現金、売掛金、講中《こうじゅう》加入金などが計上される。講中とは、会員が金を出し合って運営する相互扶助団体である。信仰の集まりの場合もある。当時は銀行がなかったので、床下の甕《かめ》などにしまった現金が預金に相当しよう。流動資産については、妓楼における帳簿が残っていないので想像で数字をいれてある。負債の部も同様である。

表4　妓楼における想定貸借対照表

資産（両）		負債および資本（両）	
流動資産	2570	負債	2580
現金(内証)	50	減価償却引当金	800
現金(床下)	1250	遣手，お針，妓夫 給与	30
揚代売掛金	700	遊女，禿など教育費	15
遊女身請収入	50	酒食調達費(紀の字屋 台の物)	60
講中加入金	20	風呂，暖房，照明費用	8
貸付金	500	従業員食費	30
		従業員疾病・葬儀費用	15
固定資産	1750	仮宅借用権利金	40
妓楼土地	330	俄，灯篭，桜植込等町入用	40
妓楼建物	70	宣伝費（浮世絵板行入銀）	5
寮土地	130	助六等芝居協賛金	5
寮建物	20	成田山等寺社寄進	2
遊女40名	1200	冥加金	50
		借入融資	1400
		利子	80
		資本	1200
		負債および資本合計	3780
資産合計	4320	当期利益	540

固定資産としては、土地建物および遊女を挙げることができる。江戸後期になるが、天保の改革に際して遊女屋の実態を調査した天保十四年（一八四三）の『吉原遊女屋名前書上』において、「家持《いえもち》」と表記されている場合は、土地も所有している場合である（第二章【図13】を参照されたい。「家持」と「店借り」とが区別されている）。家持の場合には、貸借対照表には土地が固定資産として計上されることになる。土地および建物の評価額としては、吉原の名主竹嶋氏が書いた『洞房古鑑《どうぼうこかん》』▼19にある建物の売買記録の金額を参考にした。享保十九年（一七三四）十一月十六日に、家持山口屋七郎右衛門が家屋敷を二百四十両で、俵屋四郎兵衛に売却したという記録がある。俵屋は知多出身の妓楼である。家持と記録されているから土地も所有しており売却したことになる。『洞房古鑑』には他にも同様に、複数件の売買記録があり、妓楼の固定資産としての家屋敷の価値が推定できる。

また、売上額については、吉原の見番大黒屋庄六の売り上げである九千両の十分の一程度と想定し、売掛金として計上してある。

遊女の場合には、前渡しの給金を一度に親や、あるいは女衒《ぜげん》に支払い、年季明けまで勤務することによって返済する仕組であるので、

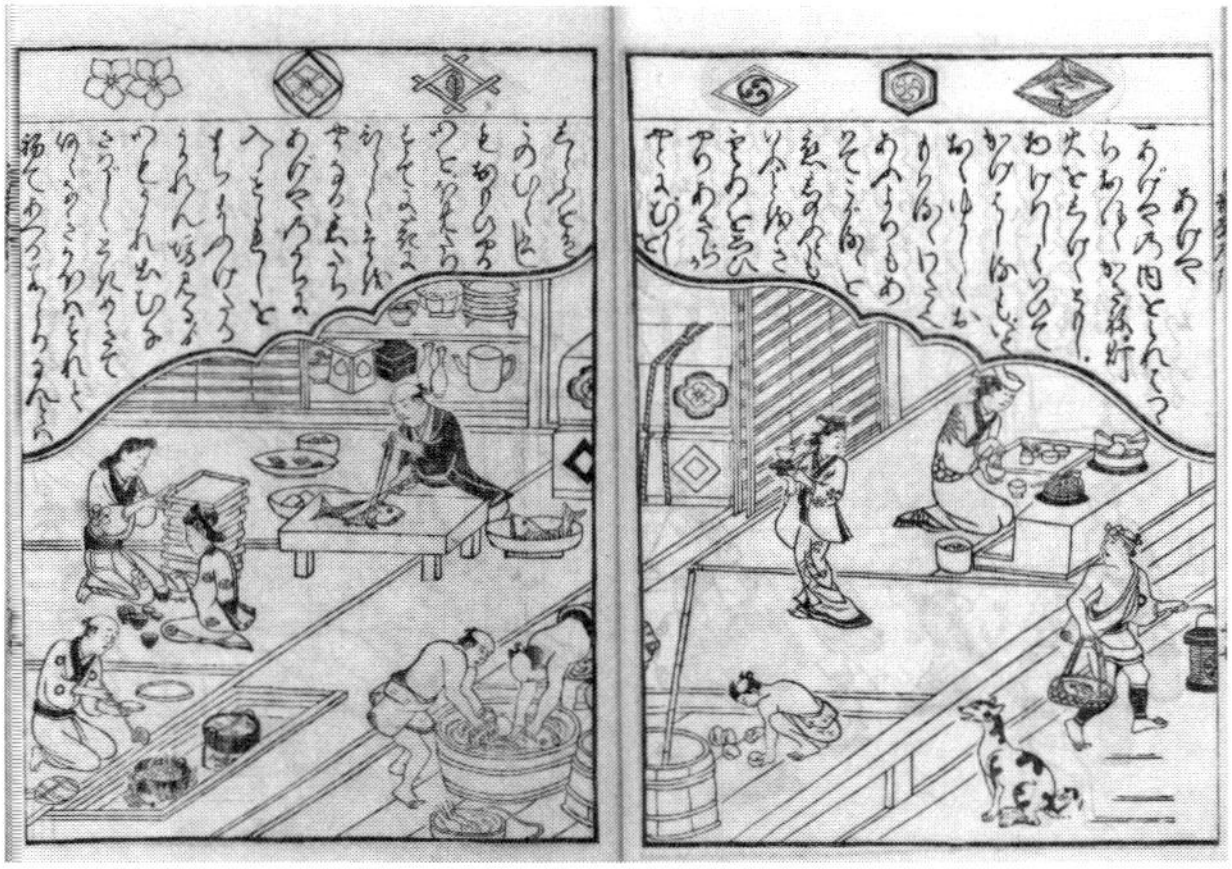

図38 『吉原恋乃道引』。あげや。国立国会図書館蔵。

このことは、誤解を招く表現となるかもしれないが、理解のために現代の考え方に置き換えると、企業会計上は生産設備への投資と同様に考えるとわかりやすい。すなわち、固定資産である。生産設備の場合には、メンテナンスをしなければ減価してゆく。しかし、修理や改造を行えば価値が上がる。遊女の場合には、年齢と共に資産価値は下がることになる。しかし、『閑談数刻《かんだんすうこく》』[20]にあるように、酒井抱一《さかいほういつ》に発句を教わった松葉屋の「粧《よそお》ひ」の場合には、和歌、三味線、書画などの教養を身に付けられるので、資産価値は高くなる。

しからば、遊女の資産価値は、具体的にどれほどと見積もるべきであろうか。参考になるのが、吉原以外の官許でない遊郭である岡場所の手入れ（警動と称せられる）で捕まえられた私娼（隠売女《かくしばいた》）を、奉行所から課された罰として吉原で雇入れるとき、妓楼が吉原の同業組合に支払う金額である。年齢や容貌などの属人的なものに依存すると想像されるが、数両から六十両程度までの開きがある。[21]幕末に信州の豪農が京都の仏光寺の名前で江戸において金融を行っていた。妓楼の場合には遊女が担保物件となっていた（第二章参照）。その査定額の開きと同じである。

遊女一人の雇入れ時の簿価の平均を仮に三十両とし、江戸後期において一両を十万円とするならば、例えば妓楼和泉屋平左衛門における資産としての遊女の評価額は千二百両（一億円程度）と見積もられる。妓楼和泉屋平左衛門については第二章で詳しく述べる。『吉原細見』を見ていると、遊女は常に異動することがわかる。病気になったり、死んだりもする。年季明けなどで退楼する遊女に代わって、新人を雇う必要もある。妓楼の規模が大きく格の高い遊女の数が多ければ多いほど、固定資産としての遊女の金額は大きく計上されることになる。そして減価償却をしてゆかねばならない。商家の小僧や丁稚《でっち》の場合も、年季奉公としての給金である「俗金《ぞくきん》」を前渡しする場合もあるが、遊女と比べて作り出す経済価値は低いので資産価値は低い。

妓楼が、揚屋および茶屋と異なるのは、遊女を抱える経済的負担に耐える資本を有していることである。客は通常は妓楼に登楼して遊女を揚げて遊ぶ。大きな妓楼の場合、客は妓楼に直接は登楼せず茶屋を介することになる。茶屋は客の身分を保証し、客は妓楼にではなく茶屋に遊興費を支払っていた。現代風にいえば、クレジット機能である。一方、江戸前期には見られた、大名などの高貴な身分の遊びの場合には、揚屋に遊女を呼んでいた。

多くの遊女を雇い入れることが必須の妓楼には、大きな資本が必要である。貸借対照表において「資産の部」が膨らみ、これを借財で賄うのか、あるいは自己資本で賄うのかは別として、資産の大きさに対応して「負債の部」と「資本の部」との総和は、揚屋や茶屋の場合より大きくなることになる。

では、この資本を尾張出身の吉原関係者は、どのように調達したのであろうか。

知多半島は豊かな土地であり、明暦三年（一六五七）には酒造株が設定されるほど、酒造が盛んであった。[22]尾張においては、知多の酒造米高が圧倒的に多かった。酒造りが行われるためには、米を供給する豪農の存在が不可欠である。その経済利潤による農村金融が、知多においては早い時期から確立していたと考えられる。この資金を活用して、知多半島から多くの人が吉原に出向き、ビジネスを展開し成功していったものと考えられる。

（二）妓楼に関わるロジスティクス

次に、尾張出身者たちはどのようにして江戸へ移動したのであろうか。人と物の移動、すなわち、ロジスティクスに関して考察を進めたい。

現代でもそうであるが、海上交通は地上の交通よりも目につきにくい。しかしながら、日本においては、海のルートによる人と物の移動は古くから盛んであった。平安末期には、三河にあった伊勢神宮領からの年貢輸送のために、志摩、伊勢、尾張、三河は一つの海運圏をなしていた[23]。南北朝時代には、志摩を押さえていた南朝の北《きた》畠《ばたけ》顕家《あきいえ》は、大量の船を利用して関東に渡った。武田、今川ならびに後北条の時代には、すでに伊勢湾と江戸とを結ぶ交易が確立している[24]。関東に入った徳川家康は、江戸湊の機能を充実させ、伊勢、大坂との交易や、関東地方における水運を活発にし、内川回し《うちかわまわし》と呼ばれる北日本や、関東内陸とのロジスティクスを確かなものにしていった[25]。関ヶ原の戦いでは、かつては北条の配下にあった千賀氏に九鬼《くき》水軍の平定と物流を任せ、尾張藩の船奉行に任じ、海運と海上警備を担当させた[26]。

江戸と尾張との間の物流を担ったのが尾州廻船《びしゅうかいせん》である。輸送品の主なものは、尾張藩の年貢米（お城米）の他に、木曽ヒノキ、酒、味噌、檜、瓦、木綿などであり、江戸からの帰路には、房総半島から干鰯《ほしか》を肥料として運んでいる。ヒノキに関しては、宮までの陸路の輸送に比べ、十分の一の費用で江戸まで輸送できた。宮は熱田宿のことであり、東海道を桑名まで継ぐ海上七里の渡しの出発点である。同時に、木曽街道および東海道と海上交通を継ぐ場所であった。知多の港としては、初期は西浦と呼ばれる大野（常滑市）が中心であったが、時代と共に東浦と呼ばれる半田や亀崎に移ってゆく。

この海上交通路の存在が、尾張と江戸との間の人の交流を活発化させ、尾張からの吉原経営者の供給に貢献したことと考えられる。ちなみに、業種は異なるが、現代も「吉徳」として続いている東京浅草橋にある人形屋の吉野屋徳兵衛も知多の河和《こうわ》の出身であり、元禄の頃に江戸に出ている[27]。四節で述べた光明寺過去帳にも、知多から江戸に働きにゆき、明暦の大火で焼死した犠牲者の戒名もある。

九　浮世絵にみる吉原の尾張コミュニティ

尾張という故郷を離れて新天地に向かえば、当然、自分と価値を共有する人との交わりがもとめられる。これは、国や民族によらずに同じである。吉原における尾張出身者の団結は、米国におけるユダヤ人コミュニティや華僑《かきょう》のようなものであったと想像できる。吉原は塚田も指摘しているように[28]、「同職集住」を特徴とする町であり、濃密な情報交換が可能であったろう。一方、官許の場所ということから、名主あるいは年寄と呼ばれる人たちは、幕府からの情報や、行政指導には敏感であったはずである。このことからも、吉原には江戸の他の地区や他の集団とは異なる閉空間における、尾張出身者による、団結力の強いコミュニティが成立していたと考えるのが妥当であろう。

【図39】は、知多半島（愛知県南知多町）の内海に残る、旧内田家住宅【図40】にある、江戸吉原の妓楼松葉屋半蔵が抱える遊女「代々山《よよやま》」の自筆の扇面である。松葉屋半蔵は岩屋寺の香炉に名前のある松葉屋半左衛門の親戚である。この扇面の存在も、筆者の実地調査で存在が明らかになったものである。

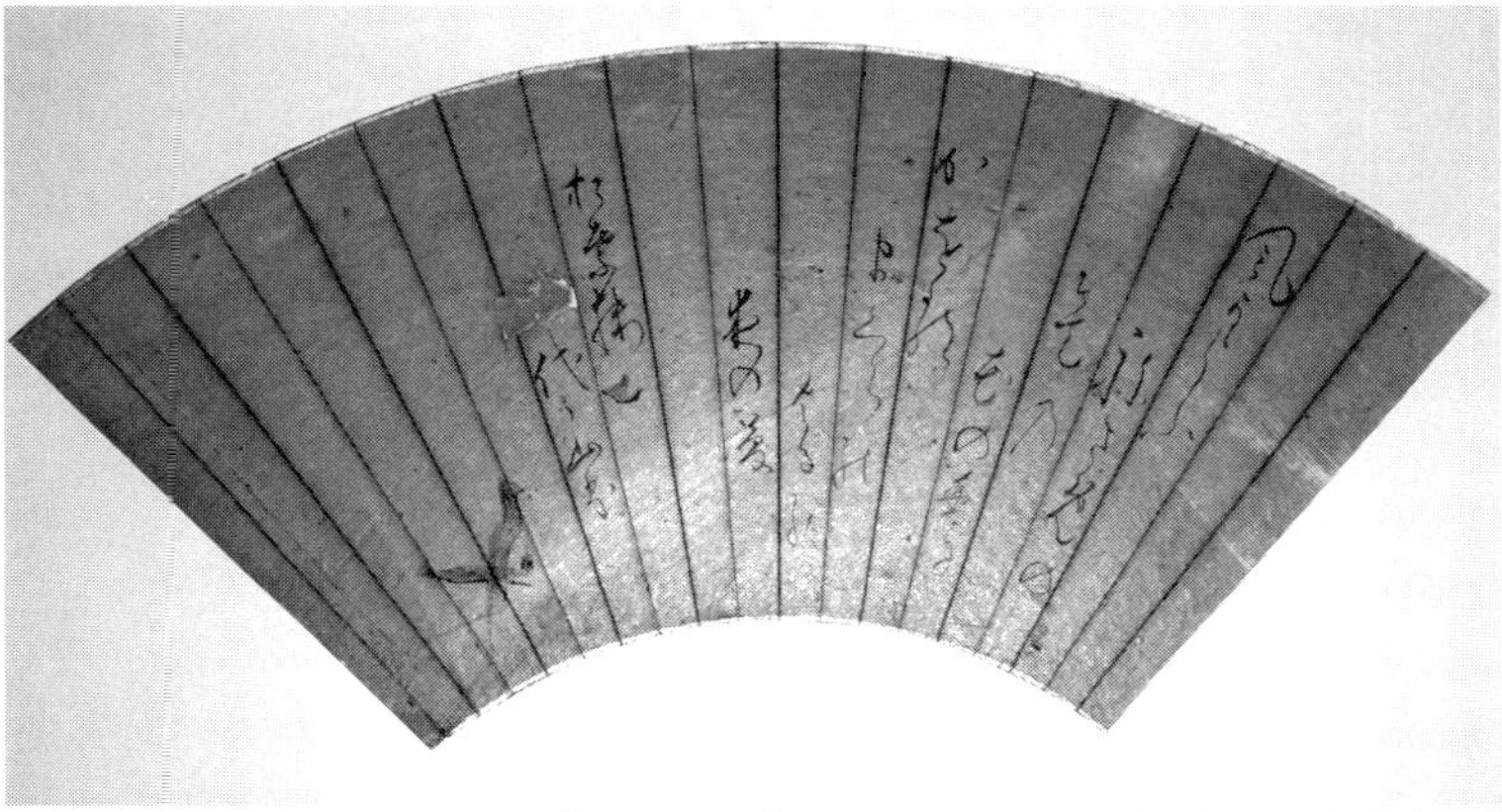

図39　知多に残る吉原の文化。松葉屋の「代々山」が『新古今和歌集』にある皇宮太夫藤原俊成女の「風かよふ 寝覚めの袖の花の香に かほる枕の 春の夜の夢」を記した扇面。愛知県南知多町教育委員会蔵。【口絵掲載】

『新古今和歌集』にある皇宮太夫藤原俊成女《ふじわらのとしなりのむすめ》の歌を書いた「風かよふ寝覚めの袖の花の香にかほる枕の春の夜の夢　松葉楼　代々山　書」という美しい文字が残されている。内田佐七が廻船業に乗り出したのは文政元年（一八一八）である。[29] 佐七邸に残る扇面を書いた「代々山」は、『吉原細見』上では文化十一年（一八一四）春に座舗持の格で突き出され（デビュー）、文政七年（一八二四）の仮宅《かりたく》（吉原の災害時などに吉原外で営業する仮の見世）を最後に退廓したことになる。任期が十年というのは長いので、「代々山」を襲名した複数の遊女がいたかもしれない。

第四章に詳しく述べるが、文政八年（一八二五）に「契情（傾城）道中双娽見立てよしはら五十三対」（以下「道中双娽」）という、東海道五十三次の各駅に花魁《おいらん》を一人づつ配した五十五枚の揃い物が、渓斎英泉によって描かれている。この揃い物に登場する妓楼に着目すると、後板を含む六十九枚の内、岡本屋、松葉屋、玉屋（弥）、姿海老屋、海老屋、丸海老屋、ならびに尾張屋という、尾張にルーツのある妓楼の遊女を描いたものが三十九枚もあり、五十五パーセントになる。海老屋は光明寺の仏画と過去帳に記録のある海老屋の流れを汲んでいる。姿海老屋と丸海老屋は、その暖簾分けであろう。

図40　旧内田家住宅（座敷南庭）

岡本屋は岩屋寺の香炉にその名前が刻まれている。玉屋（弥）は南知多町片名の成願寺に過去帳の記録がある。

「道中双娽」に併せて、渓斎英泉が描く他の遊女絵についても調べた結果を【表5】にまとめておく。「道中双娽」以外は「青楼七軒人」、「新吉原八景」「廓の四季志吉原要事」、「契情五軒人」、「拍子逢妓」、「新吉原遊君七小町」、「廓中八契」、「吉原八景」、「新吉原全盛七軒人」、「当世廓風俗」、「春夏秋冬」、「契情六佳撰」、「新吉原年中行事」、「傾城江戸方格」、ならびに「諸国富士尽」であり、全部で十六種の揃い物を調査の対象とした。

【表5】に示すように、英泉の遊女絵の揃い物では、半分以上は尾張出身者が経営する妓楼で占められていることがわかる。文政後期において、揃い物を構成する絵の数が十枚程度の場合には、排他的にすべてが尾張系の妓楼となる場合がある。「春夏秋冬」、「契情六佳撰」ならびに「諸国富士尽」が、この例である。しかも、この場合、いずれもが、丸海老屋、姿海老屋、尾張屋の組み合わせである。「道中双娽」の場合でも、これに海老屋を加えた四軒で三十パーセントを占めている。絵を宿駅の順番に並べると、油井《ゆい》から日坂《にっさか》までの十の宿場において尾張屋が連続することに気がつく。

表５　渓斎英泉が描く文政期の遊女における尾張系妓楼の割合

開板年	揃い物名	板元	枚数	尾張系妓楼割合（%）	
文化 14 秋　あるいは文政 2 年春～文政 3 秋	青楼七軒人	和泉屋市兵衛	7	43	
文政 4 春～文政 5 春	新吉原八景	蔦屋重蔵	7	43	8 枚。1 枚には妓楼名なし
文政 6 春～文政 6 秋	廓の四季志吉原要事	蔦屋重蔵	14	50	後板を含む
文政 7 仮～文政 9 春	契情五軒人	若狭屋与市	5	60	
文政 7 春～文政 9 秋	拍子逢妓	近江屋平八	9	40	10 枚か
文政 8 秋～文政 10 春	新吉原遊君七小町	蔦屋吉蔵	7	57	
文政 8 夏	契情道中双ろく	蔦屋吉蔵	69	55	後板を含む
文政 8 夏	廓中八契	太田屋佐吉	8	50	
文政 10 秋～文政 12 春	吉原八景	蔦屋吉蔵	8	100	丸海老屋、姿海老屋、尾張屋
文政 10 秋～文政 13 春	新吉原全盛七軒人	川口宇兵衛	7	57	
文政 10 秋～文政 11 春	当世廓風俗	川口屋正蔵 若狭屋与市	10	30	
文政 11 春～文政 13 春	春夏秋冬	蔦屋吉蔵	4	100	尾張屋単独
文政 11 秋～文政 13 秋	契情六佳撰	蔦屋吉蔵	6	100	丸海老屋、姿海老屋、尾張屋
文政 12 春	新吉原年中行事	大黒屋	15	40	後板を含む
文政 12	傾城江戸方格	森田屋平蔵	28	50	管見の限り 28 枚
文政 13 秋～天保 3 秋	諸国富士尽	蔦屋重三郎	11	100	丸海老屋、姿海老屋、尾張屋。12 枚か
総　計			215 枚	57%	

・和暦西暦変換：文化 14 年（1817）、文政 2 年（1819）、天保 3 年（1832）

英泉の遊女絵からも、吉原のビジネスにおいて尾張出身者が経営する妓楼が大きな力を持ち、仲間内で遊女絵開板を企画していたことが読み取れる。また、『洞房古鑑』を見ると、吉原の中で嫁に行ったり、婿養子を取るなど、親戚・縁戚化が進むので、その連帯は時間の経過と共に強まっていったと考えられる。

十　おわりに

本章では、最初に吉原のはじまりについて概観した。揚屋において多数の尾張出身者がいるという昭和十二年の沢田次夫の調査報告を検証すべく、愛知県南知多町にある光明寺および岩屋寺を実地調査した。沢田は元禄二年（一六八九）『絵入大画図』にある揚屋十八軒のうち、七軒が尾張出身であると報告している。

しかしながら、今回、元禄以降の『吉原細見』に記録されている揚屋、妓楼、茶屋について時間を追って調査したところ、新たに、尾張出身者と結論づけられるもの（銭屋次郎兵衛・俵屋三右衛門の二軒）、尾張との関連がありそうに見えるもの（橘屋四郎兵衛・和泉屋半四郎の二軒）、尾張出身かどうか不明なもの（藤屋太郎右衛門、網屋甚右衛門、鎌倉屋長兵衛、若狭屋伊左衛門、桐屋市左衛門、笹屋伊右衛門、（布施田屋）太右衛門の七軒）を明らかにすることができた。また、光明寺の檀家には、最初から妓楼を経営している家もあることを明らかにした（海老屋・堺屋の二軒）。海老屋は時代の推移に伴い、多くの暖簾分けをしたようである。また、時代の変化に伴い、揚屋から妓楼へとビジネスの形態を変化させている場合もあることがわかった（銭屋・俵屋）。さらに、正衆寺過去帳にも、妓楼経営に関わった人たちの記録が残っていることを明らかにした。

岩屋寺の香炉の寄進者に関しても、香炉が寄進された翌年の明和三年（一七六六）などの『吉原細見』と比較することで、名前のある人の業種を分類した。妓楼主が十一名、遊女が一名、芸者が一名、茶屋経営者十四名、商人五名、「当邑（村）」と書かれた知多関係者一名であった。不明者は二十一名であった。寄進者筆頭の松屋与兵衛家の過去帳が岩屋寺で発見されたことで、松屋も吉原に関わりのあったことが証明された。

さらに、新たに成願寺および東光寺の調査の結果も踏まえ、見番で有名な大黒屋庄六も尾張常滑の出身であることを発見した。東光寺過去帳には、吉原の大黒屋と鰹節や下り酒の問屋であった尼屋と一緒に書かれており、吉原に尾張出身者が多いことと、尾張の廻船業者の存在とが近い関係にあることが明らかになった。

吉原における三つのビジネス形態、すなわち妓楼、揚屋、茶屋を比較し、遊女を抱え最も資本を必要とする妓楼の経営を貸借対照表の視点で眺めた。すると、給金を前渡しされ年季奉公する遊女は、会計上は固定資産として扱え、妓楼においてはこれに見合うための資本あるいは借入金が大きくなることがわかった。この資本は、知多半島半田を中心とする農村金融によると考えられる。かつ、ロジスティクスの面では、古くからある伊勢湾と江戸を結ぶ海上交通が、尾張から江戸へと人を運ぶことに貢献し、結果、吉原には、新たなビジネスチャンスを求め、尾張出身者が集まったと考えられる。

時代がくだり、文化・文政期に板行された揃い物の遊女絵（例えば、渓斎英泉による「傾城道中双娽」、「契情六佳撰」、「吉原八景」、「春夏秋冬」などにおける、海老屋、姿海老屋、丸海老屋、尾張屋など）を眺めると、尾張出身者が経営する妓楼が多く描かれている。血縁関係を結んでいたことや、同郷であることから、吉原において尾張出身者は強いコミュニティを持っていたことが理解されるのである。

▼注

1 庄司勝富『異本洞房語園』、蘇武緑郎編『吉原風俗資料集』に所載、一～六八頁（昭和五年）。
2 塚田孝「吉原 遊女をめぐる人びと」、『日本都市史入門』Ⅲ人、東京大学出版会、九一～一一六頁（平成二年）。
3 沢田次夫『揚屋清十郎と尾州須佐村』沢田次夫刊（昭和十二年）。
4 注3に同じ。
5 井原西鶴『好色一代男』の「さす盃は百二十里」に所載、岩波文庫『好色一代男』五四二四～五四二五、一九八～二〇二頁（昭和三十年）。
6 沢田次夫「尾張屋清十郎」、『みなみ』第七号、三～九頁（昭和四十四年五月）。
7 刑部正勝『尾陽寛文記』、新修名古屋市史資料編編集委員会編『新修名古屋市史資料編』近世二に所載、名古屋市、四八九頁（平成二十二年）。
8 南知多町誌編さん委員会『南知多町誌』本文編、南知多町、八六四～八六五頁（平成三年）。
9 伊原敏郎『歌舞伎年表』第五巻、一二一～一二三頁、岩波書店（昭和三十一年）。
10 注8に同じ。
11 沢田次夫「元禄時代江戸吉原に於ける南知多の人々」、『みなみ』第二十号、一六～二〇頁（昭和五十年十一月）。
12 注11に同じ。
13 沢田次夫「説空意伝上人と玉屋弥八」、『みなみ』第二十五号、一六～二〇頁（昭和五十三年五月）。
14 西まさる「吉原遊郭を支配した南知多衆」、『知多半島郷土史往来』第四号、六～三五頁（平成二十六年九月）。
15 成田山新勝寺史料集編纂委員会「文化十一年二月　江戸開帳奉納物請取帳」、『成田山新勝寺史料集』第五巻、大本山成田山新勝寺、二〇〇七頁（平成十年）。
16 村瀬正章『伊勢湾海運・流通史の研究』法政大学出版局、九一～九四頁（平成十六年）。
17 Geoffrey A. Lee, "The Coming of Age of Double Entry: The Giovanni Farolfi Ledger of 1299-1300", Accuunting Historians Journal 4(2) : 79-95. (1997).
18 三井文庫『史料が語る三井のあゆみ　越後屋から三井財閥』、吉川弘文館、一二一～一二三頁（平成二十七年）。
19 竹嶋春延『洞房古鑑』、『随筆百花苑』第十二巻に所載、中央公論新社、一二五～一四二頁（昭和五十九年）。
20 田川屋駐春亭『閑談數刻』、『随筆百花苑』第十二巻に所載、中央公論社、二二七～三〇四頁（昭和五十九年）。
21 鈴木棠三、小池章太郎編『近世庶民生活史料藤岡屋日記』第一巻（文化元年～天保七年）、三一書房、五一四～五一六頁（昭和六十二年）。
22 注16に同じ。
23 注16に同じ。
24 斎藤善之「内田佐七家創立期の廻船経営——文政のお蔭参りと天保飢饉との関連において——」、日本福祉大学知多半島総合研究所編、『知多半島の歴史と現在』第五号、校倉書房、八七～一三〇頁（平成五年）。

25　鈴木理生『江戸はこうして造られた』、筑摩書房（平成十二年）。
26　注16に同じ。
27　山田徳兵衛『私の履歴書』第二十巻、日本経済新聞社（昭和五十七年）。
28　注2に同じ。
29　注24に同じ。

コラム❶『嫦娥農色児《つきのいろびと》』

　寛政二年（一七九〇）に山東京伝は洒落本『傾城買四十八手』[1]を著し、その口絵に鯉の背に乗る花魁を描き、「欲界の仙都　昇平之楽國」の文字を拝した。絵は天に昇った周代の琴高仙人のパロディ化であり、「欲界の仙都…」は、中国明朝末期における南京の花街「秦淮《しんわい》」の様子を記した『板橋雑記《はんきょうざっき》』[2]からの引用であり、吉原を暗示している【図1】。明和九年（一七七二）に余懐[2]によって著された『板橋雑記』の和刻本が板行され、漢文が読める当時のインテリたちに受容された。これを可能にしたのは、享保改革による学問の奨励にあったようである。

　これより少し前の時代までは、吉原遊女の名寄せである『吉原細見』の個別の表題や口絵は、和風であったが、この頃からは中国風のものが登場し、人々の心をまだ見ぬ中国へと誘い吉原に文化の香りを齎す。

【図2】は安永五年（一七七六）秋の鱗形屋板になる吉原細見『嫦娥農色児』の口絵である。中秋の名月の明かりで、月宮殿に住む遊女が客からの手紙を読むという構図である。月宮殿は謡曲「鶴亀」に由来する。隣の部屋からこれを垣間見るのは嫖客、床下にいるのは禿《かむろ》である。「仮名手本忠臣蔵」の七段目の見立になっている。忠臣蔵で手紙を読むのは大星由良之助、隣の部屋から様子をうかがうのはお軽、そして床下で手紙を盗み読みするのは斧九太夫である。当時の人なら容易に理解できたであろうパロディである。ここまでは和風である。

　しかし、さらに手が込んでいる。細見のタイトルを『嫦娥農色児』としたことである。嫦娥とは中国の神話に登場する月の女神であり、色児は美人あるいは遊女である。『板橋雑記』の妓女「王月」にある詩に「嫦娥」が登場する。【図2】の遊女は、秦淮の妓女「王月」の見立でもある。『板橋雑記』に目を通したことのある客ならば、思わずニヤっとする所だろう。この「王月」には、明末の崇禎十二年（一六三九）における七夕の夜のことが書かれている。牽牛織女も登場する。興味深いことに、同じ安永五年

（一七七六）秋の蔦屋板の細見の口絵には牽牛と天河（天の川）が描かれている。鱗形屋と蔦屋の双方が『板橋雑記』にある「王月」に取材した絵を口絵に用いているのである。パロディの質という点では、鱗形屋板の方が数段上である。

江戸後期において、吉原を華やかで、ちょっとオシャレな文化の香りのする場として認識させるようになったきっかけは、大木によれば前述の明和九年（一七七二）における『板橋雑記』和刻本の板行である。[3] 山崎蘭斎によって和訳がつけられ、大坂心斎橋筋順慶町尾崎町坂陽書房甲谷佐兵衛によって板行された。享和三年（一八〇三）に江戸浅草新寺町和泉屋庄三郎から再板され、さらに文化十一年（一八一四）には同じく和泉屋庄三郎より『唐土名妓伝』と題名を改められ、四十年に亘って板行され続けた。

漢文を読めるインテリたちに、煌びやかな才子佳人の交わりの場としての憧れを抱かせたのが、中国秦淮の花街である。その見立てとして吉原が受容された。

全く分野は異なるが、二〇〇七年に中国が打ち上げた月探査衛星は「嫦娥」と命名されている。日本のJAXAが打ち上げた月周回衛星は「かぐや」であった。

図１　山東京伝著洒落本『傾城買四十八手』の口絵。東京都立中央図書館加賀文庫蔵。

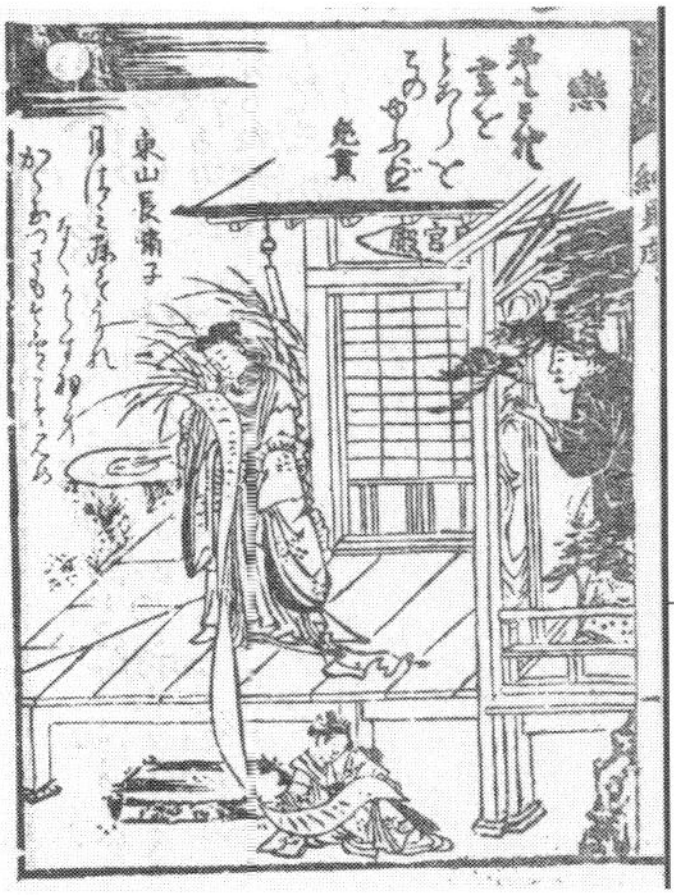
図２　安永５年（1776）秋の鱗形屋板 吉原細見『嫦娥農色児』の口絵。個人蔵。

▼注

1　山東京伝「傾城買四十八手」『洒落本大成』第十五巻に所載、中央公論社、二三三～二五三頁（昭和五十七年）。

2　余懐『板橋雑記』東洋文庫二九（西渓山人著「蘇州画舫録」と併載）平凡社（昭和三十九年）。

3　大木康『中国遊里空間　明清秦淮妓女の世界』青土社（平成十一年）。

第二章　妓楼の経営実態と営業戦略——和泉屋平左衛門を例として

一　妓楼和泉屋平左衛門のはじまり

第一章では、吉原のはじまりについて紹介し、吉原の経営に関与した尾張出身者について実地調査から明らかにし、彼らの吉原進出の背景となった資本と物流（ロジスティクス）について探った。

本章では、地方とは対照的に、地元の武蔵（武州）出身の妓楼経営者として、江戸後期の文化三年（一八〇六）から明治五年（一八七二）まで、新吉原江戸町一丁目で、規模の大きな妓楼を経営していた、筆者の家の先祖にあたる和泉屋平左衛門とその縁戚である和泉屋清蔵について、過去帳を含む様々な資料を駆使してその動向を調べた結果を報告する。

和泉屋平左衛門は、武蔵国足立郡渕江《ふちえ》領の「小右衛門稲荷縁起」によれば、元和二年（一六一六）に草分け百

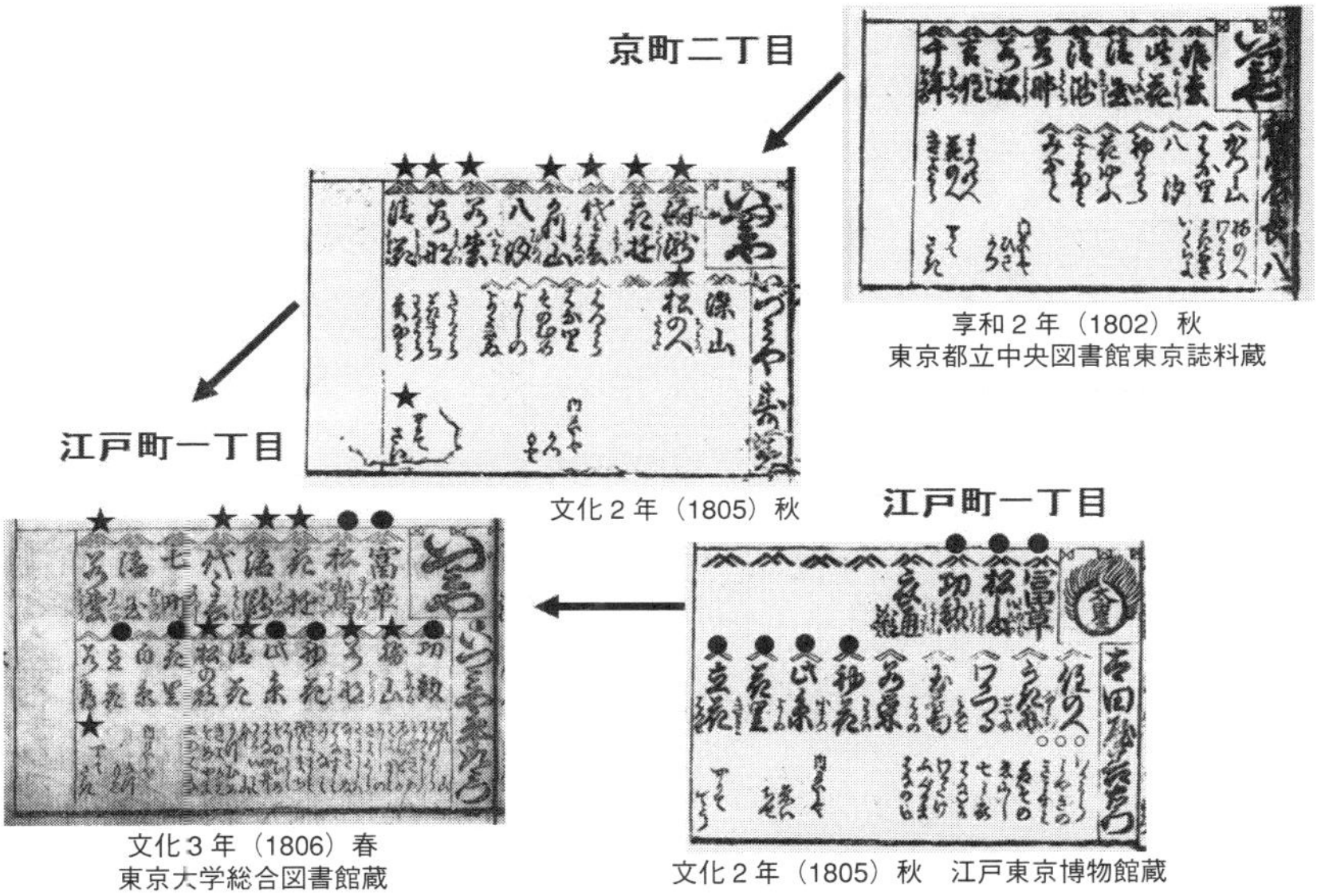

図１　M&Aによる新事業の誕生。

姓として新田開発に携わった家の末裔である。

春秋の二度に刊行される『吉原細見』を見ると、和泉屋平左衛門が登場するのは、文化三年（一八〇六）春からであり、明治五年（一八七二）に廃業している。和泉屋平左衛門が吉原に乗り込んだ文化三年（一八〇六）前後の『吉原細見』を丁寧に比較することにより、妓楼としての「和泉屋平左衛門」がどのような経緯で生まれてきたかを知ることができる。

【図1】に示すように、享和二年（一八〇二）秋の『吉原細見』において、京町《きょうまち》二丁目の通りの右側、木戸から三軒目に、昼夜金一分の部屋持遊女八名、昼夜金一分の座敷持遊女四名ほか九名、芸者三名を擁する「和泉屋長八」が見つけられる。時代を遡って細見を辿ってゆくと、【表1】に示すように、寛政七年（一七九五）春に京町二丁目の通りの左側に、抱え遊女の数が九名の和泉屋長八が初めて登場する。寛政十二年（一八〇〇）の仮宅《かりたく》か

表1　和泉屋長八から和泉屋平左衛門までの変遷

時期			楼主	遣り手	場所	規模
寛政7	1795	春	いつミや長八	記載無		∧5 、無5 、か2
寛政7	1795	秋	いつミや長八	つね	京二左10	∧5 、無4 、か2
寛政8	1796	春	いつミや長八	つね	京二左10	∧5 、無5 、か2
寛政9	1797	春	いつミや長八	記載無	京二左10	無11
寛政9	1797	秋	いつミや長八	ゆふ	京二左10	無13 、か2
寛政10	1798	春	いつミや長八	記載無	京二左10	無13
寛政10	1798	秋	いつミや長八	記載無	京二左10	無13
寛政11	1799	春	いつミや長八	記載無	京二左10	無12 、か2
寛政12	1800	秋	いつミや長八	記載無	仮宅 聖天丁	無16 、か2
寛政13	1801	春	いつミや長八	りん	京二右3	⩓5 、無10 、か3
享和元	1801	秋	いつミや長八	りん	京二右3	⩓5 、無11 、か3
享和2	1802	春	和泉屋長八	さき	京二右3	⩕1 、⋀⋀7 、⩓5 、無9 、芸3
享和2	1802	秋	和泉屋長八	さき	京二右3	⩕1 、⋀⋀7 、⩓7 、無7 、芸2
享和3	1803	春	和泉や長八	さき	京二右3	⋀⋀7 、⩓5 、無4 、芸2
享和3	1803	秋	和泉や長八	さき	京二右3	⋀⋀8 、⩓4 、無6 、か3 、芸2
享和4	1804	春	和泉や長八	さき	京二右3	⋀⋀8 、⩓4 、無7 、芸2
文化元	1804	秋	和泉や長八	さき	京二右3	⩕2 、⋀⋀9 、⩓5 、無4 、芸2
文化2	1805	春	いづミや壽美	さき	京二右5	⩕2 、⋀⋀8 、⩓5 、無4 、芸2
文化3	1806	春	いつミや平左衛門	さき	江一左5	⩕8 、⋀⋀9 、⩓2 、無23 、芸2

∧：寛政9年以前は部屋持遊女。以降は昼夜2分の部屋持遊女
⩓：昼夜1分部屋持遊女　⩕：昼2分、夜1分新造附　⋀⋀：昼夜1分座敷持
無：合印のない遊女　か：かむろ　芸：芸者

ら吉原に戻った後、京町二丁目の木戸から三軒目という条件の良い場所に移動し規模を拡大している。仮宅とは火災の後の復旧期間中に吉原の外に出て行う臨時営業のことである。和泉屋長八の見世は文化元年（一八〇四）秋まで続く。その後、和泉屋長八が亡くなったのであろうか、文化二年（一八〇五）春から秋までの楼主は長八の後家と推定される和泉屋壽美である。

文化三年（一八〇六）春の『吉原細見』においては、京町二丁目から和泉屋壽美が消え、代って江戸町一丁目の木戸をくぐって左側五軒目という、地の利の良い場所に和泉屋平左衛門が登場する。見世の格を示す記号は◑であり、惣半籬というAクラスの大きな見世である。この場所には、前年の文化二年（一八〇五）秋までは、太田屋善右衛門という見世があった。

一方、妓楼太田屋善右衛門を細見の上で追ってゆくと、【表2】に示すように、安永七年

（一七七八）春の細見において、江戸町一丁目の河岸見世という格の低い見世としての「あふたや宇右ゑ門」に辿りつく。遊女数は十名である。途中、「太田屋くら」という女楼主の時代もあった。天明四年（一七四八）の吉原の火災の後、天明五年（一七八五）秋に両国元町《もとまち》の仮宅から戻った際に、見世は惣半籬（Aクラス）に格が上がり、江戸町一丁目の通りの左側六軒目に移る。そして、天明六年（一七八六）秋からは、【表2】にある善右衛門が楼主となった。

ここで気になるのは、安永七年（一七七八）に見世を開いた「宇右ゑ門」という名前である。愛知県南知多町山海《やまみ》の岩屋寺に吉原関係者が明和二年（一七六五）に寄進した香炉には、「太田屋宇兵衛」という名前がある（第一章六節参照）。太田屋宇兵衛の名前は、明和三年（一七六六）春の『吉原細見』において、江戸町一丁目の妓楼「玉屋弥八」から一軒おいて隣の住人として認められる。「宇」の文字を共通にし、太田屋を名乗っていることから、「太田屋宇右ゑ門」は宇兵衛の親類と想像される。とするならば、妓楼「太田屋善右衛門」は尾張知多にルーツのある妓楼ということもありうる。妓楼和泉屋平左衛門に関して現代風にいえば、創業は太田屋宇右ゑ門が見世を開いた安永七年（一七七八）、新会社設立は太田屋善右衛門と和泉屋壽美とを合併した文化三年（一八〇六）ということになる。

【図1】を眺めると興味深いことに気がつく。ここには、文化二年秋の『吉原細見』における京町二丁目和泉屋壽美、江戸町一丁目太田屋善右衛門、ならびに文化三年（一八〇六）春の和泉屋平左衛門における遊女の名前を示している。すなわち、和泉屋壽美が抱える遊女の清瀧《きよたき》、花遊《かゆう》、代々春《よよまる》、かつ山、若松《わかまつ》、若那《わかな》、清花《きよはな》、松《まつ》の枝《え》などの名前（図中に★で示す）が、和泉屋平左衛門抱えとして異動している。一方、太田屋善右衛門抱えの富草《とみくさ》、松嶋《まつしま》、功勲《いさお》、初花《はつはな》、此糸《このいと》、花里《はなさと》、立花《たちばな》（●で示す）も和泉屋平左衛門に横滑りしている。つまり、和泉屋平左衛門は江戸町

表2　太田屋から和泉屋への変遷

時期			楼主	遣り手	場所	規模
安永7	1778	春	あふたや宇右ゑ門	たつ	あげや町	4　、無6
安永7	1778	秋	太田や宇右ゑ門	たつ	江一かし	無11
安永8	1779	春	太田や宇右ゑ門	たつ	江一かし	無8
安永8	1779	秋	太田や宇右ゑ門	てう	江一かし	無11
安永9	1780	春	太田や宇右ゑ門	てう	江一かし	無10
天明元	1781	秋	太田や宇右ゑ門	てう	あげや町かし	6　、無11
天明2	1782	秋	太田屋くら	てう	京一かし	9　、無5
天明3	1783	春	太田屋くら	てう	江一かし	8　、無6
天明3	1783	秋	阿ふたやくら	てう	江一かし	4　、無12　、か2
天明4	1784	春	をふたやくら	てう	江一かし	11、無6　、か3
天明4	1784	秋	をふたやくら	てう	仮宅 両国元丁	11、無6　、か3
天明5	1785	春	おふたやう ゑ門	てう	江一左6	12、無5
天明5	1785	秋	おふたやう ゑ門	てう	江一左6	11、無5
天明6	1786	春	おふたやう ゑ門	てふ	江一左6	11、無7
天明6	1786	秋	おふたや善右エ門	てう	未確認	13、無7
天明7	1787	春	おふたや善右エ門	てふ	江一左7	1　、11、無9
天明8	1788	春	おふたや善右エ門	てふ	仮宅 なかず	6　、7　、無8
寛政元	1789	春	おふたや善右エ門	てふ	江一左5	13、1　、無6
寛政2	1790	春	おふたや善右エ門	てふ	江一左5	14、3　無6
寛政4	1792	春	おふたや善右エ門	てふ	江一左5	15　3　、無12
寛政4	1792	秋	おふたや善右エ門	てう	江一左5	12、1　、無12
寛政6	1794	春	おふたや善右エ門	てう	江一左5	14、5　、無6
寛政7	1795	秋	太田や善右エ門	てふ	江一左6	2　、15、無12　、芸1
寛政8	1796	春	太田や善右エ門	てふ	江一左6	2　、15、無7　、芸1
寛政9	1797	春	太田屋善右エ門	てふ	江一左6	2　9　6　、無13　芸1
寛政9	1797	秋	太田屋善右エ門	てふ	江一左6	2　、9　、6　、無13　、芸1
寛政10	1798	秋	太田屋善右エ門	てう	江一左6	3　、9　、6　、無19　、芸1
寛政11	1799	秋	太田屋善右衛門	てう	江一左6	3　、14、4　、無11　、芸2
寛政12	1800	春	太田屋善右衛門	てう	江一左6	3　、16、3　、無11　、芸2
寛政12	1800	秋	太田屋善右衛門	てう	仮宅 山の宿	3　、16、3　、無11　、芸2
寛政13	1801	春	太田屋善右衛門	てふ	江一左5	4　、10、5　、無5　、芸2
享和元	1801	秋	太田屋善右衛門	てう	江一左5	4　、5　、11、無15　、芸2
享和2	1802	春	太田屋善右エ門	てう	江一左5	3　、4　、6　、無17　、芸2
享和2	1802	秋	太田屋善右エ門	てう	江一左5	3　、4　、4　、無16　、芸1
享和3	1803	秋	太田屋善右エ門	てう	江一左	4　、3　、7　、無11　、芸1
文化元	1804	秋	太田屋善右エ門	てう	江一左5	5　、9　、無18　、芸1
文化2	1805	春	太田屋善右エ門	てう	江一左5	5　、9　、無11　、芸1
文化3	1806	春	いつミや平左衛門	さき	江一左5	8　、9　、2　、無23　、芸2

【寛政9年以前】：さんちゃ（三分）　：一分　：座敷持　：部屋持
【寛政9年以降】：見世出新造附　：昼夜二分　：昼夜1分座敷持　：昼夜1分部屋持
無：合印のない遊女　か：かむろ　芸：芸者

一丁目の太田屋を遊女込みで「居抜き」として買い取り合併し、和泉屋平左衛門として新たに開業したことが理解できる。重要な点は、存続企業となった「和泉屋」における遣り手の名前である。遣り手は妓楼において遊女を取り仕切る女マネージャーとして重要な役目にある。細見を比べると、和泉屋壽美側から遣り手の「さき」が和泉屋平左衛門に入っており、太田屋善右衛門の遣り手「てう」は解任されている。すなわち、この合併が太田屋善右衛門を吸収する、いわゆる、M&Aの形で行なわれたことが読み取れ、和泉屋というブランドおよびマネジメントの要となる遣り手のポジションを、存続企業としての和泉屋が確保している。ただし、合併後の和泉屋において筆頭と二枚目の花魁《おいらん》はいずれも太田屋出身であり、太田屋系遊女の勤労意欲維持に腐心した人事になっていることは、人の心が二百年前も今も変わらないことを示唆しており、興味深い。三井銀行と住友銀行が合併した際には英文表記はSumitomo Mitsui Bankであるのに、日本語表記では三井住友銀行としたことに共通するものがある。

ところで、和泉屋の楼主名は、その後の文政三年（一八二〇）の『吉原細見』で、再び「和泉屋壽美」に戻っている。初代和泉屋平左衛門の死亡時期が、和泉屋の過去帳から文政二年（一八一九）二月八日と判明していることから、平左衛門の死後に後家の壽美が再び亡夫の跡を継いで楼主となったものと考えられる。このことは、妓楼和泉屋としての株（営業権）を保持していたのは平左衛門ではなく、前夫長八の死後にこれを継承していた壽美であることを意味している。そして、平左衛門はその夫として実質的に経営を把握していたと理解できる。その権利は壽美の死後に二代目和泉屋平左衛門に移ってゆく。

和泉屋平左衛門の檀那寺《だんなでら》である、東京都足立区の国土安穏寺（以下、安穏寺と略す）で発見された、文政五年（一八二二）二月四日における壽美の死歿時の記録『新寂帳《しんじゃくちょう》』に、「施主平三郎の養母」とされていることから、初代平左衛門は倅平三郎を連れて後夫として壽美と再婚したこと、平左衛門が壽美に先立って歿したこと、そして、二代目平左衛門は二代目を襲名するまでは平三郎を名乗っていたことの証左である。平左衛門は、今風に言うのであれば、経営再建のために金融支援銀行が送り込んだ社長であり、妓楼「和泉屋平左衛門」は、その結果として生まれた新会社のようなものであったと想像される。

二　妓楼和泉屋平左衛門の資本はどこから

次に、和泉屋平左衛門が妓楼の経営に乗り出した資金的背景は何であったのかを考えてみよう。平左衛門の出身地である東京都足立区の安穏寺に伝わる話では、平左衛門が吉原で夜鷹《よたか》蕎麦を商い資金を作ったとされている。しかし、夜鷹蕎麦の利益を元手にする程度で、大規模な資本を必要とする吉原のビジネスに乗り込めるであろうか（第一章【表4】参照）。

平左衛門が妓楼「和泉屋平左衛門」の経営を始めるにあたり、自分で妓楼を起こしたのではなく、既存の妓楼を合併させたことは前節で述べた。おそらく、経営が行き詰まっていた太田屋善右衛門の株（経営権）を買い取り、借金などを返済し、また、京町二丁目にあった旧「和泉屋長八」を婚姻を手段として継承し、その土地の利用権（沽券《こけん》状）を売却して現金化し、新しい妓楼和泉屋平左衛門を始めたのであろう。和泉屋を継承するだけであれば、見世は京町二丁目でよかったはずである。しかし、太田屋があった大門《おおもん》近くの、地の利の良い江戸町一丁目に新たに妓楼を開業したことは、ビジネスマンとしての優れた戦略性を認めることができる。これらの経緯に関する文書が残っていることが期待されたが、残念ながら何も発見できていない。

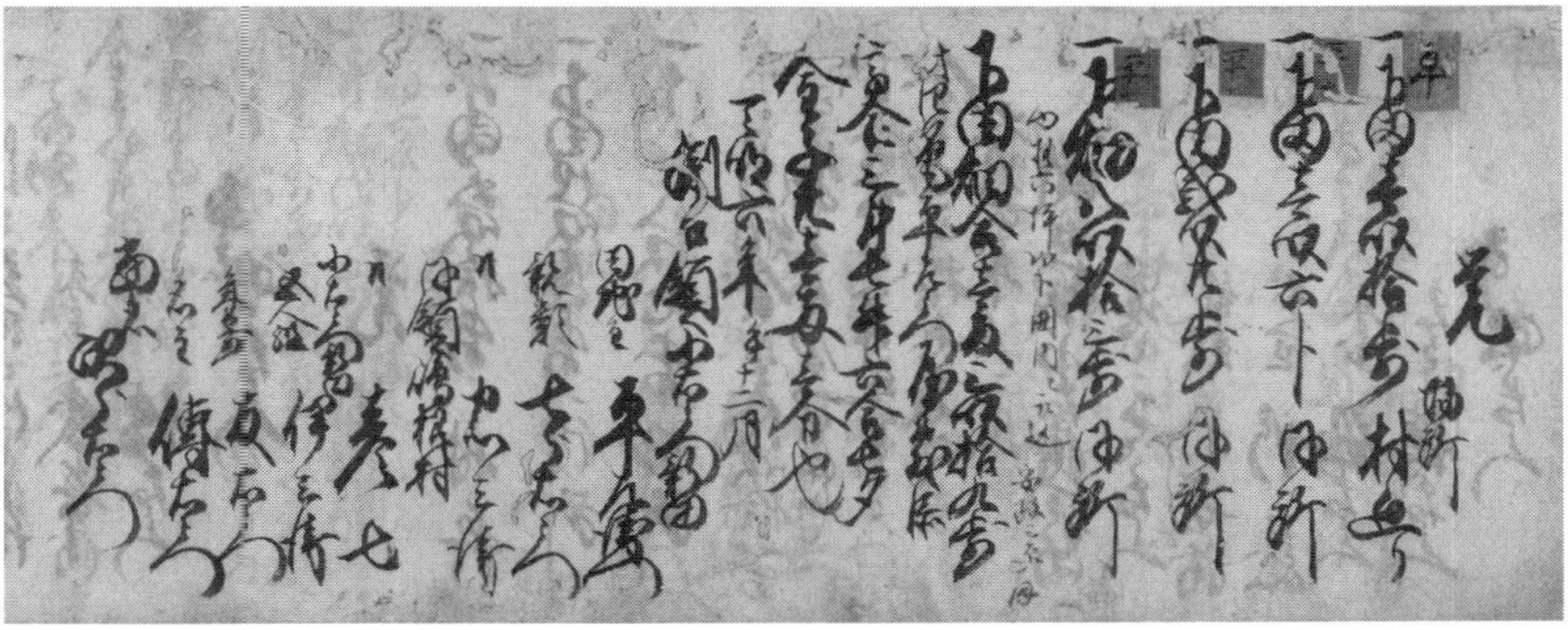

図２　新発見の古文書。田地主である平左衛門が課税の対象となる田畑を有することを認める、次郎右衛門による記録。天明６年（1786）12月の写し。天保５年（1834）11月。個人蔵。【口絵掲載】

和泉屋平左衛門が吉原のビジネスに乗り出すための資本、ならびに経営感覚はどこに由来するのであろうか。和泉屋の出身地である足立区の歴史や、小右衛門《こえもん》新田《しんでん》（現足立区中央本町）の日比谷家に残された古文書などから、その実態を紐とこう。ちなみに、小右衛門新田の日比谷家と筆者の家とは享保の頃に分かれたようである。

和泉屋平左衛門は、江戸初期から武蔵国足立郡（東京都足立区）に住む郷士《ごうし》的な家系にある。元和二年（一六一六）、小右衛門新田の開発には、先祖とされる日比谷小左衛門が関与している。この場所は幕領であり、代官伊奈《いな》氏の配下にあった。戦国の戦いで主家を離れた牢人たちが足立に定着し、新田開発に関与し経済力を蓄えていったと考えられる。[1] 新田開発には資力、幕府との折衝力、大勢の人を動かすための指揮管理能力などを必要とすることから、もとは兵農分類以前の武士であった牢人（浪人とも書く）は有利な立場にあったといえよう。

【図２】は天明六年（一七八六）十二月に、平左衛門が課税（年貢）の対象となる田畑を有することを、惣代名主としての役を果たす次郎右衛門が認める文書の控えである。この文書は日比谷次郎右衛門家の末裔の家から発見されたもので、宝暦九年（一七五九）以降、次郎右衛門は、課税関係に関して幕領の役人に報告する役目であったようだ。次郎右

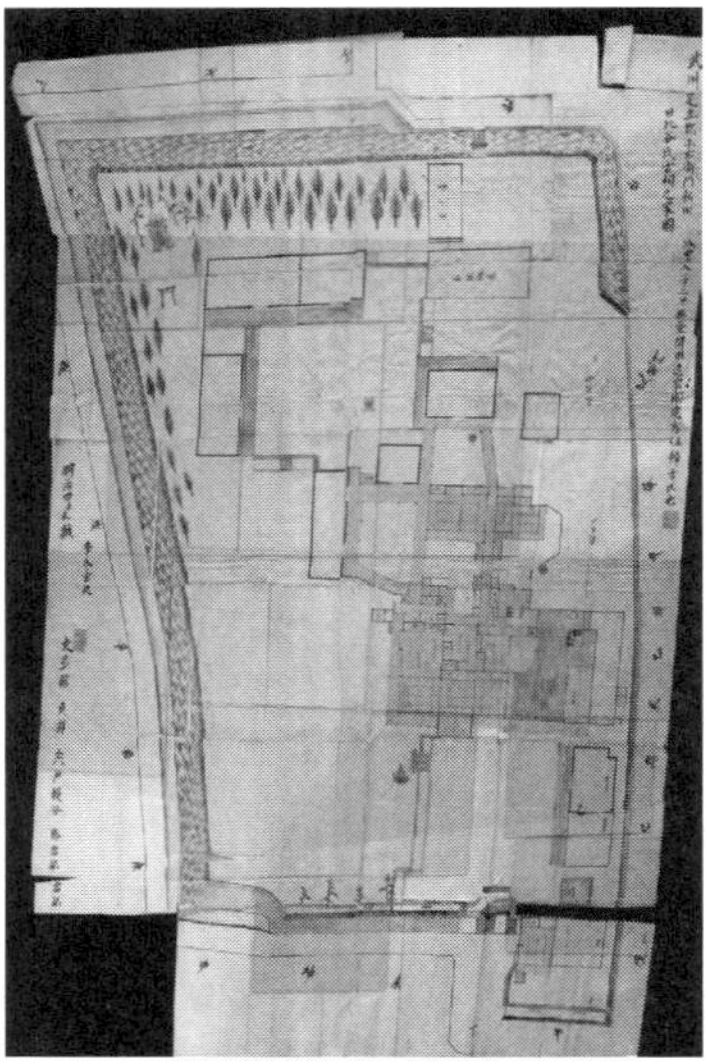

図３　新発見の惣代名主次郎右衛門家（幕末の当主は健次郎）の屋敷の図面。明治４年（1871）。東西約80m、南北100m。南北と西側に堀があった。個人蔵。

衛門家の人々は、代々、三方に構え堀のある屋敷に住んでいた【図3】。江戸初期に郷士として入植し、新田開発に携わったことの証拠である。

江戸という一大消費地に近い地の利から、米以外の換金作物も生産し、農村金融に関わり、さまざまな形で土地所有を増していったことが、残された古文書から知ることができる。

安穏寺には吉原関係者とされる「津国屋《つのくにや》」夫妻の墓石が、次郎右衛門家の墓石群のすぐそばにある。礎石には大きく「津国屋」と横書きで彫られ、竿石にはそれぞれの戒名「智行院清夢日清信士」および「法進院妙智日喜信士女」が彫られ、没年は天明五年（一七八五）三十一日および享和三年（一八〇三）五月十三日である。津国屋一族の墓はどこかの檀那寺に存在するはずであるが、このように一代限りの墓石があるということは、この石塔に祀られている夫妻のどちらかが、次郎右衛門家の身内であったことを示唆している。和泉屋平左衛門が吉原での事業に関わる二十年も前から、この地域の人達と吉原との繋がりがあったことが明らかである。和泉屋屋平左衛門が吉原に入るに際し、相当の情報を把握し、準備していたことを物語っている。そして資本は、この時代の日比谷次郎右衛門家の当主、新右衛門から融資によるものと想像される。

文化十年（一八一三）には、日比谷新右衛門と、吉原の経営に関わっていた日比谷平左衛門とが共同して、安穏寺の本堂の再建に関わっている。[2] 同じ一族の「井戸屋日比谷家」からは、文政元年（一八一八）に尾張藩付家老竹腰《たけのこし》家の側室が出ている。竹腰壱岐守正美《いきのかみまさよし》の実母、「貞龍院殿妙日敬大姉」(天保六年[一八三五]歿)であり、安穏寺に墓石がある。[3] 文化文政期(一八〇四〜一八二九)は小バブル経済の時代であり、日比谷一族にとっては飛躍の時代であった。

ちなみに、日比谷新右衛門の幕末の末裔である日比谷健次郎は、北辰一刀流千葉周作門下の免許皆伝であった。自家の道場には門弟が大勢おり、刀、槍、甲冑、鉄砲、差又《さすまた》などの武器もあり、新撰組の人々とも近い関係にあり、勝海舟とも近かったようである。また、明治になると日本で最初の和独辞書『和独対訳字林』の出版を行っている。[4]

三　浮世絵にみる妓楼和泉屋平左衛門の発展

(一) 和泉屋平左衛門・壽美夫妻を描き込んだ絵

妓楼和泉屋平左衛門の格は、『吉原細見』から知ることが可能である。この様子を【表3(章末)】に示す。開業の文化三年(一八〇六)春には、【図1】の左下に見られるように、楼主の名前の上に書き込まれた印より、Aクラスの惣半籬(◑)であることがわかった。文化十一年(一八一四)春から明治四年(一八七一)まではAAクラスの半籬交(▲◑)であり、明治五年(一八七二)にはAAAクラスの大籬(■)となっている。明治四年十一月に東京府市政掛に提出された「規定申告」により、大籬が急増した。

和泉屋平左衛門の見世は、文化三年(一八〇六)春の創業時には、太田屋のあった江戸町一丁目木戸を入って左側六軒目(妓楼のみを数えているので、廃業により商人などが入った場合には数字がずれることになる)にあったが、文

図4　新吉原江戸町壱丁目和泉屋平左衛門花川戸仮宅図。文政8年（1825）春。歌川国芳筆、東屋大助板。日本浮世絵博物館蔵（右4枚）、個人蔵（左端）。【口絵掲載】

化十三年（一八一六）の火災による浅草山の宿での仮宅から戻ったときには、江戸町の通りの右側三軒目になっている（万字屋があった場所）。吉原では、火災による仮宅での営業から戻ると、家持《いえもち》（土地所有）でない見世の場合には、その格にかかわらず場所の入れ替えがおきる。しかし、家持の和泉屋平左衛門の場合には、以後、明治まで同じ場所である。そのため、右側三軒目になった際に固定資産としての土地を購入し、家持になったと考えられる。

　初代和泉屋平左衛門が文政二年（一八一九）二月に亡くなると、二節に述べたように、文政三年（一八二〇）春から文政五年（一八二二）春まで、暫時、楼主の名前として妻の壽美が再登場する。『吉原細見』では、文化二年（一八〇五）以来、ほぼ十五年ぶりのことである。[5] この壽美も文政五年（一八二二）二月に亡くなる。

　初代和泉屋平左衛門・壽美夫妻を描き込んだ絵がある。【図4】は、文政八年（一八二五）に板行された、歌川国芳《くによし》が描いた「新吉原江戸町一丁目和泉屋平左衛門花川戸仮宅図」である。この絵において注目すべきは、遊女以外の人物が三名も描きこまれていることである。遊女絵には通常は遊女や禿《かむろ》のみが描かれる。楼主とその家族を描き込むような絵は皆無と言ってよいであろう。左右端の年輩の男女と、右から二枚目の絵において左端の左にいる身なりの良い女性である。右端の男は初代和泉屋平左衛門、左端は女房の和泉屋壽美である。

　この異例の遊女絵が描かれた理由は次の通りである。和泉屋は文政七年

（一八二四）四月の吉原での火災に際して、吉原外の花川戸で仮宅営業をおこなっている。その文政八年二月の末に、初代和泉屋平左衛門の七回忌の追善として、妓楼「和泉屋平左衛門」を開業した亡父母を顕彰し、見世の全盛を宣伝するために開板したものと考えられる。右から二枚目の絵にある岡持ちを持つ女性は、二代目の女房、あるいは、安穏寺の初代夫妻の墓石および、平左衛門家の過去帳に名前がある壽美の妹と考えられる（この絵の詳細については、注5ならびに第四章および第五章を参照されたい）。

続いて、和泉屋平左衛門抱えの遊女絵のいくつかを紹介する。文政期の渓斎英泉《けいさいえいせん》の揃い物の遊女絵は、第一章九節で述べたように、尾張出身の妓楼が仲間内で企画して板行するような、コミュニティ重視の傾向にあり、新参の和泉屋には、このハードルは高かったのではなかろうか。ここでは、管見の限り最初の和泉屋の遊女絵と思われる絵と、文政初期に渓斎英泉によって描かれた絵を紹介する。

（二）柳川重信筆「和泉屋泉壽」

妓楼は営業政策として、妓楼、遊女あるいは贔屓《ひいき》からの入銀《にゅうぎん》により花魁の絵を板行している。妓楼和泉屋抱の遊女が描かれた最初は、伊勢屋利兵衛から板行された柳川重信画の「和泉屋平左衛門泉壽」である【図5】。「泉壽」の名前は、和泉屋の屋号と平左衛門の女房壽美にちなんだものであることは、想像に難くない。扇屋の花扇や姿海老屋の姿野《すがたの》などと同様に、楼名にちなんだ重い名跡である。泉壽は文化十一年（一八一四）秋に、和泉屋では初の「呼び出し」という格の高い花魁として突然登場することから、和泉屋の期待を担って登場した花魁であることが想像できる。同じ文化十一年春の『吉原細見』で、和泉屋は半籬交という一つ上の格に出世している。泉壽については、寛閑楼佳孝《かんかんろうよしたか》が文化十三年（一八一六）に著した『北里見聞録《ほくりけんもんろく》』において、当時吉原に四十五人い

図５　和泉屋平左衛門で最初の呼び出し格の遊女。「平井和泉屋泉壽」柳川重信筆。文化14年（1817）伊勢屋利兵衛板。極印。個人蔵。【口絵掲載】

た「呼び出し」格の花魁の一人として記録されている。▼[6]【図５】の絵には、「平井和泉屋」の暖簾が背後に大きく描き込まれている。平井の愛称は「平左衛門の和泉屋」という意味であり、文化九年（一八一二）以降の『吉原細見』では、暖簾を示す部分に平井と記されるようになる。このスタイルは文政十年（一八二七）初春まで続く（【表４】参照）。

この絵の板行時期に関しては、文化十四年（一八一七）が妥当ではないかと考えられる。遊女絵は合目的的に制作されるので、揃い物の絵の開板動機が、仮宅から吉原へ戻る際の宣伝である場合が多いと考えられる。複数枚で構成される揃い物の絵は同時に板行されるという前提で考察する。とすれば、描かれた遊女の名前のすべてが、『吉原細見』で認められる期間が開板可能時期となる。妓楼の暖簾が大きく描き込まれたことを特徴とする重信筆の遊女絵としては、管見の限り「和泉屋泉壽」のほかに、「玉屋政那木《まさなぎ》」、ライデン（オランダ）の国立民族学博物館が所蔵する「松葉屋代々山《よよやま》」、日本浮世絵博物館所蔵の「赤蔦屋須广浦《すまのうら》」とボストン美術館所蔵の「海老屋大井」および「扇屋つかさ」がある。「和泉屋泉壽」の名前が『吉原細見』に最初に登場するのは文化十一年（一八一四）秋である。これら六名の遊女のうち、最も早い時期に『吉原細見』から名前が消えるのが「赤蔦屋須广浦」である（文政三年［一八二〇］春まで在楼）。したがって、この揃い物の板行の上限は文化十一年秋、下限は文政三年ということになる。

泉壽の顔は、当時の人気女形役者二代目澤村田之助に似せたと推定できる。遊女絵の顔は流行の女形役者風に描かれている、というのが最近の解釈である。[7] 役者の顔は誰もが知っているので雰囲気を再現するように描くが、花魁の場合には高額の揚代を払える特定の客しか顔をみることができないことから、庶民から見て理想的に描かれる。この結果、当世の人気女形役者の顔が描き込まれることになる。文化十四年（一八一七）正月に、式亭三馬《しきていさんば》による『恋《こい》が窪昔《くぼむかし》語《がたり》契情崎人伝《けいせいきじんでん》』が板行された。この挿絵を同じ柳川重信が二代目澤村田之助風に描いている。【図６】に示すように、腕を組んだ立ち姿が泉壽と共通である。

文化十三年（一八一六）の吉原の火災による仮宅から戻ったのが文化十四年卯月であるので、この時期に合わせて板行されたと考えられる。一方、田之助は文化十四年正月に歿している。役者の顔は死後には利用しないのが通常である。しかしながら、絵や本の内容の改め（検閲）に準備期間を要するため、前年の十一月くらいには用意されていたと考えると、泉壽の絵の開板時期は文化十四年正月という考えに大きな誤りはないであろう。

改印に極印《きわめいん》が押されていることも、文化十四年開板説を支持できる。文化九年（一八一二）の仮宅から戻った時期に合わせた絵だとすると、改印は文化十四年の極印とは異なり、「改め月」が明示された印でなければならないからである。

図６　式亭三馬作、柳川重信画『恋が窪昔語契情崎人伝』。文化14年（1817）正月刊、三オ。国立国会図書館蔵。

ちなみに、泉壽と揃いであるライデンの国立民族学博物館における「松葉屋代々山」には、シーボルト・コレクションの管理番号（一―四四六九―三）が与えられている。このコレクションはシーボルトが購入したものに限らず、実際にはシーボルトと長崎の商館長ブロムホフとの間で、収集品の交換が行われ、ブロムホフが購入したものもシーボルトのコレクションとして管理されてきたということが、最近、明らかになってきた。▼8

シーボルトの江戸参府は文政二年（一八二六）九月である。したがって、シーボルト・コレクションにある「松葉屋代々山」は、シーボルトによる文政二年の江戸参府のおりに購入されたものではなく、ブロムホフが文政元年（一八一八）に江戸を訪問した際に購入され、後に交換によりシーボルト・コレクションに入ったものと考えられる。このことからも、「和泉屋泉壽」を含む柳川重信による揃い物が、文化十四年（一八一七）に仮宅から吉原に戻った際に、宣伝のために板行されたとする考えを支持できる。

（三）溪斎英泉が描く和泉屋の遊女

文政初期には、溪斎英泉によっても和泉屋平左衛門抱えの花魁が描かれている。英泉による絵は、管見の限りでは四枚が知られている。【図7および8】は、それぞれ、「江戸町一丁目和泉屋内泉壽　しかの　かのこ」および「江戸町一丁目和泉屋平左衛門内園菊　きくし　きくの」である。いずれも蔦屋重三郎（二世）から板行され、外題《げだい》が同じ形の短冊の中に書き込まれていることから、揃い物として判断できる。通常より厚手の紙を用いており、板行にかける二代目和泉屋平左衛門の意気込みが感じられる。園菊は、オランダ・ライデンの国立民族学博物館にシーボルト

図7　溪斎英泉筆「江戸町一丁目和泉屋内泉壽　しかの　かのこ」蔦屋重三郎（二世）板。極印。文政5年（1822）。個人蔵。

のコレクション（管理番号一―四四六九U）として収蔵されているものである。同じシリーズに「角町大黒屋内歌扇うたじ　うたの」「角町大黒屋内雛松　むらの　こづる」および「角町大黒屋内雛扇　ひなの　ひなし」がある。泉壽が『吉原細見』に登場するのは文政五年（一八二二）春が最後であることから、この絵もシーボルトが直接購入したものではなく、文政五年春もしくは前年に板行され、次に紹介する「新吉原八景」の数枚と同様に、ブロムホフの江戸参府のおりに購入されたものであろう。泉壽と園菊における英泉の落款が、「新吉原八景」の落款と似ていることも、泉壽と園菊の板行時期を文政五年とする考えを支持している。

【図9】は、英泉による「新吉原八景」の一つである「三谷堀の帰帆和泉屋泉壽」である。この揃い物には、「玉屋濃紫」、「扇屋花扇」、「尾張屋ゑにし」、「玉屋玉櫛」、「松葉屋代々山」、「丸海老屋江川」、「鶴屋大淀」が含まれる。「狎客《なれきゃく》の夜の雨」だけは、妓楼の名前と遊女名がない。名前のある七名の花魁を『吉原細見』で比べると、これらを同時に確認できる期間は文政四年（一八二一）春の「玉屋玉櫛」から文政五年春の「和泉屋泉壽」までである。

図8　溪斎英泉筆「江戸町一丁目和泉屋平左衛門内園菊　きくし　きくの」蔦屋重三郎（二世）板。極印。文政5年（1822）。Collection Nationaal Museum van Wereldculturen. Coll. no. RV-1-4469u

図9　溪斎英泉筆「新吉原八景三谷堀の帰帆和泉屋内泉壽」蔦屋重三郎（二世）板。極印。文政5年（1822）。日本浮世絵博物館蔵。【口絵掲載】

この揃い物の中で「玉屋濃紫」、「扇屋花扇」、「松葉屋代々山」ならびに「丸海老屋江川」が、ライデンの国立民族学博物館に収蔵されている。文政五年にブロムホフが収集したものと理解されていることから、この揃い物の板行は文政四年もしくは五年と考えてよい。岩切によるこのシリーズの板行時期の考察結果からも支持される。▼[9]

管見の限り、英泉によって描かれた和泉屋の遊女の残りの一枚は、「契情道中双娽見立よしはら五十三対　庄野」である。これについては、第四章において、この揃い物の初板と後刷との関係で詳細に述べる。

四　和泉屋における遊女の心中事件

二代目平左衛門の時代は、和泉屋の景気が良かったようである。寛政の改革の後のバブルの時代である。安穏寺には天保二年（一八三一）の宗祖（日蓮上人）五百五十年忌に際して、家運の繁栄を祈念する石塔があり、基部に「寄附主　新吉原　和泉屋平左衛門」とある【図10】。

図10　天保2年（1831）冬に二代目和泉屋平左衛門によって建てられた宗祖五百五十年石塔。天下長久山国土安穏寺。

宗祖五百五十年忌の石塔は、他の日蓮宗の寺にも見られるが、安穏寺のものは立派であり、平左衛門の羽振りが良かったことをうかがわせる。旧日光街道からの入口にも安政二年（一八五五）七月に二代目和泉屋平左門が寄進した髭題《ひげだい》目《もく》の石塔がある。

二代目平左衛門の時代の事件として記録に留めておきたいことの一つは、文政十年（一八二七）一月から二月に吉原で連続しておきた遊女の自殺と、和泉屋の遊女の心中事件であろう。投げ込み寺として知られている東京都荒川区の浄土宗栄法山浄閑寺【図11】の過去帳を見ると、寺の檀家における死者の記録以外に、吉原関係者の戒名が残されている【図12】。この過去帳には、遊女の場合、例えば「越後の産」のような添え書きがある場合がある。地方出身者は親元に知らせるまもなく、寺で弔いを執り行ったことが理解できる。

また、遊女の宗旨は『竹嶋記録《たけしまきろく》』▼10によれば、毎年二月の宗門改めにより明らかになっていたので、吉原で死んだ遊女のうち、宗旨を浄土宗とする遊女の場合には、浄閑寺が弔いを行ったものと考えてよいであろう。

文政十年正月十六日に、京町の海老屋で十九才の遊女が変死した【図12】。遊女の名前は記録されていない。江戸時代の戒名には、生前の生き様を反映している場合がある。「劔徹信女《けんてつしんにょ》」という戒名なので、刀による自殺と考えてよいだろう。また、二月十四日に江戸町二丁目金舛屋抱えの「春衣《はるぎぬ》」が変死している。「劔光信女」という戒名が与えられているので、死因は同様であろう。春衣の名前は『吉原細見』で確認できている。さらに二ヶ

図11　東京都荒川区南千住の栄法山浄閑寺。

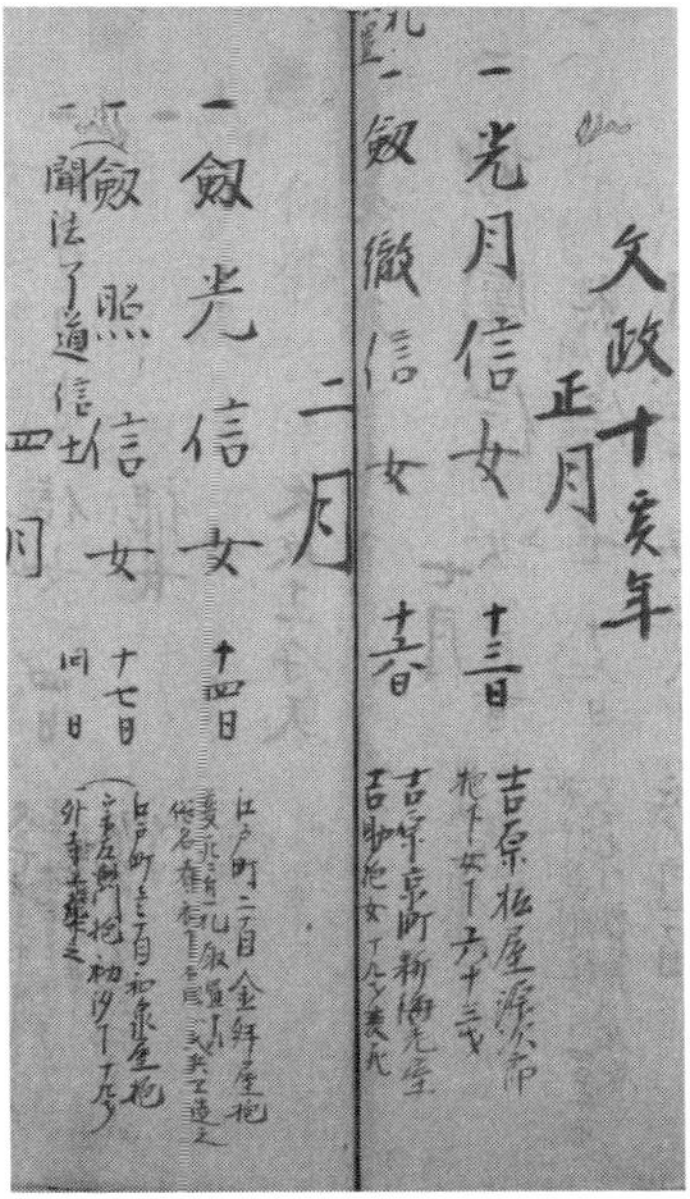

図12　浄閑寺過去帳。文政10年（1827）の部分。劔のつく戒名が続く。浄閑寺蔵。

月後の四月十七日、和泉屋平左衛門抱えの十九才の遊女「初汐《はつしお》」が心中事件を起こし、相手の男も死んでいる。

八代将軍徳川吉宗の享保年間に、近松門左衛門の世話浄瑠璃によって相対死《あいたいじに》（心中）が美化され、これを賛美する傾向さえ生じたとされている。この風潮を是正するため、享保七年（一七二二）に、相対死に関して禁令が出された。すなわち、不義で相対死をした者は死骸を取り捨てて弔わせず、双方存命ならば三日晒のうえ非人手下にすることとしたと『徳川禁令考』にある。[11]

しかしながら、浄閑寺過去帳を見る限り、初汐には「劔照信女」、相手の男には「聞法了信士」という戒名が与えられ、「外寺に葬之」とある。相対死の場合であっても戒名は付与され埋葬されたことが理解できる。他の寺に葬ったとあるので、宗旨は浄土宗ではない檀那寺に葬ったと考えられる。この初汐の名前は『吉原細見』では確認できないことから、寺側において何らかの配慮があったかもしれない。

同様に『徳川禁令考』には、寛政十二年（一八〇〇）十二月に角町《すみちょう》の妓楼「松葉屋半蔵」で起きた、西の丸の坊主「玄三」と「花琴《はなこと》」の相対死の記録がある。「花琴」は寛政十二年秋の『吉原細見』によれば、座敷持《ざしきもち》（中位の格の遊女）であったことがわかる。前出『徳川禁令考』には、玄三の死骸も花琴の死骸も取り捨てたとある。しかし、この相対死の場合も浄閑寺過去帳に記録によると、玄三には「剣誉雪山信士」、花琴には「劔誉冬雪信女」と対の戒名が与えられている。死後の世界で結ばれるようにとの戒名には、寺の人間味ある配慮が感じられる。

幕末に和泉屋平左衛門と親類になる、江戸町二丁目の妓楼「鶴和泉屋清蔵」抱寄ウタマチが、深川で仮宅営業中の文化十年（一八一三）八月四日に芝口一丁目の冨五良《とみごろう》と心中事件を起こしている。ウタマチには「離染智生信女」、冨五良には「離念西生信士」と、諭すような対の戒名が与えられている。なお、文化十年春の『吉原細見』には「うたはし」とある。

五　天保の改革と経営危機

（一）変容する吉原

江戸後期の吉原の経営に大きな変化を与えたのが、老中水野忠邦による天保の改革である。天保四年から八年の飢饉をもたらした、江戸小氷期と呼ばれる地球の寒冷化の結果、年貢米収入が減少した。すなわち、税収の減少である。対策として貨幣改鋳がなされ、上地令《じょうちれい》が試みられた。南町奉行に鳥居甲斐守耀蔵《とりいかいのかみようぞう》が就任すると、問屋仲間を廃止し、芝居小屋を浅草猿若町へ移転させ、吉原以外の官許でない遊郭である岡場所の徹底した取り締まりを行った。緊縮経済による風紀の取り締まりである。妓楼では名前の入った華やかな遊女絵の開板もできなくなった。

幕府は岡場所に対して、営業を辞めるか、あるいは、吉原に移って継続するかの決断を迫った[12]。この結果、天保十四年（一八四三）の『新吉原遊女屋書上』にあるように、「稲本屋」など多数の見世が深川から吉原に移ってくる。天保の改革の締め付けは、文政後期から始まった妓楼「丁子屋」や「鶴屋」などの廃業に加え、天保八年（一八三七）の火災を契機とした「扇屋」の撤退、さらに「玉屋弥八」など旧《ふる》くからあった見世の廃業に追い打ちをかけた。塚田によれば、吉原の敷地面積基準で四十パーセント程度が岡場所からの転入組になった[13]【図13参照】。

遊女の質も低下したことが、仮名垣魯文によって書かれた、細木香以と稲本抱えの遊女小稲とのトラブルから読み取れる[14]。稲本屋の小稲に入れあげていた香以が、同じ稲本屋の花鳥と浮気をしていたところへ、小稲の番頭新造豊花が踏込み「廓の掟破り」と騒ぎたて、小稲と花鳥に二百両をむしり取られたという話である。稲本屋は深川にあった妓楼である。豊花は、辰巳風の咲呵を切ったとある。享和四年（一八〇四）に喜多川歌麿が描いた『青楼年中行事』[15]にあるような、馴染みがあるのに他の遊女と浮気をしたら、髻《もとどり》を切られて女装をさせらるというおおらかな世界とは違ったものになったことが読みとれる。『閑談数刻《かんだんすうこく》』に紹介されているような、酒井抱一《さかいほういつ》が大文字屋の一元《ひともと》や鶴屋の大淀《おおよど》と機知を楽しんだり、松葉屋の粧《よそお》ひに歌のつくり方を教えたような、知的な遊びの空間は失われ、吉原の文化の質は落ちてゆく。[16]また、梅本屋のような格の低い小さな妓楼では、楼主による遊女の虐待が生じ、それに抵抗した遊女が火付けをするという事件がおきた。[17]

このように、天保の改革を前駆現象とし、明治五年（一八七二）に発布される芸娼妓解放令に向かって、吉原は大きく変質してゆく。吉原を全時代を通してステレオタイプに理解することなく、時間軸上での変化を的確に認識してゆかねばならない。

天保十四年四月には、奉行である鳥居耀蔵が自ら吉原を視察している。『藤岡屋日記』によれば、岡場所から新たに吉原に移ってきた見世も含めて、和泉屋など十八軒の大きな見世が遊女を仲之町の茶屋に待機させて出迎えたと記録されている。[18]その一部を紹介する。

天保御巡見之節、里俗仲之町茶屋江罷出候遊女、並茶屋名前左之通り

江戸町壱丁目

玉屋山三郎抱遊女

濃紫

江戸町壱丁目茶屋
山口巴屋清次郎方江罷出候
（中略）
同町
和泉屋平左衛門同
大鳥
同町　同
信濃屋善兵衛罷出候
（中略）
右は甲斐守様外、四拾七ヶ所御巡見之節、惣名主取締役熊井理左衛門・石塚三九郎・鈴木市郎右衛門、右三人名主御供ニ而鳥居様御歩行御巡見被成候、他御用伺之名主も罷出候。
四月朔日

和泉屋はもちろん、吉原を挙げて、権力者に気を遣ったことがわかる。

天保の改革での吉原への集娼の結果を示すのが【図13】である。京町二丁目を中心に斜線で示す部分が天保十三年（一八四二）以降に吉原に移動した見世である。京町二丁目では天保六年（一八三五）の火災の頃から撤退する見世が目立つようになる。【図14】は天保十四年（一八四三）二月の「新吉原遊女屋名前書上」である。次節でも紹介するが、幕末から明治期に栄え、和泉屋と共同で少なからぬ遊女絵を板行する稲本屋が、もとは深川の

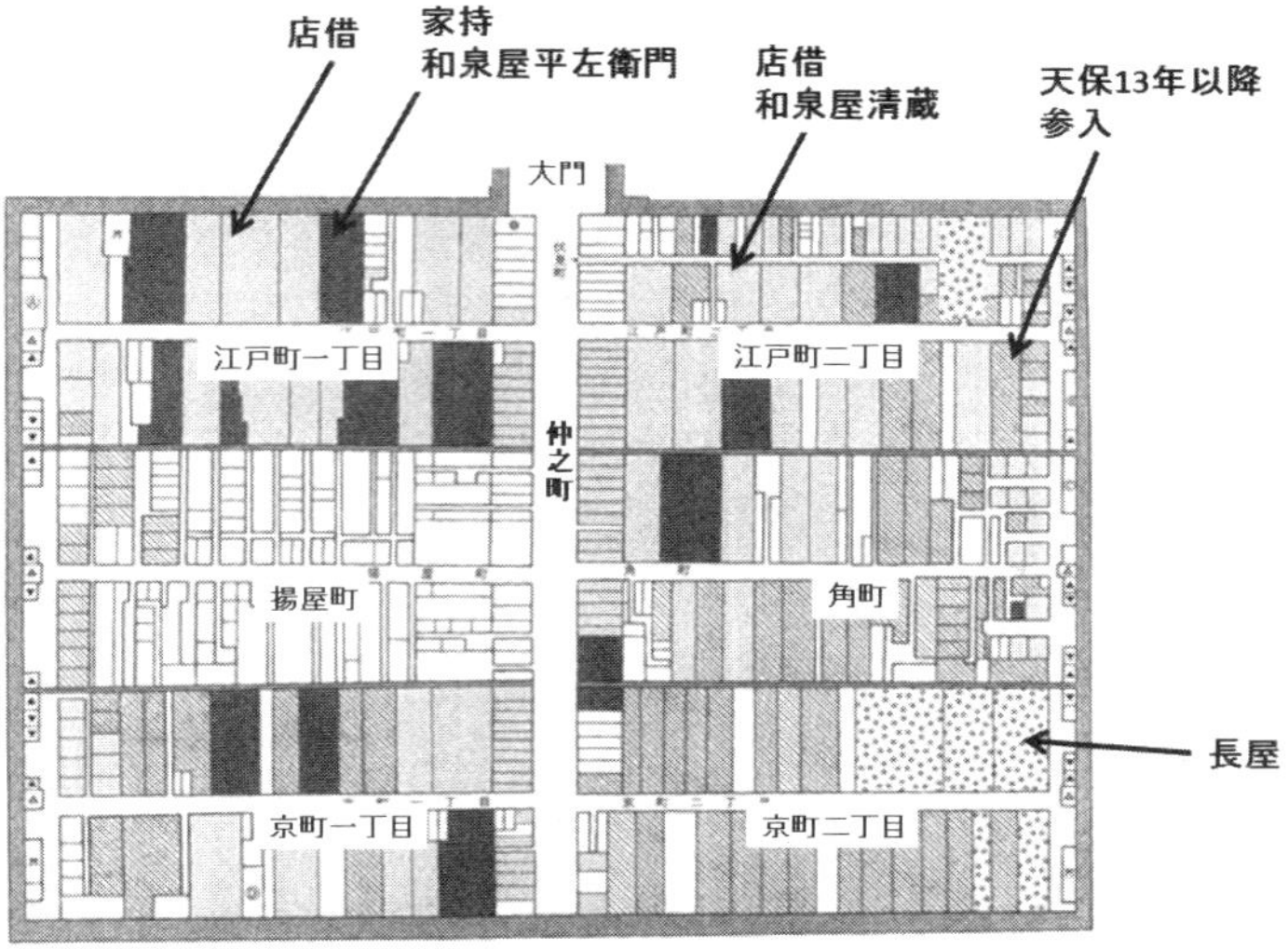

図 13　天保の改革の後の吉原（塚田［注 13］による図に追加）。
黒：家持　灰色：店借　斜線：天保 13 年以降家入　小さい丸模様：長屋

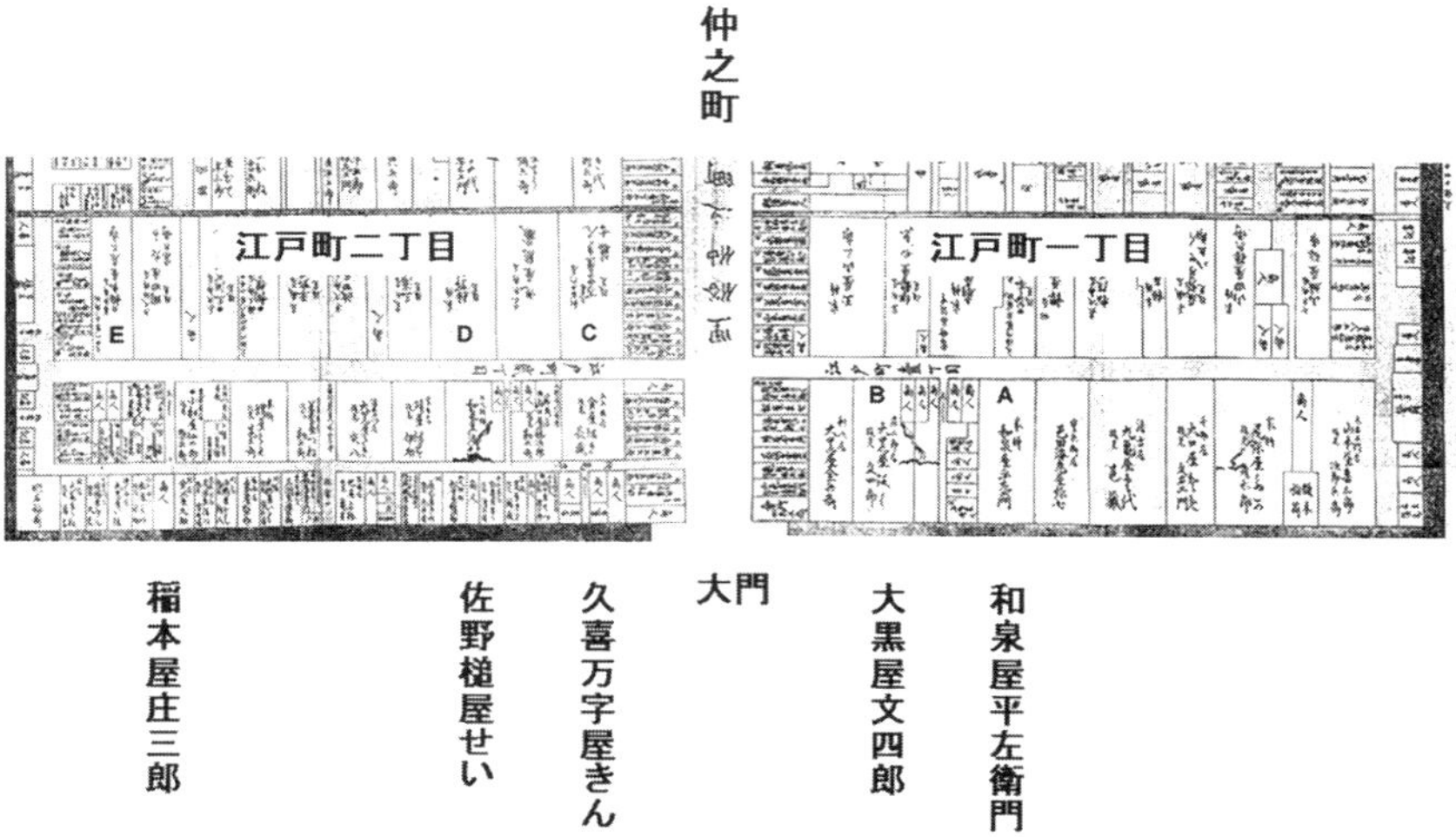

図 14　「新吉原遊女屋名前書上」（部分）。天保 14 年（1843）2 月。A、B、C、D および E は、それぞれ、和泉屋、大黒屋、久喜万字屋、佐野槌屋および稲本屋の場所を示す。東京大学総合図書館蔵（図中記号は筆者による）。図 13 とは天地が逆になっている。

突出し新地にあったことが、この図から読み取れる。天保十三年（一八四二）秋の『吉原細見』に、すでに稲本屋を見つけることができる。しかしながら、『吉原細見』には花魁の名前は一切掲載されていない。深川の取り払いは八月に行われ、『吉原細見』の板行が秋（七月）であることを考えると、奉行所からの指示とはいえ、稲本屋がかなり積極的かつ機敏に、吉原への移動を準備していたことが知られる。伝統的な吉原の妓楼と岡場所の妓楼とが一ヶ所に集まったことにより、吉原の経営や文化に与えた影響は少なからぬものがあった。

【図13】では和泉屋平左衛門は家持として記されている。これは土地が自前であることを意味している。吉原ではたびたび火災が起きる。その都度吉原の外に出て仮宅営業し、吉原が復興すると戻ってくる。和泉屋平左衛門のように土地が自前の家持の場合には同じ場所に戻るが、土地を借りて営業を行なう場合には、仮宅から戻った後の『吉原細見』では見世が移動する場合が多く見られる。

この図面と、和泉屋が廃業して四年後の明治九年（一八七六）に実測された江戸町一丁目の図面（東京都立中央図書館蔵）とを比較すると、和泉屋は間口八間（約十五・八メートル）、百九十坪、延べ床面積で三百坪（約千平方米）程度の規模であったと推定できる。ちなみに吉原の建築では、一間を六尺五寸（一九七センチメートル）とする京間が使われている。吉原の開基にあたり京都の建築基準が適用されたことは興味深い。この土地が、すなわち、和泉屋平左衛門の固定資産である。明治五年（一八七二）の芸娼妓解放令に際し、業態を妓楼から糸偏産業に展開できたことは、この固定資産としての土地を所有していたことが一つの理由として挙げられよう（第三章参照）。

（二）妓楼と茶屋との確執

天保の改革により江戸市中の岡場所がすべて撤去され、遊女屋（妓楼）を継続したい場合には、吉原への移動が義務付けられた。この結果、吉原の見世の構成に地辷《すべ》り的変化が生じ、その文化が変容したことは、前節で述べたとおりである。同時に、吉原における遊女揚代金の滞納などに関する出入を、天保十四年（一八四三）には相対済、すなわち当事者間の解決にゆだね、以後訴訟として町奉行所は受理しないことになった。

まずこの時代における妓楼と引手茶屋との関係について補足しておきたい。客が大きな見世で遊女を揚げて遊ぶ場合、まず引手茶屋に上がり、そこから登楼した。揚代は引手茶屋を通して妓楼に支払われており、妓楼は茶屋に引手料（分戻し）を支払っていた。

この結果、揚代の回収を茶屋に依存していた大きな妓楼と茶屋との間に確執を生じたと、吉田は『旧幕府引継書』（「市中取締続類集・仮宅之部」二ノ下　国立国会図書館所蔵）を引用して報告している。▼19 以下は、嘉永六年（一八五三）三月に南町奉行所市中取締掛与力五名が、吉原の「取締筋」について評議した内容を報告した上申書の一部である。吉原のリーダー的存在である玉屋山三郎らの意見書などにもとづいている。

去る卯年中、遊女揚代金出入御取上げにこれなく、相対済まし相成り候以来、揚代金滞り勝ちに相成り、不手廻の茶屋共は取込み、右御触を幸いに遊女屋え相払わざるもこれあり候えども、相手取り願出で候義も出来申さず、又客より滞り候ても、茶屋ども出訴相成りがたく、彼是差支え候由相聞え、遠山左衛門尉殿御勤役中、揚代金の外、芸者座料《ざりょう》・酒喰代等滞り候分は、済まし方仰付らるべき積もり御相談済みに相成り居り候えども、御内規矩迄の義にて、押晴仰渡され候義にもこれなく候間、御触面え対し先は差控え候義と相見え、屢願出候義もこれなく、右等の場合より遊女屋と茶屋共との間柄混乱いたし、其上吉原町の気風は御免場所にて、岡場所と唱え候端々料理茶屋・水茶屋等は全く寛宥の御慈憐を以って差置かれ候えども、異変等これあり、（中略）夫のみならず遊女揚代金公裁相成らず旁《かたがた》、御免場所の気勢を失ひ、内心不伏を懐《いだ》き、元売女屋と確執相成り候は自然の道理にて、人情の常態にこれあるべし、すでに岡場所より引移り候族は自己の勝手に泥《なず》み、廓内旧来の仕来り規定等は窮屈に相心得、更に相用いず、素より茶屋共取り用いも宜しからず候所より、客を多く案内致させべきため、我勝ちに小釣銭と唱え、引手の口銭耀《せり》上げとらせ遣わし候義増長いたし候故、終に居付の遊女屋共も風化せられ、同様小釣銭差わし候わんでは渡世に拘わり候よう成り行き候義にて、全く時勢止むをえざる場合に候えども――

遊女屋と茶屋との金銭トラブルは、奉行所が関与することなく当事者間で解決することになったこと、岡場所から多くの見世が移動してきたことにより気風が変化したことなどが挙げられている。嘉永六年（一八五三）十二月の『藤岡屋日記』は、当時の市中の景気の様子を以下のように記録している。[20] すなわち、黒船の来航以来、世の中が騒がしくなり不景気となり、そして治安も悪くなった。吉原には金のある良い客が来なくなった、と。

当年ハ異国人之騒而已ニ而、職人ハ仕事無之、商人ハ商売無之、御府内金銭不融通ニて、芝居も顔見世無之、安芝居ニ致し候而も世上物騒而已ニて見物は無之、押込強盗流行致ス故ニ、夜五ツ時過ニハ往来一人も無之、故ニ吉原も行者ハ銭のなきひやかし計ニて、金を持し上客ハ壱人も無之

さらに、大きい見世と茶屋との確執の故に、江戸の豪商三井の惹句である「現金かけ値なし」をもじった「現金引手なし　遊女大安売」というチラシが、嘉永四年（一八五一）に万字屋、大和屋、金沢屋および若狭屋から、

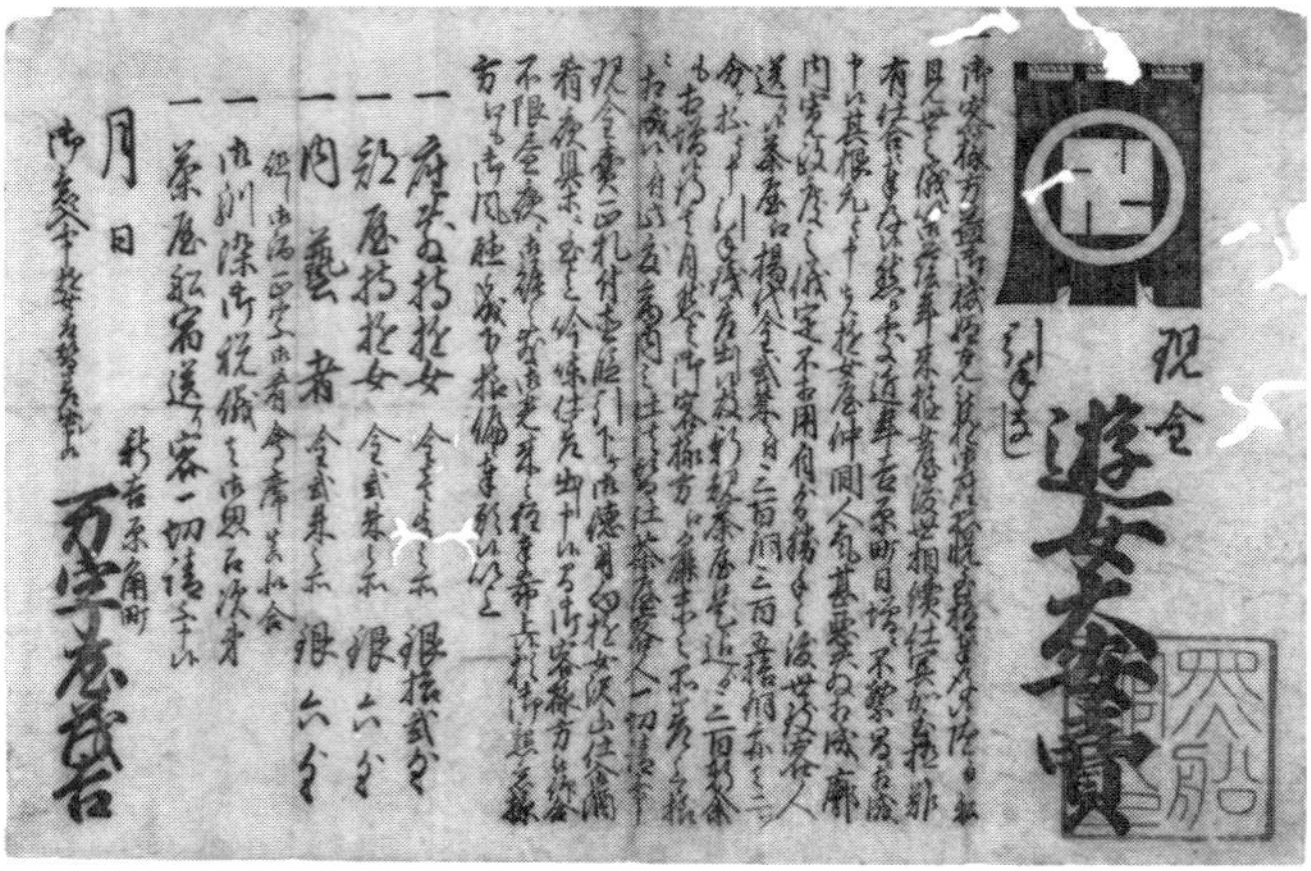

図15　「現金引手なし 遊女大安賣」のチラシ。個人蔵。

嘉永六年（一八五三）には玉屋から、また嘉永七年（一八五四）には松田屋から撒かれ、衆目を集めたとされる【図15】。一方、嘉永四年（一八五一）六月の『藤岡屋日記』には、以下の記録がある。[21]

大見世玉屋其外ニての尻押有べし、其証は近年茶や増長致し、小ずりと号して引手料過分ニ取候故也、既ニ三年跡ニも大見世と茶屋と出入有之、これは岡場処廓内へ引入之砌ニ、茶屋も多分ニ相成、客引手銭之外ニ小ずりと号し過分の銭取し候処ニ付、大見世より是を六ケ敷申出し、引手多分ニ取候に付、現金と申出し候処ニ、是迄ハ五節句払ニ候間、難儀之由ニて出入ニ相成、御番処へ願出候処ニ、現金払之積ニて下ゲニ相成候処ニ、又ゝ段ゝゆるミ候ニ付、今度工夫致し、茶やをはぶき候なるべし。

岡場所からは妓楼のみならず、引手茶屋も吉原へ移動して増え、客の斡旋料のみならず「小《こ》ずり」という手数料（リベート）を要求するようになった。大見世側は、現金払いを要求しているが、引手茶屋側は、掛け売りで五節句の際での精算がこれまでの習慣と主張し、かみあわなかった。

（三）浮世絵にみる妓楼と茶屋との協調

前項にて妓楼と茶屋との間に確執があったことを述べてきた。妓楼玉屋などは茶屋を排除する動きに出るが、果たして和泉屋平左衛門の場合は、どうであったのだろうか。これを示す興味深い絵が残されているので紹介する。この絵は和泉屋平左衛門など、茶屋と協調する妓楼があったことを示している。

無款でかつ改印のない「新吉原江戸町壹丁目和泉屋内泉州」と題する絵が手もとにある。「和泉屋内泉州」の他に「新吉原江戸町二丁目久喜万字屋内唐土」、および「新吉原江戸町二丁目稲本屋内小稲」の合計三枚が、糊で貼りつけられている。さらに、この三枚と同一の揃い物として判断できる「新吉原江戸町二日佐野槌屋内黛」および「新吉原江戸町壷丁目大黒屋内蔦の助」も存在することが明らかになった。【図16】に示すように、これらの五枚の絵において共通の形式と雰囲気を認めることができる。いずれの絵も桜が植え込まれた仲之町の通りを背景にし、青竹で作った柵、雪洞《ぼんぼり》、そして山吹の花と共に、花魁の立ち姿が描かれている。さらに、その奥には仲之町の通りに面した茶屋が描かれ、浅葱色の地に桜花を散りばめた暖簾、掛行灯、提灯、そして客と思われる人物が描かれている。これらの、背景処理の方法も共通している。描かれた花魁の顔の雰囲気も、互いに似ている。特に、柵の水平の棒は、どの絵にも共通の位置に描き込まれており、どの絵が隣同士になっても繋がるように描かれている。以上により、この五枚、あるいはこれ以上の枚数からなる揃い物は、名主の検閲のないモグリの出版物として制作されたことは間違いないであろう。この絵はいずれも平面的であり奥行きを感じさせず、美術的な価値はそれ程高いとは思えない。

a　久喜万字屋内唐土

b　大黒屋内蔦の助

c　和泉屋内泉州

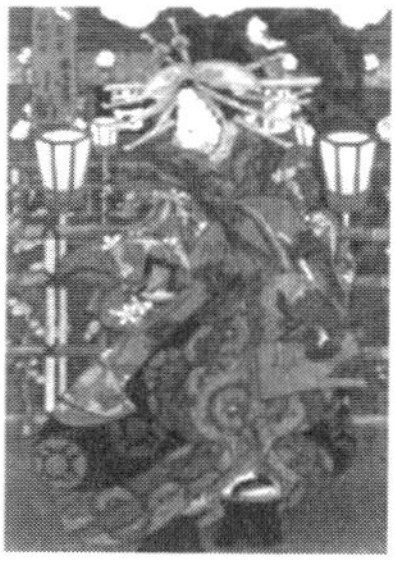

d　稲本屋内小稲

e　佐野槌屋内黛

図 16　安政無款揃い物。嘉永 7 年（1854）から安政 2 年（1855）の地震までの期間に開板。a.c および d 個人蔵。b 国立国会図書館蔵。
e © Victoria and Albert Museum, London / Uniphoto Press

a 長崎屋（16d）

b 山口巴屋（16d）

c 山口巴屋（16c）

d 永楽屋（16c）

e 尾張屋（16a）

f 尾張屋（16a）

g 桐屋（16e）

h 信濃屋（16e）

i 長門屋（16b）

図 17　安政無款揃い物に描き込まれた茶屋の掛行灯と暖簾。図説明に（16d）とあるのは上記の図 16 d との対応を示す。

この揃い物の板行年の特定に『吉原細見』の利用が有効であった。また、これらの絵から妓楼と茶屋との力関係、さらには嘉永から安政の不景気な時代の妓楼の集客宣伝と経営戦略を論ずることが可能である。

描かれているのは、「和泉屋内泉州」（江戸町一丁目）、「大黒屋内蔦の助」（江戸町一丁目）、「久喜万字屋内唐土《うちもろこし》」（江戸町二丁目）、「佐野槌屋内黛」（江戸町二丁目）および「稲本屋小稲」（江戸町二丁目）の五名である。見世の場所も文字情報として書き込まれている。それぞれの見世の場所に関しては【図14】を参照されたい。前節に述べたように岡場所から移動してきた稲本屋小稲が描かれているので、この絵が作られたのは天保十四年（一八四三）の吉原への集娼以降である。『吉原細見』でもう少し絞ってみると、五名の花魁のうち最後に登場するのは「久喜万字屋内唐土」であり、嘉永七年（一八五四）秋のことである。このことから、本揃い物板行の上限は嘉永七年秋である。嘉永七年は安政元年であり、翌安政二年（一八五五）十月には、江戸直下型の安政大地震が起きる。地震後各妓楼は、それぞれ、花川戸（和泉屋）、深川仲町（大黒屋）、深川八幡南（久喜万字屋）、山の宿（佐野槌屋）および松井町（稲本屋）で仮宅を営む。地震から復興後の安政四年（一八五七）秋に、前節で述べたように家持の和泉屋と佐野槌屋は元の場所に戻るが、大黒屋は同じ江戸町一丁目の右側二軒目から四軒目に移動、久喜万字屋は京町一丁目へ、稲本屋は角町へと動いた。外題において「新吉原江戸町二丁目久喜万字屋内唐土」とあることから、この絵の板行は安政大地震以前と結論してよい。であるならば、板行は嘉永七年秋から安政二年十月の地震の直前までの、ほぼ一年の間と考えられる。

これまで述べてきたように、遊女を描く絵には必ず開板動機がある。花魁の新造出しのお披露目、仮宅からの復帰などの機会に合目的的に制作され、市販あるいは頒布され、しかもその制作費用の一部あるいは全額を、妓楼あるいは遊女自身が負担する。

表4　安政無款揃い物に登場する茶屋とその場所：安政2年（1855）吉原細見による

茶屋	所在地*	茶屋が描かれている絵
山口巴屋とへ	右　大門より1軒目	和泉屋内 泉州、稲本屋内 小稲
長崎屋喜兵衛	右　大門より3軒目	稲本屋内 小稲
尾張屋太郎兵衛	右　江一木戸より3軒目	久喜万字屋内 唐土
永樂屋平蔵	右　江一木戸より5軒目	和泉屋内 泉州
長門屋いま	左　江二木戸より3軒目	大黒屋内 蔦の助
信濃屋善兵衛	左　伏見丁木戸より2軒目	佐野槌屋内 敷妙
桐屋多吉	右　揚屋町木戸手前4軒目	佐野槌屋内 敷妙

*右／左は大門を背にして、仲之町の通りの右左を意味する。江一木戸は、江戸町一丁目木戸を意味する。

では、この揃い物の制作目的は何であったのか。その手がかりは、この揃い物の特徴に発見できそうである。すなわち、絵に描き込まれた引手茶屋にあると仮説を立てて、議論を進めてゆきたい。

【表4】に示すように、この五枚の揃い物に描き込まれた茶屋は、山口＝山口巴屋、長崎屋、尾太＝尾張屋太郎兵衛、永楽屋、長門屋、信濃屋、ならびに、きり多＝桐屋多吉の七軒である【図17参照】。これらの茶屋の場所は、安政二年春の『吉原細見』で確認できる。いずれも、仲之町の通りに面し、江戸町一丁目や江戸町二丁目に近い所にあることがわかる。特に、大門を入って右側の七軒の茶屋は有力な茶屋であった。

前節では、玉屋を中心に妓楼が引手茶屋と対抗する動きがあり、万字屋、大和屋、金沢屋、若狭屋、松田屋などから「現金引手なし」を謳ったチラシが撒かれたことを紹介した。一方、本節では、和泉屋、大黒屋、久喜万字屋、佐野槌屋および稲本屋が、山口巴屋、長崎屋、尾張屋、永楽屋、長門屋、信濃屋、桐屋などの茶屋と共同して遊女絵を開板し、宣伝に努めていることを述べる。

この違いは何であろうか。その理由の一つは、吉原が「同職集住」の町だからではなかろうか。妓楼や茶屋が互いに親戚や縁戚になっている場合がある。そのような関係にある妓楼と茶屋との間には対立関係はなく、むしろ、協調路線を選択したのではと考えられる。

例えば、江戸町二丁目の妓楼和泉屋清蔵（福原）家の過去帳によれば、和泉屋平左

図18　茶屋と妓楼とが協調して開板した遊女絵「吉原高名三幅対」。稲本屋内小稲、和泉屋内泉山、尾張屋内長濱が茶屋一文字屋の掛行灯と共に描かれている。二代目歌川国貞筆。金鱗堂板。万延元年（1860）申八改。個人蔵。

衛門三代目である平太郎の女房津祢《つね》は和泉屋清蔵（市良兵衛）の妹とある。さらに嘉永六年（一八五三）五月二十一日には、市良兵衛ならびに津祢の叔母であった仲之町の茶屋桐屋五兵衛六代目の妻が亡くなったと記されており、和泉屋清蔵と桐屋五兵衛とが縁戚であったことがわかる。一方、和泉屋平左衛門三代目の子ども達は、皆、夭折しているために、養女を同じく仲之町の茶屋桐屋長兵衛から迎えている。このように、妓楼と茶屋とが互いに親戚、縁戚となっていることが、妓楼と茶屋との協調路線の原因であろう。

妓楼と引手茶屋とが組んで、茶屋の名前も載せて遊女絵を板行することとは古い時代からあることであるが、妓楼和泉屋平左門の場合には時代が下がるにつれて増えるようである。万延元年（一八六〇）八月の改印のある、茶屋一文字屋と尾張屋、和泉屋および稲本屋とが組んだ絵や【図18】、慶応元年（一八六五）十一月改印の茶屋信濃屋と妓楼和泉屋、中川屋および大黒屋（金兵衛）とが組んだ絵【図19】の例がある。

図19　茶屋と妓楼とが協調して開板した遊女絵。茶屋信濃屋の見世先に大黒屋内今紫、和泉屋内泉山、中万字屋中川を描く。歌川国周筆。伊勢屋利兵衛板。慶応元年（1865）丑十一改。個人蔵。

六　妓楼における客寄せ——大黒屋文四郎の場合

天保の改革、さらに黒船の来航と世の中が騒がしくなり、妓楼の経営が苦しいこの時期、遊女「蔦の助」【図16参照】の抱え主である、大黒屋文四郎はアイデアマンだったようで、さまざまなイベントを企画して客寄せの努力をしていることを紹介する。『藤岡屋日記』嘉永七年（一八五四）五月の条には、「五月又々、江戸大文より引札出候」として、大黒屋において「今様舞《いまようまい》」を催したことが記録されている。[22] その引札（広告）の中に、「扨此度品替て何を哉御欝散ニも相成可申事をと愚案仕、彼白拍子の古き例ニならい、唄ひもの杯と相催、御笑ひの一くさに奉入御覧候、就而は茶屋附はもちろん、ふりの御客様ニは別而入念、且御入用成丈ケ御手軽ニて、一しほ御遊興ニ相成候様、専一ニ工夫仕候」とある。ここで注目すべきことは、この中に「茶屋附はもちろん」の字句があり、大黒屋が茶屋とは対抗しなかったことが読み取れる。

『藤岡屋日記』には、この催しの番組（プログラム）と衣装が、以下のように記録されている。

右大黒屋ニ於て、遊客の慰として、今般より相催候今様舞の遊女名前、左之通

一　新今様寿界の曲

　内、胡蝶の遊び

　　同人抱、禿　　小まつ　九歳

　　　　　　　　　千代野　八歳

一　同断之内、倭文《おしどり》の遊び

　　同人抱、遊女

蔦之助　二十一
難波江　二十三
錦木　二十一
花鬘　二十三
此四人之者ハ大坂出生之者
雲井　十八
明石　二十三
水瀬　二十三
代々照　二十三
倭文歌　十八
はな　十六

つた　十五
若葉菜　十五

〆拾弐人

倭文の遊び拾弐人着附

一　縮緬張観世波ニ波静と中文字入物模様、下着緋縮緬

一　緋羅脊板紛ひ帝

一　髪鴛鴦髷　花かんざしを差
胡蝶の遊び禿二人

一　緋縮緬下着白ぎぬ

一　黒ぬめ帯

一　唐子髷　花かんざしを指
囃子方　同人抱芸者

笛　ます　十二

大つゞミ　そめ　十六

小鞁　ろく　十六

太鞁　いま　十六

此者四人衣装、踊子同様

三味線　　　　　　　ひで　二十五
　　　　　　　　　　あゐ　十九
　囃子方七人　　　　よね　十六
一　三味線方、お納戸絹紋付、緋のし形染
一　帯有合
　　　　　以上

賑やかで豪華な催し物であったことが想像できる。雅楽の「胡蝶」では、ひちりきや笙が奏でる曲に合わせて蝶の羽根を背につけて踊るが、大黒屋の場合には、三味線の曲に合わせて踊ったわけである。「倭文の遊び」でも、同様に鴛鴦《おしどり》の衣装と髷を結って踊ったようである。ここで注目すべきは、倭文の遊びを舞った蔦之助が、大坂の出身で二十一才であったとの記録である。

この蔦之助が、【図16】に示す蔦の助と同一であることはいうまでもない。花魁の実名、生地、年齢などは、一般にほとんど知られていない。心中事件を起こした遊女が浄閑寺過去帳に、あるいは、警動によって岡場所から吉原へ引き渡された遊女の場合には、『藤岡屋日記』などに記録されていることもあったが、ほとんど例外である。同僚の難波江も名前からして大坂出身ではなかろうか。蔦の助の生地と年齢に関する記述が発見できたことは、珍しいことである。蔦の助ら四人の出身を大坂とあえて謳っていることに、この時代でも、なお江戸において上方出身であることが珍重されていた様子が理解できる。

大黒屋は、さらに、同年七月に伊勢古市《ふるいち》の遊廓から伊勢音頭を導入し、これを踊らせ客寄せしたことが、『守《もり》

図20　明治3年（1870）2月の大黒屋全兵衛における「今様松迺寿」。二代目国貞筆。個人蔵。

貞謾稿《さだまんこう》』に記されている。[23]この催しのために報帖（引札）を配布したとある。嘉永七年の『武江年表』には、「夏より新吉原江戸町一丁目大黒屋文四郎が娼楼にて、遊女をして伊勢音頭の踊りを始む。程なく止む」とある。[24]

【図20】に明治三年（一八七〇）に大黒屋金兵衛で催された「今様松の舞」を示す。嘉永七年（一八五四）の大黒屋文四郎における今様舞もこのような雰囲気であったのであろう。

大黒屋文四郎の出自については、『藤岡屋日記』において、万字屋と大和屋の引札に関する記述に引き続き、以下のような興味ある紹介がある。[25]

一　文四郎素生ハ、芝神明前槌屋文四郎と云鰹節や也、同処ニ荒木松五郎と云櫛屋の物（惣）領娘を妻ニ致ス、右くしやは新宿豊倉・芳町かげま茶屋ニ親類有之、此者の世話ニテ江戸町一丁目大黒屋藤助へ夫婦養子ニ這入、名前も大黒屋文四郎と付ル也、右文四郎、狂歌師也、右ニ（之カ）茂吉も狂耳をよく致スなり。

一　右、此度の引札も文四郎杯の作なるべし（以下略）

すなわち、芝神明の鰹節屋の出という訳である。その生業からして、先祖は伊勢湾方面の出身だったかもしれない。『藤岡屋日記』では、万字屋などの引札は大黒屋文四郎の作ではなかろうかとしている。しかしながら、大黒屋蔦の助を描く絵には茶屋長門屋の名前が入っており【図16・17】、また、今様舞に関する引札の内容は茶屋を必ずしも無視したものではない。このことから、大黒屋は万字屋や大和屋などのように茶屋に対抗するのではなく、茶屋との協調路線を選択しつつ妓楼の集客を図ったものと考えられる。ただし、『藤岡屋日記』には、今日のスポーツ紙のような性格があり、その内容を鵜呑みにはできない点がある。

七　和泉屋平左衛門と八代目市川団十郎

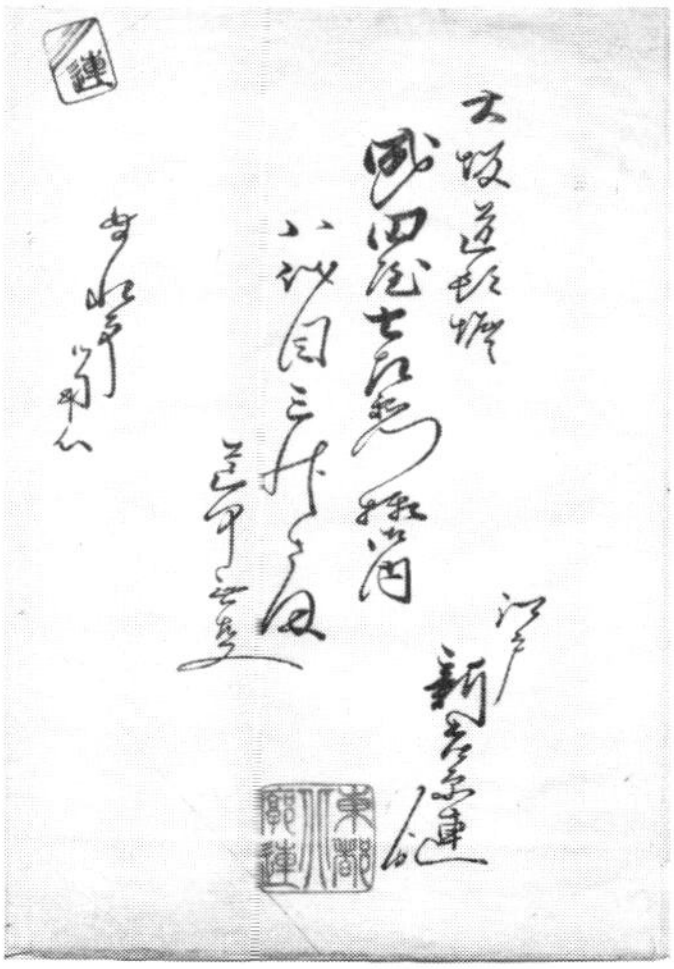
図21　狂歌摺り物『伊達茂夜雨』の袋。江戸新吉原連とある。個人蔵。

「はじめに」でも述べたように、吉原はシステム・オブ・システムズである。あらゆる要素を抱え込んでいる。経営的側面から見ても、行政とのかかわりから見ても、楼主が中心にいる（はじめに【図1】参照）。本節では経営からは少し離れて、二代目和泉屋平左衛門の歌舞伎、狂歌、および俳諧との関わりを紹介しよう。

嘉永二年（一八四九）四月に八代目市川団十郎は、江戸払いになり久しく上方に行ったままの父市川海老蔵（七代目市川団十郎）を訪問すべく、大坂に向けて江戸を発った。

八代目団十郎の上坂に際し、和泉屋平左衛門が世話をす

図 22　『伊達茂夜雨』。一陽斎豊国筆。七代目市川団十郎（白猿）が演ずる仁木弾正左衛門（右）と、八代目が演ずる荒獅子男之助（左）。個人蔵。

る文化的グループである「新吉原連《れん》」は、花笠文京を宗匠役として楼主、茶屋、花魁たちから歌や俳諧を集め、『伊達茂夜雨』という狂歌摺物を制作している。この外題は、八代目団十郎の俳号「夜雨《やう》」にちなむものである。【図21】に摺物を収納していた袋を示す。袋に「新吉原連」とあることから、この連の存在が明らかとなった。餞別に相応しく武蔵坊弁慶の笈《おい》が描かれている。また、早替わりとして演じられた足利左金吾頼兼《あしかがさきんごよりかね》、荒《あら》獅子男之助《じしおとこのすけ》、そして七代目白猿の仁木弾正左衛門《にっきだんじょうさえもん》を三代目歌川一陽斎豊国《とよくに》が描いている【図22】。

『歌舞伎年表』を見ると、上坂の直前の嘉永二年（一八四九）三月七日より、河原崎座で「伊達《だて》競《くらべ》阿国《おくに》劇場《かぶき》」が演じられ、団十郎が頼兼、男助などの七役を演じている。さらに、団十郎は「勧進帳」では弁慶を演じた。この摺物に描かれた内容が、三月の歌舞伎の内容を反映したものであることが理解できる。さらに、『歌舞伎年表』には、大坂へ上る団十郎の名残の口上が残されている。父親思いの心情が吐露された内容である。[▼26]

【図23】に示すように、餞別の歌の最初は、新吉原連の肝煎りとしての「泉楼」（和泉屋平左衛門の狂名）の狂歌である。八

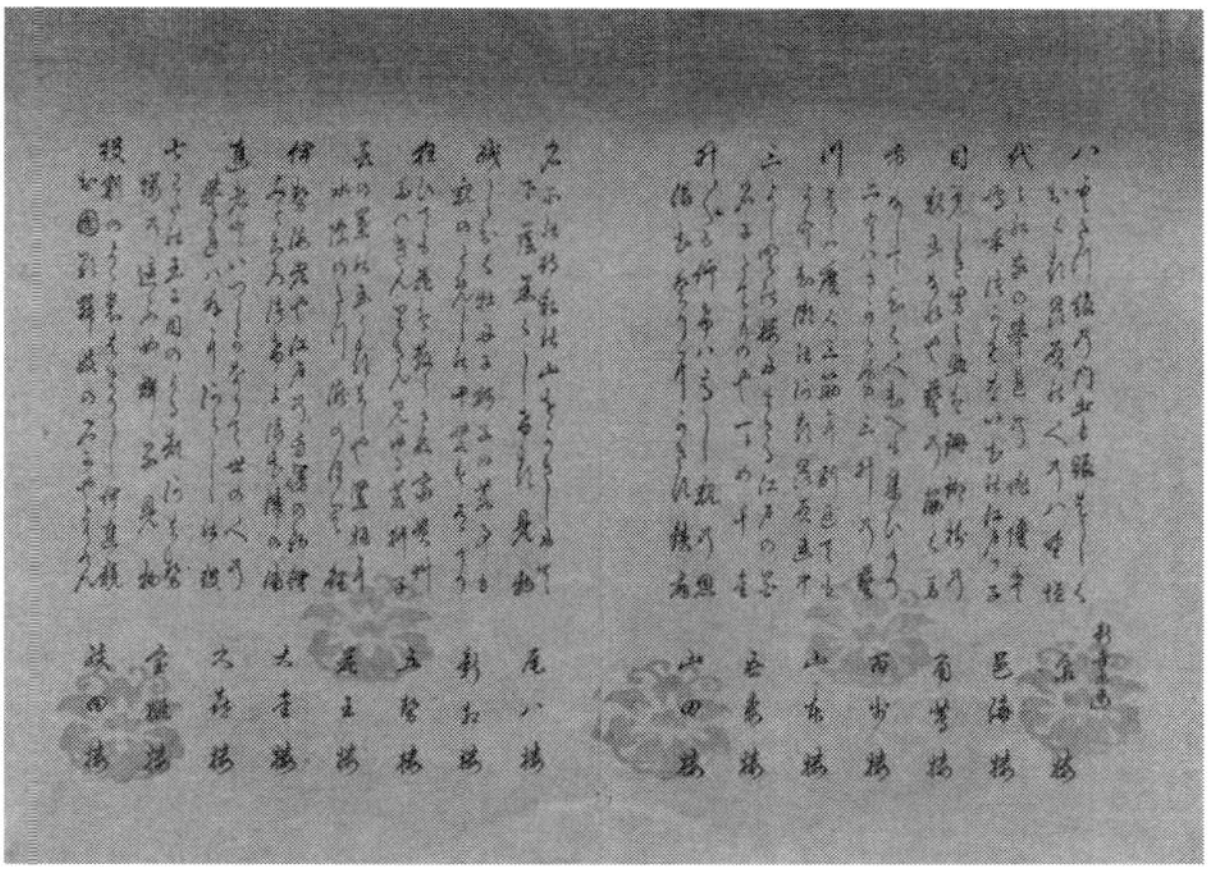

図23　『伊達茂夜雨』。「八代目三升名残狂言伊達七役」から一文字づつを冒頭に詠い込んでいる。先頭は新吉原連の肝煎りであった泉楼「和泉屋平左衛門」。個人蔵。

代目市川団十郎を意味する「八代目市川三升名残狂言伊達七役」の十五文字を、十五名の作者が自分の歌の冒頭に読み込んでいる。和泉屋平左衛門は、次のように詠んで、八代目の上坂を寿いでいる。

　　八雲たつ旅の門出も賑はしくおくる贔屓の人の八重垣

八代目の「八」が冒頭にある。

この摺物には以下のように、泉亭伊三《せんていいぞう》という人の俳諧もある。

　　若竹の延《のび》て月夜におよひけり

この人物は幕末の『吉原細見』に、仲之町の茶屋の主人として名前が載っているが、それ以外は不明であった。第三節で紹介した安穏寺を訪問した際に「泉伊」とある墓石を発見した。寺伝によれば吉原関係者ということであった。墓石に彫られた「泉伊」の女房の戒名は「清澄軒妙真日貞信女」であり、和泉屋平左衛門家の過去帳を調べると、和泉屋平左衛門三代目（平太郎）の妹であることが判明した。病弱と伝わる平太郎の後を承けて、慶応四年（一八六八）三月および明治三年（一八七〇）春の『吉原細見』に、「和泉屋さだ」あるいは「和泉屋佐多」として楼主となっていた女性である。壽賀《すが》とも呼ばれていた。

和泉屋平左門が、「新吉原連」を組織し、八代目市川団十郎が上坂する際に餞別『伊達茂雨夜』の摺物を作ったのはなぜだろうか。もちろん、平左衛門も芝居が好きだっただろう。残念ながらその証拠となる資料は残っていない。社会背景としては、七代目と八代目市川団十郎に入れあげる人の多さである。七代目は、天保の改革の奢侈禁止により、江戸払いになった。芝居小屋は猿若町に移動させられた。八代目は、嘉永二年の名残の芝居での口上にもあるように、江戸払いになった父親を思うということでも、庶民に人気があった。特に、八代目はイケメンで女性に人気があった[27・28]。

システム・オブ・システムズを構成する江戸文化にあって、歌舞伎と吉原とは、互いに切っても切れない関係にあった（第六章参照）。特に、助六が演じられた際には、吉原の妓楼が借り切って総見ということもなされた。その歌舞伎の八代目市川団十郎を担ぎ、遊女たちに餞別の歌を詠ませれば、吉原の営業政策的には、大変な効果があっただろう。役者と高級遊女としての花魁は、社会的には同等の価値をもって認識されていた時代である（第四章二節参照）。したがって、八代目団十郎を担ぐことは、営業政策的にも意味のあることである。このことは、成田山と市川団十郎家との関係にも共通である。ビジネス用語で言えば相乗効果（シナジー効果）の期待である。

八　妓楼「鶴和泉屋清蔵」

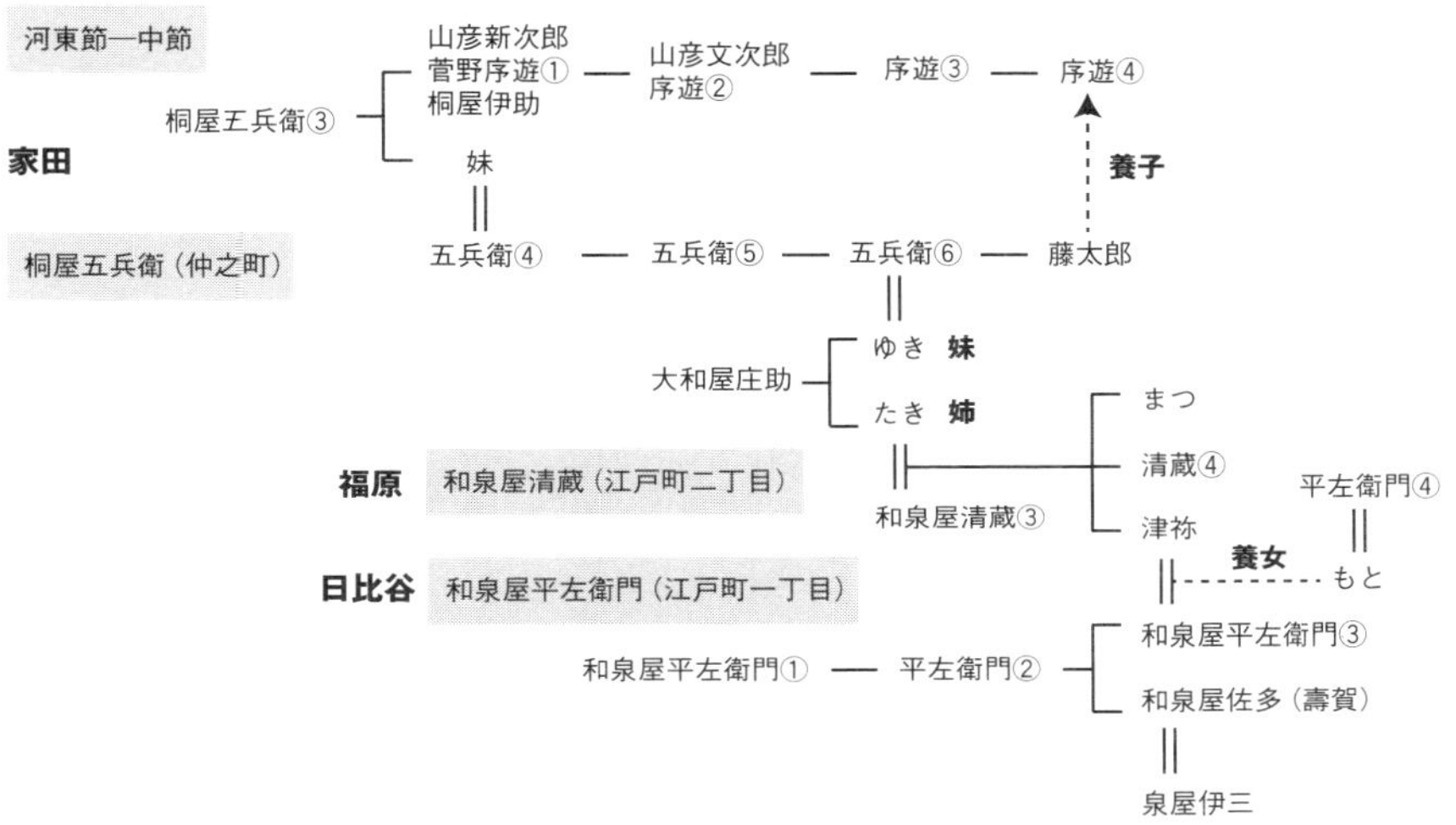

図24　和泉屋平左衛門、和泉屋清蔵および家田五兵衛の関係

つぎに、妓楼和泉屋平左衛門家と姻戚関係にあった、江戸町二丁目の妓楼和泉屋清蔵について触れ、その経営を眺めてみよう。この見世は、同じ和泉屋という屋号であるが、暖簾に鶴を用いていたので、鶴和泉屋あるいは鶴泉楼と呼ばれていた。

和泉屋平左衛門との関わりについて述べる。二代目和泉屋平左衛門は文久三年（一八六三）四月に他界する。その後を継ぐのが三代目平左衛門（『吉原細見』では平太郎）である。平太郎の女房「津祢《つね》」は、江戸町二丁目の和泉屋清蔵（福原氏）の娘である。ちなみに「津祢」の母方の叔母「ゆき」は、茶屋「六代目桐屋五兵衛」に嫁している。この桐屋については第六章で詳しく述べるが、歌舞伎や吉原俄で三味線を弾いていた吉原の男芸者山彦《やまびこ》新次郎を生んだ仲之町の茶屋桐屋である。山彦新次郎は一中節《いっちゅうぶし》菅野《すがの》派《は》を起こした初代菅野序遊《じょゆう》その人である。ここで、和泉屋（日比谷）、鶴和泉屋（福原）、桐屋（家田）との関係を【図24】の家系図に示す。ちなみに筆者は四代目平左衛門・茂登《もと》夫妻の曾孫になる。

妓楼和泉屋清蔵が妓楼として『吉原細見』に最初に登場

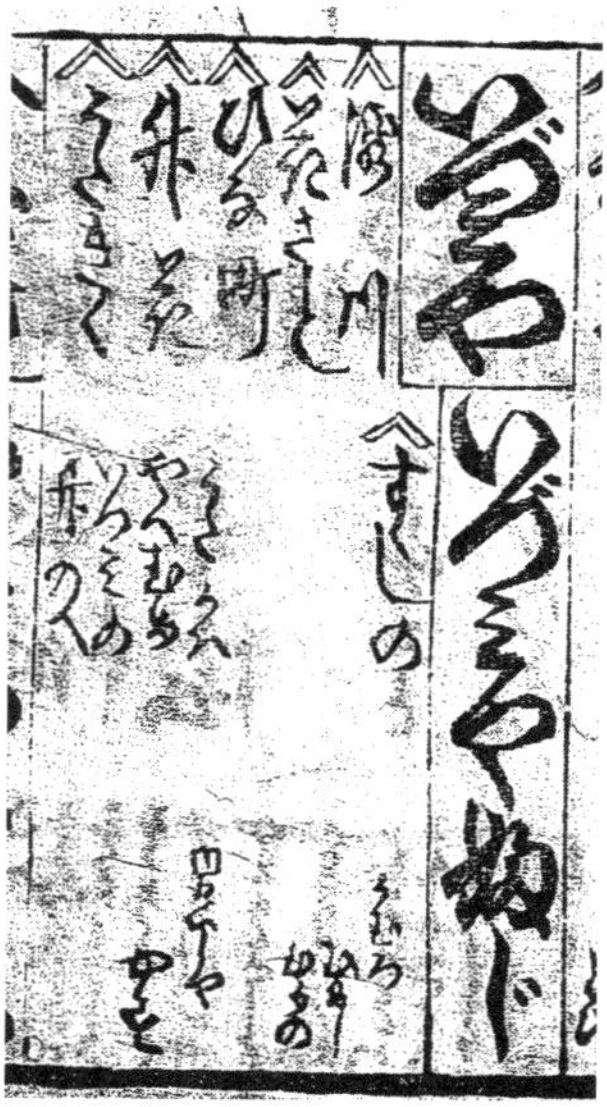

図25　「いづみやふじ」。文化5年（1808）春の『吉原細見』（部分）。慶應義塾図書館蔵。

するのは、文化五年（一八〇八）春のことであった。場所は伏見町の入り口から十四軒目（T1）であり、前年の秋の『吉原細見』では、住吉屋という見世があった。【図25】に示すような、「いづみやふじ」という女楼主の小さな見世であった。和泉屋平左衛門が既存の店舗を買収し、いきなり大きな見世から事業を始めたのとは事情が異なっている。

和泉屋平左衛門の方は、足立渕江の農村金融を利用して、比較的早い時期に吉原の土地を確保した家持になっていた。したがって、吉原で火災が起きて仮宅営業となり、その後、吉原が復興すると、火災の前と同じ場所に戻ることができた。しかし、土地が自前ではない店借《たながり》の見世の場合はそうでない。仮宅から復帰後の見世の場所は吉原の名主や年寄で構成される組合の中で調整されたのであろう。

このため、鶴和泉屋の場合には【図26】に示すように、明治五年（一八七二）の廃業までの六十五年の間に、見世の場所が、めまぐるしく動いている。文化五年（一八〇八）春の創業から文化九年（一八一二）の火災までは伏見町の西のはずれにいた（T1）。小格子《こごうし》と呼ばれる小さな見世である。この火災後の仮宅をどこで営業したのかは、文化十年春の『仮宅入吉原細見仮宅五葉松《いつはのまつ》』では明らかになっていなかった。浄閑寺にある鶴和泉屋の遊女うたはしの心中の記録から、仮宅場所が深川と判明した（T2）（本章四節参照）。

仮宅から戻った先は、文化十一年（一八一四）春の『吉原細見』（東京都立中央図書館蔵）を見ると江戸町二丁目の左側十一軒目である（T3）【図27B参照】。このとき、はじめて清蔵の名前が『吉原細見』に現れる。見世の格

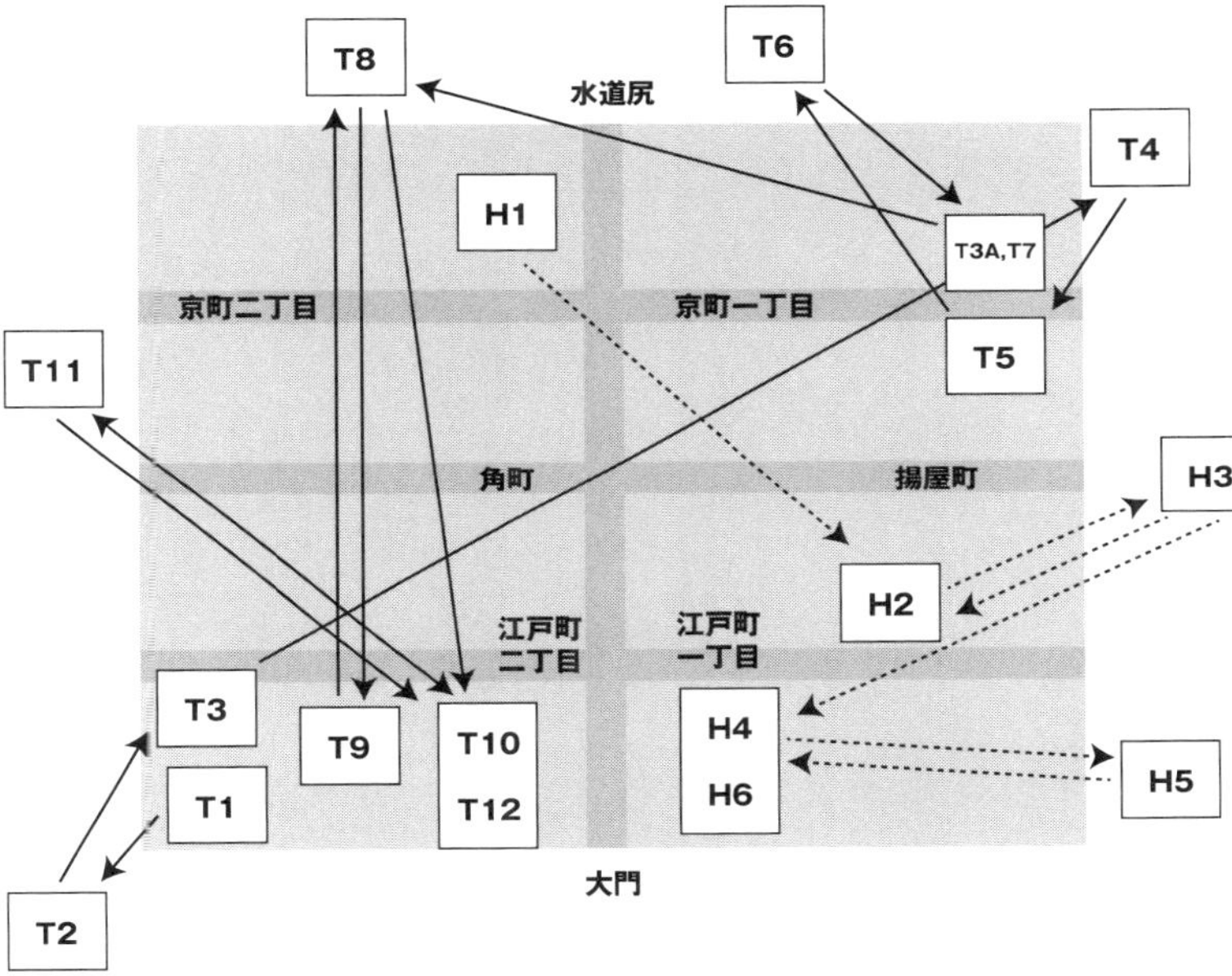

図 26　和泉屋清蔵および和泉屋平左衛門における見世の移動

和泉屋平左衛門　（平泉）

位置記号	見世の場所あるいは仮宅場所	開始時期
H1	京二右	・文化 2（1805）秋
H2	江戸町一丁目左	・文化 3（1806 春）
H3	山の宿	・文化 9（1812）11 月 ・文化 13（1816）5 月
H4	江戸一丁目右	・文化 14（1817）卯 ・明治 5（1872）
H5	花川戸	・文政 7（1824）4 月 ・天保 6 年（1835）正月 ・天保 8（1837）10 月 ・弘化 2（1845）12 月 ・安政 2（1855）10 月
H6	元地	・萬延元（1860）9 月 ・文久 2（1862）11 月 ・文久 4（1864）正月 ・慶應 2（1866）11 月

和泉屋清蔵（鶴泉）

位置記号	見世の場所あるいは仮宅場所	開始時期
T1	伏見丁	・文化 5（1808）春
T2	深川	・文化 9（1812）11 月
T3 T3A	江戸町二丁目左 京町一丁目左	・文化 11（1814）春
T4	花川戸	・文化 13（1816）5 月
T5	江戸町二丁目左 京町一丁目右	・文化 14（1817）春
T6	深川	・文政 7（1824）4 月
T7	京町一丁目左	・文政 8（1825）秋
T8	花川戸	・天保 6（1835）正月 ・天保 8（1837）10 月
T9	江戸町二丁目左 6 軒目	・天保 7（1836）春
T10	江戸町二丁目左 3 軒目	・天保 10（1839）春 ・弘化 4（1847）春
T11	花川戸	・弘化 2（1845）12 月 ・安政 2（1855）10 月
T12	元地	・萬延元（1860）9 月 ・文久 2（1862）11 月 ・文久 4（1864）正月 ・慶應 2（1866）11 月

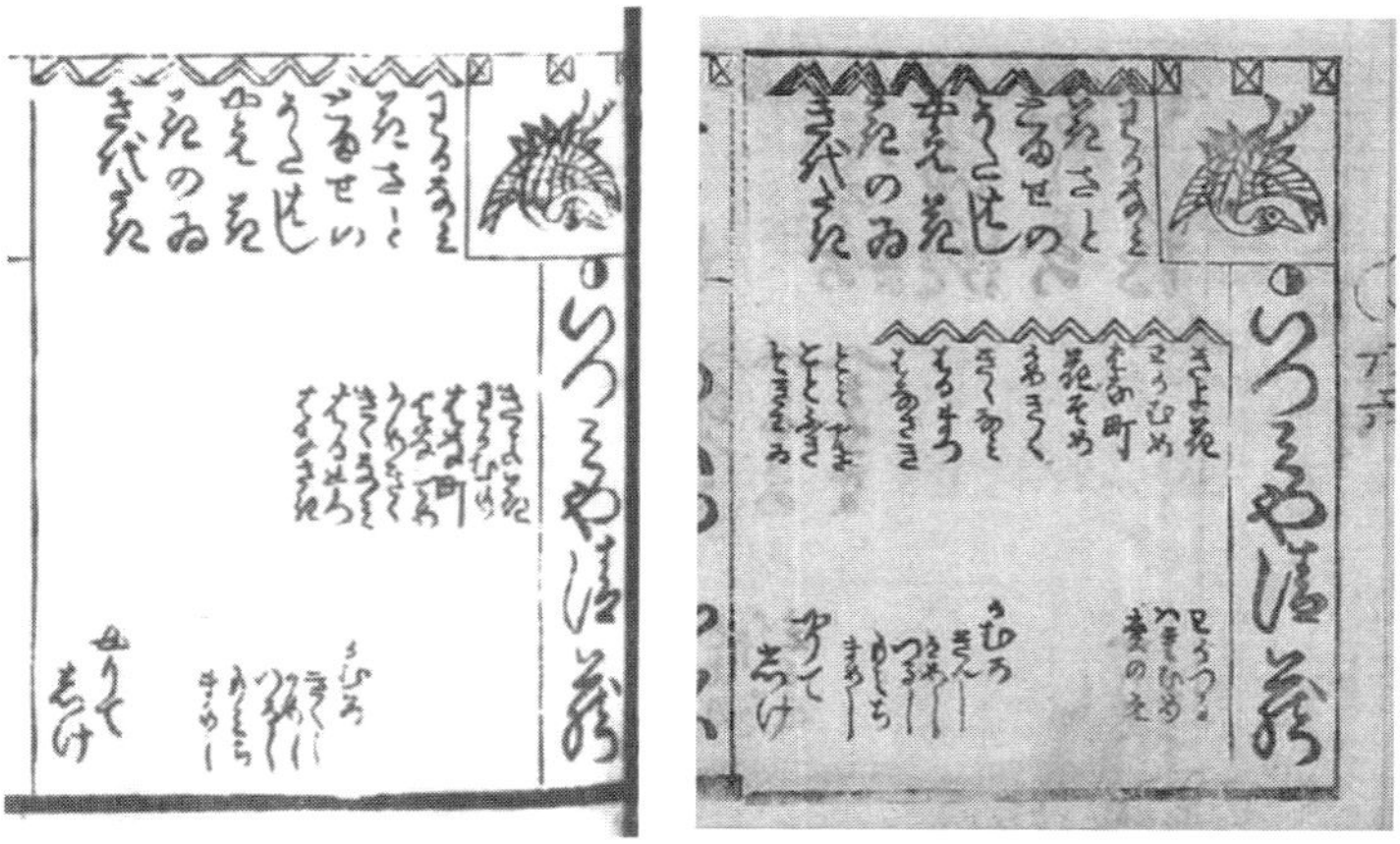

B　　A

図27　どちらも和泉屋清蔵の文化11年（1814）春の『吉原細見』（部分）。
（B）では江戸町二丁目（東京都立中央図書館東京誌料蔵）、（A）では京町一丁目である（実践女子大学図書館蔵）。

は部屋持遊女を七名を抱えた惣半籬に出世している。一方、同年春の『吉原細見』（実践女子大学図書館蔵）では、京町一丁目の左側九軒目になっている。これに伴い、江戸町二丁目にいたときには部屋持格であった「はなさと」ら女七名の部屋持格の遊女全員が、座敷持に昇格している。さらに、格付けのなかった「きよ花」ら八名が部屋持ちになっている【図27A参照】。

同年の細見で見世の所在や遊女の格付けが異なるのは、『吉原細見』の開板準備の段階では江戸町二丁目に復帰先を決めていたが、その後、京町一丁目にそれより広い見世が確保できたので、後板である実践女子大学本では、京町一丁目となっているのであろう（T3A）。いつの時代でも、床面積の確保は企業の大きな課題である。見世が広くなった結果、部屋持遊女七名をより広い床面積を必要とする座敷持遊女に昇格させられたのであろう。同様に格付けのない遊女八名も部屋持ちに昇格させ、さらに新たに六名の遊女を雇い入れることが可能となったものと考えられる。都合二十一名の大所帯となった。この京町一丁目左側九軒目の場所には、火災の前には、尾張屋彦太郎の見世があった。尾張屋は仮宅から戻ると、江戸町二丁目左側二軒目に移動している。和泉屋清蔵は文化十三年（一八一六）春から文政十年（一八二七）春まで、吉原細見では「鶴和泉屋清蔵」を名乗っている。これは、和泉屋平左門が「平井」と、暖簾に書くようになった時期と重なっている。双方の和泉屋が、互いの違いを明確にしたかったのであろう（本章三節参照）。

文化十三年にも火災があり、和泉屋清蔵は花川戸で仮宅営業をする（T4）。この仮宅から戻った文化十四年（一八一七）春の『吉原細見』では、同じ京町一丁目の右側七軒目に移る（T5）。しかし、見世の陣容は縮小しており、座敷持八名、資格のない遊女八名となった。このとき、女マネージャーともいえる遣り手は「しげ」から「なつ」に交替している。このことは、妓楼和泉屋清蔵において、何か、経営上のトラブルと改革があったものと推定されるが、現状では解明できていない。和泉屋清蔵（福原）家の過去帳では二代目長吉《ちょうきち》（戒名「誓受院最譽勝善居士」）の時代である。文政七年（一八二四）四月の火災まで、この場所で営業している。

文政七年の火災による深川の仮宅営業（T6）からは文政八年（一八二五）に吉原に戻る。同年秋の『吉原細見』では、再び京町の左側八軒目に移る（T7）。ここで天保六年（一八三五）正月の火災まで営業している。文政八年からは『吉原細見』の丁の半分を使う規模になった。遣り手の名前は再び「しげ」に戻る。遣り手の名前は重要で、多くの見世で同じ名前が長期間にわたって使われ続ける。天保六年（一八三五）の火災による仮宅場所は花川戸であった（T8）。

天保七年（一八三六）春に仮宅から戻る際に、江戸町二丁目左側六軒目に進出した（T9）。座敷持二十名、部屋持十名、格付なし九名の規模になっている。天保八年（一八三七）十月にも火災があり、このときの仮宅も花川戸であった（T8）。仮宅から戻った天保十年（一八三九）春には、江戸町二丁目左側三軒目での営業となる（T10）。天保四年（一八三三）から八年（一七三七）は全国的な飢饉のあった年であり、天保八年には大坂で大塩平八郎の乱がおきている。

この頃の妓楼和泉屋清蔵において特筆すべきは、警動との関わりであろう。町奉行所による岡場所の私娼の摘発である。江戸の遊郭は吉原のみが官許であり、それ以外は違法であったため、警動は繰り返し行われた。上林は『かくれ里雑考』において、『新吉原地獄女細見記』を引用して天保十一年（一八四〇）の取り締まりの例を報告している。[29] 同様の記事は『藤岡屋日記』にも散見される。

江戸町々地獄相稼候藝者並に娘子御召捕に相成新吉原え被下置同處入札名前年齢等細見書

大傳馬町壹丁目
半助店義助娘
かめ　十六歳
金十九両三分
改　都　路
江戸町二丁目
近江屋源七抱

（中略）

休泊屋敷
五人組持店徳兵衛娘

金三十五両三分四匁

はな

二十歳

改 小 春

揚屋町

和泉屋清蔵抱

（中略）

新両替町四丁目

伊三郎店新兵衛娘

金四十二両一分三朱

たね

十八歳

改 重 井

江戸町二丁目

和泉屋清蔵抱

（下略）

文中において「揚屋町」とあるのは、「江戸町二丁目」の誤記と考えてよい。警動で摘発された、五人組持店徳兵衛娘「はな」二十歳を和泉屋清蔵が落札し、「小春」の名前で雇い入れたということである。

本来、罰として吉原に送り込まれるので、元手がかからないはずであるが、雇い入れの費用が発生している。

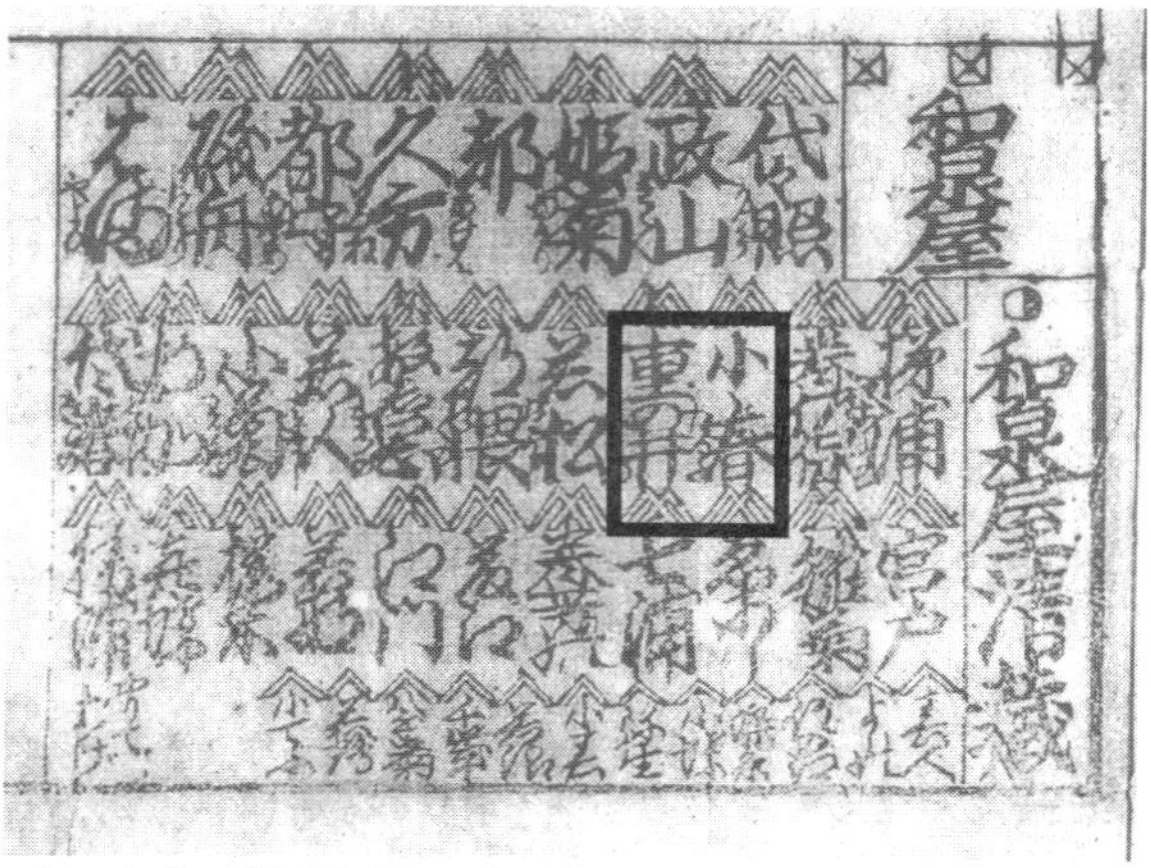

図 28　天保 14 年（1843）春の『吉原細見』。和泉屋清蔵の部分。警動で捉えられた「小春」および「重の井」の名前が見られる。東京大学総合図書館蔵。

この入札の金額は吉原の中でプールされ、吉原から幕府への冥《みょう》加《が》金として利用されたようである。落札金額は一両を十万円とすれば三百五十万円から四百万円と見積られる。したがって、妓楼和泉屋清蔵における貸借対照表を考えると、資産の部に遊女が固定資産として計上されることになる。貸借対照表の作成は、このような公開されている評価額があるので可能となった（第一章八節参照）。

右の資料に見られる五人組持店徳兵衛娘「はな」二十歳は、「小春」として、天保十二年（一八四一）春の『吉原細見』から、また新両替町四丁目伊三郎店新兵衛娘「たね」十八歳は「重の井」として天保十三年（一八四二）秋の『吉原細見』に見ることができる。二人の名前が載っている天保十四年（一八四三）春の『吉原細見』を【図28】に示す。しかし、天保十四年（一八四三）秋の『吉原細見』では見ることができない。刑罰としての三年間の吉原での奉公が終わったと考えるべきであろう。

吉原側としては、奉行所から岡場所にいた遊女をあずかるのは、厄介なことでもあったようである。高級の遊女の場合、楼主が幼い頃から育てた「引っ込禿」や「引っ込新造」という教

表5　仏光寺名目金融における引当物件

NO.	借用年月日	借用主	職業	借用金額	引当物件
1	嘉永2年（1849）7月	浅草南馬道町新町助次郎店　小兵衛		10両	・浅草寺境内廿軒水茶屋弐番組扣壱番　建屋一ヶ所（表間口三間、奥行き四間半）
2	嘉永3年（1850）6月	難波町保三郎地借喜太郎			・平屋建屋壱所（間口二間半、奥行き五間）
3	嘉永4年（1851）12月17日	三河町二丁目地借利兵衛			・建屋壱所（間口二間、奥行き六間半、畳、建具、棚等迄、有形之）
4	嘉永4年（1851）12月	神田明神下御台所町家主　平吉	家主	10両	・長屋建壱ヶ所（間口十二間、奥行き二間半）
5	安政5年（1858）7月	新吉原江戸町二丁目家持　徳兵衛	遊女屋（巴屋）	50両	・遊女すえ事若江（改八重梅）身代金32両　年季6年8ヶ月 ・遊女はな事政琴　身代金25両　年季6年
6	安政6年（1859）5月	新吉原京町一丁目清右衛門地借　兼次郎	遊女屋（春本屋）	31両	・遊女たけ事若松　身代金31両　年季5年6ヶ月 ・遊女たけ事一本　身代金38両　年季7年6ヶ月 ・遊女さの事住の江　身代金39両　年季6年
7	安政6年（1859）5月	新吉原江戸町二丁目	遊女屋（岡田屋）	100両	・遊女ひで事濱浦　22才　身代金7両　18年3ヶ月年季 ・遊女やす事長山　20才　身代金8両　19年2ヶ月年季
					・遊女よね事百年　22才　身代金32両　11年4ヶ月年季 ・遊女若人　身代金9両

横山百合子（注30）

育ルートやキャリアパスを経由しているからである（第五章二節参照）。

最近の横山の研究によると、景気の悪い幕末の吉原に、北信《ほくしん》須坂《すざか》（長野県）の豪農から融資がなされている。[30] 須坂の豪農から直接ではなく、京都の浄土真宗仏光寺や二条家の名前のもとに、吉原の近くの西徳寺を江戸の出先機関として貸し付けを行った、いわゆる名目《みょうもく》金融である。資金の貸付であるので抵当物件が必要である。吉原以外が借手の場合には、抵当物件は建物であるが、吉原の場合には遊女が抵当物件となっている。和泉屋清蔵が警動の際に組合の中で「はな」を落札した金額とそれほど変わりがない。具体的な評価額を【表5】に示す。

文久の頃の和泉屋清蔵の遊女を描く絵を【図29】に紹介する。遊女ばかりでなく、幇間《ほうかん》や女芸者も描かれている。遊女には名前だ書き込まれてはいないが、それぞれの遊女の紋が描きわけられているのが特徴である。文久二年（一八六二）に歌川芳幾《よしいく》が描

図 29　「鶴泉楼」歌川芳幾筆、文久３年（1863）正月改、加賀屋吉右衛門板、改印亥正月。個人蔵。

図 30　嘉永六年（1853）７月の成田山『本堂再建御講中御寄附帳新吉原』。成田山仏教図書館蔵。

いた遊女絵「當世仮宅細見鏡」にある和泉屋清蔵内「泉喜」と「鶴の雄」の紋から、右端の黒い着物の遊女は「泉喜」、中央の絵の浅葱色の着物の遊女は「鶴の雄」である、紋が遊女名を特定する根拠となっていることを示している。

江戸では市川団十郎との関わりもあり、成田山が信仰の対象の一つであった。深川に別院があり、成田からの出《で》開張《かいちょう》もあった。安政の本堂の建設資金集めの際には、吉原では講を作って募金に応じ七百両以上を集めた。和泉屋清蔵が、世話役の一人となっていることが、嘉永六年（一八五三）七月の成田山『本堂再建御講中御寄附帳新吉原』に残されている【図30】。もちろん、信仰心によるとこ

図 31　のろま狂言。『狂歌江都名所図会』三篇 11 オの上段（部分）。安政 2 年（1855）、東京都立中央図書館加賀文庫蔵。

ろもあるが、前節でのべたように、成田山・市川団十郎・吉原という図式が成り立っている。

九　和泉屋清蔵と遊女の文芸活動

前節では、妓楼和泉屋清蔵の経営についてのべてきたが、楼主和泉屋清蔵の文化的側面にふれておきたい。楼主は経営者であると同時に、文化的側面が強く、抱えの遊女と共に、俳諧を楽しんでいた様子がわかる。

吉原の楼主たちは『閑談数刻』[29]にある大文字屋市兵衛のように、趣味人が多かったようである。和泉屋平左衛門家三代目平太郎の女房「津祢」の父三代目和泉屋清蔵は俳諧を好み、また、大文字屋市兵衛と同様に「のろま狂言」の家元であった。「のろま（野呂間）狂言」は人形による狂言である。その名前「能間＝のろま」の通り、能と能との間の狂言と同様に「ボケ」を旨としていた。のろま人形とも呼ばれる。【図31】は、安政二年（一八五五）に板行された、歌川広重筆『狂歌江戸名所図会』の十一丁オモテの上段部分であり、人形を使ったのろま狂言を描いている。のろま狂言に関しては、信多と

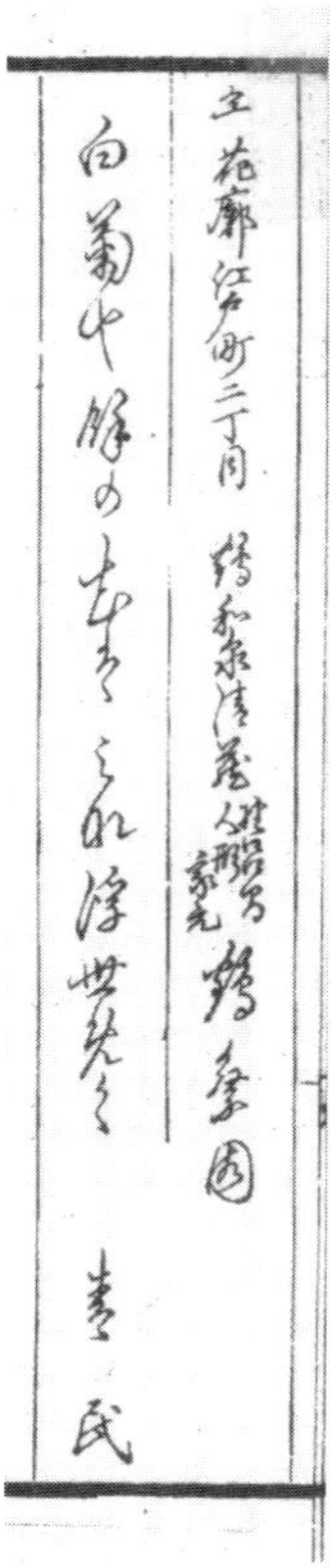

図32　惟草庵惟草編『古今藝苑俳諧人名録』（部分）所載の和泉屋清蔵の句。東京都立中央図書館加賀文庫蔵。

斎藤の研究が詳しい。[32]また、その台本については、『未刊随筆百種』所載の「迂鈍《のろま》」にもいくつか掲載されているので参照されたい。[33]

のろま狂言については、『嬉遊笑覧』[34]ならびに『守貞謾稿《もりさだまんこう》』[35]に記述がある。のろま狂言は文政の頃には江戸市中ではすでに稀になっていたとされている。和泉屋清蔵はこれを継承し、「鶴察園《かくさつえん》」と号して家元となり、吉原の御座敷芸として守っていたことがわかる。鶴察園の「鶴」は、鶴和泉屋に通じる。なお、芥川龍之介が大正時代に「のろま」を鑑賞したことが「野呂松人形草稿」に書かれている。[36]

清蔵は嘉永四年（一八五一）に惟草庵惟草《いそうあんいそう》編によって板行された『古今藝苑俳諧人名録』には、「青民《せいみん》」という号で以下のような俳諧が寄せている【図32】。俳号「青民」の「青」は「のろま狂言」におけるナンセンスの象徴である「青侍」を連想させるものであろう。

同花廓江戸町二丁目鶴和泉清蔵野呂間人形家元　鶴察園

白菊や餘の花はみな浮き世めで

自分の花の趣味が他の人のとは異なるという意味のようである。この句集には、和泉屋清蔵抱えの遊女「愛之

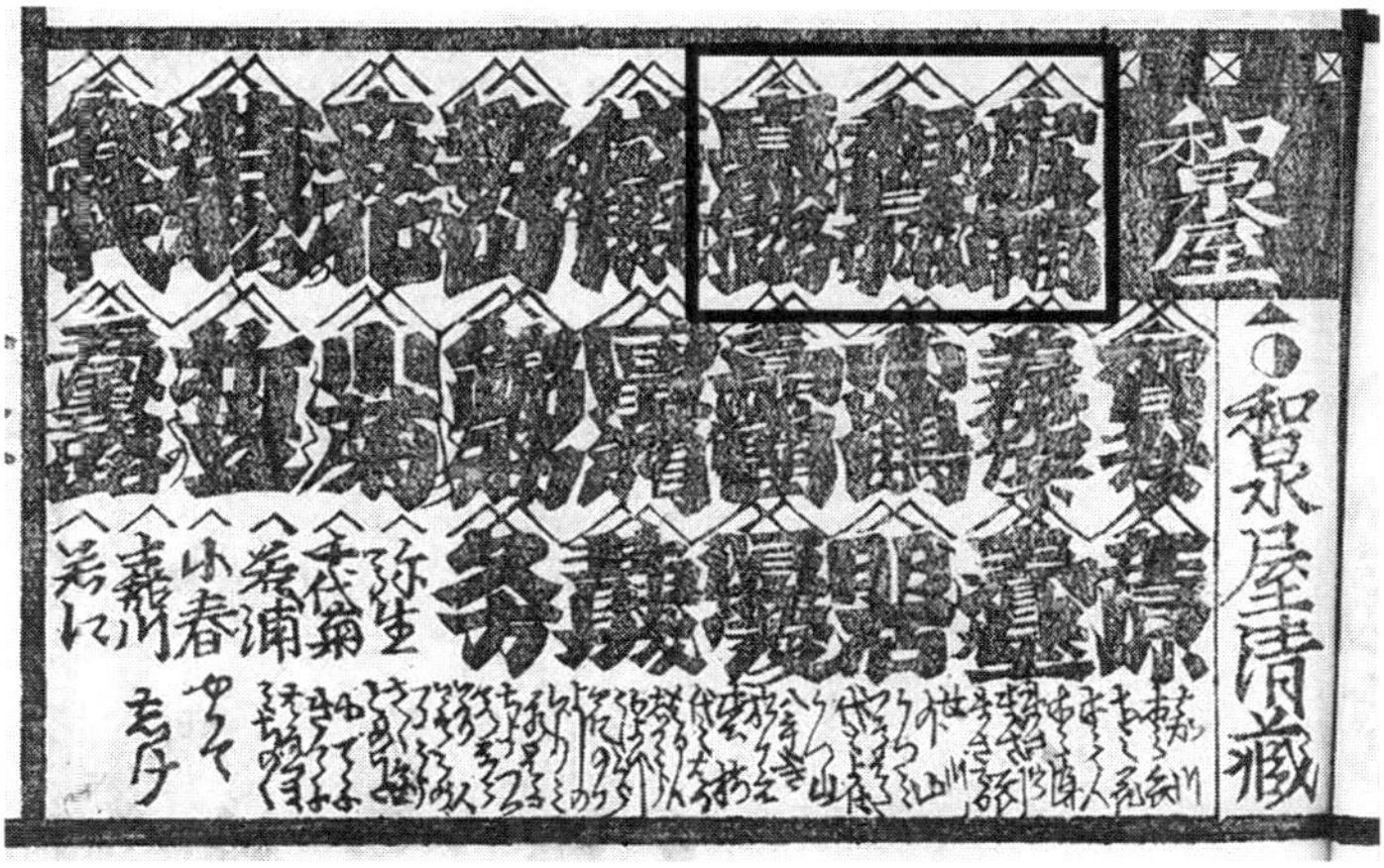

図33　『吉原細見』。嘉永4年（1851）春、和泉屋清蔵、愛乃輔、和賀草、真砂地の4名が並ぶ。個人蔵。

介」や「真砂地《まさぢ》」も入集しており、楼主と一緒に花魁たちも文芸を楽しんでいることがわかる。

江戸新吉原江戸町二丁目　鶴泉楼
蝶鳥のなつから成し茂り哉　愛之介

江戸新吉原江戸町二丁目　鶴泉楼
初はるや心うれしき事はかり　若草

江戸新吉原江戸町二丁目　鶴泉楼
買たれは又もとひけり福寿草　真砂地

句集には投稿者の名前以外に居住地や職業も書き込まれており、吉原の遊女が社会的にも受容されていたことがわかる。【図33】に、右の句を寄せた和泉屋清蔵、愛之輔、和賀草、真砂地の四名が並ぶ、嘉永四年（一八五一）春の『吉原細見』を示す。

弘化三年（一八四六）の『俳諧人名録』には、六代目桐屋五兵衛の句がある【図34】。六代目桐屋五兵衛の女房「ゆき」は三代

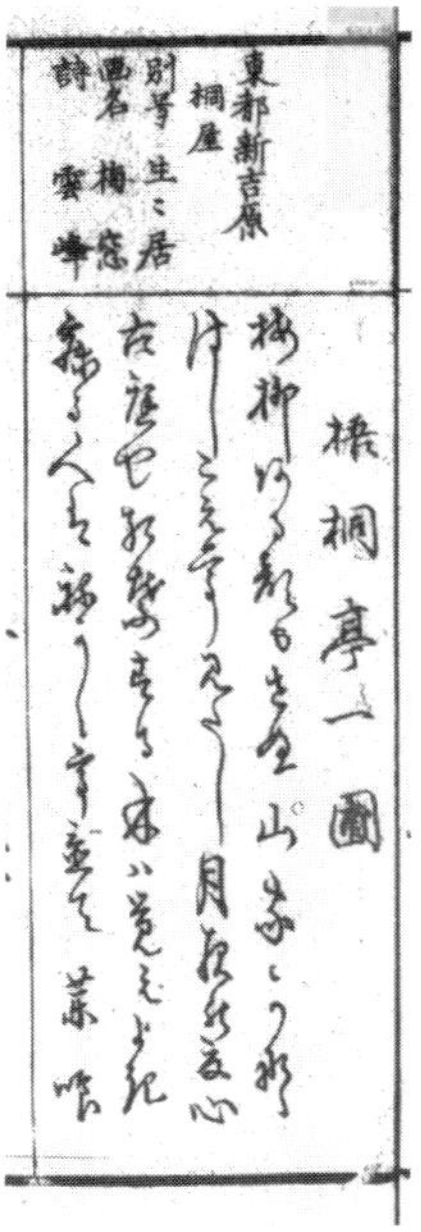

図34　『俳諧人名録』（部分）。弘化3年（1846）、梧桐亭一圃。東京都立中央図書館加賀文庫蔵。

目和泉屋清蔵（鶴祭園）の女房「たき」の妹である【図24】。すなわち、五兵衛と清蔵は義兄弟ということになる。『俳諧人名録』から、この六代目桐屋五兵衛が、絵と詩も趣味としており、絵では梅窓、詩では雲峰の号を持っていたことが明らかになった。俳諧は以下のようである。

梅柳ある顔もせぬ山家かな
はしこえて見た月夜の友心
古庭やもみじする木は覚えよき
寝る人は寝かしておいて薬喰

【図24】に示すように、桐屋五兵衛の先祖を過去帳で辿ると、天明年間（一七八〇年代）の三代目桐屋五兵衛の頃に、五兵衛の倅伊助が茶屋の経営を妹の夫に託し、自分は河東節の三味線弾き山彦新次郎となっている。詳細は第六章を参照されたい。

この『俳諧人名録』には、「泉楼七濱《ななはま》」の俳諧も掲載されている。名前からして和泉屋平左衛門抱えの遊女と理解される。此柳《しりゅう》という号を持っていたようである。以下に紹介する。

雨かとて戸をあけてみるとなりかな
おこされてかひもありけるほととぎす
大川を見わたす家や今日の月
降ったまま手のつけずあり庭の雪

この泉楼七濱であるが、弘化年間の『吉原細見』で名前を見つけることができなかった。七濱は『俳諧人名録』だけに用いた名前かもしれない。「大川を…」の句はその内容から、弘化二年（一八四五）十二月の火災による花川戸での仮宅営業時の発句と想像される。遊女も俳諧を嗜むレベルの人たちであり、句集に投稿して楽しんでいたことがわかる。

この時代には、吉原のダークサイドを象徴する出来事として、虐待された遊女が火付けするという「梅本屋事件」もおきている（第五節参照）。しかし、俳諧を楽しむ遊女たちの姿には、虐待なようなことは見えてこない。歌舞伎の「明烏夢泡雪《あけがらすゆめあわゆき》」も遊女の折檻を扱った、社会的インパクトの大きさを狙った芝居である。しかしながら、大きな経済価値を生み出す遊女を痛めつけることは経営の立場からは考えにくい。

江戸最後の戯作者と言われる仮名垣魯文は、第七節に紹介した『伊達茂夜雨』の編集において宗匠役であった花笠文京の弟子であり、森鷗外の小説でも知られる幕末の俳人細木香以の取り巻きであった。篠田鉱造『幕末明治女百話』▼37に、鶴和泉屋に出入りしていた魯文が、艶書（恋文）を代筆するいたずらで、事件に巻き込まれて命

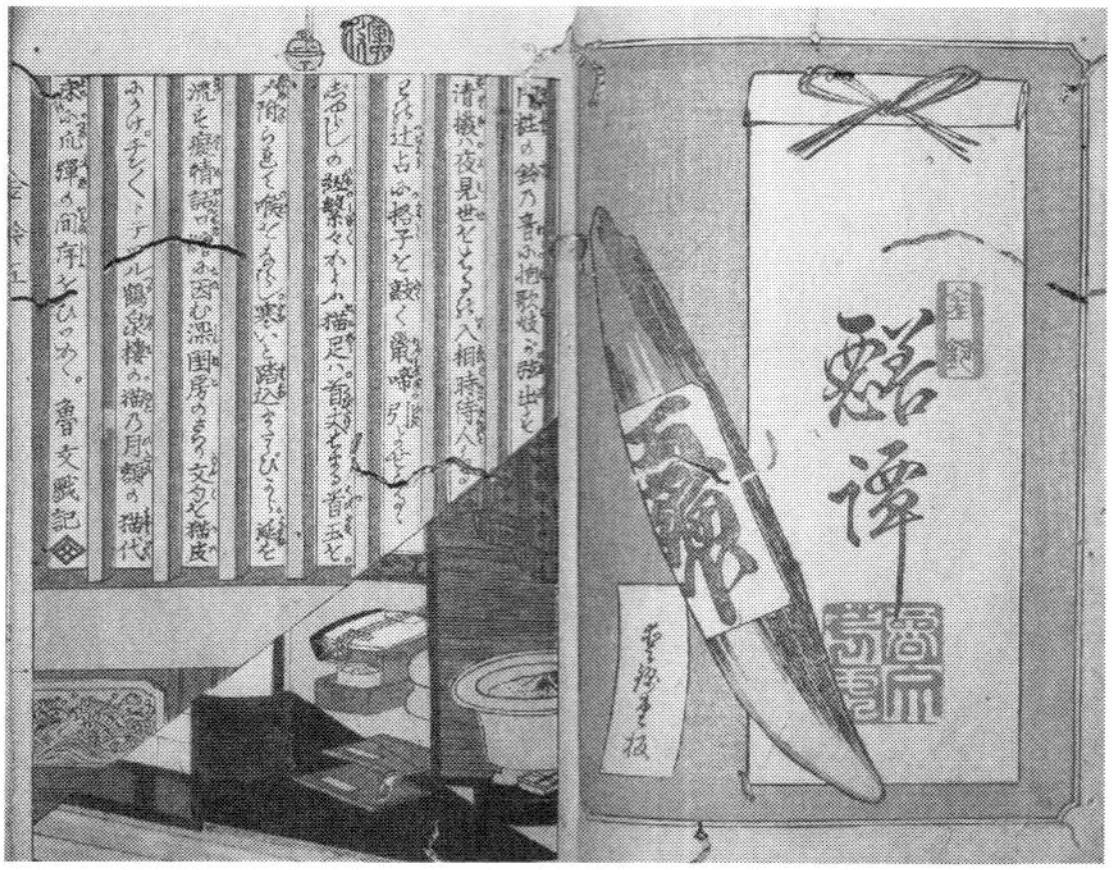

図35　『金鈴善悪譚』序。個人蔵。

拾いをしたことが紹介されている。血の気の多い旗本の土肥庄次郎は、鶴和泉屋の遊女「愛里《あいさと》」に夢中になっていた。鶴和泉屋に出入りしていた魯文は、「愛里」に頼まれて庄次郎あてに、紅つきの色巻紙になまめかしい文をつらねた。その最後に、魯文がつけた庄次郎の綽名《あだな》のひきがえるの絵をつけた。受け取った庄次郎は怒り狂って、魯文を池の端の麦とろ屋まで白刃をひっさげて追いかけたという話である。

魯文の書いた『金鈴善悪譚《きんれいさがものがたり》』【図35】という鍋島家のお家騒動を下敷きにした合巻《ごうかん》の序では、「内粧の鈴の音に抱歌妓が弦出す清撥は夜店をはるを入相時（中略）チンチントテツル鶴泉楼の猫の月額の猫代床に爪弾の間序をひっかく」と、猫好きの魯文があたかも鶴和泉屋に逗留して書いたようなスタイルに仕上げている。

十　おわりに

本章では、主として妓楼経営の視点から、武蔵国足立郡渕江領出身の妓楼和泉屋平左衛門の経営について述べた。

まず『吉原細見』の記載内容から、初代和泉屋平左衛門がどのようにして吉原のビジネスに参入したのかを探った。平左衛門は吉原の妓楼和泉屋長八の後家壽美の後夫として和泉屋に入り、経営が困難となっていた太田屋善右衛門を買収し、二軒の見世を一軒に統合する形（M&A）で大きな妓楼を始めたと考えられる。吉原における経済活動の資本となったのは、渕江領小右衛門新田における、同族による農村金融と理解できる。

和泉屋平左衛門は、尾張衆による妓楼参入や、親戚関係にあった和泉屋清蔵のように、いわゆる「小さく産んで大きく育てる」タイプではなく、経営困難に陥っていたAクラスの妓楼を買い取り、二軒の妓楼を合併させるという形で始まり、かなり早い時期に土地を自分のものにしている（家持）。その背景に強い金融の力があったことは想像に難くない。

和泉屋では宣伝のために遊女絵を板行した。管見の限りでは、和泉屋の遊女を描いた最初の絵は、文化十三年（一八一六）の火災による仮宅からの復帰を宣伝するために、柳川重信が描いた「平井和泉屋泉壽」である。文政八年（一八二五）に開板された、歌川国芳の描いた「新吉原江戸町一丁目和泉屋平左衛門花川戸仮宅図」は遊女絵としては珍しく、遊女以外に平左衛門と妻壽美が描かれた、和泉屋を知るための第一級の資料である。溪斎英泉も、文政五年（一八二二）「新吉原八景」の一つである「三谷堀の帰帆和泉屋泉壽」など、和泉屋の遊女を描いている。

一方、伏見町の小さな見世から始まった妓楼和泉屋清蔵の経営も『吉原細見』で追った。清蔵は家持ではなかったので、仮宅から吉原に戻るごとに、見世を構える場所が異なることがわかった。天保期の和泉屋清蔵は、町奉行による私娼の取り締まり（警動）で捕まった女たちを引き受けていたことが、『吉原女地獄細見記』および『吉原細見』からわかる。雇い入れに相当する金額を吉原でプールした時の記録が残されており、この額から遊女の資産価値を推定することが可能となった。幕末においては北信須坂の豪農から、京都の仏光寺あるいは二条家を介した名目金融として、吉原に対して資金の貸付が行われている。担保物件は遊女であり、遊女が妓楼の固定資産として扱われていたことの証左である。

また、天保の改革の一環により、江戸市中のすべての岡場所に廃業命令が出され、遊女屋を継続する場合には吉原で行うようにとの指示が出される。改革の影響を受け、多くの岡場所の妓楼と茶屋が吉原に移動し、見世の入れ替えが行われた。大きい妓楼と茶屋との間で手数料（リベート）を巡って軋轢が生じた。茶屋と対抗する妓楼がある一方、和泉屋、大黒屋、久喜万字屋、佐野槌屋、稲本屋などは、茶屋との協調路線を選択し、茶屋と共同で遊女絵を開板し宣伝に励んでいる。和泉屋平左衛門の場合は、婚姻関係により吉原の中で血縁によるネットワークを構成しており、茶屋とも近い関係にあったからである。同時期にアイデアマンの楼主大黒屋文四郎は、遊女、禿、芸者による、今でいえばレビューを行い、集客努力をしている。

また､経営だけではなく楼主たちの文化的な側面も見てきた。新吉原連を率いていた二代目和泉屋平左衛門は、八代目市川団十郎が大坂へ上る際に、『伊達茂夜雨』という摺物を餞別として制作配布した。吉原と歌舞伎が深い関係にあったことが読み取れる資料である。鶴和泉屋の三代目楼主清蔵は、幕末には「のろま狂言」の家元であった。和泉屋清蔵は、抱えの遊女共々、俳諧を楽しんでいた。同時期に遊女の虐待や折檻というダークサイドが話題になる。しかしながら遊女は経済価値を生み出す存在であり、大きな見世では大事に扱われていたことがわかる。

▼注

1　足立区立郷土博物館『浪人たちのフロンティア――村と町の開発と浪人由緒――』、足立区立郷土博物館（平成二十三年）。
2　新井智清『天下長久山国土國土安穏寺』所載の年表（昭和五十六年）。
3　坂詰秀一編『天下長久山國土安穏寺　貞龍院殿妙経日敬大姉墓所の調査　貞龍院殿妙経日敬　大姉墓所の調査』、天下長久山國土安穏寺（平成二十年）。
4　白戸満喜子「『和獨對譯字林』刊行事情」（実践女子大学学位請求論文）。
5　山本親「一勇斎国芳画〈新吉原江戸町壹丁目和泉屋平左衛門花川戸仮宅之圖〉大判錦絵五枚続に関する考察」、『浮世絵芸術』一二四号、三〜八頁（一九九七年七月）。
日比谷孟俊「描かれた花魁と吉原細見による江戸後期の妓楼の研究――江戸町一丁目和泉屋平左衛門を例として」、『浮世絵芸術』一五八号、四五〜六七頁（二〇〇九年）。
6　日比谷孟俊「吉原研究のツールとしての遊女絵版画――メタデータとしての紋から考察した遊女絵開板年の特定と遊女の襲名――」、『アートリサーチ』第一四号、三〜一七頁（平成二十六年三月）。
7　寛閑樓佳孝撰『北里見聞録』巻三、国会図書館蔵（請求記号：京乙―34）。
鈴木重三「歌川国貞の小伝と画歴（美人画を主として）」、展覧会カタログ『歌川国貞美人画を中心にして』所載論文、六〜一五頁（一九九六年十一月）。
8　佐藤悟　私信。
9　岩切友里子「作品解説七十二」、『松井コレクション逸品にみる浮世絵百五十年』図録（平成十年）。
10　「吉原年中行事」、『竹嶋記録』、東北大学狩野文庫（丸善によりマイクロフィルム化されている）（請求記号：4-11972-1　マイクロフィルム：DHI0030601）。
11　法制史学会編、石井良助校訂『徳川禁令考』後集第三〇五十「男女申合相果候者之事」、創文社、八七頁（昭和三十五年）。

12 石塚豊芥子『岡場遊廓考』、三田村鳶魚編『未完随筆百種』第一巻に所載、中央公論社、一七～一八九頁、（昭和五十一年）。
13 塚田孝「吉原　遊女をめぐる人びと」、『日本都市史入門』Ⅲ人、東京大学出版会、九一～一一六頁（平成二年）。
14 仮名垣魯文「津國屋藤兵衛（原題「再来紀文廓花街第十一回散人花奢風流の事（四））」、坪内逍遥鑑選『近世実録全書』に所載。早稲田大学出版部、二七～二九頁（昭和四年）。
15 喜多川歌麿『青楼年中行事』早稲田大学図書館蔵（請求記号：ヲ 0601494）。
16 田川屋駐春亭『閑談數刻』、『随筆百花苑』第十二巻に所載、二四六頁、中央公論社（昭和五十九年）。
17 「梅本記」、『竹嶋記録』、東北大学狩野文庫（注10に同じ）。
18 鈴木棠三・小池章太郎編『近世庶民生活史料藤岡屋日記』第二巻（天保八年～弘化二年）、三一書房、三二九～三三〇頁（昭和六十三年）。
19 吉田伸之「遊廓社会」、塚田孝編『都市の周縁に生きる』吉川弘文館、一三～五二頁に所載（平成十八年）。
20 鈴木裳三・小池章太郎編『近世庶民生活割4藤問屋日記』第五巻（嘉永五年～安政元年）、三一書房、四二頁（平成元年）。
21 鈴木裳三・小池章太郎編『近世庶民生活史料藤問屋日記』第四巻（嘉永三年七月～嘉永五年）、三一書房、三九〇～三九二頁（昭和六十三年）。
22 鈴木棠三・小池章太郎編『近世庶民生活史料藤問屋日記』第六巻（安政元年～安政二年七月）、三一書房、一三五～一三六頁（平成元年）。
23 喜多川守貞『守貞謾稿』（近世風俗志）三に所載、岩波文庫、黄二六七―三、岩波書店、三六二頁（平成八年）。
24 斎藤月岑『武江年表』２（金子光晴校訂）、東洋文庫百十八、平凡社、一四一頁（昭和四十三年）。
25 注22に同じ。
26 伊原敏郎『歌舞伎年表』第六巻、岩波書店、五二〇～五二一頁（昭和四十八年）。
27 木村涼『七代目團十郎の史的研究』吉川弘文館（平成二十六年）。
28 木村涼『八代目團十郎――気高く咲いた江戸の花』吉川弘文館（平成二十八年）。

29　上林豊明、『かくれ里雑考』磯部甲陽堂、二一〜二九頁（昭和二年）。

30　横山百合子「遊女を買う――遊女屋・寺社名目金・豪農――」、佐賀朝・吉田伸之編『シリーズ遊廓社会①三都と地方都市』、吉川弘文館、四七〜六五頁（平成二十五年）。

31　横山百合子「新吉原における「遊廓社会」と遊女の歴史的性格――寺社名目金貸付と北信豪農の関わりに著目して――」、『部落問題研究』二〇九、一六〜五四頁（平成二十六年七月）。

32　注16に同じ。二三六頁。

33　信多純一、斎藤清二郎『のろまそろま狂言集成　道化人形とその系譜』大学堂書店（昭和四十九年）。

34　『迂鈍』、『未刊随筆百種』第三巻所収、八九〜一二五頁（昭和五十一年）。

35　喜多村筠庭『嬉遊笑覧』三、岩波文庫、青二七五―三、二四一〜二四二頁（平成十六年）。

36　喜多川守貞『近世風俗志（守貞謾稿）』三、岩波文庫、青二六七―三、四二五頁（平成十一年）。

37　芥川龍之介「「野呂松人形」草稿」、『芥川龍之介全集』第二十一巻、岩波書店、一九七〜二〇〇頁（平成九年）。

篠田鉱造「吉原幇間松の家露八」、『幕末明治女百話（下）』に所載、岩波文庫、青四六九―五、五六〜五九頁（平成九年）。

遊女						合印なし	禿D	芸者	総数
呼出新造附座敷持	見世出居新造附座敷持	座敷持	座敷持	部屋持	部屋持				
昼3分/夜1分2朱	昼夜2分/夜1分	昼夜2分/夜1分	昼夜1分/夜2朱	昼夜2分/夜1分	昼夜1分/夜2朱				
	8		9		2	23	12	2	56
	6		11		2	21	11	2	53
	6		11		5	18	9	2	51
	5		11		0	14	8	0	38
	5		11		0	17	8	2	43
	5		12		0	15	8	3	43
	5		11		3	13	9	0	41
	3		12		3	14	9	0	41
	3		12		3	13	9	0	40
	5		11		0	14	8	0	38
	4		10		3	11	10	0	38
	5		10		3	15	15	0	48
	5		10		4	15	9	0	43
	7		9		5	12	13	0	46
	7		9		5	12	13	0	46
		6	9		0	31	15	0	61
		8	9		0	30	20	0	67
		8	10			25	20	0	63
		8	10			25	20	0	63
		8	10			25	20	0	63
		10			5	27	24	0	66
		9	7			38	26	0	82
		9	7			38	26	0	82
		9	7			42	26	0	85
		10	7			42	26	0	86
		10	7			42	26	0	86
1		10	7			42	26	0	86
2		10	7			44	24	0	87
2		10	7			44	24		87
2		10	7			44	24		87
1		10	7			39	24		82
1		10	6		14	21	24		77
1		11	6		14	21	26		80
1		14			8	31	38		92
1		14			8	31	38		92
		14	5			43	28		90
		14	5			43	28		90
		14	5			43	28		90
		14	5			43	28		90
		14	5			43	28		90
		14			6	31	28		79
		14			6	31	28		79
		14			6	31	28		79
		13			6	34	26		79
		13			6	34	26		79
		13			6	34	26		79
		13			6	34	26		79
		13			6	34	26		78
2		11			6	37	26		82
2		11			6	37	26		82
2		11			6	37	26		82
2		11			6	37	26		82

表3　妓楼「和泉屋平左衛門」における人員構成：遊女の格（妓品）ごとの人数

時期			場所A	格B	暖簾C	楼主表記	遣り手	遊女		
和暦	季節A	西暦						合印		
								妓品	呼出 新造附	呼出 新造附
								揚代	3分	2分
文化3	春	1806	江一左5	惣	いづミや	いつミや平左衛門	さき			
3	秋	1806	江一左5	惣	いづミや	いつミや平左衛門	さき			
4	春	1807	江一左5	惣	いづミや	いづミや平左衛門	さき			
4	秋	1807	江一左5	惣	いづミや	いつミや平左衛門	さき			
5	春	1808	江一左5	惣	いづミや	いつミや平左衛門	さき			
5	秋	1808	江一左5	惣	いづミや	いつミや平左衛門	さき			
6	春	1809	江一左5	惣	いづミや	いつミや平左衛門	さき			
6	秋	1809	江一左5	惣	いづミや	いつミや平左衛門	さき			
7	春	1810	江一左5	惣	いづミや	いつミや平左衛門	さき			
7	秋	1810	江一左5	惣	いづミや	いつミや平左衛門	さき			
8	春	1811	江一左5	惣	いづミや	いつミや平左衛門	さき			
8	秋	1811	江一左5	惣	いづミや	いつミや平左衛門	さき			
9	春	1812	江一左5	惣	平井いづ	いづミや平左衛門	さき			
9	秋	1812	江一左5	惣	平井いづ	いづミや平左衛門	さき			
10	春仮	1813	山の宿	惣	平井いづ	いづミや平左衛門	さき			
10	秋	1813	未見							
11	春	1814	江一左6	半	平井和泉	和泉屋平左衛門	さき			
11	秋	1814	江一左6	半	平井和泉	和泉屋平左衛門	さき			
12	秋	1815	江一左（5）	半	平井和泉	和泉屋平左衛門	さき			
13	春	1815	江一左（5）	半	平井和泉	和泉屋平左衛門	さき			
13	秋仮	1816	山の宿	半	平井和泉	和泉屋平左衛門	さき			
14	卯	1817	江一右3	半	平井和泉	和泉屋平左衛門	さき			
15	春	1818	江一右3	半	平井和泉	和泉屋平左衛門	さき			2
文政元	秋	1818	江一右3	半	平井和泉	和泉屋平左衛門	さき			2
2	春	1819	江一右3	半	平井和泉	和泉屋平左衛門	さき			1
2	秋	1819	江一右3	半	平井和泉	和泉屋平左衛門	さき			1
3	春	1820	江一右3	半	平井和泉	和泉屋平左衛門	さき			1
3	秋	1820	江一右3	半	平井和泉	和泉屋壽美	さき			
4	春	1821	江一右3	半	平井和泉	和泉屋壽美	さき			
4	秋	1821	江一右3	半	平井和泉	和泉屋壽美	さき			
5	春	1822	江一右3	半	平井和泉	和泉屋壽美	さき			
5	秋	1822	江一右3	半	平井和泉	和泉屋平左衛門	さき			1
6	春	1823	江一右3	半	平井和泉	和泉屋平左衛門	さき			1
6	秋	1823	江一右3	半	平井和泉	和泉屋平左衛門	さき			1
7	春	1824	江一右3	半	平井和泉	和泉屋平左衛門	さき			
7	仮	1824	花川戸	半	平井和泉	和泉屋平左衛門	さき			
8	秋	1825	江一右3	半	平井和泉	和泉屋平左衛門	さき			
9	春	1826	江一右3	半	平井和泉	和泉屋平左衛門	さき			
9	秋	1826	江一右3	半	平井和泉	和泉屋平左衛門	さき			
10	春	1827	江一右3	半	平井和泉	和泉屋平左衛門	さき			
10	秋	1827	江一右3	半	平井和泉	和泉屋平左衛門	さき			
11	春	1828	江一右3	半	和泉屋	和泉屋平左衛門	さき			
11	秋	1828	江一右3	半	和泉屋	和泉屋平左衛門	さき			
12	春	1829	江一右3	半	和泉屋	和泉屋平左衛門	さき			
13	春	1830	江一右3	半	和泉屋	和泉屋平左衛門	さき			
13	秋	1830	江一右3	半	和泉屋	和泉屋平左衛門	さき			
天保2	春	1831	江一右3	半	和泉屋	和泉屋平左衛門	さき			
2	秋	1831	江一右3	半	和泉屋	和泉屋平左衛門	さき			
3	春	1832	江一右3	半	和泉屋	和泉屋平左衛門	さき			
3	秋	1832	江一右3	半	和泉屋	和泉屋平左衛門	さき			
4	春	1833	江一右3	半	和泉屋	和泉屋平左衛門	さき			
4	秋	1833	江一右3	半	和泉屋	和泉屋平左衛門	さき			
5	春	1834	江一右3	半	和泉屋	和泉屋平左衛門	さき			

1		13			7	35	28		84
1		13			7	35	28		84
1		13			7	35	28		84
3		10			6	37	26		82
3		10			6	37	26		82
2		12			5	38	28		85
2		12			5	38	28		85
3		12			5	41	30		91
3		12			5	41	30		91
3		12			5	41	30		91
3		12			5	41	30		91
3		14			5	36	34		92
2		15			5	32	34		88
2		15			5	32	34		88
2		15			5	32	34		88
2		15			5	32	34		88
2		15			5	32	34		88
2		15			5	32	34		88
1		14			6	30	30		81
2		14			6	29	32		83
2		15			7	27	34		85
2		15			7	27	34		85
2		15			7	27	34		85
2		15			6	30	34		87
1		16		5		27	34		83
1		16		5		27	34		83
1		16		5		27	34 *		83
1		16		5		27	34		83
1		16		5		33	34		89
1		16		5		33	34		89
1		16		5		33	34		89
1		16		5		32	34		88
1		16		6		33	34		90
2		15		6		33	34		90
2		15		6		33	34		90
2		15		6		33	34		90
2		15		6		32	34		89
2		15		6		33	34		90
2		15		6		35	34		92
2		15		6		35	34		92
2		15		6		35	34		92
3		14		7		43	34		101
3		14		9		41	34		101
7		10		7		40	34		98
7		10		7		40	34		98
7		10		7		40	34		98
7		10		7		40	34		98
7		10		7		38	34		96
7		10		7		38	34		96
4		13		7		37	34		97
3		14		8		36	34		96
3		15		5		31	36		90
11		8		5		24	40		88
12		5		6		22	34		79

名前とかぶさり、禿の人数を正しくカウントできない。禿は座敷持格の遊女には２名つくので、嘉永以降の禿の数は座敷持遊女の数の２倍として見積もった。

5	秋	1834	江一右3	半	和泉屋	和泉屋平左衛門	さき			
6	春	1835	江一右3	半	和泉屋	和泉屋平左衛門	さき			
6	仮	1835	花川戸	半	和泉屋	和泉屋平左衛門	さき			
7	春	1835	江一右3	半	和泉屋	和泉屋平左衛門	さき			
7	秋	1835	江一右4	半	和泉屋	和泉屋平左衛門	さき			
8	春	1837	未見							
8	秋	1837	江一右4	半	和泉屋	和泉屋平左衛門	さき			
8	冬仮	1837	花川戸	半	和泉屋	和泉屋平左衛門	さき			
9	春	1838	未見							
9	秋	1838	未見							
10	春	1839	江一右3	半	和泉屋	和泉屋平左衛門	さき			
10	秋	1839	江一右3	半	和泉屋	和泉屋平左衛門	さき			
11	春	1840	江一右3	半	和泉屋	和泉屋平左衛門	さき			
11	秋	1840	江一右3	半	和泉屋	和泉屋平左衛門	さき			
12	春	1841	江一右3	半	和泉屋	和泉屋平左衛門	さき			
12	秋	1841	未見							
13	春	1842	江一右3	半	和泉屋	和泉屋平左衛門	さき			
13	秋	1842	江一右3	半	和泉屋	和泉屋平左衛門	さき			
14	春	1843	江一右3	半	和泉屋	和泉屋平左衛門	さき			
14	秋	1843	江一右3	半	和泉屋	和泉屋平左衛門	さき			
15	春	1844	江一右3	半	和泉屋	和泉屋平左衛門	さき			
15	秋	1844	江一右3	半	和泉屋	和泉屋平左衛門	さき			
弘化2	春	1845	江一右3	半	和泉屋	和泉屋平左衛門	さき			
2	秋	1845	江一右3	半	和泉屋	和泉屋平左衛門	さき			
3	春仮	1846	花川戸	半	和泉屋	和泉屋平左衛門	さき			
3	秋仮	1846	花川戸	半	和泉屋	和泉屋平左衛門	さき			
4	春	1847	江一右3	半	和泉屋	和泉屋平左衛門	さき			
4	秋	1847	江一右3	半	和泉屋	和泉屋平左衛門	さき			
5	春	1848	江一右3	半	和泉屋	和泉屋平左衛門	さき			
嘉永元	秋	1848	江一右3	半	和泉屋	和泉屋平左衛門	さき			
2	春	1849	江一右3	半	和泉屋	和泉屋平左衛門	さき			
2	秋	1849	江一右3	半	和泉屋	和泉屋平左衛門	さき			
3	春	1850	江一右3	半	和泉屋	和泉屋平左衛門	さき			
3	秋	1850	江一右3	半	和泉屋	和泉屋平左衛門	さき			
4	春	1851	江一右3	半	和泉屋	和泉屋平左衛門	さき			
4	秋	1851	江一右3	半	和泉屋	和泉屋平左衛門	さき			
5	春	1852	江一右3	半	和泉屋	和泉屋平左衛門	さき			
5	秋	1852	江一右3	半	和泉屋	和泉屋平左衛門	さき			
6	春	1853	江一右3	半	和泉屋	和泉屋平左衛門	さき			
6	秋	1853	江一右3	半	和泉屋	和泉屋平左衛門	さき			
7	春	1854	江一右3	半	和泉屋	和泉屋平左衛門	さき			
7	秋	1854	江一右3	半	和泉屋	和泉屋平左衛門	さき			
安政2	春	1855	江一右3	半	和泉屋	和泉屋平左衛門	さき			
2	秋	1855	江一右3	半	和泉屋	和泉屋平左衛門	さき			
3	仲夏	1856	花川戸	半	和泉屋	和泉屋平左衛門	さき			
5	春	1858	江一右3	半	和泉屋	和泉屋平左衛門	さき			
6	春	1859	江一右3	半	和泉屋	和泉屋平左衛門	さき			
6	秋	1859	江一右3	半	和泉屋	和泉屋平左衛門	さき			
7	春	1860	江一右3	半	和泉屋	和泉屋平左衛門	さき			
萬延元	秋	1860	江一右3	半	和泉屋	和泉屋平左衛門	さき			
2	春仮	1861	元地	半	和泉屋	和泉屋平左衛門	さき			
文久元	秋仮	1861	元地	半	和泉屋	和泉屋平太郎	さき			
2	夏	1862	江一右3	半	和泉屋	和泉屋平太郎	さき			
3	秋	1863	江一右2	半	和泉屋	和泉屋平太郎	さき			
慶應元	夏	1865	江一右2	半	和泉屋	和泉屋平太郎	さき			
4	桜	1868	江一右2	半	和泉屋	和泉屋さだ	さき			
明治3	春	1870	江一右2	半	和泉屋	和泉屋佐多	さき		1	
5	春	1872	江一右3	大	和泉屋	和泉屋佐多	さき			

A：江一右は江戸町の木戸をくぐって右を示す。　B：惣→惣半籬、半→半籬交、大→大籬。　C：吉原細見において妓楼名の上にある暖簾のデザイン。　D：嘉永以降の吉原細見において、遊女の名前が大きく書かれる傾向にあり、細い禿の名前が遊女の

コラム❷「吉原夜景」

「吉原夜景」あるいは「吉原格子先の図」という名で知られた絵がある【図1】。妓楼「いつみや」の夜の張見世を描くものである。逆光を用いたり、陰影のつけ方に西洋絵画的な手法を用いたりするなど、美学・美術史的な観点からユニークな作品であり、鑑賞者を強く惹きつけるものがある。この絵の存在を最初に世に報告したのは、昭和四年（一九二九）に『浮世絵志』に掲載された、井上和雄の論文「北斎研究断片（四）」であり、葛飾北斎の娘應為筆としている。[1] この絵には肉筆画と版画がある。【図1】に示すものは版画であり、枠外の右下には「版権所有孚水画房発行」、左下には「高橋弘明監督　彫刻藤川　印刷斧富」、とある。

本書で論じている「いづみや」の名前が絵にあることから、筆者としては大いに関心がある。しかし、この絵が妓楼「和泉屋」を描いたものとすると、理解不能な点がある。以下、考察を展開してみよう。

掛行燈と『守貞謾稿』

この絵で最も注目すべきは、張見世の角に掲げられた「いつみや」および「先客万来」と書かれた掛行燈である。『守貞謾稿』第一巻によれば、京坂の娼家、青楼では掛行燈を用いるとある。そして、江戸の妓楼では行わないが、引手茶屋では行うとある。[2] すなわち、

> 行燈を掛けて招牌に代ふるあり。（故に昼夜ともにこれを掛く。）京坂、娼家・青楼・割烹店・旅舎・浴戸。（中略）江戸妓院には行燈を出さず。引手茶屋・船宿・駕籠屋・割烹店。右の類これを用ふ。
> 京坂より行燈竪長き物多し。

これを参考にして、妓楼の正面に掛行燈が掲げられたものかどうか、画証から検証してみたい。【図2】は、嘉永期に刊行された広重筆『江戸土産』の一部「其二娼家」である。大きな見世が左右に並んでいる。例えば江戸町一丁目のような所だろう。しかし、『守貞謾稿』が指摘するように、妓楼の入口には掛行燈は見えない。国貞が江戸町一丁目の

図１　「吉原夜景」高橋弘明監督、孚水画房発行。日本浮世絵博物館蔵。

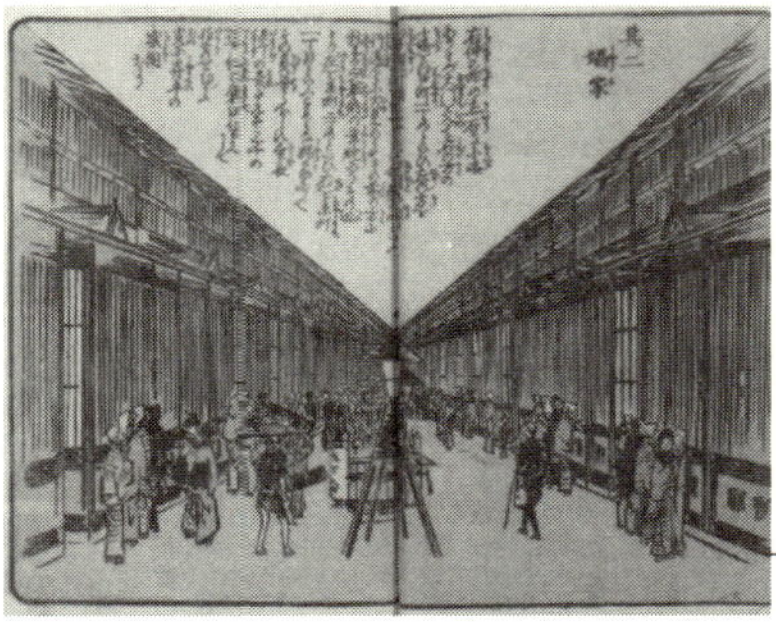

図２　歌川広重筆『江戸土産』「其二娼家」嘉永頃。掛行燈は描かれていない。個人蔵。

図３　明治になって貸座敷と呼ばれるようになった妓楼の張見世。de Becker 著『The Nightless sity』より。

木戸の前に立つ三人の遊女を描いた、「江戸新吉原八朔白無垢の図」においても、江戸町一丁目の通りの左右に描き込まれた妓楼には掛行燈はない。同じく、国貞筆の角版摺物では、妓楼の二階にいる遊女と、夜更けた通りに立つ馴染み、あるいは間夫とが言葉を交わしている図がある。この場合にも掛行燈は描かれていない。管見の限り、和泉屋のような妓楼においては、掛行燈を用いないものと理解できる。

貸座敷の張見世

似たような形態の物が、明治五年（一八七二）の芸娼妓解放令によって、貸座敷業に転じた妓楼の張見世に掲げられるようになる。このような掲示は、法律の改正によって貸座敷となってからのことである。【図３】においてマルで囲むように、妓楼の所在地と経営者の名前が筆で書かれた看板が張見世の角に掲げられている。[3] de Becker（日本名小林米珂）は、英文で吉原の歴史と明治三十年代（一九〇〇年頃）の状況を、『The Nightless City（不夜城）』に著しており、この写真を掲載している。

引手茶屋

一方、【図4】には、江戸町一丁目角にある引手茶屋（案内茶屋）の信濃屋が描かれている。信濃屋がこの場所にあるのは嘉永七年（一八五四）春までである。描かれている遊女の名前からも嘉永期の開板と分かる。左端には新造出しの竹村伊勢の積み物が描かれている。信濃屋の暖簾の脇には。「信濃屋・千客万来」という掛行燈が掲げられている。この様子は、【図1】と同じである。

では、何故、妓楼に掛行燈は必要ないのだろうか。特に大きな見世の場合、客は妓楼に直接登楼するのではなく、また、決済も茶屋を通して行われる仕組みだからである（第二章五節参照）。よって、見世の名前を示す行燈は不要ということになる。ただし仮宅の場合には、大きな招き看板が出される。

このように見てくると、「吉原夜景」においては、一体、何故、「いづみや」が引手茶屋のスタイルで描かれたのだろうか。まことに奇妙なことになっている。

籬の形状

【図1】を見てさらに気が付くことは、籬《まがき》の形状である。籬とは、土間と張見世との間の格子である。【図1】から分かるように、全面に渡って上部が開放されているので、妓楼の格としては「惣半籬」である。

ちなみに、第三章【図12】に示す「平和泉屋仮宅図」の場合には、格子が上部まで繋がった「大離《おおまがき》」（大見世）として描かれている。しかも暖簾の位置は、土間の突き当たりにある内証との境ではなく手前に描かれており、実態と異なっている。歌舞伎の助六では、三浦屋の暖簾は、通り近くに掛けられている。これらは宣伝や舞台における視覚効果を狙ってのことであり、実際の妓楼の暖簾の位置を表すものではない。本来は、暖簾は土間と内証との境にかけられる。

第三章【図12】は安政大地震直後の混乱の中で作られたものであり、落款もなければ改印もなく、際物的な性格の宣伝媒体である。したがって、描かれた遊女の名前も、安政大地震の際の和泉屋の遊女の名前と必ずしも一致していない。絵空事的な要素が多い宣伝チラシ的な印刷物である。ちなみに、「大離」と「惣半籬」との中間の格が、「半籬交」である。これは、籬の半分が開放されていることになる【図5参照】。

ところで、和泉屋平左衛門と和泉屋清蔵が、【図1】にあるような惣半籬であった時代を検討してみると、和泉屋平左衛門の場合には創業の文化三年（一八〇六）春から文化十一年（一八一四）春までの期間である。一方、和泉屋清蔵の場合には、文化十一年（一八一四）春から弘化二年（一八四五）春までであった。このようなことを考え合わせると、この絵は妓楼を正しく描いたものでなければ、実在した和泉屋を描いたものではないと結論できる。

図4　引手茶屋「信濃屋」。掛行燈および暖簾の位置に注目されたい。嘉永期。日本浮世絵博物館蔵。

図5『吉原青楼年中行事』より「夜見世（マジリマガキ）の図」喜多川歌麿筆。享和4年（1804）。土間に狐舞の人たちが入ってくる。早稲田大学図書館蔵。

▼注

1　井上和雄「北斎研究断片（四）」、『浮世絵志』第四号、芸艸堂、昭和四年四月、一〇～一四頁。

2　喜多川守貞『守貞謾稿（近世風俗志 一）』岩波文庫、一二三四～一二三六頁、平成八年。

3　小林米珂（J. E. de Becker）『不夜城 The Nightless City』第四版、小林米珂発行、明治三十九年。

第三章　妓楼の危機管理——安政大地震、幕末の混乱

一　安政大地震の被害状況

本章では、前章に続き、武蔵国足立郡渕江《ふちえ》領出身の妓楼和泉屋平左衛門を中心に据える。安政二年（一八五五）に発生した安政大地震の様子を振り返ると共に、火災発生時の吉原の臨時の営業所である仮宅《かりたく》について紹介する。また、政情不安な幕末の経営状況と、明治五年（一八七二）に発布された芸娼妓解放令による吉原からの撤退に際し、和泉屋がどのような意思決定をしたのか考えてみよう。

安政二年十月二日亥の二点（グレゴリー暦一八五五年十一月一日二十三時頃）に、マグニチュード七・〇〜七・一の直下型地震が江戸の市街を襲う。震源地は、現在の臨海副都心部の北緯三十五・六五度、東経一三九・五度あたりと推定されている。▼1 地震とこれに次ぐ火災で吉原は焼け落ちた。【図1】に安政末年頃に歌川国芳《くによし》などの描いた『安

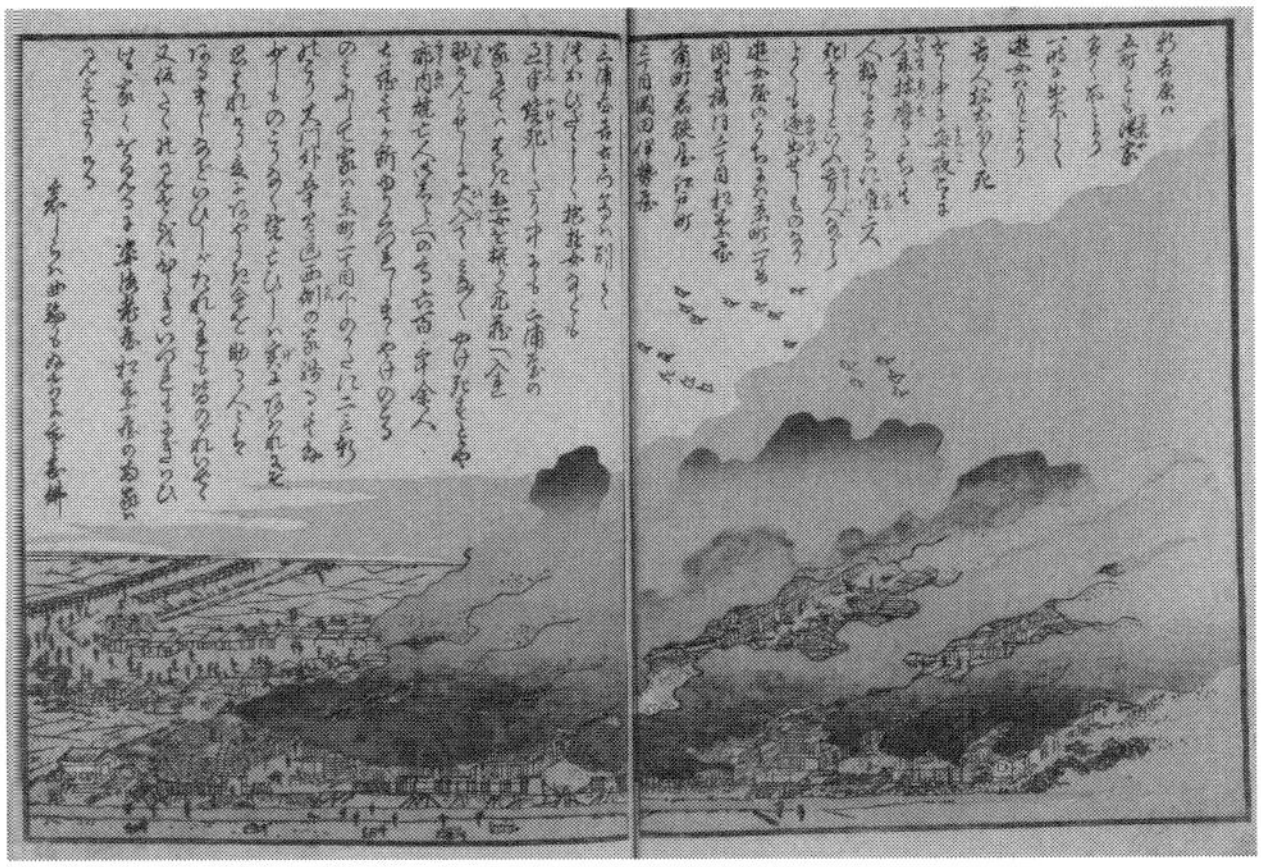

図1　吉原の炎上。『安政見聞誌』中編。２ウ３丁オ。早稲田大学図書館蔵。

政見聞誌』中編所載の吉原炎上の図を示す。

『武江年表《ぶこうねんぴょう》』によれば、この地震での死者は六千六百人とし、その惨状を次のように記している。[2] 少し長くなるが地震の様子がよく伝わるので引用する。

十月二日、細雨時々降る。夜に至りて雨なく天色朦朧《もうろう》たりしが、亥の二点大地俄《にわか》に震ふ事甚だしく、須臾《しゅゆ》にして大廈《たいか》高牆《こうしょう》を顚倒《てんとう》し、倉廩《そうりん》を破壊せしめ、剰《あまつさえ》その頽《かたむき》たる家より火起こり、熾《さかん》に燃上りて黒煙天を翳《かげらし》め、多くの家屋資財を焼却す。（中略）江戸に於いては元禄十六年以来の大震なるべし（今夜四時より明け方迄三十度震ひ、其の余十月迄百二十余度に及べり）。（中略）御《お》曲輪《くるわ》内甍《いらか》を並べし諸侯の藩邸、或ひは傾き或ひは崩れ、立地《たちどころ》に所々より火起こりて、巨材瓦屋の焼け崩るゝ音天地を響かし、再び振動の声を聞く。（中略）吉原町の焼けたるは他所より早し。京町二丁目江戸町一丁目より火起こり、其の潰れたる家々より次第に焼け出て、一廓残らず焼亡す。大門外五十軒道は北側のみ残る。（中略）抑《そもそも》此の夜都下の急変、いづこも同じ轍なれど、わきて花街《いろまち》の忽劇《こつげき》はかならずしもいふべからず。いまだ夜更くるにあらざれば、毎家酒宴に長じ歌舞吹弾の最中、俄に家鳴り震動して立地《たちどころ》に崩れかかり、うつばりくぢけ柱折れ、其の物音は雷霆《らいてい》よりも凄兢《すさまじ》く、魂中天に飛び、懾怖《しょうふ》周章《しゅうしょう》して二階を下らんとすれば、胡梯《はしご》跳りて下る事ならず、狼狽して宛 転《ころがり》落つれば、巨材其の上に堕ち重りて五体を挫《くじ》き、或ひは其の間に挟まれて自在を得ず、号《さけ》べども応ふる人なし。瞬目の頃火起こりて、焔勢其の身に迫る。危くして遁れ出たるも途方を失ひ、烟に咽びて道路に倒れ、息絶えたるもあるべし。家のあるじ、家族においても猶しかり、僅に四肢を全うして脱れ出たるもあれど、資財宝貨は他へ運ぶに遑《いとま》あらずして、むなしく灰燼となしつ。この火五街に延蔓して、廓中残る家なし。三千の遊君《あそびめ》或ひは漂逃、あるひは亡びたり。かゝるをりには看返り柳も見かへる事なく、合力稲荷も力を合はするによしなし。久喜《ひさき》万字屋は火前《ひさき》に向ひ火炎玉やはくわえんにうづまる。海老屋が柱はえびの如く曲りて焼け、菱屋がかどは菱の如くユガミて残れり。較《やや》明方に及んで阿房一片の烟と立登り、惜しむべし、廓中尽《ことごと》く烏有となりぬ。焼死怪瑕人幾百人かありけん、さだかに知れる者なし。火中に其の骸《むくろ》を繹び出し、惨憺して腸を断ち、なくなく家に送りて後葬儀を営む。五十間道は六道の街となり、編笠茶屋のあみがさは郊辺《のべ》送りの被り物とやなりけむ。この夜、此の里に遊びし騒人嫖客、このワザワイにあひて或ひは横死し或ひは重き疵をかうむり、ハラバイして路頭にさまよひ、たまたま無事にして落ちのびたるも、衣服佩刀《はいとう》を失ひ、あらぬさまして家に帰りしも有りけるとぞ。まして廓中の男女、この夜の窮厄、はた金銀財宝数をツクシて失ひぬる事量り知るべからず。痛むべく嘆くべく、何ぞ毛頴《ふで》を持て演《のぶ》る事を得んや。(中略)市中の呈状《かきあげ》には変死男女四千二百九十三人、怪我人二千七百五十九人とあり。寺院に葬ひし人数は、武家浪人僧尼神職町人百姓合せて、六千六百四十一人と聞けり。

この地震と火災による吉原の人的被害の様子を具体的に検証してみよう。

吉原での死者の数は、出典により異なる。『冥土《めいど》細見』（別称『吉原たいへん』）[3]の冒頭にある遊女の格と値段を示す表をもじって、遊女の格ごとに死者数を記録している【図2A】。これによれば、揚代三分の遊女が三名、二分が五名、一分が三百六名、二朱が二百七十名、一朱が百八十名などと、七百名以上の遊女が犠牲となっている。揚代も併せて書かれているなど、現代人の感覚からするとブラック・ユーモア的かもしれないが、当時の死生観と吉原に対する認識を考慮するならば、死んだ遊女への追悼と解釈すべきであろう。何ごとも洒落のめす川柳的な感覚も感じられる。歴史に対する時間軸を考慮した理解が求められる所以である。『冥土細見』では、【図2A】の犠牲者数の後に『吉原細見』と同様のスタイルで、死んだ楼主や遊女の名寄せが続く。例として【図2B】に江戸町一丁目の部分を示す。妓楼の大黒屋金兵衛、大黒屋文四郎、和泉屋平左衛門、玉屋山三郎、櫻屋源次郎では無事であったが、伊勢屋六兵衛では、遊女二名と禿《かむろ》一名に死者を出していることが

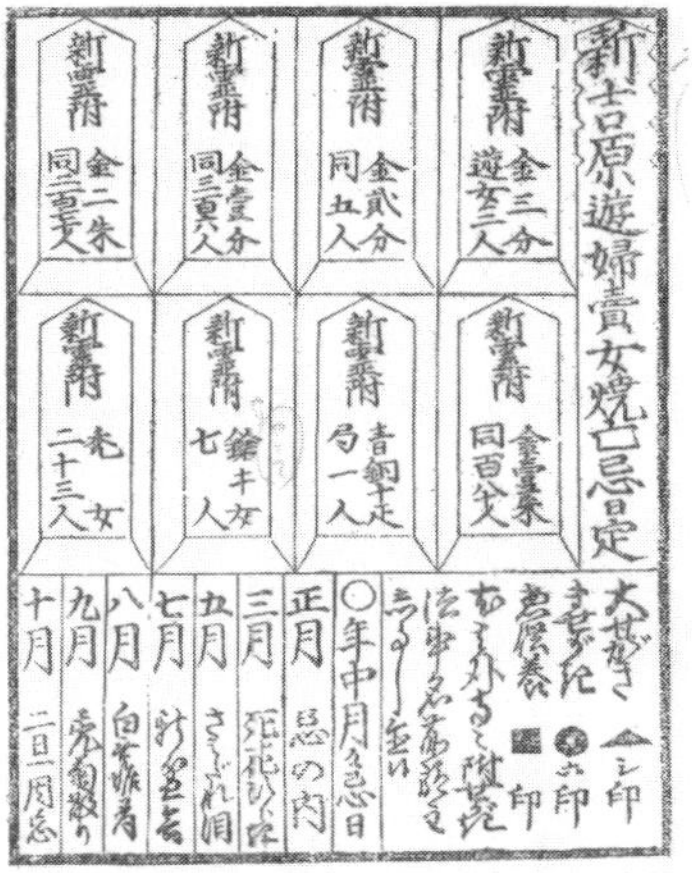

図 2A 『冥途細見』冒頭にある、遊女の揚代別死者数。個人蔵。

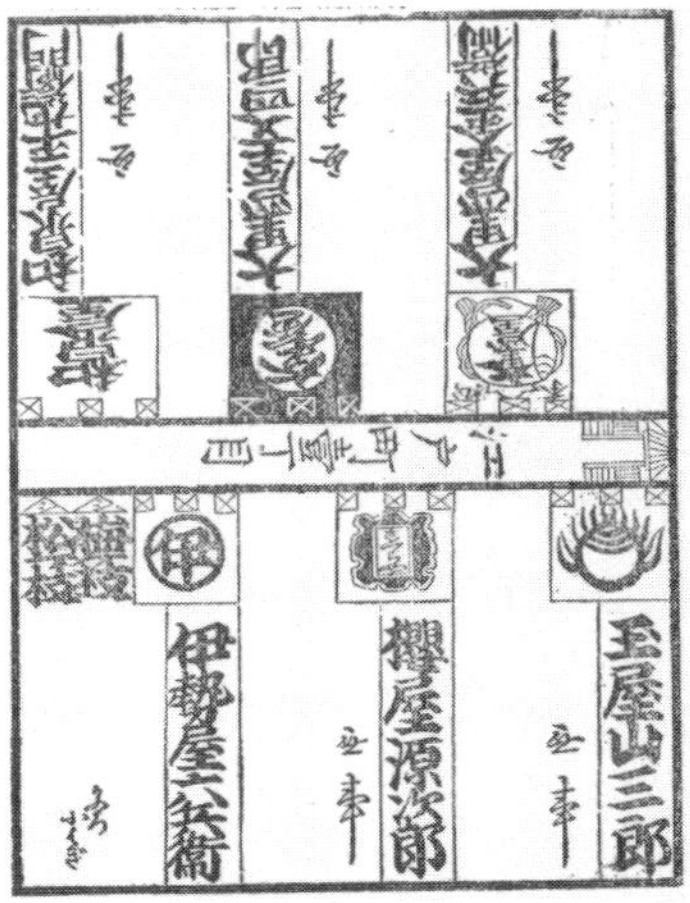

図 2B 『冥途細見』江戸町一丁目の部分。個人蔵。

わかる。【図2B】にはないが、江戸町二丁目の和泉屋清蔵においても犠牲者は出ていない。

浄閑寺においても横死者として記録をとどめている。しかしその過去帳と『冥途細見』とでは犠牲者の数は必ずしも一致しない。浄閑寺過去帳にある死者数は二百数十名である。犠牲者を宗旨ごとに他の寺と分担して弔ったことによる数字と考えられ、実際の犠牲者数はもっと多いと理解される。浄閑寺過去帳における男女比は一対六程度で、当然のことながら圧倒的に女性が多い。

『冥途細見』は、遊女の名寄せである『吉原細見』の見立てとして制作されたものであるので、遊女を記録の対象としている。楼主を除いては妓夫《ぎう》などの男の犠牲者は対象外であるので、男の犠牲を記録した浄閑寺過去帳は貴重である。妓楼の女房に死者がある場合も『冥途細見』では対象とはなっていない。もちろん、客についても同様である。客の数を入れると犠牲者の数はさらに増えて千名以上となろう。

『冥土細見』を見ると、北側の江戸町の見世では無事と書かれている場合が多いのに対し、南側の京町《きょうまち》などにあった岡本屋や平野屋などでは被害は大きかった。建物の倒壊によるものと考えられよう。もともと、明暦三年（一六五七）八月十四日に始まった浅草田圃の「新吉原」は、縄文海進期には海であったところで地盤が柔らかく、かつ、隅田川の氾濫を考慮して盛土した場所である。関東ローム層の本郷や上野の台地と比べると揺れの振幅は大きかったはずである。この日の風向が、南側の火災を激しくしたのかもしれない。特に、京町一丁目岡本屋では楼主も犠牲になっている。ちなみに、岡本屋の名前は岩屋寺の香炉にあり、ルーツは尾張にある（第一章参照）。

被害の具体的な様子を、江戸町二丁目にあった妓楼平野屋を例に眺めてみよう。【図3】に、地震の前の安政二年（一八五五）七月の『吉原細見』、震災後に刊行された『冥土細見』、ならびに浄閑寺過去帳の記録内容を比較して示す。死者の記録は概ね一致している。震災前の『吉原細見』を見ると、平野屋には三十四名の遊女と

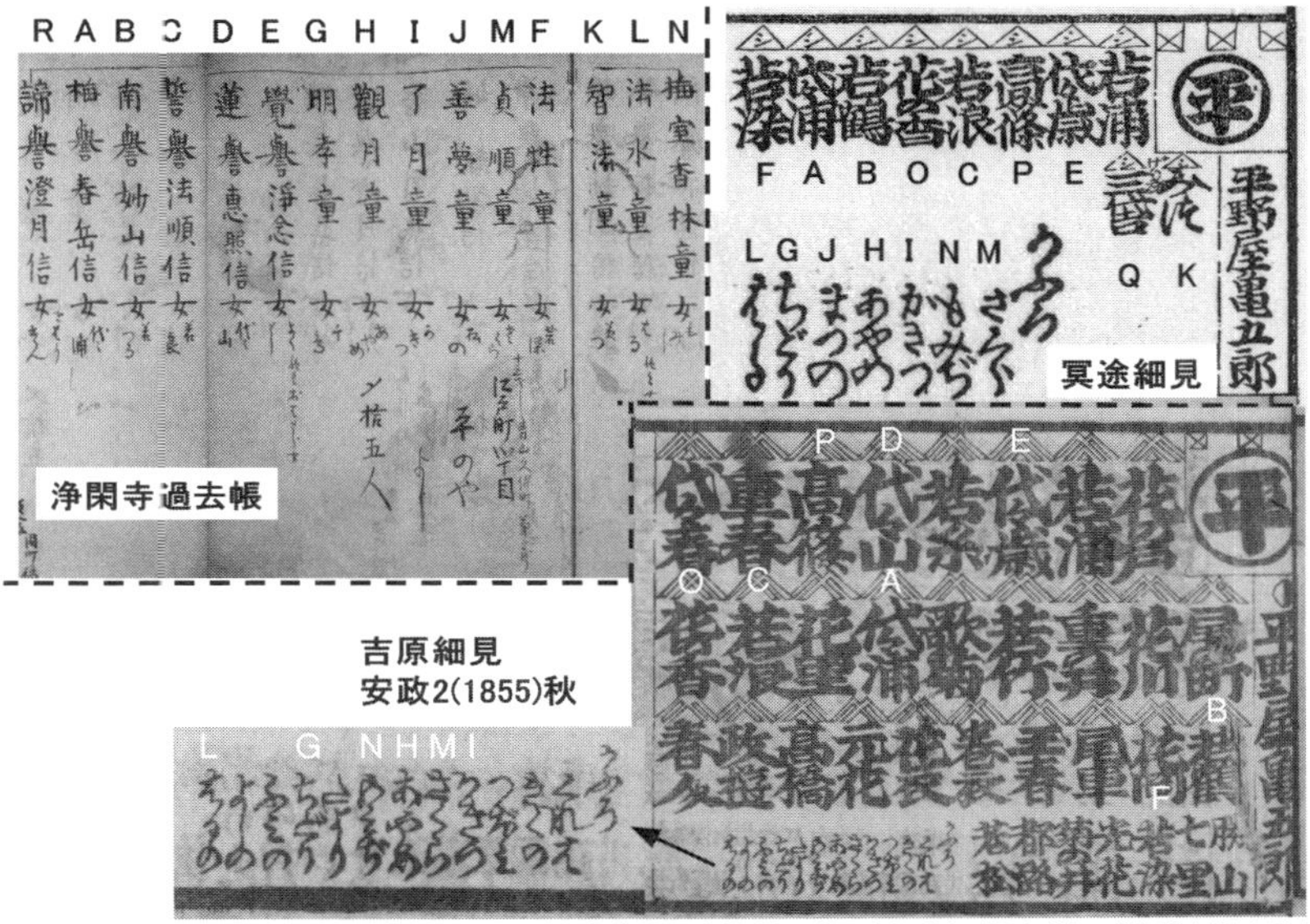

図３　安政２年（1855）秋の『吉原細見』（慶應義塾図書館蔵）、『冥途細見』（個人蔵）、『浄閑寺過去帳』（浄閑寺蔵）の比較。禿の部分は拡大。

十二名の禿が登録されている。『冥土細見』では、このうちの遊女九名、芸者一名、禿七名が犠牲になっていることがわかる。

一方、浄閑寺過去帳には、犠牲になった遊女七名と禿七名が記録されている。戒名と併せ源氏名も記録されているので、『吉原細見』や『冥土細見』との相互の対比も容易である。遊女の戒名にはいずれも「〇誉〇〇信女」のように「誉」の文字が含まれており、当然のことながら浄土宗の様式になっている。

『竹嶋記録』所載の『吉原名主年中行事』[4]によれば、遊女の宗旨は毎年二月の宗門改めにより明らかになっていたので、どの遊女がどの宗門に属するか、妓楼としてはあらかじめ把握していたはずである。したがって、浄閑寺では浄土宗の信徒である遊女に戒名を与え弔いを行ったものと考えられる。

【図3】においてFで示す「若染《わかぞめ》」の場合には、源氏名からは他の遊女と同様に成人女性のように見

図4　絵本時世粧（えほんいまようすがた）二巻。享和２年（1802）。初代豊国。個人蔵。

えるが、「法性童女」と戒名が与えられている。若染は『吉原細見』ではランクが低く、振袖新造であったと推測される（第五章参照）。未成年の遊女であり、振袖を着ているのでこのように呼ばれる。他にも「童女」と書かれた戒名が目立つ。夜の十一時に発生した地震であるので、早めに寝ていた禿たちは、倒壊した建物の下敷きになったのであろう。

また、『冥土細見』には記録されているが、浄閑寺過去帳には名前のない犠牲者として、遊女の「高篠《たかしな》」と「花《はな》の香《か》」がいる。この二人は、浄土宗以外の宗旨であったものと考えられる。芸者「三代《みよ》吉《きち》」は『吉原細見』には名前を確認できない。見番（芸者の取次や揚代を扱う事務所）ではなく妓楼に所属する芸者である。

浄閑寺過去帳で特筆すべき点は、「諦誉澄月信女」との戒名を与えられた女性である。俗名は「きん」とある。かつ、「をはり」と記録されており、「きん」が平野屋で遊女たちの着物や縫い物の世話をする、「おはり（針）」という役目の女性であったことがわかる。吉原の「おはり」を描く絵については、初代歌川豊国《とよくに》が享和二年（一八〇二）に描いた『絵本時世粧《えほんいまようすがた》』が知られている【図4】。「をはり」は吉原での名称で、武家では「御物師《おものし》」、町家では「針妙《しんみょう》」と呼ばれていた。年季が明けても行く所がなく、裁縫が器用な遊女が「おはり」として再雇用され高給を取っていたようである。[5]「おはり」は洒落本などでその存在に触れられることもあるが、寺の過去帳という信頼性の高い資料に名前が残るのは貴重である。

ちなみに、この絵には、妓楼の女房にお茶を差し出している「引っ込み禿」も描かれている。吉原には、遊女、芸者、禿、および遣《や》り手《て》の他にも、このように『吉原細見』には名前が載らない女たちが働いていることを知ることができる。引っ込み禿については、第五章二節を参照されたい。

二　和泉屋における仮宅営業

吉原で火災が生じると、復興までの間、吉原の外に臨時の見世を構えて営業することになっている。これを仮宅と称している。そのはじまりは、明暦三年（一六五七）の明暦の大火によるものである。元吉原は全焼し、新吉原へ移るまでの間、鳥越谷、今戸辺りの百姓家を借りて営業した。その様子は『異本洞房語園』に残されている。【表1】に和泉屋平左衛門ならびに和泉屋清蔵における仮宅の場所と期間についてまとめておく。文化三年（一八〇六）に始まった和泉屋平左衛門、また文化五年（一八〇八）に始まった和泉屋清蔵のいずれの場合も、十一回の火災を経験している。万延の火災以降は仮宅先は吉原の廓内（元地）だったが、復旧のさなかにも火災が起こるなど、経営的にも厳しい状態に置かれていた。

仮宅見世の場所については、【図5】に示すように、『吉原細見』仮宅版に「花川戸」や「山《やま》の宿《しゅく》」「深川」のように地域名として書かれる、しかし、具体的な場所を特定するのはいささか困難である。そこで、仮宅場所が

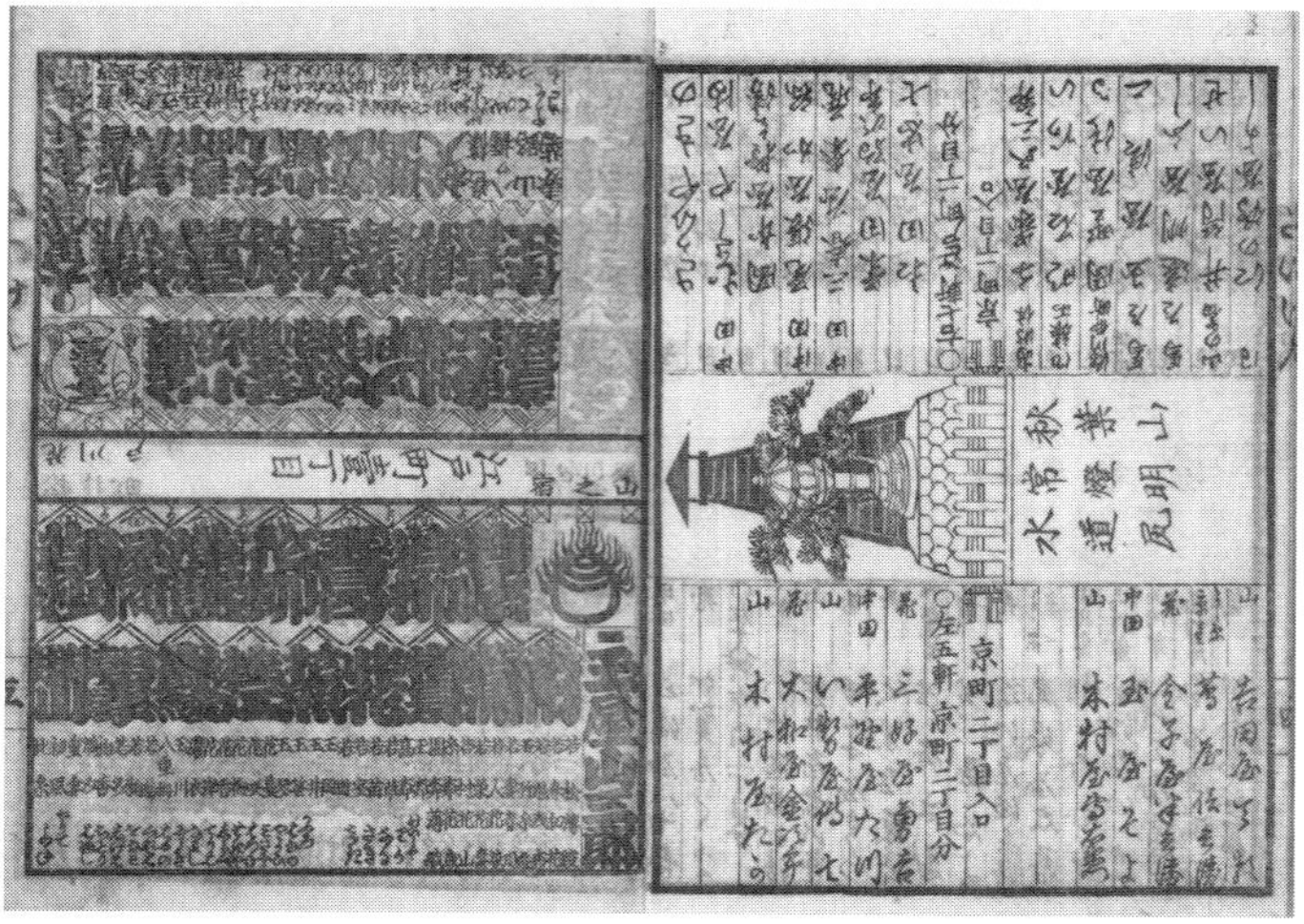

図５　安政３年（1856）春の『吉原細見』。仮宅版である。４丁ウラ、５丁オモテ。右の丁は茶屋の部であるが、ここにも茶屋の仮宅先に関する情報が書き込まれている。個人蔵。

表１　和泉屋平左衛門および和泉屋清蔵における仮宅

火災発生時期	仮宅期間	仮宅場所		注
		平泉 A	鶴泉 B	
文化９壬申（1812）11月21日夜五時過ぎ	翌年８月まで	山の宿	深川	
文化13丙子（1816）5月3日申刻夜五ツ時過		山の宿	花川戸	
文政７甲申４月３日暮六時	翌年春頃まで	花川戸	深川	
天保６乙未（1835）正月24日子の中刻	300日	花川戸	花川戸	寺門静軒『江戸繁昌記（仮宅）』
天保８丁酉（1837）10月９日暁六時	300日	花川戸	花川戸	
弘化２乙巳（1845）12月５日暮六時	250日	花川戸	花川戸	
安政２乙卯（1855）10月２日亥の二点	500 → 600日（安政４年６月まで）	花川戸	花川戸	
万延元庚申（1860）9月28日亥刻過ぎ		元地	元地	
文久２壬戌（1862）11月14日暮六時過ぎ	700日	元地	元地	
文久４甲子（1864）正月26日酉中刻		元地	元地	
慶応２丙寅（1866）11月11日明六時過ぎ	2年間	元地	元地	

A：和泉屋平左衛門　B：和泉屋清蔵

どこであるかを容易に探し出すために、絵図が多く板行された。しかし、多くの場合、絵図はデフォルメされており、かつ、当時と道路が変わってしまった今日となっては、詳細を読み取れない場合がある。しかし、天保六年（一八三五）と安政二年（一八五五）の仮宅場所に関しては、今でも役に立つ。

享保頃までの『吉原細見』は、大きな絵図に描き込まれた妓楼に、抱えの遊女の名前を示すものであった（第一章【図4・図15】参照）。その後、実用上の利便性を考慮して冊子体となった。一枚物の時代には一覧性が重視されていたが、その機能の一部を上手に残している。本章の【図5】に示すように、江戸町一丁目の通りに入って、木戸を背にすると一軒目右側は「大黒屋金兵衛」、そして左側は「玉屋山三郎」と、客は見世の場所を瞬時に理解できるように工夫されている。この『吉原細見』は、震災の翌年の安政三年（一八五六）の仮宅の時期のものであり、「仮宅版」と呼ばれる。玉屋の火炎を示す暖簾の上段に「山之宿」とあるので、玉屋へ登楼したい人には、仮宅見世のおおよその場所を知ることが可能である。

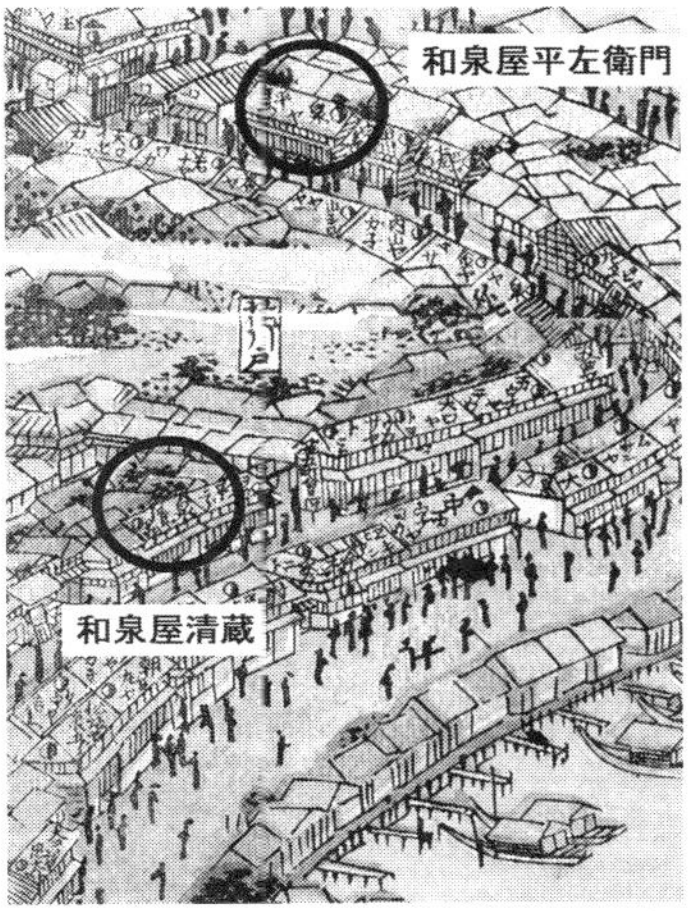

図6「天保六年新吉原仮宅場一覧」（部分）。歌川国直筆。蔦屋重三郎板。名古屋市博物館蔵。

【図6】は歌川国直が描く「天保六年新吉原仮宅場一覧」（蔦屋重三郎板）の一部である。元の絵は用紙を縦に二枚、横に六枚を繋ぎ、浅草寺を中心に、吉原、隅田川を鳥瞰図として描いた大きなものである。【図6】の中央で大勢の人が歩いているのは花川戸の通りである。現在は国道六号線あるいは江戸通りの名称で、バスの走る道路になっている。本来は真っ直ぐな道である。右下に舟着き場が描かれている。現在の吾妻橋脇の水上バス乗り場付近である。和泉屋平左衛門と和泉屋清蔵の仮宅場所をマルで示す。和泉屋平左衛門の仮宅は、「泉ヤ平左門」と書かれている。その二軒先に花川戸の通りと直交する通りが描かれている。現在は、この上を東武スカイツリー線が隅田川の鉄橋に向かってカーブしながら走っている。和泉屋清蔵の仮宅は　この図の中央部に見られ、「泉清蔵」と屋根に書かれている。この場所の上には現在、浅草松屋の百貨店があり、東武線の浅草駅になっている。

【図7】は安政の仮宅の絵図（部分）である。図において隅田川と平行に描かれているのは花川戸の通り（現在の国道六号線）である。和泉屋平左衛門の仮宅は、現在では山の宿の公園に抜ける路地の脇である。右下に和泉屋清蔵の仮宅が見える。現在も浅草で営業している「神谷バー」のあたりである。天保六年の仮宅と安政二年の仮宅とは互いに近い場所にあったことがわかる。しかし、同じ場所ではない。花川戸の通りに直交するように、絵の左下から路地があるが、ここには浅草松屋のビルがあるので、この路地は今では存在しない。

この路地の近くに「和泉屋まつ」とある。【図8】の『仮宅細見』に示す「和泉屋まつ」である。震災の前後

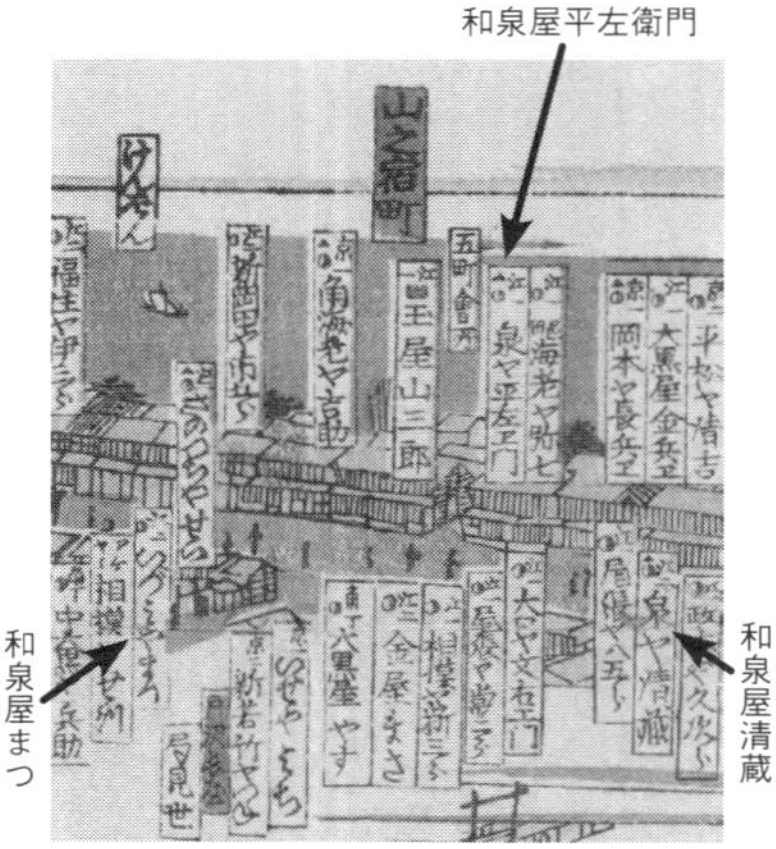

図7　「新吉原仮宅便覧」（部分・全体図は口絵に掲載）。梅素玄魚筆。玉屋山三郎板。花川戸の通りを西側から見ている。東京都立中央図書館加賀文庫蔵。

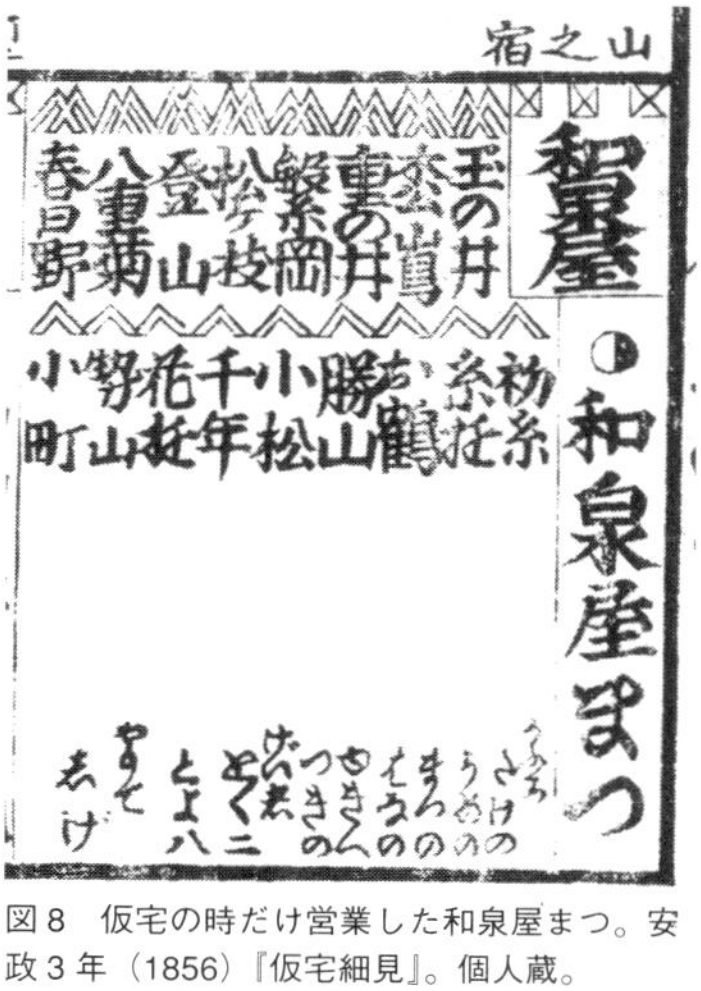

図8　仮宅の時だけ営業した和泉屋まつ。安政3年（1856）『仮宅細見』。個人蔵。

の『吉原細見』を調べても、この「和泉屋まつ」を見つけることができないので、仮宅のときだけ見世を開いていたことがわかる。仮宅営業に関する「旧幕引継史料」【図9】に、「浅草山の宿町庄兵衛店仮宅　同町平次郎地借　和泉屋まつ　後見　鐵兵衛」と記録が残さている。この和泉屋まつは、和泉屋清蔵（福原）家の過去帳に、明治十二年（一八八二）に亡くなったと記録される「哲操院心月慧大姉」である【図10】。過去帳の裏書に「妹まつ、とり、たず、うた実母」とある。このことから、「和泉屋まつ」は、和泉屋福原市良兵衛清蔵の妹であり、かつ、和泉屋平左衛門の女房津祢《つね》とも姉妹である。

「和泉屋まつ」が仮宅を出すには、妓楼の権利（株）が必要であるが、どこの見世の権利だったのであろうか。『吉原細見』における「和泉屋まつ」の場所がヒントになるかもしれない。なぜなら仮宅版の場合には、利用者の便宜を考慮し、火災の前に見世があった場所に配列されているからである。その見世がどこで仮宅を営業しているのかがわかりやすい。安政三年の仮宅版では、「和泉屋まつ」は江戸町二丁目に掲載されている。したがって、

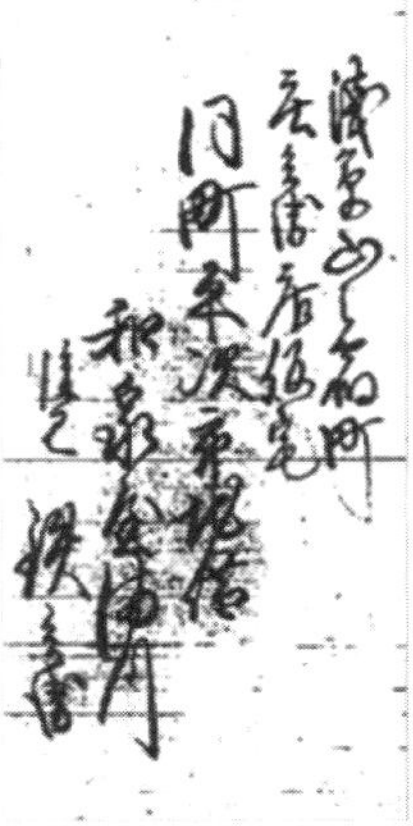

図9　「和泉屋まつ」の仮宅営業に関する幕府からの許可。旧幕引継資料。国立国会図書館蔵。

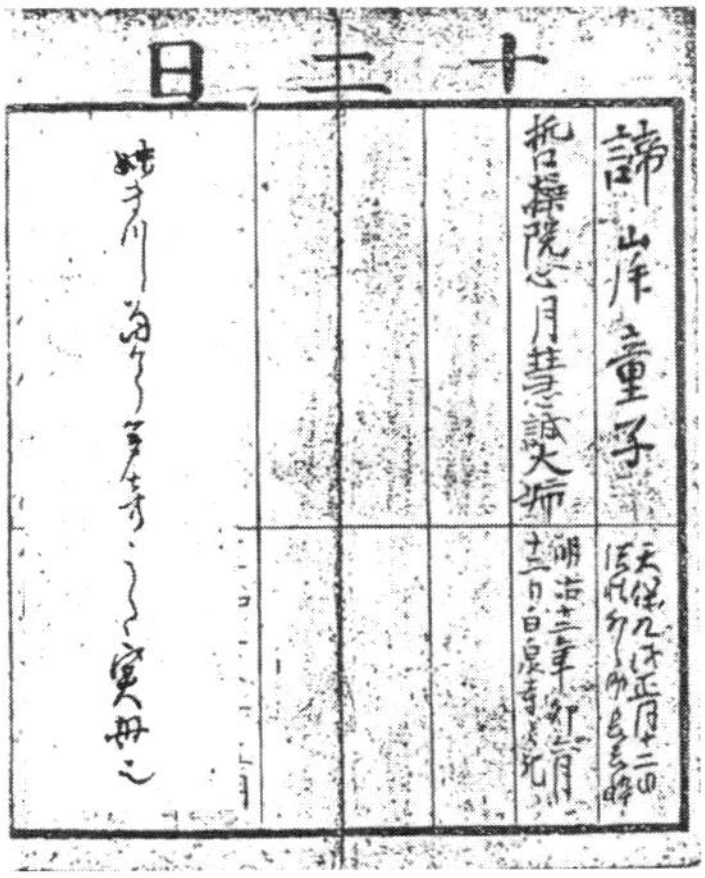

図10　「妹まつ」の裏書がある和泉屋福原清蔵家過去帳における「哲操院心月慧大姉」の戒名。個人蔵。

江戸町二丁目に見世を持った楼主の権利を利用したものと考えられるが、具体的にどの見世の権利を利用したのかは不明である。興味のあることは遣り手の名前が「しげ」となっていることである。すなわち、第二章八節で紹介した「和泉屋清蔵」の遣り手と同じ名前である（第二章【図27】参照）。「まつ」の兄の「清蔵」が妹名義で仮宅の期間だけ開業し、チェーン店のように営業していたことも考えられる。

また、仮宅に関連する「旧幕引継資料」【図9】にある後見人の「鐵兵衛」についても、現在のところは素性が明らかになっていない。「まつ」の夫かもしれない。

三　仮宅場所と期間決定の経緯

安政二年（一八五五）十月二日の地震の後、仮宅の設置とその期間を巡って、吉原と幕府（江戸町奉行）との間で、場所と期間についてせめぎ合いが続いた。この地震による余震の収まらぬ十月二十日、吉原遊女屋惣代および名主の連名で、町奉行所あてに「三ヶ年」の仮宅営業が申請されている。このときの仮宅場所の決定に関しては、古くは大正十五年（一九二六）三月に刊行された『深川区史』[6]下巻や、最近では、岩田[7]や宮本[8]による報告によって明らかにされている。いずれも、「旧幕府引継資料」（国会図書館所蔵）に基づいている。

吉原側から仮宅営業を願い出た場所は、【表2】に示す「六十ヶ町」である（吉原からの申請書には「五十九ヶ町」と記してある）。この内、町名の前に「・」があるのは、以前に仮宅が置かれたことのある場所であり、町名の後に「・」があるのは、料理茶屋や水茶屋などのある所としている。実績もなければ料理茶屋や水茶屋もなく、許可されそうにもない葺屋町《ふきやちょう》や馬喰町《ばくろちょう》なども、駄目元で申請の対象とする吉原側のしたたかさを感じる。

この結果、十一月四日には奉行所から五百日の営業許可がおりた。奉行所からの回答の宛先には、「和泉屋清蔵」の名前も見える。馬喰町他三十四ヶ所は認められず、結局、【表3】に示す場所が許可されている。また、申請地以外の本所陸尺《ほんじょろくしゃく》屋敷、同所時之鐘《ときのかね》屋敷が追加されている。場所は『武江年表』の記載と一致しており、翌年六月までに仮宅は完成したとある。

仮宅の場所と期間が決定されるまでには、奉行所による周到な手続が取られていることがわかる。すなわち、妓楼側から仮宅の申請が出ると、奉行所側では申請された場所を南北の奉行間で合議すると同時に、仮宅先として提案のあった町の名主に対しても仮宅の受け入れの可否を尋ね、さらに、仮宅先の決定については、「喜多村」および「館」の両「町名主」（江戸の町を支配する町役人。町人では最高の位）の了解をも取り付けている。一旦仮宅

表2　吉原側から願い出た仮宅地

日本橋中通	・同所山本町・
京橋中橋通	同所越中島裏埋立地
八町堀松屋町續町	・同所八幡旅所門前・
高輪町代地	・同所御船蔵前町・
霊岸島際埋立地	・同所松村町・
松島町	同所佃町・
堺町	・同所常盤町・
葺屋町	本所尾上町
馬喰町	同所松坂町二丁目
両国辺	・同所松井町・
下柳原同朋町	・同所八郎兵衛屋敷・
三河町	同所善兵衛屋敷
浅草平右衛門町代地	・同所入江町・
同所堀田原辺	・同所長岡町
同所東西仲町	湯島天神門前町
同所三間町	根津門前町・
同所阿部川町	同所宮永町・
・同所花川戸町	谷中茶屋町・
・同所山之宿町	同所惣持院門前・
同所なごれ地	芝田町辺・
・同所聖天町	同横新町
・同所金龍山下瓦町	同三田町
同所今戸町	赤阪田町辺・
・同所山谷町辺	同所氷川門前
同所馬道町	麻布今井寺町・
・同所田町	同所市兵衛町
深川熊井町	同所宮村町・
・同所永代寺門前町・	市ケ谷谷町・
・同所東仲町・	鮫ケ橋谷町・
・同所仲町・	音羽町・

＊町名の前に「・」があるのは、以前に仮宅が置かれたことのある場所であり、町名の後に「・」があるのは、料理茶屋や水茶屋などのある所。

表3　奉行所から許可がおりた仮宅営業の地

浅草東仲町	同山本町
同所西仲町	同所佃町
同所花川戸町	同所松村町
同所山之宿町	同所常盤町
同所聖天町	同所八幡旅所門前
同所金龍山下瓦町	同所御船蔵前町
同所今戸町	本所八郎兵衛屋敷
同所山谷町	同所松井町
同所馬道町	同所入江町
同所田町	同所長岡町
深川永代寺門前町	同所陸尺屋敷
同所門前仲町	同所時之鐘屋敷
同東仲町	

営業が始められた場合には、同時に元地（吉原）での普請の進捗状況も検査し、記録として残されている。このように、仮宅営業に関しては、今で言う「行政指導」が奉行所によって行われている。これを見ると、地震の二年前の嘉永六年（一八五三）のペリー来航で幕府が多忙のおりにも拘わらず、行政機能はしっかりとしていた様子が理解できる。ペリーの来航をきっかけに、安政五年（一八五八）には安政五ヵ国条約が結ばれる。この結果、外国人の往来が想定されるので、万延元年（一八六〇）の仮宅営業の場合には、さらに行政指導が徹底される。

四　仮宅場所「花川戸」の既得権

ところで、なぜ両和泉屋が安政大地震の際の仮宅として花川戸を選んだのであろうか。実は、両和泉屋共に花川戸での仮宅営業は、安政のときが最初ではない。【表1】に示すように、安政以前の天保六年（一八三五）や同八年（一八三七）年、さらには弘化二年（一八四六）の火災による仮宅に際しても、いずれも花川戸で営業している。両和泉屋は、花川戸は火災の際の仮宅の場所として、前々から地元の土地や家屋の所有者などと交渉を行い、確保していたものと想像される。リスク管理である。

弘化の仮宅に関して『藤岡屋日記』によれば、弘化二年（一八四五）十二月の火災に際し、二百五十日の仮宅営業の許可が下りている[9]。場所は、後の安政の仮宅とほぼ同様の浅草山川町、田町、鳥越、深川永代寺門前町などである。ただし重要なことは、浅草花川戸町、同山之宿町、同聖天町、同横町および金龍山下瓦町の五つの町に関しては、玉屋山三郎ほか二十一名に限るとされている。この場所は浅草観音に近く、人出も多く繁盛が見込まれる場所である。『江戸町方の制度』[10]によれば、手付け金を払ってこの町で仮宅営業をしようとしたものの許可されなかった妓楼もあり、このために妓楼仲間の間で一時紛糾したという。

玉屋らに限って、この五つの町で営業を許可された理由として、あらかじめ立退き場所を準備していたり、土地を所持しているからというものであった。文化九年（一八一二）の仮宅営業の際に家屋を求めておき、常に控屋としていたという。両和泉屋とも、天保六年（一八三五）、同八年（一八三七）年、ならびに弘化三年（一八四六）の仮宅に際しては、いずれも花川戸で営業していることから、上記の「玉屋ほか二十一名」のグループに入っていたものと考えてよい。

妓楼の経営を貸借対照表で考察したことを思い出してほしい（第一章八節参照）。右側の負債の部には「仮宅借用権利金」も含まれることになる。火災が頻繁におきる江戸吉原のビジネスにおいては、当然のことを想定した事前対策的な管理といえよう。さらに、安政の仮宅の場所が、「浅草寺領」であったことは興味深い【図11】。寺領であれば、寺社奉行の管轄であり、町方の権限が及ばない場所だからである。

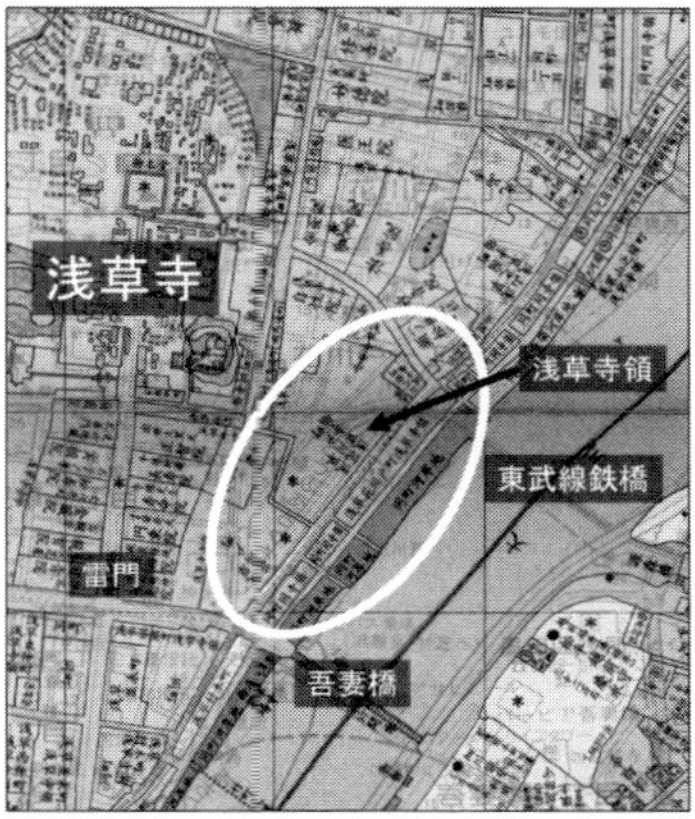

図11　浅草寺領で営業した安政の仮宅。安政4年（1857）の絵図を利用した（『復元・江戸情勢地図』朝日新聞出版社、1994年を加工）。

安政二年（一八五五）の震災の後、万延元年（一八六〇）九月にも火災があった。これ以降の仮宅営業については、奉行所は強い規制を設けている。幕末における幕府の仮宅政策に関しては、吉田による詳細な論考があるので参考になる。[11] 従来、和泉屋が仮宅を設けていた花川戸のような千住の宿に近い場所では、外国人の往来が想定されることから、仮宅場所は深川に限り、他の地区では認めない、かつ、区域を囲んで惣門を構えることが条件とされた。[12] これまで、花川戸など浅草近くのみで仮宅営業をしてきた和

図 12　無款、無改印「平和泉屋仮宅図」。個人蔵。

泉屋平左衛門らは、奉行所に嘆願書を出すものの、元地（吉原）での仮宅が認められるだけであった。しかし、その元地での復旧も途中で火災に遭《あ》う。長期にわたり建物が利用できないことは、経済的に大きな痛手となったことは想像に難くない。

安政大地震後の和泉屋を描いた絵があるので紹介する。【図12】は、落款もなければ改印もない、二枚続きの「平和泉《ひらいずみ》屋仮宅図」である。安政大地震の直後には、このような際物《きわもの》が多かった。描かれている暖簾からして和泉屋平左衛門ということがわかるが、必ずしも、妓楼和泉屋平左衛門を正確に描いている訳ではない。なぜなら土間と呼ばれる通りから直角に建物に入る通路（土間）と、遊女たちが張見世をしている空間とを仕切る格子の形状が、上まで全部繋がった大籬格（ＡＡＡクラス）のものとなっているからである。この当時の和泉屋は半籬交（ＡＡクラス）であった。遊女の名前も安政大地震当時のものではなく、奉行所からのお咎めに言い訳ができるよう、配慮して作られている。

絵の上部に「新吉原仮宅」として挙げられている場所は、右から浅草東仲町、西仲町、花川戸町、山の宿町、聖天町、今戸町、馬道町、田町、深川永代寺門前町、仲町、東仲町、佃町、常盤町、松村町、山本町、旅所《たびしょ》門前続、御船蔵前町、本所八郎兵衛屋敷、松井町、入江町、長岡町、陸尺屋敷、時之鐘屋敷とあり、【表3】の内容とほぼ一致している。異なるのは、この絵において金龍山下瓦町と山谷町が抜けていることだけである。さらに、「日数五百日」とも記されていることから、この絵は安政の仮宅における宣伝の絵と結論できる。なお、絵にある「旅所門前続」は「八幡旅所門前」である。旅所とは深川八幡の神輿《みこし》が廻る場所であり、それが後に地名になったようである。現在の江東区新大橋二丁目である。深川の旅所は永代寺の寺社地であり、町方支配の及ばない盛り場であったため、私娼が出没する場所であったようである。

この絵には、「和泉屋平左衛門」の仮宅の格子前を行く人が描かれている。仮宅は、江戸市中に出ての営業であったから、絵に描かれた女性たちのように普段吉原に立ち入らない人もその様子を知ることができた。肩をつきあって「ほら、ご覧なさいよ」などと、遊女について話あっているかのような女性は、眉を剃った既婚者である。大小を差した二人連れの武士もいる。台の物（紀の字屋によるケータリング・サービス）を運ぶ人も描かれている。職人とおぼしき人物も描かれている。錫杖《しゃくじょう》を持った妓楼の若い者（妓夫）もいる。

仮宅営業の場合には、すべてが格式ばらず略式であり、手軽に遊べたという。吉原のように閉ざされた場所ではなく町の中での営業である仮宅は、形態としては「岡場所」と変わらない。別の見方をすれば、官許である吉原の「岡場所」化でもあったといえよう。

五　幕末から維新の混乱

幕末は、政情不安な時代であった。ハイパーインフレーションが進行し、庶民は生活を圧迫されて不満を募らせていた。[13] 安政大地震では、江戸城の石垣が複数個所で崩壊し、日比谷入江を埋め立てた地盤の弱い大名小路にあった大名屋敷の多くが倒壊炎上した。人々は幕府の権威の失墜を目の当たりにした。開国か攘夷か、尊王か佐幕かで政治的主義主張が衝突するも、安政六年（一八五九）には横浜が開港する。文久二年（一八六二）には、大規模な幕府の制度が見直され、参勤交代制度が緩和された。このことは、幕府権力の弱体化を一層明確なものとした。

『藤岡屋日記』によれば、慶応元年（一八六五）五月二十五日の晩七つ時（午前三時から五時頃）に、和泉屋平左衛門（『藤岡屋日記』では平蔵）の見世に、お回り方の恰好をした侍中十二人による押し込み強盗があった。[14] 見世ならびに客の金品、大小を奪って逃走したとある。この記事に添えて、以下の狂歌がある。

平泉湧出す金もなき故ニお廻り仕立あわぬさかいじゃ

「平泉《へいせん》」とは和泉屋平左衛門の愛称であり、「さかい」とは当時の和泉屋で人気の遊女「左海」である。万延の火災以来、元地（吉原）での仮宅営業のために経営状態が芳しくないことが示唆される内容である。

慶応二年（一八六六）には、江戸市内の治安が悪化し、深川の仮宅を含む江戸市中の随所で、多くの強盗や打《うち》毀《こわ》しが起きた。十一月には放火により吉原を全焼する火災がおきている。この年の『藤岡屋日記』には、騒然とした江戸市内の雰囲気が満ちている。[15]

慶応四年（一八六八）四月に江戸城が無血開城され、江戸は東京となる。吉原では新政府の官員を相手にビジネスを拡大すべく、積極的に宣伝を行った。風紀を正す目的から、天保の改革で名前の入った遊女絵が禁じられ

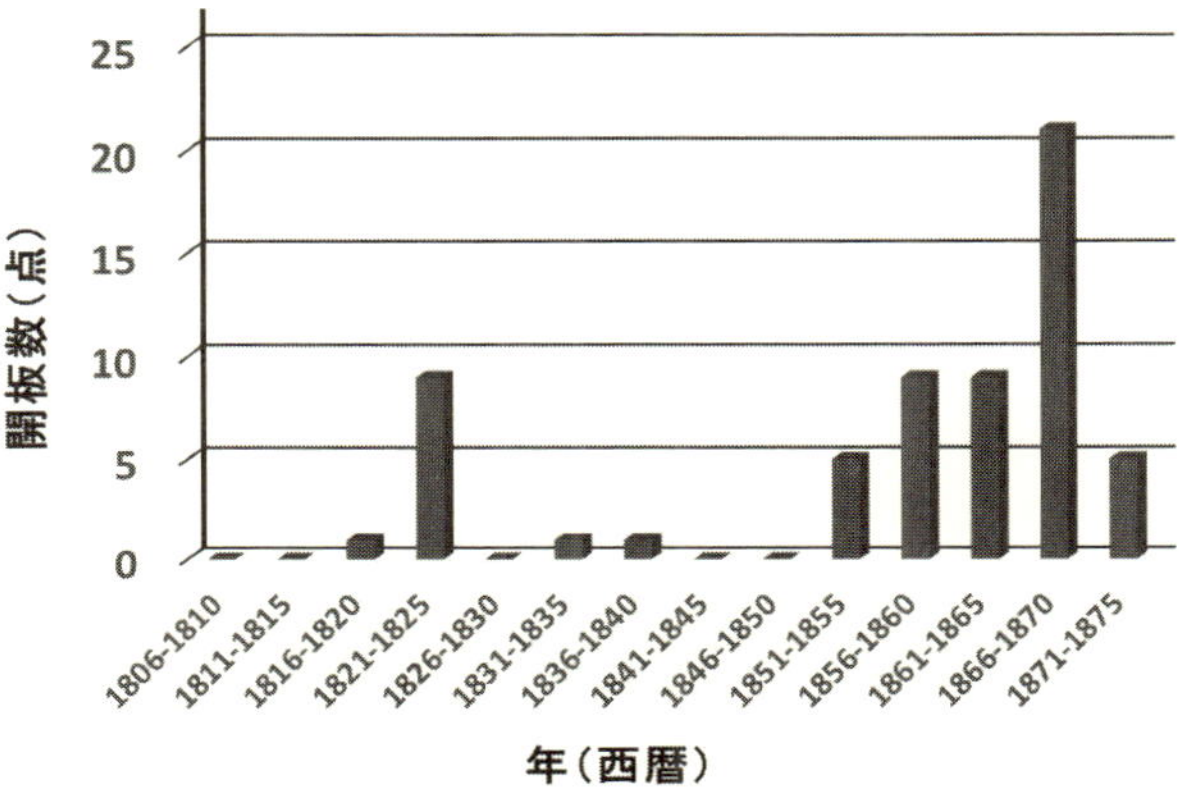

図13　文化14年（1817）から明治4年（1871）2月までに板行された和泉屋平左衛門抱えの遊女を描く絵の数。

た反動でもあるかのように、どの見世も大々的に遊女絵の開板にかかわる。俗に言う輸入されたアニリン系染料による目の覚めるような赤を使い、目新しさを強調したスタイルが多くなる。文化三年（一八〇六）に開業した和泉屋平左衛門抱えの遊女を描く絵の数は、第四章および第五章に述べる尾張系の妓楼と比べ、圧倒的に少ない。しかし、幕府の規制が緩む幕末から明治初期にかけて多くなっていることが【図13】からわかる。

この時期の和泉屋の代表的な遊女絵を【図14】に示す。二代目歌川国貞《くにさだ》が描いた「東京新吉原江戸町壹丁目いづみ楼　美人揃」である。絵の中央に立つのは、当時の筆頭のお職「若緑」である。二代目国貞の油の乗り切った時代の作品であり芸術性も高い。

明治二年（一八六九）十月の改印があり、板元は若狭屋甚五郎である。「平泉」と和泉屋平左衛門を示す額が掲げられている。柱には機械式の時計がかかり、杏仙《きょうせん》の「はるさめやそがものがたり五六まい」という句が短冊に書かれている。「碁太平記白石噺《ごたいへいきしろいしばなし》」第七「新吉原揚屋の場」にちなんだ句である。すなわち、大福屋の遊女宮城野のところへ貸本屋が『曽我物語』を持参。そこで宮城野は、妹おのぶと再会し、二人は父の敵討ちを志すということで、二人の身の上が『曽我物語』の十郎・五郎に重ねて語られるという筋立てである。

この若緑には、贔屓客として官員がいたようである。贔屓からの入銀《にゅうぎん》によって開板されたと推定される「花街《はなのまち》全盛競《ぜんせいくらべ》」と題する絵を示す【図15】。明治三年十一月の改印があり、板元は加賀屋吉兵衛、絵師は二代目国貞が改名した三代目豊国《とよくに》である。「若緑」と禿「あげは」が左端に描かれ、右端は番頭新造「若浪」である。中央で男物の着物を広げている女性には説明がない。

この絵において特徴的なことは、主役というべき若緑が中央に描かれず左端におり、代わって男物の着物が中央にあり、その紋に三人の女性の視線が集まるという構図にある。この絵を描かせた贔屓客の自己顕示欲の強さを感じる。さらに注意して見ると、左端の絵に「五位六位色こきまぜよ青すだれ」とある。「青すだれ」は吉原の茶屋を意味している。一方、「五位六位」という言葉から、若緑の絵を描かせた贔屓は、新政府の官員であったことが読み取れる。そして、冠位十二階で決められた色は、五位と六位は赤系であり、上位の三位と四位は青である。この句から、五位にあった官員が四位になりたいという、上昇志向と出世欲の強さも読み取れる。贔屓客の名前の特定はできていないが、中央に描かれた着物の紋が重要なヒントである。英泉の「廓の四季志　吉原要事」において、松葉屋の代々山が、さりげなく男物の羽織を眺める構図と比べると真逆であり、野暮である（第五章【図31】参照）。

一方、この時代になると、仮名垣魯文《かながきろぶん》が『安愚楽鍋《あぐらなべ》』の中で「平泉じゃア、客を古風にぬしといひサ」と書いているように[16]、吉原のスタイルが時代遅れになってきている。遊びの対象は柳橋や新橋の芸者に移ってゆく。社会においても、吉原の花魁および芸者に対する認知のされ方が変わってきている。これを示す絵が【図16】である。明治五年（一八七二）二月改印のある、歌川国周《くにちか》筆「百駄田の助さん江」である。脱疽《だっそ》に罹患した両足をへ

図 14 「東京新吉原江戸町壹丁目いづみ楼 美人揃」。二代目歌川国貞筆。明治 2 年（1869）10 月。若狭屋甚五郎板。個人蔵。

図 15 「花街全盛競」三代目歌川豊国筆。明治 3 年（1870）11 月。加賀屋吉兵衛板。個人蔵。

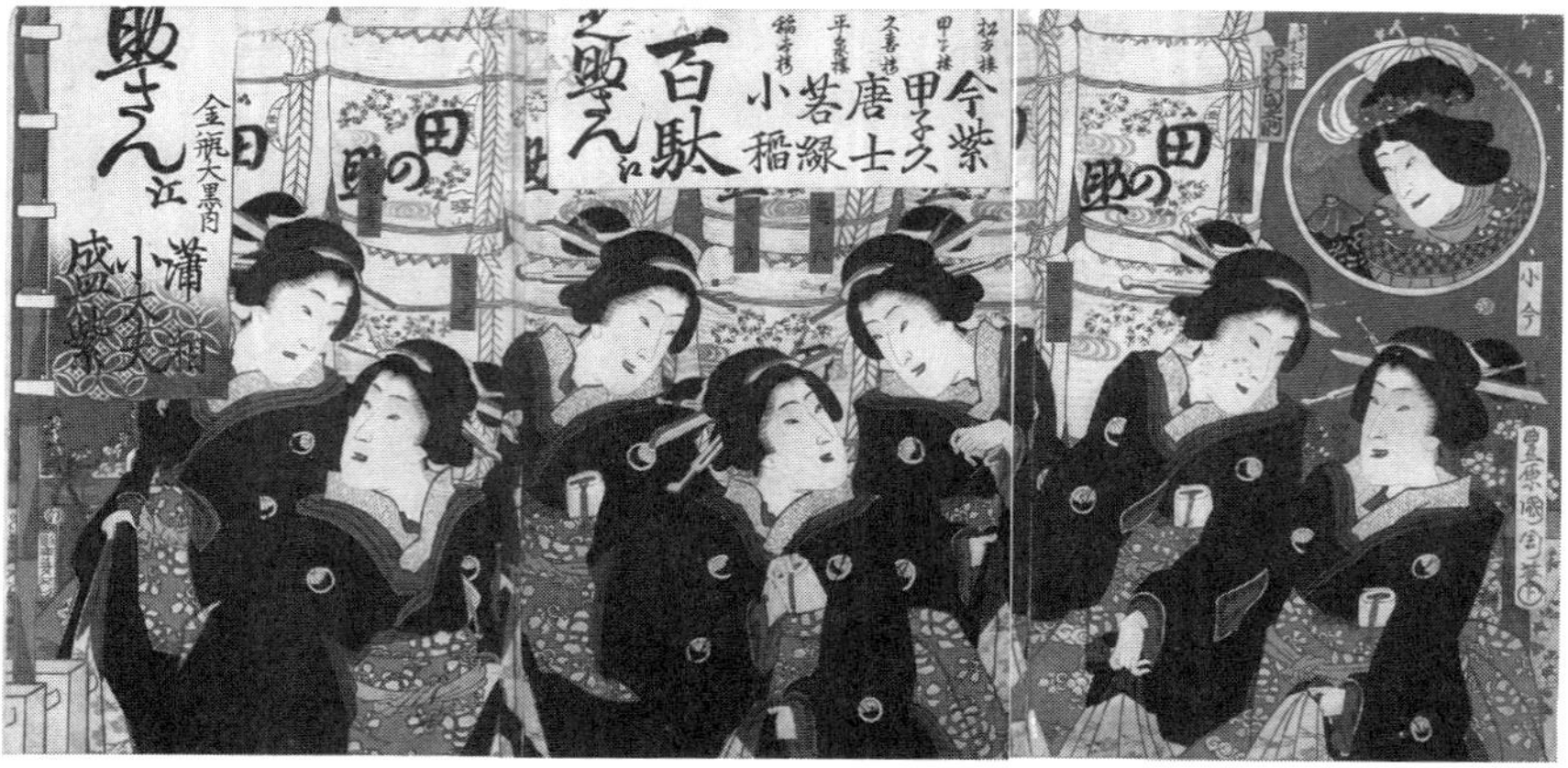

図16　「田の助さんをほめやんしょう」。豊原国周筆。明治5年（1872）2月。海老林之助板。個人蔵。

ボン博士に切断してもらった三代目澤村田之助が、座っていても演技できる役ということで、河竹黙阿弥《かわたけもくあみ》にせがんで書いてもらった「国姓爺姿写真鏡《こくせんやすがたのうつしえ》」の錦祥女《きんしょうじょ》である。『歌舞伎年表』によれば、同年正月二十七日より市村座が改称した村山座で上演された。[17]ご祝儀として積まれた菰被《こもかむ》りの前に、七人の芸者（右から順に、小今、小春、大駒、きん、てう、きせ、菊壽）が描かれているが、和泉屋の若緑など七名の花魁は上部に名前があるのみである。『増補幕末百話』によれば、同舞台に登場した小今による、「狂言半ばお邪魔ながら、古きを慕い新しく、真ねて三筋の私らが、調子もあわぬ片言で田之助さんを」のかけ声に合わせて、七名が「ほめやんしょう」とはやしたとある。[18]

六　芸娼妓解放令と和泉屋の転身

明治五年（一八七二）に、横浜に停泊中のペルー船「マリア・ルーズ号」における奴隷虐待が、停泊中の英国軍艦より日本側に通報される。これを、当時の神奈川県令大江卓《おおえたく》【図17】が人身売買として裁く。これに対してペルーから、日本の吉原も人身売買であるとして、判決への不服が訴えられる。日本側の対抗措置としてとられたのが、明治五年（一八七二）十月二日の「太政官達第二百九十五号」、および十月九日の「司法省達第二十二号」であった。[19]この二つを合わせて「芸娼妓解放令」と呼んでいる。【図18】に、このことを報じる郵便報知新聞の記事を示す。

「芸娼妓解放令」の結果、多くの妓楼において、遊女の年季奉公に対する債権を履行することが不可能となり、経営が極めて困難になったと想像できる。遊女の給料は一括で前払いなので、年季明けまでは債権が妓楼側に残る。すなわち、会計上、遊女は固定資産といえるので、遊女を抱えるために、借入融資が大きくなる（第一章【表4】参照）。

幕末において吉原の景気は悪く、京都仏光寺の名目のもと、北信の豪農からの融資を受けている見世が少なからず存在する[20]（第二章参照）。このような状況のもと、妓楼は、遊女の年季奉公に関わる債権の補償なく放棄を迫られることになる。このことは、経営に大打撃を与え、結果として二十軒以上の格式の高い大きな見世が廃業あるいは統合することになったと考えられる。

図17　大江卓（http://www.ferris.jp/history/enkaku/index.html［2018.2.5］より）

明治十二年に刊行された、桑野鋭蔵著『龍山北誌《りゅうざんほくし》』によれば、このとき、見世を閉じたのは、玉屋、久喜万字屋、甲子屋、岡本屋、松田屋、鶴和泉屋、藤本屋、平和泉屋、相模屋、丸熊屋、中万字屋、山城屋、中田屋、濱多屋、張金屋、大黒屋、永木屋、岡本屋の十八軒、伊勢六と佐野槌、また、吾妻屋と尾張屋彦太郎とが合併した。大口屋は中楼に格下げになった。大きな見世で残ったのは、江戸町の大文字、金瓶楼、佐野槌、尾張屋彦太

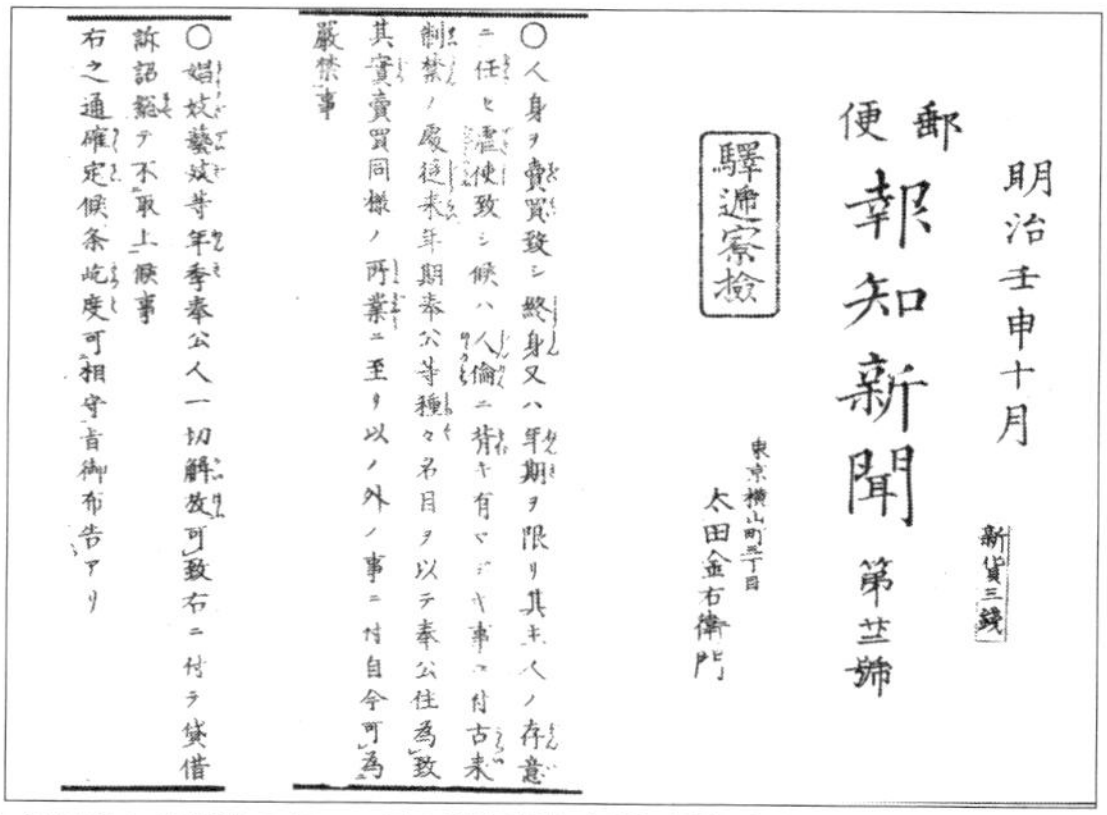
明治壬申十月
郵便報知新聞 第廿號
新貨三錢
驛遞寮檢
東京横山町三丁目 太田金右衛門
○人身ヲ賣買致シ終身又ハ年期ヲ限リ其主人ノ存意ニ任セ虐使致シ候ハ人倫ニ背キ有マジキ事ニ付古来制禁ノ處従来年期奉公等種々名目ヲ以テ奉公住為致其實賣買同様ノ所業ニ至リ以ノ外ノ事ニ付自今可為嚴禁事
○娼妓藝妓等年季奉公人一切解放可致右ニ付テ貸借訴訟總テ不取上候事
右之通確定候条此度可相守旨御布告アリ

図18　芸娼妓解放令に関する明治5年10月の郵便報知新聞（郵便報知新聞刊行会復刻版、柏書房、1989年より）。

郎、角町の稲本、揚屋町の品川楼、京町の紅鬘楼《こうびんろう》（海老屋）だけであった。[21] これは、天保の改革よりも遥かに大きな影響を与えた、まさに吉原における地辷《すべ》り的な変化であった。

妓楼が吉原から退去する様子を【図19】に示す。柳水亭種清作、揚《よう》州《しゅう》周延《ちかのぶ》画になる合巻『艶嬢毒蛇渕《いろむすめどくじゃのふち》』第二編による。この結果、櫛の歯を引くように吉原には空地が生じた。明治五年（一八七二）における空き地の様子を【図20】に示す。江戸町一丁目で見ると、大黒屋文四郎、和泉屋平左衛門、玉屋山三郎など、老舗が一挙に退去したことがわかる。すなわち、和泉屋清蔵に代表される声曲や狂歌、詩、俳諧、書画、のろま狂言などの文化を伝承してきた楼主たち（第二章九節参照）や遊女たちが消えていったということであり、江戸の文化を継承する吉原は、明治五年（一七七二）をもって終わったといえる。

これに代わって、吉原は巡査上がりの人物などが楼主となる小規模な見世となり、法すれすれの商売となってゆく。経営者が遊女からも客からも収奪する、映画にもなった斎藤真一の小説『吉原炎上』に描かれるような、いわゆる「苦界」といわれる場所へと変容してゆく。一方、娼妓による法の悪用もあったようである。『花街風俗志』には、「年期中でも自廃ができるから、借金の仕徳、女は何でも一度は娼妓になっ

図 19　「吉原売女解放退散雑踏の図」柳水亭種清作、揚洲周延画『艶娘毒蛇淵』二編所載。明治 13 年（1880）3 月。延寿堂（『台東叢書　新吉原史考』1960 年より）。

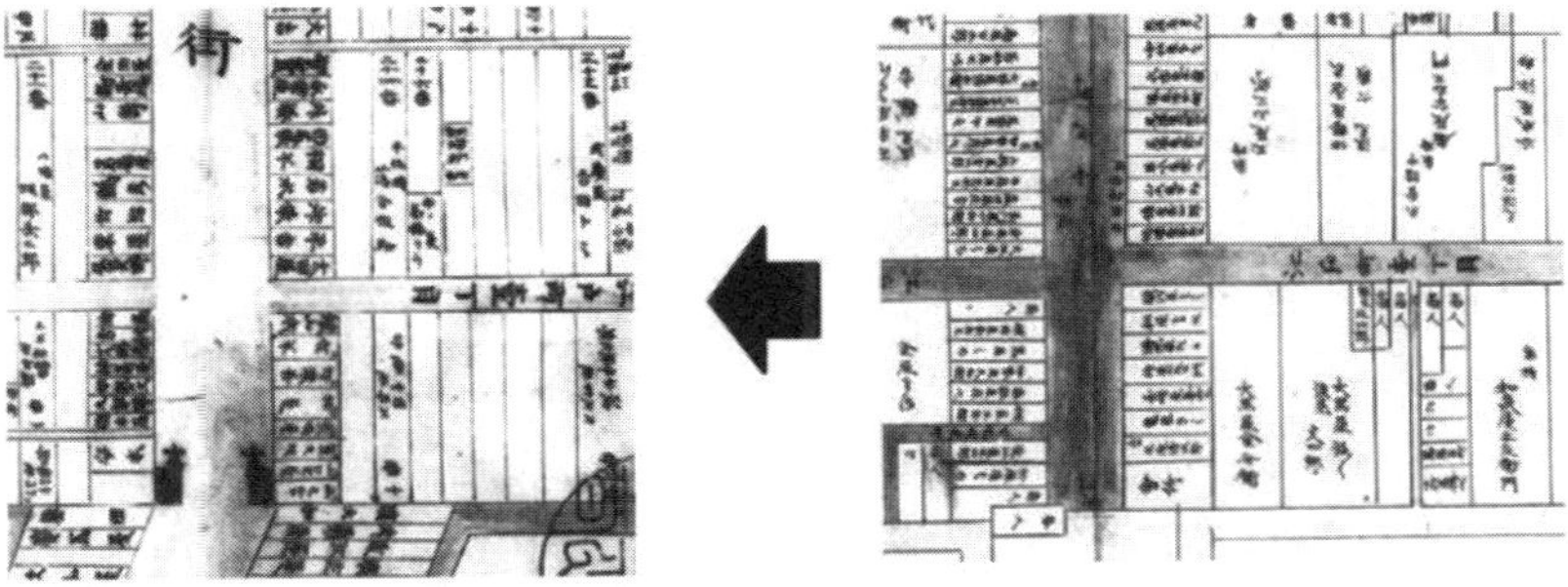

B　　A

図 20　明治 5 年（1872）10 月の芸娼妓解放令によって生じた、古い見世の吉原からの撤退（B:「新吉原廓内の図」部分）。天保 13 年（1842）秋（A：「新吉原五町丁図面」部分）と比較されたい。吉原に地辷り的な変化が生じたことが読み取れる。いずれも東京都立中央図書館東京誌料蔵。

て大金を借り、翌日自廃をして淫売屋になるに限ると、娼妓自身が口外している位だ」という一文がある。これらについては、大久保葩雪《はせつ》により触れられている。[22]

明治以降の『吉原細見』を見ると、見世の規模が小さくなっていることがよくわかる。資本の蓄積がないことから、江戸の吉原の大きい見世のように、高級遊女を育てることは不可能であり、給与前払いで雇い入れた女性を、教育もせずただ娼妓として働かせたであろう。維新によって零落し困窮した士族の娘も吉原で働くようになり、士族のプライドが、ここで働く女性ひいては吉原の悲惨さを増幅していったと言えよう。従来の吉原で楽しまれていた客と遊女の恋愛文化的な面は、吉原よりも芸者遊びに移ってゆく。これらが、明治以降の吉原の特徴として挙げられるのではなかろうか。

この撤退における背景を、吉原の歴史からの視点で、再度、時間軸の上で眺めてみよう。

まず背景として、元和三年（一六一七）の日本橋における開基から明治五年（一八七二）に至る二百五十五年に及ぶ地球環境の変化や社会環境の変化がある。元吉原は徳川幕府という軍事政権の慰安所という性格もあった。武士たちは、藩邸の外では宿泊できないので、元吉原は昼だけの営業であった。かつ、大名や藩の重臣なども客であったから、教養のある遊女が求められた。所謂、太夫である。

しかしながら、手工業や商業が発達してくると農業経済の比率が徐々にではあるが下がってくる。年貢という米による税収も、最終的には市場で売却されることになるので、買い手の力が強くなる。これにより、幕府も大名も経済力が落ちてくる。これに対応して改革が繰り返し行われた。倹約と風紀取締である。したがって、第一章に述べたように、大名や藩の高級官僚を相手に商売をしていた揚屋は、宝暦十年（一七六〇）を最後に消滅する。吉原側も需要の質と量に合わせてビジネスのスタイルを変える。

安永・天明期はバブル経済であり、おりしも、中国・明末の南京の花街「秦淮《しんわい》」を紹介した『板橋雑記《はんきょうざっき》』が明和九年（一七七二）に和刻されると、吉原細見にも中国風口絵が入るようになる。山東京伝、大田南畝、酒井抱一などのインテリたちによって、知的な遊びが繰り広げられる。文化初期に吉原に参入した和泉屋平左衛門は文化・文政の小さなバブル経済に乗ったのである。

しかしながら、小氷期であった江戸時代は、寒冷によって享保、天明、天保と飢饉がある。幕府の財政や藩の財政が益々苦しくなるので、天保の水野・鳥居は、ヒステリックなまでの改革を行った。吉原に関係することでは、岡場所の徹底取り締まりである。結果として、吉原には岡場所から文化も気風の異なる人達が入り込んでくる。この様子は第二章五節に述べたとおりである。

文化三年（一八〇六）に吉原に参入した和泉屋平左衛門の場合には、江戸近郊の農村金融の支援を受け、吉原で早い時期に土地も手に入れ、自己完結性の高い経営を行うことができた。第一章で紹介した多くの尾張出身者とは異なる経営スタイルである。妓楼と茶屋との間に割戻し金（リベート）が原因で確執が起きた際には、寧ろ茶屋と手を組んで宣伝に当たっている。その背景には、和泉屋清蔵と姻戚関係を結び、さらに、茶屋桐屋五兵衛家とも近くなるなど、吉原での血縁関係が強くなっていったことが考えられる。和泉屋清蔵も幕末には土地持ちになっている。

安政二年（一八五五）の大地震のあとは、火災が多くなる。遊女による放火もあった。万延元年（一八六〇）の仮宅からは、従来は可能であった花川戸での仮宅が不可能となり、元地（吉原）での仮宅となる。従来から持っていた仮宅の物件に関する権益が機能しなくなった。一方、深川に仮宅を持った妓楼は、それなりにビジネスが可能となったであろう。

和泉屋平左衛門も和泉屋清蔵も共に、幕末に子供たちが夭折し後継者がいなくなる。三代目平左衛門（『吉原細見』では平太郎）の場合には、長女が嘉永七年（一八五四）に、長男は安政二年（一八五五）に亡くなっている。明治五年（一八七二）の廃業の翌年に三代目の日比谷平左衛門が亡くなると、女房の津祢は仲之町の茶屋「桐屋はん」から養女「茂登《もと》」を迎えた。明治十年（一八七七）に、これに婿を取らせ四代目日比谷平左衛門とした。

一方、福原市良兵衛清蔵の長男は明治九年（一八七六）に亡くなっている。福原市良兵衛清蔵が明治十六年（一八八三）に亡くなると、福原家は絶えてしまう。このように、後継者がいないということは、両和泉屋に吉原からの撤退を決意させた要因の一つでもあったろう。

しからば、和泉屋はじめ吉原から撤退した妓楼の人々は、その後どうなったのだろうか。その後の動向については、ほとんどの場合で明らかになっていない。

越後三条の生まれで、松本屋という日本橋にあった糸問屋に働いていた大島吉次郎が、四代目平左衛門として日比谷家の婿となるのは、吉原から撤退した後のことである。家持として吉原の土地を所有していた和泉屋の場合には、遊女の年季奉公に対する債権回収がほとんど不可能となっても、吉原から撤退する際の営業権や土地建物の売却によって得た資金が手元に残ったであろう。四代目平左衛門はこれを資本に、大久保利通らが主導した明治の殖産興業としての紡績産業に向かった。投資先が吉原から近代産業へ変わったのである。

四代目平左衛門は、富士紡績や鐘《かね》ヶ《が》淵《ふち》紡績、日清紡、さらに九州水力電気など、渋沢栄一や森村市左衛門らと共に近代資本主義ビジネスに関わってゆく。日比谷平左衛門の伝記は、新潟日報が出版した『越佐が生んだ日本的人物』[23]のような人物伝に留まっており、本格的研究はなされていない。最近、筒井および三科によって研究がはじめられた[24・25]。

七　おわりに

本章では、安政二年十月二日の江戸の直下型大地震による人的被害の様子を、『冥途細見』、浄閑寺過去帳、および震災直前の『吉原細見』を比較し、平野屋を例に明らかにした。浄閑寺過去帳には、『吉原細見』には名前のない「おはり（針）」の戒名を発見した。「おはり」は妓楼にあって、遊女たちの着物や繕いものの世話をする女性である。「おはり」は洒落本などで触れられることがあるが、寺の過去帳に存在が残されているのは貴重である。

安政大地震と火災の後の仮宅は幕府から五百日間認められた。このときの和泉屋平左衛門と、和泉屋清蔵における仮宅の場所をピンポイントで特定した。和泉屋清蔵の妹「和泉屋まつ」は、仮宅のときだけ見世を開いていた。和泉屋平左衛門などは、火災の後にも営業が可能となるように、前もって、仮宅用の家屋などを手配していたようである。

慶応元年（一八六五）に、妓楼「和泉屋平左衛門」に押し込み強盗が入る。『藤岡屋日記』の記事からは経営が芳しくなかったことが読みとれる。維新後に和泉屋の抱え若緑の贔屓客となった、自己主張と出世指向の強い明治政府官員の気風を示す和泉屋の遊女絵を紹介した。

明治五年（一八七二）の芸娼妓解放令によって和泉屋平左門は、妓楼ビジネスから撤退した。二十軒の江戸からの大きな見世も撤退あるいは合併した。芸娼妓解放令は、遊女の年季奉公による前払いの給与に対する補償を妓楼に与えておらず、倒産した妓楼も少なからずあったであろう。妓楼経営を俯瞰的に眺めると、吉原に進出するにせよ、あるいは撤退するにせよ、遊女を抱えることの意味が大きい。これを機会に四代目日比谷平左衛門は近代資本主義経済という、新たなビジネスチャンスに乗り出す。

▼注

1　自然科学研究機構国立天文台『理科年表　平成二七年（机上版）』丸善株式会社、地一六一（七四一）頁（平成二十六年）。

2 斎藤月岑『武江年表』2、金子光晴校訂、東洋文庫一一八、平凡社、一四七～一五三頁（昭和四十三年）。

3 雷門舎爺叟『冥途細見』、主屋山三崩、安政二年（一八五五）（個人蔵）。

4 『吉原名主年中行事』、『竹嶋記録』二に所載、東北大学狩野文庫（丸善によりマイクロフィルム化されている）。

5 関根金四郎『江戸花街沿革誌』上巻、六合館弦巻書店、八九頁（明治二十七年）。

6 深川区史編纂委員会『深川区史』下巻、一三～一四頁（大正十五年）。同書は、昭和四十六年五月に『江戸情緒の研究』と改題され、復刻出版されている。

7 岩田秀行、「吉原仮宅変遷史」、『國文学　解釈と鑑賞』三七巻、第一四号、通巻四七三、二七七～二九〇頁（昭和四十七年十一月）。

8 宮本由紀子「吉原仮宅についての一考察」、地方史研究協議会編『都市の地方史――生活と文化』の「都市住民の生活と文化」に所載、一八六～二二三頁（昭和五十五年）。

9 鈴木棠三・小池章太郎編『近世庶民生活史料藤岡屋日記』第二巻（天保八年～弘化二年）、三一書房、六〇四～六〇五頁（昭和六十三年）。

10 石井良助編「吉原の遊郭」、『江戸町方の制度』人物往来社、一五二～一五三頁（昭和四十三年）。本書の原題は『徳川制度』であり、著者は不明である。明治二十五年年四月から翌明治二十六年七月までの期間に、「朝野新聞」に連載された記事である。

11 吉田伸之「遊廓社会」、『身分的周縁と近世社会四　都市の周縁に生きる』吉川弘文館、一三～五二頁（平成十八年）。

12 深川区史編纂委員会『深川区史』下巻、一三一～一四七頁（大正十五年）。

13 大塚英樹「江戸時代における改鋳の歴史とその評価」、『金融研究』十八巻四号、七三～九四頁（平成十一年九月）。

14 鈴木棠三・小池章太郎編『近世庶民生活史料藤岡屋日記』第十二巻（元治元年七月～慶応元年五月）、三一書房、五七五～五七六頁（平成五年四月）。

15 鈴木棠三・小池章太郎編『近世庶民生活史料藤岡屋日記』第十三巻（慶応元年閏五月～慶応二年五月）三一書房、一九四年一月。鈴木棠三・小池章太郎編『近世庶民生活史料藤岡屋日記』第十四巻（慶応二年六月～慶応三年三月）

三一書房（平成六年）。
16 仮名垣魯文「堕落個《なまけもの》の廓話」、『安愚楽鍋』に所載、岩波文庫六九〇一―六九〇一a、三〇～三三頁（昭和四十二年）。
17 伊原敏郎『歌舞伎年表』第七巻、岩波書店、一七五頁（昭和四十八年）。
18 篠田鉱造「今戸の寮」、『増補幕末百話』に所載、岩波文庫青四六九―一、二七三～二七六頁（平成八年）。
19 人見佐知子「セクシュアリティの変容と明治維新――芸娼妓解放令の歴史的意義――」、『講座明治維新 9 明治維新と女性』有志舎、一七八～二〇四頁（平成二十七年）。
20 横山百合子「遊女を買う――遊女屋・寺社名目金・豪農――」、佐賀朝・吉田伸之編『シリーズ遊廓社会①三都と地方都市』、吉川弘文館、四七～六五頁（平成二十五年）。
横山百合子「新吉原における「遊廓社会」と遊女の歴史的性格――寺社名目金貸付と北信豪農の関わりに著目して――」、『部落問題研究』二〇九、一六～五四頁（平成二十六年七月）。
21 桑野鋭蔵『龍山北誌』九春社、十三丁ウラ（明治十二年）。
22 大久保葩雪『花街風俗志』隆文館（明治三十九年）、日本図書センターより復刻、一五六～一六一頁（昭和五十八年）。
23 小島直記「日比谷平左衛門」、『越佐が生んだ日本的人物　第三集』所載、四三三～四四九頁、新潟日報社（昭和四十二年）。
24 筒井正夫『大企業と地域社会――富士紡績と静岡県小山町』日本経済評論社（平成二十八年）。
25 三科仁伸「日比谷平左衛門の企業家精神―日本製布・鐘淵紡績・富士紡績の再建及び人材育成制度の検討―」、『史学』第八八巻一号、三田史学会、一～二五頁（二〇一八年）。

コラム❸ 吉原での遊び

姫路藩主の弟であった酒井抱一【図1】は、江戸琳派の創始者として美術史において評価が高い[1]。マルチな才能の人で、俳諧、音曲、狂歌など、様々な領域において活躍した高等遊民と言えよう。領域をまたがって活動をしている。その意味で抱一は、システム・オブ・システムズとしての江戸文化を自ら体現していると言えよう。それがために、現代の細分化されたジャンルの研究者からは、個々の領域の視点からだけで抱一が理解がされている憾みがある。

抱一は吉原の大文字屋の香川を身請けし、文化六年十二月十五日（一八一〇年一月二十日）から根岸の里に雨華庵を構えて住んだ。寛永寺でかつて鶯を放鳥したことがあり、それに因んで鶯邨《おうそん》を号とした。JR山手線の鶯谷駅と、名前に関しては同一のルーツを有する。

抱一の吉原での遊びは、知的で優雅なものである。武家であったので、吉原に泊まることはなかった。

酒井抱一の吉原の遊びの一端を『閑談数刻』[2]に残された記録から眺めてみよう。

●京町壱丁目つるや市三郎抱よび出し大淀郭中壱人の美女也。眼の涼やかなる事、靨《えくぼ》の入る事、聲音の可愛らしき事すゞに虫の如し。此外申ぶんなし。

●ある人大淀かたへ馴染通ひけるに、鶯邨君も折々遊びに行給へるを、わけありての事成べしと人のうわさしけるを聞て、

　きのふけふ淀の濁や皐月雨

と書て御めにかけたるに、鶯邨君、

　淀鯉のまだ味しらずさ月雨

と、返しをなし給へるを聞て、大淀、

　ぬれ衣を着る身はつらし皐月雨

といゝ訳てうち連、うなぎ丼やにて一盃のミ笑ひしと也

以下に紹介するような、高級遊女である花魁たちによる、こんな悪戯も皆で楽しんでいる。

京町大もんじや一元方に遊びニゆかれけり。ある時

大もんじや笑壽《えびす》講にて客来り、間《ま》狂言を致しけるに、鶯邨公は鼓をうち給へバ、がくやへゆきたり。見物をし給ひたり、二階へゆきたり、あちこちと歩行かるを見て、一元新造に申つけ、鶯邨君の煙草入を畳のへりへ一針縫つけさせしをしらず、又々何れへかゆかんと思召、煙草入を取らんと被レ成しに中〱とれざるゆへ、そばなる遊女ども皆々大笑し、鶯邨君も大笑被レ成たり。

コラム❹で紹介する豪商津藤僊塢《せんう》の場合にもしかりである。仮名垣魯文によれば、▼3

津藤が斯かる行状《おこなひ》は全くの真の放蕩ならず、遊中《ゆうちゅう》自《おのづ》から用心ありて、深川に遊ぶ時は山本の堪《かん》八といへる老妓を待遇《あひかた》として、惑溺《おぼる》る色なく又吉原に遊ぶ夜は久《ひさ》喜萬字屋《きまんじや》の見勢《みせ》一等《おしょく》(此頃見世の娼妓《しょうぎ》と呼ぶ昼夜金二分)明石といへるを馴染《なじみ》とし、酒は一滴も嗜《たしな》まず)壮年より遊所《くるわ》に通へど生涯遊所《ゆうしょ》に一泊もせし事なく、

とあり、吉原には泊まっていない。

彼らは、当時、江戸には存在していなかった、クラブ、バー、宴会場としての機能を吉原に求め、そこで女性たちとの会話を楽しんだのである。

京都や大坂には企業御用達の妓楼があり、接待施設として機能していた。政治都市の機能が強く、かつ、三井、住友、鴻池のような大きなビジネスが育っていなかった江戸の吉原には、企業ご用達の専属の妓楼は存在しなかったようである。

▼注

1　例えば、松尾知子、岡野智子編『展覧会図録　酒井抱一と江戸琳派の全貌』求龍堂、二〇一一年。

2　田川屋駐春亭「閑談數刻」『随筆百花苑』第十二巻に所載、中央公論社、二二七～三〇四頁、昭和五十九年。

3　仮名垣魯文「津国屋藤兵衛」『近世実録全書 第十八巻』に所載、早稲田大学出版部、六頁、昭和四年。

図1　酒井抱一。『吾妻曲狂歌文庫』東京都立中央図書館蔵。

第二部

浮世絵から探る妓楼の経営戦略と文化ネットワーク

第四章　妓楼の営業政策

——「契情道中双娩見立よしはら五十三対」の初板と後板の開板年を手がかりに

一　はじめに

浮世絵のジャンルの一つに遊女絵がある。遊女絵は高級な遊女（花魁）を宣伝するために、合目的的に制作される。すなわち、その開板（刊行）時期を明らかにすることで、妓楼の営業政策を明らかにすることができる。

しかしながら、遊女絵の開板時期の特定は、文化二年（一八〇五）から十一年（一八一四）の時期や、幕末から明治初期のように、浮世絵に押された改印《あらためいん》（検閲の証）に年月が示されるような場合を除いて、一般に困難が伴う。ちなみに、遊女絵と同様に板行の数が多い役者絵の場合には、残された各種の番付をもとに、演目、役者名、上演時期などの情報から開板時期をピンポイントで特定することが比較的容易である。

遊女絵の開板時期を決定する手段として、『吉原細見』における遊女のデータとの比較により、遊女の在楼時期から割り出す方法が有効である。しかし、『吉原細見』には同名の遊女が時間軸上で複数存在するケースがあり、その場合は『吉原細見』だけで判断することはできない。次節では、先行研究にみる開板時期の決定方法を紹介すると同時に、時期決定の精度をあげるための方法を考察し、新たに、遊女絵に描き込まれた紋に注目する方法を提案する。

本章では、板行年の特定が未着手であり、化政期（一八〇四〜一八三〇頃）の揃い物にあっては構成枚数も多く、仮説を検証するにはふさわしいと考えられる遊女絵として、渓斎英泉《けいさいえいせん》筆「契情道中双娽見立よしはら五十三対」（以下「道中双娽」と略す）の五十五枚に着目する。また、この「道中双娽」には、絵柄が同一で、妓楼と遊女の名前を変えた十四枚の異板が存在する。これらの開板時期、および異板における初板・後板の関係を明らかにすることを通じて、開板における妓楼の営業政策を明らかにする。吉原において、客の待っている揚屋あるいは妓楼へ、茶屋から新造や禿を引きつれて移動することを、花魁道中と呼んでいる。吉原には江戸町から京町まである。江戸日本橋から京都までの東海道五十三次にちなんで揃い物の名前がつけられている。

二　開板年を解き明かす研究手法の提案

（一）『吉原細見』との比較

近年、『吉原細見年表』▼1が刊行され、当時、春秋二回板行されていた『吉原細見』が、現在、どの機関に所蔵されているかということが明らかになっている。この結果、『吉原細見』の利用が容易となり、個々の遊女の在楼期間や昇進などの情報が得られ易くなってきた。

向井[2]は、吉原に関する一次資料を用いた実証研究のツールとして、『吉原細見』を利用することを提案し、九代にわたって名跡が継承された扇屋の花扇を研究し、その銘々伝を「花扇名跡歴代抄」に著わしている。その中で、同じ名前の遊女の見分け方として『吉原細見』上で何枚目という順番と、遊女の揚代を示す合印に注目して、何代目かを識別している。

浅野[3]は、安永、天明、寛政期の遊女絵の研究を、『吉原細見』を活用して推進している。例えば、喜多川歌麿筆「當時全盛美人揃　越前屋唐土」の開板動機と開板時期の決定は、『吉原細見』によるところが大きい。同様に吉原の祭である「吉原俄」を描いた浮世絵についても、描かれた芸者や禿の名前を『吉原細見』の記載内容と比べて開板年を決め、そこから俄の番組を決めている。しかしながら、第二・三章で取り上げた妓楼和泉屋平左衛門の頃ような化政期以降の遊女絵に関しては、『吉原細見』を利用した体系だった研究の例は皆無に等しい。

現在、浮世絵と『吉原細見』とを結ぶアーカイブシステムの構築と、その利用研究が望まれている。完成すれば、浮世絵に書き込まれた妓楼の名前や場所、高級遊女である花魁や禿の名前などの文字情報、ならびに紋などの画像情報と、『吉原細見』に掲載された楼主名、妓楼の格、花魁の格付けなどの文字情報とをリンクし、花魁の在楼期間などを定量的に扱うことができるようになる。つまり、妓楼経営で最も大事な資産である遊女の動向を視覚的に知ることができる。さらに、その花魁が描かれた絵がどの美術館に存在するのか、などということも瞬時に検索可能となることが期待される。

（二）紋

わが国において定紋は、個人、家族、グループなどを特定するものとして長らく使用されている。花魁においても紋が利用されている。花魁がどのような定紋や替紋（定紋に替わって使用される第二の紋）を利用していたのかということは、当時の人々の関心の的であった。

例えば、宝暦四年（一七五四）に本屋吉十郎によって板行された評判記『吉原出世鑑《よしわらしゅっせかがみ》』や、安永四年（一七七五）に蔦屋重三郎から板行された洒落本『青楼花色寄《にわかのなよせ》』、天明八年（一七八八）に山東京伝が著した『傾城觿《けいせいけい》』などには、規模の大きな妓楼に限られるものの、妓楼の定紋、花魁の定紋や替紋が紹介されている。紋の使用については妓楼ごとにルールがあったようで、宝暦期の妓楼「玉屋山三郎」では、花魁は一律に「鶴丸」の紋を用いているが、「大ひしや（屋）」では花魁ごとに紋を使い分けていた。名跡が襲名される場合、紋が花魁の名前に固有のものか、あるいは、花魁個人に固有なものかも異なる。

キリスト教の聖像画では、持物《じぶつ》によって聖人を特定できる。例えば、聖マルコであれば「ライオン」、聖ペテロであれば「鍵」という具合である。同様に考えれば、遊女絵に描きこまれた定紋は、花魁の特定には有用な情報（メタデータ）の一つとして理解できる。しかしながら、化政期以降においては、取り締まりにより洒落本の出版が活発でなくなるため、妓楼や花魁の紋を集めた出版物は管見の限りでは見当たらなくなる。そのため、遊女絵に見られる花魁の紋を丁寧に調べ、データベースを自分たちで作る必要がある。

絵に描きこまれた紋は、「開板年を特定することに資するもの」との仮説のもと、遊女絵の開板年および開板動機について考察を展開した。「道中双六」についてはおおさわ[4]の研究があり、開板を文政八年（一八二五）としているが根拠は示されていない。また、異板に関する考察もなされていない。英泉の遊女絵の開板時期の考察には、『吉原細見』の利用が勧奨されてはいるものの、松井[5]の場合も含めて、これまでは主として落款《らっかん》により特定するスタイルが用いられてきている。

ここでは、多数存在する異板についても、初板と異板との開板順序について特定を試みる。赤間[6]は本シリーズ「見つけ倉田屋内佐多」において外題《げだい》の書体に異板があることを報告している。しかしながら、本章においては図柄が同一であって妓楼名と花魁名を変えたものを取り上げ、単に刷色を変化させたような場合や、外題の書体を変えたような場合については異板として取り上げない。すなわち、妓楼と花魁の名前が変わることは、合目的的に造られた遊女絵においては、コンテンツを変えたことになり、開板動機を考察する上で意味のあることだからである。

（三）遊女絵と役者絵

芝居と吉原は、いわゆる、悪所として、江戸市民の関心が高い。どちらも、非日常性を売りにする異次元空間としての娯楽の場所であり、流行を作り出す場所であり、ビジネストークの場所であり、芸能の視点からは声曲の揺籃《ようらん》の地であり、そして、メディアとしての浮世絵版画の題材ともなっている。ビジネス的に見れば、芝居も吉原も、成熟社会におけるいわば「快楽消費」[7]の場である。ビジネスとして見たとき、受け取るサービスに対する対価は支払われるが、それ以外に、贔屓（ファン）という無償のメカニズムも共通に働いている。この心理は洋の東西を問わず人間世界に共道であり、今日の歌舞伎俳優、相撲の力士、プロ野球の選手、さらには、ＡＫＢ48のようなアイドルに対する心理と同じである。したがって、役者絵と遊女絵とにはさまざまな共通点を見出すことができる。

【図1】は、元治元年四月（一八六四）から慶応二年三月（一八六六）にかけて改印《あらためいん》のある『柳街梨園全盛花一対《はなのみくらべ》』の十五枚の一つである。役者と花魁とがペアになって描かれた絵である。「清川に見たてる尾州楼うち当時の花もの長濱」、「近世の稀もの厂かね文七にやくわる澤むら曙山」とある。尾州楼とは、この時期に江戸町一丁目右から三軒目の半籬交格（ＡＡクラス）の「尾張屋彦太郎であり、長濱は『吉原細見』では二枚目で、呼び出し新造附格であった。一方、澤村曙山《しょざん》は、三代目澤村田之助（弘化二年［一八四五］二月八日〜明治十一年［一八七八］七月七日）である。第三章【図16】を参照されたい。芝居のヒーローを勿論役者が演じ、芝居であれば女形が演ずるところのヒロインを、花魁が演じる（見立て）という筋立てになっている。役者と遊女に対する庶民の関心という観点からは、両者の社会的地位が同等なものであるということが読み取れる。

浮世絵を研究する上で、役者絵と遊女絵とを比較整理すると、さまざまな共通点と相違点とを見出すことができる【表1】。役者絵、武者絵、相撲絵などと同様に、役者と遊女の名前が文字を利用して書き込まれている。記号論的に意味のある紋が描き込まれている場合もある。【図1】の場合、長濱にも曙山にも紋が描き込まれている。役者絵では、役者の紋が描き込まれる場合が多いが、ここでは、役上の雁金文七を表す「三つ雁金」が描き込まれている。また、名前が入る役者絵と遊女絵は、天保の改革以来長らく禁じられていた。

開板時期の特定に関しては、役者絵の場合には、演目、役者名、さらに興行時期（正確には初日）の記された絵本番付や役割番付、さらに二次著作物ではあるが『歌舞伎年表』[8]が有効である。一方、遊女絵の場合には、改印に年月が入る文化初期あるいは幕末から明治期の場合であれば、開板時期特定は容易となるが、それ以外の場合には、遊女の名寄せである『吉原細見』との照合が有効である。[9]改印に年月が入る場合でも、『吉原細見』における遊女のデータは、追加情報として有用である。

揃い物の場合には、絵が同じ時期に板行されたと仮定すると、描かれた遊女が『吉原細見』に共通して登場する期間が、開板の時期ということになる。『吉原細見』は春秋二回の板行であるので、絵の開板時期の特定にはプラスマイナス三ヶ月程度の誤差を伴う。さらに正確にいえば、開板時期は改印を得た時期を意味する。

この十五枚の揃い物を通してみると、役者は似顔絵となっているのに対し、花魁の方はどれも同じような顔であることが明白である。顔の描き方の相違は、何を意味しているのであろうか。すなわち、役者は、木戸銭を払えば、誰でも見ることができる面の割れた存在であったのに対し、高級な遊女である花魁は、しかるべき高額の対価を支払わないと、接することができない高嶺の花であったことを意味している。このことから、役者絵がリアリティのある似顔絵になっているのに対し、遊女の顔は、理想化された美人として描かれるという原則が浮世絵には見出せる。すなわち、当時の人気の女形の顔のように描かれることになる[10]。

犯罪捜査などにおいても、人物を特定するのに最も有力な手段は顔である。しかしながら、顔が正確ではない

図１「柳街梨園全盛花一対（はなのみくらべ）」尾張屋内名長濱と澤村曙山（後の）澤村田の助三世。元治元年４月（1864）改。歌川豊国三世（草花：国久）。平野屋新蔵板。国立国会図書館蔵。

表１　遊女絵と役者との比較

	遊女絵	役者絵
市民の関心	高	高
顔のリアリティ	低	高
人物特定手段		
文字情報	可	可
紋	可	可
顔	不可	可
開板時期特定手段		
文字情報	吉原細見	番付類
精度	半年	日

遊女絵において、描かれた遊女を、そこからどのようにして、一意対応的に識別しうるのかという問題が生ずる。明治になって『吉原細見』に写真が登場する。しかし、同時期の絵を見る限り特定は容易ではない。絵に書き込まれた遊女名は有力なヒントではあるが、遊女の世界では代替わりによる襲名があるので、名前からの特定が意味をなさなくなる場合がある。襲名は、役者、相撲取り、声曲家、さらには商家においても共通の現象である。この結果、同じ名前の遊女が、みかけ上、同一の見世に数十年連続して登場するという問題がおきる。

そこで、遊女の属性情報である紋に注目してみよう。日本の社会では、紋は個人や家を識別する記号として用いられてきた。遊女の場合も同様であり、浮世絵研究の世界においては、遊女を特定するための属性として紋の果たす役割は大きい。しかし、このことに注目して開板時期を特定、さらには、初板と後板とを識別したりするような研究は少ない。

一方、新造出し（突出し）という、新しい遊女を売り出すイベントを取り上げた場合には、『吉原細見』上にも新たな遊女が登場するため気が付く。あるいは、『吉原細見』の上では、一見、格が下がるように見えることからも、これを判断することが容易である。さらに、吉原の菓子屋・竹村伊勢の菓子箱の積み物が描かれることもあるので、板行時期の特定はかなり容易になる。しかし、これに注目した研究も少ないと言わざるを得ない。

（四）道中双六コレクション成立時期

化政期の遊女絵の開板時期の特定において注目すべきは、ブロムホフ、フィッセルおよびシーボルトが購入し、オランダ・ライデンの国立民族学博物館が所蔵する浮世絵が存在することである。ブロムホフは文政元年（一八一八）と文政五年（一八二二）に、フィッセルは文政五年に、また、シーボルトは文政九年（一八二六）に江戸参府し、滞在時に大量の浮世絵を購入している。[11] 購入時期が明確であることは、浮世絵の開板時期の特定に関し重要な情報を与えてくれる。国立民族学博物館において、三六〇―一三XXという管理番号のあるものはブロムホフ購入品、また、一―一四XXという番号はシーボルト購入品（シーボルト・コレクション）であることが明確であり、「道中双娽」の場合、これらの番号のつく遊女絵は、極めて初板に近い状態のものと考えられる。

「道中双娽」は、ライデンの国立民族学博物館の三十九枚以外にも、国立国会図書館と千葉市美術館には五十五枚が揃っている。国会図書館および千葉市美術館所蔵品は、もとは画帳になっていたことから、そのコレクションが、同時期に一度に購入された絵から成り立つものと考えられ、異板の開板順序を考える上で極めて有用である。また、日本浮世絵博物館においても四十三枚が所蔵されており、これらも異板開板の前後関係を調べるのに都合がよい。

三　「道中双娽」の開板時期とその目的

（一）開板時期

【表2】に示すように、五十五枚にわたるこのシリーズは、日本橋から京を含む東海道五十三次に、比較的規模の大きな半籬交以上の格の妓楼の花魁を割り振り、駒絵（小形の挿絵）に宿場近くの景色を配した遊女絵である。描かれている妓楼は、十四枚の異板に描かれた見世も含めると、扇屋、若那屋、玉屋（弥）、鶴屋、玉屋（山）、松葉屋、佐野松屋、姿海老屋、大文字屋、海老屋、岡本屋、大坂屋、丸海老屋、赤蔦屋、尾張屋、倉田屋、三浦屋、若松屋、丁字屋、和泉屋の二十軒であり、管見の限りでは、異板を含めると六十九枚が存在する。[12・13]

表2　契情道中双娩見立よしはら五十三対に描かれた花魁

	宿場	妓楼	花魁	描かれた紋	妓品			所蔵美術館*
					1824	1825	1826	
					文政7年仮宅	文政8年秋	文政9年春	
1	日本橋	扇屋	花扇	さくら	筆頭	筆頭	3枚目	国、L、千、浮
2	品川	若那屋	若那	不明	2枚目	筆頭	筆頭	国、L、千、浮
3	川崎	玉屋（弥）	白菊	不明	筆頭	12枚目	12枚目	国、L、千、浮
4	神奈川	鶴屋	雲井	不明	4枚目	13枚目	12枚目	国、L、千
5	程ケ谷	玉屋（山）	花紫	不明	筆頭	筆頭	2枚目	国、千、浮
6	戸塚	松葉屋 松葉屋	粧ひ 増山	笹竜胆	3枚目 2目	2枚目 筆頭	2枚目 筆頭	国、L 千、浮
7	藤沢	佐野松屋	松嶌	松葉	3枚目	3枚目	2枚目	国、千
8	平塚	姿海老屋	七里	ききょう	筆頭	筆頭	なし	国、L、千、浮
		姿海老屋	七里	文政10年秋の突出しに際し「蒲原」を使い回す				浮
9	大磯	大文字屋 尾張屋	本津枝 ゑにし	不明	8枚目 7枚目	8枚目 6枚目	10枚目 6枚目	国、L 千
10	小田原	海老屋 岡本屋	愛染 長太夫	違鷹羽・揚羽蝶	6目呼 10呼	5枚目 4枚目	4枚目 3枚目	L、 国、L、千、浮
11	箱根	岡本屋	瓜生野	並びさくら	筆頭	筆頭	なし	国、L、千、浮
12	三島	姿海老屋 扇屋	七人 司	ききょう	7枚目 10枚目	4枚目 7枚目	4枚目 2枚目	L、浮 国、L、千
13	沼津	大坂屋 鶴屋	千壽 かしく	不明	筆頭 3枚目	なし 2枚目	なし 2枚目	L 国、千、浮
14	原	丸海老屋	明石	不明	筆頭	なし	なし	国、L、千、浮
15	吉原	赤蔦屋内	紅ひ	不明	筆頭	筆頭	筆頭	国、L、千、浮
16	蒲原	玉屋（弥）	か保世	不明	4枚目	筆頭	筆頭	国、L、千、浮
17	油井	尾張屋	重咲	三つもみじ	4枚目	4枚目	4枚目	国、L、千、浮
18	興津	尾張屋	嘉保留	違鷹羽	10枚目	9枚目	9枚目	国、L、千、浮
19	江尻	尾張屋	玉琴	ききょう	6枚目	5枚目	5枚目	国、L、千
20	府中	尾張屋	園濱	花菱	2枚目	2枚目	3枚目	国、L、千、浮
21	鞠子	尾張屋	嘉津美	鶴	9枚目	10枚目	10枚目	国、L、千
22	岡部	尾張屋 尾張屋	ゑにし 長登	朝顔	7枚目 15枚目	6枚目 7枚目	6枚目 7枚目	国、浮 千
23	藤枝	尾張屋	喜長	対雁金	なし	8枚目	8枚目	国、千、浮
24	嶋田	尾張屋	長尾	かたばみ	3枚目	3枚目	2枚目	国、L、千、浮
25	金谷	尾張屋	長登	かたばみ	15枚目	7枚目	7枚目	国、L、千、浮
26	日坂	尾張屋	満袖	おもだか	筆頭	筆頭	筆頭	国、千
27	掛川	倉田屋	文山	三つ柏	27枚目	なし	なし	国、L、千、浮
28	袋井	倉田屋	ゑにし	三つ柏	2枚目	2枚目	2枚目	国、千
29	見附	倉田屋	佐多	三つ柏	なし	なし	なし	国、L、千、浮
30	浜松	扇屋	鳰照	不明	2枚目	2枚目	2枚目	国、千、浮
31	舞阪	丸海老屋	豊岡	不明	3枚目	2枚目	2枚目	国、千、浮
32	荒井	丸海老屋	陸奥・みちくさ	三つ柏	7枚目	7枚目	4枚目呼	国、千、浮
33	白須賀	海老屋 松葉屋	東路 松浦	抱茗荷	5枚目 なし	4枚目 10枚目	3枚目 10枚目	国 浮、千
34	二川	丸海老屋	江口・そのぎく	抱茗荷	8枚目	6枚目	6枚目	国、千
35	吉田	姿海老屋	鷹の尾	おもだか	3枚目	3枚目	3枚目	国、千、浮
36	御油	姿海老屋	七人	ききょう	なし	4枚目	4枚目呼	国、千、浮
37	赤坂	若那屋 海老屋	若竹 染之輔	桐	6枚目 なし	6枚目 なし	6枚目 14枚目	L、千、浮、 国
38	藤川	姿海老屋	豊旗	かきつばた	6枚目	7枚目	4枚目	国、L、千、浮
39	岡崎	姿海老屋	逢待	蔦	なし	9枚目	9枚目	国、L、千
40	ちりふ	姿海老屋	葛城	抱茗荷	2枚目	2枚目	2枚目	国、L、千
41	鳴海	丸海老屋	玉川	梅	なし	10枚目	8枚目	国、千、浮
42	宮	扇屋	屋しほ	ききょう	6枚目	5枚目	なし	国、千、浮
43	桑名	丸海老屋	江川	三つもみじ	2枚目	筆頭	筆頭	国、L、千
44	四日市	海老屋 三浦屋	大巻 花園	かたばみ	なし 4	7枚目 4	6枚目呼 4	国 千
45	石薬師	海老屋 玉屋（山）	大井 若紫	桐	筆頭 なし	筆頭 5枚目	筆頭 5枚目	国、L 浮、千
46	庄野	海老屋 和泉屋	鴨緑 泉州	抱茗荷	2枚目 10枚目	2枚目 7枚目	2枚目 7枚目	国、浮 L、千
47	亀山	海老屋 若松屋	愛染 花川	上り藤	6枚目 6枚目	5枚目 3枚目	4枚目 3枚目	国 L、千、浮
48	関	佐野松屋	白玉	抱茗荷	なし	4枚目	3枚目	国、千、浮
49	坂の下	佐野松屋	桂木	ききょう	なし	9枚目	6枚目	国、L、千、浮
50	土山	丁字屋	名山	違い鷹羽	3枚目	3枚目	2枚目	国、L、千、浮
51	水口	丸海老屋	吉十郎	もみじ	4枚目	3枚目	3枚目	国、L、千、浮
52	石部	海老屋 鶴屋 鶴屋	大勢 三芳野 三吉野	違い柏 三つ柏	7枚目 9枚目 なし	6枚目 5枚目 なし	5枚目 なし 4枚目	国 L、千、浮、
53	草津	佐野松屋	名々越（七越）	蔦	2枚目	2枚目	筆頭	国、L、千、浮
54	大津	佐野松屋	大里	桐	なし	10枚目	8枚目	国、千、浮
55	京	佐野松屋	代々春	笹竜胆	なし	6枚目	4枚目	国、L、千、浮

* 国：国会図書館、L：ライデン国立民族学博物館、千：千葉市美術館、浮：浮世絵博物館

表3　吉原細見における契情城道中双娩登場花魁のヒット率（%）

	文政7年（1824）仮宅	文政8年（1825）秋	文政9年（1826）春
国会図書館所蔵品	82	95	93
全体	78	91	91

この揃い物の開板時期を特定するにはどうすればよいのか。揃い物にあっては、描かれている花魁が同時に在楼している期間が開板の時期として推定できる。

まず、異板を含める三十九枚がライデンの国立民族学博物館にシーボルトの蒐集品として収蔵されている。このコレクションは、文政九年（一八二六）春にシーボルトが江戸参府の際に蒐集したもので成立している。よって、この三十九枚はシーボルトが来日していた、文政七〜九年頃（一八二四〜一八二六）の開板であろうとの仮説のもと、描かれた花魁がこの時期に在楼しているかどうかを、『吉原細見』を利用して調べた【表2】。参照したのは文政七年（一八二四）の『仮宅細見』、文政八年（一八二五）秋および文政九年（一八二六）春の『吉原細見』で、登場率（パーセント）を【表3】に示した。

次に、初期に板行されたものが多いと想定される国立国会図書館所蔵の五十五枚を参照元とし、これと比較しながら、各所に所蔵されている合計六十九種類の絵に描かれた遊女の『吉原細見』登場率を調べた。【表3】に示すように、国立国会図書館に所蔵されているものは、文政七年の『仮宅細見』で八十二パーセント、文政八年秋の『吉原細見』で九十五パーセント、文政九年春の『吉原細見』で九十三パーセントである。一方、各所に所蔵された六十九枚全体で調べると、それぞれ、七十八パーセント、九十一パーセント、九十一パーセントとなる。登場率は文政八年秋の『吉原細見』が最も高い。ちなみに文政八年春の『吉原細見』は存在しない。

文政八年秋の『吉原細見』において百パーセントにならない理由として、以下が挙げられる。宿場「原」で描かれている丸海老屋内「明石《あかし》」は、文政七年『仮宅細見』では在楼するが、以後、退楼して『吉原細見』から名前が消える。また、掛川宿の倉田屋内「文山《ぶんざん》」も同様に、文政七年には存在を認められるものの、八年には名前が消える。見附宿に描かれた倉田屋内「佐多《さた》」が、どの細見でも名前を確認できなかったことによる。

（二）開板動機

遊女絵は合目的的に作られていることを念頭に置かねばならない。すなわち開板動機と時期とは深く関わる。吉原では文政七年四月三日暮六ツに、京町二丁目林屋金兵衛を火元とする火災が生じ全焼した。[14・15] これにより、各妓楼は吉原の外に出て仮宅営業を行った。仮宅から吉原へ戻ったのは、従来は文政八年春頃と推定されていたが、[16]『浅草寺日記』によれば浅草寺が所有する土地での仮宅終了は二月であるので矛盾はない。[17] この仮宅から戻ったことを宣伝することが開板動機であったと考えてよいだろう。開板の時期は文政八年の春から夏にかけてであろう。「道中双六」の板元の蔦屋吉蔵は、仮宅から吉原への復帰のタイミングを見計らって、各妓楼にこの企画を提案したと推測される。蔦屋吉蔵は、各妓楼の営業・宣伝政策のニーズを掴んだものと理解できる。

また、文政七年の『仮宅細見』よりも、文政八年秋の『吉原細見』において、「道中双六」との一致が多いということは、文政八年に新たに登場した花魁が多いということを意味している。開板理由として、新造出し、あるいは突き出しと呼ばれる、遊女のお披露目が考えられる。

『吉原細見』上で新造出しを判定する方法は二つある。一つは、前の季節の『吉原細見』に名前がないが、次の号に名前がある場合である。例えば、【図2A、2Bおよび2C】に示すように、「藤枝」宿に描かれた尾張屋内「喜長《きちょう》」は、文政七年の『仮宅細見』には名前がない。しかし、文政八年秋の『吉原細見』には、合印が入山

図 2B

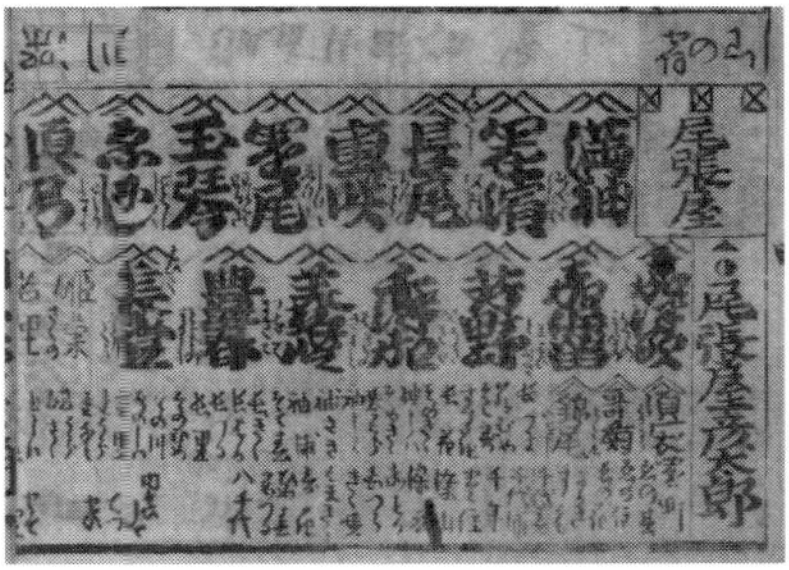

図 2C

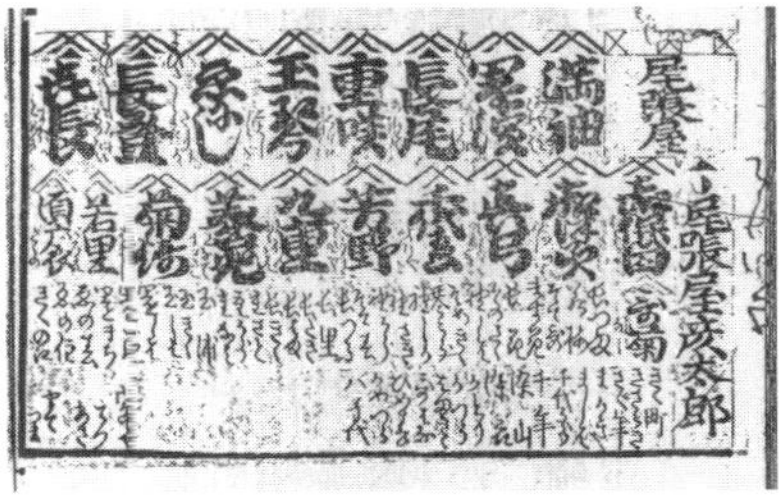

B：文政 7 年（1824）および C：文政 8 年（1825）の『吉原細見』。尾張屋彦太郎の部分。いずれも個人蔵。

図 2A　契情道中双娼見立よしはら五十三対　藤枝　尾張屋内　長喜。溪斎英泉筆。蔦屋吉蔵板。文政 8 年（1825）。日本浮世絵博物館蔵。

図 3B

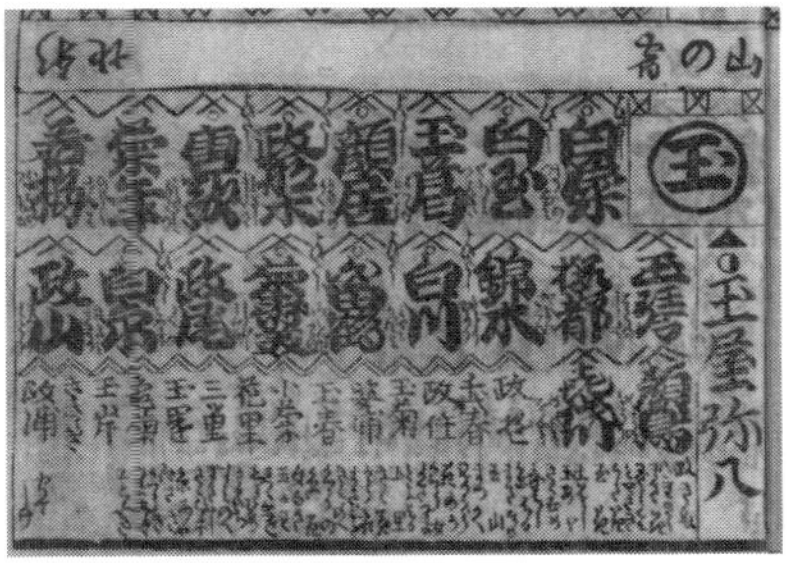

図 3C

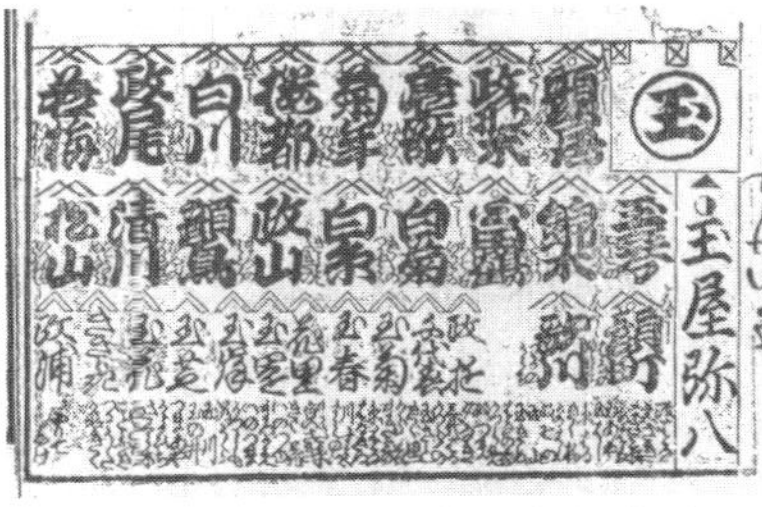

B：文政 7 年（1824）および C：文政 8 年（1825）の『吉原細見』。玉屋弥八郎の部分。いずれも個人蔵。

図 3A　契情道中双娼見立よしはら五十三対　川崎　玉屋弥八内　白菊。溪斎英泉筆。蔦屋吉蔵板。文政 8 年（1825）。日本浮世絵博物館蔵。【口絵掲載】

形に黒三角の呼び出し新造附の八枚目として登場してくる。このような例は理解しやすい。

二つ目は『吉原細見』上で花魁の格が下がるような場合である。【図3A、3Bおよび3C】に示す「川崎」宿の玉屋弥八内「白菊」は、文政七年の『仮宅細見』では筆頭の座を占めているが、文政八年秋の『吉原細見』では十二枚目へと下がっている。しかしながら、これは、白菊が降格されたのではなく、文政七年の『仮宅細見』を最後に前任の白菊が退楼し、新しい花魁が白菊を襲名したのである。新しい白菊は十二枚目として格は低いが、合印を見るとわかるように、入山形に白星一つの「呼び出し」であり、名前が上にある花魁よりも高い格である。しかし、襲名したばかりの新人をいきなり高い位置に据えることは、他の花魁との関係もあり、通常はなされないものと解釈できる。

ここで、吉原を知り遊女絵を理解するために、吉原細見の読み方を簡単に紹介しておこう。【図4】は、文政七年（一八二四）春の『吉原細見』の表紙見返しにある揚代である。揚代は、入山形あるいは山形と、その下に表示される●（星と呼ぶ）や、○、▲、△などの記号との組み合わせの合印《あいじるし》で表される。同『吉原細見』では、最高位の遊女は入山形に星二つ（∧）で揚代金一両一分の、江戸町一丁目の大籬「扇屋」の「花扇」のみである。扇屋は大きな見世であった。ついで、「よびだし新造附昼夜共金三分」（∧）が六名、そして同じ合印で示されるが新造がつかない「昼夜共金三分　夜斗一分二朱」が七名いた。

【図2C】に示す文政八年秋の尾張屋においては、筆頭の満袖《みつそで》は揚代が昼夜二分、夜は一分の座敷持（∧）である。しかし、三枚目の長尾《ながお》や七枚目の長登《ながと》や八枚目の喜長《きちょう》の場合には、誰袖よりも順番は低いが（∧）と「よびだし新造附　昼夜三分　夜斗一分二朱」と揚代は高いことがわかる。

【図3C】に示す玉屋では、筆頭の顔居《かおよ》や政那木《まさなぎ》などは、合印から「よびだし新造附　昼夜二分」と遊女の格

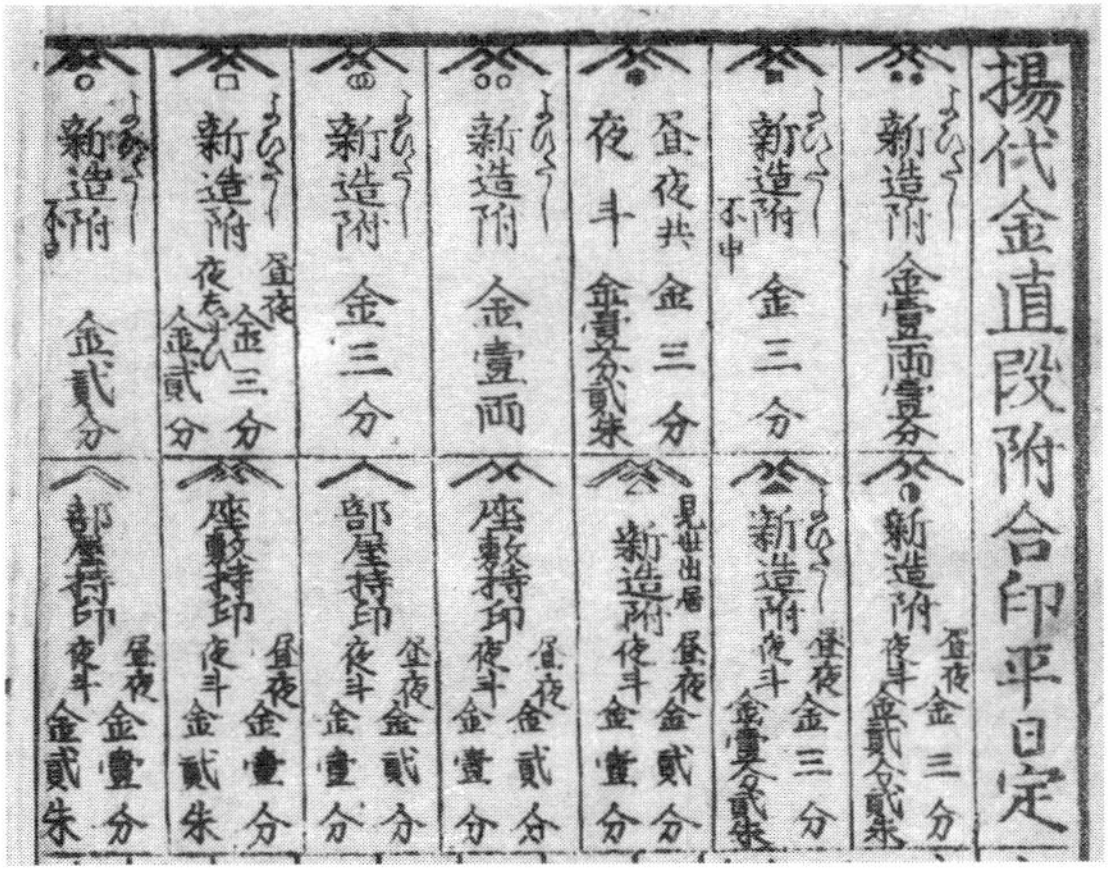

揚代金直段附合印平日定

よびだし 新造附 金壹両壹分
よびだし 新造附 不中 金三分
昼夜共 金三分 夜斗 金壹分貳朱
よびだし 新造附 金壹両
よびだし 新造附 金三分
よびだし 新造附 昼夜 金三分 夜斗 金貳分
よびだし 新造附 金貳分

新造附 昼夜 金三分 夜斗 金貳分貳朱
よびだし 新造附 昼夜 金三分 夜斗 金壹分貳朱
見世出居 新造附 昼夜 金貳分 夜斗 金壹分
座敷持 昼夜 金貳分 夜斗 金壹分
部屋持 昼夜 金貳分 夜斗 金壹分
座敷持 昼夜 金壹分 夜斗 金貳朱
部屋持 昼夜 金壹分 夜斗 金貳朱

図4　『吉原細見』における揚代（文政7年［1824］）。慶應義塾図書館蔵。

と揚代を知ることができる。

「道中双娼」において、明らかに新造出しの宣伝と判断できるのは、【表2】にあるように、玉屋（弥）内「白菊」（川崎）、鶴屋内「雲井」（神奈川）、尾張屋内「喜長」（藤枝）、松葉屋内「松浦」（白須賀）、海老屋内「染之輔」（赤坂）、姿海老屋内「逢待《あいまち》」（岡崎）、丸海老屋内「玉川」（鳴海）、海老屋内「大巻」（四日市）、玉屋山三郎内「若紫」（石薬師）、佐野松屋内「白玉」（関）、佐野松屋内「桂木」（坂の下）、佐野松屋内「大里」（大津）、佐野松屋内「代々春《よよはる》」（京）の十三名である。この内、文政七年の『仮宅細見』に名前がない花魁は、前述の「藤枝」宿の「喜長」など十一名である。なお、赤坂宿の海老屋内「染之輔」は、文政七年の『仮宅細見』および文政八年秋の『吉原細見』いずれにも名前がなく、文政九年春の『吉原細見』に突き出されている。

また、一見降格のように見えるケースとしては、前述の「川崎」宿の玉屋弥八内「白菊」以外に、「神奈川」宿の鶴屋内「雲井」がいる。

判断に迷うものとして、「石部」宿の鶴屋内「三芳野」と「三吉野」との関係がある。これについては後述するが、「三芳野」の名前は文政七年の『仮宅細見』と文政八年秋の『吉原細見』で見ることができるが、文政九年春の『吉原細見』では「三吉野」に変わり一枚上がる。三吉野が突き出されたのであれば、低い格から始まるはずである。これは「芳」を「吉」に変えただけなのであろう。

もう一つ曖昧な例として、鞠子宿の尾張屋内「嘉津美《かつみ》」を挙げることができる。「嘉津美」の場合には、文政七年の『仮宅細見』では九枚目であったが、文政八年秋の『吉原細見』では十枚目に降格する。これは、「嘉津美」よりも上位に「長登《ながと》」と、前述の「喜長」が突き出されためと考えられる【図2A、2Bおよび2C参照】。

(三) 倉田屋の例

この「道中双娽」を、他の妓楼とは異なったスタイルで活用したのが倉田屋である。【図5A、5Bおよび5C】は、掛川、袋井、見附の三つの宿に登場する倉田屋内「文山《ぶんざん》」、「ゑにし」および「佐多」である。右から順番に琴、胡弓、三味線を弾いている姿を描いた三曲図になっている。「道中双娽」では、隣同士の宿場に描かれた絵は原則として独立しているが、この三枚だけは例外であり、三枚続きの絵としても成り立っている。描かれた衣装から、「文山」と「佐多」は花魁ではないことが明らかである。「文山」は振袖を着て前帯であることから、振袖新造と推定される。また、「佐多」は後帯であることと、その名前から女芸者であろう。「道中双娽」に、花魁以外が登場するのは、この倉田屋だけである。かつ、「文山」は文政七年の『仮宅細見』【図5D】の二十七枚目という大変低い位置にある。「文山」は文政八年秋【図5E】および文政九年春の『吉原細見』には名前がない。「佐多」は、いずれの細見にも名前を見ることがなく、『吉原細見』巻末の女芸者の欄にも名前がない。

倉田屋は文政七年の『仮宅細見』での妓格は惣半籬であり、深川で見世を出していた。文政八年夏に新吉原江

C　　　　B　　　　A

図５　契情道中双娽見立よしはら五十三対　A：掛川、B：袋井、C：見付。倉田屋　文山、ゑにし、佐多　溪斎英泉筆。蔦屋吉蔵板。文政８年（1825）。日本浮世絵博物館蔵。

図 5E　文政８年（1825）の『吉原細見』。倉田屋の部分。個人蔵。

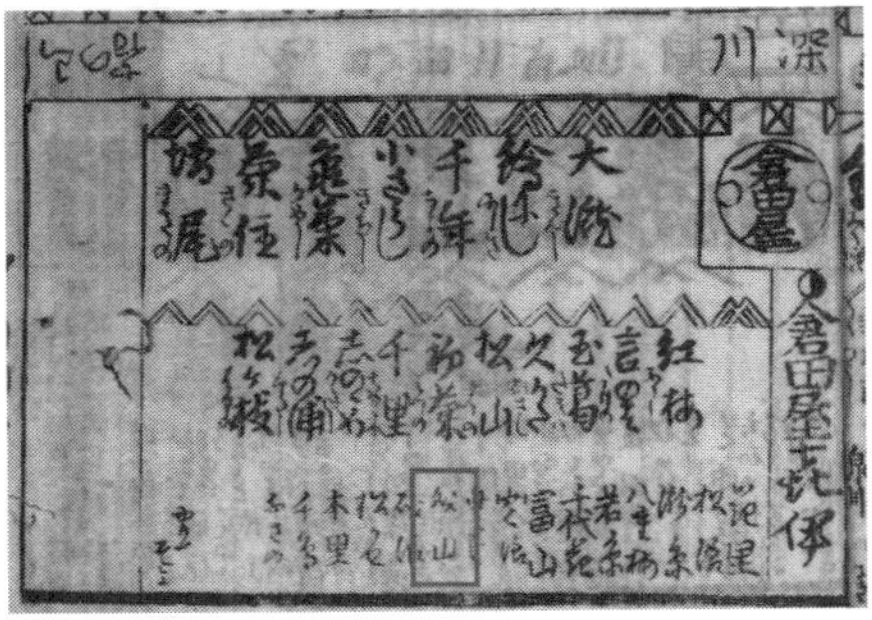

図 5D　文政７年（1824）の『吉原細見』。倉田屋の部分。個人蔵。

戸町一丁目へ戻る際に、妓格を一つ上げ半籬交になっている【図5Dおよび5E参照】。このことは、文政七年の仮宅にいる時点から、楼主倉田喜伊が事業拡大に熱心であったことを示唆している。

もう一つ興味深いのは、「ゑにし」の打掛の袖と帯の先端に描きこまれた紋、「文山」の着物と琴、さらに、「佐多」の着物に描き込まれた紋がいずれも三つ柏であることである。倉田屋の紋については不明であるが、花魁、振袖新造、芸者が同じ紋をつけているということは、力のある花魁の影響圏にいることを示すもの

図 6B

図 6C

B：文政 7 年（1824）および C：文政 8 年（1825）の『吉原細見』。丸海老屋の部分。いずれも個人蔵。

図 6A　契情道中双娽見立よしはら五十三対　原　丸海老屋内　明石。溪斎英泉筆。蔦屋吉蔵板。文政 8 年（1825）、日本浮世絵博物館蔵。

ともいえる。この三名は花魁をお世話し、お世話される関係ではなかっただろうか。

「文山」と同様に、文政七年の『仮宅細見』には名前があるが、それ以後の細見では消えてしまう例として、「原」宿の丸海老屋内「明石」の例がある。逆にいうと、五十五枚のうち、倉田屋の「文山」「佐多」とこの「明石」以外の花魁は、文政八年秋の『吉原細見』で見つけることができる。すなわち、この揃い物は、文政七年、仮宅から吉原復帰への日程が決まり始めた頃に、文政八年秋の『吉原細見』では退楼することになる花魁も含めて企画され、吉原復帰の春に開板されたと解釈して間違いないであろう【図6A、6Bおよび6C参照】。

四　「道中双娽」の異板について

（一）異板の特徴

表4　契情道中双娽における異板の開板順序（色違いは除く）

	宿場	紋	妓楼	花魁	所蔵先	妓楼	花魁	所蔵先 *
			初板			異板		
・吉原細見により特定が可能なもの：S								
1	沼津	不明	大坂屋	千壽	L	鶴屋	かしく	国、千、浮
2	赤坂	桐	若那屋	若竹	L、浮、千	海老屋	染之輔	国
3	石部	違い柏三つ柏	海老屋	大勢	国	鶴屋	三吉野	L、千、浮
・吉原細見により特定が可能なもの2（宿場を変えたもの）：S								
4	平塚	不明	姿海老屋	七里	国、L、千、浮	姿海老屋	七里	浮
	文政8年（1825）秋を最後に「七里」は退楼。文政10年（1827）に同名の「七里」が突き出された際に、「蒲原」を転用。							
・　描きこまれた紋により特定が可能なもの：M								
5	岡部	朝顔	尾張屋	ゑにし	国、浮	尾張屋	長登	千
6	大磯	不明	大文字屋	本津枝	国、L	尾張屋	ゑにし	千
7	小田原	違鷹羽・揚羽蝶	海老屋	愛染	L、	岡本屋	長太夫	国、L、千、浮
8	三島	ききょう	姿海老屋	七人	L、浮	扇屋	司	国、L、千
9	四日市	かたばみ	海老屋	大巻	国	三浦屋	花園	千
10	石薬師	桐	海老屋	大井	国、L	玉屋（山）	若紫	千、浮
11	庄野	抱茗荷	海老屋	鴨緑	国、浮	和泉屋	泉州	L、千
12	亀山	上り藤	海老屋	愛染	国	若松屋	花川	L、千、浮
・収蔵する機関から推定できるもの：O								
13	戸塚	笹竜胆	松葉屋	粧ひ	国、L	松葉屋	増山	千、浮
14	白須賀	抱茗荷	海老屋	東路	国	松葉屋	松浦	千、浮

＊国：国会図書館、L：ライデン国立民族学博物館、千：千葉市美術館、浮：日本浮世絵博物館

「道中双六」は日本橋および京を含め五十五の宿場に、花魁を一人ずつ当てはめたものである。しかし、管見の限り、同じ宿場の同じ図柄の絵でありながら、妓楼と花魁の名前が異なる十四枚[18]の異板が存在する。数が多い妓楼は、異板も含めて、尾張屋の十一枚、ついで海老屋の八枚、姿海老屋と丸海老屋の七枚、佐野松屋の六枚と続く。際立っているのは尾張屋で、日本橋から数えて十六番目の宿場油井から二十五番目の日坂《にっさか》まで、連続して十の宿場に描かれていることである。さらに、異板として大磯宿にも入っている。ちなみに、摺り色や字体の違いは、浮世絵制作プロセス上の変化として位置づけられるので、ここでは議論の対象にせず、内容を重視する。【表4】に十四枚の異板の内容をまとめて示す。描きこまれた紋についても記しておく。

　異板が存在するということは、どちらかが初板で、どちらかが後板ということである。この開板

順序を決めることは、当時の妓楼の経営方針を知る上で重要である。ここでは開板順番を決める手段として、『吉原細見』における花魁の名前の掲載状況との比較、ならびに、絵に描きこまれた花魁の紋を手がかりとする方法を試みた。紋に着目した研究方法は、今後、普遍的な方法として定着してゆくであろう。

十四枚の異板を分類すると、『吉原細見』により開板の前後を特定できたもの（分類S）が四枚、描きこまれた紋を、同時期に板行されている他の浮世絵に描きこまれた花魁の紋とを参照することよって特定できたもの（分類M）が八枚、現状では特定が困難なもの（分類U）が二枚という結果になり、『吉原細見』および紋を使う調査の有用性が認められた。

ちなみに、十四枚の異板のうち八枚が京町一丁目角の半籬交格の海老屋と関わっており、初板では海老屋だったものが、後板では他の見世に変更したといえるものが五例、その可能性のあるものが二例認められた。この揃い物の企画が、板元の蔦屋吉蔵から限られた見世にのみ提案され、後に最初に声がかからなかった三浦屋、若松屋、和泉屋や、さらに絵の数を増やしたかった玉屋、鶴屋、松葉屋などが蔦屋吉蔵と接触して、海老屋の花魁と交替する形で板行されたのではないかと推定される。特に、石薬師《いしやくし》の玉屋内「若紫」や、石部《いしべ》の「三吉野」は、突き出しや襲名のタイミングであり、その宣伝が強い動機となっているだろう。

以下、検討の内容を詳しく紹介する。

（二）『吉原細見』により開板年の特定が可能なもの（分類S）

・大坂屋「千尋」から鶴屋「かしく」へ

図 7A　契情道中双娵見立よしはら五十三対　沼津　大坂屋内　千壽。溪斎英泉筆。蔦屋吉蔵板。文政 8 年（1825）。Collection Nationaal Museum van Wereldculturen. Coll.no. RV-1-4470y

図 7B　契情道中双娵見立よしはら五十三対　沼津　鶴屋内　かしく。斎英泉筆。蔦屋吉蔵板。文政 8 年（1825）。国立国会図書館蔵。

【図7Aおよび7B】に示すように、沼津宿には、大坂屋内「千壽《せんじゅ》」を描くものと、鶴屋内「かしく」を描くものとがある。絵には、紋を特定できるような情報は描きこまれていない。千壽を描くものは、ライデンの国立民族学博物館ではシーボルト蒐集品としての管理番号（一―四四七〇Y）が与えられている。すなわち、文政九年春には江戸で売られていたわけである。千壽は「道中双娵」に登場するものの、文政七年の『仮宅細見』での筆頭を最後に退楼している。一方、鶴屋内「かしく」は文政七年の『仮宅細見』では三枚目であり、文政八年秋の『吉原細見』には二枚目に出世、文政九年春の『吉原細見』も二枚目である。異板を開板する事情を考えると、初板は「千壽」であったが早期に退楼したため、これに替わって鶴屋内「かしく」が採用されたと考えられる。

・若那屋内「若竹」から海老屋内「染之輔」へ

【図8Aおよび8B】に、それぞれ、赤坂宿における若那屋内「若竹」および海老屋内「染之輔」を示す。「若

図 8A　契情道中双娽見立よしはら五十三対　赤坂　若那屋内　若竹。溪斎英泉筆。蔦屋吉蔵板。文政８年（1825）（画像提供：浮世絵専門店 東洲斎）。

図 8B　契情道中双娽見立よしはら五十三対　赤坂　姿海老屋内　染之輔。溪斎英泉筆。蔦屋吉蔵板。文政９年（1826）春の細見で突き出された。国立国会図書館蔵。

竹」は文政七年の『仮宅細見』から文政九年春の『吉原細見』まで、江戸町二丁目の木戸を背に左から五軒目若那屋の六枚目である。「若竹」の絵は、ライデンの国立民族学博物館で管理番号（一―四四七〇―八）を与えられ、国内では千葉市美術館、日本浮世絵博物館に所蔵されている。一方、染之輔は文政七年の『仮宅細見』および文政八年秋の『吉原細見』には在楼しておらず、文政九年春の『吉原細見』に初めて登場する【表1参照】。「染之輔」の絵は、国立国会図書館に所蔵されている。『吉原細見』への登場の順番から、若那屋内「若竹」が初板であり、海老屋内「染之輔」が後板と結論づけられる。海老屋が後板という特異な例である。

・海老屋内「大勢」から鶴屋内「三吉野」へ

石部宿には、海老屋内「大勢《おおせ》」と鶴屋内「三吉野」を描くものがある【図9Aおよび9B参照】。「道中双娽」が開板されたと考えられる文政八年前後の『吉原細見』を見ると、「大勢」は文政七年の『仮宅細見』から文政

図 9B　契情道中双娯見立よしはら五十三対　石部　鶴屋内三吉野。溪斎英泉筆。蔦屋吉蔵板。日本浮世絵博物館蔵。

図 9A　契情道中双娯見立よしはら五十三対　石部　海老屋内　大勢。溪斎英泉筆。蔦屋吉蔵板。文政 8 年（1825）。国立国会図書館蔵。

図 9C

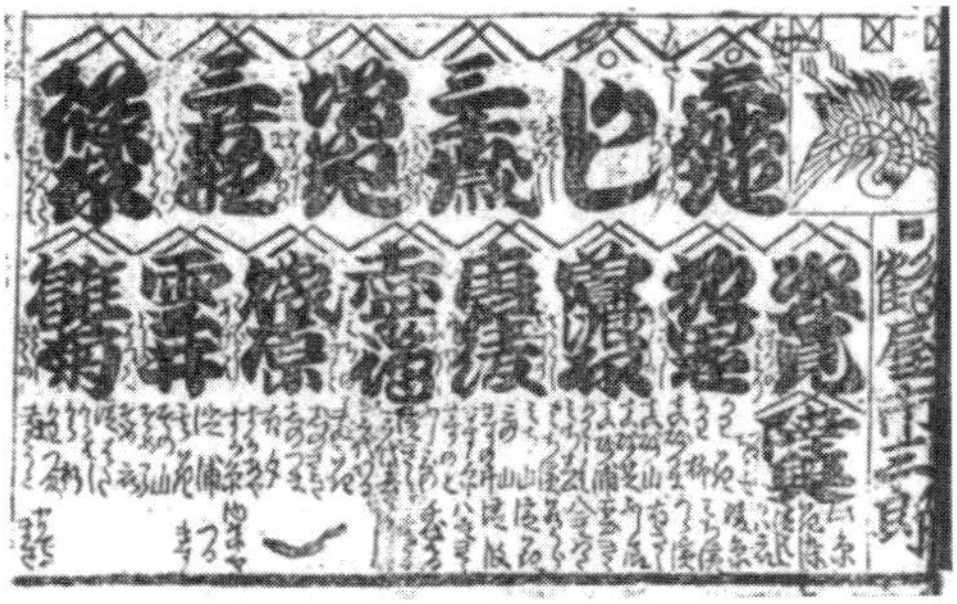

図 9D

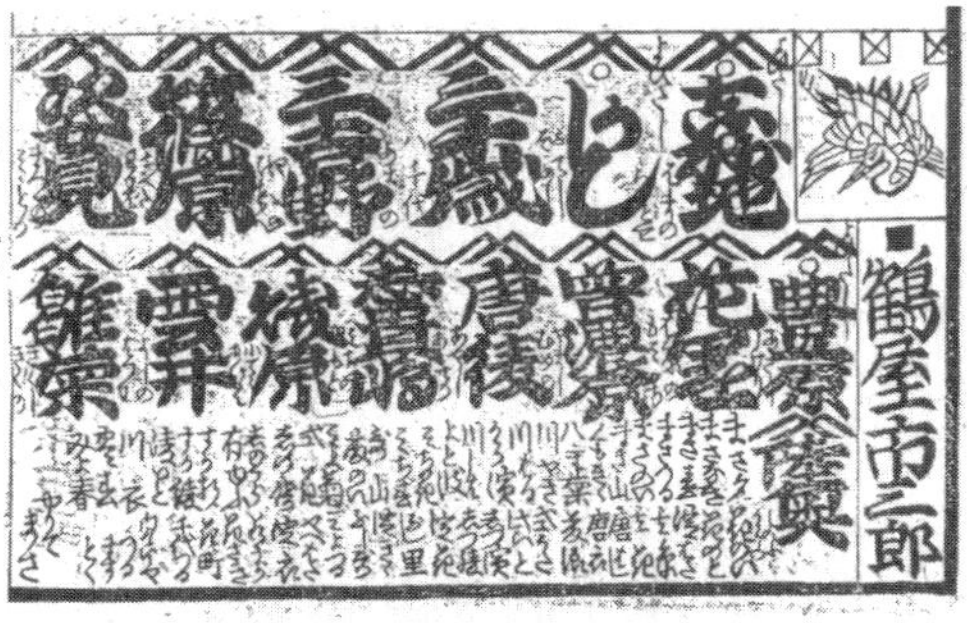

『吉原細見』C：文政 8 年（1825）秋および D：文政 9 年（1826）春。鶴屋の部分。三芳野は三吉野に変っている。いずれも個人蔵。

九年春の『吉原細見』までの期間在籍しており、七枚目から五枚目まで出世してゆく。一方、鶴屋の「三吉野」は、文政七年の『仮宅細見』から文政八年秋の『吉原細見』までは、「三芳野」の名前があり【図9C】、文政九年春の『吉原細見』から「三吉野」を名乗るのであろう【図9D】。このことを考えると、「大勢」が初板であり「三吉野」が後板と考えられる。国立国会図書館には「大勢」の絵が収蔵されており、ライデンの国立民族学博物館にはシーボルトの蒐集品として「三吉野」の絵がある（管理番号一―四四七〇―一六）。このことは、異板としての「三吉野」が「道中双娽」開板後の早い時期に制作されたことを示唆している。ちなみに、「大勢」には簪《かんざし》に「違い柏」が描かれ、帯の先端には「三つ柏」が描きこまれ、紋と関わりのある模様と想像できる。「大勢」を描く他の絵が見つかることが期待される。

（三）宿場を入れ替えた例――平塚の後板――（分類S）

前節で紹介した異板は、絵柄も宿場の名前も同じであり、花魁の名前だけを変えるということが行われている。しかし、「平塚」の後板の場合、絵柄は「蒲原宿」の「玉屋（弥八）内かほ世」の初摺りを転用しているが、花魁の名前は平塚として「七里」を用いるということが行われている。これを【図10A、10B ならびに10C】でみてみよう。

平塚宿「姿海老屋内七里」の異板（後板）は、蒲原宿の「玉屋（弥八）内かほ世」（『吉原細見』では「顔居」）初板の使い回しであることは明らかである。駒絵そのものは蒲原にしたまま、入れ木によって宿場の名前を「平塚」に改め、妓楼と花魁の名前も「姿海老屋内七里」に変更している。

浮世絵は合目的的に開板されるという原則に立ち返って、この後板の改板目的を考えてみよう。これまで確認

図 10B　契情道中双娵見立よしはら五十三対　蒲原　玉屋弥八内　かほ世。溪斎英泉筆。蔦屋吉蔵板。文政 8 年（1825）。日本浮世絵博物館蔵。

図 10A　契情道中双娵見立よしはら五十三対　平塚　姿海老屋内　七里。溪斎英泉筆。蔦屋吉蔵板。文政 8 年（1825）。吉原要事の七里である。日本浮世絵博物館蔵。

図 10C　契情道中双娵見立よしはら五十三対　平塚　姿海老屋内　七里。溪斎英泉筆。蔦屋吉蔵板。文政 10 年（1827）。吉原八景の七里であり、後、姿野を襲名。六節参照。日本浮世絵博物館蔵。

してきたように、「道中双娽」は、文政七年の火災で仮宅営業していた妓楼が、翌年二月に吉原へ復帰する際の宣伝用として制作されたものである。

初板の平塚宿に描かれた「七里」は、同じく渓斎英泉により文政六年（一八二三）板行の「吉原要事廓《よしわらようじくるわ》の四季《しき》志《し》」に描かれた「七里」と同一人物であり、「道中双娽」が開板されたときには「筆頭呼び出し新造附」の最高位であった。ちなみに、「吉原要事廓の四季志」に描かれた七里の簪の意匠および打掛の裾模様は「ききょう」である。「道中双娽」の初摺りの「平塚」においても、七里の簪と着物の模様は「ききょう」である。

『吉原細見』で追ってゆくと、この「七里」は文政八年秋を最後に退楼し、その後約一年半にわたって、「七里」の名前は『吉原細見』上では空白である。その後、文政十年（一八二七）秋に、次の「七里」が突然「二枚目呼び出し新造附」の格で突き出される（第五章【表3】参照）。この「七里」は、同じく渓斎英泉の筆になる「吉原八景」の一枚として描かれた「七里」である。平塚の後板は、文政十年に現れた「七里」の突き出しを宣伝するために制作されたものと推定される。後述するが、「七里」は姿海老屋の重い名跡であり、数代にわたって受け継がれている。かつ、定紋として「ききょう」が継続して使われている。

平塚の後板が、ライデンの国立民族学博物館に存在しないのは、異板の開板が、文政十年（一八二七）秋の突き出しと関わるものであることを示唆している。シーボルトの江戸参府は文政九年春である。浅野[19]によれば、揃い物の開板には数年かかる例もあるとのことであるが、「道中双娽」は、その開板目的から短期間にほぼ同時に板行されたと考えられる。かつ、異板の開板も早い時期と考えてよい。なぜなら、次節の海老屋内「愛染」と岡本屋内「長太夫」や、姿海老屋内「七人《ななひと》」と扇屋内「司《つかさ》」の場合には、初板および後板のどちらもシーボルトによって同時に購入されているからである。

一方、姿海老屋としては、久々の「七里」の突出しを宣伝する意味で、絵を出したかったのであろう。後板の「七里」ではなぜ前任の「七里」が描かれた平塚の初板を用いず、蒲原宿の「かほ世」を使い回したのであろうか。第一の理由として考えられることは、初板で宣伝した「七里」とは異なる、別の「七里」というイメージを売り込みたかったのであろう。第二の理由として、「かほ世」の衣装の裾に描き込まれた「ききょう」が都合良かったからであろう。初板の「かほ世」の絵には、紋は明示的には描かれていない。かつ、簪の模様は牡丹のようである。文政十二年（一八二九）開板の「傾城江戸方格」にある「かほ世」の絵にも紋は描き込まれておらず、特定できていない。しかし、文政十年に突き出され、「ききょう」の定紋を用いていた「七里」を宣伝するには裾に「ききょう」が入った蒲原宿「かほ世」の絵は都合がよく、姿海老屋の紋の使用ルールに従って絵を作ることを可能にしている（第五章参照）。

平塚の後板は、「七里」自身、妓楼、あるいは馴染み客（贔屓）による入銀によって制作されたと考えられる。男物の羽織を持つ構図は、馴染み客による入銀の場合であれば好都合である。男物の羽織を描き込む例は、英泉の絵に多い。初板の蒲原の「かほ世」の場合も、馴染み客が自分の紋としての「ききょう」を「かほ世」の着物の裾に描かせたのかもしれない。

（四）紋により開板年の特定が可能なもの（分類M）

・尾張屋内「ゑにし」と尾張屋内「長登」・大文字屋内「本津枝」

岡部宿には江戸町一丁目尾張屋内「ゑにし」（国会図書館、日本浮世絵博物館所蔵）【図11A】と同じく尾張屋内「長登」

（千葉市美術館所蔵）を描く絵が存在する【図11B】。この時代に、尾張屋では多数の遊女絵を制作している。また、尾張屋では「長」で始まる名前の花魁には、「かたばみ」の紋を使用するというルールがあったようである。金《かな》谷《や》宿に描かれた「長登」の簪、着物の袖、帯に「かたばみ」が描きこまれている【図11C】。

同じく英泉筆で、文政十一年（一八二八）春の開板と推定される「春夏秋冬」の「春」に描かれた「長人（ながひと）」の場合には、「かたばみ」の紋が簪、着物の背、打掛の裾に描き込まれている【図11D】。【図11A】の「ゐにし」と【図11B】の「長登」は同じ図柄であり、団扇と帯の先端に描かれた紋は同じ「朝顔」である。前述したような尾張屋の紋の使用ルールに照らし合わせると、「長登」が朝顔紋を使用することは不自然である。「朝顔」紋の「長登」の場合には名前だけを「ゐにし」から変更し、図柄をそのままにして使い回して制作したものと結論できる。すなわち、初板が「ゐにし」、後板が「長登」である。

一方、大磯には大文字屋内「本津枝《もとつえ》」【図12A】および尾張屋「ゐにし」【図12B】が存在する。大文字屋内「本津枝」は国立国会図書館とライデンの国立民族学博物館に所蔵されているので、こちらが初板であることは間違いない。岡部宿を「ゐにし」から「長登」に変更したのと時を同じくして、人事異動のように大磯に「ゐにし」を転出させたかのようである。その理由として、大文字屋八枚目の「本津枝」が文政八年秋を最後に退廓し、文政九年春に次の「本津枝」が十枚目として襲名するまでの間に空席があったからであろう。蔦屋吉蔵はこれを捉えて、尾張屋に売り込んだのではなかろうか。

・海老屋内「愛染」と岡本屋内「長太夫」

【図13Aおよび13B】は、小田原宿における海老屋内「愛染」と岡本屋内「長太夫」である。「愛染」の絵はラ

図 11B　契情道中双娵　岡部　尾張屋内長登。千葉市美術館蔵。

図 11A　契情道中双娵　岡部　尾張屋内ゑにし。日本浮世絵博物館蔵。

図 11D　春夏秋冬　春　尾張屋内　長人。名古屋市博物館蔵。

図 11C　契情道中双娵　金谷　尾張屋内長登。日本浮世絵博物館蔵。

図12A　契情道中双娽　大磯　大文字屋内本津枝。国立国会図書館蔵。

図12B　契情道中双娽　大磯　尾張屋内　ゑにし　千葉市美術館蔵。

イデンの国立民族学博物館にあり、岡本屋内「長太夫」の絵は国立国会図書館、ライデン、千葉市美術館および日本浮世博物館にある。「愛染」と「長太夫」のいずれもがライデンで所蔵されていることから、早い時期に異板が作られ、同時に売られていたと考えられる。

文政八年（一八二五）秋の『吉原細見』には、双方の花魁が在楼し、かつ、妓楼の格はどちらも半籬交である。花魁が凭《もた》れかかる籬の形状は見世が半籬交であることを示しており。これからは見世の判別はできない。花魁の後ろに描きこまれた「違い鷹の羽」と「揚羽蝶」の二つの提灯がヒントと思われる。同じ時期に板行されたと考えられる、英泉筆『拍子逢妓《ひょうしおうぎ》』「墨絵の島台　海老屋内愛染」の紋は対蝶《むかいちょう》であり【図13C】、文政十二年（一八二九）に開板の英泉筆『傾城江戸方角』「海老屋内愛染」【図13D】の紋は「違い鷹の羽」である。

一方、ほぼ同時期に開板の歌川国安筆『新吉原全盛競《ぜんせいくらべ》』「岡本屋内長太夫」では、見世の紋は「三つ柏」であり、長太夫の紋は「ぼたん」である【図13E】。これらから、小田

図 13C 『拍子逢妓』「墨絵の島台 海老屋内愛染」溪斎英泉筆。文政 7-9 年（1824-2826）。William Sturgis Bigelow Collection 11.17957 Photograph © 2017 Museum of Fine Arts, Boston. All rights reserved. c/o Uniphoto Press

図 13B 契情道中双娽 小田原 岡本屋内長太夫。Collection Nationaal Museum van Wereldculturen. Coll.no. RV-1-4470-x46

図 13A 契情道中双娽 小田原 海老屋内愛染。Collection Nationaal Museum van Wereldculturen. Coll.no. RV-1-4469p

図 13E 『新吉原全盛競』「岡本屋内長太夫」歌川国安筆。© Victoria and Albert Museum, London / Uniphoto Press

図 13D 『傾城江戸方角』「海老屋内愛染」溪斎英泉筆。文政 12 年（1829）。日本浮世絵博物館蔵。

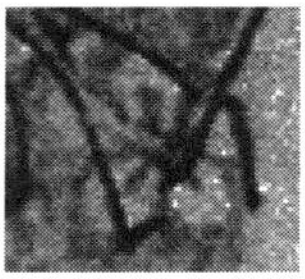

図14D　図14Cの左袖にある紋（ききょう）。

図14C　傾城道中雙六（部分）　姿海老屋内七人。東京都立中央図書館加賀文庫蔵。

図14B　契情道中双娥　三島　扇屋内司。溪斎英泉筆。Collection Nationaal Museum van Wereldculturen. Coll.no. RV-1-4470-479

図14A　契情道中双娥　三島　姿海老屋内七人。溪斎英泉筆。Collection Nationaal Museum van Wereldculturen. Coll.no. RV-1-4470x

原の絵にある提灯には、岡本屋の紋は描かれておらず、愛染の定紋と替紋が描かれていると考えられる。したがって、海老屋の「愛染」が初板であり、その直後に「岡本屋内長太夫」に改板したものと想像できる。

・姿海老屋内「七人」と扇屋内「司」

三島宿には、姿海老屋内「七人」および扇屋内「司」がある【図14Aおよび14B】。「七人」はライデンの国立民族学博物館と日本浮世絵博物館に所蔵され、「司」は国立国会図書館、ライデン、千葉市美術館に所蔵されている。『吉原細見』を見る限りでは、どちらも文政八年時に在楼している。ライデンの台紙には「dupl」とあり、重複品として扱われていたことが理解できる。たしかに、図像としては全く同一である。しかし、文字情報として書き込まれた妓楼名および花魁の名前によれば、別の絵である。紋として「ききょう」が描きこまれている。

【図14C】に、文政九年（一八二六）秋に鶴屋喜右衛門から板行された五亀亭《ごきてい》（歌川）貞房の筆になる飛び双六

「傾城道中雙六」に描かれた「七人」の部分を示す。「ななひと」と読ませていたことがルビからわかる。「傾城道中雙六」には、三十六名の花魁が描かれている。全員が在楼する時期は文政九年秋と『吉原細見』から判明した。したがって、開板時期は文政九年秋と決められる。描き込まれた「ききょう」紋を拡大して【図14D】に示す。姿海老屋の「七人」の紋が「ききょう」であることが、英泉のみならず、当時の絵師たちに共有されていたことを意味している。すなわち、三島宿の初板は、姿海老屋の「七人」であり、後板が扇屋の「司」である。ちなみに、この時代の姿海老屋においては、前節にも示すように、「七人」以外にも「七里」、「七岡」などがおり、名前に「七」のつく花魁は「ききょう」を紋として用いるルールがあったと理解できる。

・海老屋内「大巻」と三浦屋内「花園」

四日市宿には、国立国会図書館が所蔵する海老屋内「大巻」【図15A】と、千葉市美術館が所蔵する三浦屋内「花園」【図15B】がある。文政八年秋と文政九年春の『吉原細見』では両名ともに在楼しており、『吉原細見』だけでは判別ができない。簪、着物、打掛の裾に「かたばみ」の紋が描かれている。「大巻」の絵も前述「傾城道中雙六」に確認することができ、「かたばみ」紋が描かれている【図15Cおよび15D】。このことから、四日市宿では「大巻」が初板であり、「花園」が後板であると結論できる。

・海老屋内「大井」と玉屋内「若紫」

石薬師宿の場合にも海老屋が関わっている。すなわち、海老屋内「大井」【図16A】と玉屋内「若紫」【図16B】である。この場合も、両名を文政八年秋と文政九年春の『吉原細見』に確認できるので、『吉原細見』だけでは

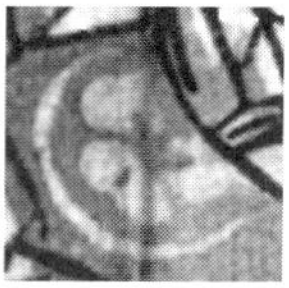

図 15D　図 15C の袖の紋（かたばみ）。

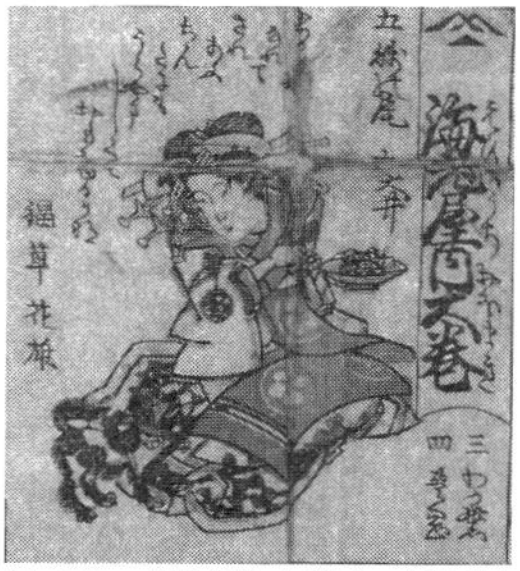

図 15C　傾城道中雙六（部分）海老屋内大巻。東京都立中央図書館加賀文庫蔵。

図 15B　契情道中双娵　四日市　三浦屋内花園。溪斎英泉筆。千葉市美術館蔵。

図 15A　契情道中双娵　四日市　海老屋内　大巻。溪斎英泉筆。国立国会図書館蔵。

図 16D　図 16C の袖の紋（桐）の部分。

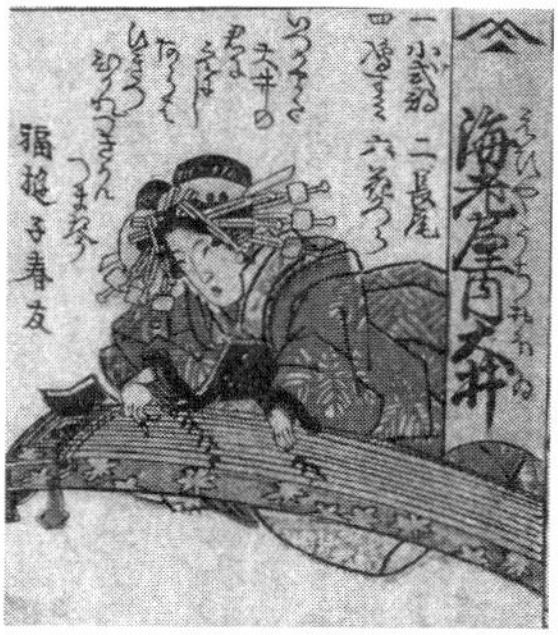

図 16C　傾城道中雙六（部分）海老屋内大井。東京都立中央図書館加賀文庫蔵。

図 16B　契情道中双娵　石薬師　玉屋内　若紫。溪斎英泉筆。日本浮世絵博物館蔵。

図 16A　契情道中双娵　石薬師　海老屋内　大井。溪斎英泉筆。国立国会図書館蔵。

判断できない。「大井」の絵は国立国会図書館とライデンの国立民族学博物館にあり、「若紫」は千葉市美術館と日本浮世絵博物館が所蔵している。簪と打掛の裾に描き込まれた紋は桐である。「傾城道中雙六」には琴を弾ずる「大井」が描かれており、その紋は桐である【図16Cおよび16D】。このことから、石薬師宿では海老屋内「大井」が初板であり、玉屋内「若紫」が後板であることが理解できる。なお、玉屋内「若紫」は文政八年秋に新造出しされており、「道中双娼」の後板はこれを宣伝するために、海老屋内「大井」から「若紫」に変わったのであろう。

・海老屋内「鴨緑」と和泉屋内「泉州」

庄野宿の場合には、海老屋内「鴨緑《あいなれ》」と和泉屋平左衛門内「泉州」がある。海老屋内「鴨緑」は国立国会図書館と日本浮世絵博物館で所蔵し、和泉屋内「泉州」はライデンの国立民族学博物館と千葉市美術館に所蔵されている。庄野の場合も海老屋が関わる「鴨緑」が先で、和泉屋内「泉州」が後である。さらに、このケースの場合には後述するように「泉州」の紋も判明しており、異板の前後関係を十分に証明できる。国会図書館が所蔵する鴨緑を【図17A】に示す。簪、着物、打掛の模様から、鴨緑の紋が「抱若荷《だきみょうが》」であることがわかる。このことは、【図17Dおよび17E】に示す「傾城道中雙六」における鴨緑の紋も「抱茗荷」であることから確実である。

「鴨緑」には、さらに別の異板もあることが明らかになった。【図17B】に日本浮世絵博物館が所蔵する「鴨緑」を示す。比較すると明らかなように、国立国会図書館所蔵のものは、衣桁に掛けられた打掛に亀甲文様があるが、日本浮世絵博物館のものにはない。この亀甲文様は、英泉の遊女絵ではよく使われている。【図17C】に示すように、ライデンおよび千葉市美術館の和泉屋内「泉州」の場合には亀甲文様がない。このことから、絵の制作順序は、国会の「鴨緑」、浮世絵博物館の「鴨緑」、そして、「泉州」であったことが理解できる。文政九年春にシー

図 17C　契情道中双娵　庄野　和泉屋内　泉州。溪斎英泉筆。千葉市美術館蔵。

図 17B　契情道中双娵　庄野　海老屋内　鴨緑（あいなれ）。溪斎英泉筆。日本浮世絵博物館蔵。

図 17A　契情道中双娵　庄野　海老屋内　鴨緑（あいなれ）。溪斎英泉筆。国立国会図書館蔵。

図 17F　新吉原江戸町一丁目和泉屋平左衛門花川戸仮宅図部分（5 枚の内の中央）。文政 8 年（1825）。歌川国芳筆。日本浮世絵博物館蔵。

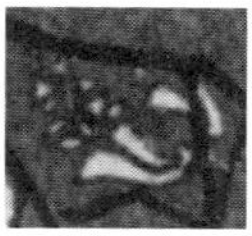

図 17E　図 17D の袖の紋（抱茗荷）の部分。

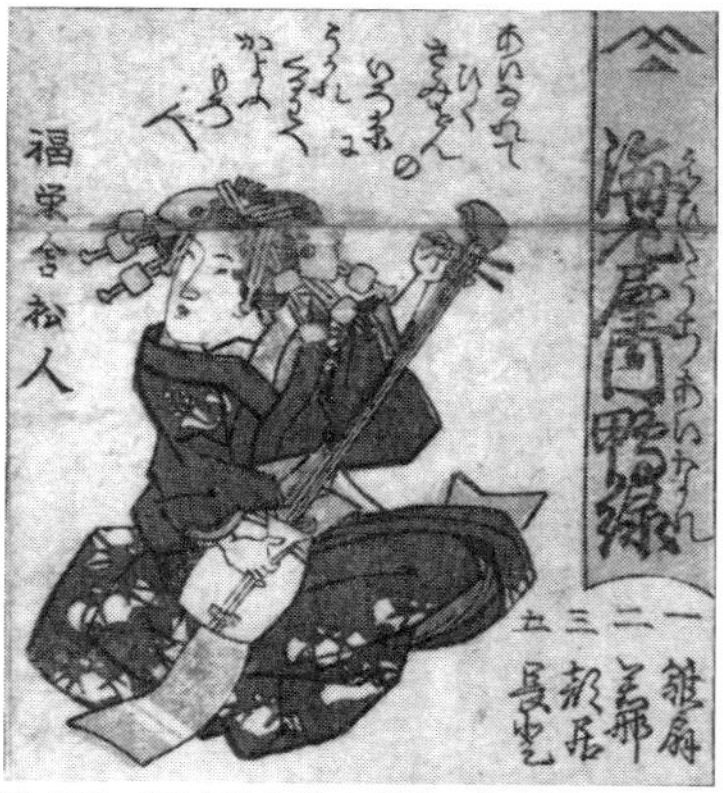

図 17D　傾城道中雙六部分　海老屋内鴨緑。東京都立中央図書館加賀文庫蔵。

図 18A　契情道中双娣　亀山　若松屋内花川。溪斎英泉筆。日本浮世絵博物館蔵。

図 18B　契情道中双娣　亀山　海老屋内愛染。溪斎英泉筆。国立国会図書館蔵。

ボルトによって購入された「泉州」が存在するということは、庄野宿の場合も、初板の開板から短期間で異板が作られたことを意味している。

和泉屋内「泉州」が異板であることは、「道中双娣」と同じ時期の文政八年（一八二五）三月の頃に作られた、一勇斎《いちゆうさい》歌川国芳筆五枚続き「新吉原江戸町一丁目和泉屋平左衛門花川戸仮宅之図」における、「泉州」の紋からも明らかである（本章【図17F】、第二章【図4】および第五章【表1】参照）。この揃い物では、登場する十名の花魁の紋をすべて描き分けており、「泉州」の場合には、簪と着物に「蔦」が描かれている。

・若松屋内「花川」と海老屋内「愛染」

亀山宿における若松屋内「花川」【図18A】と海老屋内「愛染」【図18B】との関係について、以前の筆者らの研究では、特定が困難なもの（分類U）としていた。[20]「道中双娣」において、一般にに、海老屋が関与する場合には海老屋が先という経験則や、国立国会図書館の所蔵品には初板と考えられるものが多いことから、「愛染」が先ではないかと理解されていた。

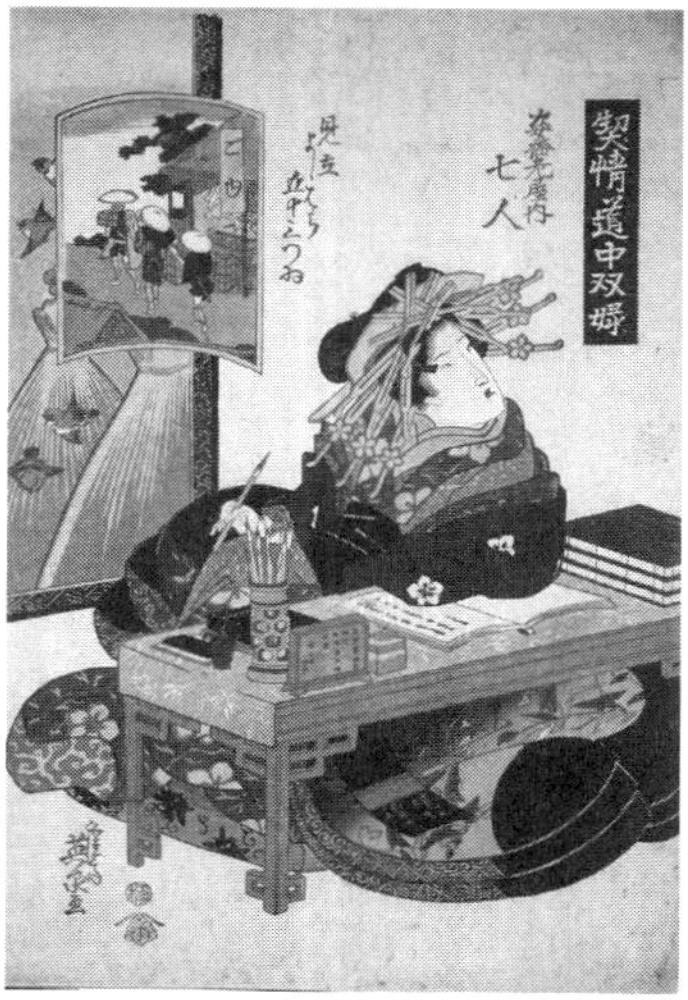

図19　契情道中双娽　御油　姿海老屋内七人。溪斎英泉筆。日本浮世絵博物館蔵。

　しかしながら、前述の「道中双娽」の小田原宿の「愛染」と「長太夫」との比較から、愛染の定紋ならびに替紋は「揚羽蝶」と「違い鷹の羽」であると結論づけられた。とすると、「上り藤」の紋をつけた若松屋内「花川」が初板であり、これを海老屋内「愛染」として使いまわしたと考えるのが妥当であろう。国立国会図書館において海老屋内「愛染」が収蔵されているということは、初板の若松屋内「花川」が制作されてから短時間の内に、後板の海老屋内「愛染」が開板されたことを意味している。

　このことは、前述した小田原宿の初板が海老屋内「愛染」【図13A】であり、後板が岡本屋「長太夫」【図13B】であることと関連しているのではなかろうか。板元の蔦屋吉蔵を交えて、海老屋と若松屋が話し合い、当初、海老屋内「愛染」であった小田原宿を、岡本屋「長太夫」に譲るにあたって、愛染は亀山宿に移ったのではなかろうか。同様のことが、三島宿の姿海老屋内「七人」【図14A】と扇屋内「司」【図14B】との間でも生じたと考えられる。すなわち、姿海老屋内「七人」は三島宿を扇屋内「司」に譲り、花魁が決まっていなかった御油《ごゆ》宿【図19】に移ったのではなかろうか。

　小田原宿および三島宿において、初板および後板の双方がライデンの国立民族学博物館のシーボルト・コレクションに入っていること、さらに「御油　姿海老屋内七人」もライデンに入っていることは、この場合も初板開板直後から異板（後板）が作られていたことを意味している。

図20A　契情道中双娽　戸塚　松葉屋内　粧ひ。溪斎英泉筆。日本浮世絵博物館蔵。

図20B　契情道中双娽　戸塚　松葉屋内　増山。溪斎英泉筆。日本浮世絵博物館蔵。

（五）現状では特定が困難なもの（分類U）

「道中双娽」における異板の開板順序の特定に関し、現状では必ずしも決定的なことがいえないものが二点ある。戸塚宿の松葉屋内「粧ひ」と「増山」との関係、白須賀宿の海老屋内「東路」と松葉屋内「松浦」との関係である。

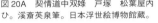

戸塚宿の「粧ひ」は国立国会図書館とライデンにある【図20A】。一方、「増山」は千葉市美術館と日本浮世絵博物館にある【図20B】。両者とも同時期に松葉屋に在楼しており、『吉原細見』での名前の掲載状況からは初板・後板を判断することはできない。また、禿の簪と帯の端の図案から、紋は「笹《ささ》竜胆《りんどう》」のようである。しかし、この時代の「粧ひ」の紋は「三つ柏」であり、結論は簡単には導けない。▼21

白須賀宿の海老屋内「東路」は国立国会図書館にある【図21A】。松葉屋内「松浦」は千葉市美術館、ならびに日本浮世絵博物館で所蔵している【図21E】。簪および着物に措かれた文様から、紋は「抱茗荷」と想像される。この時代の「東路」あるいは「松浦」の他の絵を見つけられていないので、現状

図 21A　契情道中双娼　白須賀　海老屋内東路。溪斎英泉筆。国立国会図書館蔵。

図 21B　契情道中双娼　白須賀　松葉屋内松浦。溪斎英泉筆。日本浮世絵博物館蔵。

では紋を頼りに開板時期の前後を判断することは不可能である。

天保期に歌川国貞《くにさだ》が描く「東路」の絵がある。紋は「桐」である。天保期の海老屋はどの花魁も「桐」を定紋に使ったようであり、紋は開板順序に関して決め手とはなりえない。初板が多いと考えられる国立国会図書館の所蔵に「東路」があること、また、一般に海老屋の絵が先にあり、これが使い回される傾向にあること、「東路」は文政七年の仮宅のときから在楼しているが、「松浦」は文政八年秋の新造出しで登場することなどから、「東路」が初板で、「松浦」が後板ではないか、という仮説を提示しておく。

（六）「道中双娼」の開板経緯

「道中双娼」全体を眺めると、異板を含め六十九枚もの絵が存在する。例えるならば、定員五十五の席に六十九の応募者があったようなものである。第一章【表5】に示したように、このうち第一章で述べた尾張系妓楼が五十五パーセントに及ぶ。一方、これを初板で眺めると尾張系は六十二パーセントにも及ぶ。尾張系妓楼としては、第一章で紹介したように、玉屋（弥）、松葉屋、姿海老屋、海老屋、岡本屋、尾張屋、丸海老屋の七軒が挙げられる。尾張屋が油井から日坂までの十宿を連続して占めている。他にも、姿海老屋、丸海老屋、松葉屋なども複数の絵に関与している。特に、初板が海老屋であり、後板で他の妓楼に変更になったケースは、【表4】に示したように六件もある。このことは、この絵の開板にあたり企画を立てた蔦屋吉蔵が、妓楼側の営業政策、特に新造出し（突出し）のニーズに応える形で制作していったことを物語っている。絵の開板の仕方から、蔦屋吉蔵は海老屋に開板を打診したのではなかろうか。そして、海老屋は幹事のような役割で、日頃から結束の堅い尾張出身の妓楼を中心に参加を呼び掛けたのではなかろうか。初板の板行とほぼ同時に、この揃い物に参加を希望する妓楼、あるいは枚数を増やしたい妓楼が多数現れ、海老屋から譲りうける形で、他の妓楼の遊女とする異板（後板）が作られていったのではないだろうか。庄野宿の和泉屋平左衛門内泉州は、このような筋書きの中で制作されていったものと考えられる。

五　おわりに

遊女絵の開板時期を明らかにすることは、妓楼が何を目的として開板したのか、すなわち営業政策を明らかにすることに他ならない。「契情道中双娽見立よしはら五十三対」の開板を例として、『吉原細見』における遊女のデータと、遊女絵に描き込まれた紋に注目して開板時期および開板動機を特定した。文政七年の火災後の吉原の外での仮宅営業を終え、文政八年二月に吉原に戻ってきたことと、尾張屋内「喜長」や玉屋（弥）内「白菊」など、このときに新造出しを行った遊女を宣伝するのが目的である。

絵が同一であっても、妓楼と遊女の名前を変えた十四枚の異板が存在する。初板・後板の開板順序を決めるにあたり、（一）吉原細見の記載事項、（二）遊女の着物に描き込まれた「紋」、（三）オランダ・ライデンの国立民族学博物館のように明確な購入時期、国会図書館収蔵品のように、開板後早い時期に成立したコレクションなどの情報が、初板と後板との識別に有効であった。

▼注

1 八木敬一、丹羽謙治『吉原細見年表』、日本書誌学大系七十二、青裳堂書店（平成八年）。
2 向井信夫『江戸文芸叢話』八木書店（平成七年）。
3 浅野秀剛『浮世絵は語る』、講談社（平成二十二年）。
4 おおさわまこと『渓齋英泉』、郁芸社（昭和五十一年）。
5 松井英男、「渓斎英泉初期作品群の研究」、『渓斎英泉展　没後百五十年記念目録』に所載、太田記念美術館、七七〜九四頁（平成九年）。
6 赤間亮「英国V&A博物館とスコットランド国立博物館所蔵浮世絵のデジタルアーカイブ」、『アート・ドキュメンテーション研究』十六号、三〜一〇頁（平成二十一年）。
7 堀内圭子『快楽消費の研究』、白桃書房（平成十三年）。
8 伊原敏郎『歌舞伎年表』全八巻、岩波書店（昭和三十一年）。
9 注3に同じ。
10 鈴木重三「歌川国貞の小伝と画歴（美人画を主として）」、図録『歌川国貞美人画を中心にして』に所載、静嘉堂文庫、六〜一五頁（平成八年）。

11 佐藤悟　私信。

12 日比谷孟俊、佐藤悟、内田保廣「吉原細見データベースとAttributeとしての紋を用いた文政期における英泉筆遊女絵開板時期の特定―契情道中双娽見立吉原五十三対を例として―」、『浮世絵芸術』、第一六三号、五～二八頁（平成二十四年一月）。

13 本章の内容のオリジナル論文（注12）は、浮世絵芸術第一六三号（平成二十四年）に掲載のものであり、その時点では「道中双娽」は六十八枚が存在するとしていたが、その後、平塚宿の絵に、蒲原宿の絵を使い回したものが、松本の日本浮世絵博物館において確認できたので、本稿では六十九枚とする。異板の枚数は十四枚である。

14 齋藤月岑『武江年表2』、（金子光晴校訂）文政七年（一八二四）四月三日、東洋文庫、平凡社、一一八頁（昭和四十三年七月）。

15 鈴木棠三、小池章太郎編『近世庶民生活史料藤岡屋日記』、第十五巻、安政二年江戸大地震（下）、三一書房、五六一頁（平成七年）。

16 岩田秀行『国文学　解釈と鑑賞』「吉原仮宅変遷史」、三十七巻十四号（通巻四百七十三）、二七七～二九頁（昭和四十七年）。

17 『浅草寺日記』第十六巻、文政八年八月六日。一四四頁（平成五年十月）。

18 注13に同じ。

19 注3に同じ。

20 注13に同じ

21 日比谷孟俊「新吉原松葉屋「粧ひ」――教養の智力も人間力もある女性――」、『実践女子大学文芸資料研究所年報』三十六号、実践女子大学、一一三～一三〇頁（平成二十九年三月）。

コラム④津藤と山彦文次郎

細木香以

幕末に細木香以という粋人がいた。文政五年（一八二二）生まれである。今紀文とも言われ、森鷗外の小説「細木香以」▼1で知られるところである。鷗外は、江戸の最後の戯作者といわれる仮名垣魯文が著した『再来紀文廓花街』▼2を下敷きにして、この小説を書いた。細木香以は、鷗外によれば芥川龍之介の大叔父である。

『再来紀文廓花街』によれば、細木香以は津国屋藤次郎であり、津藤《つとう》と呼ばれ、江戸の山城河岸（数寄屋橋から幸橋までの外堀にあった河岸）の大店の跡取りであった。安政三年（一八五六）に父が死ぬと店を継ぐが、取り巻き連中と芝居や遊郭に入り浸る。妓楼玉屋山三郎の「若紫」を身請けして家に住まわせることもした。そして、身代を失うこととなった。

和泉屋平左衛門抱「泉州」の馴染み客が、泉州に贈るべく深川の茶屋の主人で谷文晁の弟子であった画家松本交山に屏風を描かせていた。香以は泉州の客の鼻をあかそうと、屏風を無理やり交山から買取り、妓楼玉屋山三郎に渡したという話しが載っている。

この泉州は、嘉永五年（一八五二）に、昼夜三分、夜斗一分二朱呼び出し新造附の格で四枚目に突き出され、万延二年（一八六一）春の『吉原細見』の筆頭を最後に退楼している。第二章【図16C】に描かれた泉州である。

ちなみに、安政六年（一八五九）春には細来香以が、また万延二年春には仮名垣魯文が『吉原細見』の序を認めている。香以にとって父の死後から三年の時期で、店の経営には熱意がなく、吉原に盛んに出入りしていた時期である。魯文によれば、この安政六年の夏の初め頃から津国屋の経営が徐々におかしくなり始めた。

津藤儛塢

香以の父も津国屋藤次郎であり、津藤と呼ばれていた。為永春水と親しく、『梅暦』▼3に登場する千藤《ちとう》は、この津藤のことである。父親の時代は酒問屋であったが、仙塢の時代には加賀の前田や米沢の上杉を相手に大名貸しを行っていた。今風にいえば、ビジネスの内容を流通から金融に乗り換えたのである。

漢籍を読み、書においては龍池と署名し、俳諧では僢塢《せんう》を名乗っていた。その父親の伊兵衛は堅物であり倹約家であったが、僢塢は取り巻きを連れ、芝居、深川、吉原にも出入りしていた。中村、市村、森田座の芝居見物のたびに、売れっ子の役者を茶屋に呼んで酌をさせ、芸者に与える祝儀まで奉書紙に水引をかけ、大三方に積み上げたとある。

図1　『津迺国名所図会』。「山彦明神　文二楼」。東京都立中央図書館東京誌料蔵。

津藤僢塢が二十五名の取り巻きを、山や川、神社仏閣などの名所に見立て、『津迺国名所図会《つのくにめいしょずえ》』という小冊子を天保十一年春に作り、絵を北斎の弟子の北渓に描かせ仲間に配布している。内輪のグループにしか解らない、high-context な内容である。

【図1】は「山彦明神　文二楼」である。絵には文二楼とあり、かつ、山彦思聲とあるので山彦文次郎のことである。すなわち、第六章四節および五節で紹介する山彦新次郎の息子の文次郎である。この時代に河東節は歌舞伎から離れているが、十一月の「江戸市村座顔見世番付」には右欄外に名誉職的に名前が載る（第六章【図33】参照）。天保十年の番付には山彦思聲として載っている。

『津迺国名所図会』の登場人物として、河東節十寸見東雅、同東永、講談師乾坤坊良斎、市川白猿、鳥羽屋小三次、長唄の荻江藤次、吉原男芸者宇治新口、深川の梅本屋菊女などが挙げられる。十寸見東雅および東永の名前は、天保十二年（一九四一）初冬に七代目河東の十七回忌追善供養浄瑠璃として、一中節の都一閑齋らと共演した「邯鄲下」

の摺物にその名前を確認できる。『十寸見編年集』には、この浄瑠璃が、天保十一年として記録されているが、摺物にあるとおりである。

山彦新次郎・文次郎の桐屋家田家の過去帳には、「釈澄暁禅定門 山彦文次郎後に聲声二代目序遊 五十六才」とあり、天保十二年（一九四一）正月十日に亡くなっている。『津廼国名所図会』の開版が、亡くなる一年前であったことが理解できる。この戒名から、晩年は仏門に入っていたことが分かる。天明六年（一七八六）の生まれということなる。天保二年（一八三一）二月十日に、妻理代 釈妙定信女に先立たれている。

山彦文次郎は二代目菅野序遊（利三）としては第六章【図27】にあるように、文政三年（一八二〇）に復刊された一中節の稽古本『都羽二重拍子扇』の筆耕を担当している。河東、一中両曲をこなしたことが、「山彦明神　文二楼」の絵にも書き込まれている。

河東節三味線弾きとしての山彦新次郎・文次郎父子を支援し、あるいは活動に関わった人たちの例として、第六章五節に紹介した酒井抱一や佐久間町の森川家、魚市場関係者係者が挙げられる。桐屋家田家の過去帳には第六章【図19】に示すように、「等覚院殿前権僧都文詮尊師」という抱一の戒名がある。その抱一のパトロンは佐久間町の森川家であった。[4] 明和二年（一七六五）三月八日付けで、「本極院殿前能州太守」という戒名もある。能登守であった大名あるいは旗本と推測されるが、現状では誰であったかを特定できていない。御存知の方があれば、ご教示戴きたい。

文政期の江戸は音曲の時代である。この時代には一中節は河東節同様に歌舞伎から離れ、吉原の座敷浄瑠璃となってはいるものの、正本が復刊され市中で一中節が流行った。第六章【図28〜図32】に示すように、一中節に関連する遊女絵が多数開板されている。何故、それほど大衆的でない音曲に関係する遊女絵が開改されたのであろうか。そして、これらの絵に誰が入銀したのかという疑問がわく。

天保十二年頃のことであるが、津藤儛塢が山王町の妾宅を訪れる際には、取り巻が多く集まり狂歌俳諧の画賛を合わせ、一中節河東節の音曲を催し、北渓が席画を描き、千種庵二世勝田諸持（一中節都一閑齋、のち宇治紫文）を判者にして狂歌の会を催したという。

第六章【図31Aおよび31B】に示す「都羽二重表紙逢妓」と書かれ、文政六年（一八二三）一月と三月の市村座における芝居をコマ絵に描き、吉原の花魁を描く絵は、一中節と芝居が好きで、かつ、吉原に出入りしたパトロンによる入銀であろう。とするならば、例えば津藤僊塢によるものと考えて矛盾はないのではなかろうか。

第六章【図32】は河東節と一中節とのかけあいの「和久良婆」である。『十寸見編年集』によれば、どちらのパートも山彦文次郎の手附である。津藤僊塢は河東節も一中節も好んでいたので、この絵にも入銀していることが想像できる。古今集の歌が入ったこの曲は、必ずしも大衆向きではなく、板行部数も限られたであろう。

津藤僊塢は、単に絵の開板に入銀するだけではなく、山彦文次郎（一中節としては二代目菅野序遊）のパトロンとしても、その活動を様々に支援しいていたのではないかと想像している。今後の研究が待たれる。

▼注

1　森鷗外「細木香以」岩波文庫。

2　仮名垣魯文「再来紀文廓花街」『近世実録全書 第十八巻』に所載、早稲田大学出版部、一～四七頁（昭和四年）。

3　為永春水『梅暦』岩波文庫。

4　岡野智子「酒井抱一下絵「蔓梅擬目白蒔絵軸盆」をめぐって――画家・蒔絵師と豪商の接点――」、『東京都江戸東京博物館研究報告』第一号、一〇三～一三二頁（平成七年十月）。

第五章　妓楼の人事政策――紋から読み解く

一　はじめに

本章では、遊女絵に描き込まれた紋について、メタデータの視点から考察する。メタデータとはデータのデータである。例えば、遊女絵であれば、まず遊女自身が「データ」であり、着物に描き込まれた紋はもちろん、着物の模様、髪形などの画像情報、そして遊女の名前、妓楼の名前などの文字情報、さらには開板年など、明示的には示されていないものも含め、すべて「メタデータ」である。属性情報と言ってもよい。

本章では、描かれた遊女を識別するための記号として、妓楼における紋の使われ方に注目する。いくつかの遊女や遊女屋を取り上げ、具体例を示しながら、妓楼の人事政策について考えてみる。

最初に、抱えの遊女全員の紋を描き分けた、文政八年（一八二五）に板行の「新吉原江戸町一丁目和泉屋平左衛門花川戸仮宅之図」の例を紹介する。

次に、京町一丁目にあった海老屋に、寛政十二年(一八〇〇)から天保十二年(一八四一)の四十年間にわたって在楼した遊女「鴨緑《あいなれ》」の紋について検討する。描き込まれた紋から、七人の「鴨緑」に区別できることを紹介する。

また、扇屋は、尾張屋や丸海老屋などの遊女が描かれた揃い物を、藍摺に転用して後版を開板している。その際、遊女の名前だけではなく、紋もすべて入れ替えていることから、扇屋が遊女の紋を遊女識別のためのロゴマークのように重視していることを示す。

最後に、海老屋とは対照的に、複数の遊女が同一の紋を用いる姿海老屋の例を紹介する。同時に、同一の紋を用いることで、姉女郎をリーダーにしたサブシステムが形成されていることを、指摘する。

妓楼と遊女は客の紋にも敏感で、遊女名を入れ替えた後板を制作する際に、遊女の紋のみならず、描き込んだ客の紋も入れ替えている例を紹介する。

二 「和泉屋平左衛門仮宅之図」における紋の扱い

口絵ならびに第二章【図4】に紹介した、文政八年(一八二五)に板行の「新吉原江戸町一丁目和泉屋平左衛門花川戸仮宅之図」を思い出していただきたい。絵師は歌川国芳《くによし》、板元は東屋《あずまや》大助である。▼1 文政七年(一八二四)四月に吉原で火災があり、和泉屋は花川戸に仮宅を構えた。この絵には十名の高級遊女である花魁、二名の引っ込み新造、一名の引っ込み禿、そして、楼主の家族三名が描かれており、集団肖像画的な雰囲気も感じられないわけではない。

この絵の開板目的は第二章に述べたように、単に仮宅の機会に和泉屋およびその抱えの花魁たちを宣伝するだけでなく、妓楼和泉屋平左衛門を創業した初代和泉屋平左衛門の七回忌にあたり、初代平左衛門・壽美《すみ》夫妻を顕彰し、同時に和泉屋を宣伝することである。

【図1Aおよび1B】に、文政七年（一八二四）秋の『仮宅細見』と文政八年秋の『吉原細見』を示す。絵にある十名の花魁は、文政七年秋の『仮宅細見』にある「黛《まゆずみ》」から「玉章《たまずさ》」の十名と見事に一致している。退楼したであろう「姫松」に次ぐ高位の「黛」が絵の中央に配され、黛に次ぐ「九重」は右端の楼主のすぐ脇に描かれている。玉章は『吉原細見』のランク上では十番目だが、入山形に黒三角の相印《あいじるし》でわかるように、張見世をしない揚代が昼夜三分の「呼び出し新造附」格であり、和泉屋では最上位に遇された花魁である。絵の中では楼主の女房のすぐ脇に、立ち姿として描かれている。

さらに、簪《かんざし》にあしらわれた紋、打掛や帯に見られる模様および紋に注目すると、これらは、各花魁に対して一意対応的に描き分けられていることに気が付く。すなわち、描かれた紋は個々の花魁を示す記号と理解できる。【表1】は、この絵に登場する人物に対して描き分けられた紋を示す。すなわち、九重から玉章までの花魁十名は、それぞれ固有の紋を持っている。

文政七年（一八二四）秋の『吉原細見』仮宅版に名前のない、「引っ込み新造」の「お瀧」（右から三人目）と「お濱」（左から三人目）の場合には、彼女たちが楼主夫妻によって、小さい時から実の娘のように大事に育てられたということに符合して、着物の紋は共通の「桐」であり、簪の意匠も「鷹の羽」と同じものを使っている。つまり、同じ家の姉妹として扱われていることを示している。ちなみに、和泉屋の紋は「丸に違い鷹の羽」である。この紋は、二章二節で述べたように、元和二年（一六一六）に武蔵国足立郡渕江《ふちえ》領に草分け百姓として入植した一族に共通である。この二人の簪に鷹の羽が共通にデザインされていることは、この二人が引っ込み新造であることの証左である。一方、髪型から「引っ込み禿」として考えられる年長の禿「かしく」（左から四人目）の場合には、紋は特定できない。「お瀧」、「お濱」ならびに「かしく」は、この仮宅の時期が終わった後の文政八年秋（一八二五）に突き出された、「桜木」、「柳川」ならびに「唐織」の三名であると推測される。しかしながら、誰が誰に相当するのかは、現状では明確になっていない【図1B】。

引っ込み新造に関して少し述べてみたい。八木[2]によれば、その資質を幼い頃から見込まれて、第三章【図4】のように内証において楼主と女房によって実の娘の如く育てられ、芸事を仕込まれた若手の遊女である。教育中であるので、『吉原細見』には名前がなく「引っ込んでいる」という訳である。

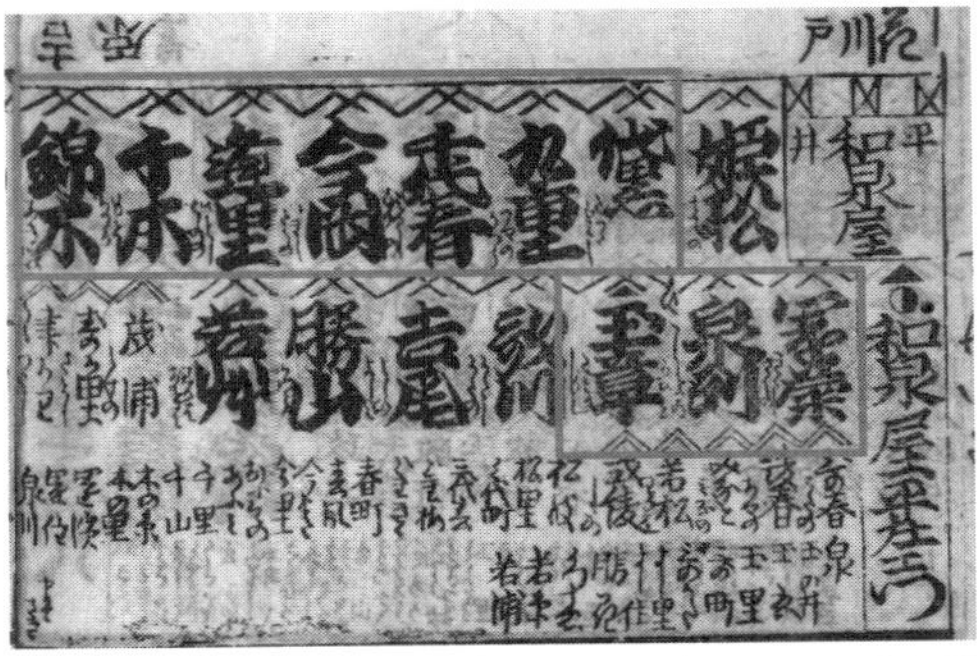

図1A　文政７年（1824）の『仮宅細見』。描かれた10名の花魁の名前がある。個人蔵。

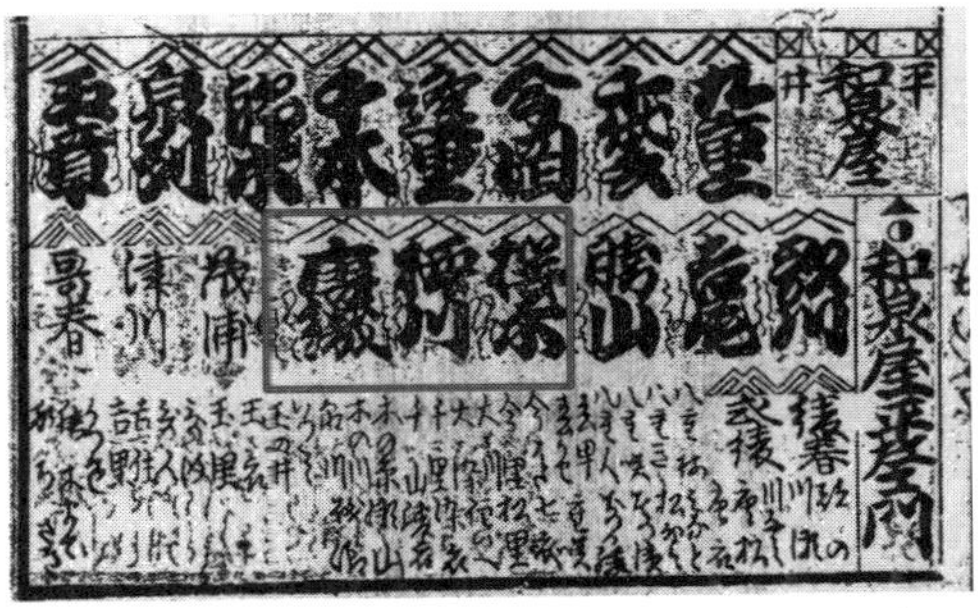

図1B　文政８年秋（1825）の『吉原細見』。文政７年の『仮宅細見』で名前のなかった、桜木、柳川、唐織の３名が突き出されている。個人蔵。

天明八年（一七八八）に山東京伝が書いた『傾城觴』は、当時のトップの花魁三十名の評判記となっている。座敷を与えられた高級遊女であるので、妓楼における座敷の位置、容姿、気質、諸芸、幼名などと共に長柄傘の模様や、定紋、替紋、提灯における合印《あいじるし》などが図示され、さらに自筆の書も掲載されている。松葉屋半左衛門抱えの七代目「瀬川」

表１　和泉屋の花魁、引っ込み新造、禿、ならびに、楼主夫妻の着物の柄と紋

名前	着物の柄	打掛・帯にある紋	簪	紋
九重			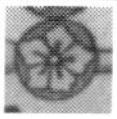	丸に桔梗
園菊			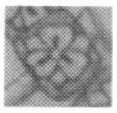	剣かたばみ
千代春				桜
泉州			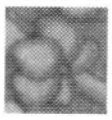	蔦
黛	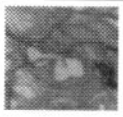			かたばみ
錦木				抱茗荷
逢里	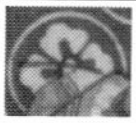	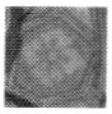	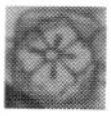	花菱
今岡	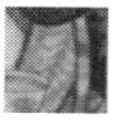		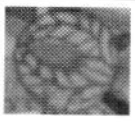	下り藤
千本	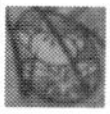		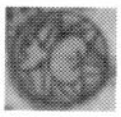	橘
玉章				桔梗
於瀧				桐・鷹の羽
於濱				桐・鷹の羽
禿　かしく				
禿　おちゃぼ				
初代平左右衛門		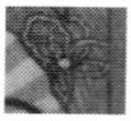		三つ柏
初代女房壽美				三つ柏
二代目女房				

が引っ込みであった頃は、「まつの」を名乗っていたとある。内所（証）の紋は梅鉢とあり、引っ込みの頃は「梅鉢」を使っていたと理解される【図2A】。一方、扇屋の四代目「花扇」の場合には幼名が「かど」であった【図2B】。ここに挙げられる高級遊女すなわち花魁の場合には、幼い頃から資質を見込まれ、琴棋書画や茶、香、花などの教育を受けてきたことがわかる。花魁として襲名し突き出される前は、「引っ込み」であった可能性の高い遊女たちであった。「引込新造の床」という、溪斎英泉が描く絵もある【図3】。

川柳「柳多留」には、「引っ込みと称し、おの字ではやらせる」と紹介されている。素人の娘の「おみよ」や「おたか」のように「お」の字をつけて売り出したのである。和泉屋の「お瀧」と「お濱」はこれに該当することになる。松葉屋の「瀬川」のように、引っ込みであった時には必ずしも素人娘風の名前ではなく、「まつの」というような源氏名をもらっていた場合もあるようである。歌舞伎の「助六」（現在上演されるものは、正式には「助六由縁江戸桜」）における三浦屋の女房の科白「あのお子さんたちは、この頃までの引っ込み衆、みな揚巻さんのお世話でごんす」

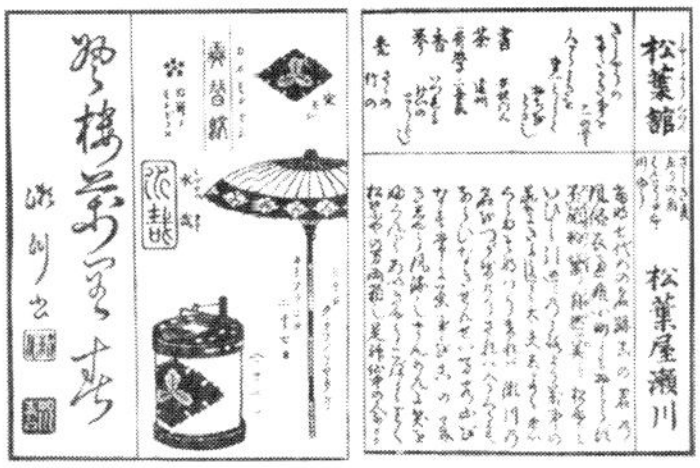

図 2A　松葉屋瀬川。傾城觽（『洒落本大成』第 14 巻、中央公論社、1981 年より）。

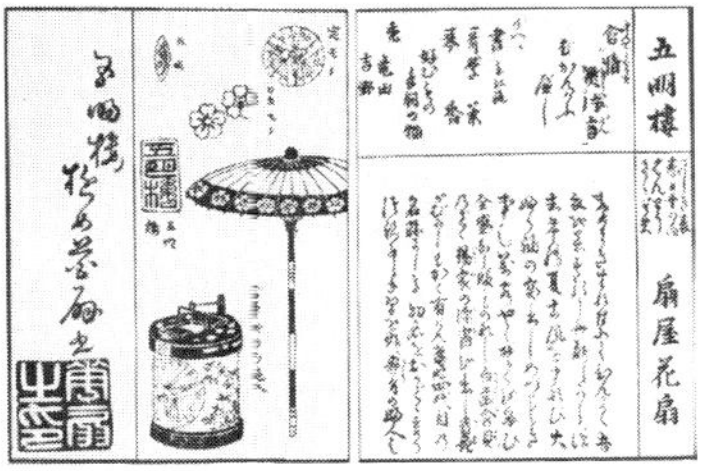

図 2B　扇屋花扇。傾城觽。同上。

図 3　「浮世姿吉原大全　引込新造の床」溪斎英泉筆。佐野喜兵衛板。開板時期不明。日本浮世絵博物館蔵。

は、次の段落で述べる「引っ込み」と、その面倒を見ていた姉女郎のことを言っている。

この和泉屋の絵では、描かれたそれぞれの遊女の位置から、右端の絵において右から二番目の「九重」とその左の「お瀧」は姉女郎と妹女郎の関係に、また、左端の絵において左から三番目の「お濱」と四番目の「かしく」は和泉屋の最高ランクの呼び出し格であった「玉章」（左から二番目の立ち姿）の妹女郎たちであったことが推測できる。同様に幼い禿「おちゃぼ」（中央の絵の左下）は、その右に描かれた「黛」付きの禿であろう。禿「おちゃぼ」の場合にも紋の特定はできない。

絵の左右に描き分けられた初代和泉屋平左衛門夫妻の場合には、紋は「三つ柏」である。先に述べたように、和泉屋の紋は「丸に違い鷹の羽」である。「三つ柏」の紋は、妓楼和泉屋平左衛門の成立過程、すなわち、平左衛門が後家和泉屋壽美の後夫として和泉屋に入ったことに対応するものと推測される（第二章一節参照）。女房壽美の実家の紋であったかもしれないし、あるいは、前夫の和泉屋長八の紋であったかもしれない。右から六人目の、身なりの良い女性は、二代目平左衛門の女房と想像されるが、紋の特定はできない。

この絵に登場する「泉州」の紋は【表1】に示すように「蔦」である。同じく文政八年（一八二五）に開板された「契情道中双娽見立よしはら五十三対」（以下「道中双娽」と略す）の庄野宿に登場する「泉州」では紋に「抱茗荷《だきみょうが》」が描かれており、この不一致が問題となる。しかし、庄野宿の初板は、第四章に述べたように、海老屋内「鴨《あい》緑《なれ》」と結論づけられ、後板として「泉州」に変えられたと理解できる。「鴨緑」の紋が「抱茗荷」であることは、ほぼ同じ時代の飛び双六「傾城道中雙六」に描き込まれた「鴨緑」が同じ紋であることから証明できる（第四章四節（四）参照）。

三　海老屋内「鴨緑」における紋の扱い

本節では、京町の角にあった海老屋の「鴨緑《あいなれ》」に着目する。「鴨緑」の場合には襲名の際に紋が変わることを述べる。

妓楼において重い名前は、名跡として長く襲名されることがあるため、『吉原細見』に同じ名前が数十年続く場合がある。そのような状況では、遊女絵だけからでは、描かれた遊女がいつの時代に在楼し、そして、いつ代替わりしたのか判然としない。ここでは、寛政十二年（一八〇〇）から明治期（一八七〇）まで、七十年以上にわたって海老屋において使われた「鴨緑」の名を持つ花魁の紋がどのように扱われていたかについて述べ、海老屋においては、襲名の際に紋を替えてゆく習慣があったことを述べる。このことから、紋に着目することにより絵の開板時期を推定することが可能となり、さらに、『吉原細見』の情報と照合することにより、それぞれの鴨緑の突出し（新造出し）や、昇格、退楼の時期など、いわば人事異動に関する情報も特定が可能となる。

ちなみに、姿海老屋の場合には、後で述べるように襲名の際に先代と同じ紋を使い、かつ、姉女郎をリーダーとするグループは同じ紋を利用している。妓楼間で、紋の使用方法に異なった考え方があったことは、妓楼のマネジメントを考える上で注目される。海老屋では、個々の花魁の個性を尊重し、姿海老屋ではＡＫＢ48のように個々のメンバーは入れ替わるが、グループとしては継続するという、グループのアイデンティティをより重視していたのかもしれない。

享和から天保期までに描かれた、海老屋における歴代の「鴨緑」に関する基本データを【表２】に掲げる。複数の「鴨緑」がいるので、これに識別名を与える。識別名は絵に描き込まれた鴨緑の「紋」とする。筆者の以前

表２　寛政から天保までの 海老屋 鴨緑

識別名	紋			在楼期間	細見上順位	注
あひなれ 紋不明	不明			寛政 12 春（1800）から 寛政 12 秋仮[A]（1800）まで	7 7	[A] 仮宅細見
桐紋の鴨緑 （喜久麿）	桐			寛政 13 春（1801）から 享和 3 秋（1803）まで	8 6	享和 4 春未調査
いかづち紋の 鴨緑（英山）	丸に違い鷹の羽 いかづち[B]			文化 6 春（1809）から 文化 15 春（1818）まで	9 1	文化 5 秋なし [B] 雷の正九郎としての紋
違い鷹の羽紋の 鴨緑（英泉）	丸に違い鷹の羽			文政 2 秋（1819）から 文政 6 秋（1827）頃まで	4 1	
抱茗荷紋の鴨緑 （英泉）	抱茗荷	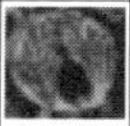		文政 7 春（1824）頃から 文政 10 秋（1827）まで	1 1	
木瓜紋の鴨緑 （国貞）	木瓜			文政 11 秋（1828）から 天保 5 春（1834）まで	1 1	
桐紋の鴨緑 （国貞）	桐	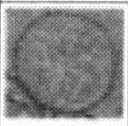		天保 5 秋（1834）から 天保 12 春（1841）まで	2 1	天保 12 秋未調査

の研究[3]では絵師の名前を識別に用いていたが、研究の進展により、紋を識別のキーワードとすることが相応しいことが明らかになった。

（一）桐紋の鴨緑（喜久麿）

海老屋は寛政十一年（一七七九）秋の『吉原細見』までは、京町一丁目の通りの左側七軒目にあった。この時代には「鴨緑」という遊女はいなかった。寛政十二年（一八〇〇）春に、それまで二文字屋という見世があった京町右側一軒目に進出し、『吉原細見』の七枚目に「あひなれ」が登場する。「鴨緑」という難読な名前の読み方が、これにより明らかになった。寛政十二年の山の宿での仮宅から戻った寛政十三年（一八〇一）春に「鴨緑」が八枚目呼び出し格として登場する。この「鴨緑」は、管見の限りでは享和三年（一八〇三）秋まで在楼し、「ひよく」と「れんり」という二人の禿がついていた。禿の名前は、唐の詩人白居易が玄宗皇帝と楊貴妃のことを歌った長恨歌（在天願作比翼鳥、在地願爲連理枝［天にあっては願わくは比翼の鳥となり、地にあっ

図4　当時全盛達藝集　略誌琴碁書画、五紙の續茶の湯の図　角海老屋内　鴨緑、ひよく、れんり、喜多川喜久麿筆、丸屋文右衛門板。© Victoria and Albert Museum, London / Uniphoto Press

ては願わくは連理の枝とならん」）に由来している。この「鴨緑」を、喜多川喜久麿が描いている【図4】。紋は桐である。後の天保期に歌川国貞《くにさだ》が描いた桐紋の「鴨緑」と区別するように「桐紋の鴨緑（喜久麿）」と呼ぶことにする。

喜久麿は享和三年（一八〇三）に月麿に改名する。すなわち、開板の時期はそれ以前でなければならない。次に、遊女絵は宣伝のための媒体であることを踏まえて、開板動機に結びつく出来事を考察してみる。前述のように、寛政十二年（一八〇〇）年二月二十三日に吉原で火災があり、海老屋は山の宿で仮宅営業し、同年の十月二十日までには吉原に戻ったと推測される。▼4 山の宿の仮宅から吉原に戻った際に突き出され、寛政十三年（一八八一）春の『吉原細見』に初めて名前が出る「鴨緑」を宣伝するために作られた絵と考えてよいであろう。

（二）いかづち紋の鴨緑

文化元年（一八〇四）から文化五年までは、『吉原細見』において「鴨緑」を見ることができない。次に登場するのは、

図5　青楼五人女　ゑびや内　鴨緑。菊川英山筆。川口屋宇兵衛板。
Collection Nationaal Museum van Wereldculturen. Coll.no. RV-360-4566A

「いかづち紋の鴨緑」である。文化六年（一八〇九）春に呼び出し九枚目として突き出され、文化十五年（一八一八）春の『吉原細見』を最後に退楼している。

【図5】は菊川英山が描く「青楼五人女」の一枚であり、板元は川口屋宇兵衛である。オランダ・ライデン国立民族学博物館が所蔵している。定紋の入った箱提灯と共に花魁を描くこの揃い物は、管見の限り全部で四枚が知られている。箱提灯と打掛から、「鴨緑」の定紋があたかも「いかづち」のように描かれている。ほかに、ボストン美術館にある「玉屋内花紫」（雁金紋）、そして、いずれもヴィクトリア&アルバート博物館が所蔵する「鶴屋内大淀」（軍配の紋）および「松葉屋松村」（安の文字紋）がある。「青楼五人女」という絵の外題、および描き込まれた紋から明らかなように、この揃い物は歌舞伎の「雁金五人男」に取材したもので、描き込まれた紋は、次のように登場人物に対応する。すなわち、いかづち＝雷庄九郎、雁金＝雁金文七、軍配＝布袋市右衛門、安の文字＝安野平右衛門である。筆者は見ていないが、極院千右衛門に対応する絵が存在するはずである。

この絵が、文化六年春から文化十五年（四月に文政と改元）春まで『吉原細見』にある「鴨緑」を描くものであることを、以下に証明してみよう。

まずは絵の開板時期に関してである。改印を検証してみる。「鶴屋内大淀」および「松葉屋松村」には「極印」があるが、「海老屋内鴨緑」および「玉屋内花紫」にはない。ここで重要なことは、この揃い物に極印があることである。文化六年から文化十五年までは、改印の様式が特殊な時代である。文化五年から文化七年までは、「辰十一」のような年月を示す印が改印として使われた。文化八年から文化十一年までは、「極印」と「行事副印」と呼ばれる地本絵草子問屋仲間月番行事の印が併用された時代である。この揃い物には極印しかないので、板行時期は文化十二年以降となる。

管見する他の三枚と併せて開板時期をさらに検証してみよう。「海老屋内鴨緑」、「玉屋内花紫」、「鶴屋内大淀」および「松葉屋松村」四名の花魁が同時に『吉原細見』に登場する期間は、文化八年（一八一一）春から文化十五年（一八一八）春までである。「玉屋内花紫」は、文化十三年（一八一六）春の『吉原細見』でランクが筆頭から二番目に下がる。また、「鶴屋内大淀」の場合には文化十四年（一八一七）四月に、これまでの筆頭から十一番目に下がっている。すなわち、これらの機会に新しく襲名した「花紫」と「大淀」が突き出されたことになる。なお、「鶴屋内大淀」の場合には仮宅から戻った直後に板行された文化十四年（一八一七）四月の『吉原細見』から、この時期に突き出されたことが理解できる。「玉屋内花紫」は、その前年の文化十三年（一八一六）春の突き出しであり、どちらも新人である。

この絵の開板動機は何であろうか。「青楼五人女」という絵の外題および、描き込まれた紋から明らかなように、布袋市右衛門、安野平右衛門、雷庄九郎および雁金文七が登場する歌舞伎が連想される。そこで、『歌舞伎年表』

の文政元年（文化十五年）を調べると、五月五日より中村座で「仕入染雁金五紋」が上演されていることがわかった。ちなみに、文化から文政への改元は五月であった。布袋市右衛門＝中村芝翫、安野平右衛門＝坂東三津五郎、雷庄九郎＝松本幸四郎、雁金文七＝市川団十郎という豪華な顔ぶれであった。[5] すなわち、いわば歌舞伎と吉原が手を繋いで、お互いの宣伝のために開板したと言える絵である。この時の芝居には、他にも何種類かの絵が開板されている。

さらに興味深いヒントは、「海老屋内鴨緑」を所蔵するオランダ・ライデン国立民族学博物館での、収蔵品番号一―四四八六Lである。一で始まる番号は、シーボルトの収蔵品とされている。しかし、シーボルトの江戸参府は文政九年（一八二六）であり、文政九年における「海老屋内鴨緑」の紋は、前述のとおり「抱茗荷」である（【図9】参照）。この時期には「鶴屋内大淀」は退楼していることから、開板時期をシーボルトの江戸参府の前年である文政八年（一八二五）頃とすることは否定される。一方、シーボルトの前に江戸に参府したのは、長崎商館長のブロムホフである。文政元年（文化十五年［一八一八］）および文政五年（一八二二）のことであった。江戸において浮世絵を購入している。シーボルトとブロムホフはお互いの収集品を交換しており、[6] この英山筆になる「海老屋内鴨緑」もブロムホフからシーボルトに渡ったものと考えてよい。以上から、この絵の開板年を文政元年とすることに矛盾はない。ちなみに、この揃い物と同時期にブロムホフによって購入され、その後、交換されてシーボルト収蔵品となっている絵として、柳川重信筆「松葉屋代々山」（収蔵品番号一―四四六九―三）などがある。

以上から、この絵の開板時期は文化十五年であり、歌舞伎の宣伝のために作られたとすると、同年の三〜四月と考えられる。文化六年春から文化十五年に在楼していた「鴨緑」を描くものとして間違いはない。

では、この「鴨緑」の本当の定紋は何であろうか。決め手となる絵が、本稿校正中の二〇一七年十二月に、東京原宿の太田記念美術館で開催の特別展「没後一五〇年記念菊川英山」で見つかった。まないた判と称される、少し小さめの「海老屋内鴨緑」である。[7]着物の背に「丸に違い鷹の羽」の紋があった。同じ揃い物に属する「海老や内大勢」も併せて展示されていた。どちらの絵にも、極印と併せて文化十一年（一八一四）まで使用されていた副印があることから、開板の下限は文化十一年（一八一四）である。一方、上限は「大勢」が十二枚目に突き出された文化八年（一八一一）秋である。すなわち、表三において文化六年（一八〇九）から文化十五年（一八一八）年春まで在楼していた鴨緑の紋が「丸に違い鷹の羽」であることが判明した。

（三）二人の「違い鷹の羽」紋の鴨緑

筆者は以前の報告[8]において、文政二年（一八一九）から文政十年（一八二七）の間に在楼した「鴨緑」は一名と認識していた。何故ならば、『吉原細見』の上では文政二年に「よびだし新造附 四枚目」として突き出されて以降、五年秋には三枚目、六年春には二枚目、そして十年秋には筆頭にと順調に出世したからである。そして、この「鴨緑」の紋としは、文政八年の「道中双娽」で描かれた「抱茗荷」であると理解していた（第四章【図17A】参照）。

一方、文政六年（一八二七）に板行の「廓の四季志吉原要事十二月海老屋内鴨緑」（吉原要事と略す）においては、積夜具の風呂敷に「丸に違い鷹の羽」紋が描き込まれており、腑に落ちなかった【図6】。「道中双娽」の「鴨緑」では、簪、着物および打ち掛けに「抱茗荷紋」が散りばめられ、「鴨緑」の定紋として疑いの余地がないからである。

その後、日本浮世絵博物館において、二枚の重要な英山筆「鴨緑」の存在を確認した。一枚は文化十一年（一八一四）以前の開板が明らかな行事副印のある立ち姿の「鴨緑」で、雰囲気も太田美術館で展示のものと似ている。しかし、紋は描かれておらず、「鴨緑」の定紋に関する議論の材料にはなりえない。二つめは、文机で扇面に絵を描く「鴨

図６　廓の四季志吉原要事　十二月海老屋内鴨緑。文政６年（1823）。渓斎英泉筆。蔦屋重三郎二世板。日本浮世絵美術館蔵。

緑」で、番頭新造と禿が描かれている【図７】。三人とも着物の紋は「丸に違い鷹の羽」である。この絵には、左半分もあり、番頭新造一名、振袖新造一名ならびに禿が一名描かれ、正月を寿ぐ十返舎一九の賛がある。落款のスタイルや顔の描き方からして、英山の文化後期の作として理解できる。改印としては極印のみである。これらから、全盛時代の「鴨緑」を描くものと理解できる。開板の動機としては、文化十四年（一八一七）正月に仮宅から戻ることの宣伝ではなかろうか。以上述べてきたように、太田記念美術館で展示された副印のある「海老屋内鴨緑」を決定的証拠として、文化六年（一八〇九）春から文化十五年（一八一八）正月まで在楼した鴨緑の定紋は「丸に違い鷹の羽」と結論できる。

ついで、文政二年（一八一九）に突き出された「鴨緑」の紋も、【図６】に示すように「丸に違い鷹の羽」であった。前任の文化年間の「鴨緑」がお世話した振袖新造が昇格したのであれば、本章第六節で紹介する姿海老屋の姉女郎「七里」の役割と同じであると言えよう。この二番目の「鴨緑」の在楼期間は短く、文政八年（一八二五）の「道中双娽」では、「抱茗荷」

図7　京町一丁目海老屋内　あいなれ　かのも　このも。菊川英山筆。文化14年（1820）か。小山屋半五郎板。日本浮世絵美術館蔵。

紋の「鴨緑」に交代している。

(四) 抱茗荷紋の鴨緑

一方、文政八年（一八二五）板行の「道中双娽」庄野宿（第四章【図17A】）、および文政九年（一八二六）に出された「傾城道中雙六」（第四章【図17B】）における「鴨緑」の紋はいずれも「抱茗荷」である。前章に述べたように、「道中双娽庄野宿の「鴨緑」は初摺り刊行後時間を置かずに和泉屋内「泉州」となる。「道中双娽」の多くの絵において、初板にある紋を残したまま妓楼と遊女の名前を変更して後板が作られたことは、遊女絵における情報（メタデータ）としての紋を考察する上で、また、なぜ後板が制作されたのかを考察する上で貴重なケースとなっている。

これらのことから、【表2】に示すように、文政初期の海老屋には、文政二年（一八一九）秋から文政六年（一八二三）春まで在籍した「違い鷹の羽紋」の「鴨緑」と、文政七年（一八二四）春頃から文政十年（一八二七）秋までいた「抱茗荷紋の鴨緑」の二名が存在したと結論される。

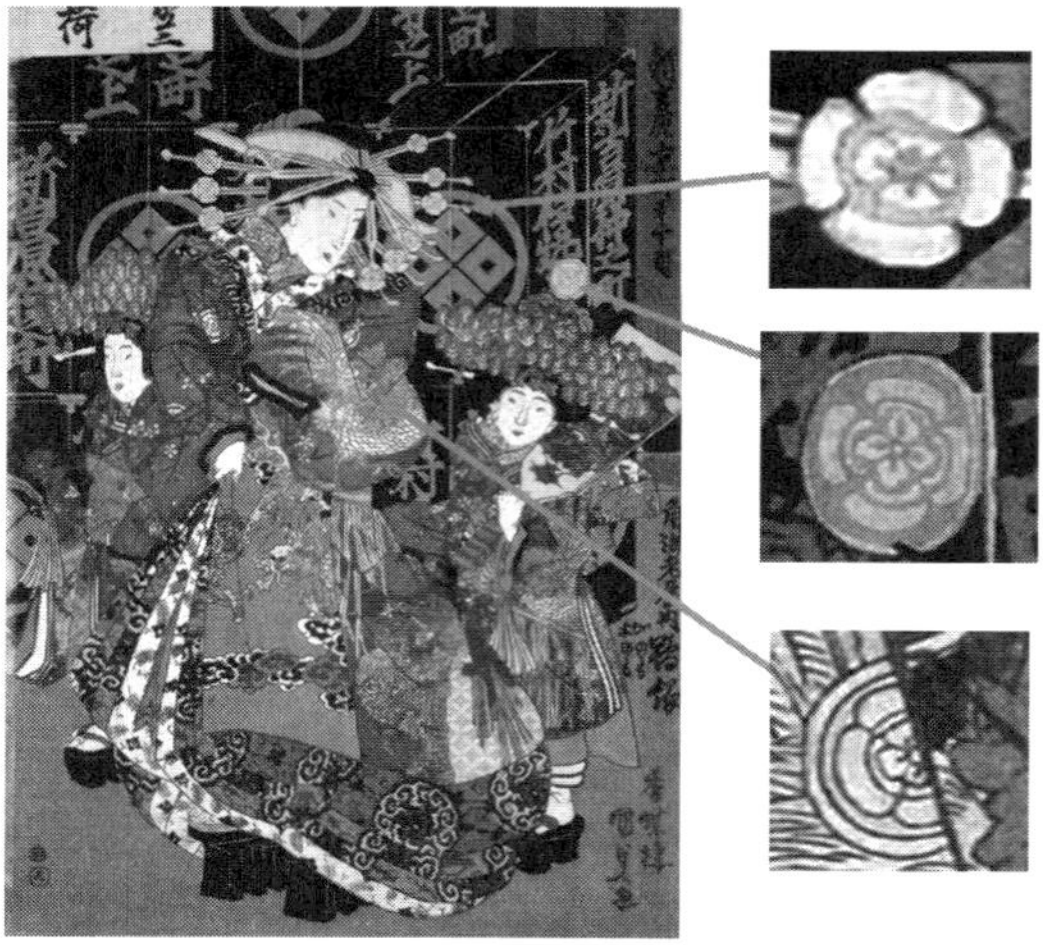

図8　新吉原京町一丁目　角海老屋内鴨緑　かのも、このも。文政11年（1828）。香蝶楼国貞筆。伊勢屋三次郎板。国立国会図書館蔵。

（五）木瓜紋の鴨緑

「抱茗荷紋の鴨緑」が文政十年（一八七二）秋の『吉原細見』を最後に退楼すると、文政十一年春の『吉原細見』から「鴨緑」の名前が一旦消える。そして、文政十一年（一八二八）秋の『吉原細見』の筆頭の位置に、「鴨緑」が再び登場する。【図8】は、この時の新造出しを宣伝するために制作されたものと推定できる。なぜならば、吉原にあった菓子屋・竹村伊勢の積み物が描き込まれていること、作者の国貞が香蝶楼《こうちょうろう》の号を用いるのは文政十年（一八二七）以降であること、また、着物の紋、簪、さらには、羽の禿の針打ちの部分にも、これまでの「抱茗荷」紋に代わって「木瓜《もっこう》」紋が認められるからである。この紋にちなんでこの「鴨緑」を「木瓜紋の鴨緑」と呼ぶことにする。

次節で述べるように、この絵より後の天保五年（一八三四）秋に板行されたと推定される絵【図9】では、画工は同じく国貞ではあるが、定紋は桐となっており、文政十一年に描かれた「木瓜紋の鴨緑」と天保五年の「桐紋の鴨緑」とは別人

図9　新吉原京町一丁目角海老屋内　愛染　ひよく　れんり、常盤津　やよい　はなの、鴨緑　かのも　このも。天保5年（1834）秋。香蝶楼国貞筆。伊勢屋三次郎板。日本浮世絵博物館蔵。

であると結論づけられる。

【図8】の背景に描かれているのは、竹村伊勢の積み物である。贔屓が新造出しを祝って贈ったものである。今でも、助六の芝居には竹村伊勢の積み物が登場する。『吉原細見』を注意してみていると、新造出しというイベントは、新しい名前の遊女が登場する、注目する遊女の名前が一シーズン以上途切れる、あるいは、同じ名前の遊女であっても格が下げられて掲載されていることなどから判断できる（第四章三節（二）参照）。このことから、竹村伊勢の積み物が描かれた新造出しの絵の場合は、開板の時期を容易に特定できる、特殊な例である。

（六）桐紋の鴨緑

【図9】は、天保五年（一八三四）秋に開板の三枚続きである。京町一丁目の角にあった海老屋（角海老）の二階を、通りから覗き込むスタイルで描く、豪華な雰囲気の絵である。松や海老の飾りも描かれ（中央の絵の下端）、正月の雰囲気を醸し出している。海老は海老屋に通じる。

海老屋のトップの三名の花魁、すなわち、「愛染」、「常盤津」および「鴨緑」を、禿と共に描いている。「愛染」の向かって右奥には、「愛染」の名前の入った奉納提灯と奉納手拭が描き込まれ、信心深さを表している。「愛染」の禿は、「ひよく」と「れんり」、「常磐津」は「やよい」と「はなの」、「鴨緑」は「かのも」と「このも」である。天保五年秋には、春まで筆頭の位置にあった「鴨緑」が、『吉原細見』では二枚目に落ちたように見える。降格は妓楼の人事としてはあり得ないから、「木瓜紋の鴨緑」が退楼し、「桐紋の鴨緑」が突き出されたことを意味している。「鴨緑」の定紋が、寛政十三年（一八〇一）春に喜久麿によって描かれた「鴨緑」の場合と同じ、「桐」に戻ったことになる【図4】。

この時、「愛染」も呼び出し三枚目のランクから十四枚目に降格されたように見える。すなわち、この絵は新しい「愛染」の襲名披露を目的としている。「愛染」の右下に描かれた竹村伊勢の積み物が、そのことを示している。「常磐津」も十一枚目から五枚目に一気に昇格しており、この三名の花魁を宣伝するのが目的で、この絵が作られたと理解してよいであろう。

絵には、「よきことときく」が二重に描き込まれている。一つは、中央の「常盤津」の着物の模様である。常盤津の舞踊「関の戸」を題材として、「よき」（おの）、「琴柱《ことじ》」ならびに、「菊花」である。さらに、目にとまる「常磐津」の着物の袖の「よき」、「鴨緑」の背後に壁に立てかけられた「こと」、そして「愛染」が右手にもつ手鞠（音読みでキク）である。

この絵において、三名の花魁のいずれもの簪に「桐」の紋があしらわれている。禿の針打ち、羽子板、さらに、ふすま障子の模様も「桐」である。これ以降の海老屋の遊女絵は、いずれの遊女においても、紋に「桐」が使用されるようになる。遊女のロゴマークとしての紋の使用ルールを変更するという、海老屋の営業戦略の変化といえよう。しかしながら、この後、天保の改革において実名の入った遊女絵が禁止されるので、残念ながら実態は追えなくなる。

四　竹村伊勢の積み物が描かれた他の例

本節では、海老屋「鴨緑」以外にも竹村伊勢の積み物が描かれた遊女絵を紹介する。

（一）姿海老屋内葛城

【図10および11】は渓斎英泉が描く、「姿海老屋内葛城《かつらぎ》」および文政八年（一八二五）開板の「道中双娽　ちりふ　姿海老屋内葛城」である。姿海老屋の「葛城」は、『吉原細見』では、文政元年（一八一八）秋に、前任の葛城（四枚目）の後を襲って八枚目で突き出され、文政十年春（一八二七）の筆頭を最後に退楼している。

図10　姿海老屋内葛城。渓斎英泉筆。コマ絵に竹村伊勢の積み物が描かれている。着物と簪に抱茗荷が描かれる。板元印なし。日本浮世絵博物館蔵。

図11　契情道中双娽見立よしはら五十三対　姿海老屋内葛城。渓斎英泉筆。抱茗荷が打掛の裾と横に3本さした簪にある。蔦屋吉蔵板。国立国会図書館蔵。

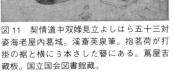

図12　和泉屋内槙の尾、花川亭富信筆。天保3年（1832）秋。森屋治兵衛板。© Victoria and Albert Museum, London / Uniphoto Press

【図10】には「葛城」と名前の書かれたのし紙と共に、竹村伊勢の積み物が描かれており、新造出しの際に贔屓からの入銀によって作られたことが推測できる。顔の雰囲気から、文政初期の作と推定できる。「葛城」が花魁のたしなみとして茶の湯をよくしていたことが理解できる。屏風には秋草が描かれており、この絵が開板された時期を暗示している。注目すべきは、着物の裾模様と簪にあしらわれた「抱茗荷」の紋である。

【図11】は「道中双娽　ちりふ」に描かれた「姿海老屋内葛城」である。こちらの絵においても、打掛の裾と、横に六本さした簪の模様は「抱茗荷」である。このことから、【図10および11】に描かれている「葛城」の定紋は「抱茗荷」であり、同一人物と結論できる。すなわち、【図10】は文政元年秋（一八一八）の新造出しの際に描かれたものである。興味深いのは、【図11】において帯の先端と額にさした二本の簪の模様に「梅」が描かれていることである。「道中双娽」に描かれた花魁の絵を見てゆくと、帯の先端に定紋が描き込まれることが多い。このことから、「葛城」の定紋が「抱茗荷」であり、替紋が「梅」である可能性を示唆している。

（二）和泉屋内槙の尾

【図12】は、花川亭富信《かせんていとみのぶ》筆「和泉屋内槙《まき》の尾《お》」である。花川亭富信が文政末期に歌川国富《くにとみ》から花川亭富信に名を改めたことを手がかりに、天保初期の『吉原細見』を調べると、「槙の尾」は天保三年（一八三二）秋に呼び出しとして五枚目に突き出され、天保十二年（一八四二）における筆頭呼び出しを最後に退楼している。すなわち、この絵は天保三年秋の新造出しに際して作られたと理解できる。この絵には松栄舎主人になる「春の日のながえの傘をさしかざす花に交りて開く夕ばへ」という歌も書き込まれている。この絵と揃い物として考えられる「玉彌内桜都《さくらと》」にも松栄舎主人の歌がある。松栄舎主人については不明である。

妓楼が遊女絵を制作する場合には、筆頭あるいは二枚目などの高位の花魁を対象としており、この絵のような五枚目の遊女は一般的には描かれにくいようである。逆にいえば、そのようなケースの場合には浅野[9]が指摘するように、贔屓による入銀を想定してよいであろう。

五　後板藍摺における紋の扱い

文政後期に青の色材としてプルシアン・ブルー（フェロシアン化第二鉄）が利用可能になると、藍摺絵が多く作られる。

文政十年（一八二七）秋から十一年春の頃に、溪斎英泉筆「吉原八景」が蔦屋吉蔵から板行され、天保五年（一八三四）春には、この揃い物の主たる構図はそのままに、一部、簡略化された後板が、同じ蔦屋吉蔵から「吉原美人」という外題を持つ藍摺絵の揃い物として板行される【図13】。天保五年春の『吉原細見』【図14】では、八枚の絵に描かれた扇屋の九名、すなわち、花扇、梯立《はしだて》、司、花染、花窓、朝妻《あさづま》、錦野、鳰照《におてる》および花窓の番頭新造花雲を確認できる。花雲の名前は、帯の端にある。後述するように、花窓と花雲の紋が同一であることに注目されたい。ちなみに、天保四年秋および天保五年秋には、「鳰照」の名前がない。天保五年春のみに在楼した花魁である。

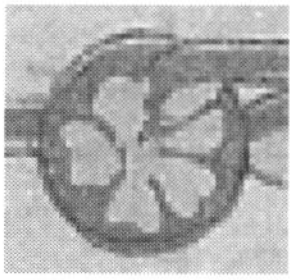

花染
不明
（画像提供：浮世絵専門店 東洲斎）

司
不明
日本浮世絵博物館

梯立
なでしこ
日本浮世絵博物館

花扇
ききょう
山口県立萩美術館・浦上記念館

鳰照
ささりんどう
日本浮世絵博物館

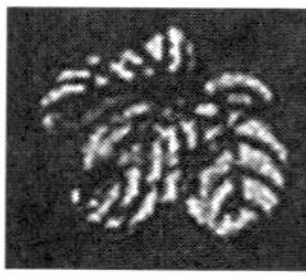

錦野
つた
日本浮世絵博物館

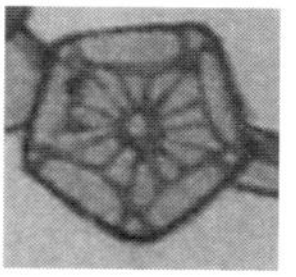

朝妻
あさがお
日本浮世絵博物館

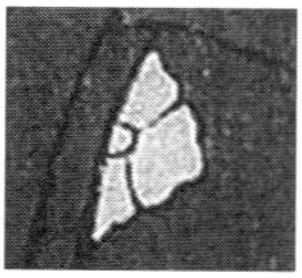

花窓
花菱
日本浮世絵博物館

図 13　吉原美人。藍摺り。渓斎英泉筆。天保 5 年（1834）春。蔦屋吉蔵板。

図14　天保5年（1834）春の『吉原細見』5オ。扇屋。花扇、梯立、司、花染、花窓、朝妻、錦野および鳰照の八名の名前が大書されている。花窓付の番頭新造花雲は三段目の右から三人目に認められる。岩瀬文庫蔵。

そのことが、この揃い物の板行年を特定する決め手となった。

また、この時代の扇屋は和泉屋の向かいにあった。つまり、本章四節（二）で紹介した和泉屋内「槙の尾」とは、同じ時代に同じ空間を共有していたことになる。

この揃い物の元になっている「吉原八景」に登場する花魁は、藍摺絵に対応させれば、それぞれ、「姿海老屋内七里《ななさと》」、「丸海老屋内陸奥」、「丸海老屋内江川」、「丸海老屋内江門」、「尾張屋内園濱」、「姿海老屋内七人《ななひと》」、「丸海老屋内玉川」、および「尾張屋内長登」である【図15参照】。

注目すべきは紋の扱いであり、【図13】と【図15】とを比較して明らかなように、紋は後摺を作る際に扇屋の遊女の紋に変更されている。藍摺を制作する際に、入銀元としての扇屋の意向が反映されたと理解してよい。ちなみに、「吉原八景」にある「姿海老屋内七里」と、「吉原美人」にある「扇屋内花扇」との場合には、紋は「ききょう」で同じである。同様に、「尾張屋内園濱」と「扇屋内花窓」の花菱、「丸海老屋内玉川」と「扇屋内錦野」の場合も紋は同一の「つた」であるが、それ以外は別の紋に変更されている。

遊女絵における紋は、いわば、ロゴマークとしての意味があり、こ

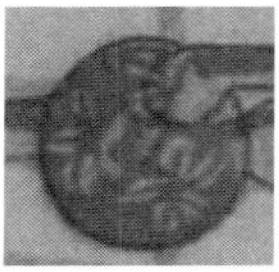

丸海老屋内江門
三つもみじ
日本浮世絵博物館

丸海老屋内江川
三つもみじ
日本浮世絵博物館

丸海老屋内陸奥
三つ柏
© Victoria and Albert Museum, London / Uniphoto Press

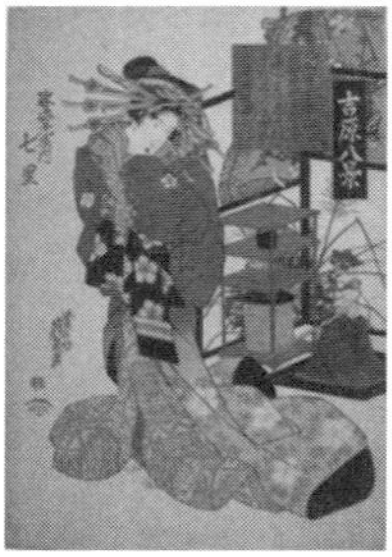

姿海老屋内七里
ききょう
日本浮世絵博物館

尾張屋内長登
かたばみ
日本浮世絵博物館

丸海老屋内玉川
つた
日本浮世絵博物館

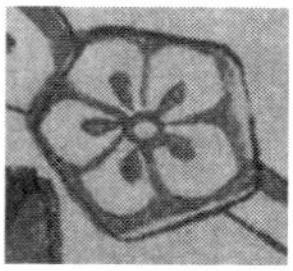

姿海老屋内七人
ききょう
ウィーン国立工芸美術館
『原色浮世絵大百科事典』11 巻より

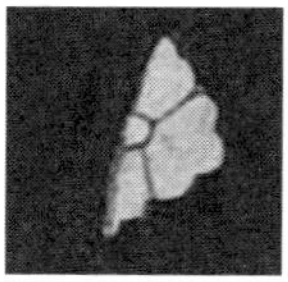

尾張屋内園濱
花菱
© Victoria and Albert Museum, London / Uniphoto Press

図 15　吉原八景。文政 10 年（1827）秋から 11 年春。蔦屋吉蔵板。

れを周知することが、妓楼にとって重要であったことが理解できる。一方、前章に示したように、同じ溪斎英泉筆で、文政八年（一八二五）年に板行された「道中双娽」においても、後板が作られる。しかし、その際には初板をそのまま使い、すなわち紋は残したまま、妓楼と花魁の名前を変更することだけがなされている（第四章四節（四）参照）。「道中双娽」の場合には、初板の開板後日時をおかずに、後板が開行されたためであろう。逆にいえば、それが必要となる事情があったのであろう。紋を変更するとなると主板、あるいは色板に影響するので厄介なことになる。

一方、ここで紹介した藍摺絵の場合には。初板としての「吉原八景」の開板から七年も経過しており、制作意図としては、かなり古い絵を利用した別の出版物として考えた方がよいであろう。芸術性としても、元の「吉原八景」の方が優れている。扇屋において、安価な藍摺板を用いて宣伝をせざるをえなくなった理由があると考えられる。安永・天明の時代に、歌麿の絵で一世を風靡した扇屋が、制作費用が安価な藍摺を利用していることは、この頃から扇屋の経営が順調でなくなり始めることと、関係するかもしれない。[10]

六　グループとしての同一紋の使用例

前節で述べた海老屋の「鴨緑」の例では、代替わりして襲名するごとに紋が変わることを明らかにした。ここでは、文政期の姿海老屋を例に、これとは反対に、襲名の際に紋も継承し、かつ、グループとしても共通の紋を利用していることを紹介する。

英泉は、吉原の京町一丁目にあった半籬交格の姿海者屋の遊女絵を多数描いており、高位に格付けされた花魁

「七里」および「七人」の名前が、文政初期から天保初期の二十年にわたって、「吉原要事廓の四季志」、「拍子逢《ひょうしおう》妓《ぎ》」、「道中双娽」、「吉原八景」、「契情六佳撰」、「傾城江戸方格《けいせいえどほうがく》」、「諸国富士尽《しょこくふじづくし》」などの揃い物に頻繁に登場する。すなわち、花魁の在楼期間が長くてもおおよそ八年程度であることを考えれば、同一の名前を持つ花魁が、時系列的に連続して複数名存在していたと想像できる。

本節では、右の揃い物と『吉原細見』における情報とを対比することにより、複数名の「七里」、「七人」、および、文政十一年秋（一八二八）に「七里」が襲名した「姿野」について、その在楼時期から絵の開板時期を明らかにし、個々の絵に描かれた「七里」および「七人」がどの時期の「七里」および「七人」に対応するのか特定を試みる。併せて、姿海老屋における、花魁の襲名、昇格、退楼、姉女郎の影響圏など、現代の言葉に置き換えれば、妓楼における人事異動やマネジメントについても考察を試みる。

また、姿海老屋の花魁は含まないが、英泉が描く同時期の揃い物の遊女絵についても、同様の方法で可能な限り開板時期の特定を試みたので、これらについても表にまとめ、併せて文政期の遊女絵の特徴についても言及したい。

（一）『吉原細見』による七里、七人、姿野の追跡

文化十三年秋（一八一六）板行の仮宅版から天保八年冬（一八三七）の仮宅版に至る二十年間にわたり、『吉原細見』を用いて姿海老屋内「七里」、「七人」および「姿野」の在楼期間を追跡調査した結果を【表3】に示す。この期間に三名の「七里」を確認できた。それぞれ、文化十四年（一八一七）四月（卯）から文政八年秋（一八二五）までの九年間、文政十年（一八二七）秋から文政十一年春までの短期間、さらに、天保四年（一八三三）秋から天保

表3　吉原細見を追跡して見えてくる七里、姿野および七人の任用、昇格、退楼、ならびに姿海老屋が関わる代表的遊女絵。

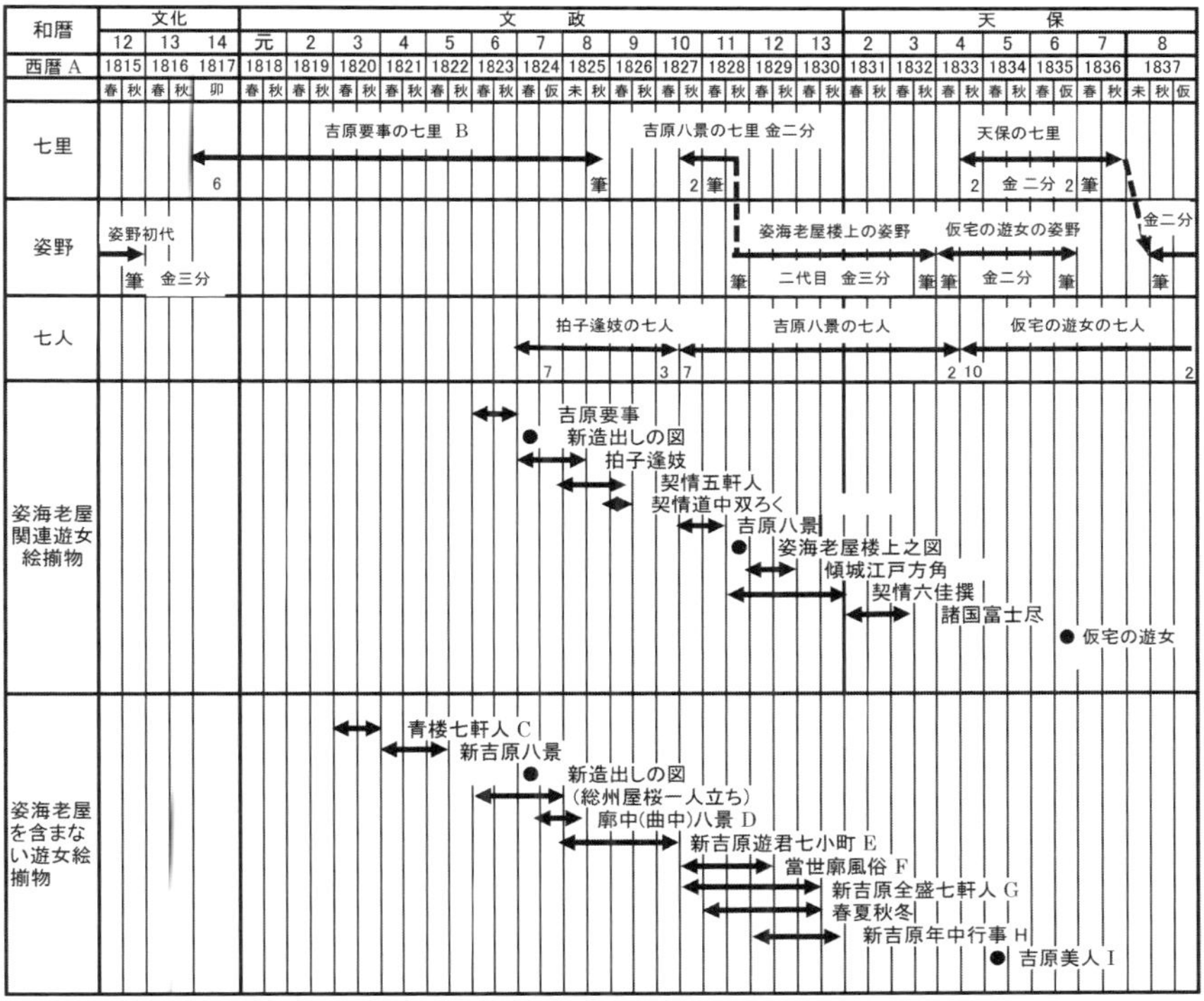

A：西暦については和暦とのずれがあるが、ここでは、便宜的に一致させている。
B：花魁の任期を示す線の上の文字は同名の遊女を識別するためのキーワードである。線の下の数字は突出しから退楼までの吉原細見上での格（何枚目か）を示す。
C：2012年5月に千葉市美術館開催の英泉展図録における拙稿において、開板時期を文化12年（1815）春から文化14年卯（1817）までとする説と、画風からは文政2年（1819）から3年とする説を紹介した。その後の調査から松葉屋抱えの「粧ひ」の紋を「菊」としていることから、文政3年に突き出された「粧ひ」が描かれていると判明した。描かれた7人の遊女が全員在楼する時期としての文政3年（1820）が、板行の時期である。
D：この揃物の全点が、文政9年（1826）3月から4月にかけてのシーボルト江戸参府のおりに購入され、1-144-Gから1-1444-NのInventory numberを付与されている。契情道中双ろくと同様に、仮宅から吉原への復帰を宣伝する目的での開板であろう。
E：描かれた花魁の紋が、契情道中双娥に描かれた花魁のものとほぼ同一であることから、契情道中双娥とほぼ同時期の開板と考えられる。しかし、ライデンの国立民族学博物館のシーボルト蒐集品に存在しないことから、開板時期としては文政8年（1825）は排除すべきであろう。
F：文政12年秋（1829）の吉原細見が未見である。
G：描かれた花魁が同時に吉原細見で確認できるのは、文政5年秋（1822）から文政7年仮宅までの期間と、および文政10年秋（1827）から文政13年春の期間である。画風を考慮すると、開板時期は後者となろう。
H：管見の限りでは三月と十二月に異板がある。異板の存在を考慮すると、開板の下限は多少下るかもしれない。
I：「吉原八景」の使い回しによる藍摺。紋を含めて、全て扇屋の花魁に変更。

七年（一八三六）春までの三年半在楼していた。

一方、「七人」の場合には、文政七年（一八二四）春から天保八年（一八三七）冬の仮宅版までの十四年間にわたって連続する。しかしながら、文政十年（一八二七）秋および天保四年（一八三三）秋に、それぞれ前任の「七人」が退任し、新しい花魁が「七人」を襲名している。すなわち、これらの時点で「七人」の順位が、それぞれ、三枚目から九枚目へと、また、二枚目から十枚目へと格下げになっていることから判断できる。つまり、「七人」も三名存在していた。

【表3】に明らかなように、「七里」と「七人」とを比べると、「七里」は『吉原細見』上において、比較的高い格付けから始まるのに対し、「七人」は七、九、十枚目のような低い格からスタートして昇格してゆく。このことからも、「七里」は「七人」よりも重い名跡であったことが理解できる。文政十一年（一八二八）秋に「七里」から「姿野」を襲名した「姿野」についても示しておく。

（二）複数の「七里」および「七人」の識別

この時代の「七里」および「七人」を描いた絵に注目すると、いずれの場合においても、代替わりがあっても「ききょう」紋を継承している【図16〜21】。英泉の絵では、明示的に紋として描き込まれる以外に、打掛などの着物、また【図18A】に示すように下着の襟や帯の先端、簪、あるいは道具などの模様としてあしらわれている場合がある。【図16】は、打掛の裾に「ききょう」が描き込まれた「吉原要事廓の四季志　姿海老屋内七里」を示す。

情報学の言葉でいえば、「ききょう」紋は姿海老屋において、名前に「七」のつく花魁に共通の属性情報（プロパティ）として扱われていることが理解できる。図像学の言葉では attribute である。絵に紋をどのように描き

図17　吉原八景の七里。「吉原八景 崎の夜雨 海老屋内七里」溪斎英泉筆　蔦屋吉蔵板　文政10年（1827）秋～文政11年（1828）春。日本浮世絵博物館蔵。

図16B　七里の裲襠の裾に描き込まれた「ききょう」。

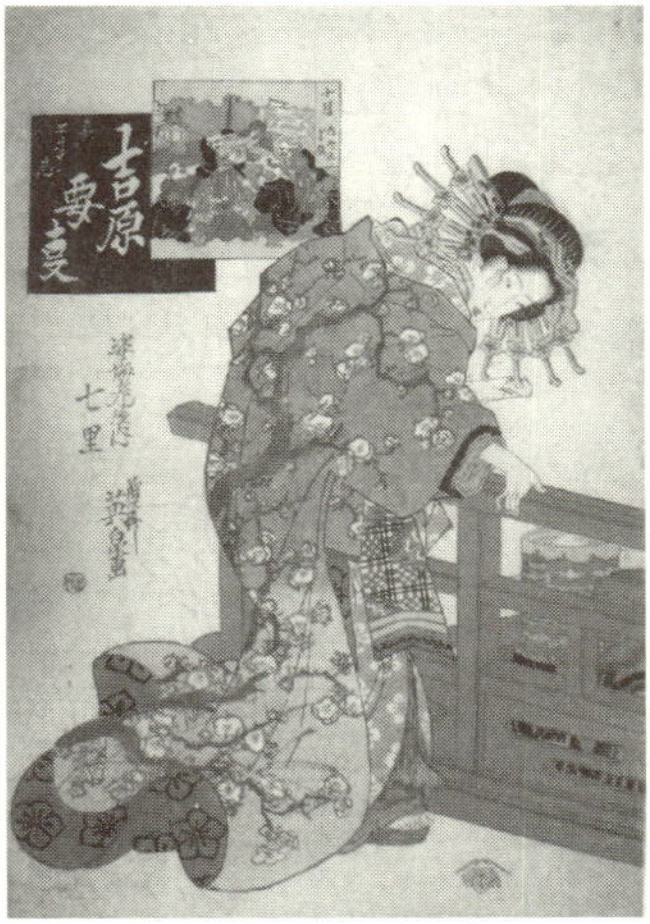

図16A　吉原要事の七里。「廓の四季志吉原要事　十月　姿海老屋内　七里」溪斎英泉筆。蔦屋重三郎板。文政6年（1823）。日本浮世絵博物館蔵。

図18A 「新造出しの図 姿海老屋内七橋、七舟、姿海老屋内七演七政、姿海老屋内りきこと七人、つるじ、かめの、姿海老屋内七里、さとの、さとじ」溪斎英泉筆。蔦屋吉蔵板。文政七年（1824）春。日本浮世絵博物館蔵。【口絵掲載】

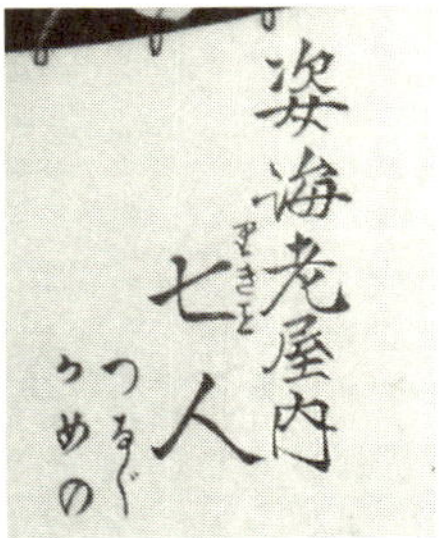

図18B　図18A右から2番目「七人」図における文字の拡大。

込むかについては、見世による営業政策を反映したものとなっている。

ちなみに、この時代の丸海老屋や尾張屋など、尾張系の妓楼において、グループの花魁が共通の紋を利用するというルールが見られる。例えば、丸海老屋においては、「江川」ならびに「江門」は「みつもみじ」を共通の紋にしている。また、尾張屋では、「長尾」や「長登」のように「長」を名前の一字とする花魁は「かたばみ」を、「喜長」や「喜瀬川」のように「喜」を用いる場合には「対雁金菱《むかいかりがねひし》」を用いている。姿海老屋と同様に、襲名して代替わりした場合にも同じ紋が継続的に用いられるという例がある。

一方、前節で紹介した文政期の海老屋の「鴨緑」の例では、紋は基本的には花魁個人の属性情報として扱われており、代替わりすると紋も変化する。グループのアイデンティティよりも、個人のアイデンティティを重んじたように見える。

したがって、姿海老屋においては、三名もいる「七里」の誰を描いたものかを特定することは、紋に着目しただけでは不可能である。そこで、揃い物の調査と、『吉原細見』上の追跡調査の双方が有効となる。枚数が少ない揃い物の場合は、同時に開板されたと考えてよいであろう。また、「道中双娽」の場合には、仮宅から吉原への復帰を宣伝することを目的として刊行されているので、この場合も同時開板と考えてよいであろう。すると、「道中双娽」のような、構成枚数が五十枚以上と極めて多い揃い物では、開板時期をプラスマイナス三から六ヶ月程度で決めることができる（第四章三節（一）参照）。構成枚数が六〜八枚であれば、プラスマイナス一・五年程度といえよう。これらは、もちろん、描かれた個々の花魁の在楼期間にも依存する。花魁の絵では禿が描き込まれているので、『吉原細見』における禿の名前も開板年特定に有効な情報である。

文政中期になると、振袖新造や引っ込み新造が「一人立ち」として描かれるようになる。振袖新造の名前は、禿ほどではないが『吉原細見』の下の方に小さな文字で書きこまれているので、判断が難しい場合もある。

この方法で、姿海老屋が関わる十一種類の揃い物について、板行時期の特定を試みた（【表3】の「姿海老屋関連遊女絵揃物」欄参照）。

この表より、同じ「七里」であっても、どの時代の「七里」が、どの絵に描かれたかを特定でき、三名の「七里」と二名の「七人」に関して、それぞれ、「吉原要事の七里」【図16A】、「吉原八景の七里」【図17】、「新造出しの七人」【図18A】、「吉原八景の七人」【図19】、「仮宅の遊女の七人」【図24】のように識別できた。管見の限り、その花魁が最初に特定できた絵にちなんだ命名であるが、今後、さらに早期のものが発見されれば、それに従うことが望ましい。「姿野」については後述するように、「姿海老屋楼上之図」【図22】に「七里改二代目姿野」と書き込まれており、改名したことが記録に残っている。

なお、【表3】には、姿海老屋の花魁を含まない十一種類の揃い物においても、開板時期を決めることが可能となったので示してある。今後の研究や鑑賞の資料として役立てば幸いである。

（三）七人、七橋、七舟の新造出し

【図18A】は、姿海老屋における振袖新造「七橋」、「七舟」ならびに花魁「七人」の、同時の新造出しのお披露目に開板されたと考えられる四枚である。左端の絵にある二人の振袖新造と、左から二枚目にある番頭新造「七濱」および「七政」とは、着物の袖の長さの違いから、それぞれ、振袖新造と番頭新造という格の違いを識別可能である。振袖新造は禿から昇格した若手の遊女、番頭新造は花魁よりは格が低く、年季の入った遊女で、花魁の身の回りの面倒をみる役目が与えられている。花魁に先客があるような場合には名代を勤めた。似顔絵として

図19　吉原八景の七人「吉原八景　堅田の落雁　姿海老屋内七人」溪斎英泉筆　蔦屋吉蔵板　文政10年（1827）秋〜文政11年（1828）春。William Sturgis Bigelow Collection 11.25601Photograph © 2017 Museum of Fine Arts, Boston.

図21　契情五軒人　姿海楼七里。開板は文政7年（1824）仮宅から文政9年（1826）春の期間。吉原要事の七里である。石川県立美術館蔵。

描かれた妓夫を含む十四人全員が「ききょう」の紋をつけており、さらに二人の花魁に掲げられた長柄の傘にも「ききょう」紋が描き込まれている。かつ、登場する花魁、振袖新造、番頭新造の全員が「七」を名前の一字にしている。

四枚を並べると花魁道中図のように見えるが、必ずしも絵は繋がっておらず、一枚ずつでも成り立つように作られている。【図18A】のように並べると、左に進行する行列の先頭が振袖新造「七橋」および「七舟」、次いで番頭新造の「七演」および「七政」、これに花魁の「七人」が禿の「つるじ」と「かめの」を伴って続き、しんがり、禿の「さとの」と「さとじ」を従えた「七里」である。これが続き絵とすると奇妙である。なぜなら、通常であれば続き絵は三枚か五枚で構成されるからである。しかし、それぞれが独立した絵として扱えるのであれば、四枚でもよいのかもしれない。この絵を考える上で注目すべきは、振袖新造「七橋」ならびに「七舟」が描かれた絵に「新造出しの図」とあること、ならびに、「七

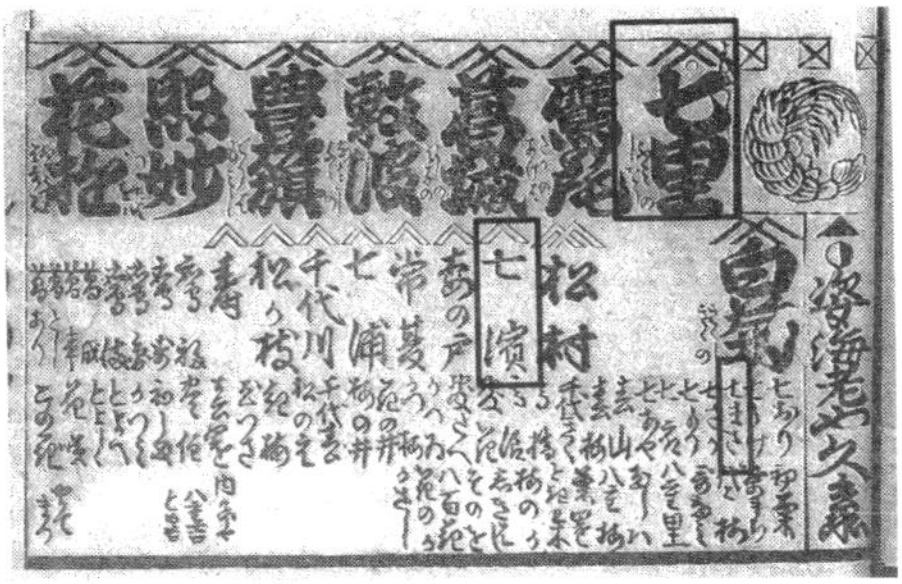

図20A 『吉原細見』。文政6年（1823）春。姿海老屋の部分。東京都立中央図書館東京誌料蔵。

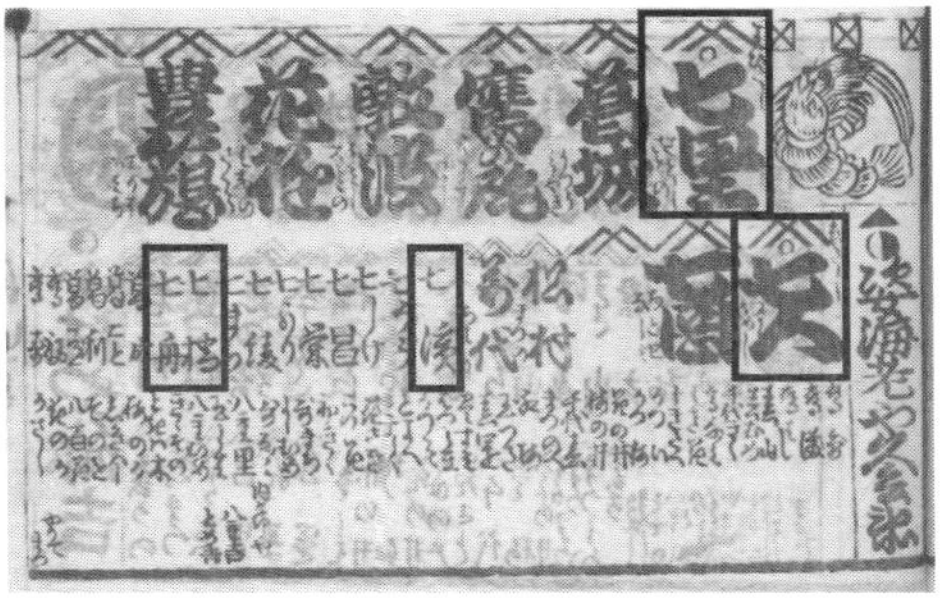

図20B 『吉原細見』。文政7年（1824）春。姿海老屋の部分。慶應義塾図書館蔵。

人」の名前に小さく「りきこと」と振ってあることである【図18B】。すなわち、この四枚の開板動機は、振袖新造の「七橋」ならびに「七舟」、さらに、つい最近までは「りき」と名乗っていた「七人」を花魁として突出しをする、お披露目と考えられる。

この仮説を支持するのが、文政六年（一八二三）春および文政七年（一八二四）春の『吉原細見』である【図20Aおよび20B】。文政六年（一八二三）春の『吉原細見』では、禿「さとの」、「さとじ」を従えた呼び出し新造附の筆頭「七里」、ならびに、部屋持ちの「七濱」と新造の「七まさ」を認めることができる。文政六年秋の『吉原細見』には「七人」は見られないが、文政七年（一八二四）春の『吉原細見』では、同じく「七里」が呼び出し新造附きの筆頭であり、「七人」が七枚目に呼び出し新造附きとして突き出されてくる。しかし、「七濱」は文政六年秋の部屋持ちから降格している。「七政」も文政六年秋からは見ることができない。そして、文政六年春の『吉原細見』では名前のなかった「七橋」と「七舟」を新たに確認できる。これより、「七人」の新造出しの時期を文政七年（一八二四）春と判断できる。【図18B】に拡大して示すように、「りき」は「里《さと》き」とも読め、一見禿の名前のようでもあるが、文政六年以前の『吉原細見』には、「さとき」の存在を認められない。したがって、「七人」は引っ込み新造の「おりき」であったと考えるのが妥当であろう。引っ込み新造については本章第二節を思い出していただきたい。このような脈絡の中で四枚の絵を考えると、しんがりの「吉原要事の七里」が、この三人の新造出しを世話したと理解できる。

新造出しは高額の出費を要するイベントである。それを「七里」はパトロンに面倒をみさせたと考えられる。この「七里」を描く「契情五軒人姿海楼七里」【図21】の足元には、水引が掛けられた引き出物が描かれている。五枚からなる揃い物「契情五軒人」において、引き出物を描くのはこの絵だけである。この引き出物の贈り主が、三人同時の新造出しの費用を負担したと推測できる。

【図18A】には、「七里」を頂点として、お世話し、お世話される、姿海老屋というシステムの中の教育機能を伴うサブシステムが描かれていることになる。この「吉原要事の七里」は、文化十四年（一八一七）四月の『吉原細見』によれば、文化十三年（一八一六）の仮宅から京町一丁目に戻った文化十四年（一八一七）四月に六枚目として突き出されている。文政三年（一八二〇）には三枚目に出世し、文政四年（一八二一）には筆頭となる。力量のある花魁であったのであろう。贔屓の客を確保し、その資金で五人の妹女郎を世話し育ててきたことが、【図18Aおよび21】からは読み取れる。そして妹女郎たちは、姉女郎「七里」の名前の一文字「七」をもらって源氏名とし、姉女郎のお世話をする。【図18A】は、その「七里」をリーダーとするグループの全盛を誇る絵として理解できる。

相撲の世界でも、有力な兄弟子のもとに新弟子が付け人として配属される。兄弟子の名前の一文字を四股名にし、兄弟子の身の周りの世話をしながらに稽古をつけてもらうのと同じ構図である。芸能の世界でも同様である。

（四）「姿海老屋楼上之図」と天保六年「仮宅の遊女」

図22A　姿海老屋楼上之図。文政11年（1828）秋。溪斎英泉筆。蔦屋吉蔵板。千葉市美術館蔵。【口絵掲載】

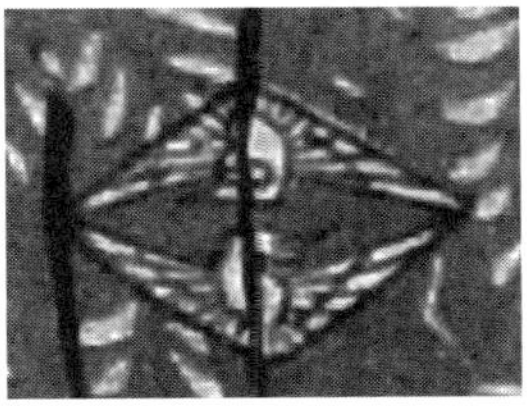

図22B　姿野および妹女郎が共通に用いた対鶴菱（むかいつるびし）紋。

【図22A】に示す「姿海老屋楼上之図」に、「七里改二代目姿野」とあるように、本章六節（三）で紹介した「吉原八景の七里」（【図17】参照）が文政十一年（一八二八）秋の『吉原細見』で「姿野」を襲名した時のお披露目を目的に開板されたと理解できる。通常は主役が中央に描かれる。しかし、中央の「吉原八景の七人」はすでに文政十年（一八二七）秋に、「新造出しの七人」【図18A】の後を襲って姿海老屋の九枚目として突き出されているので、「吉原八景の七人」の新造出しを宣伝するものではない。すなわち、「姿野」の襲名を機会に制作された絵である。この時、筆頭は「姿野」、二枚目は「七人」である

注目すべきは、右端で胡弓を弾く「姿野」の紋が「七里」時代の「ききょう」紋から「対鶴菱《むかいつるびし》紋」【図22B】へと変化したことである。花魁は同一人物であっても、名跡が変わることによって紋が変わったのである。これは、姿海老屋の営業政策

としての、紋の利用ルールとして理解すべきであろう。

　青地の着物の模様には「ききょう」が散りばめられており、「七里」時代の紋が示唆されている。左端の絵には、つがいの蝶および鶴丸模様を描き、「七里」時代の紋である「ききょう」をあしらった、豪華な打掛が衣桁に掛けられている。そして、打掛に描き込まれた帯の端には黒地に「対鶴菱紋」がある。中央の『湖月抄《こげつしょう》』を収納する倹飩《けんどん》箱の上部に置かれた黒漆の箱などには、「姿野」の紋である「対鶴菱紋」が使われている。これらは、馴染客からの贅を尽くした贈り物と理解できる。「対鶴菱紋」は「姿野」の紋として、後に開板される複数の絵の中でも使われていることから、客の紋ではなく「姿野」の紋として考えて間違いない。この馴染客は、「道中双娽」平塚宿の異板に描かれた、男物の羽織の持ち主ということになろう（四章【図9C】参照）。

　絵の中央で、「ききょう」の紋のある着物で琴を弾じているのは「吉原八景の七人」【図19参照】である。【図19および22A】には一中節《いっちゅうぶし》の稽古本があり、「七人」が一中節を得意としていたことが窺える。「姿野」の背後には振袖新造の「すがゆふ」が、「七人」の右には番頭新造の「すがうら」が描かれている。左の絵には振袖新造の「すがのと」と、三味線を弾く部屋持ちの「すがその」が描かれ、三曲図の構成にもなっている。【図23】に示すように、文政十一年（一八二八）秋の『吉原細見』では、これら「すがその」（二段目）、「すがうら」、「すがのと」および「すがゆふ」（いずれも三段目）の存在を確認できる。絵にある二人の禿「あさじ」、「ますげ」も「姿野」付として『吉原細見』で確認できる。

　この絵で注目したいのは、二人の振袖新造と二人の番頭新造、さらに二人禿の六名がいずれも藤の模様で「対鶴菱紋」をつけた着物を着用着し、「対鶴菱紋」の帯を締めていることである。さらに、四名の新造はいずれもが「すがたの」と同一の「すが」で始まる名前である。姉女郎の「姿野」が、これらの妹女郎や禿の面倒を見て

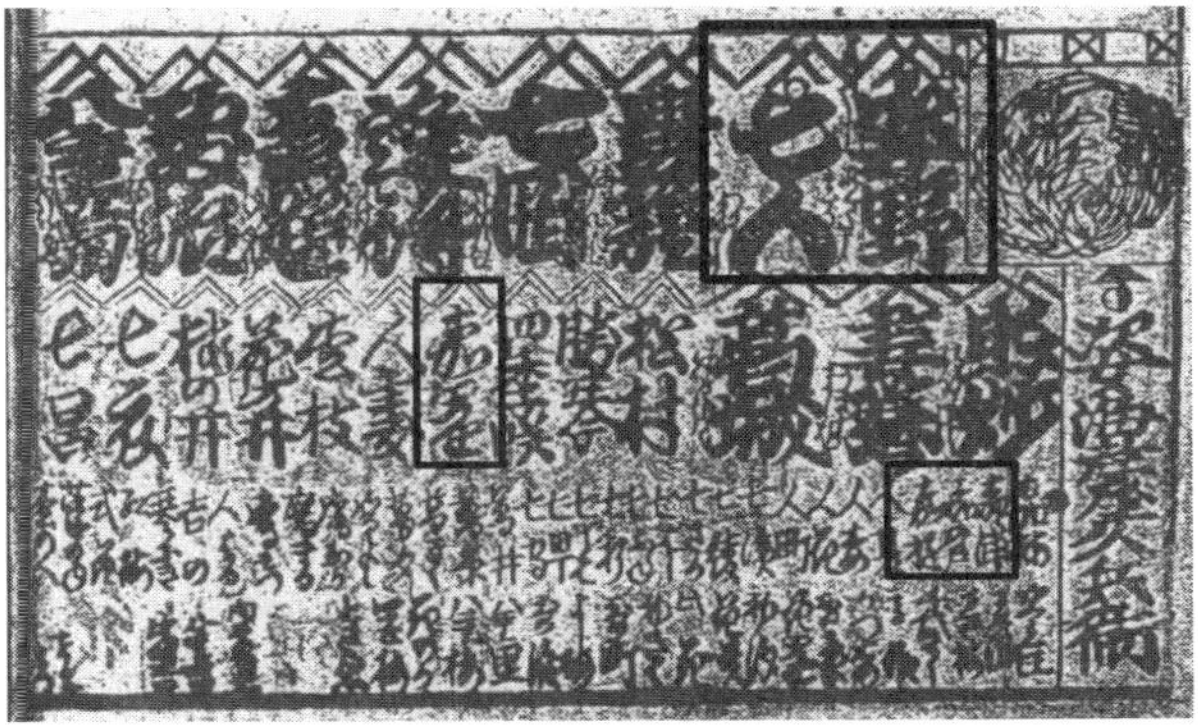

図23　『吉原細見』。文政12年（1829）春。姿海老屋の部分。個人蔵。

おり、一方、禿、振袖新造や番頭新造が「姿野」の身の回りの世話をする構図が、ここでも成立していることが読み取れる。【図18A】に示したように、前出の振袖新造「七橋」、「七舟」ならびに花魁「七人」の新造出しにおける、姉女郎としての「吉原要事の七里」の役割が、ここでは「吉原八景の七里」改め「姿野」に与えられている。

妓楼姿海老屋というシステムの中に、文政七年（一八二四）であれば「吉原要事の七里」を頂点とし、文政十一年（一八二八）であれば「吉原八景の七里改め二代目姿野」を頂点とし、さらに、天保六年（一八三五）の藍摺「仮宅の遊女」【図24】では、再度、同じ名前の「姿野」を頂点としたサブシステムの存在が確認できる。この絵には外題がないので、後世の博物館学芸員によって、そのように呼ばれている。

「仮宅の遊女」は藍摺であり、背景に隅田川を望む構図になっているので、一見すると【図22A】とは異なった印象を与える。しかし、共通点もあれば異なる点もあり、「間違いさがし」クイズのような絵である。絵を丁寧に見比べてみよう。二枚の絵の異同は、【表4】に示すとおりである。

どちらの絵においても、登場人物の配置（構図）は同じである。描かれている人物に添えられた名前も共通である。すなわち、「姿野」、「七人」、「振袖新造菅遊」、「番頭新造菅浦」、「振袖新造菅の戸」、「新造菅園」、「禿あさ

図24　「仮宅の遊女」天保6年（1835）。渓斎英泉筆。蔦屋吉蔵板。千葉市美術館蔵。

表4　姿海老屋楼上之図と仮宅の遊女との比較

題		姿海老屋楼上之図 （外題として）	仮宅の遊女 （博物館による呼称）
開板時期		文政11年 (1814)	天保6年 (1835)
技法		多色摺り	藍摺り 着物の模様の簡略化
構図		閉空間（吉原）	隅田川を望む開放空間（仮宅）
描画対象	人物	姿野 （よびだし新造附揚代 三分）	姿野 （よびだし新造附揚代 二分）
		姿野の妹女郎：七人、振袖新造菅遊、振袖新造菅の戸。	
		番頭新造菅浦、新造菅園、禿あさじ、禿ますげ	
	紋	七人の「ききょう」紋以外は対「対鶴菱（むかいつるびし）」紋	
	うちかけ	ききょう紋と鶴菱紋が描かれたうちかけ	うちかけなし
	調度品	対鶴菱紋入りの碁盤等の調度品	調度品なし

じ」、「禿ますげ」である。着物の紋としては、七人だけが「ききょう紋」を用いているのに対し、他は「対鶴菱紋」であり、これも二枚の絵で共通である。一方、技術的視点からは、藍摺にしたことによって色板の数が減る。これにより、着物の模様の簡略化が生じている。これは、本章五節に述べた扇屋の八枚にも共通の問題である。

本質的なことは、描かれた対象そのものにある。多色摺「姿海老屋楼上之図」が、京町一丁目の姿海老屋二階の「二代目姿野」の部屋を描いているのに対し、藍摺「仮宅の遊女」では、隅田川を望む聖天下瓦町の姿海老屋二階の様子を示しており、「ききょう」と「対鶴菱」を描き込んだ打掛が省略されている。また、「姿野」の紋としての「対鶴菱」がある豪華な黒漆の蒔絵の箱など、贔屓からと想像さ

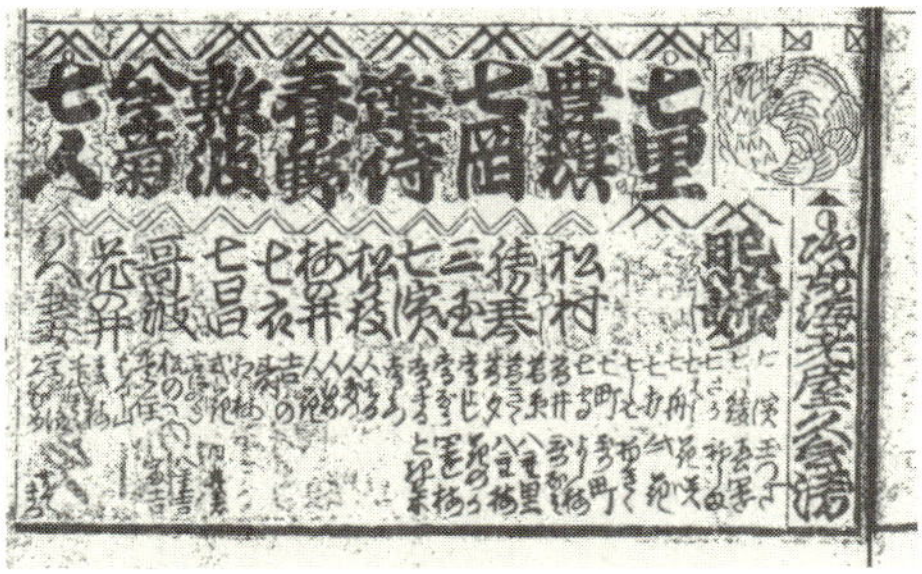

図25A 『吉原細見』文政11年（1828）春。姿海老屋。個人蔵。

図25C よびだし新造附 金二分。

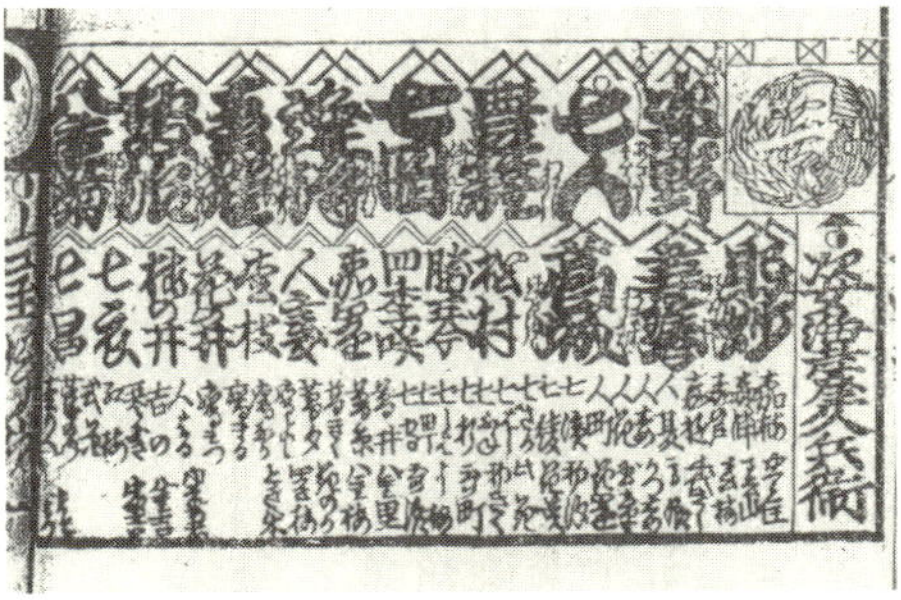

図25 B 『吉原細見』文政11年（1828）春。姿海老屋。個人蔵。

図25D よびだし新造附 金三分。

れる贈り物の類も消されている。

決定的なことは「姿野」の妓品（吉原細見上のランク）である。【図25Aおよび25B】に示す『吉原細見』にあるように、文政十一年（一八二八）秋に姿海老屋では、よびだし新造附（金二分）であった「七里」が、「二代目姿野」を襲名すると、同じ筆頭でありながら、よびだし新造附（金三分）に昇格している。この昇格は、第四章二節に述べたように、『吉原細見』にある「七里」および「姿野」の合印《あいじるし》を、『吉原細見』の冒頭にある遊女の合印と照合し、かつ、揚代を参照することにより確認できる。文政十一年（一八二八）春までの「七里」の合印は入山形に「○」【図25C】であるが、同年秋には入山形に「■」【図25D】となっている。

『吉原細見』を見ていると、その妓楼の何枚目かということは、妓楼の中の相対的なものにすぎないが、揚代まで考えると、吉原の中での絶対的な格付けとなる。かつ揚代は見世自体の格によっても異なる。遊女の評価基準として、見世の格、同一の見世の中での順序、そして、揚げ代である。公務員の給与表を見るように複雑になっている。

一方、藍摺「仮宅の遊女」が板行された時の「姿野」の妓品を天保六年（一八三五）仮宅版『吉原細見』【図26A】で調べると、入山形に「○」のよびだし新造附（金二分）である。『吉原細見』上で姿野の名前を見る限り、文政十一年（一八二八）秋から天保六年（一八三五）の仮宅版『吉原細見』まで、姿海老屋の筆頭にある。しかし、揚代三分の姿野は天保三年（一八三二）秋までであり、天保四年（一八三三）春からは二分となる（【表3】参照）。

したがって、「姿海老屋楼上之図の姿野」と「仮宅の遊女の姿野」とは別人と結論づけられる。そこで、藍摺の「仮宅の遊女」に描かれている「姿野」を「三代目姿野」と呼ぶことにする。藍摺になったときに「二代目」という字句が削除されたことに対応している。二代目から三代目への交替は、【表3】に示すように天保四年（一八三三）春である。吉原では細見上での順番における降格人事というのは、通常は行わないのが原則であることも、三代目の襲名であることを裏付けている。そのほか、名前が書き込まれた花魁七人ほか「菅遊」、「菅浦」、「菅の戸」および菅園の四人の新造、そして、禿の「あさじ」、「ますげ」に至るまで、全員別人である。

このことは、多色摺「姿海老屋楼上之図」から藍摺「仮宅の遊女」を後板として制作する際に、「二代目姿野」へ贔屓から贈られた打掛や贈り物を消す必然性があったことを意味している。すなわち、藍摺「仮宅の遊女」を開板にするに当たり、前任の「二代目姿野」の贔屓の痕跡を意図的に消したと考えるのが当然であろう。ちなみに、同じ構図の遊女絵を使い回して別の花魁の絵とするとき、贔屓の影響を考慮したことは後述するとおりである（本章七節参照）。

そこで、「仮宅の遊女」として開板するにあたり、仮宅場所が待乳山聖天下の瓦町であったことをも反映して、隅田川の景色としたものと理解される。仮宅を描く遊女絵に隅田川を描くことは、【口絵】に示す和泉屋平左衛門の場合もそうであるが、仮宅の絵の約束事のようになっている。

藍摺にしたということは、奇をてらうことも動機ではあろうが、制作費を抑える手段として有効であろう。おりしも、天保の飢饉の時である。税収（年貢米）が減る中、幕府も含め、特に被害の大きかった東北諸藩における財政に及ぼす影響は大きく、水野の改革につながってゆく。経済が落ち込んだのである。客としての武士の数が減ってことは想像に難くない。この天保の飢饉の原因は、大きくは、江戸小氷期と呼ばれる地球の気候変動（寒冷化）とされている。

「仮宅の遊女の姿野」すなわち「三代目姿野」は、この絵が板行された天保六年（一八三五）の仮宅版『吉原細見』

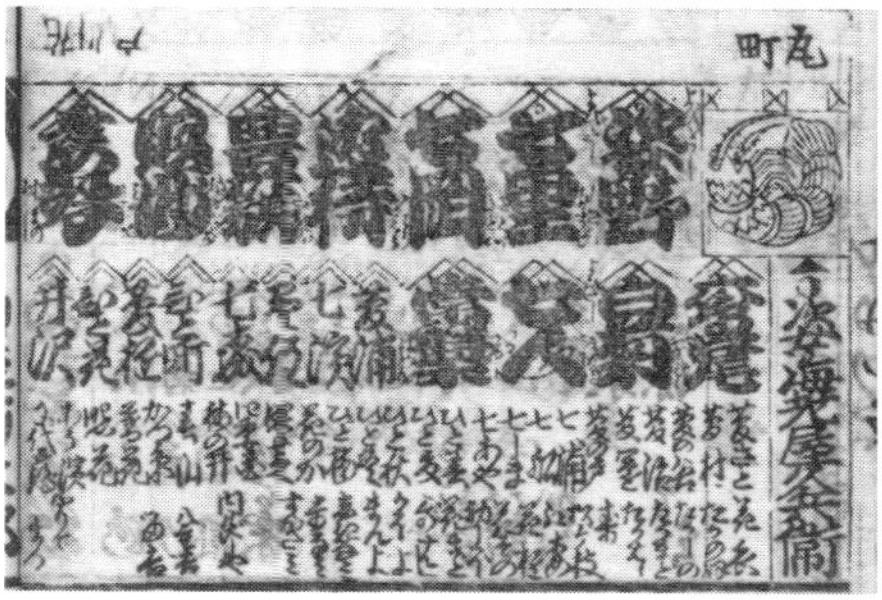

A　天保 6 年（1835）仮宅。慶應義塾図書館蔵。

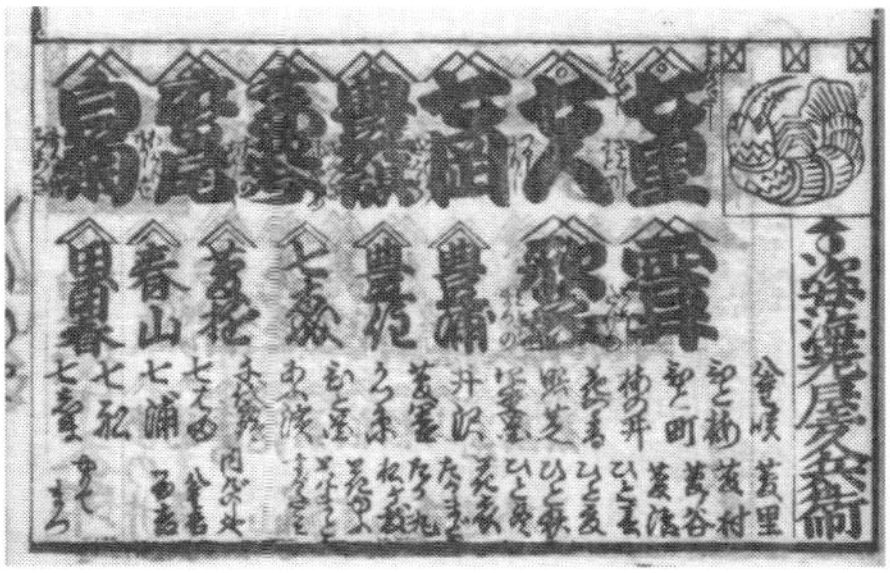

B　天保 7 年（1836）春。慶應義塾図書館蔵。

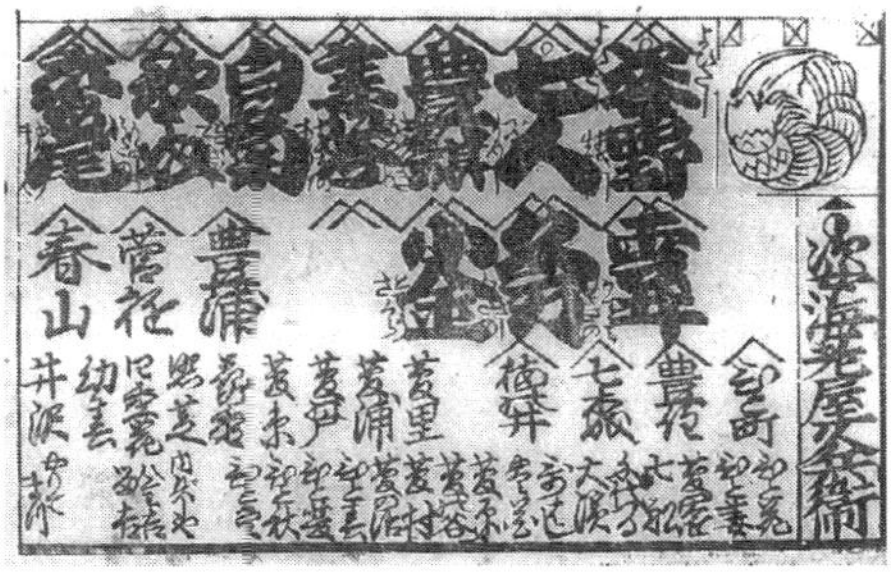

C　天保 8 年（1837）秋、東京都立中央図書館東京誌料蔵。

図 26 『吉原細見』姿海老屋。姿野、七里および七人の動きに注目されたい。

を最後に退楼する。これと呼応するように、それまでは十枚目にいた「仮宅の遊女の七人」が、天保七年（一八三六）春の『吉原細見』では、に一気に二枚目に抜擢される。八段飛びの人事である。この様子を【図26B】示す。例えば「三代目姿野」が、身請けされることがわかっていたので、妹女郎の「七人」を宣伝するために、贔屓に入銀させて作らせたのかもしれない。ちなみに、前任の「吉原八景の七人」の場合も九枚目から二枚目へ大抜擢をされている。

そして、天保七年（一八三六）春に、それまで二枚目にいた、よびだし新造附（金二分）の「天保の七里」が筆頭になる。この天保の七里の絵が未見であるので、在任期間の年号から「天保の七里」と呼ぶことにする。【図24】には天保四年（一八三三）秋に、いきなり二枚目として突き出された「天保の七里」は登場しない。この「天保の七里」の突き出され方からして、引っ込み新造からの昇格かと推測できるが、「天保の七里」が藍摺「仮宅の遊女」に登場しないということは、「三代目姿野」と「天保の七里」とは、開板時には、お世話しお世話される関係にはなかったのであろう。

興味深いことに、この「天保の七里」は、一年後の天保八年（一八三七）秋の『吉原細見』で「四代目姿野」を襲名したと推測される【図26C】。このことを示唆する一勇斎国芳の三枚続きを【図27A】に示す。吉原大門の前に立つ姿海老屋のトップ三名であり、右から「姿野」、「七岡」、「七人」である。この絵は最初から藍摺として企画されたようであり、詳細に見ると、打掛の模様なども精緻である。美学的視点からは、朱を巧みに利用し、絵に緊張感を与えており、これまで見てきたような、詳細を簡略化した「使い回し」の藍摺とは一味違っている。

天保七年（一八三六）春の『吉原細見』では上位二人が「七里」と「七岡」である。また、天保八年（一八三七）秋では、「姿野」と「七人」であり、「七岡」は退楼している。天保八年（一八三七）春の『吉原細見』が未見で

図 27A　京町壱丁目姿海老屋内　姿野、七岡、七人【口絵掲載】。天保 7 年（1836）。山口屋藤兵衛板。日本浮世絵博物館蔵。

図 27B　姿野の打掛の袖の紋「剣花菱」。

あるが、この時期に開板された絵であり、当時の姿海老屋における上位三名の花魁を描くものとして間違いないだろう。

国芳のこの藍摺では、英泉の遊女絵のように、遊女のメタデータとしての紋が描き込まれていない。しかし、幸いなことに「姿野」だけは、打掛の袖に「剣花菱紋」が描きこまれている【図27B】。二代目と三代目に使われてきた「対鶴菱紋」は廃されている。すなわち、「二代目姿野」は、『吉原八景』の「七里」が襲名した「四代目姿野」および「三代目姿野」の系統とは異なるということを、明示的に表現していることになる。

（五）「二代目姿野」と「吉原八景の七人」を描くその他の絵

文政期末において、「二代目姿野」および「吉原八景の七人」という、二人の姿海老屋のトップスターは、さまざまな組み合わせで揃い物の遊女絵に登場する。例えば、「（吉原八景の）七里」を名乗っていた時代の「吉原八景」【図17および19】、「二代目姿野」を襲名した後の「傾城江戸方格」【図28Aおよび28B】、「契情六佳撰」【図29Aおよび29B】ならびに「諸

図 28B　契情江戸方格　ま神田明神湯嶋天神麟翔院妻恋稲荷不忍池　姿海老屋七人　溪斎英泉筆　森田屋半蔵板。文政 12 年（1829）（画像提供：浮世絵専門店 東洲斎）。

図 28A　契情江戸方格　か四谷桃園鮫河橋権田原大久保　姿海老屋内　姿野　溪斎英泉筆　森田屋半蔵板。文政 12 年（1829）。日本浮世絵博物館蔵。

図 29B　契情六佳撰　文屋康秀 姿海老屋内　七人　溪斎英泉筆　蔦屋吉蔵板。文政 11 年（1828）秋～文政 13 年（1830）秋。日本浮世絵博物館蔵。

図 29A　契情六佳撰　小野小町　姿海老屋内　姿野　溪斎英泉筆　蔦屋吉蔵板。文政 11 年（1828）秋～文政 13 年（1830）秋。日本浮世絵博物館蔵。

図30A　諸国冨士尽　南部不二　姿海老屋内　姿野　溪斎英泉筆　蔦屋重三郎板。文政13年（1830）秋～天保3年（1832）春。日本浮世絵博物館蔵。

図30B　諸国冨士尽　豊後之富士　姿海老屋内　七人　溪斎英泉筆　蔦屋重三郎板。文政13年（1830）秋～天保3年（1832）春。日本浮世絵博物館蔵。

国冨士尽」【図30Aおよび30B】に登場する。いずれの場合も、この二人が姿海老屋を代表して描かれ、全盛を誇っていたことが理解できる。これらの絵においても、「姿野」の紋は「対鶴菱」、そして、「七人」の紋は「ききょう」と一貫しており、姿海老屋における紋の使用法のルールが徹底している。

「傾城江戸方格」は森田屋半蔵の企画になるもので、江戸の名所をいろは四十八文字に割り振り、遊女を一名づつ割り当てた揃い物である。計画どおりには板行されなかったようで「い」から「ま」の三十枚で中止になったようである。この企画に参加した妓楼は、海老屋、岡本屋、扇屋、玉屋山三郎、丸海老屋、大黒屋、鶴屋、若那屋、松葉屋、玉屋弥八、中万字屋などである。ここでも尾張にルーツのある妓楼の遊女絵が過半数を占めている（第一章【表5】参照）。描かれた三十名の遊女の全員が在楼していた時期は、文政十二年（一八二九）であり、この年に開板されたものと考えられる。絵の質としては、同じ溪斎英泉の「道中双﨟」の方が上のように感じられる。

「契情六佳撰」は、文政十一年（一八二八）秋から文政十三年（一八三〇）秋の間に、蔦屋吉蔵を板元として制作された。絵師は溪斎英泉である。いずれも尾張系の姿海老屋、丸海老屋および尾張屋から、それぞれ、「姿野」（小野小町・対鶴菱）および「七人」（文屋康秀・ききょう）、「江川」（喜撰法師・三つもみじ）および「陸奥」（在原業平・かたばみ）、「長門」（僧正遍照・かたばみ）および「喜長」（大伴黒主・対雁金菱）が選ばれ、対応する六歌仙とその歌を駒絵に描き込んだ揃い物である（【表4】参照）。花魁の紋はそれぞれの見世のルールに従ったものとなっている。

「諸国冨士尽」も、文政十三年（一八三〇）秋から天保三年（一八三二）春の間に蔦屋重三郎から板行された揃い物で、管見の限りでは十一枚が知られている。各地の富士山を駒絵にし、それぞれの見世の遊女を描き込んだものである。青い富士山が特徴的な揃い物であり、絵師はこの場合も溪斎英泉である。この絵は天保三年（一八三二）における富士講の食行《じきぎょう》身禄《みろく》歿後百年のイベントと関連づけて理解されている。であれば、開板は天保三年とするのが理に叶う。▼[11]「契情六佳撰」と同様に、この揃い物において関与した見世は、姿海老屋、丸海老屋および尾張屋である。管見の限りでは、姿海老屋と丸海老屋がそれぞれ四枚であるのに対し、尾張屋の場合には三枚である。十一枚という枚数は不自然であり、あとの一枚は尾張屋の遊女を描くものと推察される。見世の名前からわかるように、「契情六佳撰」に引き続き、ここでも尾張にルーツのある妓楼が関わっている。紋の使用もルールに従っており、「姿野」は「対鶴菱」、「七人」は「ききょう」である（【表4】参照）。

七　贔屓客の紋を描く絵

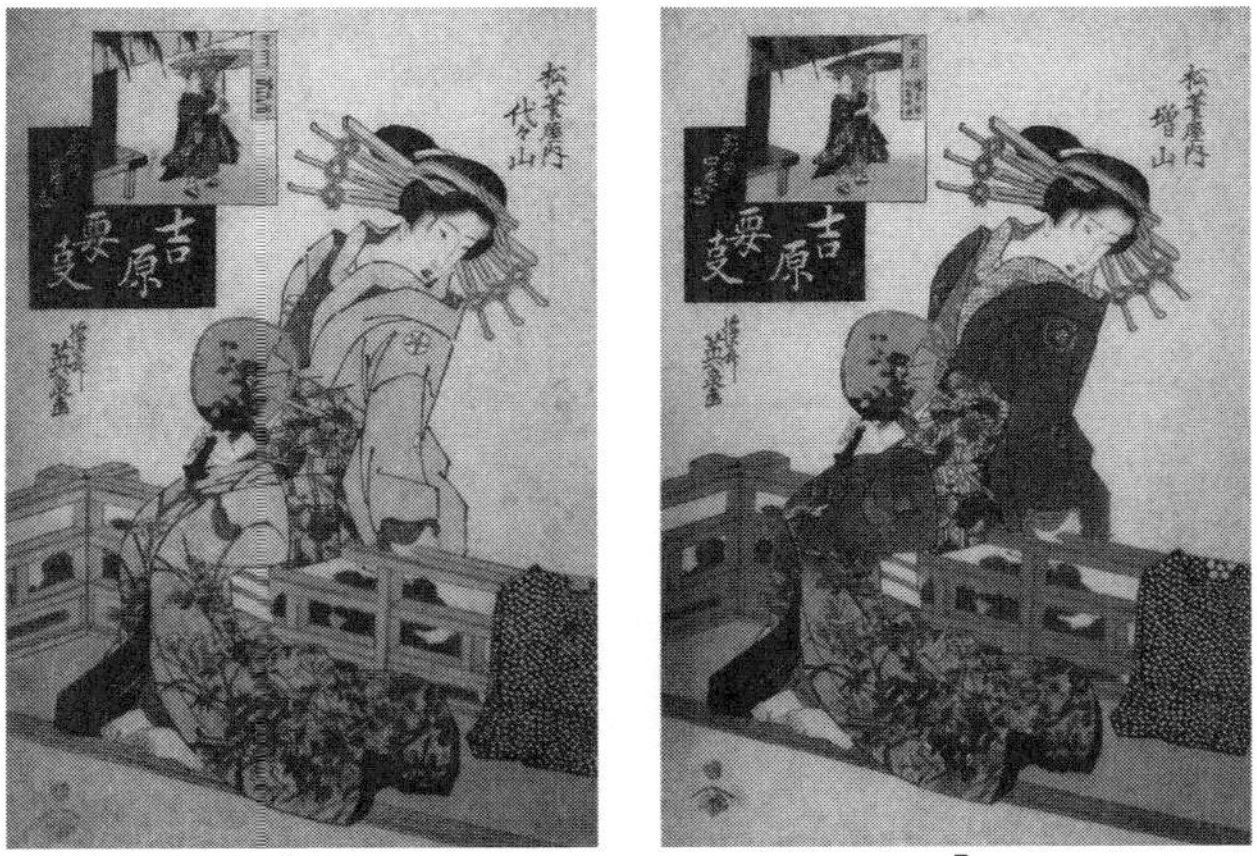

A　B

図31　「吉原要事廓の四季志　五月端午軒のあやめ」。溪斎英泉筆。蔦屋重三郎板。文政6年（1823）。日本浮世絵博物館蔵。A：松葉屋内代々山【口絵掲載】、B：松葉屋内増山。

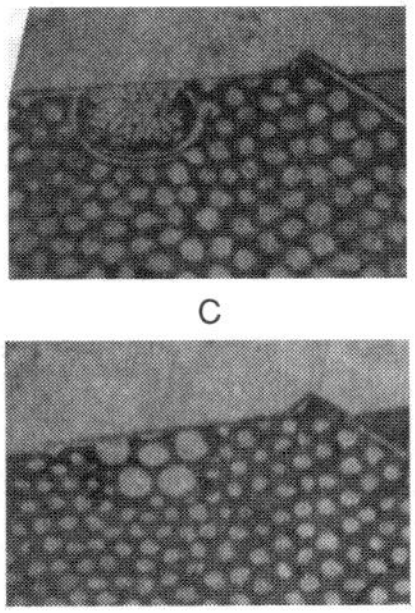

C

D

図31A・Bに描かれた男物の羽織の紋を絵の裏側から見たところ。A：「代々山」に描かれた男物の羽織の紋。B：「増山」に描かれた男物の羽織の紋。いずれも日本浮世絵博物館蔵。

絵の制作に贔屓の存在を考慮した明確な例として、文政六年（一八二三）に板行された「吉原要事廓の四季志　五月端午　軒のあやめ」を紹介しよう。「吉原要事廓の四季志」は溪斎英泉の筆になり、吉原の各月の行事を駒絵に描き、十二軒の妓楼の花魁を一月から十二月に割り振った揃い物である。【図31Aおよび31B】に、「五月端午　軒のあやめ」「松葉屋内代々山」と同じく「松葉屋内増山」を示す。第一章に述べたように、この妓楼「松葉屋半蔵」は尾張知多にルーツがあり、角町の木戸を入って右側一軒目にあった。『吉原細見』にあるように、「代々山」はこの絵が開板された文政六年（一八二三）春には松葉屋の筆頭（よびだし新造附金三分）であった。文政元年に廻船業を始めた内田佐七の旧宅にある扇面を書いたのは、この「代々山」であろう（第一章九節参照）。

「代々山」の紋は、ここでは「朝顔」である。そして、男ものの細かい水玉繍《もよう》の羽織に物憂げに目をやりながら、欄干に腰を掛けている。妓楼の二階であろう。羽織の紋は「蔦」である。この羽織を着ている馴染客が入銀、開板させたのであろう。名前は出さないが自分を主張するという、江戸の粋

図32 「新吉原年中行事十二月年わすれ　扇屋内花里」溪斎英泉筆。大黒屋板。文政12年（1829）。振袖新造の衣装である。日本浮世絵博物館蔵。

図33 「新吉原年中行事上巳仲之町　海老屋内愛鴨」溪斎英泉筆。大黒屋板。文政12年（1829）。日本浮世絵博物館蔵。花魁の衣装である。© Victoria and Albert Museum, London / Uniphoto Press

が伝わってくる。

【図31B】に示す「増山」は「代々山」と同図であるが、刷色が変わっている。「増山」は松葉屋の二枚目である。「代々山」から「増山」に変わったとき、紋は「代々山」の「朝顔」から、「鳳凰と五つ星の併せ」紋になっている。男物の羽織の紋は、「蔦」から「五つ星」に変わった。この絵は裏から見ると、【図34Cおよび34D】に示すように、紋の部分の刷りの様子が異なるのが明らかである。初板に使われた蔦の紋の部分を切り取り、新たに、「五つ星」の部分の板を埋め込む「入れ木」になっていることがわかる。すなわち、花魁の紋と男物の羽織の紋が、後摺りを作る際に意図的に変更されたのである。「代々山」が文政七年（一八二四）の『仮宅細見』を最後に退楼した後、同じ松葉屋の「増山」を宣伝するために後摺りが制作されたものと考えて間違いない。絵を一部修正して板行できるのが、浮世絵版画の特徴であり、書誌学的見地から研究の対象となる所以である。

注目すべきは、この絵が「代々山」から「増山」に使い回された時、男物の羽織の紋も入れ替わったことである。しかも、「増山」に使われている「鳳凰と五つ星の併せ紋」に、男の羽織にある「五つ星」が取り入れられている。

これらのことから、「代々山」、「増山」のいずれの場合にも、絵の開板には贔屓からの入銀があったことが強く示唆される。

図34 「諸国富士尽　都之富士　丸姿海老屋内おたか」溪斎英泉筆 蔦屋重三郎板。文政13年（1803）秋～天保3年（1831）春。日本浮世絵博物館蔵。

八　文政期遊女絵の特徴

最後に、紋の議論とは異なるが、本章で眺めてきた文政期の遊女絵に、一つの特徴があることに気がつく。すなわち、【図18A】に示すように、若い遊女である振袖新造が意味を持って取り上げられ描かれている。国芳が文政八年（一八二五）に描いた「和泉屋平左衛門花川戸仮宅図」では、「御瀧」、「御濱」という引っ込み新造と、「かしく」という引っ込み禿が描き込まれている【口絵】。文政十二年（一八二九）春に開板された「新吉原年中行事」においては、『吉原細見』では十五枚目の扇屋の振袖新造「花里」、ならびに十七枚目の海老屋の振袖新造「愛鴨」が、いずれも一人立ちの絵として描かれている【図32および33】。その名前からも、それぞれ、「花里」は「花扇」付きの、「愛鴨」は「鴨緑」付きの振袖新造であることが理解できる。「愛鴨」の衣装は花魁と同様であるが、「花里」の場合には明らかに振袖新造の衣装で描かれている。また、文政十三年（一八三〇）秋から天保三年（一八三二）

春に開板された「諸国冨士尽」では、丸海老屋の引っ込み新造「おたか」が一人立ちとして描かれている【図37】。「おたか」は引っ込みであるので、『吉原細見』に名前を見つけられない。これらは文政期の特徴といえよう。今日の日本の neoteny と呼ばれる未成熟嗜好の文化を彷彿とさせるものがある。

九　おわりに

遊女絵におけるメタデータとしての紋に着目し、『吉原細見』の記載内容と組み合わせると、遊女絵の開板年特定の困難さが軽減される。

海老屋の「鴨緑」を例にとると、調査を行った四十年間に同じ名前の「鴨緑」が連続して在楼しているが、基本的に襲名のごとに紋が変わる。遊女個人のアイデンティティを尊重しているように見える。

これに対し、姿海老屋の場合には、代替わりしても、紋を変えることがない。集団としてのアイデンティティを基盤にしているようであり、二つの妓楼における、紋に対する認識と運用の姿勢の違いが興味深い。

文政七年（一八二四）の姿海老屋には、有力な姉女郎「七里」のもとに、共通の「ききょう紋」を用い、共通の一文字「七」を名前にした、「七橋」、「七舟」などの妹女郎の集団ができている。姉女郎と妹女郎とは、お世話しお世話される関係であったことが読み取れる。これは、「新造出しの図」が象徴的にあらわしている。

文政から天保期の「姿海老屋」における複数の「七里」、「七人」に着目し、絵の開板時期と描かれた遊女の特定を行った。その結果、「新造出しの図」、「姿海老屋楼上之図」および「仮宅の遊女」からは、それぞれ、「吉原要事の七里」、「二代目姿野」および「三代目姿野」を頂点とする、姉女郎と妹女郎からなる集団（サブシステム）

の存在を明らかにできた。

これらの姉女郎は、パトロンからの資金で妹女郎を世話し、教育し、新造出しを行っていることが、絵に描かれた様々な豪華な贈り物から推測できる。妓楼の経営および人事政策（どの遊女をいつ昇格されるかと言った）は、姉女郎の存在があって、はじめて、回ることが可能ではなかったかと想像される。

扇屋の藍摺からわかるように、妓楼は遊女の紋を大事にしている。「吉原廓要事　廓の四季志　松葉屋内代々山」と後板である「同　松葉屋内増山」を比べると、遊女の名前を変えて後版を作った際に、客の男物の羽織の紋も入れ替えており、遊女絵の開板に際し、遊女の紋のみならず客の紋にも神経をつかっている状況が見えてきた。「新吉原江戸町一丁目和泉屋平左衛門花川戸仮宅之図」や「新吉原年中行事」、「諸国富士尽」には、幼さの残る「引っ込み新造」や「振袖新造」が描かれている。「引っ込み新造」の場合には、吉原細見に名前が載らない。また、「振袖新造」の場合には、吉和細見におけるランクは低い。これら、「引っ込み新造」や「振袖新造」が描かれることは、天明や寛政の遊女絵にはないことであり、文政から天保初期の未成熟な女性への嗜好を示す文化の特徴を感じる。今日と共通のものがあるようだ。

▼**注**

1　山本親「一勇斎国芳画〈新吉原江戸町壱丁目和泉屋平左衛門花川戸仮宅之圖　大判錦絵五枚続に関する考察〉」、『浮世絵芸術』一二四号、三～八頁（平成九年七月）。

2　八木敬一「引込」、『吉原細見年表』付論、青裳堂書店、三七七～三八六頁（平成八年三月）。

3　日比谷孟俊「吉原研究のツールとしての遊女絵版画――メタデータとしての紋から考察した遊女絵開板年の特定と遊女の襲名――」、『立命館大学アート・リサーチセンター紀要』十四巻、三～一七頁（平成二十六年三月）。

4　岩田秀行「吉原仮宅変遷史」、『国文學解釈と鑑賞』、第三七巻第一四号、二七七～二九〇頁（昭和四十七年十一月）。

5　伊原敏郎『歌舞伎年表』第六巻、四八頁、岩波書店（昭和三十一年）。

6　佐藤悟　私信。

7　太田記念美術館『没後150年記念菊川英山』展覧会図録、展示品番号一五八（平成二十九年）。

8　注3に同じ

9　浅野秀剛『浮世絵は語る』講談社（平成二十二年）。

10　田川屋駐者亭「閑談数刻一」、『随筆百花苑』第十二巻、中央公論社、二四〇～二四四頁に所載（昭和五十九年）。

11　佐藤悟「富士講と浮世絵」、第十八回国際浮世絵学会秋季大会、学習院大学（平成二十五年十一月）。

コラム❺吉原は明るい所か暗い所か

吉原が明るい所か暗い所かというのは、常に議論のある所である。「江戸文学は吉原を明るく描き、明治になると暗く描く」と言われている。その前に娼家というビジネスが何故、存在するのかを考えてみよう。

人間の行動に関わることなので、人間の行動をそもそもから考えたい。自然科学には、「平面においては、平行線は交わらない」という公理がある。意思をもった生物としての人間の行動を理解する場合、これに相当するのは、企業や官庁の教育研修でも利用されている「マズローの欲求五段階説」であろう。[1] すなわち、「生理学的欲求」を基本とし、これが満足できれば「安全の欲求」に移行し、次いで「愛と帰属の欲求」、さらに「尊敬の欲求」、最終的に「自己実現の欲求」へと向かう。生理学的欲求には、呼吸、食料、水、セックス、睡眠、恒常性の確保、排泄などがある。

旧約聖書には、「生きるために人を殺すことの許しを神より得る」という記述がある。[2] 生きるという「生理学的欲求」を実現する手段である。同様に、セックスという「生理学的欲求」を満たす手段としての娼家が、世界最古のビジネスと言われる所以であり、ポンペイの遺跡にも存在している。男性用のビジネスとして成り立つのは、生物としての男女間における、性衝動の非対称性が理由である。「愛と帰属の欲求」には、sexual imtimacy（性的親密性）の欲求も挙げられている。

需要がある所には供給がある。徳川家康が江戸に入った時の施策の一つが、元吉原の開基である。敗戦後の日本に、Recreation and Amusement Association を開設した、連合軍総司令部と同様の考え方である。[3] さらに、社会の文化がこのビジネスのあり方を規定する。旧約聖書における預言者モーゼの十戒にある、「汝姦淫するなかれ」という規範が広く認識されている社会では、一神教が支配し理念が先行する。しかし、現実にはローマ教会にも「娼婦政治」があった時代がある。

一神教の世界では、生物としての人間の実態とは別に、理念が先行しがちである。そこでは、娼婦は穢らわしいものと扱われる。しかし、娼婦は生きるためにそうせざるをえないのである。

一方、モーゼの十戒に拘束されない、ヒンズー教や仏教圏では性に対しておおらかである。男女和合神はヒンズー教から仏教に入っている。そして、遊女絵が娼婦を世界で最も美しく描いていると言われる所以である。勿論、日本でも浄土真宗以外の僧における妻帯が、認められない時代が長くあった。

しかし、娼妓という人格のある女性が男性の相手をすることになるので、人格を無視した不条理を伴うことになる。吉原を考えるとき、本書の「はじめに」で述べたように、時代に伴う価値観の変化を考慮する必要がある。現代の価値観で歴史を論ずると誤りをおかすことになるからである。

本稿の命題に戻ろう。『閑談数刻』[4]では、文化から文政のころに京町一丁目に見世があり、遊女を大事にしていた若松屋藤右衛門のことを以下のように紹介している。

●呼出し遊女緑木、花照、重ミ野、なびき、中の町へ出る時は、みどり木様おめでたふ、花てる様おめでたふと云て鈴をふる。客なくて帰り来る時も同じ。

●商ひ帳に金三両附時は、番頭其よし主人へ申せバ、例の如く見世に遊女ありても、障子を明けさせ見世を仕舞ふ。三両あれバ一日の暮らし方沢山といふて遊女をくるしめず。金三両なくとも四ツ時なれバ必ず仕廻ふ。

●遊女の衣類ハ岡田屋に申附色々に手を入れ、成丈下直にして遊女に借財なき様ニふ。岡田屋孝助也此出火の時、遊女ども大音寺を尋けるを、父宇右衛門聞て宅を通ぬけさせ、茶水のませいたわり遣したり。

●心得違ひの遊女へよく〳〵教示し、せっかんをせず、改心せざるは住替に出すといへるに、あしき遊女もよく成たり。遊女に年季を入させず、両親の事に入用など有バ、金子を貸、少々ヅヽ入れさす、残金はとらず。

ここから見えることは、若松屋は温情主義であったということである。遊女の扱いは見世の規模や格、さらには楼主の哲学によって異なっていたであろう。経営の視点に立てば遊女は固定資産であり大事にしなければならない存在である。

一方、遊女の虐待が原因で、嘉永二年（一八四九）八月五に日に、京町一丁目妓楼梅本屋において、放火事件がおきた。この事件はセンセーショナルで、『藤岡屋日記』にも大きく取り上げられている。[5]梅本屋は格の低い小さな見世であり、悪質な楼主であった。

さらに、明治五年の芸娼妓解放令によって経営規模が小さくなると、大きな妓楼で行っていたような遊女の教育や文化活動への参加が不可能となり、そして「吉原炎上」のような暗い吉原になってゆく。樋口一葉の「たけくらべ」は、大きい見世が失われ江戸の香りが衰退した吉原において、過去を懐かしむように、吉原の暗い面には触れず書かれた小説と理解される。[6]

戦後教育の世代は、米国によるキリスト教の影響を受けた最も倫理観の高い世代と言われている。昭和三十三年の法律とあいまって、吉原をネガティブに捉えている。

何事もステレオタイプな議論だけは避けねばならない。

▼注

1　Maslow, A. H.,“A theory of human motivation”, Psychological Review, Vol 50(4), Jul 1943, 370-396.

2　旧約聖書　士師記　士師記第三章第二十七節～第三十節。

3　マーク　ゲイン『ニッポン日記』筑摩書房（昭和二十六年）。

4　田川屋駐春亭「閑談数刻」、『随筆百花苑』第十二巻に所載。中央公論社（昭和五十九年）。

5　鈴木棠三・小池章太郎編『近世庶民生活史料藤岡屋日記』第三巻（弘化三年～嘉永三年六月）三一書房、五二四～五三〇頁（昭和六十三年）。

6　樋口一葉『にごりえ・たけくらべ』新潮文庫（一九六九年）。

第六章　江戸の音曲ネットワーク・システムを回した男
——山彦新次郎

一　祭礼、歌舞伎、吉原俄——相互のかかわりと先行研究

祭礼、歌舞伎および吉原俄は互いに深い関係を有している。天下祭と称される神田明神、山王権現（現在の日《ひ》枝《え》神社）の祭礼は江戸初期から行われていた。江戸後期には市民の娯楽の要素が強くなってゆくが、その当初の目的は神慮を清《すず》しめることであった。人々に災害をもたらす荒ぶる神と恨みをのんで死んでいった人を祀った祭りである。江戸歌舞伎の演目の大きな範疇に「曽我物語」に取材した「曽我物」がある。曽我兄弟の魂を鎮めるために、当初は楽屋で曽我祭が執《と》り行われていたが、やがて舞台でも行われるようになった。[1] 吉原俄のルーツは『青楼年暦考《せいろうねんれきこう》』[2]によれば、「真崎へ北野天神を勧請の時、吉原芸者共仲之町ニテ始之」とある明和四年（一七六七）

の記録に遡る。真崎は隅田川に面した石浜の当たりである。朋誠堂喜三二《ほうせいどうきさんじ》の『明月余情』によれば、一時中断していたが、安永四年（一七七五）に再興されたとある。[3]時代の変化と共にイベント性と娯楽性が強まってゆくものの、いずれの場合にも神慮を清しめるという共通性を見出すことができる。

祭礼、歌舞伎、吉原俄に共通するもう一つのキーワードは声曲である。一般の人々がプロの声曲をライブ演奏として楽しめる機会は、当時は、祭礼、歌舞伎、吉原俄に限られていた。それ以外は、例えば、吉原での酒席や、会席料理屋、大名屋敷などにおいて特定の人たちを対象とする、座敷浄瑠璃的なものであった。

【図1】は、安永七年（一七七八）五月の、江戸中村座における曽我祭の辻番付である。舞台の上で祭礼が行われ、屋台が設えられ、曽我五郎の所作事が演じられている。曽我両社氏子中と書かれた万灯を担う人、三味線や笛、太鼓、鉦《かね》を奏でる人々が登場する。楽屋での祭が演目の一つになり、舞台に上るようになった。もちろん、これは芝居の上での曽我祭なので、演ずる人々は役者であるが、この絵は、天下祭や吉原俄を描くものと同種の雰囲気を醸し出している。

祭礼、歌舞伎および吉原俄は互いに類縁文化として密接に関わっており、当時のしかるべきレベルの市民はその繋がりを、脈絡をもって理解していた。二十世紀に入っても、明治維新から六十年後の昭和初期の頃までは、例えば、三田村鳶魚《みたむらえんぎょ》のような江戸趣味研究者にあっては、これらの類縁文化の繋がりは暗黙知として理解されていたであろう。しかしながら、維新から百五十年も経過した二十一世紀初頭においては、江戸文化に関する研究は縦割りに行われ、これら相互の関係は極めて理解し辛いものとなってきている。

最近では、祭礼、歌舞伎、吉原俄など、隣接する類縁文化間の関わりについて、一次資料を用いた研究が進捗しつつある。福原は、神田明神や山王権現の祭礼を、都市祭礼の視点から俯瞰的に眺め、『江戸天下祭絵巻の世

図１　曽我祭。安永７年（1778）中村座辻番付。早稲田大学演劇博物館蔵（ro22-00007-048）。

界――うたい　おどり　ばける――』[4]および『江戸最盛期の神田祭絵巻――文政六年御雇祭と附祭《つけまつり》――』[5]において、画像を多用して祭礼の様子を視覚的に紹介している。前者に所載の入江による論考「文政八年神田お雇祭の音曲」では、天下祭において各町が分担する山車とは別に、各町から任意で、仮装行列的に、あるいは芝居の所作や声曲を中心に参加した附祭について論じ、附祭に参加した長唄、常磐津《ときわづ》、富本《とみもと》の芸人について、「神田明神御用祭　踊子芸人名前書留」をもとに考察を進めている。[6]「名前書留」には、吉原在住の男芸者の名前が挙げられているが、この論考の中では、附祭と吉原および吉原俄との関係については必ずしも言及されていない。

一方、竹内[7]は、嘉永三年（一八五〇）の「山王祭礼番附・附祭芸人練子名前帳」の内容と、河東節の歴史を記録した『十寸《ます》見《み》編年集《へんねんしゅう》』[8]の記述とを比較して、山王権現祭礼に吉原の男芸者を中心とする囃子方が関与していることを指摘している。

前出の佐藤は歌舞伎における「曽我祭」に着目し、歌舞伎と祭礼との関わりと共通性について論じている。「曽我物語」の主題は、敵討に生き若くして非業の死をとげた曽我十郎祐成《すけなり》、五郎時致《ときむね》兄弟の生涯を語り、その供養と鎮魂にある。『曽我物語』に取材した芸能は多数あり、江戸の歌舞伎の演目の一つとして重きをなしてきた。曽我兄弟の霊を鎮めるために、宝暦三年（一七五三）には曽我祭を舞台上でも行うようになった。揃いのゆかたを着て、大おどりにわか狂言や（安永三年［一七七四］）、雀踊《すずめおどり》、手踊《ておどり》、花笠《はながさ》踊《おどり》と賑やかであり、神輿を舞台に出し（寛政一二年［一八〇〇］）、神事も執り行った（享和三年［一八〇三］）。それは山王祭礼のようであったと記録されている。曽我祭を描く番付【図1】や佐藤の考察からは、「曽我祭」が天下祭の附祭や吉原俄のような雰囲気であったことが読み取れる。しかしながら、吉原俄との関連については十分な考察は必ずしもなされていない。

江戸古曲の研究者である竹内は江戸の音曲が歌舞伎との関わりで発展してきたことを述べ、『河東節二百五十年』[9]および『近世芸能史の研究』に所載の「『吉原細見』に見る男芸者」[10]において、歌舞伎における浄瑠璃の語り手ならびに三味線方の多くが、吉原男芸者として記録されていることを述べ、さらに吉原俄に注目して歌舞伎と吉原との繋がりを考察している[11]。

浮世絵研究者である浅野は、『浮世絵は語る』[12]や吉原俄を扱った論文「吉原俄の錦絵――安永期から寛政四年まで――」[13]において、遊女絵や俄を描く絵の開板年を、『吉原細見』における遊女名や女芸者、さらには男芸者の名前から決めている。さらに、吉原芸者の成立に関しても議論を深めている[14]。しかしながら、絵に文字情報として登場する男芸者に関する詳細な議論はこれからである。

このように、江戸後期の「祭礼」、「歌舞伎」および「吉原俄」に注目し、互いに隣接する類縁文化に触れた研究は個々になされてはいるものの、これらを相互に関連付け、その内容、スタイル、さらに、これをマネージしたであろう男芸者に注目し、その役割を俯瞰的に論じた研究は必ずしも十分になされているとはいえない。

本章では、システム・オブ・システムズと理解される江戸の文化の中で、天下祭などの祭礼、歌舞伎、吉原俄に注目し、これらにおいて何が共通で、どう異なるかということについて俯瞰的に述べてゆきたい。さらに、この三者に関わっていた吉原の高級ミュージシャンとしての吉原男芸者の中から、河東節の三味線弾《しゃみせんひ》き山彦新次郎、文次郎父子を例に、江戸後期の芸能における吉原男芸者の役割について考察する。第二章【図24】の系図で示したように、三代目和泉屋清蔵の女房の妹「ゆき」は六代目桐屋五兵衛に嫁いでいる。その夫の祖母の兄が山彦新次郎である。さらに、山彦新次郎は一中節では菅野序遊《すがのじょゆう》を名乗り、江戸において一中節を興隆させ、その稽古本の出版にも関わり、文政期の音曲文化の花を開かせる。文政期には一中節に関わる浮世絵が多く板行されており、これらについても考察を試みる。

二　吉原俄について

祭礼および歌舞伎は形態を変化させつつも、今日にも存続するので想像が容易である。しかし、吉原俄については現在では実際に見ることが不可能である。したがって誤解されて伝わっていることも多々あり、その実態を容易に想像することが難しい。吉原俄の番付や個々の出し物を描く浮世絵は残っているが量が極めて少ない。全体を俯瞰的に理解する資料が乏しいので、若干の説明をしておきたい。吉原俄のルーツは前述のとおり、明和四年（一七六七）に真崎に北野天神を勧請したことにある。

吉原は、今でいうテーマパーク的な性格があった。三月の桜の植え込みや七月の玉菊灯籠と同様に、八月から九月の俄は大がかりなイベントであった。一方、神田明神や山王権現などの天下祭では、氏子の町からの四十台

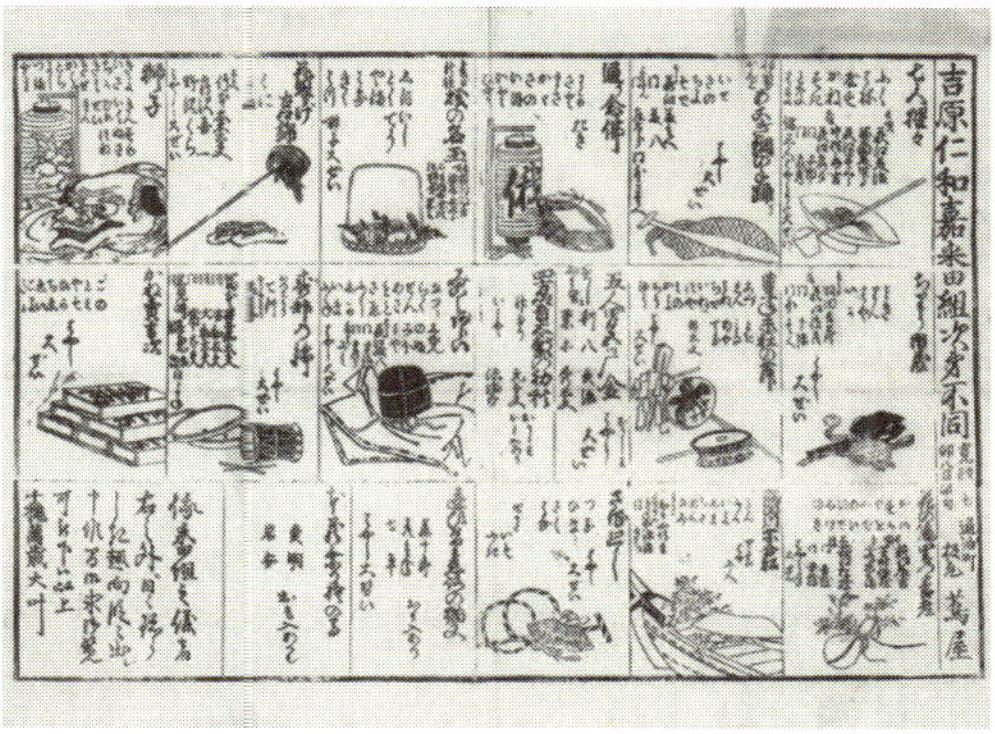

A

B

図２　寛政七年（1795）における吉原俄。
（A）吉原仁和嘉番組次第不同、寛政七年八月。蔦屋重三郎板（『日本をみつけた「江戸時代の文華展」』日本近世文学会、2002 年 6 月より）。
（B）喜多川歌麿筆「吉原仁和嘉　みこしあらい」。蔦屋重三郎板。© Victoria and Albert Museum, London / Uniphoto Press

近くの山車が出され、この間に附祭《つけまつり》が入って数キロメートルに及ぶ行列を作り江戸市中を練り歩き、さらには江戸城内に入るのに比べると、吉原俄の場合は吉原五町に収まる規模である。祭礼にあるような大きな山車は登場しない。竹内が指摘するように、吉原俄は祭礼の附祭を模倣したものと特徴づけられ、[15] 練り物や所作事を中心に、舞踊的な色彩が強い。[16]

芸者や禿《かむろ》が踊り、地方《じかた》が演奏し、振り付けは、例えば天明期であれば藤間勘兵衛のような専門家が担当した。祭礼の場合には行列を作って進行し、所定の場所で止って踊などを見せている。吉原の場合でも踊台（二重屋台）を使い、これを仲之町の茶屋の前に据えて、上段では踊、下段では地方が演ずるということも行われた。[17] 祭礼では、日のある内に終了することとなっていたようであるが、日没後が主な営業時間となる吉原の場合には、薄暮から日没後にかけての演技もあったようである。

俄においても、祭礼や歌舞伎と同様に番付が作られている【図2A参照】。図にあるように「七人猩々《しちこんしょうじょう》」、「磯の名玉」、「獅子」、「みこしあらい」、「豊年末社の舞」などの十二の出し物については、喜多川歌麿筆になる揃い物「吉原仁和嘉《にわか》」（蔦屋重三郎板）

図3　柳川重信筆「大坂新町練り物」俵藤太。東扇屋。雛治太夫。これらの文字は団扇の中に白文字で書かれており、よみづらい）文政5年（1822）6月。個人蔵。

に絵として残されている。【図2B】は喜多川歌麿が描く「みこしあらい」である。神輿を鴨川の水で清めることは、今でも八坂神社で行われている。

『嬉遊笑覧』によれば、俄の起源は京都祇園の祭礼や島原住吉の祭の練物にルーツがあるとしている。▼[18]京都の島原や祇園（八坂神社）では屋台による音曲が入るが、新町の場合には練り物が中心であったようである。▼[19]花街が関与する祭礼という視点からは、吉原俄は島原や祇園におけるものと類似と理解してよいであろう。ただし、上方では遊女（太夫）が祭礼に参加するが、管見の限りでは江戸の神田明神や山王権現祭では吉原からの参加は、男芸者に限られていたようである。別な言葉で言えば、吉原の男芸者が音楽マネージャであった。

また、吉原俄でも遊女（花魁）は参加することなく、主として芸者（男と女）と禿が中心であった。【図3】に文政五年（一八二二）六月に柳川重信によって描かれた、「大坂新町練り物」という揃い物にある、「東扇屋」の「雛治太夫《ひなはる》」が扮する「俵藤太《たわらのとうだ》」を参考までに示す。関西では遊女も積極的に祭礼に参加していたことを示す絵である。

歌舞伎は京都四条河原における妓楼の宣伝としての遊女歌舞妓にルーツがあり、それが野郎歌舞伎になったものである。歌舞伎と吉原、あるいは芸能と吉原とはそもそも近い関係にある。

図４　安永５年（1776）３月に江戸市村座で上演された「助六由縁はつ櫻」の辻番付。この芝居を実際に見た柳澤信鴻によれば、実際に演奏されたのは「助六廓花道」であった。早稲田大学演劇博物館蔵（ro22-00015-007）。

三　歌舞伎と吉原俄との関わり

【図４】は、安永五年（一七七六）二月に江戸市村座で上演された「助六由縁はつ櫻」の辻番付である。助六を市川八百蔵《やおぞう》が、白酒売を松本幸四郎が演じていた。この出し物は大当たりで公演は五月まで延長され、助六を演じていた八百蔵、意休《いきゅう》の半五郎の両名が途中で病気になり、それぞれ、羽左衛門および海老蔵に交替したと『歌舞伎年表』にある。[20]

大和郡山藩主柳澤信鴻《のぶとき》の『宴遊《えんゆう》日記』には、信鴻自身が安永五年二月二十日に十名余のお伴を連れて見物したとあり、市村座としては三十年来の大入りと記録している。[21]上演前に制作された辻番付では、浄瑠璃は「助六由縁のはつ桜」となっているが、実際は「助六廓花道」であった。町田によれば河東節が助六の合方となった最初である。[22]この芝居は大変な人気であり、翌安永六年（一七七七）秋の吉原における俄で取り上げられ、浮世絵として残されてゆくことになる。[23]

【図５A】は安永六年（一七七七）の俄を描く、磯田湖龍斎《こりゅうさい》による「青楼俄狂言助六白酒売」である。前述の安永五年の助六の

A

B

図5　安永6年（1777）の吉原俄　助六。
（A）磯田湖龍斎筆「青楼俄狂言　助六　白酒売」。西村屋与八板。助六 ささの、白酒売　松の、後見二人、河東四人、三味線二人、琴一面、こわいろ一人、妓楼「まつばや」の提灯と並んで、助六を演じた市川八百蔵の「三升」紋と、白酒売りを演じた松本幸四郎の「三銀杏」の紋が描き込まれている。Corfu Museum of Asian Art, Hellenic Ministry of Culture and Sports.（B）「明月余情」第二編二ウ三オ。まつばや半左衛門内　河東節にて介六のきょうげん　介六 ささの　白さけうり まつの。台本を読む声色一人、雪洞を持つ後見二人、面明かりを持つ後見一人も描き込まれている。大東急記念文庫蔵。

狂言とリンクしており、巷間での人気に敏感な吉原俄のイベント性を象徴している。絵の上部には八百蔵の「三枡紋」と幸四郎の「三銀杏紋」を描く提灯、さらに「まつばや」と書かれた提灯が描きこまれている。助六を「ささの」が、白酒売を「まつの」が演じ、河東四人、三味線二名の出演があったことが書き込まれている。他に琴と声色もあった。同じく安永六年の俄を描く『明月余情』【図5B】にも登場する。すなわち、「まつはや半左衛門河東節にて介六のきゃうけん」と書き込まれ、この場合にも介（助）六を「ささの」が、白酒売を「まつの」が演じたとある。『明月余情』には台本を読む声色《こわいろ》と、照明を持つ三名（後見）が左すみに描き込まれている。

この所作において、八百蔵の助六と幸四郎の白酒売りの科白は声色による男の声で語られ、禿たちは、その所作を演じたことが想像できる。助六の芝居で白酒売が登場する部分だけを取り出して演じているので、芝居の簡略化といえるが、本物の芝居にはない声色を用いることは複雑化ともいえる。ちなみに、声色の存在が安永二年（一七七三）春の吉原細見

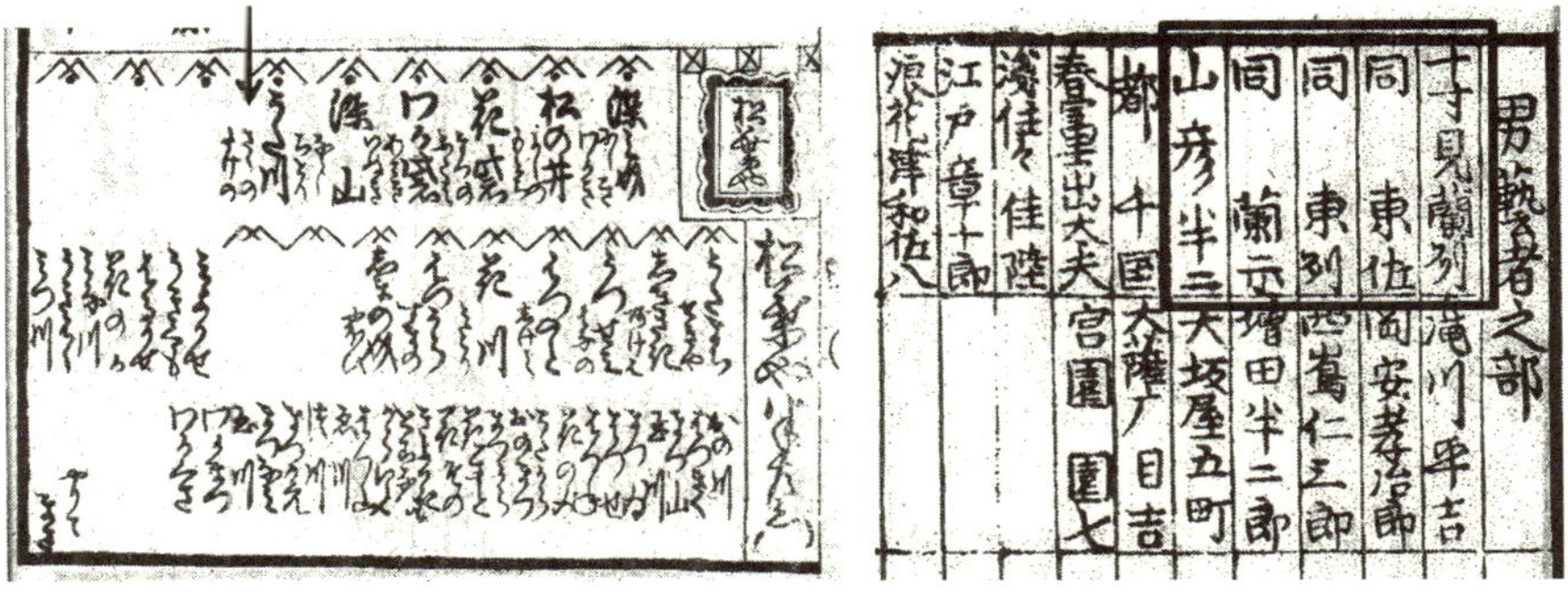

A　B

図6　吉原細見『三津の根色』安永6年（1777）秋（花咲一男編『安永期吉原細見集』近世風俗研究会、1982年より）。(A) 5オ「松葉屋半左衛門」。「うた川」つきの禿に「ささの」が認められる。(B) 20オ「男芸者の部」部分。

『壽黛色《ねびきのまつ》』「吉原げいしゃの部」に認められ、吉原の芸として定着していたことが理解できる。蝋燭や雪洞《ぼんぼり》による照明があり、白粉を塗った禿「ささの」演じる助六の顔が、後見によって間近に差し出される「面明かり」によって、暗くなった江戸町一丁目の通りに白く浮かび上がったことであろう。

　松葉屋は江戸町一丁目の木戸をくぐって右から二軒目の尾張出身者による規模の大きな妓楼である。浅野は、安永六年（一七七七）秋の吉原細見『三津の根色』【図6A】において、「松葉屋半左衛門」の花魁「きせ川」につく禿に「ささの」の名前があることを確認している。[24]「まつの」の名前は、安永六年の『吉原細見』には名前がないが、安永五年秋の吉原細見『家満人言葉《やまとことば》』には、「新造」として「まつの」の名前を見つけることができる。

【図4】に示したように、この狂言「助六」における浄瑠璃は河東節であり、辻番付にある浄瑠璃の語り手十寸見蘭洲《ますみらんじゅう》（二代目、のち志明）、東佐《とうさ》、東洲《とうしゅう》、蘭爾《らんじ》（示）ならびに三味線弾きの山彦半治（二）は、【図6B】に示すように、同じく安永六年（一七七七）秋の『吉原細見』に男芸者として名前が確認できる。これらの十寸見や山彦の連中が、歌舞伎のみならず吉原俄でも活躍していたことが明らかである。とはいえ、この時期には河東節は歌舞伎からは遠ざかり、助六に出演するのみであったが、座敷浄瑠璃としては隆盛であったことを、『吉原細見』「男芸者の部」が物語っている。河東節では、浄瑠璃は十寸見、三味線は山彦の姓を名乗る。

安永の俄の出し物「助六」は歌舞伎の所作の一部であるが、竹内は歌舞伎の出し物がそのまま吉原俄に移行した例を報告している。[25] すなわち、天明二年（一七八二）十一月の中村座での顔見世狂言「五代源氏《ごだいげんじ》貢《みつぎの》振袖《ふりそで》」の三立目では、富本節の所作事「睦月恋手取《むつましづきこいのてどり》」（春駒）が、半四郎、菊之丞、宗十郎、門之助によって演じられた。このときの富本節の浄瑠璃は、富本豊前太夫、斎宮太夫、豊志太夫であり、三味線は名見崎徳治《なみざきとくじ》であった。

この春駒には当時の吉原の遊女二十七名の名前が読み込まれていた。「春駒」は翌年の天明三年（一七八三）の俄に、演題の「睦月恋手取」もそのままに取り入れられた。踊ったのは禿であり、富本豊前太夫、斎宮太夫、豊喜太夫、豊志太夫が浄瑠璃を語り、名見崎徳治、市太が三味線を弾いた。振り付けを藤間勘兵衛が担当したことが、鳥居清長筆の「青楼仁和嘉尽　浄瑠璃　睦月恋手取」に記録として残されている。歌舞伎ではプロの役者が演ずるところを幼い禿たちが踊りやすいように、振り付けしなおしたのであろう。富本豊志太夫ならびに名見崎徳治の名前は、天明三年秋の『吉原細見』「男芸者の部」に認められる。

歌舞伎、吉原俄、祭礼に共通の出し物として「鹿島踊」を挙げることができる。その起源は、『守貞謾稿《もりさだまんこう》』によれば、風折《かざおり》烏帽子《えぼし》に狩衣《かりぎぬ》、八咫烏《やたがらす》の万灯を担いだ男が、鹿島神宮の事触《ことぶれ》と称して、「神勅によれば災害や疫病がある」と予言し、これを逃れるための秘符を諸国で売り歩いていたことにある。[26] 彼らによって持ち込まれた芸能が江戸の町にも広まり、さまざまな経路を経て洗練され、歌舞伎、吉原俄、神田明神および山王権現の出し物になっていったと考えられる。【図7A】は、鹿島の事触による「鹿島浮世踊」である。

【図7B、7Cおよび7D】は、それぞれ、歌舞伎、吉原俄および山王権現祭礼における「鹿島踊」である。

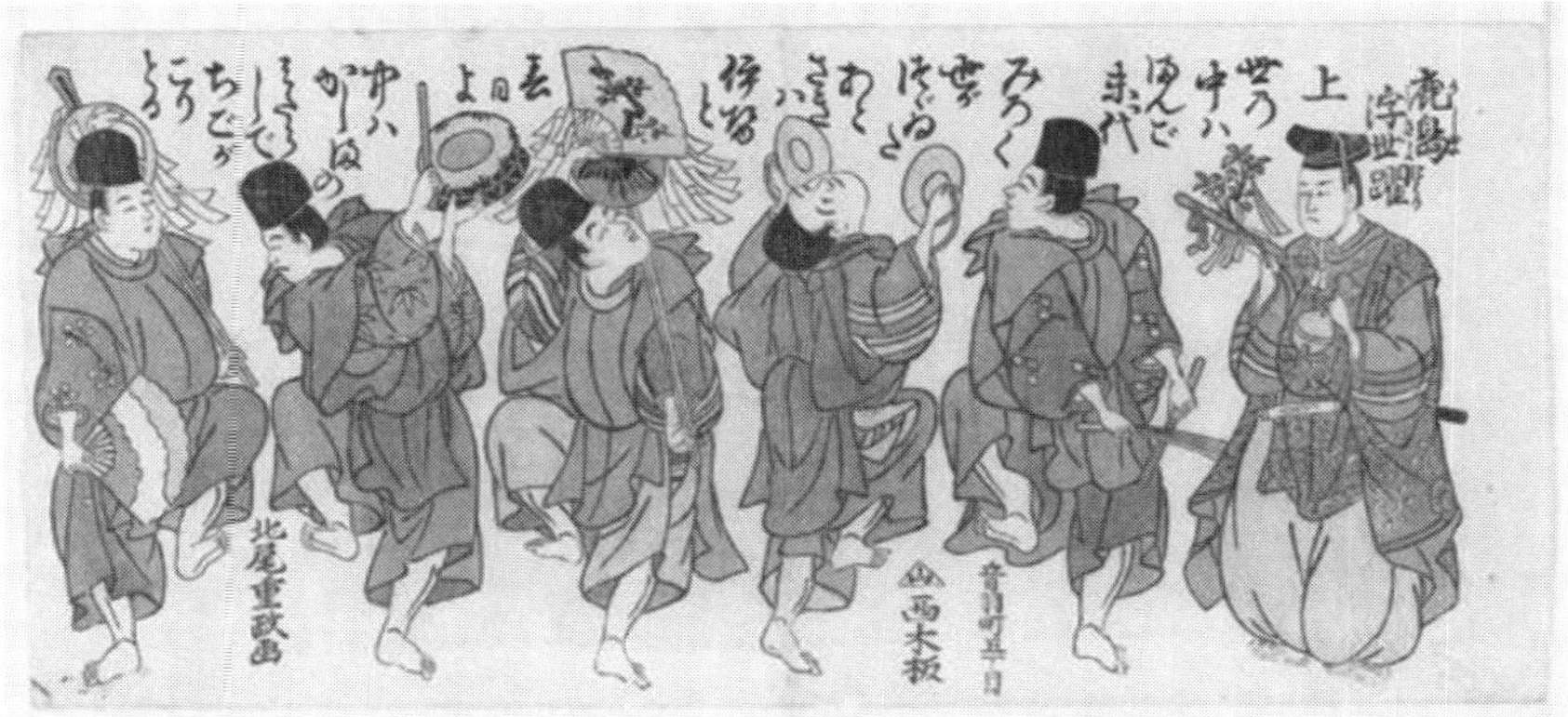

A：北尾重政筆「鹿島浮世踊」。明和期（1760 頃）。西木板。William Sturgis Bigelow Collection 11.30407 Photograph © 2017 Museum of Fine Arts, Boston. All rights reserved. c/o Uniphoto Press

B

C

D

B:法花四季臺（のりのはなしきのうてな）長唄正本表紙。文化２年（1805）３月３日より中村座にて。個人蔵。

C：喜多川歌麿筆「吉原仁和嘉　豊年末社の舞」。寛政７年（1795）。蔦屋重三郎板。© Victoria and Albert Museum, London / Uniphoto Press

D：鳥居清長筆「山王祭礼かしま踊の所作」安永９年（1780）頃。西村屋与八板。William Sturgis Bigelow Collection 11.19364 Photograph © 2017 Museum of Fine Arts, Boston. All rights reserved. c/o Uniphoto Press

図７　歌舞伎、吉原俄および山王祭礼における鹿島踊の受容

歌舞伎の例として、文化二年（一八〇五）三月中村座での「法花《のりのはな》四《し》季臺《きのうてな》」の長唄正本を示す。三代目瀬川路考が演じた所作事である【図7B】。吉原俄における鹿嶋踊の例として、寛政七年（一七九五）に喜多川歌麿が描いた「吉原仁和嘉　豊年末社の舞」を示す【図7C】。鹿島踊は吉原俄では繰り返し演じられ、絵も多く残されている。鳥居清長は、安永九年（一七八〇）頃の山王御祭礼における鹿嶋踊を描いている【図7D】。本材木町八丁目などからの出し物で、かつぎ屋台の上で演じられている。このときの芸人名前帳が未見なので確かなことはといえないが、演じているのは町娘たちと推測される。歌舞伎ではプロの役者、吉原俄では芸者や禿、山王権現祭礼では町娘と、踊り手は異なるが、風折烏帽子を被り八咫烏の万灯をかざして踊るスタイルは共通である。

長唄には、「俄獅子」や「俄鹿嶋」のように「俄」のつく曲があり。歌舞伎で踊りと共に演奏されることがある。「助六」とは逆で、吉原から歌舞伎に入った出し物である。歌舞伎と吉原との密な交流である。

四　山彦新次郎、文次郎父子と歌舞伎ならびに吉原俄

ここでは、吉原を活動の本拠地とし、歌舞伎、吉原俄、神田明神や山王権現の祭礼にも深く関与した男芸者の例として、寛政から文政、さらに天保期における河東節の三味線弾であった、吉原の男芸者山彦新次郎三代目とその倅文次郎を取り上げ、その出自も含めて紹介しておきたい。

本書でいう男芸者は幕末や明治期における幇間《ほうかん》ではなく、吉原在住のレベルの高い、浄瑠璃の語り手であり三味線弾きである。すなわち、吉原の酒席では河東節や富本節の浄瑠璃を語り三味線を弾き、吉原の内外に弟子を持って稽古をつけ出版にもかかわっていた。武家や豪商への出張演奏もあった。芝居があれば葺屋町の市村座や

木挽町の河原崎座などに出演する技量があり、俳諧や茶などを嗜み、のろま狂言などを楽しんだ人たちである。そして、歌舞伎や吉原俄に限らず、神田明神や山王権現の附祭における音曲をマネージしていた。

もともと、河東節と吉原とは縁が深い。初代十寸見河東が半太夫節から独立し、最初の詞章集『鳰鳥《におどり》』を享保四年（一七一九）に板行したとき、十寸見河東と半太夫節で同門であった吉原の妓楼主「蔓蔦屋《つるつたや》庄次郎」は、初代十寸見蘭洲として初代河東の補佐役を勤め、『鳰鳥』の筆耕《ひっこう》を担当した。[27] 享保八年（一七二三）の『新吉原細見之図』には、江戸町二丁目木戸を入って右から三軒目に妓楼「蔓蔦や庄次郎」を確認できる。さらに、河東節の正本が宝暦九年（一七五九）頃に『十寸見要集』の名のもとに板行されるようになったときには、『吉原細見』を扱う伊勢屋吉十郎が板元となった。[28] 河東節は寛保（一七四一～一七四三）頃までは歌舞伎に出演していたが、上方から下った豊後系浄瑠璃が盛んになると、歌舞伎から離れ座敷浄瑠璃としての性格を強めてゆき、山彦新次郎、文次郎父子の時代には、歌舞伎との関わりは助六だけに限られていた。[29]

（一）山彦新次郎の出自

妓楼和泉屋平左衛門（日比谷姓）および和泉屋清蔵（福原姓）と山彦新次郎（家田姓）との相互の関係を明らかにしておこう。第二章【図24】の系図に示すように、三代目和泉屋平左衛門の女房「津祢《つね》」は、江戸町二丁目の妓楼和泉屋清蔵（福原姓）の出身である。福原家の過去帳を調べると、津祢の母「たき」は大和屋庄助の娘である。「たき」の妹「ゆき」は仲之町の茶屋六代目桐屋五兵衛（家田姓）に嫁いでいる。家田家の過去帳を追ってゆくと、三代目桐屋五兵衛の倅が、三代目山彦新次郎である。

三代目山彦新次郎は、生家である吉原仲之町の茶屋「桐屋」の過去帳に記録された命日と行年から逆算すると、宝暦十一年（一七六一）生まれで文政六年（一八二三）歿、倅文次郎は天明六年（一七八六）の生まれで天保十二年（一八四一）歿、である。山彦父子は酒井抱一とも親しかった。さらに、一中節の世界では菅野序遊初代および二代を名乗っていた。【図8】は『一中節考』の口絵に、菅野序遊として掲載されている山彦新次郎の肖像である。[30]

図8　三代目山彦新次郎（初代菅野序遊）。井口恵吉『一中節考』所載（注30より）。

『聲曲類纂《せいきょくるいさん》』[31]、『江戸節根元集《こんげんしゅう》』[32]、および『十寸見編年集』[33]から、河東節の三味線弾き三代目山彦新次郎（はじめ文次郎）は、茶屋桐屋五兵衛三代目の倅伊助であり、二代目山彦源四郎の弟子であったことがわかる。桐屋は仲之町において代々五兵衛を襲名して茶屋を営んでいた。

桐屋五兵衛の名前が吉原関係の資料に最初に登場するのは、管見の限り、『吉原大絵図』にあるように元禄二年（一六八九）である。桐屋伊助が『吉原細見』に現れるのは、【図9】に示すように明和四年（一七六七）春の『吉原細見（真木柱）』から天明五年（一七八五）秋までである。桐屋伊助は、『吉原細見』の版によっては桐屋伊介とも書かれる。すなわち、数え齢七歳で仲之町の茶屋桐屋の当主を継いでいる。先代の三代目桐屋五兵衛は桐屋過去帳によれば、明和八年（一七七一）七月十一日に亡くなっている。三代目桐屋五兵衛は健康上の理由などで、早い時期に見世の当主を倅の伊助に譲る必要があったものと想像される。ちなみに、玉菊灯籠と吉原俄について記した『吉原春秋二度の景物』[34]の著者梧桐久儔は、五代目桐屋五兵衛である。

樋口は、桐屋伊助が家業を妹に譲って芸の道に入ったとしている。[35]当時、存命であった菅野序遊四代目から

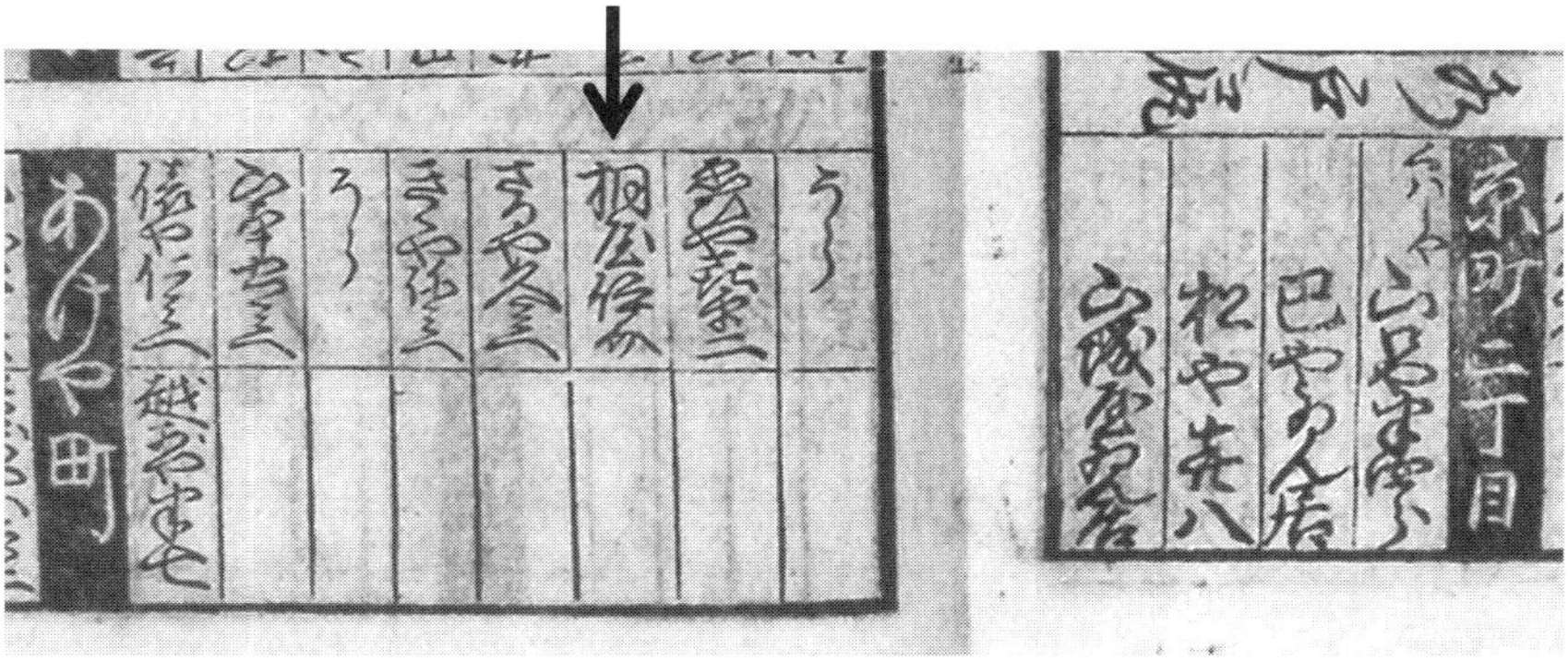

図９　吉原細見『真木柱』明和４年（1767）春。３ウ４オ、桐屋伊介の部分。大阪大学図書館忍頂寺文庫蔵。

の聞き書きである。桐屋の先祖が三河の出身であることも明らかにしている。『吉原細見』によれば、桐屋の当主が桐屋伊助から桐屋五兵衛四代目に替わるのは天明六年（一七八六）春である。桐屋伊助が二十六歳のときということになる。以後、河東節の二代目山彦源四郎の弟子として河東節の三味線弾の道を歩む。【図10】に示すように、早くも翌年の天明七年（一七八七）秋の『吉原細見』に男芸者として、十寸見蘭洲や、山彦半治らと共に山彦文次（文次郎）として名前が載る。男芸者の部の名前は、年功序列のように並んでいるように見える。通常は、デビューしたての頃はランクが低く、時間の経過と共に上がってくる。しかし、山彦文次郎の場合は最初から五枚目である。吉原の茶屋の主人であったということを割り引いても、相当の腕前であったことが想像に難くない。長唄や箏曲にもすぐれ、また、芸のみならず利殖の途にも手腕があり、多額の資産をなし、鉄砲ご用達の株

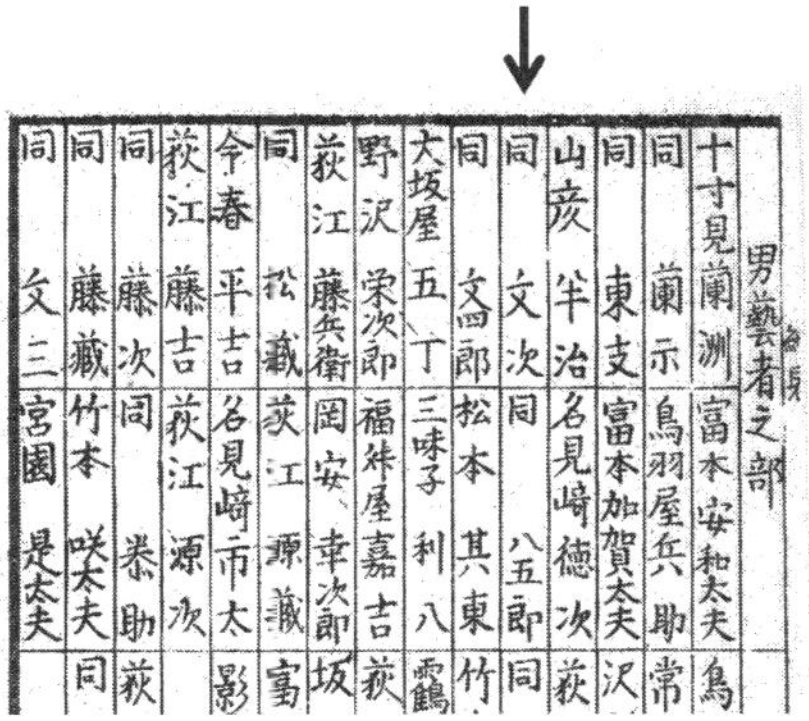

男藝者之部
十寸見蘭洲　富本安和太夫　鳥
同　蘭示　鳥羽屋兵助　常
同　東支　富本加賀太夫　沢
山彦　半治　名見崎徳次　荻
同　文次　同　八五郎　同
同　文西郎　松本　其東　竹
大坂屋　五丁　三味子　利八　靏
野沢　栄次郎　福井屋　嘉吉　荻
荻江　藤兵衛　岡安　幸次郎　坂
同　松蔵　荻江　源蔵　富
今春　平吉　名見崎　市太　影
荻江　藤吉　荻江　源次
同　藤次　同　粂助　荻
同　藤蔵　竹本　咲太夫　同
同　文三　宮薗　是太夫

図 10　『吉原細見』天明７年（1787）秋に男芸者として初めて登場した山彦文次（郎）（数え年 27 才）（花咲一男編『天明期吉原細見集』近世風俗研究会、1977 年より）。

を買って役所の仕事もしていたという。

『東都一流江戸節根元集』によれば、文化二年（一八〇五）正月二十一日の山彦源四郎弾き初めの席で、山彦文次郎は新次郎三代目を襲名し、倅小文が文次郎二代目を名乗ったと記録されている。山彦文次郎（倅）は俳諧では思聲と号し、茶、篆刻、書をよくしたとある。[36]

（二）山彦父子と歌舞伎および吉原俄

文化文政期には、河東節はすでに歌舞伎からは遠ざかり座敷浄瑠璃となっていた。しかし、助六だけは、今日でもそうであるように、なお、歌舞伎と関わっていた。山彦父子が助六に関わったのは、『歌舞伎年表』および『十寸見編年集』からは七回あったことがわかる。山彦新次郎三代目が文次郎を名乗っていた時代に助六に出演したのは、寛政三年（一七九一）四月および寛政九年（一七九七）一月であった。文化二年（一八〇五）三月、文化八年（一八一一）二月および文政二年（一八一九）三月には新次郎、文次郎の親子で三味線を弾いていた。新次郎没後の文政十一年（一八二三）三月および天保三年（一八三二）三月には、倅文次郎が出演した。浮世絵に残された、助六および吉原俄における山彦父子の活動を、以下に、時代を追って眺めてみよう。

①寛政三年（一七九一）の助六と吉原俄「禿万歳」

山彦文次郎を名乗っていた、寛政三年（一七九一）四月の市村座「筆萋 荑壺碑《ふでつばなつぼのいしぶみ》」の二番目「助六花街二葉艸《すけろくくるわのふたばぐさ》」に初めて出演し、三味線を担当した。このときの河東節正本の表紙を【図11】に示す。太夫は十寸見子明《しめい》、縦三味線は山彦存候《やまびこそんこう》であった。

助六が上演されたのと同じ、寛政三年（一七九一）年八～九月の吉原俄を描いた勝川春朗（後の葛飾北斎）筆「正月禿万歳」には、十寸見子明、十寸見蘭示《らんじ》、十寸見東支《とうし》、山彦文次郎および山彦文四郎の、五名の河東節の関係者の名前が書き込まれている【図12】。十寸見蘭示、山彦文次郎（文治）および文四郎の名前は、寛政四年（一七九二）春の『吉原細見』男芸者之部【図13A】に認められる。この絵は俄を描く十二枚の揃い物の一つである。描かれている芸者の名前「るせ」、「さよ」、「むめ」、ならびに「くめ」が、【図13B】に示すように、翌年春の吉原細見にある女芸者の名前と一致することから、寛政三年の俄に取材したものと結論づけられる。[37]

外題の「禿万歳」は、享保年間（一七一六～一七三六）に竹婦人が作った河東節であり、元祖河東による節付、三弦は初代山彦文四郎であった。正月に尾張万歳が新吉原にやってくるのは、明暦以降に尾張衆が吉原に進出してからのことである。この曲は今でも演奏されている。

絵に名前のある「十寸見子（志）明」、「蘭示（爾）」ならびに「東支」が語る浄瑠璃と、山彦文次郎ならびに文四郎による三味線に合わせて、芸者たちが踊ったのであろう。絵には二人の芸者が描かれていることから、四人による踊ではなく、二組で交替しながら演じたものであろう。絵に書き込まれた河東節の五名は、前述の寛政三年（一七九一）四月の「助六花街二葉艸」の出演者と一致する【図11】。

東支（爾）は『東都一流江戸節根元集』によれば、「本郷平四郎河東弟子東爾といへるもの、神田佐久間町茗荷屋市郎兵衛と言もの也、右同町に住居いたし、六十才の頃、吉原町へ引越、渡世いたし居けるが、寛政年中に古人となり」とある。五代目江戸太夫河東の弟子であり、吉原に住んでいたことがわかる。[38] 文四郎は文次郎と同じく二代目山彦源四郎（存候）の弟子であり、『十寸見編年集』によれば吉原に住んでいたとある。これらのことから、この絵に名前のある河東節関係者は、いずれも吉原を活動の基盤にしていた人たちであり、吉原男芸者と

図 12　勝川春朗筆「正月 禿万歳」蔦屋重三郎板。河東　十寸見子明、十寸見蘭示、十寸見東支、三弦　山彦文次郎、山彦文四郎、るせ、さよ、むめ、くめ。寛政 3 年（1791）の俄の出し物である。勝川春朗は後の葛飾北斎。© Royal Museums of Art and History, Brussels【口絵掲載】

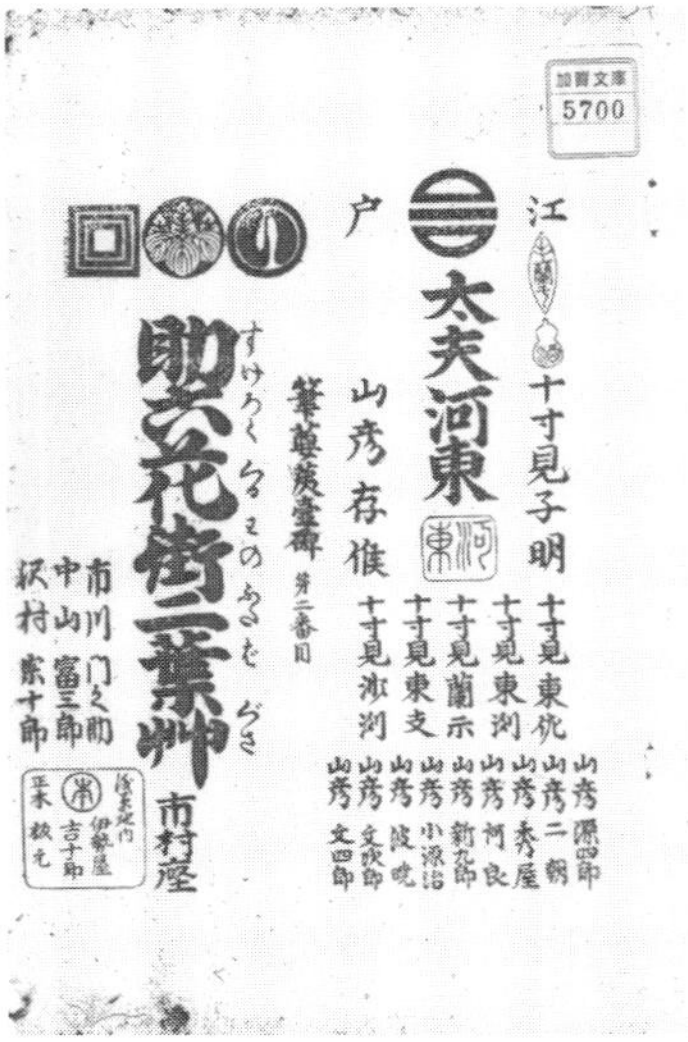

図 11　寛政 3 年（1794）四月市村座での「筆菱蕒壺碑（ふでつばなつぼのいしぶみ）」二番目「助六花街二葉艸（すけろくくるわのふたばぐさ）」の正本。東京都立中央図書館加賀文庫蔵。

図 13　寛政四年（1792）春『吉原細見』（江戸吉原叢刊刊行会『江戸吉原叢刊第七巻』2011 年より）。

（A）男芸者の部（21 オ）。十寸見蘭示、山彦文治（次郎）、山彦文四郎。
（B）女芸者の部（21 オ・ウ）。むめ、さよ、くめ、るせ。

A

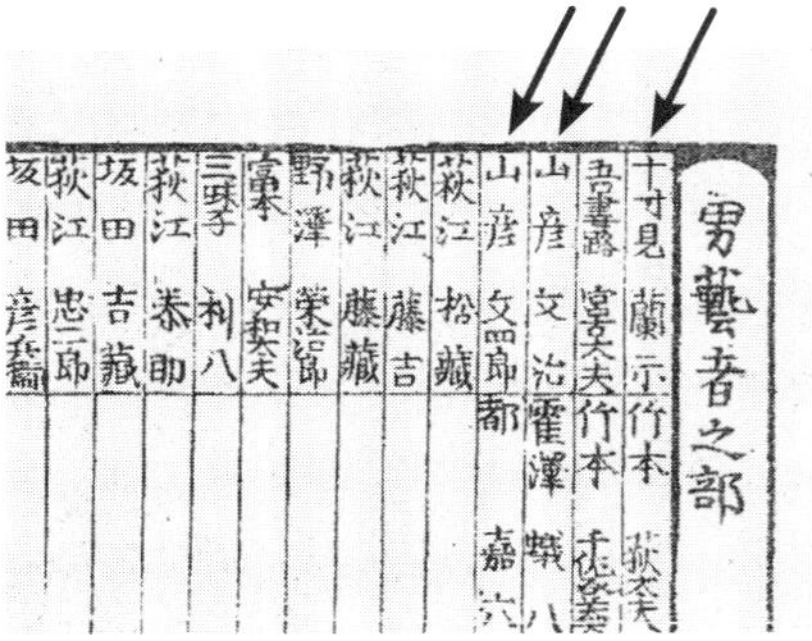

B

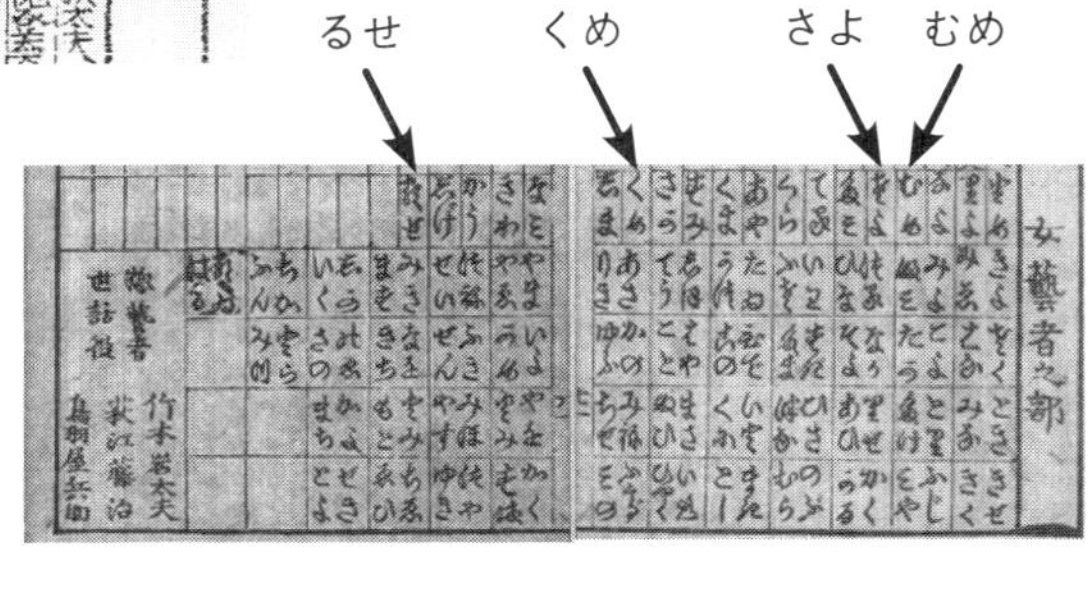

して俄に積極的に関わり、これを支えていたことが理解できる。

②浮世絵にみる文化五年（一八〇八）の吉原俄

【図14】は二代目歌麿が描いた、文化五年（一八〇八）の吉原俄の出し物の一つ「青楼仁和歌全盛遊　泰平住吉踊」である。河東三人、三みせん山彦文四良、新二良（次郎）、いね、くめ、さた、たま、かんとある。河東節「泰平住吉踊」の成立年代は不明であるが、歌舞伎では寛政九年（一七九七）正月の辻番付に記録が残されている。[39] 住吉踊では「お田植え祭」として、日よけの垂れのある笠をかぶるのが特徴である（右端）。以下に、この絵の開板時期について少々考察しておきたい。

前述したように、山彦文次郎が三代目新次郎を襲名するのは、文化二年（一八〇五）正月である。[40] また、文化四年（一八〇七）八月に、河内屋半次郎方で河東節と一中節との掛け合い「源氏十二段」を浄瑠璃供として演奏した際に、「泰平住吉踊」も演奏され、山彦新次郎の名前が記録されている【図15】。このことから竹内は、「泰平住吉踊」がそのまま俄に移されたものであろうとし、絵は文化四年（一八〇七）の俄を描くものと推定している。[41] 脇道に逸れるが、吉野によれば「泰平住吉踊」は外記節に由来する曲であり、享保期（一六一六～）の外記節の正本と比べると、河東節では詞章が大幅に追加された。このことか

図 14 「青楼仁和嘉歌全盛遊　泰平住吉踊」二代目歌麿筆　山口屋藤兵衛板。河東三人　三みせん　山彦文四良、新二良、いね、くめ、さた、たま、かん。文化 5 年（1808）。© Royal Museums of Art and History, Brussels

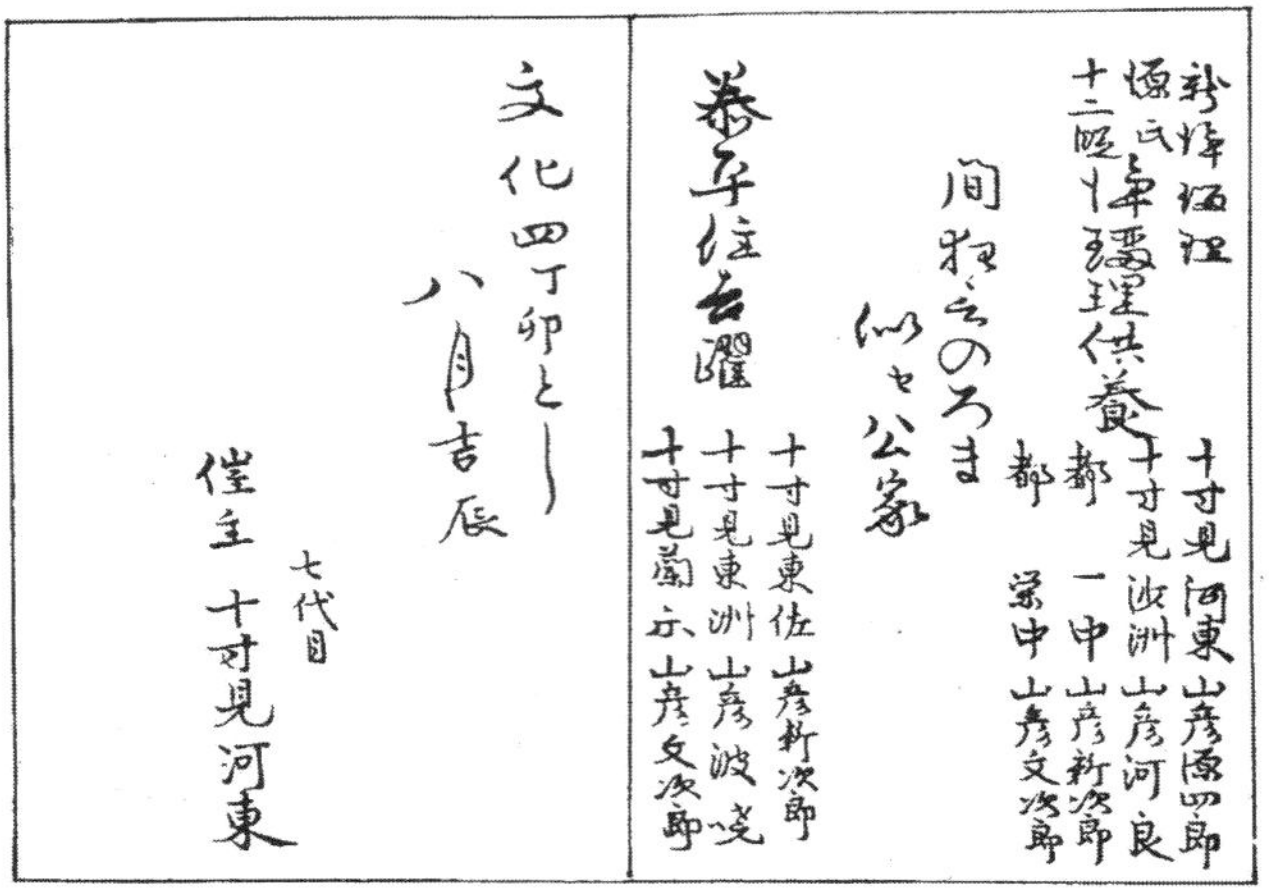

図 15　文化 4 年（1807）8 月「源氏十二段浄瑠璃供養」刷物（『古曲』第 18 号、財団法人古曲会、1966 年より）。

ら、文化四年（一八〇七）にかなり改作されたのではと推測されている。[42]

この二代目歌麿が描いた絵から気がつくことは、山彦文次郎が新次郎（二良）を襲名した時期に関して、芝居と吉原とでは多少の差異があることである。山彦新次郎は文化二年（一八〇五）正月に、文次郎から新次郎を襲名し、文化二年（一八〇五）の助六は新次郎と倅の文次郎父子が共演している。[43] 文化元年（一八〇四）十一月の市村座の顔見世番付にも新次郎の名前が見られる。

一方、『吉原細見』の男芸者としては、三年後の文化四年秋まで二枚目として山彦文次郎の名前が残る。二枚目の名前が初めて新次郎に変わるのは、文化五年（一八〇八）春以降である。格が変わらずに名前のみ変わったことになる。このとき、倅山彦文次（治）郎も三十八枚目に登場する。すなわち、歌舞伎ではすでに新次郎を名乗っていたが、吉原芸者としては引き続き三年間は、文次郎を名乗っていたことになる。吉原俄「泰平住吉踊」は吉原の行事を描く絵であるので、男芸者として新次（二）郎を名乗るようになってからの絵であると考えるのが自然であろう。すなわち、文化五年（一八〇八）の開板と理解すべきであろう。ちなみに、長唄の場合には、歌舞伎では杵屋や松島の姓を名乗るが、吉原ではすべて荻江を名乗り、芸名を使い分ける例が知られている。[44]

③文化八年（一八一一）の「陙蓬莱曽我」と文化九年の吉原俄

文化八年（一八一一）二月には市村座で、「陙蓬莱曽我《むつまじきほうらいそが》」が上演され、浄瑠璃「助六所縁江戸櫻」が語られた。このときは山彦新次郎、文次郎父子が三味線を弾いている。[45]『歌舞伎年表』には、「好評なれど不入り」という記録が残されている。[46]太夫は七代目十寸見河東（後に隠居して二代目東雲を名乗る）、縦三味線は三代目山彦源四郎であった。助六は七代目市川団十郎、あげ巻は岩井半四郎、および髭の意久《いきゅう》は松本幸四郎が演じていた。河東節の場合には出語りではなく御簾内で語られるので、長唄や常磐津と異なり、十寸見や山彦の人たちの似顔絵を見つけることはほとんど不可能である。酒井抱一は、河東節を七代目十寸見河東について習っており、このときの七代目江戸太夫河東、七代目市川三升扮助六、三代目彦源四郎の肖像を描いている。『十寸見編年集』にその写しが残されている。[47]

【図16A】に、文化九年（一八一二）の俄を描く喜多川秀麿筆「青楼仁和嘉　助六所縁の江戸桜」を示す。上述の文化八年の助六を取り入れたものである。女芸者としての「だい」と「れん」が助六と白酒売に扮している。この二人の芸者の名前は『吉原細見』にある名前と一致している【図16B】。絵に書き込まれた河東の二人、すなわち、十寸見蘭爾と河洲は、吉原に住む男芸者であることが『吉原細見』からわかる。山彦文次郎の名前もある。ほか二人とあることから、吉原に住んでおらず、吉原芸者としては名前がないが前年の助六で浄瑠璃を語った十寸見東佐、東洲あるいは関係者など、歌舞伎で一緒に三味線を弾いた仲間に応援を依頼したのではな

A

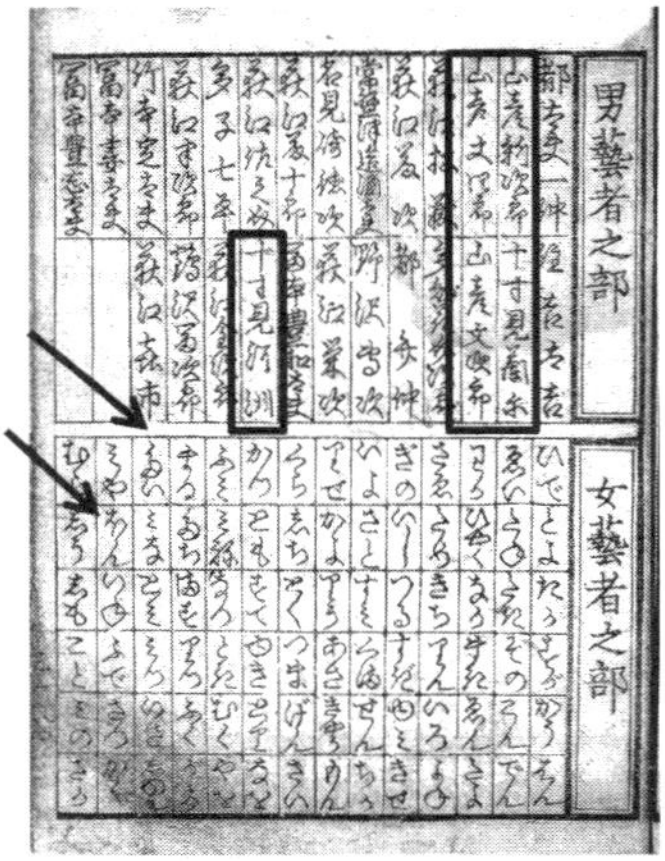

B

図 16　文化 9 年（1812）の吉原俄「助六所縁江戸桜」。
（A）喜多川秀麿筆「青楼仁和嘉助六所縁の江戸」（第 27 回浮世絵オークションカタログ、2016 年 9 月より）。
（B）『吉原細見』文化 8 年（1811）春 。38 オ。男芸者の部と女芸者の部。絵に登場する男芸者と女芸者の名前を確認できる。東京都立中央図書館東京誌料蔵。

かろうか。同じ時の俄を描く菊川英山筆「青楼俄全盛遊」には、「やたいばやし大ぜい」とも書き込まれている。笛や太鼓もあったのであろう。吉原俄の演目は歌舞伎に由来し、そして音曲は河東節の男芸者がマネージしていたことがわかる。

④文政二年（一八一九）の「助六所縁江戸櫻」

【図17】に、文政二年（一八一九）三月五日から玉川座で上演された、「助六所縁江戸櫻」の絵本番付を示す。絵本番付においても地方《じかた》を描く似顔絵はなく、名前のみである（【図17部分】）。この文政二年の絵本番付では、太夫として隠居東雲江戸太夫河東（七代目）の名前が大書されている。ほか、五代目十寸見沙洲、蘭示、河洲、東川、東暁の名前がある。七代目河東は文化九年（一八一二）年三月に隠居して東雲を名乗っている。[48] 実際に出演したかは定かでない。五代目沙洲は、この芝居の翌年の文政三年（一八二〇）十月に亡くなり、八代目河東の名前を追贈されている。三味線は、縦三味線が三代目山彦新次郎、そ

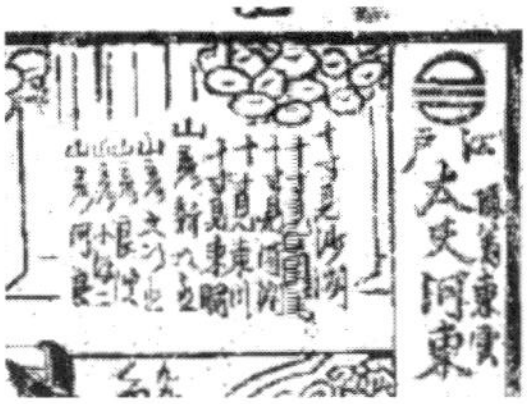

図17部分

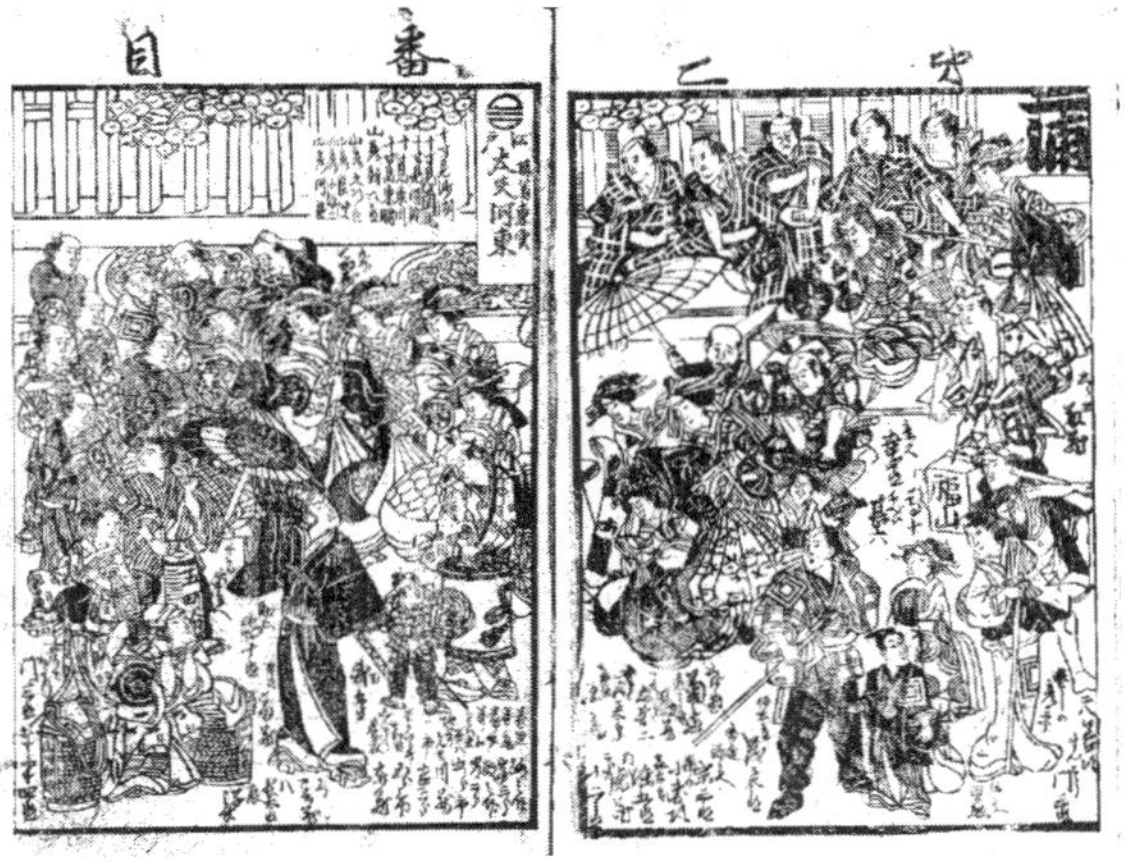

図17　文政2年（1819）3月の絵本番付「助六所縁江戸櫻」。東京大学国文学研究室蔵。【口絵掲載】

して、倅の文次郎、良波、小源二、河良《かりょう》と続く。三代目山彦源四郎（二代目源四郎存候の実子）が文政元年（一八一八）五月に亡くなったことにより新次郎が縦三味線となり、その名広めとも理解できよう。

助六は七代目市川団十郎、意休は松本幸四郎、あげ巻は瀬川菊之丞、白酒売は岩井半四郎、かんぺら門兵衛は大谷馬十《ばじゅう》であった。この五人に惣領甚六が演ずる鈴ヶ森仙平を加えた五枚続きを、歌川国安が描いている【図18】。絵の上段には賛のように、「春霞たてるやいづこみよしのの…」から始まり「…風情なりける次第なり」で終わる「助六所縁江戸櫻」の詞章のすべてが書き込まれている。多くの助六の絵では、助六、意休、あげ巻の三人を描くことに留まるところが多いが、ここでは、鈴ヶ森仙平までを描き込んでいることが特徴的である。

このときは中村座においても、文政二年（一八一九）三月三日から「助六曲輪菊《すけろくくるわのももよぐさ》」が上演された。助六は菊五郎、意休は芝翫、あげ巻は粂三郎であった。浄瑠璃は半太夫節によって語られた。『歌舞伎年表』には、「両座張合にて、団十郎は二度目なり。菊五郎方より吉原へ送物を頼みに参り、これは市川ならではならぬ例ゆゑ、もめ合あり。遊女屋と世話役と二手に分かれ古實知りの見番大黒屋へ問合せしに、二代目団十郎よりの仕来り通りにて、五代目は半四郎同道吉原を廻り、會所にて、座元、役者、其外かかりの者ども三十人ほど招き馳走いたし、興行中五度に分ちて惣見物、又送物を定め遣し候故、此例にて市川家へ送る例なればとて、菊五郎方へは粂三郎と両人へ引まく一張づつ送ること丶なり、送物なかりしといふ」とある。[49]

助六は吉原が舞台の狂言であることから、歌舞伎と近い関係にある。が、このときは、団十郎と菊五郎の双方から応援（贈物）を依頼され、重なった二つの要求に吉原側が苦慮したことがわかる。ここで、五代目とは松本幸四郎のことであり、半四郎とは白酒売と女房お十を演じた岩井半四郎のことである。昔のことを知っている見番大黒屋に照会し、前例にならって、松本幸四郎と岩井半四郎が吉原を巡って挨拶をした。吉原側は、会所で座元の玉川座や、団十郎などの役者三十名を接待し、かつ、五回にわたる貸切見物、そして贈り物を準備している。一方、菊五郎と粂三郎には引幕だけを贈ったとある。

込まれている。歌川国安筆　板元は助六の部分は浜松幸助、それ以外は万屋
（100-2522）、助六：団十郎（七代目）（100-2485）、鈴が森仙平：惣領甚六、

　団十郎の出端《では》（踊りのこと）に合わせて三味線を弾き、かつ、吉原芸者として吉原側の立場にもあった山彦新次郎、文次郎父子には、何らかの役割があったものと推測される。山彦新次郎の名前は文化十年（一八一三）以降には男芸者からは消えているが、助六が上演された文政二年（一八一九）春に、五十三歳になった新次郎の名前がこ

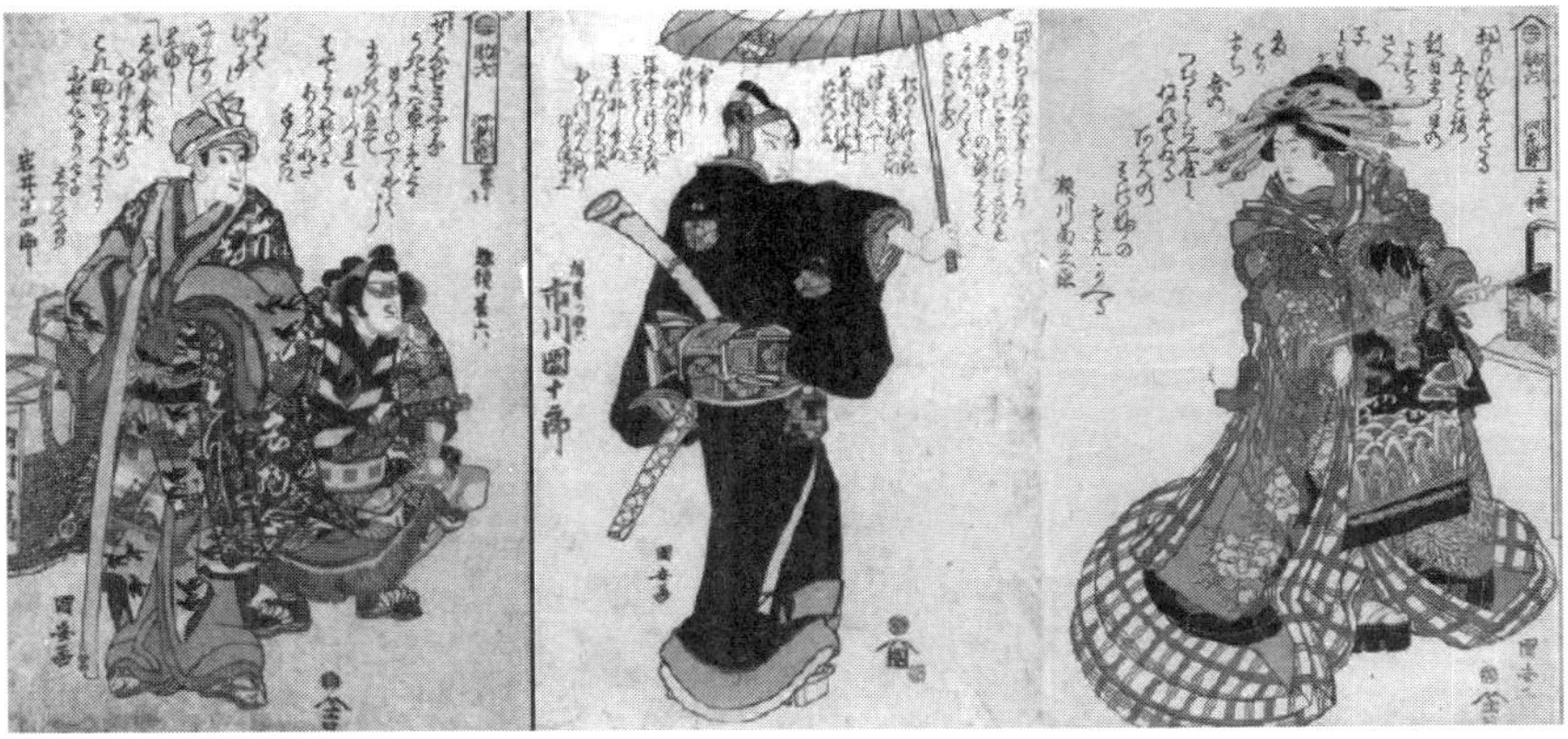

図18　文政２年（1819）３月、玉川座における「助六所縁江戸櫻」。「助六所縁江戸桜」の詞章のすべてが書き
吉兵衛。右から、かんぺら門兵衛：大谷馬十（100-2524）、意休：松本幸四郎（100-2521）、揚巻：瀬川菊之丞
白酒売：岩井半四郎（100-2523）。早稲田大学演劇博物館蔵（番号は所蔵品番号）。

のときだけ認められる。歌舞伎と吉原との間でファシリテータ的な役割を担ったものと想像される。

五　山彦父子と神田明神および山王権現祭礼

山彦新次郎、文次郎父子は、神田明神祭礼および山王権現祭礼とも関わっている。これらの附祭の手踊のために作られた浄瑠璃は、酒井抱一（鶯邨）が作ったものであり、手附（作曲）は山彦新次郎であった。【図19】に山彦新次郎、文次郎父子の家である桐屋の過去帳における酒井抱一《さかいほういつ》の戒名を示す。「等覚院殿前権僧都文詮尊師　抱一上人」とある。山彦父子と酒井抱一とが極めて親しい関係にあったことの証左である。

（一）山彦父子と酒井抱一

『十寸見編年集』によれば文化十二年（一八一五）の神田明神祭礼において、神田佐久間町伏見屋五郎右衛門（雅名森川佳夕）ならびに同五郎八（同森川佳続《かぞく》）両家から店祭として出した手踊の浄瑠璃「七草」が演奏されたとある。[▼50] 浄瑠璃は、十寸見沙洲、蘭爾、河洲、東暁であり、三味線は山彦新次郎、文次郎、小源二、四代目河良が担当した。これは、森川佳続の代作として酒井抱一（鶯邨）が作ったものである。

この曲が作られた時期に関して、最近、新しい事実が発見された。まず、岡野によれば、伏見屋森川家は神田佐久間町の材木商であり、幕府の勘定所ご用達も勤める豪商であった。[51] 森川家の当主は代々五郎右衛門を名乗り、分家は五郎某を称するのが慣例であった。佳続は五郎作と名乗っていることから（『十寸見編年集』では五郎八）、五郎右衛門と極めて近い関係にある森川家の一員であり、かつ、抱一のパトロンでもあった。抱一と佳続との間には複数の書状が残されており、交流があったことが知られる。抱一は森川家の依頼により絵も描いている。残された抱一の書状などから、神田明神祭礼に際して抱一が佳続に代わって「七草」を作ったのは文政二年（一八一九）としているが、証拠は示されていない。

一方、神田明神所蔵の文化十二年（一八一五）、文化十四年（一八一七）ならびに文政二年（一八一九）の神田明神祭礼番付を比べてみると、文化十四年（一八一七）の佐久間町二丁目からの出し物は十五番「すさのおのだし」であり、さらにその附祭に「七種見立茶つみぢおとりか東ふし浄るり」を見つけることができた【図20】。ちなみに、文化十二年には十四番として、また、文政二年には十五番として「すさのおのだし」を担当している。このことから『十寸見編年集』の文化十二年（一八一五）は誤記であり、また美術関係者からの文政二年（一八一九）でもない。文化十四年（一八一七）が正しい。

文政元年（一八一八）の山王権現祭礼に際し、本小田原町（魚河岸）から出した附祭の河東節手踊浄瑠璃「汐汲里の小車」の場合には、伴清のために抱一（鶯邨）が代作している。[52] 浄瑠璃は、十寸見沙洲、蘭爾、河洲、東暁、東市および東栄であり、三味線は三代目山彦新次郎、文次郎父子、銕次郎《てつじろう》、四代目河良であった。このときに十寸見沙州が作った句が『閑談数刻』に記録されている。[53] 曲名からは、抱一が謡曲「松風」をもとに天明五年（一七八五）に数え年二十五歳で描いた「松風村雨図」が想起される。内容は深川洲崎の海を詠ったものであり、魚河岸に相応しい内容となっている。岡野敬胤《たかたね》による『雨華抱一《うげほういつ》』[54]では、「汐汲里の小車」について森川家関係者が関与したように記述されているが、詞章の内容からも明らかなように、この曲に関しては森川家の関与はなく、魚河岸の関係者である伴清の依頼により抱一が作ったと考えるのが妥当であろう。初代十寸見河東が魚屋の出ということもあり、河東節と魚河岸とは近い関係にあるからである。[55]『雨華抱一』の記述には出典が記されておらず、信憑性において疑わしい点がある。

謡曲「松風」をモチーフにした「汐汲」は歌舞伎にも取り入れられ、祭礼や吉原俄の題材になるなど、江戸庶民に馴染みのテーマである。しかし、すでに、助六でしか河東節が演奏されなくなって久しい時代に、助六の後援者である魚河岸関係者からの依頼で、貴人抱一作の河東節をもって山王祭礼附祭に参加すること自体が、旦那芸に変容した文政期における河東節の受容のあり方を象徴しているように思える。

図 19　桐屋過去帳にある酒井抱一の戒名「等覚院殿前権大僧都文詮尊師」文政 11 年（1828）11 月 29 日。

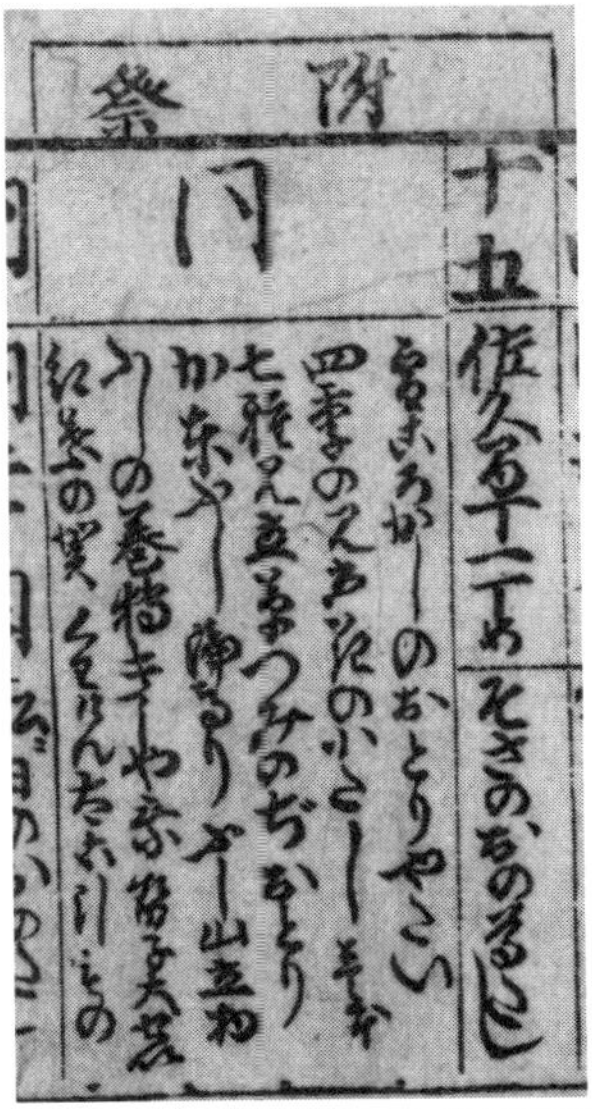

図 20　文化 14 年（1817）神田明神祭礼番付（部分）。十五番が佐久間町一丁目。附祭に「七種見立茶つみ ぢおとり か東ふし浄るり」がある。神田明神蔵。

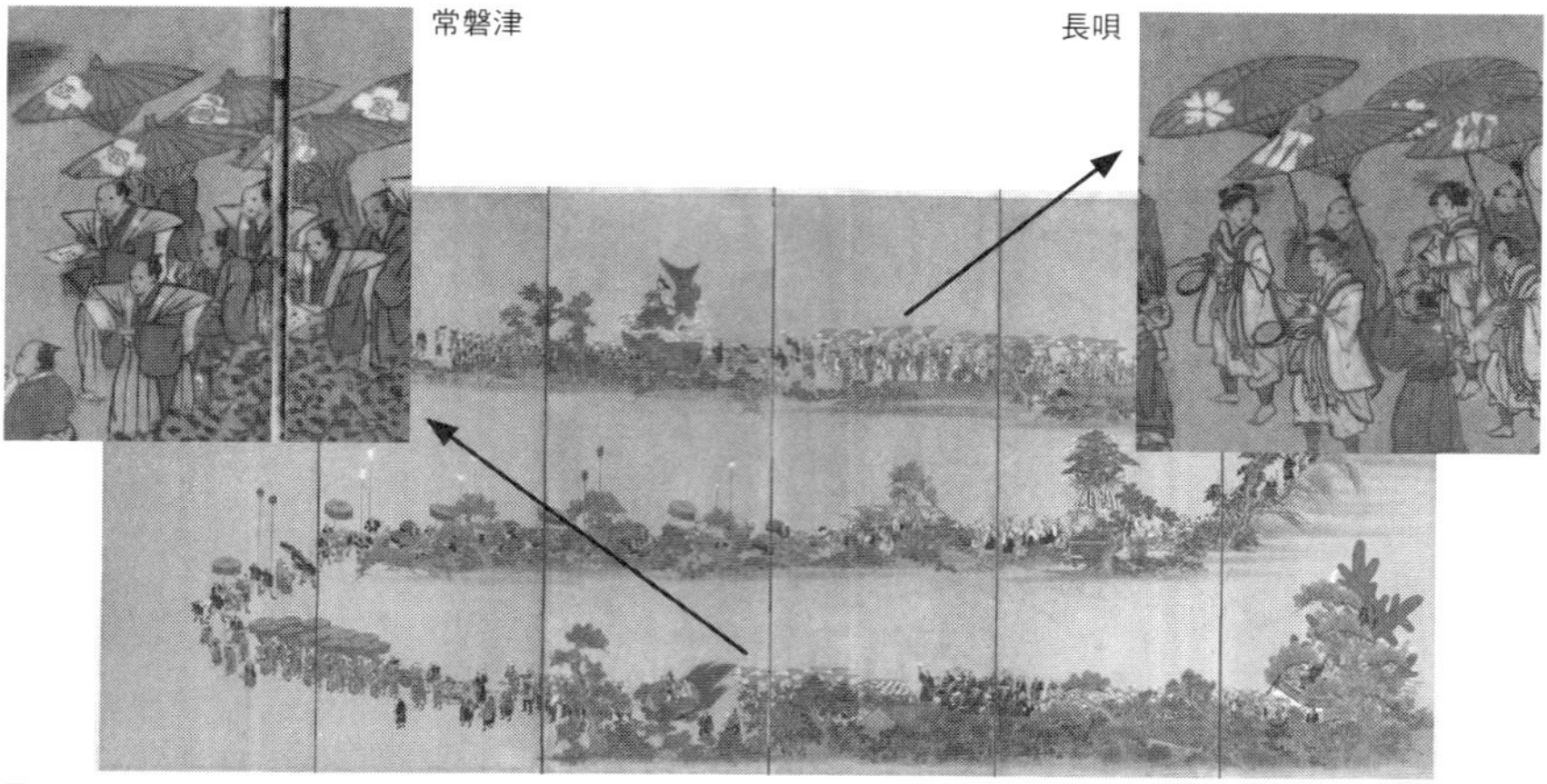

図 21　江戸天下祭図屏風。文政 7 年（1824）の山王権現祭礼図。本材木町二丁目の新（肴）場（しんば）が出した附祭。神田明神蔵。

【図21】に、文政七年（一八二四）の山王権現祭礼において、新《しん》（肴）場《ば》から出された附祭の様子を描く「江戸天下祭図屏風」（神田明神蔵）示す。絵を見る限り、四百名もの人たちが参加する大規模なものである。小田原町（魚河岸）の伴清が関わり、酒井抱一が代作した河東節「汐汲里の小車」が演奏された、文政元年（一八一八）の山王権現祭礼附祭も、このような雰囲気であったのであろうと推測される。

鯛に乗った「彦火々出見尊《ひこほほでのみこと》」、魚で飾った「摂津住吉大社」、昇り龍と下り龍との後に、頭に魚の飾り物をつけた「唐子囃し」、「蓑亀に乗った浦島と乙姫」、「珊瑚樹」など、いずれも魚河岸らしい出し物である。最上段に描かれた彦火々出見尊の山車の後には、長唄の芸人が続く。屋台には笛、太鼓、鼓の奏者が描かれている。長唄の杵と桜の紋を染め抜いた傘が描かれている。蓑亀に乗った浦島と乙姫の後に続くのは、傘に染め抜かれた紋から常磐津節である。歌舞伎にも関わり、かつこのよう大イベントの音楽部門をマネージするためには、吉原の男芸者たちは、優れたプロジェクトマネージャであり、ファシリテータであったはずである。

（二）附祭および御雇祭と吉原男芸者

神田明神および山王権現の祭礼が最盛期であった文政期における祭礼の様子については、『江戸天下祭絵巻の世界――うたい おどり ばける――』[56] および『江戸最盛期の神田祭絵巻――文政六年御雇祭と附祭――』[57] に詳しい。文政八年（一八二五）の神田明神祭礼の場合には、「神田明神御祭礼御用御雇祭絵巻」、「神田明神御用祭　踊子芸人名前書留」（いずれも国立国会図書館蔵）「文政八年御免神田明神御祭礼番附」（千代田区立千代田図書館蔵）、「文政八年神田明神御祭礼御免番附」（神田明神蔵）などのさまざまな資料が残されており、祭礼の実態を知る上で貴重な資料である。御雇祭《おやといまつり》とは氏子地域以外の町が、幕府からの要請と補助金によって出した練り物などである。御雇祭自体を、請負人が仕切っている。上記芸人名前書留には、出演者の居所、名前、年齢、担当楽器などが書き上げられている。

入江によれば、文政八年の附祭および御雇祭において記録されている音曲は、長唄、常磐津節および富本節の十一曲である。[58]「神田明神御用祭　踊子芸人名前書留」によれば、「曲撝おとも高砂」は常磐津であり浄瑠璃は常磐津造酒太夫、国太夫、季代太夫によって語られ、三味線は岸沢仲助、専蔵、兼蔵が弾いている。岸沢仲助は「名前書留」によれば新吉原揚屋町市兵衛店に住んでいた。このことは、文政八年（一八二五）秋の『吉原細見』の「男芸者之部」からも明らかである【図22】。この年に常磐津三味線方の本家岸沢式佐五世を襲名している。すなわち、岸沢式佐（仲助）が吉原を本拠地として、常磐津の三味線方のリーダーとして天下祭のみならず歌舞伎でも活躍していたことが理解できる。

「菊相撲花江戸堅」は富本節である。富本節の場合も同様のことがいえる。浄瑠璃を語る芸人として富本安房《あわ》太夫、大和《やまと》太夫、豊美《とよみ》太夫、米《よね》太夫および鳴門《なると》太夫、また、三味線弾として名美崎千三次《ちさじ》、安五郎および長作の

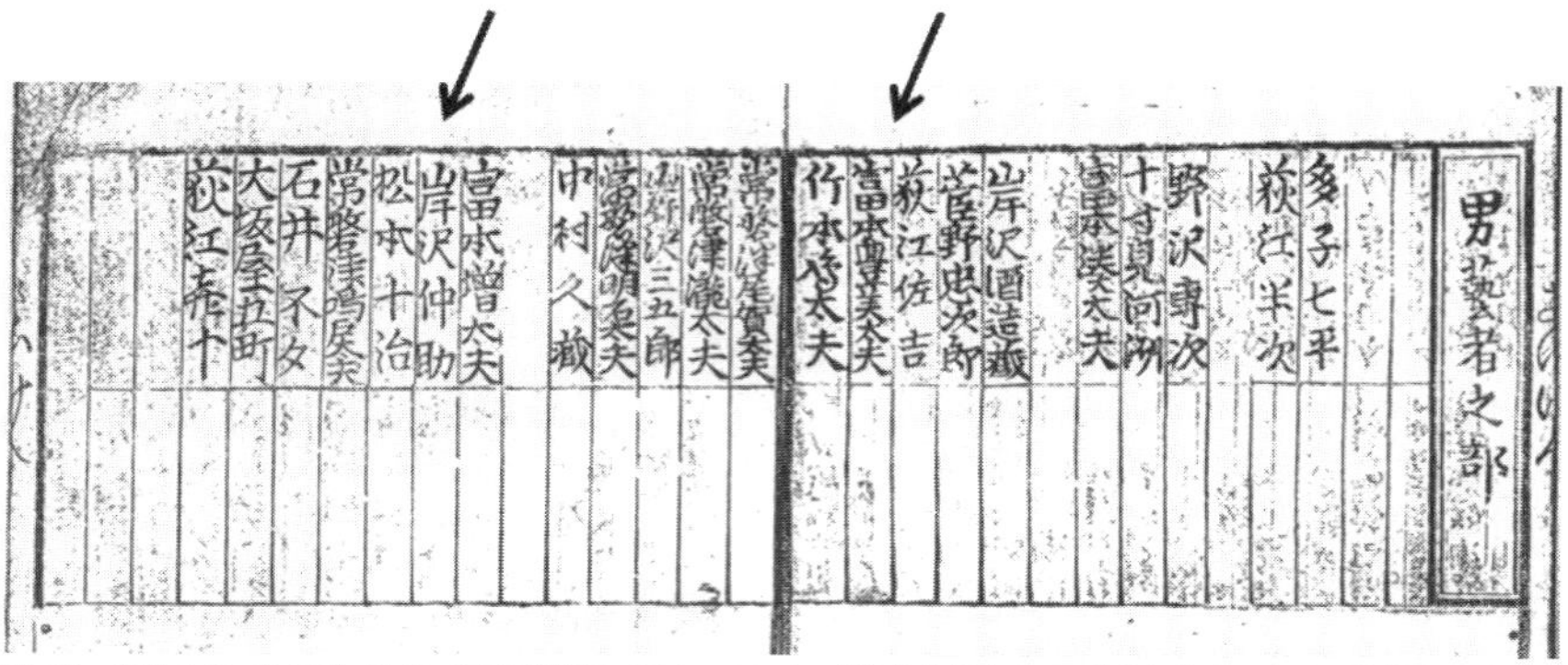
男藝者之部
多子七平
荻江半次
野沢専次
十寸見河洲
荻江佐吉
富本豊美太夫
岸沢三五郎
中村久蔵
富本増太夫
岸沢仲助
松本十治
石井不介
荻江喜十

図22　文政8年（1825）秋の『吉原細見』37ウ・38オ。「芸者之部」および「女芸者の部」。常磐津三味線方の岸沢仲助は、この年に岸沢式佐五世を襲名。富本豊美太夫も「神田明神御用祭 踊子芸人名前書留」に記録されている。個人蔵。

名前が挙げられている。この内、富本豊美太夫は居所として新吉原揚屋町清助店、名美崎安五郎については新吉原揚屋町源兵衛店となっている。富本豊美太夫の名前は『吉原細見』【図22】において認められ、男芸者であったことが確認できる。

時代は下がるが、嘉永三年（一八五〇）六月十五日の山王権現祭礼に河東節が、ほぼ三十年ぶりに参加していたことが、『十寸見編年集』と番付に記録として残されている。【図23】に、歌川直政が描き森屋治兵衛を板元として刊行された祭礼番付の一部を示す。二十五もの背の高い山車の列の間に、各町から出された附祭が入り、移動しつつ時には止まって芸を披露したようである。【図23A】では本船町、宝町、本町などからの「川狩《かわかり》の学《まねび》」という出し物において、河東節の人たちが「花くらべ」という浄瑠璃を演じている。囃子方は、長い棒で支えられた「かつぎ屋台の」上で演奏している。十寸見東雅、東觚《とうこ》、魚《ぎょ》洲《しゅう》、河洲、東洲、和洲、山彦新次郎、小文二、文四郎、新九郎の名前がある。この新次郎は四代目である。

『十寸見編年集』には、この人たちが御祭礼に出勤と記録され、名前も完全に一致しており、裏付けが取れる。「花くらべ」は東觚の手附（作曲）と記されている。[59] 十寸見東觚は、もとは河東節の三味線弾きで山彦秀次郎であった。のち、山彦紫存と改名した。さらに十寸見東觚となり、河文を名乗って太夫となり、さらに、剃髪して可慶となった。河東節が現代まで続くのは、可慶の功績であるとされている。▼60

この年の「山王御祭礼并附祭芸人練子名前帳」が残されており、東雅は丸屋町、東觚は浅草駒形町、魚洲は谷中浄心寺門前、河洲は小舟町などと記録され、十寸見和洲と山彦新九郎が新吉原揚屋町に住んでいたことがわかる。十寸見和洲の名前は、嘉永三年（一八五〇）春の『吉原細見』に、男芸者として記載されている。十寸見や山彦を名乗る人たちは、本業の男芸者もあったろうし、本来は別な職業を持っており祭礼に参加したことも考えられる。

番付には「大磯廓俄の学《まねび》」と称する附祭の出し物も掲載され、吉原俄の「獅子頭」が真似られている【図23B】。俄における芸者に扮した町娘たちによる鉄棒引《かなぼうひき》に続き、袴をつけた娘たちが吉原芸者と同様に獅子頭を担ぐ。吉原の通りに置かれた防火用の水桶の格好をして歩く姿も描かれ（左端）、吉原の雰囲気を醸し出している。正徳の頃の山王祭礼を描いたとされる、大槻装束店所蔵（池田弥三郎旧蔵）の絵巻「山王祭礼図」では、獅子頭は男が担いでおり、時代と共に祭礼の形態が変化している様子を知ることができる。

吉原俄は附祭の模倣であると指摘されているが、▼61町娘たちが吉原芸者のように袴をつけ獅子頭を担ぐ姿は、山王権現祭礼附祭が吉原俄を模倣しているともいえる。この時代の参加者には、「どちらがどちら」というような意識は、特になかったのではなかろうか。祭礼と吉原俄とのキャッチボールである。幕末に俄の文字のついた歌舞伎の演目が目立つようになることと、類似の現象かもしれない。また、富本節と長唄の掛け合いの『賤ヶ家の学』では踊屋台（二重屋台）が使われ、芝居と同様に観衆は引き抜き（早変わり）を楽しんだであろうことが想像される【図23C】。屋台の左側の吹き出しの部分は、早変わりを示している。

（三）「新吉原秋葉権現縁日後俄番附」

東北大学狩野文庫にある、『竹島記録（五）市水鑑』および『竹島記録（六）俄番組』[62]に、吉原での俄に関し興味深い記録が残されていることが明らかになった。『竹島記録』は吉原の名主であった竹島家が、天保から嘉永の頃に、経営者の立場で吉原について書き留めた実務的な記録である。特筆すべきは、『竹島記録（五）市水鑑』にある、弘化四年（一八四七）十一月十五日から十九日の五日間に行われた「新吉原秋葉権現縁日後俄番附」である。絵師は国芳の弟子の芳藤である。これは、本文中に貼りこまれた形で保存されている。秋葉縁日俄は期間も短く、かつ、吉原俄のように会期を前半と後半に分ける「二の替」もなく、規模は小さかったようである。吉

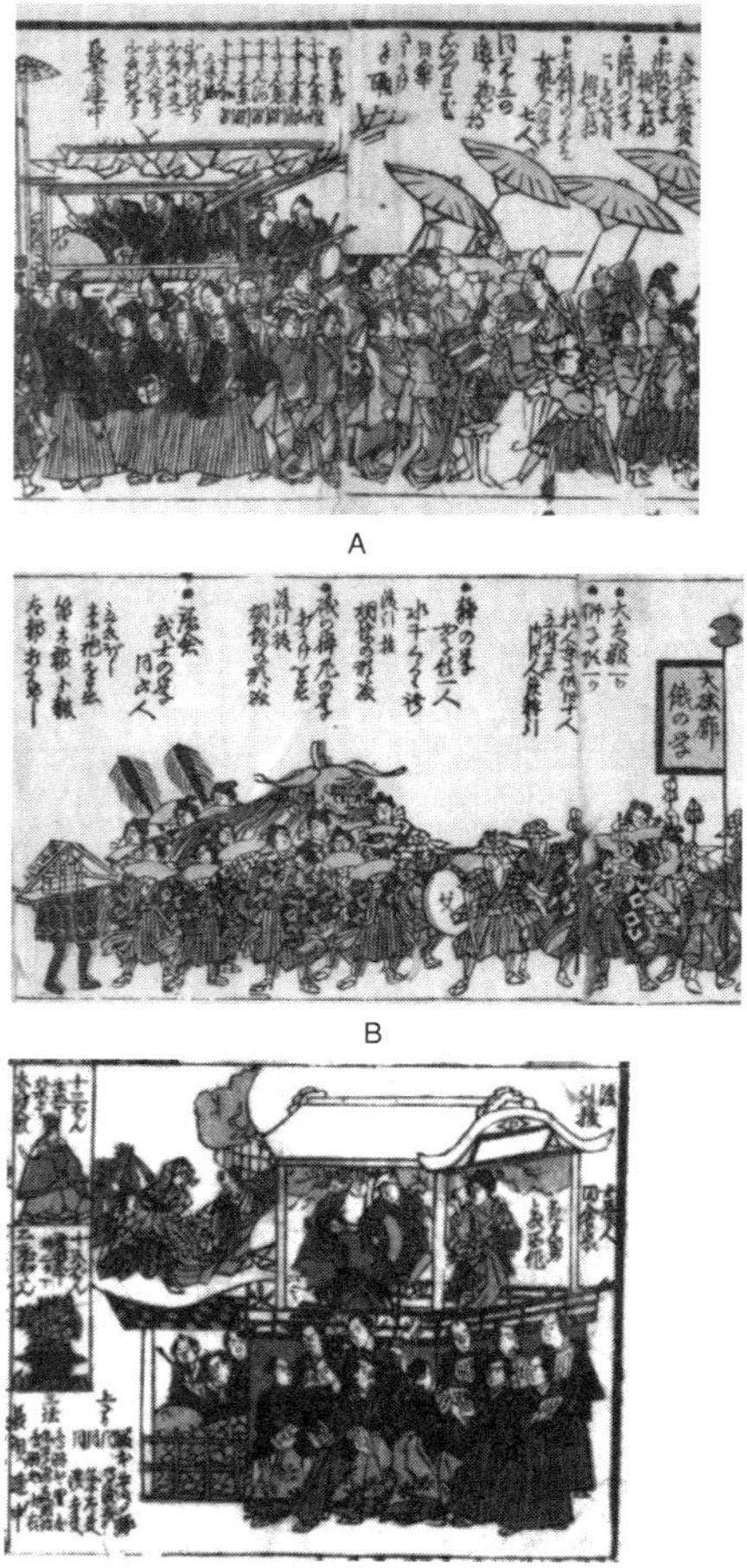

A

B

C

（A）「川狩の学」において「花くらべ」を演奏する河東節の人たち。囃子方は「かつぎ屋台」の上にいる。【口絵掲載】
（B）銀座や大伝馬町の町娘たちによる「大磯廓俄の学」。吉原俄の獅子頭が模倣されている。
（C）踊屋台（二重屋台）が使われ引き抜き（早変わり）を見せた。富本節と長唄の掛け合いの「賤ヶ家の学」。

図23　嘉永３年（1850）６月「山王御祭礼附祭番付」部分。歌川直政筆。森屋治兵衛板。個人蔵。

図24　弘化4年（1847）11月「新吉原秋葉権現縁日後俄番附」芳藤筆。東北大学附属図書館狩野文庫蔵。

原俄と秋葉縁日俄との関係は、未だ解明されていない。「秋葉祭の冬の来て」という文言が、安政四年（一八五七）に杵屋勝三郎が作った長唄「廓丹前《くるわたんぜん》」にある。

吉原俄の番付は通常は演目や出演者名、さらには内容にちなむ絵が描かれた一枚物であり【図2A参照】、具体的にどのように演じられたかを知ることは困難である。一方、浮世絵では、これまで紹介してきたように、出し物の内容をクローズアップ的に描写しており【例えば図5】、屋台の形状や俄全体の雰囲気を知ることができない。これに対し【図24】に示す秋葉縁日の俄では、【図23Aから23C】に示す山王権現祭礼番付や神田明神祭礼番付と同様に、出し物全体をビジュアルに描き、出演者の名前も書き込まれ、パフォーマンスの雰囲気を伝えている。吉原俄の画証は少ないが、その全体を想像させるのに十分な資料であると同時に、その様式は神田明神や山王権現の附祭とほとんど同じであり、規模だけを小さくしたものであることが理解できる。【図24】にあるように、先頭は「鉄棒引《かなぼうひき》」、つづいて、「獅子」、「御手遊鶴の嶋台」と称する見立手遊、「鷹万度引物《たかまんどひきもの》」、鹿嶋踊りとしての「廓《さと》の御宝《みたから》全盛踊」、「貝拾ひ春の遊女」、「太神楽」、「警固」と続き、最後は、神功皇后と武内宿禰《たけのうちのすくね》の故事にちなむ「御代の花秋葉祭」である。「御代の花秋葉祭」では踊台（二重屋台）が使われ、引き抜き（早変わり）が行われた。出し物やスタイルは祭礼附祭と類似である。

しかし、神田明神や山王権現の附祭ではほとんどが町民によって演じられているのに対し、出演者は吉原俄と同様に吉原の男芸者あるいは茶屋の芸者である。俄と同様に遊女（花魁）は参加していない。また、禿の出演もない。番付以外に『竹島記録（五）市水鑑』本体にも出演者名が記録されており、番付にない芸人の名前も知ることができる。着ぐるみを着て「御手遊鶴の嶋台」を演ずる芸人たちの名前を、弘化五年（一八四八）春の『吉原細見』男芸者の部に見ることができる。世話人として、吉原男芸者の荻江佐吉ならびに岸沢松蔵が記録されている。荻江佐吉は吉原芸者世話役の岸沢造酒蔵を補佐する役にあった。このことからも。男芸者が俄をマネージしていたことが明らかである。

六　菅野序遊父子（山彦父子）と一中節

江戸後期、特に文政期は、『武江年表』の「文政年間記事」に「一中節浄瑠璃再びはやりだす」とあるように、町の随所に声曲の師匠がいて、声曲に関わるさまざまな浮世絵や、正本のように作られた本も板行された【図25Aから25E、および26参照】。キャンベルによって編集された『江戸の声――黒木文庫でみる音楽と演劇の世界――』にあるように、声曲は出版とも関わり江戸市民の文化として定着し[63]、幕末には子ども達が集まる音曲おさらい会も活発だった[64]。化政期は、江戸小氷期にあっては夏の気温も高く米作も順調であり、小さなバブル経済であったようだ。

『東都一流江戸節根元集』にあるように、山彦新次郎ならびに文次郎父子は、文化四年（一八〇七）八月の会席料理屋河内屋半次郎方における五代目および六代目の河東の浄瑠璃供養に際し、都太夫一中五世および栄中と共演し、河東節と一中節との掛合いの「源氏十二段」を演奏した【図15参照】。このとき、山彦新次郎、文次郎父子は一中節の三味線を弾いている[65]。

図 25B

図 25A

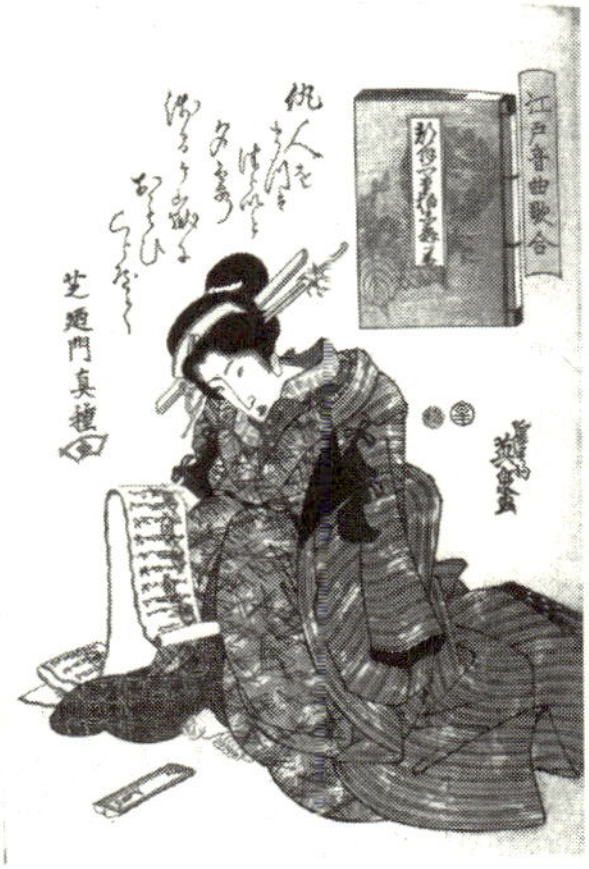

図 25E

図 25D

図 25C

渓斎英泉筆「江戸音曲歌合」板元不明。文政中期（1825 頃）。
（A）清元節「おさん茂へい由縁の暦歌」日本浮世絵博物館蔵。
（B）河東節「十寸見要集」慶應義塾蔵。
（C）富本節「新曲高尾懺悔」日本浮世絵博物館蔵。
（D）新内節「尾上伊太八帰咲名残命毛」日本浮世絵博物館。
（E）一中節「都羽二重拍子扇」千葉市美術館蔵。

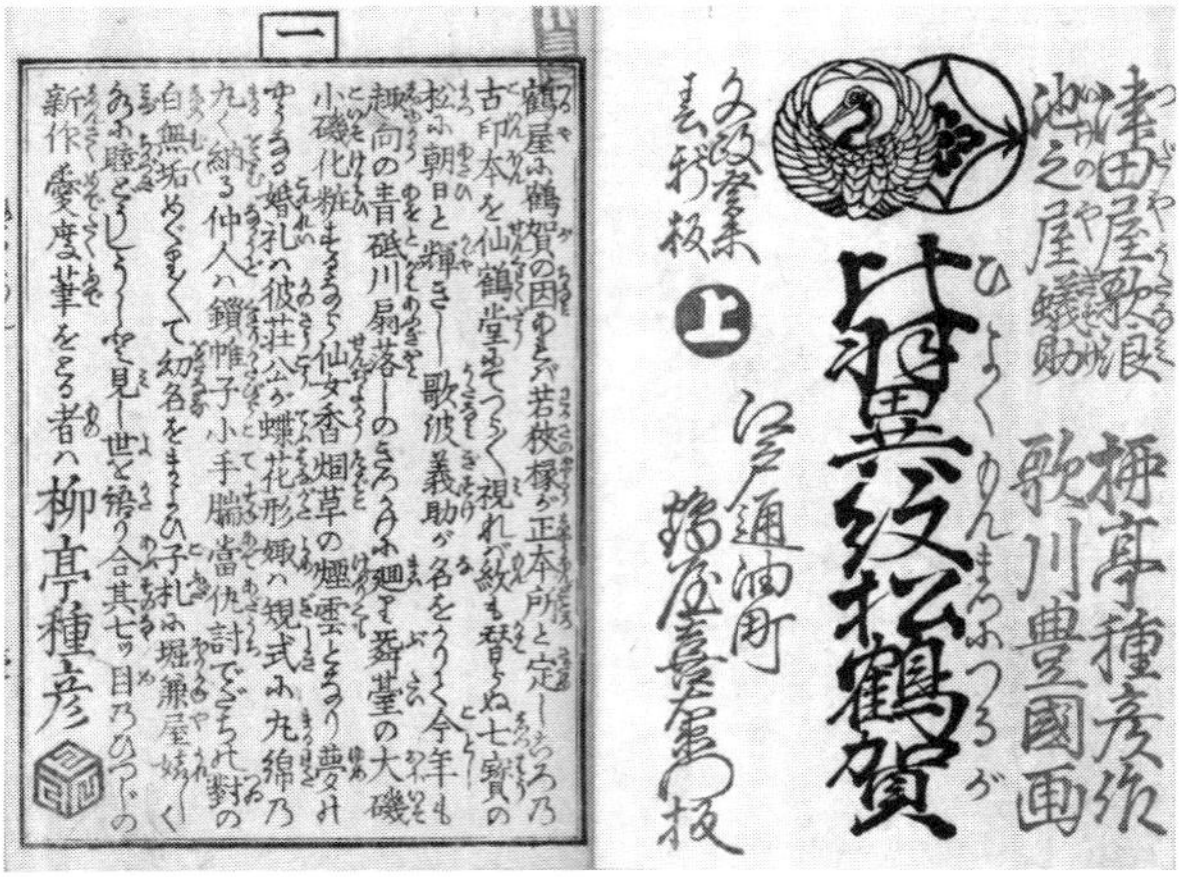

図 26　柳亭種彦作、歌川豊国画。合巻『比翼紋松鶴賀（ひよくもんまつにつるが）』の表紙。文政 5 年（1822）鶴屋喜右衛門板。個人蔵。

一中節は上方に由来する声曲である。江戸の一中節に関しては、町田[66]や樋口[67]らの研究があり、最近では井口[68]、竹内[69]によって研究が進められている。小俣は、初代都一中に関して本を著している。[70] 一中節は、正徳（一七一一〜一七一六）の頃には江戸の歌舞伎で語られ、享保、元文と続く。寛政五年春（一七九三）には、『吉原細見』の男芸者の部において、都太夫一仲（中）五世がそれまで二枚目にあった山彦文次郎を越えて突然二枚目に現れた。この時代に、一中節は歌舞伎から離れ吉原の座敷浄瑠となっていたことを物語っている。【図16Ｂ】に示すように、文化八年（一八一一）春の細見では、都太夫一仲、山彦新次郎、山彦文四郎の三名がトップに並び（三十八丁オモテ）、三十八丁ウラの十九番目に上記都栄中、三十二番目に新次郎の息子文次郎の名前が見られる。山彦新次郎、文次郎父子は、都一仲と接して、文政期の一中節の隆盛に貢献する。父子は、一中節では初代および二代菅野序遊を名乗っている。

菅野序遊が作った曲や旧曲を補綴したものとして三十六段（曲）がある。また、二世序遊の作としては、「常世発馬《つねよほつば》」（文化年間）、「和久良婆《わくらば》」（文政七年［一八二四］）など五十六段があ

A

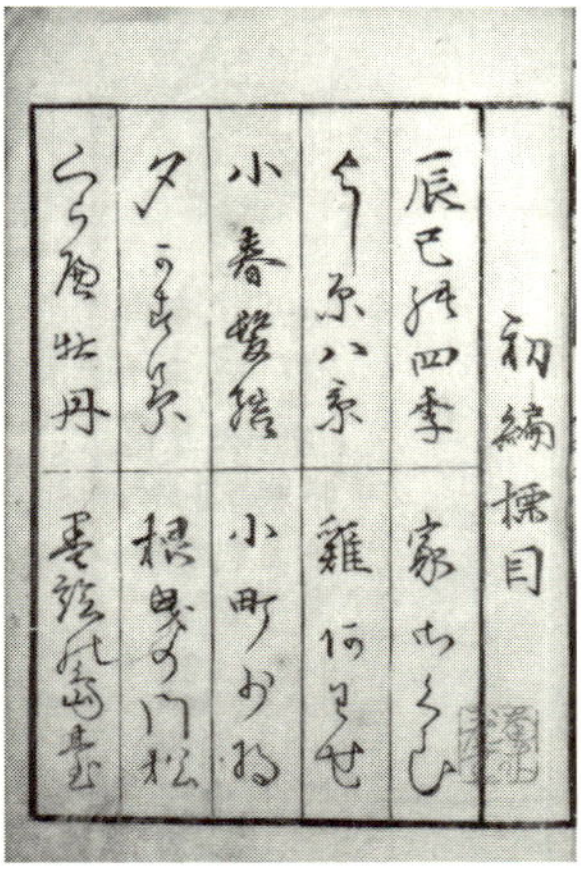

B

図 27　一中節稽古本『都羽二重拍子扇』文政 3 年（1820）菅野利三（菅野序遊二世、河東節では山彦文次郎を名乗る）の筆耕になる。千葉市美術館蔵。（A）表紙（B）標目

る。一中節の稽古本として『都《みやこ》羽《は》二重《ふたえ》拍子《ひょうし》扇《おうぎ》』が享保七年（一七二二）頃に開板されていたが、その後、再刊されていなかった。おおよそ百年後の文政三年（一八一八）に、五代目都一中と菅野序遊父子が協力し、瀬戸物町の文花堂塩屋庄三郎より、菅野序遊二世（菅野利三を名乗っていた）の筆耕により稽古本『都羽二重拍子扇』が復刊された【図27Aおよび27B】。巻一には、以下の十段（曲）が含まれる。すなわち、「辰巳の四季」、「吉原八景（吉原八景花紅葉錦廓）」、「小春髪結」、「夕かすみ（夕霞浅間嶽）」、「くらべ牡丹」、「家さくら（家桜傾城姿）」、「鶏あわせ（源平妹背鶏合）」、「小町少将（小町少将道行）」、「根曳の門松（藤屋あづま山崎与次兵衛根曳の門松）」および「墨絵の島台」である。

【図28Aから28I】に『都羽二重拍子扇』の巻一にある十曲に対応する、渓斎英泉筆「拍子逢妓」を示す。管見の限りでは「小春髪結」を除く九枚が確認されており、「小春髪結」も存在するものと思われる。花魁の紋に着目すると、「家さくら　扇屋内鳰照《におてる》」、「墨絵の島台　海老屋内愛染」および、「根引の門松　姿海老屋内七人」においては、文政八年（一八二五）

に板行された「契情道中双娽見立よしはら五十三対」における同名の遊女の紋との一致が見られることから、同時代の板行であることがわかる（第五章【表4】参照）。

「拍子逢妓」のシリーズにおいては、【図28B】の「よし原八景　玉屋内しら玉」に見られるように、板元印がなく、かつ、文字が太字の異板が存在する。管見の限りでは、これ以外に異板として「くらべ牡丹　扇屋内花扇」および「少将道行　玉屋内薄雲」が確認できている。「くらべ牡丹」を例に色材を反射スペクトル法で分析比較してみると、「玉屋内小式部」では着物の紫にコンメリニン（つゆ草）のブルーのスペクトルパターンが認められるのに対し、「扇屋内花扇」の着物のブルーからは、無機化合物のフェロシアン化第二鉄（プルシアン・ブルー）に対応するスペクトルパターンが認められた。すなわち、太字の異板は、プルシアン・ブルーが浮世絵に利用されるようになった文政後期から天保初期に作られた、後板であると結論づけられる。また、後板には構図の簡略化が見られる。

【図29および30】に、一中節稽古本『都羽二重拍子扇』が描き込まれた遊女絵の例を示す。【図29】は溪斎英泉が描く、文政六年（一八二三）に開板の「廓の四季誌吉原要事七月扇屋内花扇」である。三味線を手にする花扇の膝元に稽古本『都羽二重拍子扇』が置かれている。文政八年（一八二五）に開板の「契情道中双娽見立よしはら五十三対三島姿海老屋内七人」にも、『都羽二重拍子扇』が描き込まれている（第四章【図14A】参照）。

第五章【図22】に、文政十一年（一八二八）秋開板と推定される「姿海老屋楼上之図」を示す。琴を弾く「七人」と胡弓を弾く「姿野」との間にも『都羽二重拍子扇』が描かれている。同じく溪斎英泉筆で文政十年（一八二七）秋から文政十一年（一八二八）春に開板の「吉原八景堅田」【図30Aおよび30B】には、一中節「賤はた帯」の詞章を見ることが可能である。稽古本の表紙には、「夕かすみ」および「吉原八景」も読み取ることが可能である。これらの絵の開板時期の特定については第五章に述べた。

A

B

C

D

E

F

G

H

I

(A) 辰巳の四季　大黒屋内雛扇、William Sturgis Bigelow Collection 11.17889 Photograph © 2017 Museum of Fine Arts, Boston. All rights reserved. c/o Uniphoto Press (B) 吉原八景（吉原八景花紅葉錦廓）、玉屋内しら玉、日本浮世絵博物館蔵。(C) 夕かすみ（夕霞浅間嶽）、岡本屋内菅之輔、日本浮世絵博物館蔵。(D) くらべ牡丹、玉屋内小式部、個人蔵。(E) 家さくら（家桜傾城姿）、扇屋内鳰照、William Sturgis Bigelow Collection 11 17874 Photograph © 2017 Museum of Fine Arts, Boston. All rights reserved. c/o Uniphoto Press (F) 鶏あわせ（源平妹背鶏合）、大黒屋内雛扇、画像提供：古美術もりみや。(G) 小町少将（小町少将道行）、鶴屋内かしく、William Sturgis Bigelow Collection 11.17959 Photograph © 2017 Museum of Fine Arts, Boston. All rights reserved. c/o Uniphoto Press (H) 根曳の門松（藤屋あづま山崎与次兵衛根曳の門松）、姿海老屋内七人、日本浮世絵博物館蔵。(Ｉ) 墨絵の島台、海老屋内愛染、William Sturgis Bigelow Collection 11.17957 Photograph © 2017 Museum of Fine Arts, Boston. All rights reserved. c/o Uniphoto Press

図 28　溪斎英泉筆　「拍子逢妓」文政 7 ～ 9 年（1824-1826）近江屋平八板。

図29A　溪斎英泉筆「廓の四季誌吉原要事七月　扇屋内花扇」。蔦屋重三郎板　文政六年（1823）。日本浮世絵博物館蔵。

図29B　『都羽二重ひゃうし扇』。

図30A　溪斎英泉筆「吉原八景堅田落雁姿海老屋内七人」。文政10年（1827）秋から文政11年（1828）春。

図30B「賤はた帯」の詞章。

【図31】に溪斎英泉筆「都羽二重表紙逢妓」を示す。【図31A】は「丸海老屋内陸奥」、また、【図31B】は「扇屋内鳰《にお》照《てる》」である。管見の限りでは、この二枚のみが知られている。「陸奥」の駒絵は、文政六年（一八二三）正月の市村座「八《や》重霞《えがすみ》曽我組絲《そがのくみいと》」における、団十郎の五郎、甚六の鬼王、半四郎の月小夜を描くものと推定される。「鳰照」の駒絵は、文政六年（一八二三）三月の市村座での「浮《うき》世柄《よづか》比翼稲妻《ひよくのいなづま》」における不破（団十郎）と名古屋（菊五郎）の鞘当を描いており、中央は、留女としての半四郎のおちかではなかろうか。開板の時期もこの頃であろうと推測される。鳰照の絵には反物の引き出物が描かれている。

　英泉が描く遊女絵には、揃い物「契情五軒人」の「姿海老屋内七里」にあるよ

A

B

図31　溪斎英泉筆「都羽二重表紙逢妓」板元不明、文政6年（1823）頃。画像提供：古美術もりみや。（A）丸海老屋内　陸奥 駒絵は「月小夜」。（B）扇屋内　鳰照。 駒絵は「鞘当」か。

うに、熨斗と水引のかかった引き出物や（第五章【図21】参照）、「吉原要事廓の四季志」五月の「松葉屋内代々山」にあるように、男物の羽織（第五章【図31】参照）が描かれている例がある。いずれの場合も、描かれた花魁に贔屓がいることが暗示され、これらの絵の開板にあたって入銀があったことが推測できる。「都羽二重表紙逢妓」における「丸海老屋内陸奥」および「扇屋内鳰照」の場合にも、芝居と一中節が好きで陸奥や鳰照の贔屓であった客が作らせた絵ではなかろうか。

　これらの絵からは、文政の初期の吉原で一中節が極めて盛んであったこと、そして、江戸市民の関心の高いものとして、吉原と歌舞伎があったことが理解され、本節の冒頭で紹介した『武江年表』の「文政年間記事」にある「一中節浄瑠璃再びはやりだす」を裏付けている。芝居の浄瑠璃から座敷浄瑠璃へと変化した一中節に、都一仲（中）五世との協力により、菅野序遊父子が新曲を含めて新たな凪を入れ、さらに、出版事業として稽古本を復刊させた結果であろう。溪斎英泉の絵に『都羽二重拍子扇』が多く登場す

図32A　五渡亭国貞筆「三曲美人合」西村屋与八板、文政7年（1824）。日本浮世絵博物館。

図32B　『和久良婆』の稽古本。

る理由として、一中節のパトロンであり英泉に近い人物がいたことが想像される。

文政七年（一八二四）に、五渡亭国貞によって描かれた、「三曲美人合」という絵がある【図32A】。琴、一節切《ひとよぎり》、三味線の三曲になっている。そして、「和久良婆」の正本が描き込まれている【図32B】。『十寸見編年集』には、文政五年（一八二二）に、松羅（都一閑斎）が作った河東節と一中節の掛け合いであり、十寸見蘭爾が四代目蘭洲を襲名した際のお披露目の浄瑠璃として十寸見蘭洲および都秀太夫千中によって語られたとある。[71] 三弦は山彦文次郎と菅野忠次郎であり、河東節と一中節の双方の曲を山彦文次郎が手附をしたとある。河東節と一中節の双方をこなした山彦文次郎ならではのことである。

この曲の成立の時期に関して『十寸見編年集』の記述に関して、再考が求められる。文政五、六、七年（一八二二～二四）十一月の顔見世番付を比較すると、【図33】にあるように十寸見蘭爾が蘭洲を襲名したのは、文政七年（一八二四）である。同時に縦三味線も山彦新次郎から文治郎に変わっている。したがって、開曲の時期は、十

図33　文政7年（1824）11月の市村座顔見世番付（部分）。東京大学国文学研究室蔵。

寸見編年集に記録されている文政五年ではなく、七年とすべきとする竹内の見解[72]を支持できる。

この曲も、河東節の「汐汲里の小車」における曲名と同様に謡曲「松風」に由来し、在原行平、松風ならびに村雨が登場し、中納言行平の「立ちわかれいなばの山の峰に生ふるまつとし聞かば今かへりこむ」という古今集の歌が引用されている。曲名の「わくらば」も同じく古今集にある行平の

わくらばにとふ人あらばすまの浦に藻塩たれつつわぶとこたへよ

に由来する。この上品な詞章の一中節と河東節の掛合いの曲が、現代では廃され演奏されていないのは残念である。

七　おわりに

江戸の文化の特徴の一つは、関連する類縁文化同士が互いに深く結びついて、システム・オブ・システムズを構成していることである。

神田明神および山王権現の祭礼や、歌舞伎、吉原俄だけを、個別にみるとそこで完結しているように感じられる。しかし、一段高い視点に立って、その目的、スタイル、演目を抽象化して俯瞰的に眺めると、演目やスタイルに共通性を見いだせるばかりでなく、声曲パートを企画し自らも出演したのが、いずれも吉原男芸者であったということに気が付く。この時代に音楽をライブで楽しめたのは、この三つの機会しかなかった。

吉原を本拠地として活動した男芸者は、歌舞伎では地方《じかた》として演奏し、吉原俄、さらに多くの芸人を動員する必要があった神田明神や山王権現などの大型音楽イベントを実行したものと想像できる。その例として、河東節の山彦新次郎、文次郎父子や、常磐津の岸沢式佐を挙げることができる。

山彦新次郎、文次郎父子の場合には、酒井抱一のような貴人と親しかった。さらに、そのパトロンであった森川佳続のような豪商とも交渉があったはずで、神田祭や山王祭礼に際して河東節の作曲を行っている。七代目市川団十郎が助六を演じた文政二年（一八一九）には、縦三味線として歌舞伎で「助六所縁江戸櫻」を弾くだけではなかった。吉原細見から一旦は名前が消えていたが、男芸者として再度復帰して、吉原と歌舞伎との間の調整役を演じたものと想像できる。

山彦新次郎、文次郎父子（一中節では、初代および二代目菅野序遊）は、都一仲（中）五世と共に江戸において一中節を興隆させ、一中節の稽古本『都羽二重拍子扇』を再板した。これが描き込まれた多数の遊女絵が板行されている。江戸市中は、一中節フィーバーとでも言うべき状態を呈した。

以上から見えてくるのは、江戸という都市の文化活動システムにおける、大きなのネットワークの存在である。音曲部門に関して、その要として、プロジェクトマネージャの役を担い、稽古本の出版にも関わった吉原男芸者たちの存在である。

▼注

1　佐藤知乃「曽我祭――江戸歌舞伎の祭式」、『死生学研究』二〇〇六年秋号、一一二～一二七頁（平成十八年十一月）。

2　『青楼年暦考』、三田村鳶魚編『未完随筆百種』第二巻に収録、中央公論社（昭和五十一年）。

3　朋誠堂喜三二、蔦屋重三郎『明月余情』（安永六年八月）。

4　都市と祭礼研究会編『江戸天下祭絵巻の世界――うたい　おどり　ばける――』神田明神選書、岩田書院（平成二十三年）。

5　福原敏男『江戸最盛期の神田祭絵巻――文政六年御雇祭と附祭――』、渡辺出版（平成二十四年）。

6　入江宣子「文政八年神田御雇祭の音曲」、都市と祭礼研究会編『江戸天下祭絵巻の世界――うたい　おどり　ばける――』所載論文、神田明神選書、岩田書院、一五四～一六〇頁（平成二十三年）。

7　竹内道敬「江戸祭礼芸能資料」、『東洋音楽研究』、第五十三号、七三～一四六頁（昭和六十三年十二月）。

8　川尻蕙洲『十寸見編年集』、三田村鳶魚編『未完随筆百種』第十巻に収録、中央公論社（昭和五十二年）。

9　竹内道敬『河東節二百五十年』、河東節二百五十年刊（昭和四十二年）。

10　竹内道敬「『吉原細見』に見る男芸者」、『近世芸能史研究』、南窓社、一八三～三二七頁に所載（昭和五十七年）。

11　竹内道敬「もう一つの舞踊――吉原俄の舞踊」、『続近世邦楽考』、南窓社、三三七～三五七頁に所載（平成二十四年）。

12　浅野秀剛『浮世絵は語る』、講談社（平成二十二年）。

13　浅野秀剛「吉原俄の錦絵――安永期から寛政四年まで――」、『浮世絵芸術』一五八号、一〇～二七頁（平成二十一年）。

14　浅野秀剛「吉原の女芸者の誕生」、『シリーズ遊廓社会①三都と地方都市』、吉川弘文館、一九～四五頁に所載（平成二十五年）。

15　注10に同じ。

16　竹内道敬「廓の芸能――吉原俄考――」、『近世邦楽研究ノート』、名著刊行会、一三三～一四七頁（平成元年）。

17 市川小太夫『吉原史話』、東京書房、七三〜八一頁（昭和三九年）。
18 喜多村筠庭『嬉遊笑覧』、岩波文庫、黄二七五—四（平成十七年）。
19 北川博子「大坂のねりもの」、『関西大学博物館彙報仟陵』、六〜七頁（平成二十三年九月）。
20 伊原敏郎『歌舞伎年表』第三巻、岩波書店（昭和三十三年）。
21 柳澤信鴻『宴遊日記』、『日本庶民文化史料集成』第十三巻、芸能記録（二）に所載、藝能史研究會（昭和五十二年）。
22 町田博三『江戸時代音楽通解』、（大正九年十月）。近世文芸研究叢書刊行会編、『近世文芸研究叢書』第二期芸能篇三十五、邦楽三に所収、株式会社クレス出版（平成十年）。
23 注13に同じ。
24 注13に同じ。
25 注10に同じ。
26 喜多川守貞『守貞謾稿（近世風俗志）二』に所載、岩波文庫、黄二六七—一、岩波書店（平成八年）。
27 吉野雪子「鴉鳥」、黒木文庫特別展実行委員会著、ロバート・キャンベル編『江戸の声——黒木文庫でみる音楽と演劇の世界——』、東京大学大学院総合文化研究科、教養学部美術博物館、四六〜四七頁（平成十八年）。
28 吉野雪子「江戸浄瑠璃、河東節とその正本——『十寸見要集』の成立をめぐって——」、『国立音楽大学研究紀要』三五、一八三〜一九〇頁（平成十三年三月）。
29 吉野雪子「河東節正本集『十山集』と『東花集』——文化・文政・天保期（一八〇四〜一八四三）の河東節——」、『国立音楽大学研究紀要』三七、一五九〜一七〇頁（平成十五年三月）。
30 井口恵吉『一中節考』、非売品（平成九年九月）。
31 斎藤月岑『聲曲類纂』、藤田徳太郎校訂、岩波文庫、三〇二〜三四一頁（昭和十六年四月）。
32 有泉堂清霞『東都一流江戸節根元集』、三田村鳶魚編『未完随筆百種』第五巻に収録、中央公論社（昭和五十二年）。
33 注8に同じ。
34 梧桐久儔『吉原春秋二度の景物』、三田村鳶魚編『未完随筆百種』第一巻に収録、中央公論社（昭和五十一年）。

35 樋口素童『一中譜史』、（大正四年九月）。近世文芸研究叢書刊行会編『近世文芸研究叢書』第二期芸能篇三十五、邦楽三に所収、株式会社クレス出版（平成十年）。

36 注32に同じ。

37 注13に同じ。

38 注32に同じ。

39 竹内道敬、「吉原俄の芸能――浮世絵に見える――」、『研究紀要』第二十九集、国立音楽大学、二六〇～二七八頁（平成七年三月）。

40 注32に同じ。

41 注39に同じ。

42 注29に同じ。

43 注32に同じ。

44 注11に同じ。

45 注32に同じ。

46 注20に同じ。

47 注8に同じ。

48 注8に同じ。

49 注20に同じ。

50 注8に同じ。

51 岡野智子「酒井抱一下絵「憂梅擬目白蒔絵軸盆」をめぐって――画家・蒔絵師と豪商の接点――」、『東京都江戸東京博物館研究報告』第一号。一〇三～一三一頁（平成七年十月）。

52 注8に同じ。

53 田川屋駐春亭「閑談数刻」、『随筆百花苑』第十二巻、中央公論社、二五四～二五五頁に所載（昭和五十九年）。

54　岡野敬胤『雨華抱一』、裳華房、（明治三十三年四月）。
55　注8に同じ。
56　注4に同じ。
57　注5に同じ。
58　注6に同じ。
59　注8に同じ。
60　吉野雪子、平成二十三年度文化庁助成事業『優秀技能者調査報告』、河東節の部――江戸時代編、財団法人古典会。
61　注11に同じ。
62　『竹島記録』、東北大学狩野文庫（丸善によりマイクロフィルム化されている）。
63　黒木文庫特別展実行委員会著、ロバート・キャンベル編『江戸の声――黒木文庫でみる音楽と演劇の世界――』、東京大学大学院総合文化研究科、教養学部美術博物館（平成十八年）。
64　田辺昌子編『江戸へようこそ　浮世絵に描かれた子どもたち』、千葉市美術館展覧会図録、九六～九七頁（平成二十六年七月）。
65　注32に同じ。
66　注22に同じ。
67　注35に同じ。
68　注30に同じ。
69　竹内道敬「五代目一中について」、『近世芸能史の研究』所載、一六五～一七六頁、南窓社（昭和五十七年）。
70　小俣喜久雄『初代都太夫一中の浄瑠璃――音楽に生きた元住職――』、新典社（平成二十二年）。
71　注8に同じ。
72　注9に同じ。

あとがき

本書では、吉原が誤解される原因として二つのことを挙げた。一つは吉原というシステムの多様性であり、他は四百年という時間の長さの問題である。

多様性は、吉原がシステム・オブ・システムズを構成していることを意味している。すなわち、限定された切り口だけで論ずると誤解を生むということを指摘したい。本書では、経営の問題を大きくとりあげ、そして、尾張出身者が吉原を席捲していることを述べてきた。尾張出身者は、今回報告した以外にも存在するのではと予想される。当初、沢田の論文をきっかけに、知多半島の先端の南知多町だけに注目していた。その南知多町中でも、未だ、見つかっていない寺の過去帳が存在する可能性がある。半島の西側の常滑において、見番制度を創設した大黒屋の過去帳が東光寺において発見された。このことから、大黒屋庄六が常滑の出身であることが新たに判明した。注目すべきは、大黒屋と並んで、江戸との海上交易を生業としていた尼屋の記録も東光寺で共に発見されたことである。

尾張と江戸とを結ぶ海上ロジスティクスの拠点は、南知多や西浦と呼ばれた常滑だけではない。半田や亀崎などの知多半島の東側にもあったし、知多湾の対岸にある三河のや大浜（今の碧南市）もそうであった。さらに、知多半島南端からは目と鼻の先にある伊勢湾の対岸もそうである。酒井抱一と親しかった大文字屋は伊勢の出身である。江戸と伊勢湾を結ぶ海上交通を考えるならば、航路の途中にある遠州や駿河出身の楼主や茶屋があってもおかしくない。第六章で述べた、山彦新次郎（家田姓）の先祖出身は三河とされ、元禄の『絵入大画図』には家田家が経営する桐屋が存在している。今後の研究の方向としては、さらなる妓楼主の出身地探しがテーマとなろう。

吉原の名主の記録である『洞房古鑑』や『竹嶋記録』、さらには浄閑寺過去帳には、今となっては解釈が不明な記事もある。これらの丁寧な解明も吉原の実態を知る重要な手がかりである。

本書では、妓楼の経営指標として、仮想的な貸借表を作成してみた。本当は、妓楼や茶屋の大福帳が残っていれば、もっと精緻に経営の内容を記述できるはずである。妓楼の末裔からの古文書の発見が期待される。

箕輪の浄閑寺には、寛保三年（一七四三）からの過去帳が残されている。これは吉原の関係者以外にも浄閑寺の檀家の死者も記録されている。例えば、コレラや麻疹などの感染症が猛威を振った幕末の記録は、感染症の疫学データとしても興味があるだろう。

文化的な面では、本書で取り上げた河東節以外にも、富本節、清元節、常磐津節、長唄の男芸者も吉原にいたことから、これらの音曲における歌舞伎、祭礼、吉原俄の三者の関係をさらに調べることは、興味のあることである。

姉女郎をリーダーとする、妓楼におけるサブシステムに関しては、姿海老屋の七里、七人および姿野を例に論ずることができた。他の見世の吉原細見上の記録を見ると、それぞれの見世に固有な特徴を見いだせるかもしれない。

藤岡屋日記には、客はもちろん、遊女が関わる犯罪についても記述がある。また、成田山の江戸開帳時の、多くの寄進者に交じって、遊女の名前も記録されており、当時の人々の信心の強さを示すものとして興味がつきない。

遊女絵も今回対象となったもの以外にも膨大なものが残されている。これらのビッグデータを解析することにより、新しい知見が得られるであろう。膨大なデータから何か結論を出したとして、それが、時間軸の上で普遍的なのか、その時代に固有なのかという疑問がつねに呈示されよう。その意味でも、時間軸の概念は忘れてはならない。吉原は様々なビッグデータの宝庫である。これまでは、気が付かなかったような、新しい事実が見つかる可能姓もある。ＩＣＴを駆使すれば世界中からデータを取り寄せることが可能な時代である。吉原とは何であったのかという問いに、様々な方法で答えが戻ってくることができ、今後の研究が期待できる。

本書は、筆者が二十五年をかけて実施した、吉原の妓楼「和泉屋平左衛門」に関する研究の成果を纏めたものである。この間、近世文学研究会や絵入本学会、国際浮世絵学会を通じてさまざまな研究者の面識を得、広範なディスカションをして頂いた。

近世文学研究会では、故鈴木重三先生、実践女子大学佐藤悟教授、木村八重子金城学院大学元教授、東京大学延広真治名誉教授、共立女子大学内田保廣名誉教授、大妻女子大学高木元教授、青山学院短期大学故鹿倉秀典教授、日本大学佐藤至子教授、

三重大学吉丸雄哉准教授、ほか、研究会メンバーの諸兄姉には、吉原研究に興味を持って頂き、さまざまな情報や考え方を教えて頂いた。特に、故鈴木重三先生からは、出版物に関しては、書誌学的な視点からの考察が重要であることをお教え頂いた。東京女子大学光延真哉准教授からは、歌舞伎と吉原俄との関係についてご教示頂いた。

愛知県知多と吉原との関係については、半田市在住郷土史研究家西まさる氏、同朋大学服部仁教授、ならびに名古屋外国語大学服部直子非常勤講師より、多くの情報を頂戴した。

渓斎英泉筆の遊女絵に関しては、大和文華館浅野秀剛館長ならびに千葉市美術館田辺昌子副館長からさまざまな情報を頂戴し、かつ、ディスカッション頂いた。日本浮世絵博物館酒井信夫元理事長、酒井国男前理事長ならびに酒井浩志館長には、浮世絵の閲覧と画像の利用に関して、格別の便宜を図って頂いた。立命館大学赤間亮アートリサーチセンター教授ならびに金子貴昭研究員には、英国ヴィクトリア・アルバート美術館所蔵電子化浮世絵画像の調査に関し、便宜を図って頂いた。オランダ・ライデン・国立民族学博物館（ライデン大学）マティ・フォラー教授、・ヴィクトリア・アルバート美術館ルパート・フォークナー博士には現地での遊女絵の調査に便宜を図って頂いた。名古屋学院大学山本親教授からは、和泉屋の遊女絵に関し、多くの情報を頂戴した。松井浮世絵博物館故松井英男館長、下山進吉備国際大学元副学長ならびに大下浩司准教授には、浮世絵に使われる色材のスペクトル分析では協力を賜った。

吉原細見の調査では、故八木敬一博士ならびに鹿児島大丹羽謙治学教授に研究当初より協力頂いた。

声曲関係、特に河東節については、国立音楽大学竹内道敬元教授、吉野雪子講師、ならびに東京芸術大学稀音家義丸元講師より幅広くディスカッションして頂き、吉原細見等の資料を利用させて頂いた。一中節については都一中音楽文化研究所十二世都一中師とのディスカッションを通じて、理解を深めることができた。

神田明神祭礼および山王権現祭礼に関しては、神田明神岸川雅範禰宜、千代田区立図書文化館元学芸員滝口正哉博士、荒川ふるさと文化館亀川泰照主任学芸員より、情報を提供頂き調査の便宜を図って頂いた。あべのハルカス美術館北川博子博士には、関西の祭礼と江戸の祭礼との異同についてディスカッション頂いた。

酒井抱一関係では、千葉市美術館松尾知子上席学芸員ならびに細見美術館岡野智子上席研究員にご教示頂いた。

都市史関係では、大阪市立大学塚田孝教授ならびに歴史民俗博物館教授横山百合子教授に、ご教示頂いた。

遊女を会計上は固定資産として扱えるということに関しては、一橋大学斎藤修名誉教授にディスカッション頂いた。

本書の完成にあたっては、吉原関係者の過去帳、位牌、仏画、寄進の絵馬などの調査による所が大きく、東京都荒川区浄閑寺戸松秀英明住職、愛知県南知多町光明寺西村貤功住職、岩屋寺後藤泰真住職にはご理解とご協力を頂戴した。

利用させて頂いた図版は、大阪大学忍頂寺文庫、大東急記念文庫、千葉市美術館、東京都立中央図書館、日本浮世博物館、早稲田大学演劇博物館、神田明神、ライデン国立民族学博物館（オランダ）、名古屋市博物館、コルフ国立アジア美術館（ギリシャ）、ブリュッセル王立美術歴史博物館、ボストン美術館、ヴィクトリア・アルバート美術館所蔵ならびに個人所蔵のものである。

笠間書院の西内友美編集員には様々な的確なコメントを頂戴し、本書の内容を充実することができた。

本書の完成には、これら、多くの研究者のご理解とご協力によるところが大であり、謝意を表する。

本研究の一部は、日本学術振興会科学研究費補助金基盤研究（B）（22300088）「浮世絵属性アーカイブシステムの構造と活用研究」として、また、太田記念浮世絵美術館の浮世絵研究助成制度によってなされたものである。本書は、独立行政法人日本学術振興会平成二十九年度科学研究費助成（研究成果公開促進費17HP5033）の交付を受けて出版するものである。

二〇一八年二月

日比谷孟俊

本郷　152, 305
本所陸尺屋敷　161
本所八郎兵衛屋敷　161, 165

ま

真崎　288, 289, 292
松井町　107, 161, 165
松村町　161, 165
三河　025, 067, 127, 161, 303
三島宿　216, 217, 222
南知多町片名　052, 070
南知多町山海　052, 081
南知多町豊浜町　034, 045
箕輪　018
御船蔵前町　161, 165
弥勒町　026
武蔵（武州）　078
武蔵国足立郡　078, 085, 134, 148, 234
武蔵国足立郡渕江領　078, 134, 148, 234
元吉原　007, 010, 026, 027, 029, 155, 174, 285

や

山川町　162
山谷町　161, 165
山の宿（山の宿町・山之宿町）　018, 082, 088, 107, 121, 141, 155, 156, 158, 159, 161, 162, 164, 240, 241
山の宿の公園　158
山本町　161, 165
横町　162
横浜　166, 170

ら

ライデン（オランダ）　019, 090, 091, 092, 093, 094, 192, 193, 194, 195, 203, 205, 206, 208, 210, 212, 214, 215, 216, 219, 222, 223, 226, 242, 244, 259
臨海副都心部　148

陸尺屋敷　161, 165　→本所陸尺屋敷

小右衛門新田　085, 135
河和　068

さ

芝神明　114, 115
志摩　067
島原　294
信州須坂　014
新町　026, 050, 052, 127, 161, 294
新吉原　007, 011, 020, 021, 027, 029, 038, 040, 042, 043, 044, 045, 047, 050, 062, 070, 071, 078, 088, 093, 094, 097, 099, 100, 105, 107, 114, 115, 116, 117, 118, 124, 127, 128, 131, 135, 136, 137, 139, 145, 152, 155, 157, 158, 164, 167, 169, 173, 179, 200, 214, 215, 220, 221, 227, 232, 233, 248, 249, 280, 281, 283, 301, 305, 317, 318, 319, 320, 321
新吉原揚屋町市兵衛店　317
新吉原江戸町一丁目　078, 088, 114, 135, 200, 220, 221, 232, 233, 283
秦淮　076, 077, 174
須佐村　021, 028, 029, 030, 073
隅田川　152, 157, 158, 269, 270, 273, 289
角町　026, 027, 040, 046, 048, 049, 050, 051, 054, 058, 061, 093, 096, 107, 172, 279
駿河　026, 027
聖天町　161, 162, 164

た

大名小路　166
旅所門前続　165
田町　053, 161, 162, 164
知多　014, 017, 021, 027, 028, 029, 030, 031, 034, 036, 043, 044, 045, 047, 049, 050, 052, 053, 054, 056, 058, 061, 064, 066, 067, 068, 069, 070, 071, 072, 073, 074, 075, 081, 279, 280
知多半島　017, 021, 030, 031, 034, 061, 066, 067, 068, 073, 074, 075
知多半島半田　→半田
佃町　161, 164
東京都荒川区　095
時之鐘屋敷　161, 165
常盤町　161, 164
常滑（常滑市）　003, 014, 017, 034, 060, 061, 062, 067, 072
鳥越　155, 162

な

長岡町　161, 165
仲之町　057, 098, 105, 108, 109, 117, 119, 175, 280, 288, 293, 301, 302
仲町　107, 161, 164
奈良　026, 027
成田　052, 056, 074, 118, 128, 129
西浦　067
西仲町　161, 164
日本橋　007, 010, 026, 161, 174, 176, 186, 193, 194, 203
根津　011, 161

は

花川戸町　161, 162, 164
花川戸　004, 018, 088, 089, 107, 121, 123, 133, 135, 137, 141, 142, 155, 156, 157, 158, 161, 162, 163, 164, 175, 220, 221, 232, 233, 281, 283
半田　014, 016, 017, 034, 061, 068, 073
東浦　061, 068
東仲町　161, 164
深川　011, 096, 097, 098, 099, 101, 107, 120, 121, 123, 128, 155, 156, 160, 161, 162, 163, 164, 165, 166, 175, 178, 181, 200, 228, 229, 315
深川永代寺門前町　161, 162, 164
深川仲町　107
深川八幡南　107
伏見　026, 108, 120, 121, 135, 313, 314
北信須坂　127, 136
堀留　007

地名索引

本書に頻出する「吉原」は除く

あ

愛知県半田　014, 034
揚屋町　016, 027, 031, 042, 043, 046, 047, 060, 108, 125, 172, 317, 318, 319
浅草東仲町　161, 164
石浜　289
伊勢　006, 017, 032, 038, 040, 041, 050, 051, 054, 067, 073, 074, 089, 090, 110, 113, 114, 115, 146, 151, 171, 192, 248, 249, 250, 251, 252, 301
伊勢古市　113
伊勢湾　017, 067, 073, 074, 115
今戸町　161, 164
入江町　161, 165
上野　152
内海　068, 280
馬道町　127, 161, 164
江戸町　017, 020, 026, 050, 056, 058, 078, 080, 081, 084, 087, 088, 092, 093, 095, 096, 098, 099, 101, 105, 107, 108, 114, 119, 120, 121, 122, 123, 124, 125, 127, 130, 131, 135, 137, 142, 144, 145, 146, 149, 151, 152, 157, 159, 160, 162, 167, 169, 171, 172, 178, 186, 190, 198, 200, 206, 211, 220, 221, 232, 233, 283, 297, 301
江戸鉄砲洲　061
江戸町一丁目　017, 026, 056, 058, 078, 080, 081, 084, 087, 088, 092, 093, 101, 107, 108, 114, 121, 135, 137, 144, 145, 146, 149, 151, 157, 172, 190, 198, 200, 211, 220, 221, 232, 233, 283, 297
江戸町二丁目　026, 050, 058, 095, 096, 105, 107, 108, 119, 120, 121, 122, 123, 124, 125, 127, 130, 131, 152, 159, 160, 206, 301
夷町　026
大坂瓢箪町　026
大野　067
小田原宿　212, 222
尾張　003, 014, 016, 017, 025, 026, 027, 028, 029, 030, 032, 033, 034, 035, 037, 038, 039, 040, 041, 042, 043, 044, 045, 046, 047, 048, 049, 054, 056, 058, 060, 061, 062, 066, 067, 068, 069, 070, 071, 072, 073, 078, 081, 086, 089, 093, 108, 109, 122, 135, 152, 167, 171, 175, 190, 191, 193, 194, 196, 197, 198, 199, 200, 203, 211, 212, 213, 214, 224, 225, 233, 255, 256, 262, 277, 278, 279, 297, 305
尾張知多　017, 027, 028, 043, 044, 047, 049, 056, 081, 279
尾張常滑　072

か

神谷バー　158
亀崎　061, 068
神田佐久間　305, 313, 314
祇園　294
木辻　026
京都　026, 027, 059, 062, 065, 077, 079, 083, 084, 085, 095, 101, 120, 122, 127, 129, 130, 132, 136, 158, 171, 173, 181, 186, 216, 218, 220, 229, 231, 265, 273, 294, 306, 310, 335
京都の角町　027
京都六条　026
京町　017, 026, 030, 040, 042, 043, 044, 045, 048, 050, 051, 052, 054, 056, 057, 058, 079, 080, 081, 084, 095, 099, 107, 121, 122, 123, 127, 149, 152, 172, 180, 186, 196, 204, 233, 239, 240, 247, 248, 249, 257, 266, 270, 275, 286, 287
京町一丁目　026, 042, 043, 045, 107, 121, 122, 123, 127, 152, 204, 233, 240, 247, 248, 249, 257, 266, 270, 286, 287
京町二丁目　017, 026, 050, 056, 057, 058, 079, 080, 081, 084, 099, 149, 196
金龍山下瓦町　161, 162, 165
麹町　026

メタデータ　137, 188, 232, 247, 275, 282, 284
元地（吉原）　018, 121, 142, 155, 156, 162, 164, 166, 175
紋　005, 006, 019, 030, 051, 057, 113, 127, 128, 137, 168, 186, 187, 188, 190, 191, 192, 194, 201, 203, 204, 205, 208, 210, 211, 212, 214, 216, 217, 218, 219, 220, 221, 222, 223, 224, 225, 226, 227, 232, 233, 234, 235, 236, 237, 238, 239, 240, 241, 242, 243, 244, 245, 246, 247, 248, 249, 250, 252, 253, 255, 257, 259, 260, 262, 264, 267, 268, 270, 275, 277, 278, 279, 280, 281, 282, 283, 284, 296, 316, 324, 325

や

館　161
薬師堂　028, 050
八坂神社　294
山城屋　171
遣り手　033, 080, 082, 083, 141, 123, 155, 160
遊女絵　006, 008, 019, 034, 052, 056, 058, 070, 071, 073, 088, 089, 090, 097, 099, 108, 109, 110, 128, 135, 136, 137, 166, 167, 177, 185, 186, 187, 188, 189, 190, 191, 192, 193, 196, 198, 212, 219, 225, 227, 230, 232, 239, 241, 247, 250, 251, 253, 255, 257, 258, 259, 263, 272, 273, 275, 277, 281, 282, 283, 284, 286, 291, 326, 328, 332
遊女のマネジメント　009, 019
遊女屋　020, 025, 027, 028, 064, 097, 099, 100, 101, 102, 103, 127, 136, 139, 160, 179, 232, 312
遊里　013, 077
吉原開基　029
吉原俄→俄

ら

ライブ　289, 332
落款　093, 146, 164, 189, 246
利用権（沽券状）　084
料理茶屋　102, 160, 161
料理屋　063, 289, 322
類縁文化　008, 010, 289, 291, 331
歴史学　009
恋愛文化　007, 008, 014, 174
楼主　009, 018, 033, 044, 045, 049, 050, 052, 054, 055, 072, 080, 081, 082, 083, 087, 088, 098, 115, 116, 118, 120, 126, 129, 131, 136, 141, 151, 152, 160, 172, 187, 201, 233, 234, 235, 236, 286, 287, 301
楼主名　044, 049, 083, 187

わ

和歌　011, 065, 069, 307

177
念仏堂　027, 028
年齢層　010
農業生産　012
農村金融　008, 017, 066, 073, 086, 120, 135, 175
暖簾　041, 049, 069, 072, 090, 105, 106, 119, 123, 141, 142, 146, 147, 157, 164
のろま狂言　129, 130, 136, 172, 301

は

俳諧　008, 019, 115, 116, 117, 129, 130, 132, 133, 136, 172, 180, 229, 230, 301, 304
売春防止法　011, 012
幕末　004, 011, 012, 014, 016, 018, 065, 086, 087, 096, 099, 117, 127, 133, 136, 139, 148, 163, 165, 167, 170, 171, 175, 179, 185, 190, 228, 300, 319, 322
パトロン　230, 231, 266, 283, 314, 329, 332
バブル経済　087, 174, 322
張見世　144, 145, 146, 164, 234
番付　014, 185, 190, 191, 229, 289, 290, 291, 292, 293, 295, 297, 307, 308, 310, 311, 314, 315, 318, 319, 320, 321, 322, 330, 331
番頭新造　097, 168, 246, 253, 255, 263, 264, 268, 269
半籬交　087, 089, 142, 147, 164, 190, 193, 201, 204, 214, 257
贔屓　006, 089, 117, 168, 177, 189, 211, 249, 252, 253, 266, 270, 272, 274, 278, 279, 281, 329
日枝神社　288
引手茶屋　062 102, 104, 105, 108, 109, 144, 146, 147
引手料　102, 104
尾州廻船　061, 067
引っ込禿　126
引っ込み新造　126, 233, 234, 235, 236, 262, 265, 274, 281, 282, 283
日比谷入り江の埋め立て　025
ファッション　007, 008
風紀取締　011, 174
仏画　014, 030, 034, 035, 040, 041, 048, 069
仏光寺　014, 016, 065, 127, 136, 171
仏光寺名目金融　014, 016, 127
物流　034, 061, 067, 078
船宿　033, 144
船奉行　067
振袖新造　154, 200, 201, 246, 262, 263, 264, 265, 268, 269, 280, 281, 283
プルシアン・ブルー　253, 326
文政七年の火災　123, 210, 225
部屋持　079, 080, 082, 122, 123, 141, 265, 268
宝永の富士山噴火　012
放火　166, 175, 287
幇間　127, 139, 300
北条家　026
法制史　009, 137
ボストン美術館　090, 242, 264, 328
ホスピタリティ　007

ま

籬　080, 081, 087, 089, 122, 142, 146, 147, 164, 190, 193, 198, 200, 201, 204, 214, 257
町方支配　165
マリア・ルーズ号（マリア・ルーズ号事件）011, 018, 170
身請け　180, 228, 274
水茶屋　102, 127, 160, 161
みつもみじ　262
ミュージシャン　008, 020, 292
冥加金　126
名目金融　014, 016, 127, 136
対雁金菱　262, 278
明治維新　008, 009, 011, 021, 179, 289
明治新政府　012
明暦の大火　027, 062, 068, 155

浅草寺領　163
餞別　116, 118, 136
相乗効果（シナジー効果）　118
惣半籬　080, 081, 087, 122, 142, 146, 147, 200
宗門改め　095, 153
俗金　066
属性情報　192, 232, 260, 262

た

代替わり　039, 046, 192, 239, 257, 260, 262, 282
大規模複雑なシステム　008
貸借対照表　015, 016, 017, 018, 063, 064, 066, 072, 126, 163
大名屋敷の多くが倒壊炎上　166
抱若荷　219
太政官達第二百九十五号　171
玉菊灯籠　292, 302
担保物件　016, 065, 136
知多廻船　017, 061
千葉市美術館　193, 194, 203, 206, 212, 213, 214, 216, 217, 218, 219, 220, 223, 259, 267, 270, 323, 325, 336
茶　008, 155, 237, 241, 252, 286, 301, 304, 314, 315
茶屋　015, 017, 029, 032, 034, 039, 040, 041, 053, 054, 055, 057, 062, 063, 066, 072, 098, 099, 101, 102, 103, 104, 105, 106, 107, 108, 109, 110, 114, 115, 116, 117, 119, 127, 132, 136, 144, 146, 156, 161, 168, 175, 186, 228, 229, 293, 301, 302, 303, 321
突き出し　196, 204, 210, 243
附祭　020, 290, 291, 293, 301, 313, 314, 315, 316, 317, 318, 319, 320, 321, 333
積み物　006, 146, 192, 248, 249, 250, 251, 252
面明かり　296, 297
鶴丸　188, 268
テーマパーク　007, 292
出開張　128
手数料　104, 136
天保の飢饉　012, 273
天保の改革　004, 011, 064, 097, 098, 099, 100, 101, 110, 118, 136, 166, 172, 190, 250
東光寺　003, 014, 017, 034, 060, 061, 062, 072
同職集住　017, 068, 108
東方寺　028
登楼　066, 102, 146, 157
常磐津（常磐津節）　250, 290, 309, 316, 317, 318, 332
徳川幕府　174
富本（富本節）　290, 298, 300, 317, 318, 319, 320, 323
奴隷虐待　170

な

長唄　229, 290, 299, 300, 303, 309, 316, 317, 319, 320
似顔絵　191, 263, 309, 310
日本浮世絵博物館　052, 063, 088, 090, 093, 145, 147, 193, 197, 201, 202, 203, 206, 207, 209, 211, 213, 215, 216, 218, 219, 220, 221, 222, 223, 224, 227, 237, 245, 249, 251, 254, 256, 261, 275, 276, 277, 279, 280, 281, 323, 327, 328, 330
入銀　089, 168, 211, 230, 231, 252, 253, 255, 274, 279, 281, 329
入銀元　255
女房　015, 018, 043, 088, 089, 109, 117, 119, 129, 131, 132, 152, 155, 159, 175, 234, 235, 236, 237, 238, 292, 301, 312
俄（吉原俄）　006, 019, 020, 119, 149, 150, 187, 288, 289, 290, 291, 292, 293, 294, 295, 296, 297, 298, 299, 300, 301, 302, 304, 305, 306, 307, 308, 309, 310, 315, 319, 320, 321, 322, 331, 332, 333, 335
ネットワーク　005, 006, 008, 009, 010, 016, 017, 019, 020, 136, 183, 288, 332
年季奉公　015, 017, 018, 066, 072, 171, 176,

桜　105, 142, 235, 236, 237, 253, 292, 295, 309, 310, 313, 316, 325, 327
座敷浄瑠璃　230, 289, 298, 301, 304, 329
座敷持　079, 080, 082, 096, 122, 123, 141, 142, 198
サブシステム　008, 019, 233, 266, 283
山王権現祭礼　006, 020, 290, 298, 300, 313, 314, 316, 318, 319, 321
山王権現　006, 019, 020, 027, 288, 289, 290, 292, 298, 300, 301, 313, 314, 316, 317, 318, 319, 321, 331, 332
シーボルト・コレクション　091, 092, 193, 222
地方　007, 012, 014, 015, 020, 026, 067, 078, 095, 139, 178, 179, 293, 310, 332, 333
時間軸　007, 010, 011, 012, 098, 151, 174
私娼　011, 065, 124, 135, 165
地震　004, 012, 018, 106, 107, 146, 147, 148, 149, 151, 152, 154, 160, 162, 164, 166, 175, 176, 177, 227
システム・オブ・システムズ　008, 009, 010, 115, 118, 180, 292, 331
死生観　151
資本　004, 009, 015, 016, 017, 018, 034, 062, 063, 066, 072, 073, 078, 084, 085, 086, 135, 173, 176, 177
三味線弾き　132, 230, 292, 297, 300, 302, 318
三味線　008, 020, 065, 113, 119, 132, 200, 230, 268, 289, 291, 292, 296, 297, 298, 300, 302, 303, 304, 305, 309, 310, 311, 312, 314, 317, 318, 322, 326, 330, 332
洒落本　014, 076, 077, 155, 177, 188, 237
宗旨　095, 096, 152, 153, 154
襲名　019, 044, 069, 084, 137, 188, 192, 198, 204, 209, 212, 237, 239, 243, 250, 257, 258, 260, 262, 267, 271, 272, 274, 275, 282, 284, 302, 304, 307, 308, 317, 318, 330
出版　008, 013, 019, 052, 087, 105, 176, 188, 257, 292, 300, 322, 329, 332
書　008, 065, 172, 229, 235, 237, 304
娼家　007, 144, 145, 285
成願寺　052, 070, 072
娼妓　004, 011, 018, 020, 021, 098, 101, 145, 148, 170, 171, 172, 173, 177, 179, 181, 286, 287
正衆寺　030, 038, 040, 041, 042, 050, 051, 072
上水道の整備　025
浄土宗　034, 095, 096, 153, 154
浄土宗栄法山浄閑寺　095
浄土宗西山派光明寺　034
娼婦　285, 286
正本　008, 014, 230, 299, 300, 301, 304, 306, 307, 322, 330, 334
定紋　188, 210, 211, 216, 222, 224, 235, 242, 244, 245, 246, 248, 250, 252
縄文海進期　152
書画　065, 172, 237, 241
食料増産　025
女性史　009
初板　005, 019, 094, 185, 186, 189, 192, 193, 203, 204, 205, 206, 208, 210, 211, 212, 216, 217, 219, 221, 222, 223, 224, 225, 226, 238, 247, 257, 280
白酒売　295, 296, 309, 311, 312, 313
信仰　019, 051, 063, 128
心中死（相対死）　004, 011, 094, 095, 096, 113, 120
人身売買　170
新造出し　107, 146, 192, 196, 199, 219, 224, 225, 239, 248, 249, 252, 253, 261, 263, 264, 265, 266, 267, 269, 282, 283
人的ネットワーク　009
新田開発　026, 079, 085, 086
新（肴）場　316
新吉原連　115, 116, 117, 118, 136
征夷大将軍　025
声曲　008, 014, 019, 172, 189, 192, 289, 290, 322, 332
関ヶ原の戦い　025, 067
浅草寺　127, 157, 163, 196, 227

256, 260, 261, 264, 267, 268, 270, 277, 278, 282
飢饉　012, 075, 097, 123, 174, 273
妓女　076, 077
虐待　098, 133, 136, 170, 287
狂歌　008, 019, 114, 115, 116, 129, 166, 172, 180, 230, 231
行政　009, 068, 115, 162
行政指導　068, 162
協調路線の原因　109
享保の改革　011
妓楼　003, 004, 005, 010, 011, 015, 016, 017, 018, 019, 026, 027, 030, 032, 033, 034, 039, 040, 041, 043, 044, 046, 048, 049, 050, 052, 054, 055, 056, 061, 062, 063, 064, 065, 066, 067, 068, 069, 070, 071, 072, 073, 078, 079, 080, 081, 083, 084, 087, 089, 090, 093, 096, 097, 098, 101, 102, 104, 105, 107, 108, 109, 110, 115, 118, 119, 123, 124, 126, 129, 134, 135, 136, 137, 141, 142, 144, 145, 146, 147, 148, 151, 152, 153, 154, 155, 157, 159, 161, 163, 164, 165, 167, 171, 172, 175, 176, 177, 181, 183, 185, 186, 187, 188, 189, 193, 194, 196, 200, 203, 204, 208, 210, 211, 214, 216, 224, 225, 226, 228, 232, 233, 234, 235, 238, 239, 247, 250, 253, 257, 258, 262, 269, 271, 277, 278, 279, 282, 283, 287, 294, 296, 297, 301
妓楼の格　033, 146, 187, 214
極印　090, 091, 092, 093, 243, 245, 246
際物　146, 164
下り酒問屋　062
軍事政権　174
経営　001, 003, 004, 005, 007, 008, 009, 010, 011, 012, 014, 015, 016, 017, 019, 025, 026, 027, 028, 029, 034, 039, 041, 048, 050, 058, 068, 070, 071, 072, 073, 075, 078, 083, 084, 085, 086, 097, 101, 107, 110, 115, 119, 123, 129, 132, 133, 134, 135, 136, 145, 148, 155, 163, 166, 171, 172, 175, 177, 183, 187, 204, 228, 257, 283, 287, 320, 342
経営的側面　009, 010, 016, 026, 115
経済活動　012, 135
芸者　008, 020, 033, 034, 054, 056, 060, 061, 072, 079, 080, 082, 102, 112, 119, 127, 136, 141, 153, 154, 155, 168, 170, 174, 187, 200, 201, 229, 288, 290, 291, 292, 293, 294, 297, 298, 300, 303, 305, 306, 308, 309, 310, 312, 316, 317, 318, 319, 321, 322, 324, 332, 333
芸娼妓解放令　004, 011, 018, 020, 021, 098, 101, 145, 148, 170, 171, 172, 173, 177, 179, 287
警動　065, 113, 124, 125, 126, 127, 135
現金引手なし　103, 104, 108
元和偃武　026
見番　003, 034, 060, 061, 064, 072, 154, 312
見番制度　034, 060, 061
権利（株）　159
香　003, 008
光明寺　003, 014, 017, 028, 030, 032, 033, 034, 035, 036, 037, 038, 039, 040, 041, 042, 044, 045, 046, 048, 049, 050, 051, 055, 068, 069, 071, 072
合目的的　090, 107, 185, 189, 196, 208
香炉　003, 014, 032, 034, 041, 052, 053, 054, 055, 056, 057, 058, 068, 070, 072, 081, 152
国立国会図書館　059, 065, 091, 102, 106, 159, 191, 193, 195, 205, 206, 207, 208, 212, 214, 216, 217, 218, 219, 220, 221, 222, 223, 224, 248, 251, 317
国立民族学博物館　090, 091, 092, 093, 094, 192, 193, 194, 195, 203, 205, 206, 208, 210, 212, 214, 215, 216, 219, 222, 226, 242, 244, 259
小ずり　104
固定資産　015, 016, 017, 064, 065, 066, 072, 088, 101, 126, 136, 171, 287

さ

西徳寺　127
祭礼　006, 008, 019, 020, 288, 289, 290, 291, 292, 293, 294, 298, 299, 300, 313, 314, 315, 316, 317, 318, 319, 320, 321, 331, 332, 333
在楼期間　186, 187, 240, 246, 258, 262

岡場所　011, 065, 097, 098, 101, 102, 103, 104, 107, 113, 124, 126, 136, 165, 175
男芸者　008, 020, 056, 119, 229, 290, 291, 292, 294, 297, 298, 300, 303, 305, 306, 308, 309, 310, 312, 316, 317, 318, 319, 321, 322, 324, 332, 333
おはり（針）　154, 155, 176, 177
お披露目　107, 196, 263, 265, 267, 330
御雇祭　290, 317, 333
尾張出身者　003, 014, 016, 017, 026, 027, 028, 029, 032, 033, 034, 039, 040, 041, 042, 048, 062, 067, 068, 070, 071, 072, 073, 078, 175, 297
尾張の経営者　003, 016, 025
尾張万歳　305
女芸者　127, 200, 291, 305, 306, 309, 310, 318, 333

か

開基　010, 029, 101, 174, 285
海上交通　067, 068, 073
廻船業　068, 069, 070, 072, 279
開板順序　189, 193, 203, 223, 224, 226
開板時期　005, 019, 091, 185, 186, 187, 188, 190, 191, 192, 193, 195, 217, 224, 225, 227, 237, 239, 243, 244, 258, 259, 262, 263, 282, 307, 326
開板動機　090, 107, 187, 188, 189, 196, 225, 241, 243, 265
快楽消費　189, 226
替紋　188, 216, 222, 235, 252
顔見世番付　229, 308, 330, 331
雅楽　113
掛け合い　307, 319, 320, 330
掛行燈　144, 145, 146, 147
過去帳　013, 014, 017, 018, 030, 032, 033, 034, 035, 036, 037, 038, 039, 040, 041, 042, 043, 044, 045, 047, 049, 050, 051, 052, 055, 060, 061, 062, 068, 069, 070, 072, 078, 083, 089, 095, 096, 108, 113, 117, 123, 132, 152, 153, 154, 155, 159, 176, 177, 230, 301, 302, 313, 315
貸座敷業　011, 145
鹿島踊　298, 299, 300
かたばみ　194, 203, 212, 217, 218, 236, 256, 262, 278
鰹節問屋　062
河東節　020, 132, 229, 230, 231, 290, 291, 292, 295, 296, 297, 298, 300, 301, 302, 303, 304, 305, 307, 309, 310, 314, 315, 316, 318, 319, 320, 322, 323, 325, 330, 331, 332, 333, 334, 336
歌舞伎　006, 007, 008, 014, 019, 020, 045, 074, 115, 116, 118, 119, 133, 136, 138, 146, 170, 179, 189, 190, 226, 229, 230, 237, 242, 243, 244, 288, 289, 290, 291, 292, 293, 294, 295, 297, 298, 299, 300, 301, 304, 307, 308, 309, 310, 311, 312, 313, 315, 316, 317, 319, 324, 329, 331, 332, 333, 334
貨幣経済　012
上方出身　113
禿　056, 076, 088, 111, 112, 126, 136, 141, 142, 151, 153, 154, 155, 168, 186, 187, 223, 233, 235, 236, 238, 240, 246, 248, 250, 262, 263, 264, 265, 268, 269, 270, 272, 281, 293, 294, 296, 297, 298, 300, 304, 305, 306, 321
仮宅　004, 005, 013, 018, 019, 033, 044, 057, 069, 079, 080, 081, 082, 088, 089, 090, 091, 092, 096, 101, 102, 107, 120, 121, 122, 123, 133, 135, 137, 146, 148, 155, 156, 157, 158, 159, 160, 161, 162, 163, 164, 165, 166, 175, 177, 178, 194, 195, 196, 198, 199, 200, 201, 202, 205, 206, 208, 210, 220, 221, 224, 225, 227, 232, 233, 234, 235, 240, 241, 243, 246, 258, 259, 260, 262, 263, 264, 266, 269, 270, 272, 273, 274, 280, 281, 283, 284
仮宅場所　004, 120, 121, 123, 155, 156, 157, 158, 160, 162, 163, 272
寛永寺　180
官許　011, 065, 068, 097, 124, 165
神田明神祭礼　313, 314, 315, 317, 321
神田明神　019, 288
妓夫　152, 165, 264
ききょう　194, 203, 210, 211, 216, 217, 254, 255,

事項索引

あ

藍摺絵　253, 255, 257
相対死　→心中死
青すだれ　168
揚屋　014, 015, 016, 017, 021, 027, 028, 029, 030, 031, 032, 033, 035, 036, 037, 038, 039, 040, 041, 042, 043, 044, 045, 046, 047, 048, 049, 055, 060, 062, 063, 066, 071, 072, 073, 108, 125, 167, 172, 174, 186, 317, 318, 319
浅間山の噴火　012
アニリン系染料　167
姉女郎　019, 056, 233, 238, 239, 246, 258, 266, 268, 269, 282, 283
尼屋　061, 062, 072
網笠茶屋　033
改印　091, 105, 109, 128, 146, 164, 167, 168, 185, 190, 191, 243, 246
併せ紋　280
安政大地震　004, 018, 107, 146, 147, 148, 162, 164, 166, 177
安政の本堂　128
慰安所　025, 174
家持　064, 088, 100, 101, 107, 120, 127, 135, 176
伊勢音頭　113, 114
一次資料　012, 013, 187, 289
一中節　006, 020, 119, 229, 230, 231, 268, 292, 302, 307, 322, 323, 324, 325, 326, 329, 330, 331, 332, 334
一中節菅野派　119
異板　005, 019, 186, 188, 189, 193, 195, 202, 203, 204, 205, 208, 210, 214, 219, 221, 222, 223, 224, 225, 226, 227, 259, 268, 326
イベント　007, 110, 192, 249, 266, 278, 289, 292, 296, 316, 332
妹女郎　019, 238, 266, 267, 268, 274, 282, 283
岩屋寺　003, 014, 017, 030, 032, 034, 041, 052, 053, 055, 058, 068, 070, 071, 072, 081, 152
ヴィクトリア＆アルバート博物館　106, 215, 241, 242, 252, 256, 280, 293, 299
浮世絵　003, 004, 005, 008, 013, 016, 019, 020, 034, 048, 052, 058, 063, 068, 087, 088, 090, 093, 105, 137, 144, 145, 147, 183, 185, 187, 189, 190, 191, 192, 193, 194, 197, 201, 202, 203, 204, 206, 207, 208, 209, 211, 213, 215, 216, 218, 219, 220, 221, 222, 223, 224, 226, 227, 237, 244, 245, 246, 247, 249, 251, 254, 256, 261, 275, 276, 277, 279, 280, 281, 283, 284, 291, 292, 295, 304, 307, 310, 321, 322, 323, 326, 327, 328, 330, 333, 335, 336
梅茶格　050
梅本屋事件　133
江戸参府　092, 093, 192, 195, 210, 244, 259
江戸小氷期　012, 097, 273, 322
江戸初期　007, 011, 085, 086, 288
江戸直下型地震　012
江戸積酒　061
江戸入府　025
絵本番付　190, 310, 311
Ｍ＆Ａ　083, 135
花魁　069, 076, 083, 089, 090, 091, 092, 093, 101, 105, 107, 113, 116, 118, 131, 137, 168, 170, 180, 185, 186, 187, 188, 189, 190, 191, 193, 194, 195, 196, 198, 199, 200, 201, 202, 203, 204, 208, 212, 214, 216, 217, 221, 222, 224, 231, 233, 234, 235, 236, 237, 239, 242, 243, 249, 250, 252, 253, 255, 257, 258, 259, 260, 262, 263, 264, 265, 266, 267, 269, 272, 275, 278, 279, 280, 281, 294, 297, 321, 325, 329
花魁の格付け　187
大坂冬の陣　026
大籬　087, 142, 164, 198
大門　054, 057, 084, 108, 149, 274

山彦文次郎（山彦文次）　005, 006, 020, 228, 229, 230, 231, 292, 300, 301, 302, 303, 304, 305, 306, 307, 308, 309, 311, 312, 313, 314, 322, 324, 325, 330, 332
山彦良波　311
山本助右衛門　029
ゆき　119, 131, 292, 301
揚州周延　172
粧ひ　056, 065, 098, 194, 203, 223, 227, 259
世之介　029
代々春　081, 194, 199
代々山　068, 069, 090, 091, 092, 093, 094, 168, 244, 279, 280, 281, 283, 328

ら

柳水亭種清　172, 173

わ

若木屋与八　054, 056
若草　131
若狭屋　047, 071, 072, 103, 108, 167, 169
若狭屋伊左衛門　047, 072
若那　081, 193, 194, 203, 205, 206, 277
若松　127
若松屋　054, 193, 194, 203, 204, 221, 222, 286
若松屋藤右衛門　286
若緑　167, 168, 170, 177

d

de Becker　145, 147

十寸見沙洲五代目　310
十寸見子（志）明　297, 304, 305, 306
十寸見東永　229
十寸見東雅　229, 318
十寸見東暁　310, 314
十寸見東佐　297, 309
十寸見東支　305, 306
十寸見東洲　297, 309, 318
十寸見東川　310
十寸見蘭示（爾）　297, 305, 306, 309, 310, 313, 314, 330
十寸見蘭洲　297, 301, 303, 330, 331
増山　194, 203, 223, 279, 280, 281, 283
町田　295, 322, 334
松井　189, 226
松島　058, 309
松嶋　081
松田屋　104, 108, 171
松田四郎兵衛　036, 040, 044, 045
松の枝　081
松葉屋　032, 036, 037, 040, 041, 042, 054, 055, 056, 057, 058, 059, 065, 068, 069, 090, 091, 092, 093, 094, 096, 098, 168, 193, 194, 199, 203, 204, 223, 224, 225, 227, 235, 237, 242, 243, 244, 259, 277, 279, 280, 283, 297, 328
松葉屋善兵衛　036, 037, 040
松葉屋半左衛門　054, 055, 058, 059, 068, 235, 297
松葉屋半蔵　068, 096, 279
松葉屋六兵衛　032, 040, 041
松本幸四郎　244, 295, 296, 309, 311, 312, 313
松本屋清十郎　032, 040
松屋内藤八　054, 056
松屋与兵衛　054, 055, 072
丸海老屋　049, 069, 070, 071, 073, 093, 094, 193, 194, 195, 199, 202, 203, 225, 233, 255, 256, 262, 277, 278, 282, 326, 329
丸熊屋　171
万字屋　054, 088, 100, 103, 105, 107, 108, 110, 114, 115, 136, 150, 277
万治屋佐助　055
三浦屋　029, 030, 043, 051, 146, 193, 194, 203, 204, 217, 218, 237
三浦屋四郎左衛門　030, 043
水野忠邦　097, 174
三田村鳶魚　008, 138, 289, 333, 334
三井清野　015
都一閑齋　229, 231
都一中五世　020, 325
都太夫一仲　324
向井　187, 226
木瓜紋の鴨緑　240, 248, 250
森鷗外　133, 228, 231
森川佳続　313, 314, 332
森川佳夕　313

や

八百善　063
八木　226, 235, 284
柳川重信　089, 090, 091, 092, 135, 244, 294
柳澤信鴻　295, 334
山口巴半介　054, 057
山口巴屋　099, 108
山口屋七郎右衛門　064
山口屋彦兵衛　057
山崎蘭斎　077
山田山三郎　029
大和屋　103, 108, 114, 115, 301
山彦河良　311, 314
山彦源四郎三代目　309, 311
山彦小源二　311, 314
山彦新次郎　006, 019, 020, 119, 132, 229, 230, 288, 292, 300, 301, 302, 304, 307, 308, 309, 311, 312, 313, 314, 322, 324, 330, 332
山彦新次郎四代目　318
山彦存候　304
山彦文四郎　305, 306, 324

徳川家康　025, 067, 285
魚屋北渓　229, 230
鳥羽屋小三次　229
富草　081
富本豊前太夫　298
富本豊美太夫　318
巴屋半介　057
豊志太夫　298
豊臣秀吉　025
鳥居清長　045, 298, 299, 300
鳥居耀蔵　097, 174

な

永木屋　171
長崎屋　108
永田勘右衛門　029
中田屋半三郎　054, 056
長門屋　108, 115
長濱　109, 190, 191
中万字屋　171, 277
中村芝翫　244, 311
七岡　217, 274, 275
七里　019, 067, 194, 203, 208, 209, 210, 211, 217, 246, 255, 256, 258, 259, 260, 261, 262, 263, 264, 265, 266, 267, 268, 269, 271, 273, 274, 275, 282, 328
七人　019, 113, 170, 194, 203, 210, 216, 217, 222, 233, 255, 256, 258, 259, 260, 261, 263, 264, 265, 267, 268, 269, 270, 272, 273, 274, 275, 276, 277, 278, 282, 293, 325, 326, 327, 328
七橋　261, 263, 264, 265, 269, 282
七舟　261, 263, 264, 265, 269, 282
名美崎安五郎　318
名見崎徳治　298
西　014, 021, 034, 060, 061, 074
西村和泉守　053
西村庄助　029
二条家　127, 136

は

橋本屋佐兵衛　032, 040, 042
八幡屋善衛門　056
初花　081
花笠文京　116, 133
花里　081, 280, 281
濱多屋　171
林屋金兵衛　196
張金屋　171
樋口　302, 322, 335
樋口一葉　287
久喜万字屋　100, 105, 107, 108, 136, 150, 171, 181
久喜万字屋内唐土　105, 107
日比谷平左衛門四代目　175, 177
兵庫屋喜六　054, 058
兵庫屋九兵衛　054, 058
平和泉屋　164, 171
平野屋　018, 054, 152, 154, 176, 191
平野屋亀五郎　018
フィッセル　192
福原　108, 119, 123, 159, 175, 289, 301
藤間勘兵衛　293, 298
伏見屋五郎右衛門　313
伏見屋五郎八　313, 314
藤本屋　171
藤屋太郎右衛門　040, 047, 072
藤原俊成女　069
布施田屋（太右衛門）　040, 047, 072
ブロムホフ　092, 093, 094, 192, 193, 244
平泉　121, 146, 156, 166, 167, 168
朋誠堂喜三二　289
本屋吉十郎　188

ま

真砂地　131
ますげ　268, 270, 272
十寸見河洲　309, 310, 314, 318, 319
十寸見沙洲　310, 313, 314

鈴木藤兵衛　053, 054
鈴木春信　058, 059
須藤由蔵　013
青民　130　→和泉屋清蔵
瀬川菊之丞　311, 313
瀬川路考　300
銭屋久四郎妻　042
銭屋久四郎　040, 042, 043, 044
銭屋次郎兵衛　040, 042, 043, 044, 072
千賀氏　028, 067
泉喜　128
泉州　105, 107, 108, 194, 203, 219, 220, 221, 225, 228, 236, 238, 247
泉亭伊三　117
泉楼　116, 117, 132, 133
泉楼七濱　132, 133
物領甚六　311, 313

た

大黒屋金兵衛　114, 151, 157
大黒屋文四郎　004, 056, 110, 114, 115, 136, 151, 172
大黒屋　003, 004, 034, 056, 060, 061, 062, 064, 071, 072, 093, 100, 105, 107, 108, 109, 110, 111, 113, 114, 115, 136, 151, 157, 171, 172, 277, 280, 312, 327
大黒屋庄（正）六　034, 060, 061, 064, 072
大黒屋甚左衛門　060
大黒屋内蔦の助　105, 107
大黒屋文四郎　004, 056, 110, 114, 115, 136, 151, 172
大黒屋安兵衛　060
太右衛門　→布施田屋
たき　077, 132, 301
抱茗荷紋の鴨緑　240, 247, 248
竹内　290, 291, 293, 298, 307, 324, 330, 333, 335, 336
武田　067
竹婦人　305
竹村伊勢　006, 146, 192, 248, 249, 250, 251, 252
立花　040, 045, 081
橘屋　040, 045, 046, 072
橘屋四郎兵衛　040, 045, 072
立花屋佐次兵衛　045
玉川座　310, 312, 313
玉屋弥八　052, 069, 070, 074, 081, 097, 193, 194, 197, 198, 199, 209, 225, 277
玉屋山三郎　098, 102, 151, 157, 158, 162, 172, 188, 199, 228, 277
為永春水　228, 231
俵屋三右衛門　033, 040, 044, 072
俵屋四郎兵衛（俵屋松田四郎兵衛）　033, 036, 040, 044, 045, 054, 055, 064
違い鷹の羽紋の鴨緑　245
茶屋桐屋　109, 119, 175, 302
長太夫　194, 203, 210, 212, 214, 215, 216, 222
長八　025, 079, 080, 083, 084, 135, 238
司　013, 026, 029, 073, 171, 194, 203, 210, 216, 217, 222, 253, 254, 255, 285
蔦屋重三郎　071, 092, 093, 157, 188, 246, 261, 277, 278, 279, 281, 293, 299, 306, 328, 333
蔦屋吉蔵　052, 071, 196, 197, 201, 202, 204, 205, 206, 207, 209, 212, 222, 225, 251, 253, 254, 256, 261, 264, 267, 270, 276, 278
津藤僊塢　181, 228, 229, 230, 231
津祢　109, 119, 129, 159, 175, 301
津国屋藤次郎　228
津国屋　086, 181, 228, 231
鶴和泉屋　004, 018, 096, 118, 119, 120, 123, 130, 133, 134, 136, 171
鶴和泉屋清蔵　004, 096, 118, 123
蔓蔦屋庄次郎　301
鶴の雄　128
鶴屋　093, 097, 098, 193, 194, 199, 203, 204, 205, 206, 207, 208, 216, 242, 243, 244, 277, 324, 327
鐵兵衛　159, 160

桑野鋭蔵　171, 179
渓斎英泉　052, 069, 070, 073, 089, 092, 093, 135, 186, 197, 201, 202, 205, 206, 207, 209, 210, 215, 216, 218, 220, 221, 222, 223, 224, 237, 246, 251, 253, 254, 257, 261, 264, 267, 270, 276, 277, 278, 279, 280, 281, 323, 325, 326, 327, 328, 329
下駄屋平八　054, 058
乾坤坊良齋　229
小稲　097, 105, 107
甲子屋　171
紅鬢楼　172
五亀亭貞房　→歌川貞房
五渡亭国貞　→歌川国貞
梧桐久儔　302, 335
此糸　081
後北条　026, 067

さ

細木香以　097, 133, 228, 231
斎宮太夫　298
斎藤喜石衛門　029
西誉善了　053
酒井抱一　011, 020, 065, 098, 174, 180, 181, 230, 231, 302, 309, 313, 314, 315, 316, 332, 335
堺屋（市兵衛）　050
相模屋　171
櫻田治助　045
櫻屋源次郎　151
笹屋　040, 047, 072
笹屋伊右衛門　040, 047, 072
佐藤　021, 137, 227, 284, 290, 291, 333
佐野槌屋　100, 105, 107, 108, 136, 171
佐野槌屋内黛　105, 107
佐野松屋　193, 194, 199, 203
沢田（沢田次夫）　003, 014, 016, 017, 021, 027, 028, 029, 030, 032, 033, 034, 036, 037, 038, 039, 040, 041, 042, 044, 048, 051, 052, 071, 073, 074
澤村曙山　190, 191
澤村田之助二代目　090, 091
澤村田之助三代目　170, 190
山東京伝　011, 076, 077, 174, 188, 235
シーボルト　019, 091, 092, 093, 192, 193, 195, 205, 208, 210, 219, 222, 244, 259
塩屋庄三郎　325
食行身禄　278
式亭三馬　091
しげさと　056, 057
品川楼　172
信濃屋　099, 108, 109, 110, 146, 147
篠田鉱造　133, 139, 179
松栄舎主人　253
庄司甚右衛門　026, 029
白玉　052, 056, 194, 199
四郎兵衛　033, 036, 040, 044, 045, 046, 054, 055, 064, 072
壽賀　118　→和泉屋さだ・和泉屋佐多
すがうら　268
すがその　268
姿海老屋　019, 049, 069, 070, 071, 073, 089, 193, 194, 199, 203, 206, 208, 209, 210, 211, 216, 217, 222, 225, 233, 239, 246, 251, 252, 255, 256, 257, 258, 259, 260, 261, 262, 263, 264, 265, 266, 267, 269, 270, 271, 272, 273, 274, 275, 276, 277, 278, 281, 282, 325, 326, 327, 328
姿海老屋内葛城　251, 252
姿野　089, 209, 258, 259, 260, 263, 267, 268, 269, 270, 271, 272, 273, 274, 275, 276, 277, 278, 282, 326
菅野序遊（菅野序遊初代）　006, 119, 230, 231, 292, 302, 322, 324, 325, 329, 332
菅野序遊二世　325
菅野序遊父子　006, 322, 325, 329
菅野忠次郎　330
すがのと　268
菅野利三　325
すがゆふ　268

岡本屋（岡本屋長兵衛）　054, 055, 069, 070, 152, 171, 193, 194, 203, 210, 212, 214, 215, 216, 222, 225, 277, 327
荻江　309
荻江佐吉　322
荻江藤次　229
刑部正勝　029, 074
お瀧　234, 235, 237, 238
尾上菊五郎　311, 312, 328
尾張屋清十郎　028, 029, 035, 039, 073
尾張屋太郎兵衛　108
尾張屋彦太郎　122, 171, 190, 197

か

加賀屋家田徳右衛門　050, 051
加賀屋市左衛門　050
加賀屋重左衛門　050, 051
加賀屋助十　050
加賀屋助十郎　051
賀屋徳左衛門　050
鶴察園　130, 132
鶴泉楼　119, 128, 131, 134
花川亭富信　252
勝川春朗　305, 306
葛飾應為　144
葛飾北斎　144, 305, 306
勝田諸持　231
かつ山　081
仮名書魯文　097
金沢屋　103, 108
金屋内重里　054, 056
金屋平重郎　056, 057
鎌倉屋長兵衛　040, 047, 072
花遊　081
河竹黙阿弥　170
寛閑楼佳孝　089
神田明神　006, 019, 020, 027, 127, 276, 288, 289, 290, 292, 298, 300, 301, 313, 314, 315, 316, 317, 318, 321, 331, 332, 333
桔梗屋久兵衛（桔梗屋山村久兵衛）　032, 037
菊川英山　242, 245, 247, 284, 310
岸沢式佐（岸沢式佐五世）　317, 318, 332
岸沢松蔵　322
岸沢造酒蔵　322
岸沢仲助　317, 318
喜多川歌麿　098, 138, 147, 187, 293, 294, 299, 300
喜多川歌麿二代目　307, 308
喜多川喜久麿　241
北川甚右衛門　029
喜多川秀麿　309, 310
北畠顕家　067
喜多村　139, 161, 334
亀甲屋八兵衛　050, 051
杵屋　309
杏仙　167
清瀧　081
清花　081
桐菱屋権兵衛　054, 055, 058
桐紋の鴨緑　240, 241, 248, 249, 250
桐屋伊助　132, 302, 303
桐屋市左衛門　040, 047, 072
桐屋五兵衛　109, 119, 131, 132, 175, 292, 301, 302, 303
桐屋五兵衛三代目　132, 301, 302
桐屋五兵衛五代目　302
桐屋五兵衛六代目　119, 131, 132, 292, 301
桐菱屋権兵衛　054, 055, 058
桐屋多吉　108
妓楼和泉屋清蔵　→和泉屋清蔵
妓楼和泉屋長八　→和泉屋長八
妓楼和泉屋平左衛門　→和泉屋平左衛門
錦祥女　170
金瓶楼　171
金屋次衛門　054, 055
九鬼　067
倉田屋　189, 193, 194, 196, 200, 201, 202

伊勢六　171
惟草庵惟草　130
磯田湖龍斎　048, 049, 295, 296
市川海老蔵　115, 295
市川団十郎七代目　115, 116, 309, 311, 332
市川団十郎八代目　004, 115, 116, 118, 136
市川白猿　229
市川八百蔵　045, 295, 296
市村羽左衛門　295
市村座　170, 229, 231, 295, 300, 304, 306, 308, 309, 328, 331
一勇斎国芳・一勇斎歌川国芳　→歌川国芳
井筒屋喜兵衛　032, 042
伊奈氏　085
稲本　097, 172
稲本屋　097, 099, 100, 101, 105, 107, 108, 109, 136
稲本屋小稲　107
井口　302, 322, 324
井原西鶴　029, 073
今川　067
入江　290, 317, 333
岩井粂三郎　311, 312
岩井半四郎　309, 311, 312, 313
岩切　094, 137
宇治新口　229
歌川国貞　063, 109, 114, 137, 144, 145, 167, 168, 169, 224, 226, 240, 241, 248, 249, 329, 330
歌川国貞二代目　109, 167, 169
歌川国周　110, 168
歌川国富　252
歌川国安　214, 215, 311, 313
歌川国芳　088, 135, 137, 148, 220, 221, 233, 274, 283
歌川貞房　216
歌川広重　129, 144, 145
歌川芳幾　127, 128
歌川芳藤　320, 321
うたはし　096, 120
内田佐七　068, 069, 070, 075, 279
梅本屋菊女　229
梅本屋　098, 133, 229, 287
永楽屋　108
江戸太夫河東七代目　309, 310
海老屋　006, 019, 032, 038, 040, 041, 048, 049, 069, 070, 071, 072, 073, 089, 090, 093, 094, 095, 150, 172, 193, 194, 195, 199, 202, 203, 204, 205, 206, 207, 208, 209, 210, 211, 212, 214, 215, 216, 217, 218, 219, 220, 221, 222, 223, 224, 225, 233, 238, 239, 240, 241, 243, 244, 245, 246, 247, 248, 249, 250, 251, 252, 255, 256, 257, 258, 259, 260, 261, 262, 263, 264, 265, 266, 267, 269, 270, 271, 272, 273, 274, 275, 276, 277, 278, 280, 281, 282, 283, 325, 326, 327, 328, 329
海老屋治右衛門　032, 038, 040, 041, 049
海老屋市左衛門　048
扇屋仁兵衛　054, 056
鶯邨　180, 181, 313, 314　→酒井抱一
大江卓　170, 171
大ゑびや利右衛門　049
大海老屋理左衛門　049
大久保葩雪　173, 179
大口屋　171
大坂屋　193, 194, 203, 204, 205
おおさわ　188, 226
大田南畝　011, 174
あふたや宇右ゑ門　081, 082
太田屋宇右ゑ門　081
太田屋宇兵衛　054, 081
太田屋くら　081, 082
太田屋善右衛門　017, 080, 081, 082, 083, 084, 135
大菱屋（大ひしや）　054, 055, 058, 059, 188
大菱屋久右衛門　054, 055, 058
大文字屋　098, 129, 180, 193, 194, 203, 211, 212, 214
大文字屋市兵衛　129
岡野敬胤　315, 336

人名索引

妓楼名、屋号を含む

あ

愛染　056, 194, 203, 210, 212, 214, 215, 216, 221, 222, 249, 250, 325, 327
鴨緑　006, 019, 194, 203, 219, 220, 233, 238, 239, 240, 241, 242, 243, 244, 245, 246, 247, 248, 249, 250, 251, 257, 262, 281, 282
愛之介　130, 131
赤間　189, 226
揚屋和泉屋半四郎　→和泉屋半四郎
揚屋尾張屋清十郎　→尾張屋清十郎
揚屋松本清十郎　→松本清十郎
あさじ　268, 269, 272
浅野　187, 210, 226, 253, 284, 291, 297, 333
吾妻屋　171
尼屋宗右衛門　061
尼屋宗左衛門　061
網屋甚右衛門　040, 047, 072
家田姓　050, 051, 301
いかづち紋の鴨緑　241, 242
功勲　081
和泉屋（いつみや）　003, 004, 005, 016, 017, 018, 037, 040, 045, 046, 047, 057, 066, 071, 072, 077, 078, 079, 080, 081, 082, 083, 084, 085, 086, 087, 088, 089, 090, 092, 093, 094, 095, 096, 098, 099, 100, 101, 105, 107, 108, 109, 110, 115, 116, 117, 118, 119, 120, 121, 122, 123, 124, 125, 126, 127, 128, 129, 130, 131, 132, 133, 134, 135, 136, 137, 141, 142, 144, 145, 147, 148, 151, 152, 155, 156, 157, 158, 159, 160, 161, 162, 163, 164, 165, 166, 167, 170, 171, 172, 174, 175, 176, 177, 187, 193, 194, 203, 204, 219, 220, 221, 225, 228, 232, 233, 234, 236, 237, 238, 247, 252, 255, 273, 281, 283, 292, 301
和泉屋久右衛門　046
和泉屋権助　037, 040, 046, 047
和泉屋さだ　118, 142
和泉屋佐多　118, 142
和泉屋壽美　017, 080, 081, 083, 084, 087, 088, 089, 135, 141, 234, 236, 238
和泉屋清六　046
和泉屋清蔵　004, 018, 078, 096, 108, 109, 118, 119, 121, 122, 123, 124, 125, 126, 127, 128, 129, 130, 131, 132, 135, 136, 147, 152, 155, 156, 157, 158, 159, 160, 161, 172, 175, 177, 292, 301
和泉屋清蔵三代目　129, 131, 292
和泉屋長吉二代目　123
和泉屋長八　079, 080, 084, 135, 238
和泉屋内槙の尾　252
和泉屋内泉州　105, 107
和泉屋半四郎　037, 040, 045, 046, 047, 072
和泉屋福原市良兵衛清蔵　159
和泉屋平左衛門初代　083, 088, 089, 135, 234, 238
和泉屋平左衛門二代目　083, 084, 092, 094, 115, 119, 136, 238
和泉屋平左衛門三代目　108, 109, 117
和泉屋平左衛門　003, 004, 005, 017, 018, 057, 066, 078, 079, 080, 081, 083, 084, 085, 086, 087, 088, 089, 090, 092, 093, 094, 096, 099, 101, 105, 108, 109, 115, 116, 117, 119, 120, 121, 129, 132, 134, 135, 136, 137, 141, 142, 147, 148, 151, 155, 156, 157, 158, 159, 163, 164, 165, 166, 167, 172, 174, 175, 177, 187, 219, 220, 221, 225, 228, 232, 233, 234, 238, 273, 281, 283, 301
和泉屋まつ　158, 159, 177
伊勢屋吉十郎　301
伊勢屋六兵衛　151
伊勢屋治兵衛　051
伊勢屋甚助　050, 051
伊勢屋宗十郎　032, 040, 041
伊勢屋惣三郎　038, 040
伊勢屋宗三郎　038

吉原名主年中行事　153, 178
吉原八景　070, 071, 073, 093, 135, 209, 210, 253, 255, 256, 257, 258, 259, 261, 263, 264, 267, 268, 269, 274, 275, 325, 326, 327, 328
吉原八景堅田　326, 328
吉原夜景　004, 144, 145, 146
吉原遊女屋名前書上　064, 099, 100
吉原要事廓の四季志　210, 258, 260, 279, 328

ら

柳街梨園全盛花一対　190, 191
龍山北誌　171, 179

わ

和久良婆　231, 324, 330

T

The Nightless City（不夜城）　145

鳰鳥　301, 334
俄鹿嶋　300
俄獅子　300
青楼花色寄　188
根曳の門松　325, 327
壽黛色　297
法花四季臺　299, 300
迂鈍　130, 139

は

俳諧人名録　018, 130, 131, 132, 133
幕末明治女百話　133, 139
花扇名跡歴代抄　187
花車　040, 042, 043, 046, 047
花街全盛競　168, 169
板橋雑記　076, 077, 174
雛形若菜初模様大えびや内染山　049
百駄田の助さん江　168
尾陽寛文記　029, 074
拍子逢妓　070, 071, 214, 215, 258, 325, 326, 327
平和泉屋仮宅図　146, 164
深川区史　160, 178
武江新吉原町図　050
武江年表　013, 114, 138, 149, 161, 178, 227, 322, 329
藤岡屋日記　013, 074, 098, 103, 104, 110, 113, 114, 115, 124, 138, 162, 166, 177, 178, 227, 287
婦多見賀多　057, 058, 059
筆萋萁壺碑　304, 306
婦美来留間　040, 046, 057
北女閭起原　027, 028
北里見聞録　089, 137
本堂再建御講中御寄附帳新吉原　128

ま

十寸見編年集　230, 231, 290, 302, 304, 305, 309, 313, 314, 318, 330, 333
松風　315, 331
三津の根色　049, 056, 297
南知多町誌　045, 050, 074
都羽二重拍子扇　020, 230, 324, 325, 326, 329, 332
都羽二重表紙逢妓　231, 326, 329
睦月恋手取　298
陬蓬萊曽我　309
明月余情　289, 296, 333
冥途細見　018, 151, 152, 153, 176, 177
守貞謾稿　113, 130, 138, 139, 144, 147, 298, 334

や

家満人言葉　297
夕かすみ　325, 326, 327
吉原大絵図　030, 302
吉原格子先の図　144
吉原細見　013, 014, 018, 019, 032, 033, 034, 038, 039, 040, 041, 042, 043, 044, 045, 046, 047, 049, 050, 051, 052, 053, 054, 055, 056, 057, 058, 059, 060, 061, 062, 066, 069, 072, 076, 077, 079, 080, 081, 083, 087, 088, 089, 090, 093, 095, 096, 101, 107, 108, 117, 118, 119, 120, 122, 123, 126, 131, 133, 135, 137, 142, 151, 152, 153, 154, 155, 156, 157, 159, 173, 174, 175, 176, 186, 187, 189, 190, 191, 192, 195, 196, 197, 198, 199, 200, 201, 202, 203, 204, 205, 206, 207, 208, 210, 214, 216, 217, 223, 225, 226, 227, 228, 234, 235, 239, 240, 241, 242, 243, 245, 248, 249, 250, 251, 252, 253, 255, 258, 259, 260, 262, 263, 265, 266, 267, 268, 269, 271, 272, 273, 274, 279, 281, 282, 283, 291, 296, 297, 298, 301, 302, 303, 305, 306, 308, 309, 310, 317, 318, 319, 322, 324, 332, 333
芳原細見図　033
吉原細見年表　186, 226, 284
吉原七福神　043, 044, 049, 050
吉原出世鑑　188
吉原春秋二度の景物　302, 334
吉原大黒舞　043, 044, 049
吉原連男　040, 047

小町少将　325, 327

さ

細見　→吉原細見
細見新玉鏡　040 041
里慈童　040, 043
三曲美人合　330
三谷堀の帰帆和泉屋泉壽　093, 135
山王御祭礼并附祭芸人練子名前帳　319
山王祭礼図　319
仕入染雁金五紋　244
汐汲里の小車　020, 314, 315, 316, 331
司法省達第二十二号　171
春夏秋冬　070, 071, 073, 212, 213
小右衛門稲荷縁起　078
浄閑寺過去帳　018, 095, 096, 113, 152, 153, 154, 176
正衆寺過去帳　038, 050, 072
諸国富士尽　070, 071, 258, 281, 283
新改さいけん名寄評判　040, 044, 048
新古今和歌集　069
新吉原秋葉権現縁日後俄番附　020, 320, 321
新吉原江戸町一丁目和泉屋平左衛門花川戸仮宅図　088, 135, 220
新吉原地獄女細見記　124
新吉原全盛七軒人　070, 071
新吉原年中行事　070, 071, 280, 281, 283
新吉原八景　070, 071, 093, 135
新吉原遊君七小町　070, 071
姿海老屋楼上之図　263, 266, 267, 270, 272, 283, 326
助六　020, 118, 146, 237, 249, 295, 296, 297, 298, 300, 301, 304, 305, 308, 309, 311, 312, 315, 332
助六所縁江戸櫻　309, 310, 311, 313, 332
助六廓花道　295
助六花街二葉艸　304, 305, 306
助六曲輪菊　311
助六由縁のはつ桜　295
助六由縁はつ櫻　295
墨絵の島台　214, 215, 325, 327
聲曲類纂　302, 334
青楼年暦考　288, 333
青楼五人女　242, 243
青楼七軒人　070, 071
青楼俄狂言助六白酒売　295
青楼美人合姿鏡　058, 059
浅草寺日記　196, 227
増補幕末百話　170, 179

た

泰平住吉踊　307, 308
たけくらべ　287
竹島記録　013, 320, 321, 336
辰巳の四季　325, 327
伊達競阿国劇場　116
伊達茂夜雨　115, 116, 117, 133, 136
嫦娥農色児　003, 076, 077
津廼国名所図会　229, 230
津国屋藤兵衛　181, 228, 231
鶴亀　076
天理大学附属天理図書館蔵『[新吉原細見図]』　038, 042, 043, 044, 047, 050
東京新吉原江戸町壹丁目いづみ樓　美人揃　167
當世仮宅細見鏡　128
当世廓風俗　070, 071
道中双娩　→契情道中双娩見立よしはら五十三対
東都一流江戸節根元集　304, 305, 322, 334
唐土名妓伝　077
洞房古鑑　064, 071, 074
徳川禁令考　096, 137
鶏あわせ　325, 327

な

七草　020, 313, 314
成田山新勝寺資料集　056

書名索引

資料名、浮世絵、歌舞伎・浄瑠璃・舞踊の演目を含む

あ

安愚楽鍋　168, 179
明烏夢泡雪　133
揚屋清十郎と尾州須佐村　021, 029, 073
吾妻里　040, 041, 043, 047, 048
あづま物語　033
安政見聞誌　148, 149
家さくら　325
和泉屋平左衛門泉壽　089
一中節考　302, 334
異本洞房語園　013, 026, 028, 073, 155
今様舞　110, 111, 114, 115
艶嬢毒蛇渕　172
浮世絵は語る　226, 284, 291, 333
唄安ウ来門　053, 055, 057
梅暦　228, 231
絵入大画図　003, 030, 031, 032, 033, 034, 037, 038, 039, 040, 041, 042, 044, 048, 050, 071
江戸買物独案内　062
江戸天下祭図屏風　316
江戸節根元集　302, 304, 305, 322, 334
江戸町方の制度　020, 162, 178
江戸土産　144, 145
宴遊日記　295, 334
男芸者の部　297, 298, 303, 306, 310, 322, 324

か

花街風俗志　172, 179
花街漫録　038, 040
かくれ里雑考　124, 139
仮宅入吉原細見仮宅五葉松　120
河東節二百五十年　291, 333
仮名手本忠臣蔵　076
歌舞伎年表　045, 074, 116, 138, 170, 179, 190, 226, 243, 295, 304, 309, 311, 334
雁金五人男　242
仮宅細見　158, 195, 196, 198, 199, 200, 202, 205, 206, 208, 234, 235, 240, 280
仮宅の遊女　263, 266, 269, 270, 272, 273, 274, 282
勧進帳　116
邯鄲下　229
閑談数刻　065, 098, 129, 180, 284, 286, 287, 315, 335
嬉遊笑覧　130, 139, 294, 334
旧幕引継史料　013, 159
狂歌江戸名所図会　129
近世芸能史の研究　291, 336
金鈴善悪譚　134
くらべ牡丹　325, 326, 327
廓の四季志吉原要事　070, 071, 245, 246, 261
廓中八契　070, 071
傾城買四十八手　076, 077
傾城江戸方格　070, 071, 211, 258, 275, 277
契情五軒人　070, 071, 264, 266, 328
傾城道中雙六　216, 217, 218, 219, 220, 238, 247
契情道中双娽見立よしはら五十三対　005, 019, 052, 069, 070, 073, 094, 185, 186, 188, 193, 194, 196, 197, 199, 200, 201, 202, 203, 205, 206, 207, 208, 209, 210, 219, 221, 222, 223, 224, 225, 227, 238, 245, 246, 247, 251, 252, 257, 258, 262, 268, 277, 325, 326
契情六佳撰　070, 073, 258, 275, 278
源氏十二段　307, 308, 322
恋が窪昔語契情崎人伝　091
好色一代男　029, 073
古今藝苑俳諧人名録　130
国姓爺姿写真鏡　170
碁太平記白石噺　167
胡蝶　111, 112, 113
小春髪結　325

［著者紹介］

日比谷孟俊（ひびや・たけとし）

1945年生まれ。1971年慶應義塾大学大学院応用化学専攻修士課程修了。工学博士、博士（文学）。日本電気株式会社基礎研究所主席研究員、首都大学東京システムデザイン学部教授、慶應義塾大学大学院システムデザイン・マネジメント研究科教授を経て、現在、慶應義塾大学システムデザイン・マネジメント研究所顧問。実践女子大学研究研究推進機構研究員。

江戸吉原の経営学

平成30年（2018）2月28日　初版第1刷発行
令和2年（2020）4月20日　再版第1刷発行

［著者］
日 比 谷 孟 俊

［発行者］
池 田 圭 子

［装幀］
笠間書院装幀室

［発行所］
笠 間 書 院
〒101-0064　東京都千代田区神田猿楽町 2-2-3
電話 03-3295-1331　FAX03-3294-0996
https://kasamashoin.jp/　mail：info@kasamashoin.co.jp

ISBN978-4-305-70892-2　C0091　

印刷／製本　モリモト印刷